浙东唐诗之路研究系列丛书

浙江文化研究工程成果文库

浙东唐诗之路名物遗迹研究

胡正武 著

ZHEJIANG UNIVERSITY PRESS
浙江大学出版社
·杭州·

图书在版编目（CIP）数据

浙东唐诗之路名物遗迹研究 / 胡正武著. -- 杭州 ：浙江大学出版社，2025. 6. -- ISBN 978-7-308-26316-0

Ⅰ. I207.227.42；F592.755

中国国家版本馆 CIP 数据核字第 20255AY121 号

浙东唐诗之路名物遗迹研究

胡正武　著

责任编辑　韦丽娟　吴美红

责任校对　李瑞雪

封面设计　周　灵

出版发行　浙江大学出版社

（杭州市天目山路 148 号　邮政编码 310007）

（网址：http://www.zjupress.com）

排　　版　大千时代（杭州）文化传媒有限公司

印　　刷　杭州宏雅印刷有限公司

开　　本　710mm×1000mm　1/16

印　　张　24.25

字　　数　439 千

版 印 次　2025 年 6 月第 1 版　2025 年 6 月第 1 次印刷

书　　号　ISBN 978-7-308-26316-0

定　　价　118.00 元

浙江文化研究工程成果文库总序

有人将文化比作一条来自老祖宗而又流向未来的河，这是说文化的传统，通过纵向传承和横向传递，生生不息地影响和引领着人们的生存与发展；有人说文化是人类的思想、智慧、信仰、情感和生活的载体、方式和方法，这是将文化作为人们代代相传的生活方式的整体。我们说，文化为群体生活提供规范、方式与环境，文化通过传承为社会进步发挥基础作用，文化会促进或制约经济乃至整个社会的发展。文化的力量，已经深深熔铸在民族的生命力、创造力和凝聚力之中。

在人类文化演化的进程中，各种文化都在其内部生成众多的元素、层次与类型，由此决定了文化的多样性与复杂性。

中国文化的博大精深，来源于其内部生成的多姿多彩；中国文化的历久弥新，取决于其变迁过程中各种元素、层次、类型在内容和结构上通过碰撞、解构、融合而产生的革故鼎新的强大动力。

中国土地广袤、疆域辽阔，不同区域间因自然环境、经济环境、社会环境等诸多方面的差异，建构了不同的区域文化。区域文化如同百川归海，共同汇聚成中国文化的大传统，这种大传统如同春风化雨，渗透于各种区域文化之中。在这个过程中，区域文化如同清溪山泉潺潺不息，在中国文化的共同价值取向下，以自己的独特个性支撑着、引领着本地经济社会的发展。

从区域文化入手，对一地文化的历史与现状展开全面、系统、扎实、有序的研究，一方面可以藉此梳理和弘扬当地的历史传统和文化资源，繁荣和丰富当代的先进文化建设活动，规划和指导未来的文化发展蓝图，增强文化软实力，为全面建设小康社会、加快推进社会主义现代化提供思想保证、精神动力、智力支持和舆论力量；另一方面，这也是深入了解中国文化、研究中国文化、发展中国文化、创新中国文化的重要途径之一。如今，区域文化研究日益受到各地重视，成为我国文化研究走向深入的一个重要标志。我们今天实施浙江文化研究工程，其目的和意义也在于此。

千百年来，浙江人民积淀和传承了一个底蕴深厚的文化传统。这种文化传统的独特性，正在于它令人惊叹的富于创造力的智慧和力量。

浙江文化中富于创造力的基因，早早地出现在其历史的源头。在浙江新石器时代最为著名的跨湖桥、河姆渡、马家浜和良渚的考古文化中，浙江先民们都以不同凡响的作为，在中华民族的文明之源留下了创造和进步的印记。

浙江人民在与时俱进的历史轨迹上一路走来，秉承富于创造力的文化传统，这深深地融汇在一代代浙江人民的血液中，体现在浙江人民的行为上，也在浙江历史上众多杰出人物身上得到充分展示。从大禹的因势利导、敬业治水，到勾践的卧薪尝胆、励精图治；从钱氏的保境安民、纳土归宋，到胡则的为官一任、造福一方；从岳飞、于谦的精忠报国、清白一生，到方孝孺、张苍水的刚正不阿、以身殉国；从沈括的博学多识、精研深究，到竺可桢的科学救国、求是一生；无论是陈亮、叶适的经世致用，还是黄宗羲的工商皆本；无论是王充、王阳明的批判、自觉，还是龚自珍、蔡元培的开明、开放，等等，都展示了浙江深厚的文化底蕴，凝聚了浙江人民求真务实的创造精神。

代代相传的文化创造的作为和精神，从观念、态度、行为方式和价值取向上，孕育、形成和发展了渊源有自的浙江地域文化传统和与时俱进的浙江文化精神，她滋育着浙江的生命力、催生着浙江的凝聚力、激发着浙江的创造力、培植着浙江的竞争力，激励着浙江人民永不自满、永不停息，在各个不同的历史时期不断地超越自我、创业奋进。

悠久深厚、意蕴丰富的浙江文化传统，是历史赐予我们的宝贵财富，也是我们开拓未来的丰富资源和不竭动力。党的十六大以来推进浙江新发展的实践，使我们越来越深刻地认识到，与国家实施改革开放大政方针相伴随的浙江经济社会持续快速健康发展的深层原因，就在于浙江深厚的文化底蕴和文化传统与当今时代精神的有机结合，就在于发展先进生产力与发展先进文化的有机结合。今后一个时期浙江能否在全面建设小康社会、加快社会主义现代化建设进程中继续走在前列，很大程度上取决于我们对文化力量的深刻认识、对发展先进文化的高度自觉和对加快建设文化大省的工作力度。我们应该看到，文化的力量最终可以转化为物质的力量，文化的软实力最终可以转化为经济的硬实力。文化要素是综合竞争力的核心要素，文化资源是经济社会发展的重要资源，文化素质是领导者和劳动者的首要素质。因此，研究浙江文化的历史与现状，增强文化软实力，为浙江的现代化建设服务，是浙江人民的共同事业，也是浙江各级党委、政府的重要使命和责任。

2005 年 7 月召开的中共浙江省委十一届八次全会，作出《关于加快建设文化大省的决定》，提出要从增强先进文化凝聚力、解放和发展生产力、增强社会公共服务能力入手，大力实施文明素质工程、文化精品工程、文化研究工程、文化保护工程、文化产业促进工程、文化阵地工程、文化传播工程、文化人才工程等“八项工程”，实施科教兴国和人才强国战略，加快建设教育、科技、卫生、体育等“四个强省”。作为文化建设“八项工程”之一的文化研究工程，其任务就是系统研究浙江文化的历史成就和当代发展，深入挖掘浙江文化底蕴、研究浙江现象、总结浙江经验、指导浙江未来的发展。

浙江文化研究工程将重点研究“今、古、人、文”四个方面，即围绕浙江当代发展问题研究、浙江历史文化专题研究、浙江名人研究、浙江历史文献整理四大板块，开展系统研究，出版系列丛书。在研究内容上，深入挖掘浙江文化底蕴，系统梳理和分析浙江历史文化的内部结构、变化规律和地域特色，坚持和发展浙江精神；研究浙江文化与其他地域文化的异同，厘清浙江文化在中国文化中的地位和相互影响的关系；围绕浙江生动的当代实践，深入解读浙江现象，总结浙江经验，指导浙江发展。在研究力量上，通过课题组织、出版资助、重点研究基地建设、加强省内外大院名校合作、整合各地各部门力量等途径，形成上下联动、学界互动的整体合力。在成果运用上，注重研究成果的学术价值和应用价值，充分发挥其认识世界、传承文明、创新理论、咨政育人、服务社会的重要作用。

我们希望通过实施浙江文化研究工程，努力用浙江历史教育浙江人民、用浙江文化熏陶浙江人民、用浙江精神鼓舞浙江人民、用浙江经验引领浙江人民，进一步激发浙江人民的无穷智慧和伟大创造能力，推动浙江实现又快又好发展。

今天，我们踏着来自历史的河流，受着一方百姓的期许，理应负起使命，至诚奉献，让我们的文化绵延不绝，让我们的创造生生不息。

2006 年 5 月 30 日于杭州

前　言

浙东多山，山水相间，重重叠叠，交通不便，自古称为险境。多年以前一个真实的片段，我妹妹从江苏丹阳带她的丈夫第一次回临海，当时还没有高速公路，汽车一到浙东山区，山路弯弯曲曲，曲曲弯弯，妹夫越来越担心，就对我妹妹说，这么多的山，进去以后能出得来吗？这恐怕是平原地区的人的普遍感受。在惊惧的同时，也有惊喜，留下与平原地区完全不同而且极其深刻的审美印象。东晋文学家孙绰《游天台山赋》序中说："涉海则有方丈蓬莱，登陆则有四明天台。皆玄圣之所游化，灵仙之所窟宅。"刘宋诗人谢灵运《登临海峤》诗云："暝投剡中宿，明登天姥岑。高高入云霓，还期何可寻。"唐诗仙李白《梦游天姥吟留别》（以下简称《梦游天姥吟》）云："我欲因之梦吴越，一夜飞度镜湖月。湖月照我影，送我至剡溪。谢公宿处今尚在，渌水荡漾清猿啼。"这些读书人耳熟能详的名人名作，反复吟诵的都是同一个地方——浙东。这是现在成为热线的一条文化旅游线路——浙东唐诗之路。由于历史长期的积淀，浙东唐诗之路沿线分布着数不清的名物遗迹，大而言之，可区别为两类：一则为自然山水实体，是浙东唐诗之路形成的自然景观，显示其浙东自然风光的载体；一则为诗路沿线人文遗迹，星罗棋布，分散各处，若以诗路为串珠之线，连贯起来，可以串珠成链，将浙东秀美山川风光与诗路文化融为一体，成为极具特色而魅力深淳的旅游路线，璀璨夺目，光华永恒。这些名物遗迹可以生生不息，永续利用，为山水浙江、诗画浙江和浙江大花园建设添色增辉！从全国看，可以为国家层面的全域旅游提供一条风格鲜明、山水优美、文化蕴藏丰富而具有诗情画意的黄金旅游线；还可以发掘、研究和利用传统文化，为中华民族伟大复兴事业，增添雅俗共赏而趣味隽永的魅力"唐风"。

本书以完整的浙东行政区划为范围，即以唐宪宗元和年间名相李吉甫（758—814，字弘宪，赵郡赞皇人）《元和郡县图志》所载唐朝行政区划中的江南道浙东观察使所辖诸州为依据，包括越州（治今绍兴）、明州（含今宁波、舟山）、台州、温州、处州（治今丽水）、衢州、婺州（治今金华）七个州的地盘，梳理其山水与人文两大范畴，客观呈现这片土地上的独特风光与文化遗产，希望读者读唐人诗文而思览浙东仙山、仙水的美好景色，饱览景色之余又回味唐人（当然不限于唐人）诗文的美好韵味。七州之中越州是浙东政治、经济、文化和交通中心，为浙东观察使治所，常以越州刺史兼任浙东观察使，是中原文人来往浙东的口岸。南宋高宗避难于浙东，在越州驻跸弥年，及定都临安府（杭州）之后，升越州为绍兴府，成为浙东地望，所以突出绍兴的重要地位，兼顾浙东全域山水资源与历史遗迹。在山水景点与历史遗迹遴选上，以唐朝诗人诗作相关人事物等为主线，又自然上溯到唐朝以前（简称前唐）有关历史事迹，下延到唐后迄今变迁；结合文学（以诗歌为主，兼顾其他）作者作品为主，又顾及其他领域重要人物成就，此所谓不唯唐朝、亦不唯唐诗之意。同时，因为浙东地域对于中国与东亚诸国有悠久而频繁的海上交通往来，除了经济贸易，还有十分重要的海上文化交流，是中国文化对东亚诸国辐射影响的重要口岸；在海防武备上属于国家安全的要冲，更有其不可忽视的重大意义，所以在述及甬台温港口时必然涉及海外文化交流话题。故从宏观上看，这一研究范围包括浙东全域、浙东与海外（以东亚为主，兼及其他）交流两大部分，以前者为主体。

又原来构建人文遗迹诸要素时，将当时有关建置罗列似有过多之嫌，从公廨到学校，林林总总，对于今日读者来说，若作行旅指南，此类遗迹变迁沧桑，多已不存，则实际意义不大；若作研究资料，首重史书志乘，则不会从本书取材；若作历史复原，则本书难以承担其责，徒增篇幅和枝节，反而冲淡本书主要功用。所以在思考修改方案时，根据唐诗之路行旅的实际或可能作了调整，以诗人行旅实际情况考虑，诗人大多有较高社会地位，有家族或社会背景，游踪所及，每与官府有联系，与官员有交往，投献诗文书信多与刺史太守，而与县令及其属吏要少得多，故每州县治所（公廨）条目虽有保留，但视情况择要介绍，主要是有的州府治所已经消失，县治所更少有与唐诗人有关联的；其他方面则作相应增删，以学校为例，将县学州学（府学）书院条目中，每州保留州学（府学），县学不再罗列，书院仅保留有名人名迹者，如越州稽山书院、蕺山书院，明州月湖书院、桃源书院，台州上蔡书院、近圣书院，温州永嘉书院、东山书院等。现在感觉这类机构基本消失，且与诗路研究关系不大，特别是文旅应用价值不是很大，所以也是视情况略加涉及。其他类推。收罗条目以有唐诗者优先，涉及唐前者从宽，唐后者从紧，以突出唐诗，阐明唐朝诗人追踪晋宋前贤的心路，与“浙东唐诗之路名物遗迹”题名相符合。

排列顺序以浙东唐诗之路主线为纲，插入支线所经之地。如从杭州渡过钱塘江到萧山渔浦潭、西陵（西兴）而入浙东运河，经镜湖（宋避讳改名鉴湖）、耶溪（若耶溪），到曹娥江转入剡溪溯流而上，到达天台山为主线；由上虞沿浙东运河继续向东到达余姚，继由余姚到达天台山为支线；又有由余姚继续东行到明州，再由明州经奉化、宁海到达天台山为支线；以台州南向抵温州—处州—衢州—婺州—杭州为辅线。整体上由钱塘江畔渔浦潭、西兴（西陵）渡口开始，沿顺时针方向以越州、明州（含今舟山）、台州、温州、处州、衢州、婺州为序，终归于钱塘江畔（北岸杭州），构成浙东唐诗之路一个完整的“圆圈”。同时为叙述方便起见，将钱塘江分为下游与中上游两部分，括苍山亦分为台州部分与处州部分，以厘界线。其他亦仿此。

本书由以下四部分构成：

一、以探寻浙东唐诗之路遗迹的史实为主体框架而溯其源；

二、以搜集史料，整理其历史演变梗概为联结古今之纽带而循其流；

三、以记录其现存状态（保护现状）为不可或缺的重要内容而存其今；

四、提出延续历史文脉的建议（观点）以明其用。

笔者从事浙东唐诗之路研究出于兴趣，出于生于斯长于斯的家乡情怀，以往所写论文多属于个别研究，对本书有所铺垫，但性质并不相同。所以在研究推进过程中常遇到陌生地方陌生景区景点而感到犹豫彷徨；在收集整理资料和解读别择资料上也有难题，主要是宗教类资料真幻杂糅，人神参半，其中各有千秋，各有其用，但为信实起见，多取其真其实，颇费斟酌；最费劲的是对浙东唐诗之路沿线的名物遗迹及其文脉延续，推陈出新的推敲，本来有走遍浙东唐诗之路全线的打算，在友生马斌的大力相助下自驾走访了越州、明州、温州、处州的一些诗路遗迹，中途到温州时车出意外而报废，以至于实地走访不得不中止。所以在撰稿涉及景点文脉延续方面，有走访过的感性认识与没有走访过的肯定存在差异；又在推敲它的应用建议方案时，也有这种差异。而今书稿即将写完，而此念耿耿，引为憾事。

书山有路，学海无涯。回顾往日，感慨系之，前贤今人，虽隔时空，“所以兴怀，其致一也”。

目 录

下编 人文遗迹

引　子

“楼观沧海日，门对浙江潮……待入天台路，看余度石桥。”（宋之问《灵隐寺》）“潮落江平未有风，扁舟共济与君同。时时引领望天末，何处青山是越中?”（孟浩然《济江问同舟人》）“借问剡中道，东南指越乡。舟从广陵去，水入会稽长。竹色溪下绿，荷花镜里香。辞君向天姥，拂石卧秋霜。”（李白《别储邕之剡中》）“四明三千里，朝起赤城霞。日出红光散，分辉照雪崖。”（李白《早望海霞边》）“东瓯传旧俗，风日江边好。何处乐神声？夷歌出烟岛。”（顾况《永嘉》）“辞秦经越过，归寺海西峰。石涧双流水，山门九里松。曾闻清禁漏，却听赤城钟。妙宇研磨讲，应齐智者踪。”（贾岛《送僧归天台》）看到或者听到上述这些耳熟能详的诗句，想起这些诗歌的作者是些什么人？就会领悟到原来这些诗歌都是写浙东唐诗之路的作品，正是这些作品把浙东唐诗之路这样一条僻处东海之滨的山水之路、文化之路、朝拜之路、宦游之路、隐逸之路、壮游之路……带红了，红得让全国全球喜欢唐代文学、特别是喜欢唐诗的人都艳羡不已，悠然神往。这真是一条非同寻常之路，也是一条稀奇古怪之路，又是一条让许多文人魂牵梦萦之路。它究竟有什么奥妙？存在什么魅力？这真是一个有待探个究竟的问题。带着这样的问题，让我们一起走进这条有点陌生而又熟悉的诗路。

浙东唐诗之路的前身叫“剡溪——唐诗之路”，从新昌竺岳兵先生提出到现在有三十多年，从 1993 年中国唐代文学学会确定为“浙东唐诗之路”这一名称到现在也有三十年，是现在的中国众多唐诗之路中研究起步最早，研究成果最丰富，影响最显著，研究成果应用转化最多的文化旅游线路。不仅如此，它还是一条自然山水风光与人文资源十分富集的魅力廊道，古往今来，吸引五湖四海乃至海外文人极多，诗文著述流播海内外，成为中国文化辐射四方的高地，对外文化输出、文化交流的重要资源，浙东沿海几条水流入海口，又是中外海上交通和贸易的重要口岸。2019 年 11 月 3 日中国唐诗之路研究会成立以来，唐诗之路研究迅速推向全国，大江南北、长城内外都纷纷提出“某某诗路”，唐诗学界兴趣高涨，成立有关研究机构，陆续推出研究成果,此呼彼应,波澜迭起,形成前所未有的新局面。时任浙江省省长袁家军2018年在《政府工作报告》中提出要"积极打造浙东唐诗之路和钱塘江唐诗之路",随即在全省各地掀起"诗路"了解、研究和"打造"的热潮;2019年11月,浙江省委书记和省长到天台出席现场会,亲临"诗路"名山天台调研诗路"打造"进展,浙江省发改委发布"浙政发〔2019〕22号文件",推出"浙江省诗路文化带发展规划"和图册;2020年4月,深入推进"诗画浙江"美丽大花园建设新闻发布会在杭州隆重举行;2020年3月,浙江省文旅厅制订《浙东唐诗之路黄金旅游带规划》,公开发布,推进浙东唐诗之路建设;2020年11月,中国唐诗之路研究会首届学术年会在天台隆重召开……这一连串的浙东唐诗之路重视研究、保护利用、建设打造的浪潮,令人振奋,倍受鼓舞。本书以浙东唐诗之路的山水风光和人文遗迹为基础,以唐诗和唐朝诗人为主线,兼顾其前后时代,串联各种类型的景观,以唐诗为点题之珍珠,配以必要的图片,合成可观可读、可感可游的大众普及性唐诗之路读物,以收图文并茂,诗画相辉之效;且可以一册在手,按图索骥,为研学旅行、文化旅游、背包驴友、自驾游等群体、个体旅行提供重要的参考。作为一种学术研究成果转化性的尝试,期待得到广大读者和方家的指导。

与学术论著不一样的是,浙东唐诗之路研究上的分歧点,也往往是研究的难题,学术研究的"深点"与"新点"。比如由杭州渡过钱塘江到萧山之后游浙东诗路,有从浙东运河向越州台州明州的水路,也有从钱塘江上溯沿富春江、兰江、婺江、衢江的水路,这就给研究个案游踪带来疑难,像孟浩然游天台(台州)、游永嘉(温州)究竟是走浙东运河来的呢,还是走富春江上溯兰江、婺江来的呢?2018年8月在台州学院召开的浙东唐诗之路国际学术会议上就出现过两种不同路径的大会发言,事过数年,从2022年发布的学术信息看,仍然是当年的模样,没有得出新的结论,这个问题仍然是有待继续深入研究的难题。有的研究者在解读孟浩然游天台山的诗歌《宿天台桐柏观》时,就"海泛信风帆,夕宿逗云岛。缅寻沧洲趣,近爱赤城好"的"海泛"提出孟浩然是从温州乘船来到天台山云云,其依据大概与前说相同,但是合理吗?又如李白为他的三千里追踪的崇拜者(粉丝)魏万写下长篇纪游诗《送王屋山人魏万还王屋》,对魏万"雪上天台山,春逢翰林伯"的下天台山后由灵江出台州湾,沿东海边航线经临海峤到瓯江口江心屿(孤屿),再沿瓯江上溯恶溪,过括苍山到婺州,下富春江返回杭州到广陵(今扬州),终于追上李白,相携游金陵(今南京)的过程十分详细,那么李白究竟有无游过温州、处州和婺州呢?杜甫青年时期游过浙东,他的《壮游》诗中有"归帆拂天姥,中岁贡旧乡"的回顾诗句,那么杜甫游过天台山没有？孟浩然、张子容、李白等人的诗中都写到的恶溪究竟是一条溪还是两条溪？若是两条溪，这两条溪各在何处？由唐诗之路连带到的刘宋时期谢灵运出任永嘉太守的路线，是从会稽郡始宁县（县治在今嵊州三界）出发走剡溪到临海郡赴永嘉呢，还是走曹娥江转入浙东运河经钱塘江上溯富春江、兰江、婺江越过括苍山取道恶溪，下瓯江到永嘉呢？持谢灵运走富春江兰江婺江说的还会牵连到《文选》注的问题，因为在《文选》注中就有谢灵运是走这条水路的几首诗，但这些诗就一定是谢灵运到永嘉的根据吗？还有谢灵运回来始宁的时候是走哪条路呢？谢作有《登临海峤初发疆中作与弟惠连可见羊何共和之》诗，此诗是谢灵运从永嘉返回时的路线根据，是走临海、天台到剡中的。谁说当时从始宁只能从富春江兰江婺江赴永嘉，绕这么大一个弯子？又从谢灵运到孟浩然、李白等诗人诗作中都写到诗路地名临海峤，这个临海峤究竟在哪里？诸如此类，不一而足。这些内容有的可以择要略加涉及，写到诗路遗迹中；有的可能不合适写进去，写进去可能效果没有不说，还会带来不良后果，所以犹豫再三，大多选择不写。这样的处理不一定恰当，还请大家赐教。

本书的研究定位于面向大众的浙东唐诗之路学术应用研究。本书在梳理浙东唐诗之路沿线名物遗迹古今源流的基础上，重视揭示其应用前景，既可作为提供文化旅游融合的读物，也可作为研学旅行的指南；同时可以作为增进了解唐诗与浙东山水人文的文化普及性著作。旅游业作为21世纪的第一大产业和重要经济增长点，以其强劲的发展势头，受到世界各国、地区的广泛关注与积极扶持。[①] 构思上虽然有“圆满”之标的，研究上仍难免浅薄之缺陷。今乘着浙江省政府提出“积极打造浙东唐诗之路和钱塘江唐诗之路”，建设浙江大花园之东风，应征浙东诗路研究课题之需，权当引玉之砖，以供作为博雅通人后出转精、后来居上之垫脚石。

当前，浙东唐诗之路以其深淳雄厚的魅力正在不断地散发它独有的幽香，吸引着更多的文化、旅游各界人士加入这一雅俗共赏、各界皆宜的游道中来。它还香飘万里，引起国际同行的喜爱与兴趣，在不同的文化背景下产生碰撞的火花，读出不一样的味道，悟出唐诗中深远悠长的意境。诺贝尔文学奖得主勒克莱齐奥的著作《唐诗之路》，由勒克莱齐奥与中国北京大学法语系系主任董强教授合作，这位被誉为法国文坛的领军人物选中中国的唐诗之路来解读，就给人以强烈的好奇：他读出的唐诗之路究竟会是什么样子，什么味道？

---

① 罗兹柏，张述林编著：《中国旅游地理》出版说明，南开大学出版社2000年版。

上编　名山名水

浙东唐诗之路沿线的自然景观是构成浙东魅力的客观基础。浙东的地形地貌总体上是东南丘陵地带，处于温带湿润地区，山清水秀，小桥流水，又山重水复，柳暗花明，与中原及其以北大陆性气候带的差异很大。钱塘江是浙东浙西的分界线，从杭州渡过钱塘江以后，浙东的自然地理客体对于唐朝诗人产生吸引力的有山、水两大要素。前者包含山、岭、峰、山洞、岛（山的变形）、岩、石等；后者包含海、江、河（运河）、湖、溪、涧、泉、瀑等。不过浙东山洞的情况较为复杂，凡是有名的山洞往往是自然与人文糅合的，难以截然区分，只得在叙述中据情归类。

第一章　名　山

我国先贤对于山的认识有许多精辟的论述，如《国语》说："夫山，土之聚也。"①意为泥土堆积起来的结果，也就是积土成山的意思。泥土高出周边地方，而且上面有岩石的地形叫作山。《释名》说："山，产也。产生物也。"②意思是山是产生万物的地方。还说"土山曰阜，阜，厚也，言高厚也"，清人毕沅引《尔雅》解释为"大陆曰阜"③，也就是大块的、大面积的高地。《说文解字》说："山，宣也。宣气散，生万物，有石而高。象形。"④指山能够宣泄风气，产生万物，它的名字叫作山，形状高大巍峨。从平地上看山是仰头看的，《韩诗外传》说："夫山，万人之所瞻仰，材用生焉，宝藏植焉，飞禽萃焉，走兽伏焉，育群物而不倦，有似夫仁人志士。是仁者所以乐山也。"⑤这段话进一步解释了《释名》"山，产也"的丰富意蕴，而且提高到山德上来，把山的"育群物而不倦"与仁人志士的乐育群生相提并论，为"仁者乐山"的内涵作了极为恰当的抉发。如果从地理学上看，我国历史上对山脉的分布与认识是很典型的近取诸身的例子。古代有"地脉"一说，把山的隆起于大地看作人体上的血脉隆起于皮肤一般，认为山是天道循环，地脉移动的结果。宋朝林之奇在《尚书全解》卷十《禹贡》中说："何谓地脉？地之有山，犹人之有脉也。"⑥又古人将国家疆域中的山与国家的疆界相关联，来源很是久远，这种思想到唐朝天文学家僧一行的"两戒说"就已经成型。按两戒说的两戒，《汉语大词典》指"国家疆域的南北界限"。举《新唐书·天文志》"一行以为天下山河之象，存乎两戒……故《星传》谓北戒为胡

① 上海师大古籍整理研究所校点：《国语》卷三《周语》下，上海古籍出版社 1988 年版，第 101 页。

② ［汉］刘熙著，［清］王先谦疏证补：《释名疏证补》卷一《释山》，上海古籍出版社 1984 年版，第 56 页。

③ ［汉］刘熙著，［清］王先谦疏证补：《释名疏证补》卷一《释山》，上海古籍出版社 1984 年版，第 56 页。

④ ［汉］许慎撰：《说文解字》卷九下，中华书局 1963 年版，第 190 页。

⑤ ［唐］徐坚等著：《初学记》卷五，中华书局 1962 年版，第 91 页。

⑥ ［宋］林之奇：《尚书全解》卷一〇《禹贡》，文渊阁本《四库全书》第 55 册，台湾商务印书馆 2008 年版，第 185 页。以下所引《四库全书》均同此本，简称《四库全书》。

门，南戒为越门"[①]等为书证。后人对这一思想继承深化，有进一步的阐述，如清朝徐文靖《山河两戒考》，《四库提要》有"至唐，而僧一行又据山河以分（两戒），于义尤近。……故后代言分野者悉宗之"[②]。又两戒学说本之于《易》象，《易》学"分两戒四维以配天象，定生长收藏以兴地利。天地交通，不出圣人之手"[③]。这是来源久远而一贯的认识与学说。

从两戒说到三龙论，清朝学者齐召南以为两戒学说源出于司马迁《史记・天官书》，《旧唐书》卷三十六考证：臣召南按："一行山河两戒之说，下晰山川脉络，上应云汉始终，自古言分野者举莫之及。然其义实原本于史迁《天官书》曰：'中国山川东北流，其维首在陇蜀，尾没于勃碣。'此即两戒之说所自也。"[④]清韩城王杰在为齐召南《水道提纲》所作的序中也指出，昔唐一行以为天下山河之象存乎两戒：北戒自三危积石负终南地络之阴，以下向东所及一系列山脉到朝鲜，叫北纪；南戒自岷山、嶓冢，负地络之阳，以下向东所及一系列山到达东瓯、闽中，是谓南纪。"两戒之必有纪者，即提纲之谓也。纲举而水维悉举，随所往而有轨可循"[⑤]。至清晚期学者李诚对此说提出不同见解，他以为"大地之中，水流山峙尽之矣。言水者必源星宿，言山者必祖昆仑，其大较也。……盖《禹贡》所言者，人行之路而非山行之脉。后人不察，如唐一行辈，遂有'山河两戒'之说，宋元诸儒悉沿其误，即朱子亦不能定也"[⑥]。两戒学说延衍于后世，逐渐演变为王士性归纳的中国"地脉三龙论"（以下简称"三龙论"）：地脉在大江南北的分布，用中国最有代表性的图腾——龙来形容，便得出"天下山川起昆仑，分三龙入中国"[⑦]：北龙是阴山、贺兰山、太行山，出为医巫闾[⑧]，度辽海而止。中龙中支为终南山、太华（西岳华山），经中岳嵩山，转为荆山，至泰山入海为止。南龙则包括众多山脉，从昆仑迤逦于吐蕃之西，到云贵湘粤闽浙，都属于南龙。浙东大盘山、括苍山，东延为天台山、四明山到海（即舟山）为

① ［宋］欧阳修、宋祁撰：《新唐书》卷三一《天文志》一，《二十五史》第 6 册，上海古籍出版社、上海书店 1986 年版，第 95 页（总第 4221 页）。

② 《四库全书・山河两戒考提要》，《四库全书》研究所整理：《钦定四库全书总目》上册，中华书局 1997 年版，第 985 页。

③ ［明］魏濬撰：《易义古象通》卷二，《四库全书》第 34 册，台湾商务印书馆 2008 年版，第 220 页。

④ ［后晋］刘昫撰：《旧唐书》卷三六《天文志》齐召南考证"尾得云汉之末流"条，《二十五史》第 5 册，上海古籍出版社、上海书店 1986 年版，第 173 页（总第 3649 页）。

⑤ ［清］齐召南著，胡正武点校：《水道提纲》王杰序，国家图书馆出版社 2017 年版，第 5 页。

⑥ ［清］李诚撰，严振非点校：《万山纲目叙》，国家图书馆出版社 2017 年版，第 1 页。

⑦ ［明］王士性著，周振鹤编校：《王士性地理书三种》，上海古籍出版社 1993 年版，第 210 页。

⑧ 古称于微闾、无虑山，今简称闾山，地处今辽宁省境内。

止，均属于南龙的一部分。清嵇曾筠《浙江通志》卷一《图说·雁荡山图》载："唐一行画天下山河为南北两戒，以南戒尽于雁荡。盖谓巴蜀湖南之山趋金陵，渡钱塘，而结束于此也。"[①]这就是著名的"地脉三龙论"学说[②]。明朝天台山高明寺名僧释传灯《天台山方外志》也持这一见解，浙东诸山是南龙的结局。清人李诚默认"三龙论"，如在《万山纲目》卷一《总纲》"大漠以南海内诸山咸起自冈底斯山"中载："其北一支为北龙大干，起自僧格喀巴布山西北，走阿里之北。"[③]这是当时普遍的国家地理认知。但李诚又有新见，如："而山则漠南祖冈底斯山，漠北祖阿尔泰，亦不专属昆仑也。"[④]就是到清朝晚期五口通商之后，随着西学东渐，中国学者的眼光多少有所拓展，李诚之说便是其中一枝探墙而出的红杏。

王士性(1547—1598)，字恒叔，号太初，明朝浙江省台州府临海县(今浙江临海)人，人文地理学家，比传灯年长七岁，大体上属于同时代人，其地理学常识同受当时学界知识系统的熏陶，故传灯的山脉见解也可为此提供很合适的参照。明释传灯(1554—1628)，俗姓李，字无尽，号有门，衢州西安县(今浙江衢州)人，《天台山方外志·山源考》云："天台山者，东濒大海，界水而止，为东南一大结局。而父于南岳，祖于峨山，曾于昆仑，高于雪山。自雪山东南而下，不减四五万里，其中所有灵粹之气，莫不毕集于此，为神仙之窟宅，罗汉之道场，间生圣贤，养育英哲。"[⑤]很明显传灯把雪山、昆仑、峨山、南岳一路向东延伸，直到大海(东海)为止，作为"东南一大结局"，其"地脉"的源流、走向、归结与王士性的"南龙"大体一致。"三龙论"的主要意思是北龙和中龙在历史上都发挥了重大的作用，引领中国走过许多辉煌的岁月，而南龙还没有同样的发挥，今后将会发挥其应有甚至更加辉煌的作用。以明朝为例，其起源发祥之区便在于南龙之脉，浙东诸山自是属于"后发"而大有前程的地方。以会稽山为中国历史上赫赫有名的文化名山，贤智辈出，群星闪耀，为望气者所瞩目，更为秦始皇所重视，特地巡狩到此，以镇其气。可见浙东山水之气，蕴涵河岳英灵，不只是总领浙东诸山而已。

---

① [清]嵇曾筠：《浙江通志》卷一《图说》，《四库全书》第519册，台湾商务印书馆2008年版，第115页。

② [明]王士性著，周振鹤编校：《王士性地理书三种·广游志》卷上《杂志》上，上海古籍出版社1993年版，第210—212页。

③ [清]李诚撰，严振非点校：《万山纲目》卷一，国家图书馆出版社2017年版，第2页。

④ [清]李诚撰，严振非点校：《万山纲目叙》，国家图书馆出版社2017年版，第1页。李诚《万山纲目》叙中对我国西域的疆域观为"昭代幅员远过前朝，北抵鄂罗斯，西至欧罗巴，南及温都斯坦"，较之前贤已经明显不同。

⑤ [明]释传灯撰：《天台山方外志》卷一，上海古籍出版社2018年版，第76页。

浙东素号山水之乡，山不高而有名，水不深而澄清，但山往往比较陡峻，陵谷深幽，峰回路转，向来以天下至险著称。其特点是山水相间，山峻水急，两山之间形成自然的独立或半独立的地理空间，信息闭塞，来往不便，跋山吃力疲累，涉水时有恶溪，令人闻之而生畏惧之心。尤其是从北方中原来的，更是没见过这样深幽莫测的地形地貌，很容易产生“进去以后能走得出来吗”这样的感觉。特别是过钱塘江，就足够震慑人心。明人徐应秋《玉芝堂谈荟》卷二十三引元褧伯宣常作《浙江潮候图说》曰：“大海而东，凡水之入于海者，无不通潮。而浙江之潮，独为天下奇观，地势然也。浙江之江有两山焉，其南曰龛山，北曰赭山，并峙于海江之会，谓之海门。下有沙潬，跨江东西三百余里，若伏槛然。潮入于浙江也，泛乎浩渺之区，而顿登就敛束逼迫，回薄激射，趋于两山之间，拗怒不息，则奋而上凌，如素蜺横空，奔雷激地，观者胆掉心怖，故为东南之至险，非他江之可同也。”[①]其大意是浙江潮水进入龛、赭两山间的海门后，突然变得局促狭隘，潮水来回激荡，直上空中，像素蜺横空、奔雷激地，那种气势让观者心惊胆战，看作东南最危险的地方。这种印象早在西汉文学家枚乘《七发》中就已经描写过，在古代文学作品中将浙江之潮作为一大奇观，蕴含着凶险可怕的力量。即使到唐朝，这种印象仍然没有改变。如《唐缙云郡司马贾崇璋夫人陆氏墓志铭(并序)》载：“时贾公(崇璋)转乐平郡别驾，又除缙云郡(即处州，今浙江丽水)司马。太夫人在堂，以为‘太行孟门，勾吴瓯越，天下至险。山乘舆，水乘舟，我不行矣，汝其往哉’。”[②]就是一个很典型的例子。这种地理特征在造成相对独立、交通不便的同时，也保存了大量独特的自然风光和古朴的人文传统、民间习俗，犹如养在深闺人尚未识其面的美女，一旦其惊世容颜为世人所见，必引发轰动，形成更大的影响，产生迅猛的传播，带来始料未及的效应。这便是浙东诗路的历程。

第一节 越州 会稽山系列

会稽古属扬州，后以社会发展，人口增加，经济繁荣，百业兴起，就与扬州以钱塘江为界分置会稽郡，即以会稽山名郡，据有后世浙东七州范围；会稽郡治所在又是郡内自然条件最好的地方，拥有一大片适宜开拓发展农业的平原，即现代地理学上的“宁绍平原”，种植业和手工业兴盛，甲于全郡。从先秦起，有大禹治水巡游到

---

① [清]翟均廉撰，胡正武整理：《海塘录》卷二〇，九州出版社2025年版，第386—387页。

② 周绍良主编：《唐代墓志汇编》，上海古籍出版社1992年版，第1671页。

茅山，在此大会天下诸侯，计议天下治水大事，所以得名“会稽”，谐音“会计”。嗣后又有越王句践与吴王夫差争强，而留下“卧薪尝胆”的故事。句践忍辱负重，践行“十年生聚，十年教训”的治国方略，全国上下齐心，众志成城，抓住时机，批亢捣虚，击败夫差，灭吴国，势力达到中原地区，与诸侯争衡，是越国势力的顶峰。嗣后败北于楚国，秦汉以来艰苦努力，自强不息，成为全国东南沿海的一片经济文化发达地区。东晋朝廷南迁建康（今南京），大批贵族人士避难于会稽，特别是王（王导及其后裔王羲之等）谢（谢安及其后裔谢灵运等）在此隐逸修道，言谈玄远，修心养性，逍遥山水，啸傲风月；当国难当头之际，就出山入职，齐心协力，共纾国难，挽救危局，化险为夷，扭转乾坤，留下“东山再起”“在山为远志，出山为小草”“兰亭雅集”“黄庭换鹅”“入木三分”“雪夜访戴”等遗闻佚事，风流佳话，一部《世说新语》所载清谈史，其活动地点和背景，实在是与会稽存在至为密切的关系；谢灵运开创中国山水诗派，他的诗歌大多抒写山水题材，为中国诗歌开辟出一门深受文人喜爱而且长盛不衰的流派，谢灵运一有新作，辄风传京师，仕女争相传诵，一时洛阳纸贵。影响之巨，以至于当时的会稽有东晋王朝第二首都之目。到隋朝大业元年（605）置越州，入唐后又于越州置江南道浙东观察使辕门，常以越州刺史兼任观察使之职，成为浙东政治、经济、文化的中心，其地位十分重要，远超隔江相望的杭州。到北宋时期，越州仍然如此。南宋时期，赵家朝廷南渡，赵构曾经避难于越州一年又八个月①，充当临时首都（行在），过后照惯例升越州为绍兴府，由于邻近首都临安（由杭州改名临安府），是朝廷十分看重而依赖的辅郡，“其牧守每以宰执重臣领之，屹然称为大藩”②，可见绍兴在朝廷眼中的分量。唐朝开元二十六年（738）前，明州（今宁波、舟山）还未从越州分置，明州地盘就是越州的辖地。开元二十六年，明州从越州分置，以四明山为山镇而得名。

越州是浙东的中心，自然条件优越，拥有浙东最大的一片平原——宁绍平原，经济社会发展亦远过于其他各州，文化教育基础厚于各州，这从越州走出去的人才就可以看得十分清楚。像唐朝浙东有名的诗人贺知章（字季真，659—744）就出自越州；唐朝初期最有代表性的书法家号“欧虞褚薛”四大家，其中“虞”指虞世南（字伯施，558—638）就是越州余姚③人；盛唐时期著名书法家徐浩（字季海，703—783）

① 任桂金总纂：《绍兴市志》第1册，浙江人民出版社1996年版，第40页。

② 四库全书研究所整理：《钦定四库全书总目》史部二四地理类一《嘉泰会稽志二十卷·开庆续志八卷》提要，第930页。

③ 现在余姚改属宁波，是20世纪40年代末期的事情，这里不展开。

亦出自越州。贺知章、虞世南、徐浩都既是书法家,也是诗人。由此可知,此地名士众多,以至于网上有"鉴湖越台名士乡,忧忡为国痛断肠。剑南歌接秋风吟,一例氤氲入诗囊"之所谓"七绝"云云,虽其诗体并非七绝,然其诗意则在于揭示绍兴历史上名人辈出的盛况,足以为越州文化增色添光。

唐之越州,南宋以后之绍兴,一脉相承,建城两千五百多年,素有江南水城之誉,是改革开放以后国家首批历史文化名城之一。江南水乡的环境造就绍兴独特的城市风格,也造就其独特的城市文化色彩。城内河网密布,桥梁众多,被誉为中国活的桥梁博物馆。从大禹"会计"天下诸侯治水开始,到句践卧薪尝胆,东晋名士喜欢归隐会稽,再到唐朝诗人唱出"王谢风流满晋书"①,唐宋本土诸贤登上中国文坛挥洒才情,城内城外,山水隐秀,散布着不知多少名胜古迹。大街小巷到处都有名人的遗迹,可以找到名人的故事。

绍兴水乡,物产丰富,鲈鲜莼美,兼之出产名酒,绍兴老酒有中国黄酒之最的美誉。鲈莼鲜美是此前很早就流传下来的名吃,从西晋吴中张翰辞官归乡,借口是思念家乡的莼鲈美味,嗣后便被传为美谈,引为典故。越州境内亦产莼鲈,唐人诗云"秋来还复忆鲈鱼"②,就是写山阴道上之物;尤其是莼菜(《会稽志》中载为"莼丝")十分有名,以产于萧山湘湖的为最佳。俗传绍兴有"三缸":酒缸、酱缸和染缸,前两缸都与吃有关,后一缸与绍兴发达的纺织业有关。酒缸、酱缸是酿造业发达的写照,所以它的饮食多腌制品、卤味,如绍兴豆腐乳、霉干菜扣肉、臭豆腐、腌笃鲜、清汤越鸡、白鲞扣鸡等,若吃绍兴老酒,还常以茴香豆佐酒,茴香豆经过鲁迅小说《孔乙己》的传播,更是成为吃绍酒的标配。而绍兴臭豆腐"闻闻臭,吃吃香",一吃便忘不了,更是让绍兴食品臭豆腐"臭"名远扬,给游客留下深刻的印象。在唐朝,这里还有几种知名度很高的产品,风行于文化界,被社会上层视为珍宝。其中剡纸、越窑最是受到文人的追捧,被选作馈赠佳品。剡纸是用天台山区出产的榖皮(通称"剡藤")所制造的皮纸,质量优良,洁白光辉,远超其他品种的纸张,诗人有"百幅轻明雪未融"之妙句③,也有"剡溪剡纸生剡藤,喷水捣后为蕉叶。欲写金人金口经,

---

① [唐]羊士谔:《忆江南旧游》二首之一,[清]彭定求等编:《全唐诗》卷三三二,上海古籍出版社 1986 年版,第 815 页。

② [唐]羊士谔:《忆江南旧游》二首之一,[清]彭定求等编:《全唐诗》卷三三二,上海古籍出版社 1986 年版,第 815 页。

③ [唐]崔道融:《谢朱常侍寄贶蜀茶剡纸二首》之二,[清]彭定求等编:《全唐诗》卷七一四,上海古籍出版社 1986 年版,第 1801 页。

寄与山阴山里僧"[1]之写实，所以极受文人的青睐，遂有"剡藤""剡棰（硾）"等代称，是当时纸张中的翘楚。越窑是唐朝越州烧制的瓷器——秘色瓷。这种瓷器代表当时南北各处青瓷烧制的工艺水平，其他地方难以仿制，是朝廷和社会上层所用的珍品，有"民间不得用"的上流身份，所以取名"秘色"之说[2]。见诸吟咏最有代表性的诗歌是陆龟蒙《秘色越器》诗："九秋风露越窑开，夺得千峰翠色来。好向中宵盛沆瀣，共嵇中散斗遗杯。"[3]宋朝以后渐趋消沉，现代学者也是多未见过实物，乃至怀疑是否实际存在过这种神秘兮兮的秘色瓷。直到 20 世纪 90 年代陕西法门寺出土十几件秘色瓷器，才为越窑出产这种高档青瓷的历史正名。至于越州纺织业则一直是浙东轻纺的龙头，中间过程太复杂，不便展开，就以改革开放以后国内最大的纺织品交易市场——中国轻纺城建于绍兴柯桥，可见一斑。总之，越州是浙东的中心，自然环境固不用说；政治资源丰富，文人荟萃，文采风流，倾动朝野；文人雅集，诗酒唱和，风靡政、学、商各界，引领浙东文化发展的潮流走向，其流风余韵，泽被千秋，堪称浙东唐诗之路的心脏。

会稽山 附越州（绍兴府）城内诸山

会稽山原名茅山，又写作苗山，盖以音近之故，还有"衡山""覆釜山""防山""栋山"等别名，是浙东最早出名的山，它的范围有广狭两义：广义的会稽山跨越诸暨、柯桥、越城、上虞、嵊州、新昌等县市区，不仅绍兴府城附近许多文化名山如秦望山、望秦山，越州属县如上虞、嵊州和新昌境内的一些山都在它的范围之内；狭义的会稽山，主要指大禹陵附近这一片，大约五平方公里，除大禹陵外，还有香炉峰、大香林和百鸟乐园等景观。这就是历史典籍所载在会稽县（治今绍兴市越城区）[4]东南约十三里的会稽山。放到今天看则是在市区和郊区的边缘，即大禹陵到绍兴市行政学院附近地带。它还是浙东历史上最早的有身份有地位的名山，是九州中扬州的山镇。我国古代有在一个地方寻找一座名山作为该地方山镇的传统，这座山镇实际上就是此地的地理标志，又往往是它的形象载体和文化代表。《尚书・虞书・

---

① ［唐］顾况：《剡纸歌》，［清］彭定求等编：《全唐诗》卷二六六，上海古籍出版社 1986 年版，第 662 页。

② ［清］嵇曾筠等纂修：《浙江通志》卷一〇四《物产》"越窑"条，《四库全书》第 521 册，上海古籍出版社 1987 年版，第 639 页。其实是越州所产秘色瓷的釉色彩有独特的地方风格，其产地在越州余姚（余姚今属宁波）和明州慈溪一带。若从现代考古发掘出土瓷器看，与越窑秘色瓷同类者，分布范围不止越州、明州，台州、处州等地亦可列入越窑分布地区。

③ ［清］彭定求等编：《全唐诗》卷六二九，上海古籍出版社 1986 年版，第 1585 页。

④ 依古代行政区划记述的内容，遇古今地名有异者，首次出现时括注今地名，之后不逐一注明。

舜典》载:“肇十有二州,封十有二山。”汉孔安国传云:“每州之名山殊大者,以为其州之镇。”[①]《周礼·职方氏》载:“扬州山镇曰会稽。”[②]这里的“十二州”是禹治水之后,大舜“分冀州为幽州、并州,分青州为营州”[③],成为十二州之数。可以简单地理解:扬州境内“殊大”的山有的是,会稽山为什么能够超越它们成为代表扬州的山镇?体量高大的山好找,具有高级甚至顶级历史文化资源的山,无过于会稽山。这就是会稽山成为九州中扬州的山镇的最重要的理由。还有很多闪耀于中国历史上的亮点,史志记载丰富。

一是会稽精神的旗帜之山。如《越绝书》记载大禹到达此山,召集诸侯商议治理天下大事,后人为纪念此事,就把这座茅山改名为“会稽山”:“禹到大越,上茅山,大会计,爵有德,封有功,更名茅山曰会稽。”[④]大禹来到此地,将其“疆理天下,物土之宜而布其利”[⑤]的理念——就是分别不同地方,寻找适合该地方经济发展的品种来为民谋利益——播种到此地,造福民众,泽被后世,流惠无穷;将其一心为公,公而忘私,鞠躬尽瘁,死而后已的精神带到会稽。大禹手足胼胝,三过家门而不入,在历史上传为美谈。

二是会稽山是浙东人民不畏艰难、自强不息的象征。越王句践被吴王夫差包围于此,为了报仇雪耻,不惜为夫差当马夫三年,嗣后卧薪尝胆,砥砺意志,“十年生聚,十年教训”与越国人民同甘共苦,奋发图强,终于打败吴国,俘虏夫差,流放甬东(今舟山),把越国带到空前强大的巅峰。明朝末年,南明小朝廷流亡到会稽,郡人王思任对马士英、阮大铖等奸臣说:“会稽为报仇雪耻之乡,非藏垢纳污之地。”[⑥]正是这种自强不息、报仇雪耻精神的自然流露。现代史上周恩来在抗日战争进入相持阶段的艰难时刻来到绍兴,为鼓舞军民团结抗日,自强御侮,题词“为鉴湖儿女争光”。周树人以笔为枪,要以文学医治国民之心,唤醒民众,致力于国家富强。这些都是对会稽山不畏艰难、自强不息精神的继承和弘扬。会稽山在隋文帝时被封为

---

① [清]阮元校刻:《十三经注疏》上册,中华书局 1980 年版,第 128 页。

② [清]阮元校刻:《十三经注疏》上册,中华书局 1980 年版,第 862 页。

③ [清]阮元校刻:《十三经注疏》上册,中华书局 1980 年版,第 128 页。

④ [宋]张淏撰:《会稽续志》卷一《越》,《四库全书》第 486 册,台湾商务印书馆 2008 年版,第 441 页。

⑤ [清]阮元校刻:《十三经注疏》下册《春秋左传正义》卷二五,中华书局 1980 年版,第 1895 页。

⑥ [清]李慈铭著:《越缦堂文集》卷六《书沈清玉先生冰壶集残本后》,《越缦堂诗文集》中册,上海古籍出版社 2008 年版,第 889 页。卷一二《越中先贤祠目序例》亦载此言,见第 1020 页。

南镇，就是中国南方的山镇、地标。《隋书》载："开皇十四年，诏以会稽山为南镇。"①就是当时全国四镇中的南镇，这是对它在全国封山体系中的一个重要定位。会稽山还有值得记住的历史机遇，统一六国而威震天下的秦始皇也渡江来到此地，祭祀大禹，登高眺望南海，刻石纪功。《史记》载："三十七年十月癸丑，(秦)始皇出游，左丞相(李)斯从……上会稽，祭大禹，望于南海，而立石刻，颂秦德。"②先秦神话《山海经》载及此山的形状、出产与众不同："会稽之山四方，其上多金玉，其下多砆石，勺水出焉。"其别名主要记载于南朝梁顾野王《舆地志》："会稽山一名衡山，其山有石，状如覆鬴，亦名覆鬴山。"会稽山又是道教名山，道书载为"山周三百五十里，有阳明洞，为第十一洞天"③。它有多重的身份，说明所处地方是文化发达地域，且有辐射周边的功能。

会稽山最著名的文化资源是大禹治水事迹，而且在此"会计"诸侯，布置方略之后，竟死于此，也葬于此，所以当年《史记》记载大禹葬于"禹穴"，《史记》裴骃集解引张晏曰："禹巡狩至会稽而崩，因葬焉。上有孔穴，民间云禹入此穴。"④张守节为《秦始皇本纪》所作正义也说："越州会稽山上有夏禹穴及庙。"⑤这里的"穴"相当于陵墓之义，后世历代往往有修缮，现在会稽山麓的大禹陵就是这种历代修缮的结果。石韫玉而山辉，水含珠而川媚。会稽山因大禹治水成功，建地平天成之业，且归宿于此而名垂青史，永放光芒。

府　山(卧龙山)

府山又名卧龙山，以其山形状似龙盘绕而得名。绍兴府治就在卧龙山的东麓，所以得名府山。府山归山阴县(今属绍兴越城区、柯桥区)管理。从隋朝杨素于种山筑城以来以迄唐朝，都在此山建州宅，也就是州府的办公楼。宋施宿《嘉泰会稽志》卷九《山》载："卧龙山，府治据其东麓，隶山阴。……《寰宇记》：隋开皇十一年，

① [唐]魏徵等撰《隋书》卷七《礼仪志》二载："开皇十四年闰十月，诏东镇沂山、南镇会稽山、北镇医无闾山、冀州镇霍山，并就山立祠。东海于会稽县界，南海于南海镇南，并近海立祠。"《二十五史》第5册，上海古籍出版社、上海书店1986年版，第19页(总第3267页)。

② [汉]司马迁撰：《史记》卷六《秦始皇本纪》，《二十五史》第1册，上海古籍出版社、上海书店1986年版，第31页。

③ 《清一统志》卷二二六"会稽山"条下，《四库全书》第479册，台湾商务印书馆2008年版，第201页。

④ [汉]司马迁撰：《史记》卷一三〇《太史公自序》，《二十五史》第1册，上海古籍出版社、上海书店1986年版，第358页。

⑤ [汉]司马迁撰：《史记》卷六《秦始皇本纪》，《二十五史》第1册，上海古籍出版社、上海书店1986年版，第31页。

越国公杨素于种山筑城。自隋迄唐，即山为州宅。”[1]绍兴府本从越州改名，原因是南宋高宗赵构避金兵追击之难于此，“驻跸弥年，定中兴之业，群盗削平，强虏退遁，于是用唐幸梁州故事，升州为府，冠以纪元”[2]。意思是宋高宗在绍兴驻跸超过一整年，稳定局势，确立中兴大宋的方略，削平各路强盗，金兵也退回北方，于是援引唐德宗李适兴元元年(784)避朱泚之乱逃到梁州(今陕西汉中)，乱平后升梁州为兴元府的先例，升越州为绍兴府。可以说绍兴是南宋得以稳定局势，转危为安，重整旗鼓，奠定朝廷治国方向的关键，也是南宋小朝廷借以发号施令，指挥各方的临时首都，为南宋定都临安(升杭州为临安府)作了过渡和准备。此山又以越国大夫文种葬于此而得名文种山，简称种(音同“虫”)山，俗称重山。清康熙二十七年(1688)皇帝玄烨南巡浙江，驻跸于府治中，就改名为兴龙山。《清一统志》载：“卧龙山在山阴县治后，盘旋回绕，形如卧龙。越大夫文种葬此，又名种山，一作重山。今府治据其东麓，康熙二十七年，圣祖南巡，驻跸于此，改名兴龙山。”[3]府山正处在府城的核心地位，它凝聚了君主心腹的两种类型，也是两种不同的职业模式和人生道路，更是寓意着中国传统知识分子两种处世为人的选择。一种是范蠡式的功成身退，归隐江湖，飘然离去，毫不恋栈。正如唐朝诗人李商隐《定安城楼》诗云：“永忆江湖归白发，欲回天地入扁舟。”[4]也是现代诗人徐志摩《再别康桥》中写的那样：“悄悄的我走了，正如我悄悄的来；我挥一挥衣袖，不带走一片云彩。”另一种是文种式的功成身不退，恋其禄位，依依不舍，埋下祸根，最后在统治集团内部斗争中，落得身首异处、臭名远扬的下场。文种本是一位才华横溢、腹藏韬略的大才，在协助句践走向成功的过程中立下汗马功劳。他的人生道路具有典型性，归宿府山，是为此山植入高价值的历史文化资源，让绍兴府山足可成为入仕者处理进与退的一面镜子，含义很深，也很有借鉴的价值。

文种墓的历史教育意义十分丰富，现在除了墓碑外没有其他文旅设施，处于较为简朴的状态。建议在府山景区入口介绍中加上有关文种的这一内容，在文种墓旁设立凭吊亭，将文种与范蠡在兴越过程中的作用及其功成而不退的结果，制成展板，写成楹联，供游人尤其是为官者至此凭吊三思，要走好仕途之路，更要走好人生之路。

---

① [宋]施宿等撰：《嘉泰会稽志》卷九，1926 年影印清嘉庆戊辰重镌本，第 1 页。

② [宋]陆游：《嘉泰会稽志序》，1926 年影印清嘉庆戊辰重镌本，第 1 页。

③ 《清一统志》卷二二六，《四库全书》第 479 册，台湾商务印书馆 2008 年版，第 199 页。

④ [清]彭定求等编：《全唐诗》卷五四〇，上海古籍出版社 1986 年版，第 1370 页。

龟　山（飞来峰）

龟山是绍兴古城内三座名山之一，本以形状像龟而得名，因为山顶有塔，俗称塔山。它的来历传说很神奇，也很有意思，称此山是从北方琅琊（今属山东省）海中飞来，所以又叫飞来山。山能从遥远的北方海中一夜飞来绍兴，这是很奇怪的事情，所以又叫怪山。宋施宿《会稽志》卷九《山》载：龟山在（绍兴）府东南二里二百七十二步，隶山阴。一名飞来，一名宝林，一名怪山。《旧经》云："山远望似龟形，故名。"《越绝（书）》云："龟山，句践所起游台也。东南司马门因以灼龟，又仰望天气，睹天怪也。台高四十六丈，周五百三十步。"①灼龟是古人占卜所用道具，占卜天气，看到奇怪的天象。这又是一种说法。《吴越春秋》云："城既成，琅琊东武海中山一夕自来，故名怪山。"宋乐史《太平寰宇记》又载："龟山下有东武里，即琅琊东武山，一夕移于此。东武人因徙此，故里不动。"②山巅有巨人迹，锡杖痕，灵鳗井，多宝塔。总之，怪山的奇怪之处不少，古人为营造一种神秘气氛，以显示此山的确不同凡响，所常用的手法就是故神其说。从传播的角度看，这种手法产生了明显的效果，在诗人的心里引起了较高的重视，创作上也就有较大冲动。这看下面有关诗人的诗作可以得到印证。唐朝郡人徐浩（字季海）《宝林寺作》诗云："兹山昔飞来，远自琅琊台。孤岫龟形在，深泉鳗井开。"李绅（字公垂）《龟山》诗云："一峰凝黛当明镜，千仞乔松倚翠屏。"诗前小序有"在镜湖中，山形如龟"之语③。元稹（字微之）《酬郑从事四年九月宴望海亭次用旧韵》诗云："一峰埂伏东武小，两峰斗立秦望雄。"④宋王安石《登飞来峰》云："飞来山上千寻塔，闻说鸡鸣见日升。不畏浮云遮望眼，自缘身在最高层。"⑤就是其中后来居上的杰作。以前学者解读王安石此诗多有误解，源头就是宋朝李壁所作《王荆公诗注》，将这座飞来山弄得没有着落，注为福建兴华仙游的大飞山、钱塘灵隐寺的飞来山，但辨析王安石没有去过福建，如果认作灵隐寺的飞来峰，它又无塔。最后推测离这两处不致太远，恐怕是另一处地方。20世纪80年代初，笔者求学杭州大学中文系，蒋礼鸿先生在课堂上讲到此事，后来出版一书《咬文嚼字》，其中考证王安石《登飞来峰》是指越州的飞来山，就

---

① ［宋］施宿等撰：《嘉泰会稽志》卷九，1926年影印清嘉庆戊辰重镌本，第3页。

② ［宋］施宿等撰：《嘉泰会稽志》卷九，1926年影印清嘉庆戊辰重镌本，第3页。

③ ［清］彭定求等编：《全唐诗》卷四八一，上海古籍出版社1986年版，第1221页。

④ ［清］彭定求等编：《全唐诗》卷四二一，上海古籍出版社1986年版，第1029页。

⑤ ［宋］王安石著，［宋］李壁笺注，高克勤点校：《王荆文公诗笺注》卷四八《登飞来峰》，上海古籍出版社2010年版，第1321页。

把这个难题解开了。从当时的州衙南望，府山与龟山相对，山上的佛塔高耸云霄，景象颇为壮观。五代汉张伯玉有《清思堂雪霁望飞来山》诗云："隐几高堂上，坐对飞来峰。梵塔倚天半，楼台出云中。"又《题寺壁》云："一峰来海上，高塔起天心。"①到宋朝越州城内仍是卧龙、宝林和蕺山"三山"鼎峙的态势，宋秦观（字少游）《录宝林事实》云："越城凡三山，能与秦望山为主客者，卧龙、宝林、蕺山也。"②

唐方干《龟山》诗："邃岩乔木夏生寒，床上云溪枕上看。台殿渐多山更重，却令飞去即应难。"③元李孝光《龟山》诗："山似琅琊小，地将秦望雄。越王歌舞处，今作梵王宫。"④

蕺 山

蕺山，据《嘉泰会稽志》载在（绍兴府宅）西北六里一百零七步⑤，《清一统志》载："蕺山在卧龙山东北三里。"⑥今天从地图上看，无疑是《清一统志》准确。《会稽志》载此山以"越王嗜蕺，采于此山，故名"⑦，后《清一统志》改为"山产蕺，越王句践尝采食之"⑧，把前者的越王实写为句践。这里有东晋王羲之宅（故居），后舍宅为戒珠寺，故又名戒珠山。《晋书·王羲之传》记载：王羲之有一次在此看见一位老大娘手里拿着一捆六角竹扇叫卖，就为她的竹扇各写五个字，这位大娘起初不知这是怎么回事，有些不高兴，王羲之就对她说："你就说这是王右军题字的扇子，要价百钱。"大娘按照王羲之说的入市叫卖，市人竞相购买，一下子就卖光了。过了几日，大娘又拿着竹扇来，意在王羲之为她再题字扇子上，王羲之"笑而不答"。后人为了纪念这一趣事，就在山下留有"题扇桥""墨池""鹅池"。王羲之故居舍为戒珠寺后，寺中还有"右军祠堂"，供人祭拜凭吊，缅怀昔日"右军本清真，潇洒出风尘"这些余韵悠悠的晋宋风流往事。现在，题扇桥头还有王羲之书法《快雪时晴》帖上墙，王羲之和卖扇老妇的雕像等物化小品，形象展示这个很有意思的王羲之题扇的故事，被

---

① [宋]施宿等撰：《嘉泰会稽志》卷九，1926年影印清嘉庆戊辰重镌本，第4页。

② [宋]施宿等撰：《嘉泰会稽志》卷九，1926年影印清嘉庆戊辰重镌本，第4页。

③ [清]嵇曾筠等纂辑：《浙江通志》卷一五，《四库全书》第519册，上海古籍出版社1987年版，第435页。然方干此诗不见于《全唐诗》中。

④ [清]嵇曾筠等纂修：《浙江通志》卷一五《山川·绍兴府》，《四库全书》第519册，上海古籍出版社1987年版，第435页。

⑤ [宋]施宿等撰：《嘉泰会稽志》卷九，1926年影印清嘉庆戊辰重镌本，第5页。

⑥ 《清一统志》卷二二六《绍兴府》，《四库全书》第479册，台湾商务印书馆2008年版，第199页。

⑦ [宋]施宿等撰：《嘉泰会稽志》卷九，1926年影印清嘉庆戊辰重镌本，第5页。

⑧ 《清一统志》卷二二六《绍兴府》，《四库全书》第479册，台湾商务印书馆2008年版，第199页。

游客评为“很有情调的题扇桥”。同时还可以转化成壁画、拍摄为短视频，编入蕺山公园智能系统，让游人得到更多更深的文化享受，也能够增加蕺山景区的魅力。

以上为绍兴城里之山。

越州城外诸山

秦望山

秦望山是绍兴城南的高山，据《嘉泰会稽志》卷九载：“在（会稽）县东南四十里。《旧经》云：众岭最高者。《舆地广记》云：秦望在州城南，为众峰之杰，秦始皇登之以望东海。”[①]绍兴城南地势渐高，从北面的江边冲积平原转为丘陵山地，秦望山在这一带的丘陵山地中高于群山，所以显得“杰出”雄视。据前文所述会稽山的分布，以秦望山为杰出的这一带山峦，也属于广义的会稽山。历史上秦始皇渡钱塘江，到会稽的秦望山以望东海，早在司马迁的《史记·秦始皇本纪》当中就有记载云：（秦始皇）三十七年（前210）十月癸丑，始皇出游，左丞相斯从。过丹阳，至钱唐，临浙江。上会稽，祭大禹，望于南海，而立石刻颂秦德。虽然史记未明确记载秦始皇是在秦望山登高眺望南海的，但秦望山也属于广义会稽山的一部分，是可以成立的。再说因为秦望山高于附近众山，“登之以望南海”也较合理。秦望山的地形地貌，有“自平地以取山顶七里，县（悬）磴孤陁，径路险绝”[②]，具有游览观光价值。秦望山的文旅融合可以与刻石山联合起来设计，以秦始皇登临以观南海，在会稽刻石纪功，以颂秦德。这是这两座山最有价值的历史文化资源，可以设立秦始皇登览处，秦始皇眺望南海台，李斯小篆刻石之旁设立纪念碑亭加以保护，并供游人休憩、摄影之用。又在秦望山到刻石山途中，建设若干“路廊”（浙东地方以前途中供路人歇脚、吃茶、避雨等用的小屋，是一种公共文化服务设施。其功能类似于今日高速公路服务区）、观景摄影平台等，那么这些亭台设施就能发挥应有的作用了。

刻石山

刻石山，据《嘉泰会稽志》记载：“在会稽县西南七十里，一名鹅鼻山。自诸暨入会稽，此山为最高。晋王彪之《会稽刻石山》诗云：‘隆山嵯峨，崇峦嶕峣。傍觌沧洲，仰拂玄霄。文命远会，风淳道辽。秦皇遐巡，迈兹英豪。宅灵基阿，铭迹峻峤。’

① ［宋］施宿等撰：《嘉泰会稽志》卷九，1926年影印清嘉庆戊辰重镌本，第7页。

② ［清］嵇曾筠等纂修：《浙江通志》卷一五“秦望山”条，《四库全书》第519册，台湾商务印书馆2008年版，第442页。

盖秦皇刻石颂德宜在此山。”[1]今天看刻石山是在绍兴与诸暨的边缘上，距离秦望山直线虽然不到十公里，但属于绍兴南部山区，交通不便，一条山道蜿蜒弯曲到达刻石山，路程自然要比平地上远得多，沿途可以考虑增设一些适应游客需要的物化小品。现在，刻石山上有刻石山雅居、攀岩等旅游观光设施和项目，山村也有农家乐等文旅设施，而与秦始皇登览眺望南海、李斯手书小篆纪功摩崖石刻这般珍贵的历史文化资源，还显得很不相匹配。《清一统志》卷二二六《绍兴府》“刻石山”条引《水经注》载：“秦始皇刻石尚存山侧，丞相李斯所篆也。”[2]另外，像晋王彪之所咏《会稽刻石山》诗歌，是时间很早，十分珍贵的“浙东唐诗之路”前身的作品，值得认真考虑，加以吸收、应用。如果放在浙东唐诗之路上看，唐朝诗人到达刻石山者少之又少，写到刻石山者也是难觅踪影，那么王彪之此诗的可贵就更加突出，更值得重视了。刻石山最重要的历史文化资源就是秦始皇登临纪功之事，建议以此为材料、为文脉，建设一个带有独特形象的文旅融合机动性工程，作为刻石山或者与秦望山合用的吸引游人的旗帜。材料如秦始皇刻石纪功的原文，刻在岩石上的早已模糊，可从《史记・秦始皇本纪》中辑录出来，再从历代有关著名摩崖石刻拓片中翻拍，选择上好石材重新立碑，建造秦始皇刻石纪功碑亭，延续其生命。这样一个秦始皇、李斯文物的标志性物化工程要胜过一般的工程不知道多少倍。

宛委山

宛委山源于一段艰苦的上古历史，大禹治水时期，他劳身焦思，闻乐不听，过门不入，冠挂不顾，履遗不蹑。治水未完成全功，仍然处于焦思苦虑之际，他想起《黄帝中经历》记有：“在于九山东南，天柱号曰宛委。赤帝在阙，其岩之巅，承以文玉，覆以磐石，其书金简，青玉为字，编以白银，皆瑑其文。”这些内容记录的是黄帝的经历，对于治水有指导意义。于是，大禹东巡衡山，仰天而啸，梦见赤衣男子，告诉禹说：“如果想得到我山神书的话，需要斋戒于黄帝岩下三月。”至期登山发石，金简之书存在里面。大禹回来斋戒三月，再登上宛委山，发石取得金简之书。这部书金简玉字，获得通水（即疏通积水）的道理。然后回去治理江河湖泊获得成功，地平天成。以前方志、通志乃至全国总志皆载宛委山在会稽县东南约十五里，会稽山东约三里，上有石匮，壁立干云，想登上去的人都需要爬一条又一条梯子才能登上。所以宛委山又名石匮山，一名玉笥，亦名天柱，从前大禹取得金简玉字于此。这里的

---

① ［宋］施宿等撰：《嘉泰会稽志》卷九，1926 年影印清嘉庆戊辰重镌本，第 15 页。

② 《清一统志》卷二二六，《四库全书》第 479 册，上海古籍出版社 1987 年版，第 201 页。

"石匮(樻之古文)""玉笥"都是指藏匿金简玉字神书的石窟;天柱则指此山高耸入云(蕴含唯有非常之人才能到得山顶,才有机缘获得神书之意)。大禹治水到达会稽,宿在衡岭,宛委之神献上《玉匮书》十二卷。大禹打开书本,获得赤珪如日,碧珪如月。这是用神话的方法把大禹治水的艰难辛苦浓缩在这个收藏神奇宝典之书的传说中,包含着大禹为治水广泛地学习追求前贤治理经验和方法,不畏险阻,奋勇向前的精神,让这座山披上与众不同的文化色彩。

宛委山距绍兴城不是很远,本是越州道教名胜。附近又有云门山、云门寺、若耶溪(又作若邪溪)等越中诗路名胜,游人踪迹较为密集。唐朝诗人顾况《剡纸歌》就有诗:"云门路上山阴雪,中有玉人持玉节。宛委山里禹馀粮,石中黄子黄金屑。"[①]把宛委山写得清新脱俗,中藏宝物,便有吸引游人之效。此外,还有宋之问《游禹穴回出若耶》、孙逖《寻龙瑞》、方干《登龙瑞观北岩》、唐彦谦《游阳明洞呈王理得诸君》等诗人诗作,可供采择提炼,融合唐诗文化,增添唐诗韵味。宛委山南坡有一块巨石,传说是从西域的安息国飞来,因名飞来石。上有越州本地著名诗人、书法家贺知章的《龙瑞宫记》摩崖石刻,以及其他名人题词二十余处,大多已经风化漫漶,独有贺知章这篇《龙瑞宫记》大半可读。可以与上述顾况、宋之问、孙逖等诗人诗作联结起来,形成诗、书、文互相辉映,流光溢彩的文旅资源效应。现在,山上游步道路通畅,山顶建有庙宇、高塔、牌坊等旅游设施;山下则遍植樱花树,建成"樱花步道",已经逢春烂漫,掩映溪桥,产生很好的营造气氛的作用。唯于唐诗、唐文、唐书法不见多少融合的踪影,可以将此山的唐诗、唐文、唐书法等文化资源深入挖掘,加以精选精读,为游客在游山时增添更多唐诗等文化的熏陶,得到情景交融、心驰神往的审美体验。

石帆山

据《嘉泰会稽志》记载,石帆山在会稽县东约十五里,这个距离与大禹陵景区相同。它的命名由来,源于此山东北有块孤石,高二十余丈,广八丈,远望之如船帆,因以为名。它的东侧是绍兴著名的两处遗迹:贺知章《龙瑞宫记》摩崖石刻和阳明洞天风景区,再往东就是宛委山景区。石帆山山顶建有高大雄伟的大禹手持臿的铜像,远远可见,气势非凡,令人肃敬。现在的石帆山已经融入会稽山大禹陵景区之内,实际上已经可以不用单独立条。但它所处的位置,可以把它与西侧的大禹

① [清]彭定求等编:《全唐诗》卷二六六,上海古籍出版社 1986 年版,第 662 页。

陵、(香)炉峰禅寺、东侧的贺知章《龙瑞宫记》所在的龙瑞宫、阳明洞天组成儒释道三教和合的"和合文化"文旅融合特色旅游线。加上唐朝诗人如宋之问《游禹穴回出若邪》"石帆摇海上，天镜落湖中"[①]、孙逖《寻龙瑞》、方干《登龙瑞观北岩》、唐彦谦《游阳明洞呈王理得诸君》等诗作，以及唐人写大禹陵的诗作，可以把这条文旅融合线路打造成为浙东唐诗之路上精彩亮丽的经典线路。

赤堇山

赤堇山在原会稽县东南三十里，传说是铸剑神手欧冶子为越王铸剑的地方。一名铸浦山。《越绝书》所谓"赤堇之山破而出锡"[②]就是这个地方。旁边有井，亦以"欧冶"来命名。古代铸剑之处，到现代来看，往往是存在铜铁矿藏的地方。绍兴的铸剑处，就在浙江省内著名的漓渚铁矿附近，由此建立浙江省为数极少的钢铁厂——绍兴钢铁厂，可见古代传说也是有依据的。

犬亭山(吼山)

犬亭山在会稽县东南三十里，宝山北。据地方志乘所载，越王畜犬猎南山白鹿，就指这个地方。《越绝书》记载：越王句践曾在此地养猎犬狩猎南山的白鹿，以献给吴王夫差，故以为名。亦名犬山，亦曰狗山，又名吼山。[③] 现在的吼山石壁峭削，下临深渊，深不可测。又有石笋高数十丈，这是后世长年在此采石为料，用于建筑用材，用于钱塘江堤防工程凿成。山北岸有小阜叫曹山，玲珑有口好像窗户，下面积水成为深潭，乘坐小舟可以进入。现在，吼山已经开辟为旅游景点，在绍兴文旅中属于知名的推荐点。可以与柯岩、镜湖等组成模块游线，加大宣传，提高吸引力。

若耶山

若耶山在会稽县南四十四里，此地现在隶属于柯桥区。它很早就出现于史书记载，《史记·东越列传》载元鼎六年(前111)讨东越，越侯为戈船下濑将军，出若耶。又是隐逸修炼之名山，汉末葛玄所隐学道修炼，山下有潭，潭上有石，号为葛仙石。又传葛玄隐于此山，修炼得道，羽化登仙，他所服用的白桐化为两头鹿。东晋的谢敷归隐若耶山中。[④] 又有刘宋(一说齐明帝末)的何胤(字子季)隐居若耶，实际上是在稍远三里处的何山。若耶山下若耶溪是浙东唐诗之路著名的胜迹，参见若耶溪条。

---

① [清]彭定求等编：《全唐诗》卷五三，上海古籍出版社1986年版，第160页。

② [宋]施宿等撰：《嘉泰会稽志》卷九，1926年影印清嘉庆戊辰重镌本，第11页。

③ [宋]施宿等撰：《嘉泰会稽志》卷九，1926年影印清嘉庆戊辰重镌本，第14页。

④ [宋]施宿等撰：《嘉泰会稽志》卷九，1926年影印清嘉庆戊辰重镌本，第12页。

日铸岭

日铸岭在会稽县东南五十五里，现在隶属于柯桥区。出产好茶，被品评为在附近诸州之上，是浙东首屈一指的名茶，以前作为越州的贡品贡献朝廷。宋欧阳修《归田录》载：草茶盛于两浙，两浙之品，日铸第一。黄氏《青箱记》载：日铸茶江南第一。华初平说："日铸山茗天真清烈，有类龙焙。昔瓯冶子铸五剑采金铜之精于山下，时溪涸而无云，千载之远，佳气不泄，蒸于草芽，发为英荣，淳味幽香，为人资养也。"[①]这样看来日铸的地名起源于欧冶子（上文《会稽志》作"瓯"，或是形近而误，或是同音假借）于此采矿石铸剑的事迹。而把日铸茶的品味看作山的佳气蒸发上来，它的茶叶就有特别的幽香，成为人养生的佳品。这是带有良好愿望的神解，但古代日铸茶成为贡品是事实，以此日铸茶就成为浙东、浙西品评好茶的"标准器"。日铸岭是从越州城里向东南方向到嵊浦，也就是谢灵运垂钓处，转入剡溪的必经之处；距离若耶溪不远，诗人游踪自然会密集得多。

土城山

土城山在会稽县东六里，《吴越春秋》记载：越王句践派遣相者求美女于国中，在苎罗山得到卖柴的美女西施、郑旦等人，就饰以罗縠，设培训处教导西施、郑旦等人，教以行步，学习有关礼仪于北坛利邱里土城，经过三年培训，练习成熟而后进献给吴王。[②] 因此土城山又叫西施山。这里的土城是会稽的山，另山阴也有土城。

方干岛

方干岛在会稽县东南五里（今绍兴市越城区），原在镜湖中，是唐隐逸诗人方干（809—888）的别墅，别称笋庄。方干字雄飞，号玄英，睦州桐庐（今杭州桐庐）人。咸通（860—873）中隐居越州镜湖，写了很多越中的诗歌，他的《越中言事》诗云："百里湖波轻撼月，五更军角慢吹霜。沙边贾客喧渔市，岛上潜夫醉笋庄。"[③]郑谷《寄题方干处士》云："野岫分开径，渔家并掩扉。"[④]到南宋时这处位于东镜湖中小山的笋庄还在"水中央"，也有说方干岛在西镜湖。后来镜湖逐渐变成良田，现在又变成市区，沧桑转换，已经无踪影可寻。但方干在镜湖隐逸数十年，他的游踪遍及浙东唐诗之路台越两州名胜山水，创作了不少旅游诗。由于方干诗歌的影响，与之交游

---

① ［宋］施宿等撰：《嘉泰会稽志》卷九，1926 年影印清嘉庆戊辰重镌本，第 13 页。

② ［宋］施宿等撰：《嘉泰会稽志》卷九，1926 年影印清嘉庆戊辰重镌本，第 14 页。

③ ［清］彭定求等编：《全唐诗》卷六五一，上海古籍出版社 1986 年版，第 1643 页。

④ ［清］彭定求等编：《全唐诗》卷六七四，上海古籍出版社 1986 年版，第 1695 页。

的诗人很多，来到镜湖笋庄上，诗酒唱和的就有李频、罗隐、吴融、崔道融、贯休、齐己等当时的名人名家。方干和他的朋友圈的创作交游，不仅宣传了镜湖，还扩大了越州在浙东唐诗之路上的影响力。穿越时空，直到现在，他的诗歌仍在传诵，赞美着镜水稽山。

法华山

法华山在山阴县西南二十五里（今此地改属柯桥区）。十峰耸峙，下有双涧。唐李绅诗云："十峰挂碧落，双涧萦清涟。"[①]位置在城南，俗称南山。宋咸平（998—1003）中陆参撰《法华山碑》云："夏后氏巡狩越山，方名会稽。后世分而为秦望，釐而为云门、法华，其实一山。"[②]这样就说清楚了，绍兴城南的法华山实际上就是秦望山，与其他属县（市、区）的法华需要区别。因有秦始皇登临以观南海，所以历代祭祀、游览不绝，是一处人气胜景。

越王山

越王山一名越王峥，在山阴县西南一百二十里，现在属柯桥区夏履镇，处在柯桥与萧山、诸暨三区市交界，海拔 354 米，实际距离绍兴市中心约 30 公里，是萧绍平原上一处显著的险阻之地。战国时吴越争霸，越王句践曾经栖兵于此，故又名栖山，俗称越王寨。山上有走马冈、伏兵路、洗马池、支更楼故址；还有饮马池、淬剑石、仙人洞、九龙盘山顶等遗迹。山上原有深云寺，始建于宋朝，明清有过扩建重修，奉祀越王句践，香火鼎盛。抗日战争期间的 1943 年日军侵占绍兴时，深云寺被纵火焚烧，毁坏严重，"文革"时又被拆毁。改革开放后重建，仍奉祀句践，庙宇齐整，发展旅游配套设施，还有茶园环绕，满目翠色，优化环境。目前是绍兴市第二批风景名胜区，地理区位优越，人流物流旺盛，介于杭州、绍兴两大经济发达强市之间，正好吸引市民来此休闲养生、调节心情，前景自然广阔。

兰渚山

兰渚山在山阴县西南二十七里，即《越绝书》"句践种兰渚田"及晋王羲之修禊处，一名兰亭山，也就是兰亭所在地。宋末祥兴元年（1278），会稽义士唐珏等以玉函葬宋六陵骨殖于此。

---

① ［明］李贤等撰：《明一统志》卷四五，《四库全书》第 472 册，台湾商务印书馆 2008 年版，第 1059 页。

② ［宋］施宿等撰：《嘉泰会稽志》卷九，1926 年影印清嘉庆戊辰重镌本，第 8 页。

第二节　越州　剡山系列

剡山主要在于以剡县为核心的大小山峦，也有大小不同的范围，在诗文中多有不同，读者也很难分清，外地读者更是大小莫辨。宋施宿《嘉泰会稽志》卷九《山》载："剡山在（嵊县）北一里，县治处其坳，山下园囿亭馆。白乐天《沃洲记》云：'东南山水，越为首，剡为面。'其山巅屹起小峰，号白塔。"①这是具体的小概念的剡山，也就是现在被围在嵊州城里的剡山。但唐诗中写到的剡山未必都是特写这座小概念的剡山，越州本地的读者是否能分辨得清楚？也很难说。即以刘长卿的名作《赠微上人》为例："禅门来往翠微间，万里千峰在剡山。何时共到天台里，身与浮云处处闲？"②此处"剡山"指的是泛指的剡山还是特指的剡山？很显然它是泛指的剡山。从释贯休《送僧归剡山》诗"远逃为乱处，寺与石城连"看，明显属于现在新昌境内的剡山。从武元衡《送寇侍御司马之明州》"地穷沧海阔，云入剡山长"看，则明显属于泛指。由于在诗文中出现频繁，传播日益扩大，剡山就成为浙东唐诗之路的"流量地名"之星。在读者心中，不管它是泛指还是特指，囫囵读之，囫囵解之，也无大碍。这大概是实情。

剡山系列

剡　山

剡山的位置与大小范围，据历代方志记载，似乎没有很模糊之处。如上文概说中所引《嘉泰会稽志》所载，这是南宋时的剡山及其与嵊县（今嵊州市）县治的紧密关系。清朝《一统志》记载："剡山在嵊县治后，北峰名星子，四山迤逦，孤岑独出。稍下名白塔，支陇延袤十数里。"俗传秦始皇东游，使人挖掘此山，以泄王气。其山南剡坑就是当年挖掘剡山的遗址。这样看来，剡山与当年嵊县县治的方位没有变化，保持南宋时的格局。剡山又名鹿胎山，从前是猎人射鹿的猎场，还是南宋思想家朱熹登眺剡山的重要遗迹，县治跨其麓，宋朱子登眺其上，题曰"溪山第一"，与宋人陈尧佐《忆越州》称赞越州为"溪山第一州"相呼应。另外，《会稽志》记载剡山被秦始皇派人挖的坑北面有东晋时期名人戴颙的坟墓；此山还是会稽本土诗人秦系逃隐的地方，秦系在《献薛仆射》诗序中说："系家于剡山，向盈一纪。大历五年，人

---

① ［宋］施宿等撰：《嘉泰会稽志》卷九，1926 年影印清嘉庆戊辰重镌本，第 23 页。

② ［清］彭定求等编：《全唐诗》卷一五〇，上海古籍出版社 1986 年版，第 355 页。

或以其文闻于郡守薛公，无何，奏系右卫率府仓曹参军。意所不欲，以疾辞免。因将命者，辄献斯诗。”其诗云：“由来那敢议轻肥，散发行歌自采薇。逋客未能忘野兴，辟书翻遣脱荷衣。家中匹妇空相笑，池上群鸥尽欲飞。更乞大贤容小隐，益看愚谷有光辉。”[①]从上述史料记载来看，剡山其实整理历史文化资源至少有四大名人可以考虑：一是秦始皇劚山以泄王气的“挖坑”遗迹；二是东晋音乐家戴颙墓葬；三是唐朝诗人秦系隐居处；四是宋朝大思想家朱熹登眺之处及其所题“溪山第一”摩崖石刻。把这些历史文化资源整合之后，设置合适的文旅项目，配以剡县剡溪优美的唐诗，如朱放、秦系、李白、刘长卿等名人名家的诗歌，特别是朱放《剡山夜月》：“月在沃洲山上，人归剡县溪边。漠漠黄花覆水，时时白鹭惊船。”写得美极了。把剡山打造成浙东唐诗之路的文旅名胜景点，拉高人气，就可以为剡山文旅融合建设打下基础，为经济发展转型提供良好的条件。

艇湖山

艇湖山是嵊州市一个极有价值的历史文化明星景点，方志记载，在嵊县（今嵊州市）东五里，剡溪之左。这与现在104国道所见的方位相吻合，上为塔山，山下有子猷桥、访戴处。这就还原《世说新语》所载“王子猷雪夜访戴”故事的情景，王子猷连夜乘船从会稽郡城里赶来寻找戴逵（字安道），经一夜水路辗转，费尽周折，终于来到戴宅之前，却不进门叙旧，而是说“吾本乘兴而来，兴尽而返，何必见戴”[②]，推断其地址当离剡溪水道不远，甚至便在剡溪边码头之畔，至少到南宋时还是如此。就如王十朋《戴溪亭》诗云：“剡水照人碧，剡山随眼青。吾来非雪兴，惭上戴溪亭。”[③]而艇湖正好符合这个情景。而今嵊州市则将戴逵当年为王子猷雪夜拜访处设为逵溪村，如果光是听或看这个地名都觉得很顺，但一寻访，就发现所谓逵溪村离剡溪水道很远，游客寻访很不顺当，要大费周折，何况当时王子猷雪夜来访？哪里会是这么一个远离剡溪水道，还要走很多山路的山村？实际上这是对“雪夜访戴”这一典故与戴逵隐居处未分清之故。笔者为此寻访不下四次，第一次走到“戴溪”村，一打听，一看地方，都与戴逵隐居处无关；第二次由嵊州市政协领导和文史专家带路到此“逵溪村”，虽有清幽之境，但位置在离剡溪很远的小山顶上，觉得与

---

① [清]彭定求等编：《全唐诗》卷二六〇，上海古籍出版社1986年版，第650页。

② [刘宋]刘义庆著，梁刘孝标注，余嘉锡笺疏：《世说新语笺疏·任诞》第二十三，上海古籍出版社1993年版，第759页。

③ [宋]王十朋著，梅溪集重刊委员会编，王十朋纪念馆修订：《王十朋全集》卷三，上海古籍出版社2012年版，第43页。

“雪夜访戴”情景不合，出入太大；第三次是自己带领调研组拍摄浙东唐诗之路胜景，迷路于此，经过向附近村民打听，曲径通幽找到；第四次是带领学生搞暑期社会实践，研学到“逵溪村”，也是很费功夫，曲折寻觅到此。就是没有一次走到艇湖这个地方，可见此地在发掘历史文化资源，擦亮唐诗之路名片上下功夫，还需要从方便游客着想，树立指示牌，让游客方便寻找得到；研究工作还要加强，宣传嵊州唐诗之路，要有研究成果才能发力，避免张冠李戴，带错地方。否则即使“闻有招寻兴，随君访戴船”[①]，也难以让游客访到戴啊。所以就其历史记载、人文遗迹及其地理方位、交通条件诸方面看，艇湖应当是较符合王子猷访戴的地方。

艇湖的历史文化遗迹存在久远，但没有得到很好的保护，历史上曾经有过的子猷桥、访戴处还有遗迹吗？它究竟是什么时代、什么人主持建立的？又是何时因何缘由毁灭？这些事实都没有研究清楚，所以也一直没有做很好的宣传，知名度不高，影响也很微弱，就像上文记载的，此处有子猷桥、访戴处，却为何一直没有争得“雪夜访戴”处的正宗地位？也没有设置相应的历史文化标志、没有建设有关浙东唐诗之路文旅融合设施？这是笔者十分不解的谜团，相信为此迷惑的也不止笔者一人。为发掘剡县境内如此令人着迷的人文遗迹，重新讲述王子猷雪夜访戴乘兴而来、兴尽而返洒脱不羁的故事，让它给滚滚红尘中迷失方向的人灌一点清醒剂，提醒人回顾自己的心灵，找回自我，求得心灵的自由与清净，是比灯红酒绿更加重要的人生追求。此地靠近水陆交通要道，有许多便利条件，更有必要把此地打造为剡溪边上最有“魏晋风度”的文化名胜景点之一，成为嵊州诗路一张亮丽的名片。

嵊　山

嵊山在嵊州市东三十四里。《水经注》载：山下有亭，带山临江，松岭森郁。[②]按《宋书》载：张稷为剡令，至嵊亭，生子名嵊，字四山。嵊之为字，盖取四山相合，如乘马乘雁之义。《嘉泰会稽志》卷九载：崿山与嵊山接，王元琳谓之“神明境”。事见谢康乐《山居记》[③]。这是一处古代知名度高，名人称赏，而现在渐趋平凡，不太为人所知的地方。需要挖掘其历史文脉，开发适宜游览观赏的景点，设置路标和诗路文旅说明，提供宣传手册之类，加大宣传力度，让嵊山这张名片重新发光。

---

① ［唐］皇甫冉《和朝郎中扬子玩雪寄山阴严维》，［清］彭定求等编：《全唐诗》卷二五〇，上海古籍出版社 1986 年版，第 635 页。

② ［宋］施宿等撰：《嘉泰会稽志》卷九，1926 年影印清嘉庆戊辰重镌本，第 26 页。

③ ［宋］施宿等撰：《嘉泰会稽志》卷九，1926 年影印清嘉庆戊辰重镌本，第 25—26 页。

金庭山

金庭山是嵊州历史文化资源丰厚的地方，也是在古代天台山的地理风水中居于重要地位的地方，更重要的是它是王羲之辞官挂印后隐居、修炼养生和人生最后归宿的地方。据《清一统志》记载：金庭“在嵊县东七十里，旧名桐柏山，上有金庭洞。道书以为第二十七洞天，高万五千丈，周四十里，天台华顶之东门也”①。《剡录》载“金庭观在剡金庭山，是为崇妙洞天，金庭福地”②，这与王羲之作为道教世家，崇尚养生有契合处。王羲之隐居金庭之后，玄言诗人、道士许询从萧山迁居到与王羲之相距一里的济渡而居，高僧支遁也随之来游。王、许、支经常相聚，讨论养生，炼丹合药，赋诗论道，傲月啸风，也不时出游东郡（相当于今浙东）名山胜水，排遣烦闷，极娱游之乐，时人望如神仙。《晋书·王羲之传》称：“羲之既去官，与东土人士尽山水之游，弋钓为娱。”③便是指此段时间的事情。南朝著名道士陶弘景对浙东山水适宜炼丹合药之处做过仔细勘探，他在《真诰》中说：“金庭有不死之乡，在桐柏之中，方圆四十里，上有黄云覆之。树则苏玡琳碧，泉则石髓金精。其山尽五色金也。经丹水而南行，有洞交会，从中过，行三千余里则得。”④这是将越台明的金庭桐柏天台和四明的丹山赤水糅合起来说，在浓郁的道教法螺鼓吹下，还是透露了一些此地适宜道士修炼的良好条件、环境和资源。唐裴通《金庭观晋右军书楼墨池记》载：“越中山水之奇丽者，剡为之最；剡中山水之奇丽者，金庭洞天为之最。”⑤由于这个前因，唐玄宗天宝六载（747）改名丹池山。由上所述可见，历史上金庭这个地方山水奇丽，甲于剡中，王羲之、许询、支道林、陶弘景这些方外人物，具备超常的审美眼光，对剡中山水的选择即使千载之下，仍然展现其独到的鉴别能力。唐朝诗人来游剡中者多如过江之鲫，其中诗仙李白是一面光辉的旗帜，他在《送王屋山人魏万还王屋》诗中写道：“人游月边去，舟在空中行。此中久延伫，入剡寻王许。”⑥就是对此地传播极广的魏晋风度的概括。其他如张祜《游天台山》五言长诗也有“邈峻极天门，觑深穷地户。金庭路非远，徒步将欲举。身乐道家流，敦儒若一

① 《清一统志》卷二二六，《四库全书》第479册，台湾商务印书馆2008年版，第479—205页。

② ［宋］高似孙撰：《剡录》卷八《物外记》，《四库全书》第485册，台湾商务印书馆2008年版，第592页。

③ ［唐］房玄龄等撰：《晋书》卷八〇《王羲之传》，《二十五史》第2册，上海古籍出版社、上海书店1986年版，第245页（总第1489页）。

④ ［梁］陶弘景撰，赵益点校：《真诰》卷一四，中华书局2011年版，第262页。

⑤ ［清］董诰等编：《全唐文》卷七二九，上海古籍出版社1990年版，第3332—3333页。

⑥ ［唐］李白著，［清］王琦注：《李太白全集》卷一六，中华书局1977年版，第748页。

矩"[1]。晚唐诗人陆龟蒙《和袭美送孙发百篇游天台》诗中有"闲窥碧落怀烟雾，暂向金庭隐姓名"[2]，也是引用王羲之归隐金庭的典故。

金庭山由于是王羲之归隐和归宿之地，一直是世人关注的地方，其遗迹持续修缮，由王羲之舍宅为寺（观），成为后世的金庭观，作为道教修炼场所，现在的金庭观经过修缮，布置有书圣殿、右军祠等纪念王羲之的殿堂。整体格局、内涵充实都与当今文旅融合要求相一致。该观后面至今仍保留着当年为王羲之守墓之人居住生活的房舍、菜园等。这处房舍可以兼具王羲之墓地和金庭观管理的双重功能，通过这处房舍能让人们了解当时守墓人的任务、待遇、承袭等有关情况，它本身就是一件历史文物，是一种文旅资源。然而，金庭更大的文脉传承主要延续于附近的华堂村，该村居民为王氏后裔，世代传承王羲之书法和绘画技艺，其村名本因此得名"画堂"，后演变成"华堂"。其村中建有"书圣故里"牌坊、王羲之家训馆、静修寺、德仁庵等，还有羲之山庄、华堂村农家乐、任斋饭店以及超市等一应旅游配套设施。这可以弥补金庭观景点服务设施不足的问题。嵊州市大力挖掘书圣文化，恢复或新建雪溪书院、书画长廊、书法园林等文旅设施，举办书法节等突出书法的文化活动，像规格很高的"中国嵊州国际书法朝圣节"就已经举办到第十三届了。这是很有传统特色的文旅融合的设计，在重新倡导小学生写毛笔字的新形势下，其前景自然十分宽广。

建议：嵊州市和金庭镇在策划书画活动时，结合传统节日礼俗，可以恢复"元旦试笔"这一悠久的新年开笔活动（这里的"元旦"原本指阴历正月初一，后因历法改革被移用于阳历1月1日，需要注意两者不可混淆）。"元旦试笔"是我国一项来源很早的礼俗，宋朝浙东诗人舒岳祥《阆风集》中就有《良辰元旦试笔》诗，此俗后来传入日本后被称为"書き初め"，一直传承下来，但日本将时间延后一日，改为正月初二。因此建议改称"新春试笔"之类。重启这一传统开笔仪式，既可以增加文化传统气氛，又传承王羲之的风雅精神，让喜庆吉祥凭借书画载体得到更好的普及，是一项融合传统礼俗而促进书画进入百姓家的活动，非常值得期待。

嶀　山

嶀山处在剡溪之畔，剡溪在这里冲出一大湾，这应当就是史志记载中所谓的"嶀浦"了。山不高，在临溪的小山顶上有一座庙，庙侧下方建有一座凉亭，刻画有

---

① ［清］彭定求等编：《全唐诗》卷五一〇，上海古籍出版社1986年版，第1288页。

② ［清］彭定求等编：《全唐诗》卷六二五，上海古籍出版社1986年版，第1577页。

中国山水诗鼻祖谢灵运的有关行踪。在距凉亭不远处的水湾边矗立着一座高大的谢灵运塑像，坐北朝南，面向远方，似乎在思索，又似乎在构思新的诗篇。浙东越台两州交通大动脉上三高速公路正在塑像的右手边几十米处，车水马龙，昼夜不息。现代交通条件属于方便的地方。历史上剡溪在这一段也属于观赏性强的，山水锦绣，适宜隐居者逃名归隐。据方志记载：嵊山在嵊县北四十五里。以王谢为代表的隐逸人物很是喜欢这块山水宝地，看唐朝白居易《沃洲山禅院记》对剡中十八高士的陈述就可知晓概貌。郦道元《水经注》记载道："嵊山与嵊山接，二山虽曰异县，而峰岭相连，其间倾涧怀烟，泉溪引雾，吹畦风馨，触岫延赏。"[①]这段话中"二山虽曰异县"，当是指那时嵊山和嵊山分别属于始宁县和剡县，以下这些描写记录了当时文人的观感，而王元琳的评价"神明境"，则是把剡中这一段的山水形貌作了一个相当高度的点题。根据《舆地志》的记载，剡溪到嵊山这一段有一个地名叫嵊浦，得名原因是此处有一支从会稽入剡的水道："自上虞七十里至溪口，从溪口溯江上数十里，两岸峭壁，势极险阻；下为剡溪口，水深而清，谓之嵊浦。嵊浦之水皆源自会稽经山峡中，由此入剡，故有水口之名。"[②]我曾经在嵊州登临此处，站在它的小山头上可以极目远看，周览剡溪风光，剡溪水面在此段较宽阔，呈现不同于上游山溪的面貌。谢灵运喜欢在此隐居垂钓，这里又叫谢灵运垂钓处。

嵊州嵊山谢灵运垂钓处

① [北魏]郦道元撰：《水经注》卷四〇，《四库全书》第 573 册，台湾商务印书馆 2008 年版，第 594 页。

② 《清一统志》卷二二六，《四库全书》第 479 册，台湾商务印书馆 2008 年版，第 205 页。

贵门山

贵门山在嵊县西南七十里，峰嶂干云，壁立万仞，中一峰尤高耸，有三泉迸石穴，曰三悬潭。本名鹿门山[①]，宋朱熹改为贵门。鹿门山这个地名与孟浩然和张子容故乡襄阳南园的鹿门山同名，不知朱熹为何要改名？孟浩然当年来到浙东越州游览剡县、台州天台山为时较久，他到剡县石城寺吃腊八粥，却与这里的鹿门山交臂失之。不然可以为嵊州增添一处很有特色的孟浩然第二故乡鹿门山了。

石门山

石门山在嵊县西北二十五里，有石洞、龙湫、沸泉诸胜。县西北九十里亦有山名石门，两石峭立如门。晋宋之际山水诗鼻祖谢灵运在浙东游历名山大川，有名的山水大多走到，边走边吟，创作山水诗成为当时风行社会中上层的畅销歌曲（流行歌曲）。《宋书・谢灵运传》记载：每当谢灵运一有新诗传到京城，便有许多人来传抄，不几日大家就都知道都会唱了。他描写石门的诗歌有《登石门最高顶》及《夜宿石门》诗，只是这里的石门为谢灵运所描写歌颂，所谓“此地一垂顾，高名百代留”，便成为各方争夺的焦点。石门这个地名在浙东、两浙乃至全国都是很多的，浙东山区叫“石门”的大小地名，相重合的也毫不足怪，就像上面开头地方志所载嵊州市境内就有两座同名的石门山，何况其他地方？如诗僧皎然《送旻上人游天台》诗云“月思华顶宿，云爱石门行”[②]，以写剡中石门为合理。李白《送王屋山人魏万还王屋》诗序中写到魏万来追李白，下天台山后“乘兴游台、越，经永嘉，观谢公石门”[③]，丘丹《奉使过石门观瀑有序》“谢康乐宋景平中为永嘉守，有《宿石门岩上》诗；余六代叔祖梁中书侍郎天监中有《过石门瀑布》诗，后亦为此郡”以及他的《秋夕宿石门馆》的石门[④]，朱庆余《送僧游温州》“石门期独往，谢守有遗篇”[⑤]，则是指青田的石门洞天。方干《石门瀑布》“直是银河分派落，兼闻碎滴溅天台”[⑥]，就有点犹豫，似难遽定是哪个石门了；经比对方干诗集上下首诗分别是《处州献卢员外》《题仙岩瀑布呈陈明府》，应当是方干在处州所题的石门瀑布。

① 《清一统志》卷二二六，《四库全书》第479册，台湾商务印书馆2008年版，第205页。
② ［清］彭定求等编：《全唐诗》卷八二二，上海古籍出版社1986年版，第2016页。
③ ［唐］李白著，［清］王琦注：《李太白全集》卷一六，中华书局1977年版，第749页。
④ ［清］彭定求等编：《全唐诗》卷三〇七，上海古籍出版社1986年版，第771页。
⑤ ［清］彭定求等编：《全唐诗》卷五一五，上海古籍出版社1986年版，第1305页。
⑥ ［清］彭定求等编：《全唐诗》卷六五二，上海古籍出版社1986年版，第1646页。

清风岭

清风岭在嵊州市北四十里，原先多有枫树，本名青枫岭。岭上岩石峻险，下临剡溪，有宋末临海王烈妇死节于此，因而改称清风岭。岭脚坐北朝南有一座王烈妇祠，现在叫清风庙。王烈妇是临海人，宋末为元兵所劫，投崖死。这是一个令人悲伤的故事。元兵攻占台州时，临海民妇王氏姿容美丽，被掠至元军军营中，千夫长杀了她的公婆与丈夫，想占有她。王氏誓死不从，自念迟早将被奸污，就对千夫长说："你如果能让我为公婆与丈夫服孝满月，就可服侍你。"千夫长见她不怕死，又见她有所转变，就同意让她服孝。当部队北还，带着王氏走到嵊县登上清风岭，王氏仰天偷偷叹息道："我知道怎么死了。"就咬破手指出血，写诗于崖石上："君王无道妾当灾，弃女抛男逐马来。夫面不知何日见，此身料得几时回？两行清泪偷频滴，一片愁眉锁未开。回首故山看渐远，存亡两字实哀哉！"写毕就投崖下剡溪自杀。[①]这座庙先是嵊县县丞徐端于王氏自杀处树石碑，立祠祭祀，后来浙东元帅泰不华（生长于临海，得中状元）任绍兴总管府达鲁花赤时，为王氏立庙塑像，元至治中旌表，民众称为"贞妇"。

现在，清风庙修缮完好，其中多有名人题匾、撰联，赞颂王氏贞烈气节，气贯长虹。当地民众形成礼俗，按照习俗举行祭祀，可见当地风尚可敬。而且此处离纪念谢灵运的嶀山不远，可以组成一条游线，整合为诗路与气节相连贯的景点，增添传统文化内容的多样性。

南明山（石城山）

南明山在新昌县南四里，是新昌的象征与代称，本名石城山，吴越时为南明山。危岩攒簇，石壁千仞，向来被看成天台的西门。自石牛镇而入，有紫芝、天井、月峡诸胜，又有夹溪塘、白岩坞、隐岳洞等胜景。宋朱熹在山上建有濯缨亭。南明山与佛教结下深缘，东晋时期就有天竺僧人支遁（字道林）、竺法潜等来此开辟传教场所，这便是后来闻名于世的大佛寺。

沃洲山

沃洲山在新昌县东二十五里，高百余丈，周十里。北通四明山，下统大溪，与天姥对峙。道教七十二福地中的第十二福地，有放鹤峰、养马坡，相传为支遁放鹤养马处。唐懿宗初，剡县裘甫作乱，据此为寨。王式遣兵攻拔沃洲寨，也就是这个地

① ［元］陶宗仪：《南村辍耕录》卷三，中华书局 1959 年版，第 38—39 页。

方。沃洲是个山水掉个的地名，名义属水，其实为山。它最为知名的诗，是盛唐刘长卿的《送方外上人》："孤云将野鹤，岂向人间住？莫买沃洲山，时人已知处。"[①]可见当时沃洲山在浙东唐诗之路上的盛名状况，试想到此处买山隐逸的人很多，多到一定的程度就会令人觉得不像隐居，倒像俗世，红尘滚滚，哪里有超凡脱俗的高洁格调？所以刘长卿诗所透露的消息，反映盛唐时期迎来隐士络绎的阶段性"闹热"。沃洲山的开发与扬名始自东晋，由僧人白道猷、竺法深、支遁在此开山，"筹建"佛教场所，渐渐地三教人物都慕名而来，就如《嘉泰会稽志》卷九"沃洲山"条所载：晋白道猷、法深、支遁皆居之；戴（逵）、许（询）、王（羲之）、谢（安）等十八人与之游，号为胜会，也与白居易组织白莲社相类似。唐诗中的名人韦应物、权德舆送名僧灵澈回归沃洲，有诗序流传到社会上。山中有灵澈杖锡泉，西南养马坡、放鹤峰，都因为支道林而得名。吴曾《能改斋漫录》云："沃洲、天姥号山水奇绝处，自异僧白道猷来自西天竺，赋诗云：'连峰数十里，修林带平津。茅茨隐不见，鸡鸣知有人。'晋宋之世，隐逸为多。"[②]

在浙东唐诗之路上，沃洲山是广受各方关注的文化名山。山上集中三教九流，和合圆融，共生共存，互相促进，方外"人丁"兴旺，佛教领先，道教亦多洞府，炼丹合药，与"方内"人士联系紧密。如来越州任长史的诗人宋之问有《湖中别鉴上人》："愿与道林近，在意逍遥篇。自有灵佳寺，何用沃洲禅。"就分别提及魏晋清谈，近乎玄学，灵佳寺兴起后，渐代原先沃洲的佛教。暗含诗人对沃洲山的多种宗教文化共聚一山表示欣赏和支持的态度。《道藏经》云："沃洲天姥，福地也。"[③]唐诗人来沃洲山隐居游方，以刘长卿为突出，他的五言诗中有多首与沃洲山有关，如《寄灵一上人初还云门》。刘长卿《赠普门上人》诗有"支公身欲老，长在沃洲多"[④]，表明他对此地宗教发展历史和现状的熟悉。《送灵澈上人还越中》有"禅客无心杖锡还，沃洲深处草堂闲"[⑤]，再次写到沃洲当时深处的草堂居住着很多隐逸人士，名僧灵澈也是其中之一。越州诗人秦系《宿云门上方》"松间傥许幽人住，不更将钱买沃洲"[⑥]，就表明沃洲上面一时买山隐士多，"山价"行情高涨，其他地方幽隐之处难觅的情

① [清]彭定求等编：《全唐诗》卷一四七，上海古籍出版社 1986 年版，第 339 页。
② [宋]施宿等撰：《嘉泰会稽志》卷九，1926 年影印清嘉庆戊辰重镌本，第 44 页。
③ [唐]李白著，[清]王琦注：《李太白全集》卷一五，中华书局 1977 年版，第 725—726 页。
④ [清]彭定求等编：《全唐诗》卷一四八，上海古籍出版社 1986 年版，第 345 页。
⑤ [清]彭定求等编：《全唐诗》卷一五一，上海古籍出版社 1986 年版，第 356 页。
⑥ [清]彭定求等编：《全唐诗》卷二六〇，上海古籍出版社 1986 年版，第 651 页。

况,可以与刘长卿“莫买沃洲山”相印证。

沃洲山之所以形成这样热闹的情景,可能与以下因素有关联:一是沃洲与东岇山、天姥山相近,又与天台相邻,地域在剡中范围,到浙东政治中心越州比较方便;二是有东晋支遁、竺法深、白道猷等人在这一带开辟传教场所,对于修习佛法有较好的基础;三是中唐以降,由于白居易《沃洲山禅院记》的传播和感召,慕名远道而来者众,沃洲山禅院在修习佛法,宣讲弘传上也影响了浙东诗路文化的走向,成为剡中聚集文人,乃至于影响沃洲山归隐人士的一个核心平台。至于袁晁、裘甫等人在浙东揭竿而起的事件,对于这些隐逸人士当然也有影响,但比在城镇要小得多。

综上所述,沃洲山地处浙东唐诗之路的腹心地带,其隐逸文化延绵久远,佛道两教在此历史已久,屡经名人名家为之先导,闻名遐迩,四方文士迢递络绎,相望于途,大唐诗人追寻前贤芳踪,流连于此,写景抒情,状物托志,从而进一步推波助澜,把沃洲山的影响力推向高潮。

建议:在深入研究和开发沃洲山诗路文化方案中,要保护好这丰厚而珍贵的历史文化资源,在真君殿附近或者其他佳处另辟新址,为开辟沃洲山的先贤树碑立传,建设雕像群塑、隐逸展陈,特别是要突出前唐白道猷、王羲之、支遁,唐朝李白、杜甫、白居易、刘长卿等人为沃洲山所做出的贡献,以招徕更多热爱浙东山水,喜欢山水文化和旅游的人。

东岇山

东岇山在新昌县东南四十里,它的出名主要是由于东晋名僧支遁曾经隐居于此,《世说新语》载:支遁在东岇山上修禅采药,养马放鹤。从文化发展角度看,是天竺佛教传入中土之后不自觉地吸收中国文化,佛与道互相学习,各采所长的一种表现,但从佛教一般戒律而言,这些行为有些不像出家人所为。别人问他为什么要做这些事?他说:养马是因为喜欢马的神骏。他养鹤之初,担心鹤要飞走,就剪去鹤的羽毛,后来看到鹤顾影自怜、垂头丧气的样子,又起怜悯之心,就让鹤养好羽毛,放鹤出笼飞上天空,回归自然。晚唐诗僧贯休《桐江闲居作》有“数只飞来鹤,成堆读了经。何妨似支遁,骑马入青冥?”[①]之句,就是用支遁养马放鹤典故的例子。

支遁是当时社交名流,学问、才华都很出众,与王羲之、孙绰等社会旗帜性人物交游很是密切,深受上流社会大佬的喜欢。他的言行甚至成为社会时尚的引领者,

① [清]彭定求等编:《全唐诗》卷八三〇,上海古籍出版社1986年版,第2034页。

倾动朝野的风向标。他修习佛法的地方主要是在东岬山水帘洞，是一个天然的山洞。地方偏僻，人迹罕至，山洞也不是很大，进深也不是很深，顶上有流泉落下，夏天大雨过后，就会形成瀑布，垂入洞前深潭中，形成天然的池塘。真是一处幽隐修炼的好地方。

这个地方十分适合作为研学旅行的文旅实践基地或者景点（地点），是大学生学习研究浙东唐诗之路很好的选点；复可作为自驾游爱好者和背包客（驴友）寻幽探胜的景点，因为只有对此有一定兴趣和有古代文化基础的人才会喜欢这样的地方，不适宜大型团队游。

这个水帘洞位置较为偏僻，交通不是很方便，离能通车的公路还有一段路要走。因此可以考虑先修筑一段路，让游客可以更加方便地到达此处，少走一些山路。同时，在洞前和途中设置一些历史文化背景及其诗路景点等方面的介绍材料，在公路和路口处设置指示牌，为游客导航。

山背山　刘门山

山背山在新昌县东三十里，四面相距四十里，旁边都是峭壁峻岭。岭外有大溪环绕，故岭又名鳌峰。山上相接为寒云千叠，山四面层崖，地气高寒，夏夜还要盖棉被。又东向五里为刘门山。

刘门山山下有采药径，相传为刘晨、阮肇采药处。山麓村口有刘阮祠，现在改为刘阮庙，庙中塑刘阮彩色像，有碑文介绍刘阮遇仙的传说故事，庙下有碑，为清天台齐召南赞颂刘阮遇仙诗歌。沿溪而上有阮公坛。

天姥山

天姥山因为中国山水诗鼻祖谢灵运的诗歌而青史留名，嗣因昭明太子萧统《文选》而成为书生熟知的海内名山，更因诗仙李白的《梦游天姥吟》而名扬天下，也因此而引起海内外学者、读者的兴趣和关注。近些年来，天姥山在中国文化生活中，随着浙东唐诗之路的影响不断扩大，知名度进一步提高，尤其是在绍兴新昌，成为新昌在浙东唐诗之路上地位的标杆。它受到的重视可谓前所未有，以至于新昌推出“一座天姥山，半部《全唐诗》”的口号，其气势之大，标举之高，希望之切，也可谓前所未有。天姥山成为新昌占据浙东唐诗之路重要角色的标志，也成为浙东唐诗之路保护、开发利用的象征。

天姥山就它的自然地理属性来说，本是天台山脉的一个组成部分，与天台县的天台山相依相连，像连体婴儿一般。宋施宿《嘉泰会稽志》卷九《山》载：“在（新昌）

县东五十里，东接天台华顶峰，西北联沃洲山。”[①]这就清楚地看到天姥山与天台山的亲密关系。天姥山得名的缘由，宋乐史《太平寰宇记》载为：“登此山者，或闻天姥歌谣之声。”[②]《嘉泰会稽志》亦同。此类说法属于疑似之言，难断真伪，亦不必断其真伪。在浙东诸山命名或者传说中形成一种模式。浙东山水，滨海之地，历史上形成中国道教的重镇，天姥山也与道教结缘，道书以为第十六福地。《嘉泰会稽志》引《道藏经》云：“沃洲天姥，福地也。”[③]它的最高峰叫拨云尖，其西五里为莲花峰，高二千五百丈，周三十里。

历史上有多位名人眷顾天姥山，为它带来巨大而深远的影响，成为历久弥新的文化资源。这与它所处的位置相为表里，天姥山正好处在浙东越州台州温州驿道的边上，谢灵运《登临海峤初发疆中作与从弟惠连见羊何共和之》诗云：“暝投剡中宿，明登天姥岑。”[④]谢灵运开了头，此山身份变得大为不同，后世文青久慕剡中天姥之名，便有步谢后尘之事，引为游越的标志，被推崇为“诗仙”的李白便是一位引领时尚的人物。李白《别储邕之剡中》诗中说：“辞君向天姥，拂石卧秋霜。”[⑤]又《梦游天姥吟》云：“天姥连天向天横，势拔五岳掩赤城。天台四万八千丈，对此欲倒东南倾。”[⑥]特别是后者，在文化界掀起梦游天姥的潮流，感染了社会上不少书生加入这支游历东南的队伍。如有“诗圣”之号的杜甫年轻时漫游到此，其《壮游》诗云：“剡溪蕴秀异，欲罢不能忘。归帆拂天姥，中岁贡旧乡。”[⑦]便是随着时代潮流，来访天姥的一员。诗歌是艺术作品，来源于生活，又高于生活，所以推断杜甫到达天姥山是可以采信的，他的“归帆”就是返回北方的船经过天姥山，这是很典型的诗歌语言。我们也可以理解为杜甫应当到达过天姥山南边的地方，这才写出“归帆拂天姥”这样的诗句，因为他是北方人，老家在河南巩县（今巩义市），地方在今天的洛阳与郑州之间。以前的史志记载，或者模糊不清，是因为当时对某事认识模糊，了解不足。就与如今我们对海洋、星空、大脑、病毒等还难以认识得很清楚一样，有的只得模糊记载，语焉不详。譬如《庄子·逍遥游》中对海中大鱼鲸的认识，对鲸化而为鹏

---

① ［宋］施宿等撰：《嘉泰会稽志》卷九，1926 年影印清嘉庆戊辰重镌本，第 45 页。

② 《清一统志》卷二二六《绍兴府》“天姥山”条，《四库全书》第 479 册，台湾商务印书馆 2008 年版，第 205 页。

③ ［宋］施宿等撰：《嘉泰会稽志》卷九，1926 年影印清嘉庆戊辰重镌本，第 45 页。

④ 逯钦立辑校：《先秦汉魏晋南北朝诗》中册，中华书局 1983 年版，第 1176 页。

⑤ ［唐］李白著，［清］王琦注：《李太白全集》卷一五，中华书局 1977 年版，第 725 页。

⑥ ［唐］李白著，［清］王琦注：《李太白全集》卷一五，中华书局 1977 年版，第 705—706 页。

⑦ ［清］彭定求等编：《全唐诗》卷二二二，上海古籍出版社 1986 年版，第 535 页。

的认识，足可为例。这就为后人继续深入探索留下课题，也为后人争鸣埋下伏笔。天姥山就是前人认识不够周详，了解不够到位而模糊记载的例子。在此问题上宋人陈耆卿《嘉定赤城志》卷四十《辨误门》作了一次较为专门的考证：

《会稽志》载天姥山在新昌县东南五十里，东接天台华顶峰，故李白《天姥歌》有"天姥连天向天横，势拔五岳连赤城"之句。然《郡国志》载天姥山乃在临海郡[①]，山峤与括苍山相联。或云在越，或云在临海，疑此山绵亘相延，故二处皆有之。然《临海记》但言此山在临海。按《旧经》[②]：韦羌山亦名天姥山，在仙居县，东连括苍。且云石壁有刊字如科斗，春月樵者闻笳箫之声。与《临海记》同[③]，则天姥山又仙居之韦羌山也。[④]

就把天姥山在常见古籍中记载的既有越州新昌的，又有台州临海的，还有台州仙居的情况梳理了一遍。[⑤] 这种情形在后世所编的类书中多有沿袭，如宋祝穆《方舆胜览》卷八《台州》"天姥山"条：在天台县之西北，有一峰崛起，孤峭秀拔，与天台山相对。李白有《梦游天姥吟》云："天姥连天向天横，势拔五岳掩赤城。台山一万八千丈，对此欲倒东南倾。"[⑥]今天所见"天姥山"在古籍中的记载，仅两浙境内就至少有四座山用过这同一个山名，除上述外，另两座"天姥山"是：四明山，《元丰九域志》卷五："天姥山一名四明山。"[⑦]石甑山，《太平寰宇记》卷九十三《江南东道五·杭州·於潜县》载："石甑山，按《郡国志》云：'石甑山一名天姥山，有石危如甑，三石支在下，一人摇之辄动，更加千人摇之，终不落。'"[⑧]若照浙东浙西划分，那么三座在浙东，一座在浙西。浙东的三座天姥山集中于越台明三州，可以看出以"天姥"命

① 陈耆卿此处所引《郡国志》当为《太平御览》卷四十七《郡国志》"天姥山"条，非《后汉书》的《郡国志》。

② 旧经：盖指此前所编《临海图经》，然早已亡佚。

③ 清洪颐煊辑佚古籍之书《经典集林》卷十八辑有《临海记》一卷，所载"韦羌山，此山之最高者，上有石壁刊字如科斗"。见[清]洪颐煊著，胡正武、徐三见点校：《洪颐煊集》第五册，上海古籍出版社 2017 年版，第 2397 页。

④ [宋]陈耆卿撰，徐三见点校：《嘉定赤城志》卷四〇，上海古籍出版社 2013 年版，第 644 页。

⑤ 以下把陈耆卿《辨误门》中临海的、仙居的天姥山当作一处计算。因为临海仙居相邻，又以前《临海记》所载范围也未分临海郡和临海县，加上唐朝前仙居(当时名乐安)被撤销并入临海，所以稍为模糊些看待此事，作一处计。

⑥ [宋]祝穆撰：《方舆胜览》卷八《台州》"天姥山"条，《四库全书》第 471 册，台湾商务印书馆 2008 年版，第 635 页。

⑦ [宋]王存等撰：《元丰九域志》卷五"大都督府越州会稽郡镇东军节度"条下，《四库全书》第 471 册，台湾商务印书馆 2008 年版，第 121 页.

⑧ [宋]乐史撰：《太平寰宇记》卷九三《江南东道》五《杭州》于潜县"石甑山"条，《四库全书》第 470 册，台湾商务印书馆 2008 年版，第 41—42 页。

名是一个共时共有的历史过程，或者说“天姥”是历史上曾经广受欢迎的形象。

鼓　山

鼓山靠近新昌县城，以形状如鼓而得名。《嘉泰会稽志》卷九《山·新昌县》载：“鼓山在县西四里，山形如鼓。”[①]《清一统志》载：“在新昌县西五里，一名屏山，巍然突起，横截水浒，有泉池，可溉田。”[②]南宋时，祖籍新昌的台州临海人石克斋传播弘扬朱熹理学，“尊经卫道之功益彰矣，一时学者多师事之”[③]，影响及于后人，到“明嘉靖间，绍兴郡守洪珠特建书院于新昌之鼓山，崇祀而表章之”[④]。鼓山在浙东唐诗之路上现在有新的角色、新的使命，新昌借官方重视浙东唐诗之路研究的东风，更趁中国唐诗之路研究会成立于新昌的大好形势，在鼓山上新建了一座巍峨壮丽的天姥阁，阁中则是一座唐诗之路博物馆，是中华书局原总编、中国唐代文学学会会长傅璇琮先生的提议，馆名由中国唐代文学学会副会长、南京大学博导郁贤皓先生题字，以此为中心，形成一个占地六百多亩的鼓山公园，成为新昌县城文旅的新亮点，也成为来到新昌走访唐诗之路遗迹的新的网红打卡地。

穿岩山（穿岩十九峰）

穿岩山是新昌名胜，以险峻雄奇著称，早在《嘉泰会稽志》中即记载它“在（新昌）县西五十里，有十九峰，排列如图画，中峰有一圆窍，东西通，故曰穿岩”[⑤]，其间石柱插天，有如神仙斧削而成，峡谷幽深，下临无地，两山之间可以望见，甚至可以对话，但若要从此山走到彼山，则往往需要半日甚至一日。如今为了旅游，在两山之间建起桥梁，走在桥上，下看谷底，各种景象和情感齐聚心头，难以言表。这就大大增加了游客观赏过程中的体验。峡谷屈曲盘折，愈入愈奇，游客不自觉而身在奇景之中，仰头环顾都是陡峻的山崖，无路可攀登而上。谷底有一条小溪，流水淙淙琤琤，如弹奏乐曲，与游人相伴。峡谷的尽头还有一处民居，在此与世隔绝的地方养鸡养鸭，采摘时鲜蔬果，亦兼采草药，静观天上云舒雨散，闲听鸟噪猿啼，号称“幽谷山庄”，上联是“曲径通幽谷，观峰赏景”；下联是“休憩到山庄，饮酒品茶”。观者

① ［宋］施宿等撰：《嘉泰会稽志》卷九，1926年影印清嘉庆戊辰重镌本，第45页。

② 《清一统志》卷二二六，《四库全书》第479册，台湾商务印书馆2008年版，第205—206页。

③ ［清］王棻撰：《台学统》卷十三《性理之学一·知军石克斋先生》，上海古籍出版社2016年版，第942页。

④ ［清］王棻撰：《台学统》卷十三《性理之学一·知军石克斋先生》，上海古籍出版社2016年版，第942页。

⑤ ［宋］施宿等撰：《嘉泰会稽志》卷九，1926年影印清嘉庆戊辰重镌本，第45页。

到此会不禁感叹：真是农家乐啊！十九峰观之心惊，游之忘俗，观赏性很强，是让游客一见难忘的地方。此处接嵊州市界。十九峰中有几个峰顶宽平，顶上有泉有田，有农户高居云端，到了秋深丰收时节，不但色彩绚烂，而且充满收获的喜悦。上山不易，下山亦难。现在，新昌为了文旅融合，把穿岩十九峰作为重点景区打造，近几年投入巨资上马一批发展旅游的设施工程，如悬空索道、轨道下山盘旋车、景区接驳车、游客中心之类。这些设施竣工后，进一步改善景区交通条件，丰富游客旅游体验，可以预料穿岩十九峰将成为新昌旅游的一张亮丽的名片。

南　岩(任公子钓鱼台)

南岩是传说中可以与东海相通的地方，也是神话人物任公子钓鳌的地方。《嘉泰会稽志》载：南岩“在新昌县西南二十里，世传任公子钓鱼之所。《庄子》：‘任公子以五十犗(引者按：犗音戒，指阉割过的牛)为饵，蹲于会稽，投竿东海，经年而得巨鱼。’”[①]唐齐颢《题南岩》云：“南岩寺，本沧海，任公钓台今尚在。”[②]任公子钓鳌经年而钓得巨鱼(鳌)是古人浪漫的想象，对于后世生性浪漫的诗人如李白之流就如同知音相遇，李白有一首《赠薛校书》诗：“我有吴越曲，无人知此音。姑苏成蔓草，麋鹿空悲吟。未夸观涛作，空郁钓鳌心。举手谢东海，虚行归故林。”[③]李白这次“未夸观涛作，空郁钓鳌心”，暂时抑制钓鳌之心，此行未能钓得大鱼，只得“举手谢东海，虚行归故林”，姑且先行回家，等待合适的时机，期待终有“蹲于会稽，投竿东海，经年而得巨鱼”[④]的机会。方志记载此处岩侧还有任公子的钓鱼石棺，他蜕化后的遗骨就埋在石棺中。后人挖掘这块地方，还挖出螺蚌壳。说明这里原来是水域，这里的岩下便是可以通到大海的海门。

南岩地势险峻，峡谷逼仄，南岩寺依山就势建于山崖之下，部分寺舍深入悬崖之内，抬头仰望，视域为之窄成一线天，山崖倾斜，似欲压人，特别惊险。寺外古樟顽强生长，枝干斜出，其苍翠繁茂，充满活力，与山峡对面山上森林呼应，为寺院平添一道风景。

南岩景区拥有很好的历史文化资源，但其现状显得一般化，虽然香烟缭绕，钟磬亦鸣，梵呗声声，悠扬山谷，可惜尚未将历史文化资源转化为文旅融合资源，发挥

① [宋]施宿等撰：《嘉泰会稽志》卷九，1926年影印清嘉庆戊辰重镌本，第45页。
② [宋]施宿等撰：《嘉泰会稽志》卷九，1926年影印清嘉庆戊辰重镌本，第45页。
③ [清]彭定求等编：《全唐诗》卷一六八，上海古籍出版社1986年版，第395页。
④ [宋]施宿等撰：《嘉泰会稽志》卷九，1926年影印清嘉庆戊辰重镌本，第45页。

文化滋润旅游、滋润古迹的作用。特别是没有把浙东唐诗之路的资源开发出来，为扭转南岩寺“幽居在空谷”的局面增添重要砝码，更为诗路文旅扩大影响持续加温，还是大有研究、保护和利用的余地。像诗仙李白深有感于任公子钓鳌的奇思妙想，触动他内心的牵挂，在其诗中一再运用任公子钓鳌的典故，来表达他的钓鳌之志。他的《同友人舟行游台越作》云：“楚臣伤江枫，谢客拾海月。怀沙去潇湘，挂席泛溟渤。蹇予访前迹，独往造穷发。古人不可攀，去若浮云没。愿言弄倒景，从此炼真骨。华顶窥绝冥，蓬壶望超忽。不知青春度，但怪绿芳歇。空持钓鳌心，从此谢魏阙。”[①]此诗中因自己积极用世而处处碰壁，充满对世道不平，无法进入用世之途的失望，末句带有强烈的愤慨，似乎在对天对地发誓一般，表明绝意仕途决心，实为正话反说，诗人套路。但实际上李白还是心中有目标，瞄准目标不断努力的。他的《悲清秋赋》还写道：“于时西阳半规，映岛欲没。澄湖练明，遥海上月。念佳期之浩荡，渺怀燕而望越。荷花落兮江色秋，风袅袅兮夜悠悠。临穷溟以有羡，思钓鳌于沧洲。无修竿以一举，抚洪波而增忧。”[②]他是不会轻易放弃“钓鳌”的，他虽一再遭遇挫折，但不折不挠，终于在天台山道士司马承祯、吴筠(隐于剡中、天台)、越州名士贺知章以及唐玄宗御妹玉真公主等人的揄扬、推荐下，得到唐玄宗的召见，得以供奉翰林，从此登上人生的巅峰，后来作诗说：“游说万乘苦不早，着鞭跨马涉远道……仰天大笑出门去，我辈岂是蓬蒿人？”[③]这种机遇可谓千载难逢，这种资源可谓稀世之珍。岂可浪抛闲掷？这里还大有文章可做。

斑竹村

斑竹村原名斑竹铺，在新昌县城东南三十里，天姥山主峰斑竹山西麓，是新昌县内通往关岭、天台途中一处重要的铺舍，以前属于新昌官道上最重要的九间铺舍之一，还有派驻司兵四人，料理迎送招待业务。经过历史的变迁，其他铺舍多已经消失，有的连踪影都没有留下，斑竹村也同样改变原先的铺舍功能，成为普通的一个山村。浙东唐诗之路的研究与影响唤醒了这个曾经热闹的斑竹铺，让它又发挥官道中途驿站旅舍的功能。现在，斑竹村中还保留较多的古宅、宗祠等文旅资源，加之村头南端一座古代石拱桥就是有名的“司马悔桥”，是历史上唐朝皇帝征召司马承祯入京布道，司马承祯应征经过这里时心生悔意，想返回天台山而不得遂愿的

① [唐]李白著，[清]王琦注：《李太白全集》卷二〇，中华书局1977年版，第929页。

② [唐]李白著，[清]王琦注：《李太白全集》卷一，中华书局1977年版，第24页。

③ [唐]李白《南陵别儿童入京》，[清]王琦注：《李太白全集》卷一五，中华书局1977年版，第744页。

地方。桥头有一座小庙，叫司马庙，是纪念司马承祯在此心里懊悔的事迹，本来配合唐诗之路也很不错，但又将晚唐时期揭竿而起的剡县人裘甫的事迹陈列于此，对于诗路文旅来说，未免主题分歧，不如替换成宣传其他诗人游历过斑竹者的事迹与诗文作品更合适。即使增加明朝大旅行家王士性、徐霞客从天台经斑竹游新昌的事迹，也很有助益。

斑竹村本身的文旅资源有一定的积淀，与附近的天姥山青云梯、倒脱靴等知名景点相距不远，读李白《梦游天姥吟》“脚着谢公屐，身登青云梯。半壁见海日，空中闻天鸡”的诗，游这条由晋宋文人谢灵运等开辟出来的诗路，可以组团编制成一条具有很高知名度而有趣的唐诗之路游线，组织各种形式的旅行团亲历浙东唐诗之路名区，是一种上佳的选择，也是跟着李白游浙东经典诗路的重要一环，特别是体验历史上那些以天台山为目标的诗人行者到达可望可及的圣地前的心情。唐朝如孟浩然、李白、杜甫、顾况、李绅、张祜等都走过此路，可以说这是登天台的必经之路，留下了很多作品。加之斑竹村正处于 104 国道边上，交通方便，尤宜自驾游、驴友自由行。

其他名山

苎萝山

苎萝山（一在诸暨市）是越国最有名的美女西施的故里，还是越王句践训练的美女郑旦的家乡，据《越绝书》卷八记载，当时句践选择在距离诸暨县城五里处建美人宫，就是专门用于“习教”美女的，以免东方偏僻之地卖柴为生的女子粗朴鄙陋，有失礼仪。据《吴越春秋》卷五的记载，越国这次选美和培训诸艳，事先作了充分的情报搜集，根据吴王夫差及其主要大臣太宰伯嚭的性格特点，经过严密的谋划，有很强的针对性。句践派遣相士（看相的人）遍行国中，选中苎萝山下卖柴女西施、郑旦两人，“饰以罗縠，教以容步，习于土城，临于都巷，三年学服，而献于吴”①。土城，据《吴越春秋》载在会稽，较为合理，应该可信。相当于将西施、郑旦等安置于土城，封闭性调教三年，学习女子服务礼仪，应该是很细致、周到了。俗话说：“人要衣装，马要鞍装。”又说：“三分长相，七分打扮。”这些基本手段，句践训练西施、郑旦时都已经运用娴熟。越国以此为契机，将最漂亮的西施献给吴国最高统治者夫差，将郑旦等依次献给吴国大臣，有效地改善处境，积极发展生产，繁荣经济，国力逐渐增

① ［汉］赵晔撰：《吴越春秋》卷五，《四库全书》第 463 册，台湾商务印书馆 2008 年版，第 57 页。

强，再放手训练青少年，成为报仇雪耻的生力军，选择在适当的时机出动，最终取得成功。所以说苎萝山两位美女西施、郑旦是越国完成报仇雪耻大业的关键人物。苎萝山从此成为中国历史上的名山。后人为纪念西施、郑旦两位为国献身的美女，历代都有所维修增筑，西施故里名扬四方。现在的苎萝山已经被扩建成西施故乡纪念公园，成为诸暨市区一处著名的历史文化景区，是外地游客游览诸暨的首选游览地。隔江的西施公园，设有西施浣纱处、浣纱石、范蠡祠、郑旦祠等，与苎萝山遥相呼应，相得益彰，成为诸暨文旅的成功范例。

历史上美女西施家乡的苎萝山有两处，另一处就在萧山县（今杭州市萧山区）南二十五里，有西施庙。《浙江通志・山川・绍兴府・萧山》载："苎萝山，《嘉泰会稽志》：'在县南三十里，有西施庙。一在诸暨。'"[①]《萧山县志稿》引《绍兴府志》按："苎萝山有二：一在萧山，一在诸暨。"并引《舆地广记》《十道志》《图经》《后汉书・郡国志》等类书、正史、全国地理总志、方志以叠加证明西施出萧山。[②]

五泄山

五泄本是五个瀑布，泄作瀑布解，其字本作"洩"，是古汉语词语遗留于本地方言，简化字是用同音字"泄"替代"洩"。郦道元《水经・浙江水注》载："诸暨县泄溪，凡有五泄，下泄悬三十余丈，广十丈，中三泄不可得至，悬百余丈，望若垂云。此是瀑布，土人号为泄也。"浙（㴚）江即浙江的古代写法，是北魏时代就已经有名的水流之胜，成为一道独特的景观，也是《水经注》记载东南水道的珍贵记录。清人编《浙江通志》本条记载略同。到唐朝五泄更是受到关注。常言道："天下名山僧占多。"此处早就被方外人士的慧目相中，建立寺院，就是五泄禅寺。地方志记载原来叫"五泄龙堂"，地点在诸暨西部，"境接富阳、浦江，东西两源，会为飞瀑，五折而下，雪溅雷吼，声闻数百步。有湫幽邃，神龙所宅，过者虽伏暑亦惨凛。岁旱，祷雨辄应。"[③]《嘉泰会稽志》记载了五泄的地理方位，环境邻接，五个瀑布的来源、状态、声响、游客感受以及它的"祷雨辄应"的神奇表现。《清一统志》载五泄之水来自富阳，五泄中上三泄属于富阳，下两泄属于诸暨。北宋嘉祐中，诸暨县主簿吴伯固（字处厚）到此祷雨有应，将此事刻于岩石上。元朝诗人浦江吴莱《五泄》诗写景状物生动

① ［清］嵇曾筠等修纂：《浙江通志》卷一五，《四库全书》第 519 册，台湾商务印书馆 2008 年版，第 450 页。

② 彭延庆、陈曾荫、张宗海主修：《萧山县志稿》卷二，杭州市萧山区方志办 2005 年翻印，第 2 册，第 12—13 页。苎萝山距萧山县城《会稽志》作三十里，民国《萧山县志稿》作二十五里，兹从县志稿之说。

③ ［宋］施宿等撰：《嘉泰会稽志》卷六，1926 年影印清嘉庆戊辰重镌本，第 19 页。

传神有声有势："越中五泄古名山，东源峻岭空云间。老石崚嶒欲见骨，天河泻破莓苔湾。"[①]但本地人觉得五泄瀑布奇景不下于庐山、天台、雁荡、石门诸处，可是五泄的名声却不如上述诸处的响亮，也有人为此感到不平的。

五泄与浙东唐诗之路结缘，与五泄禅寺有极大的关系。此寺有名僧贯休和尚，号禅月大师，据《唐诗纪事》载：贯休俗姓姜氏，字德隐，婺州兰溪（今浙江金华兰溪）人。《唐才子传》卷八："贯休风骚之外，精于笔札。"[②]晚唐诗人黄滔《东林寺贯休上人篆隶题诗》云："师名自越彻秦中，秦越难寻师所从。墨迹两般诗一首，香炉峰下似相逢。"[③]贯休在晚唐诗名很大，他的禅学当然很好，其他方面修养很高。欧阳炯有一首《贯休应梦罗汉画歌》（一作《禅月大师歌》）诗云："西岳高僧名贯休，孤情峭拔凌清秋。天教水墨画罗汉，魁岸古容生笔头。时捎大绢泥高壁，闭目焚香坐禅室。忽然梦里见真仪，脱下袈裟点神笔。高握节腕当空掷，窸窣毫端任狂逸。逡巡便是两三躯，不似画工虚费日。……"[④]如此几句诗便可概见贯休多才多艺、学问高深的形象。《全唐诗》诗人小传载："（贯休）七岁出家，日读经书千字，过目不忘。既精奥义，诗亦奇险，兼工书画。初为吴越钱镠所重。"[⑤]他出家的地方便是五泄禅寺，在此修炼多年，打下扎实的佛学和诗书画功夫，成为后来云游到荆州、益州的基础。贯休长于诗歌，所作诗文全集三十卷，兵燹中多数亡佚，今存诗仅三卷，《全唐诗》编为十二卷。他在《送僧入五泄》一诗中回忆当年在五泄禅寺的生活时写道："五泄江山寺，禅林境最奇。九年吃菜粥，此事少人知。山响僧担谷，林香豹乳儿。伊余头已白，不去更何之？"[⑥]很明确地告诉同行后辈说自己在五泄禅寺出家修行九年，刻苦学习，磨炼心性，不以为苦，这些往事没有别人知晓。贯休写到浙东唐诗之路的诗歌至少还有六十多首，这是一笔巨大的文化资源。以贯休为核心人物，集中整理他的事迹和诗学、禅学、书画诸方面的作品，编写生平事迹宣传手册和展览解说词，建设贯休（禅月大师）纪念馆之类，为将五泄建成浙东唐诗之路上一颗诗路明珠奠定基础，朝着建设文旅融合转型升级方向发展。同时要改善普通游客进山

---

① 吴诗题作《五泄东原有地度可十数亩后负山前则石河如带幽夐深窈盖隐居学道者可筑室偶赋一诗属陈彦正》，[清]嵇曾筠等纂修：《浙江通志》卷二七三，《四库全书》第 526 册，台湾商务印书馆 2008 年版，第 436 页。

② 傅璇琮主编：《唐才子传校笺》第四册，中华书局 1990 年版，第 429 页。

③ [清]彭定求等编：《全唐诗》卷七〇七，上海古籍出版社 1986 年版，第 1782 页。

④ [清]彭定求等编：《全唐诗》卷七六一，上海古籍出版社 1986 年版，第 1889 页。

⑤ [清]彭定求等编：《全唐诗》卷八二六，上海古籍出版社 1986 年版，第 2023 页。

⑥ [清]彭定求等编：《全唐诗》卷八三三，上海古籍出版社 1986 年版，第 5041 页。

观光的交通路线，为吸引更多游客入游景区创造必要条件，以解决现有船载进入的瓶颈局限，这样方可为五泄景区迎来转型升级的发展前景。

唐朝以来，五泄频频博得文人青睐，与明朝公安派三袁兄弟中的袁宏道有很大关系。他所作小品文当时影响很大，后世也有很多读者。他的游记《五泄》[1]就是继唐诗后宣传这一自然奇景的代表作，可谓五泄的知音，遇到的贵人。今人知道五泄，往往是读袁宏道这篇游记所得到的印象。所以诸暨应当为袁宏道建设一点纪念性的设施。这里引袁宏道的一首诗，作唐诗之路的后续回音。袁宏道《五泄》云："银河夜长天堤绽，空中现出琉璃变。雷布云奔一派垂，山都尽吼白龙战。四壁阴阴吹雨足，画峦活舞玲珑玉。天孙夜夜踏歌来，一曲飞珠二万斛。"[2]五泄景观幽深，瀑布奇特，是发展诗路文旅的潜力点。

萧 山

萧山在萧山县（今杭州市萧山区）治西，据《汉书·地理志》载："余暨（县）：萧山，潘水所出。"[3]这座小山因在县西一里，又名西山，不太高峻，形状有点弧形，远望有如蛾眉，上有林泉之胜。民间俗说萧山就是小山的谐音，就是萧山以及北干山这些小山的总称。以至于民国《萧山县志稿》就未载"萧山"作为县志山川的条目。以前萧山的地方志喜欢记载东晋名士许询在此依托树林修筑居室，"有萧然自适之趣，故又名萧然山"。如果属实，那么萧山之名就不可能早于东晋。但萧山之名早在汉朝就见于《汉书》卷二十八《地理志》第八上，可知这个地名与许询在此修筑居室没有关系。而萧山本地文史界对其"有萧然自适之趣，故又名萧然山"一说十分喜爱，在介绍萧山之名由来时常以此为解说。刘沧《萧山》诗："一望江城思有余，遥分野径入樵渔。青山经雨菊花尽，白鸟下滩芦叶疏。静听潮声寒木杪，远看风色暮帆舒。秋期又践潼关路，不及年年向此居。"[4]为萧山的魅力提供参照。萧山迤逦绵亘于原县城西北到北边，与其东侧的北干山一起自然形成拱卫萧山城区的屏障。在这片由钱塘江水冲积起来的平原上，萧山就是庞然大物，它很自然地成为地方的

---

① ［明］袁宏道：《五泄》，朱东润主编：《中国历代文学作品选》下编第1册，上海古籍出版社1980年版，第218页。

② ［清］嵇曾筠等纂修：《浙江通志》卷一五，《四库全书》第519册，台湾商务印书馆2008年版，第49页。

③ ［汉］班固撰：《汉书》卷二八《地理志》第八上，《二十五史》第1册，上海古籍出版社、上海书店1986年版，第153页（总第517页）。

④ ［清］嵇曾筠等纂修：《浙江通志》卷一五，《四库全书》第519册，台湾商务印书馆2008年版，第449页。

象征(山镇),所以唐朝天宝元年(742)将原永兴县改名为“萧山县”,也是这种象征作用的结果。萧山面临富春江、浦阳江和钱塘江三江交汇之处,其西面、西北面和北面就是这三江,历朝有水灾和抗灾,为本地大事,修建海塘保卫县城和周边农田安全便是一件例行大事,清人翟均廉特地编纂成一部《海塘录》,记载钱塘江两岸修筑防洪工程的方方面面。

萧山西侧是三江交汇处,从前钱塘江江面宽阔十数里到数十里,潮势汹涌,渡江实非易事,所以南北交通渡口的选择,常常要考虑避开海潮冲击这个危险,其地点就选择在渔浦潭处,钱塘江潮到达此处已是强弩之末,较为安全。《海塘录》卷九引《太平广记》称:海门山潮头汹高数百尺,越钱唐渔浦,方渐低小。① 前唐时期就以定山、渔浦潭为主要渡口,像南朝大诗人谢灵运、沈约、丘迟,唐朝诗人常建、钱起以及名声更大的孟浩然,都是从渔浦潭渡口渡江,留下像《旦发渔浦潭》《渔浦》《渔潭值雨》和《早发渔浦潭》诸诗作。孟浩然喜欢乘船出行的诗句“舟行自无闷,况值晴景豁”就出自《早发渔浦潭》一诗中。

萧山湘湖西端有一定山,很容易与原来渔浦渡的定山产生美丽的误会。渔浦渡的定山,据《咸淳临安志》载:“在钱塘江上,高七十五丈,周回七里一百二步。”《太平寰宇记》载:“定山突出浙江数百丈。”很明确其大小、位置在江上,“突出浙江数百丈”,《西湖游览志》载:“一名狮子山。”②这就可以查找在转塘附近的小山,就是云栖小镇旁边的狮子山。此山周围是原来钱塘泗乡,因定山而又名定乡,清人袁浦龙池张道有《定乡小识》。《神州古史考》记载得更加富有诗意:“(定山)在(杭州)府城西南四十里,江回渔浦之潭,山枕赤亭之野。谢康乐之所曾赋,沈隐侯之所尝游。盖波涛冲激之地,行旅栖迟之所也。”③与山下江中的“浮屿”相对,叫它浮屿,是因此屿每年都会因洪水冲积而变化,而定山则不变,故名“定”。此处江面是富春江、浦阳江和钱塘江的交汇处,俗称三江口,便是渔浦潭,又称鲇鱼口。经过千百年的沧桑变化,今天突出钱塘江上的定山已经成为被人烟稠密的地方所包围的狮子山,而萧山区湘湖景区西端有一处定山广场、不远处有一个定山村,还有在石岩山上有狮子巅,就很容易与之混淆,干扰原来的渔浦潭渡口位置的确定。萧山的防洪治水是浙江水利的重要一环,清朝乾隆十六年(1751),乾隆皇帝南巡浙江海塘工程,一

---

① [清]翟均廉撰,胡正武整理:《海塘录》,九州出版社 2025 年版,第 198 页。

② 以上三例见[清]翟均廉撰,胡正武整理:《海塘录》卷七,九州出版社 2025 年版,第 154 页。

③ [清]翟均廉撰,胡正武整理:《海塘录》卷七,九州出版社 2025 年版,第154 页。

路吟咏，在萧山有御制《萧山道中作》诗等。故于此附作说明。

城　山

城山与萧山位置相近，在萧山县西九里，它的山形有点特别，中卑四高，宛如城堞，就是中间低洼，四周隆起，像高大的城墙，是一处天然的防御工事，所以取名“城山”。地点就在萧山稍北，湘湖北岸。相传越王句践曾经在此据险守卫，以抵抗吴王夫差，因又得名越王城，又叫越王台。今天湘湖开辟为文旅景区，此处有一个景点，叫“越王城山”。李白《送友人寻越中山水》诗“东岭横秦望，西陵拱越台。湖清霜镜晓，涛白雪山来”[①]的越台，就指此处的越王城山。城山之前有两峰对峙如门，叫马门。半山腰有水池，叫洗马泉，水中出产嘉鱼，传说吴王夫差想困死句践时，把整座山围得水泄不通，预想即使困不死，也要让句践渴死。句践就叫手下从池中捞出几条嘉鱼扔到山下，夫差知道山上有水，就无奈撤围，放开一条生路。

萧山湘湖越王城山

北干山

北干山在萧山县（今杭州市萧山区）城北一里，晋许询“家于此山”，与前文“萧山”因许询居于此山而得名同一说法。北干山横亘于萧山县城北面，与萧山一起构

① ［唐］李白著，［清］王琦注：《李太白全集》卷一六，中华书局 1977 年版，第 764 页。

成拱卫萧山县城的可靠屏障，它的山巅叫玉顶峰，又名四望台，山麓有“干泉”。以前钱塘江江面宽阔，有十数里乃至数十里，南北两岸“不辨牛马”，潮水汹涌，波澜壮阔，前贤就把它看作大海的一部分，像清人编《浙江通志》卷一《图说》称：“两浙濒海者凡六府：杭则钱塘、仁和、海宁……绍则萧山、山阴、会稽、上虞、余姚……”[①]上述两府布列钱塘江两岸的县共八个（今天海宁改属嘉兴，萧山改属杭州，余姚改属宁波），其中绍兴“郡之北境五县际海，洪涛奔激，所恃为内外障护者，惟沿海一带石堤”[②]，以上都把萧山濒临的钱塘江看作“海”。同卷“次萧山，濒江负固曰固陵”[③]，又是以“江”看待钱塘江。上述情况表明，前贤知道这段水域是钱塘江，但因它的江面宽阔，加之钱塘江潮之气势磅礴，力量巨大，荡决两岸堤防，以今萧山东北方的赭山和龛山（今作坎山）为界线，赭龛两山以东段习惯上视作“海”，绍兴人称为“后海”。因此，北干山是萧山立县的依靠，是捍卫县城的干城，也是萧山、北干山北面冲积平原得以逐渐外拓的根基。原先萧山县城就在山麓，登上北干山顶，整个县城一览无余。四望台可谓名得其宜，很是贴切。萧山县城原先在萧山（西山）和北干山之间有城墙相连，建有一座城门北门，叫静海门，城门上有楼，叫修文楼。民国二十七年(1938)底因抗日战争的形势紧迫，为防止日寇利用城墙盘踞萧山，就组织民众拆城，到 1938 年 11 月完成。萧山城区向北发展的限制也就被撤除。近半个多世纪以来，萧山北干山以北以东滩涂围垦不断前进，经历将近三十年艰苦奋斗，共围垦滩涂成地五十二万亩，约占萧山总面积的四分之一，被誉为人类造地史上的奇迹。改革开放以后，萧山城区向北发展取得前所未有的结果，从北干山到江边都已经建成城区，最新的行政区划调整，大江东改属钱塘新区。堪称沧桑巨变。对于浙东唐诗之路而言，萧山围垦钱塘江滩涂也带来巨大的自然地貌的改变，像渔浦潭、西兴渡口收窄江面，定山和浮屿也已经不复旧时状态，今人读唐人过钱塘江诗，也难以体会当时江面宽阔、浪潮汹涌、渡江艰难而产生的各种观感和反映。而且当时渡江的渡口还有黄山浦、范浦、柳浦、同浦、进龙浦、明珠浦等，均是杭州南北来往（钱塘江北岸）的渡口，因围垦而面貌大变，许多当时在水边的渡口如今已经不在水

① [清]嵇曾筠等纂修：《浙江通志》卷一《图说》，《四库全书》第 519 册，台湾商务印书馆 2008 年版，第 128 页。

② [清]嵇曾筠等纂修：《浙江通志》卷一《图说》，《四库全书》第 519 册，台湾商务印书馆 2008 年版，第 97 页。

③ [清]嵇曾筠等纂修：《浙江通志》卷一《图说》，《四库全书》第 519 册，台湾商务印书馆 2008 年版，第 97 页。

边，有的甚至距离水边几公里远。但萧山、北干山及北干山北面的萧绍海塘旧址，仍然是一条清晰的线索，为浙东唐诗之路渡口的方位提供寻觅的基础。

现在，萧山区对于本地历史文化资源珍爱有加，近几年尤其重视浙东唐诗之路资源的保护、建设和利用，像在老城区辟有知章公园、永兴公园、西河公园、江寺公园等，在北干山顶塑有贺知章像，配以游步道、亭台楼阁等设施，山上已经形成文旅景区。另有萧山（西山）东端辟为西山公园，湘湖南边建有知章学校，与湘湖景区、湘湖西端的定山、渔浦潭、湘湖北岸的越王台、西兴渡口等连成一条浙东唐诗之路文旅融合珍珠链，其发展基础比较完善，前景较为可观。萧山与绍兴本以浙东运河相连，水路是唐朝诗人首选的出行方式，所以把浙东唐诗之路的起点建设好，就是给浙东唐诗之路树立形象，能给游客留下美好印象，为继续探寻浙东唐诗之路增添魅力、趣味和信心！

以上为萧山区山。

上虞东山

东山地名很多都很普通，有大名人在此隐居隐出高名，成就扭转乾坤大事业的不多，最著名的隐逸之山就是在上虞县（今绍兴市上虞区）西南四十五里的东山。东山海拔虽然不高，但处于从丘陵地区向海边（钱塘江边）冲积平原的过渡地带上，就显得比较高大突出。加上众山拱抱，曲折幽深，登攀也不容易，有登攀高山的趣味，直到山巅，景象开阔，群峰环立，烟岚缥缈，环顾一周，四面风光，尽收眼底。此山最大的价值便是东晋名士谢安隐居之所，《清一统志》载：谢安故宅在上虞县西南东山，即今国庆寺址，优游山林六七年。现在重修的国庆寺坐落山巅，方志记载其旁边有蔷薇洞、洗屐池，相传是谢安携妓游览、宴会的地方。[①] 东晋小朝廷逃到江南立足以后，遇到很多困难，如江南士族据地利人和之便，我行我素，不亲附朝廷；北方前秦苻坚势力强大，屡起投鞭渡江之志，若是正面交战，很难取胜。处于基础不牢，立足未稳，兵无斗志，上下感情尚未融洽，内部不够团结这么一种状态中。亟须有能够服众的人物出来帮助朝廷整顿内部，凝聚人心，外抗强敌，重整河山，谢安素孚众望，胸有雅量，腹藏韬略，久被朝野瞩目。如一次与孙绰、王羲之等人乘船"泛海戏"（这里是指划船到钱塘江上散心），不久风起浪涌，孙绰、王羲之等人便紧张起来，纷纷要求船老大往回走，而谢安神情悠闲，哼着小曲，船老大看到谢安如此

---

① ［宋］施宿等撰：《嘉泰会稽志》卷九，1926年影印清嘉庆戊辰重镌本，第28—29页。

神情，就驾船冲风破浪没有回头，过一会儿风浪更大了，这几位便躁动喧闹起来，谢安说："你们这样闹的话，大家都会回不去了。"众人听了立即回到自己座位上，这样安定大家的心情，使这次"泛海戏"终于平安归来，他的雅量足以掌握大局，安定朝野。[①] 让南宋大诗人陆游十分仰慕，他在《航海》诗中说："我不如列子，神游御天风。尚应似安石，悠然云海中。"[②]但谢安多年高卧东山，与王羲之、孙绰、许询、支遁等一帮人登山临水，谈玄说老修佛，悠游自得，朝廷屡有征召，并不应命。当东晋面临越来越严峻的形势时，谢安自己感觉国家要他出山担当大任，有一次他的夫人说到某人又担任要职，某人又担任新官之类时，谢安说：我也恐怕难免这样的事情。不久，果有征召命令，谢安终于应召出山，担任大将军桓温的司马。刚好有人送来草药，其中有一种草药叫"远志"，桓温就拿它问谢安："此药又叫小草，为什么一物而有两种名称？"谢安没有立即回答，这时有一位叫郝隆的说："这很简单，在山就叫远志，出山就叫小草。"谢安听了感到很难为情。[③] 后来大画家书法家赵孟頫作《罪出》诗："在山为远志，出山为小草。古语已云然，见事苦不早。"[④]谢安出山之后以其出众的能力，指挥八万东晋军队在淝水之战中击败八十万（号称百万）的前秦苻坚大军，以弱胜强，取得大捷，当前线捷报传到时，谢安正在与客人弈棋，他接过捷报看了，随手放在一旁，继续下棋，脸上没有惊喜之色，客人相问，他才说："小儿辈已破贼。"（小辈们已经打败了敌人）棋局结束，他回内室，过门槛时，心中欣喜得很，连屐齿折断了也不知道。[⑤] 谢安胸有成竹，指挥若定，破解了东晋王朝面临前秦苻坚百万大军压境的巨大风险和极为被动的局面，一举安定了大局，取得前所未有的胜利，振奋朝野人心，成为国家英雄，隐士出山建功立业的代表和旗帜。与之前的名相王导并称"王谢"，又与名士风流王羲之并称"王谢"。谢安将其隐居处捐赠出去，舍宅为寺，名为国庆寺。谢安被封为康乐侯，可世袭，世人习称为"谢康乐"。谢氏家族在东山附近的始宁县（治今嵊州三界）有规模很大的庄园，叫"始宁墅"，距剡溪及其下游曹娥江（唐朝时称上虞江）不远。可以方便地上溯剡溪，攀登天台山，也可以顺流而下，作"泛海戏"，还可以游附近的名山四明山、会稽山、东岬山、水帘洞、

① [刘宋]刘义庆撰，[梁]刘孝标注：《世说新语》卷中之上《雅量》，上海古籍出版社 1982 年版，第 207 页。

② [宋]陆游著：《陆游集·剑南诗稿》卷一，中华书局 1976 年版，第 11 页。

③ [刘宋]刘义庆撰，[梁]刘孝标注：《世说新语》卷下之下，上海古籍出版社 1982 年版，第 418—419 页。

④ [元]赵孟頫著，钱伟彊点校：《赵孟頫集》卷二，浙江古籍出版社 2012 年版，第 22 页。

⑤ [刘宋]刘义庆撰，[梁]刘孝标注：《世说新语》卷中之上《雅量》，上海古籍出版社 1982 年版，第 210 页。

赤城、桐柏、华顶、石梁等。他的好友王羲之誓墓归隐的金庭距此不远，他的从玄孙谢灵运袭封康乐侯，灵运隐居的嵊山也在距此不远的剡溪边。

谢安出山安天下，功德巍巍，名垂青史，为东山赢得无上荣光，连他后来到别处居住过的地方往往也被命名为“东山”。从上虞到东晋都城金陵，因谢安得名的东山共有三处：除上虞东山外，另两处一在临安，据说谢安尝坐在石室，面临濬谷，喟然叹息道：“这样的生活与伯夷相差多少?”是以此处比拟伯夷、叔齐隐居的气节，寄寓着谢安保持中华正统的信念，不为游牧势力吓倒的立场，被后人称为东山。一在金陵，(谢安)及登台辅，于土山营墅楼馆，林竹甚盛。可见谢安后来居处不仅在环境、营造布置上模仿东山，还在精神气节上以古人自勉。谢安原来居住在会稽东山，后来出山入朝，于是在此营筑以比拟东山。由此可见，上虞东山正是谢安一生隐居修炼，腹藏韬略，怀抱利器的基础，影响了他整整一生。后世诗人熟读《文选》，经纶满腹，在心里羡慕谢安的为人和事功，长大以后往往立下远大抱负，要以谢安为榜样，兼济天下，如诗仙李白就作诗说：“三川北虏乱如麻，四海南奔似永嘉。但用东山谢安石，为君谈笑静胡沙。”①

现在，上虞东山已经开辟为东山景区，位于曹娥江东岸，其西面正对小舜江汇入曹娥江处，有一沙洲。在山麓西南侧有游客中心，有车路可达山顶，沿途有仙苑家庭农场，谢玄旧居遗址，山顶有清枫亭、国庆寺和谢安墓道、牌坊、东晋谢太傅墓，供人瞻仰祭拜和凭吊凝思。登高远眺，东面山色苍翠，风声羽，视野寥廓，田畴错落，回顾俯瞰，剡溪如带，蜿蜒不绝，潺湲北流，至此称江，与东山相依相伴，似在共同诉说千秋功业，也似在共同见证入山出山的远志与小草。从国庆寺下来，回过山岭之下，有一座规模宏大的谢氏宗祠，入祠照壁上嵌有四个镏金大字：“东山再起。”提醒游客这是“安石不出，奈天下苍生何”的地方，是可以详细了解谢安一家人才辈出、为国立功的来龙去脉，可以细细品味其家族传统和宗法文化。数次登临东山，稍感不足的有：从 104 国道到山上的公路较窄，游客稍多就可能拥堵，有待拓宽，改善通行条件；山下没有停车场，山上清枫亭边约可停二三十辆小车，也是较小的容量，有待扩容；从国道到东山上的指路标识要增加辨识度，增加介绍东山历史文化的内容，为发展文旅作铺垫。

---

① ［唐］李白：《永王东巡歌十一首》之二，［清］王琦注：《李太白全集》卷八，中华书局 1977 年版，第 427 页。

象田山

象田山是根据古代神话传说中大孝子大舜感动上天，象耕雁耘故事所取的名字。旧志记载象田山在上虞县西南四十里，周四十余里，山势峻险，路多屈曲，俗呼小天台，南有舜田。从地图上看，在东山景区的东面约十公里（直线距离），与上虞城区距离较之东山略远之处，有一个象田自然村，还有一个象田岭下地名，可以按图索骥寻觅旧踪。虽然今天知道这一大孝行感动天地的少了，但它是上古时代一个很鼓舞人心的神话，大舜在历山种田时，大象为他耕田，群鸟为他耘田，这是多么激励孝子行孝的故事！而且在古代曾经传颂人口，广为人知，大舜是中国孝子的旗帜。

从当前看，象田山在地方上已经被冷落，传统文化元素基本没有体现，大舜孝子遗迹也没有载体传承，在结合浙东唐诗之路文旅融合旅游线上价值存在不确定性。

四明山

四明山是浙东名山，也是明州（今宁波、舟山）得名之由。据宋人罗濬《宝庆四明志》载："唐末有高士谢遗尘隐于是山之南雷，尝至吴中，谓陆龟蒙曰：'吾山有峰最高，四穴在峰上，每天宇澄霁，望之如户牖，相传谓之石窗，故兹山名曰四明山。'"[①]意为隐士谢遗尘到吴中对陆龟蒙说：四明山最高峰有四个岩穴，当天气晴朗时，看上去就像四扇石窗，所以叫四明山。从自然地理学上看，它是天台山脉的组成部分，也是天台山脉呈西南—东北走向，在四明范围隆起的一段，之后就到尾声，下降入海，呈现为舟山群岛。从人文上看，它很早就被写入文学作品之中，东晋孙绰《游天台山赋》序中就写道："涉海则有方丈蓬莱，登陆则有四明天台。皆玄圣之所游化，灵仙之所窟宅。"[②]将四明山天台山，与海上道教传说中的三座仙山相提并论，可见当时这里就是宗教发达的地方。刘宋谢灵运《山居赋》注："天台四明相接，连四明、方石，四面自然开窗。"后来两赋均被收入《昭明文选》，成为读书人从小必读的教材，千百年来传播于士林，而广为人知。旧志记载它的地点在余姚县（今余姚市）南一百一十里。四明山的东北方向跨越宁波市鄞州区界，绵亘于绍、甬两市之境，其大小山峰散布于广阔地域，元袁桷《延祐四明志》卷七《山川考》载："四明

① ［宋］罗濬撰：《宝庆四明志》卷四《叙山》，《四库全书》第487册，台湾商务印书馆2008年版，第54页。
② ［晋］孙绰《游天台山赋序》，［梁］萧统编，［唐］李善注：《文选》卷一一，中华书局1983年版，第163页。

山由天台山北面起，向东北一百三十里，涌为二百八十峰，中有三十六峰，周回八百余里。”[①]可以提供一种确切的佐证和说明。因而形成山上有山，山中有山，山上有高地，可辟为粮田，潴为水池，成为高山农业区。最有代表性的便是余姚梁弄镇，一个浙东典型的山区镇，有号称宁波第二大藏书楼的五桂楼、抗日战争时期浙东抗日根据地首脑机关驻地，是全国重点镇、浙江省历史文化名镇、浙江省中心镇，全国百个红色经典景区等高级别的身份。加之自然景观有四窗岩、四明湖、白水冲瀑布等著名景点，历史上有著名隐士梅福在此隐居、宋朝名士孙子秀出自梁弄；若放眼四明山全域，那么现代历史名人蒋介石、蒋经国等来游四明山四窗岩更是不可忽视的历史文化资源。四明山由于孙绰《游天台山赋》的颂扬，唐朝诗人也多有人慕名来游，留下诗作。如孟浩然（《宿天台桐柏观》）、李白（《早望海霞边》《天台晓望》《对酒忆贺监二首》《送王屋山人魏万还王屋》）、魏万（《酬翰林谪仙子》）、杜甫（《八哀诗·故著作郎贬台州司户荥阳郑公虔》）、刘长卿（《游四窗》）、孟郊（《送萧炼师入四明山》）、张籍（《送施肩吾东归》）、施肩吾（《忆四明山泉》《宿四明山》）、张祜（《游天台山》）、陆龟蒙（《和袭美腊后送内大德从勖游天台》）、皮日休（《四明山诗（并序）》，共有《石窗》等九首，以及《重玄寺元达年逾八十好种名药凡所植者多至自天台四明包山句曲丛萃纷糅各可指名余奇而访之因题二章》）、寒山子（《平野水宽阔》）、贯休（《怀四明亮公》《寄四明闾丘道士二首》）以及明州本地诗人胡幽贞（《归四明》）等都曾经创作吟咏四明山的诗作。四明山又是宗教名山，在浙东表现为它有道教第九洞天（属于三十六小洞天系列）丹山赤水，有佛教的弥勒道场奉化雪窦山雪窦寺（资圣禅寺），以及宁波天童寺（日本曹洞宗祖庭，又是日本临济宗祖师荣西禅师求法地之一）、阿育王寺、保国寺等。这些珍贵的历史文化资源足以为四明山开发文旅融合，振兴浙东唐诗之路四明山段奠定坚实的基础，并为宣传推广四明山提供有力的支持。

从现实条件来看，四明山的浙东诗路研究和文旅融合上还有很大潜力可挖。如现代红色元素体现较为充分，挖掘深入，宣传得力；唐诗之路研究、保护、宣传和利用都刚开始，距离以唐诗之路为着力点吸引游客还要走很长的一段路；现代名人事迹、来游四窗岩等历史均未做介绍，留下了继续研究改善和提高的空间。总之，四明山是一座很有潜力的浙东自然地质博物馆，又是一座声名远播的历史文化名山，值得给予更多重视和期待。

---

① [元]袁桷撰：《延祐四明志》卷七《山川考》，《四库全书》第491册，台湾商务印书馆2008年版，第447页。

第三节　台州　天台山系列

天台山

天台山是浙东唐诗之路上的一颗璀璨的明珠，又是浙东诗路台州段的一座灯塔，更是浙东唐诗之路上一座文化高山，中国文化海外传播的高地。李白《天台晓望》诗“天台邻四明，华顶高百越”就是综合自然与人文因素来说的。天台山主峰华顶位于天台县城东北，海拔1098米，前人往往认作观看东海日出的瞭望台，写下很多登顶看日出的游记。

天台是一个含义丰富的概念，就其命名之源来说，是顶对台星（又名台宿），所以得名天台山。就空间上看天台山，有大小两义：广义的天台山指天台山脉，绵亘于浙东沿海中部到东北部，从金华发脉，经台州天台县到绍兴、宁波四明山，就如前贤所说：“（天台山）为一邑诸山之总称，高大深邃，蟠结亘数百里，经台、明、越、婺四郡界地，东际大海而止”[①]，其尾部入海化为舟山群岛；狭义的天台山指天台县内山峦，又分为天台本山、其他附近山峦。这也是平时所说天台山的主体，是曹娥江和灵江的分水岭，是佛教天台宗的发祥地。国清寺是天台宗的大本营，也是日本、韩国佛教天台宗的祖庭。天台山素有“佛宗道源，山水神秀”之誉，是中华十大名山之一，国家级风景名胜区，国家生态旅游示范区，浙江省十大旅游胜地。2015年，天台山被评为国家5A级旅游景区，2020年5月入选首批“浙江文化印记”名单。

从历史上看，天台山是台州的山镇（相当于今天的“地标”，还含有能够镇住一方土地，辟除妖魔鬼怪，保一方平安之意）。按古人以为此山上应台宿，故名天台；台宿共六星，分成三组，每组两星，分别称为上台、中台、下台，合称三台，对应人间的“三公”，所以“三台”又成为台州的雅名别号。宋陈耆卿《嘉定赤城志》卷十九《山水门》载：“台以山名州，自孙绰一《赋》，光价殆十倍。”[②]就是东晋孙绰的《游天台山赋》传播士林后，让天台山专名远扬，跨越时空，“光价殆十倍”。如果以孙绰《赋》描写的内容到天台山上去核实一下的话，只会觉得孙绰写得还不够好，天台山上实际更加精彩。读道教的经典著作，洞天福地在台州特别高档密集，像十大洞天台州就

① ［清］齐召南纂，［清］阮元修订，许尚枢点校：《重订天台山方外志要》卷一，国家图书馆出版社2018年版，第98页。

② ［宋］陈耆卿撰，徐三见点校：《嘉定赤城志》卷一九，上海古籍出版社2013年版，第300页。

拥有三个,还有三十六小洞天和七十二福地中的多个,所以台州以天台山为标志,名扬海内外。

这个地方多山,属于自然地理上的东南丘陵地区,前贤在提到自己家乡时常说天台处万山之中,吾家居万山之中之类的话,就是开门见山是常事,开门见不到山反而很少。即使州城中的民居之间,打开门窗就会迎面看到巾子山上帢帻两峰,这种形胜景观也是其他州郡所少见的。

赤城山(天台山南门)

赤城山历史上是进入天台山的门户,是天台山诸多胜景中的第一道景区,向被看作天台山的南门。赤城山在天台县北六里,现在城区扩展到赤城山麓不远。一名烧山,又名消山,这是台州方言"烧""消"同音所致。赤城山的岩石皆呈红色,远望如城墙雉堞,因而以此为名。东晋孙绰《游天台山赋》所谓"赤城霞起而建标"就是写赤城山的标志性形象,后来成为天台大八景之一,叫"赤城栖霞"。山腰有岩壁立,又有岩洞洼陷入山体,显得深广。东晋义熙初,高僧白道猷在此造寺,号为中岩寺。南朝齐僧慧明曾经在此塑造一佛,名卧佛。其上又有两处岩洞,一叫结集,一叫释签,是隋唐两朝高僧灌顶、湛然修炼的遗迹。这些遗迹现在早已不见踪影。中岩寺附近还有几处重要胜迹,西有玉京洞,北有金钱池,上到山顶有一座七层浮屠(佛塔),梁岳阳王妃所建,习称梁妃塔,高入云霄,霞光辉映,益发雄姿巍峨,成为一景。下有白道猷洗肠井。其峭壁上有水流下,飞流喷沫,冬夏不竭。支遁《天台山铭序》载:"往天台山,当由赤城为道径。"①而释神邕《天台山图》亦以此为天台山南门,②石城山(即新昌南明山大佛寺)为西门。徐灵府《小录》又以剡县金庭观为北门云。

赤城山颜色赭红,与众不同,引人瞩目,自在情理之中。它的造型很有特色,与山巅高入云霄的梁妃塔,构成天台山南门的剪影,很有一种符号性。许多远道而来的信徒,经过迢递行旅的艰苦跋涉,走到能够看见赤城山处,往往感动感慨不已。如日本学问僧成寻《参天台山日记》中说:"次过五里,午时,见赤城山,山顶有塔,遥以礼拜。智者大师入灭之处,始以拜见,感泪难抑。……渐见赤城山南面,如以赤石造城。"③加之赤城又是造访天台山的门户,给人印象特别深刻,所以迢递来访的

① [唐]李白著,[清]王琦注:《李太白全集》卷二一,中华书局 1977 年版,第 972 页。

② [唐]李白著,[清]王琦注:《李太白全集》卷二一,中华书局 1977 年版,第 972 页。

③ [日]成寻著,王丽萍点校:《新校参天台五臺山记》卷一,上海古籍出版社 2009 年版,第 48 页。

唐朝才子对此十分喜爱，诗歌作品很多，像孟浩然有《舟中晓望》《宿天台桐柏观》《寻天台山作》《越中逢天台太一子》《宿终南翠微寺》等诗，李白有《早望海霞边》《天台晓望》《送王屋山人魏万还王屋》《梦游天姥吟》《送杨山人归天台》等诗，刘长卿有《和袁郎中破贼后军行过剡中山水谨上太尉》《夜宴洛阳程九主簿宅送杨三山人往天台寻智者禅师隐居》《早发天台中岩寺度关岭次天姥岑》《送郭秀才游天台》《思天台》等诗……其他有钱起《雨中望海上怀郁林观中道侣》、寒山子《丹丘迥耸与云齐》、杨夔《送日东僧游天台》等等三十家诗人诗作，实际上应当不止此数。对照赤城现状来看，这些诗人诗作还属于养在深闺，基本上未应用到景区景点建设上。

建议：在赤城景区建设中，要重点在唐朝诗人如李白、孟浩然、刘长卿、顾况、张祜、贾岛、方干等人诗作中选取佳作，分类应用到景区的有关文旅融合项目上。如选取上述诗人诗作连同诗人生平介绍材料，制成诗碑，请书法家题写，立于景区道路两边，或者于合适之处建设唐诗长廊，既利用唐诗资源宣传了景区风光，又增添了景区唐诗文化含量。诗景相互辉映，提高了景区文化品位，书法家作品也能与游客见面，名垂金石。同时可以将这些唐诗作品和书法作品制作成多种旅游纪念品，如折扇、T恤、书签、U盘外壳、本地佳酿品牌（两年前就有新昌友人开发唐诗之路佳酿）等。这是唐诗资源特别丰富的文旅景点，选择余地大，研究利用价值大，需要对古人留下来的文化遗产做仔细的清点，结合实际，遴选佳作，融合意境，必有良好的应用前景。

天台山

天台山是一个响亮的名字，又是显得神秘的名字，在国内外都有很高的知名度，是浙东唐诗之路上极具吸引力的名山。尤其是唐朝以来，佛教天台宗的广泛传播，道教在政治生活中发挥的重要作用，浙东学派在文化学术上巨大而深远的影响，天台山仿佛乘着歌声的翅膀，名扬远方。若据传统地理学家“两戒三龙说”，天台山属于南龙山脉，是浙东近海的山脉龙尾巴，而且这条龙尾巴深入东海，即传统上说的“一头亚入海中”，成为舟山群岛，作了一个有力的尾巴。

天台山在此是小概念的天台山，就在天台县城北面，唐诗中所见大概距离县城较远，以处在天台山麓的国清寺为例，“在县北十里，长松夹道，翠绿萦纡”[①]，贾岛《送僧归国清寺》有“石涧双流水，山门九里松”之句；张祜《游天台山》诗有“盘松国

① ［宋］陈耆卿撰，徐三见点校：《嘉定赤城志》卷四十，上海古籍出版社2013年版，第645页。

清道，九里天莫睹”之句[1]，可见一斑。宋朝陈耆卿《嘉定赤城志》卷二十一载：“天台山，在县北三里(自神迹石起)。”[2]下文引用陶弘景《真诰》：“高一万八千丈，周回八百里，山有八重，四面如一。”梁顾野王《舆地志》云：“天台山一名桐柏，众岳之最秀者也。”以及徐灵府《天台山记》云：“天台山与桐柏接而少异。其灵敞诡异，出仙入佛，为天下伟观，宜哉。”[3]从《嘉定赤城志》引用的史料来看，南朝梁陶弘景和顾野王两种著作中的天台山记载是属于最早的，是典籍记载的源头。《嘉定赤城志》这条记载一直被后世地理总志和方志沿袭下来，到清朝编《一统志》，民国《台州府志》记载略同。梁陶弘景《登真隐诀》云：大小台处五县中央。这里的五县是指当时的余姚、句章、临海、天台、剡县。这是陈耆卿《嘉定赤城志》的说法。《延祐四明志》注五县为：余姚、鄞、句章、剡、始宁。把天台和临海这两个县全部排除，相比较而言，《嘉定赤城志》较客观。天台山的扬名，不但因孙绰《游天台山赋》所谓：“天台山者盖山岳之神秀者也。涉海则有方丈蓬莱，登陆则有四明天台。”“穷山海之瑰富，尽人神之壮丽”，写得生动传神，华美玄妙。还在于当时天台山幽深静谧，人迹罕至，自然条件更适宜宗教修炼；另有一种条件，晋葛洪《抱朴子内篇》云：“诸山不可炼金丹，以其皆有水石之精。惟大华、少室、缙云、罗浮、大小台，正神主之，可以修炼。”这就是天台山为何宗教发达的主因，唐徐灵府《天台山记》评论说：正因如此，那么它的“灵敞诡异，出仙入佛，为天下伟观”，就是很自然的事情。

天台山是浙东唐诗之路的高峰，也是诗路文化的信仰高地，先唐有孙绰《游天台山赋》首开歌颂纪录，谢灵运《山居赋》、李巨仁《登台山篇》[4]等踵事增华，续有宣扬。入唐以后，自初唐高祖李渊、太宗李世民、高宗李治等数代崇道，把道家代表老子(老聃)李耳奉为李氏始祖，推崇道教，位列三教之首，社会上崇道风气不断高涨，天台山道教宗师司马承祯深受武则天、唐睿宗、唐玄宗重视，屡次征召入京布道，咨询国是、家事及个人的疑难问题，唐玄宗最后就让司马承祯自己在王屋山选址筑宫观居住修炼，不再放他回到天台山。司马承祯对李白后来人生道路的影响，始于开元十二年(724)末或者开无十三年初在荆州与李白的见面，称李白“有仙风道骨，可与神游八极之表”，让李白铭记于心。嗣后司马承祯的“师弟”吴筠又从剡中到天台

① ［宋］陈耆卿撰，徐三见点校：《嘉定赤城志》卷四十，上海古籍出版社2013年版，第645页。

② ［宋］陈耆卿撰，徐三见点校：《嘉定赤城志》卷二一，上海古籍出版社2013年版，第330—331页。

③ 以上诸条并见［宋］陈耆卿撰，徐三见点校：《嘉定赤城志》卷二一，上海古籍出版社2013年版，第330—331页。

④ 逯钦立辑校：《先秦汉魏晋南北朝诗》下册《隋诗》卷七，中华书局1983年版，第2725—2726页。

山来修炼，[1]其才华与道学名扬京都。李白到天台山后就与吴筠交游，两位大才惺惺相惜，“情好日密”。吴筠接到唐玄宗征召入京的旨意，携带李白同到长安，吴筠被唐玄宗召见，待召翰林。李白在长安先去拜访唐玄宗妹妹玉真公主，得到玉真公主的赏识和推崇；李白又去拜访太子宾客贺知章，献上自己的诗作，贺知章惊叹为“谪仙人”，就向唐玄宗推荐李白大才。于是李白得到唐玄宗的召见，一番面试，唐玄宗十分满意，破例赐食，御手调羹，命李白供奉翰林。如此一来，就让天下读书人尽知李白平步青云，是由于道教宗师力量强大，特别是天台山道教宗师所掌握的特殊话语权，打开了李白这样的人物“曲线入仕”的门径。自此，李白成为天台山道教成功的活广告，天台山就成为千万个想步李白后尘的读书人实现理想的目的地。唐朝诗人来游天台山，也是从盛唐时形成热潮，形成气候，蔚然成风的。唐朝诗人歌颂天台山，自睿宗皇帝吟咏“天目天台倍觉惭”以来，应者寥寥，直到唐玄宗征召司马承祯入京，玄宗自己就写作《答司马承祯上剑镜》《王屋山送道士司马承祯还天台》的送别诗，朝中大臣都想结识受到皇帝重视的道士，送行、唱和之作骤然增多，司马承祯隐居修炼的天台山也日益成为播于人口的令人向往的地方。像张说、宋之问、崔湜、李峤、沈佺期、薛曜、沈如筠等人都有与司马承祯送行、唱和之作，就是当时留下的见证。其他诗人如张子容《送苏倩游天台》、孙逖《送周判官往台州》，特别是孟浩然专程来游天台山，作有诗歌数十首，像《舟中晓望》《宿天台桐柏观》《寻天台山》《将适天台留别临安李主簿》等，连王昌龄《送韦十二兵曹》诗中都说“迹在戎府掾，心游天台春”[2]，都是见微知著之例。到李白供奉翰林之后，文人墨客更是喜爱天台，吟咏之作日增，李白《送杨山人》诗云：“客有思天台，东行路超忽。涛落浙江秋，沙明浦阳月。今游方厌楚，昨梦先归越。且尽秉烛欢，无辞凌晨发。我家小阮贤，剖竹赤城边。诗人多见重，官烛未曾然。兴引登山屐，情催泛海船。石桥如可度，携手弄云烟。”[3]李白自己在天台山时也作有多首诗歌，如《早望海霞边》《天台晓望》等。杜甫早年的诗歌大多不存，但他的《壮游》诗写到“归帆拂天姥”，也

① 《旧唐书·吴筠传》载吴筠举进士不第，乃入嵩山依潘师正为道士，传正一之法，苦心钻仰，乃尽通其术。《新唐书·吴筠传》以下多种史料如《洞霄图志》《续通志》《陕西通志》都祖述其说，沿袭略同，《新唐书》更是记载吴筠师从潘师正时间是在“天宝初”，而此时距潘师正去世已经五十三年，距其“师兄”司马承祯去世已经七年了，怎么可能接收吴筠为徒？权德舆《中岳宗玄先生吴尊师集序》有“宅于嵩丘，乃就冯尊师齐整受正法”，冯齐整是潘师正弟子，吴筠是潘师正的再传弟子，此说较为合理。见[清]董诰等编：《全唐文》卷四八九，上海古籍出版社 1990 年版，第 2214 页。

② [清]彭定求等编：《全唐诗》卷一四一，上海古籍出版社 1986 年版，第 327 页。

③ [唐]李白著，[清]王琦注：《李太白全集》卷一六，中华书局 1977 年版，第 768 页。

可以窥见他年轻时曾到天姥、天台游历。他后来写《有怀台州郑十八司户》等诗，也不可说没有青年时游历的底色影响。刘长卿、李嘉祐、钱起、张继、皇甫冉、顾况、章八元、张佐、司空曙、崔峒、王建、武元衡、权德舆、刘禹锡、孟郊、张籍、牟融、徐凝、李德裕、李涉、李绅、鲍溶、沈亚之、施肩吾、姚合、周贺、郑巢、柳泌、李敬方、张祜、朱庆馀、许浑、刘得仁、郑熏、赵嘏、马戴、贾岛、刘沧、李濒、李郢、高骈、许棠、皮日休、陆龟蒙、曹唐、方干、周朴、杜荀鹤、王贞白、张蠙、徐夤、崔道融、曹松、李洞、任翻、李达、项斯、寒山子、拾得、释景云、释灵澈、释元孚、释无可、释皎然、释贯休、释齐己等六十余家，[1]较之此前诗人有大幅增长。可以看出唐玄宗等皇帝重视道教，征召司马承祯、吴筠入京布道，又提拔书生李白供奉翰林，直接在诗坛文林掀起一股强大的重视天台山道教的信息流，特别是李白成功进入仕途，为天下未经进士科而想入仕的书生树立榜样，引起一轮又一轮追踪李白脚印的书生来天台山采风、修道、与道教名人交游的浪潮，把这条原先冷落难走的浙东山水之路变成一条热线，就成为今人提出的"唐诗之路"。

天台山宗教的天台宗是对外文化传播的主导品种，天台山成为中国对外文化交流的高地，首先是东洋诸国不断有学问僧、遣唐使等来华求法进贡，将天台宗传播到东洋，留下许多游天台(台州)的日记，如最澄、圆仁、成寻、荣西等，如实反映他们对天台山的观感。近代又有西洋人慕名而来，西洋人眼中的天台山又是如何的呢？以清末西洋著名传教士，也是学者的李提摩太游览观感为例：

> 天台山是一个规模巨大的宗教中心……这里是中国最流行的佛教的中心。……它在佛教史上占据非常重要的地位，令我非常渴望前往一游。1895年5月……我参观了这座圣山。[2]

从东晋孙绰开始，历朝吟咏赞颂天台山的诗歌文赋更仆难数，流传亦很普遍，为省篇幅此处就不举例。清著名学者天台齐召南、仪征阮元《重订天台山方外志要》卷一《山》华顶峰条下引明释无尽(即传灯)《天台山方外志·山源考》，以龙来比喻天台山及其各支脉，如"葛阆峰亦分两支：左为国清、赤城山之龙；右为桐柏山之龙"，"香炉峰为护国寺、桃源诸山之龙"等，最后总结道："是知天台山者，东濒大海，

① 这是《全唐诗》中保存下来的诗歌，至于当时实际则远超此数，别的不说，光是来台为官者即是一个能够为诗的人文群体，其数量就不止于此。

② 张乐之纂：《天台山旧志汇编》丙辑，金岳清名家工作室系列文化工程自印本，戊戌(2018)仲秋，第201页。

界水而止，为东南一大结局。”[①]这的确是天台山这条南龙的合理而有力的观感。

桐柏山

桐柏山在国内有很多同名者，天台山上的桐柏山是一处以道教宫观闻名的地方，也是天台山道教的标杆。桐柏山周围环境清幽，有紫霄、翠微、玉泉、卧龙、莲花、华琳、玉女、玉霄、华顶九峰环绕，为桐柏观的拱卫，形成一个十分适宜道教修炼的良好条件和氛围。天台山道教传入有多种说法，比较可信的传道历史，始于三国东吴赤乌年间的高道葛玄（164—244），字孝先，丹阳句容（今为江苏镇江辖县级市）人。著名道士和炼丹家葛洪的从祖父。葛洪《抱朴子・金丹》所载葛玄曾从左慈（字元放）学道，受《太清丹经》三卷、《九鼎丹经》一卷、《金液丹经》一卷，传授予弟子郑隐，郑隐又传与葛洪。[②] 葛玄，宋崇宁三年（1104）封“冲应真人”，淳祐三年（1243）封“冲应孚佑真君”，俗称“葛仙公”或者“葛仙翁”。天台山上除桐柏外，赤城、华顶也有“葛仙公”道场遗迹。天台桐柏山自葛玄之后，见称于道书中的，还有葛洪《抱朴子》、陶弘景《真诰》《登隐真诀》，而让浙东天台桐柏声名鹊起，一直是道教上清派传道的“定点单位”。从陶弘景起，到王远知、潘师正、司马承祯（含“师弟”吴筠），除潘师正外，都来天台山修道，炼丹合药。盛唐时期引起道教界刮目相看的是著名道教宗师司马承祯，得到武则天、唐睿宗、唐玄宗等人的征召，入宫布道，备受荣宠，特别是得到唐睿宗青睐，于景云二年（711）下诏，在天台山桐柏为司马承祯起桐柏宫，供他居住修炼道法。下《赐司马承祯置观敕》，令台州天台县在天台桐柏山原葛玄炼丹处，也就是长久荒废后被百姓占据而出售的地皮，“宜令州县准地亩数酬价，仍置一小观，还其旧额”[③]。原来唐睿宗为司马承祯修建的桐柏宫是一座小观，敕谓：“更于当州取道士三五人，选择精进行业者，并听将侍者供养。仍令州县与司马炼师相知，于天台山中辟封内四十里为禽兽草木长生之福庭，禁断采捕者。”[④]可见道观虽小，但待遇很优越，敕封内四十里不许采捕，这是天台山上最高等级的道观，享有“特许”政策。后来进而成为管理台州道教宫观的道教机关，地位

---

① [清]齐召南纂，[清]阮元修订，许尚枢点校：《重订天台山方外志要》卷一，国家图书馆出版社 2018 年版，第 115 页。其说来源于[明]释传灯《天台山方外志》卷一，上海古籍出版社 2018 年版，第 76 页。

② [晋]葛洪：《抱朴子》内篇《金丹》卷四，《诸子集成》第 8 册，上海书店 1986 年版，第 12—13 页。

③ [清]齐召南纂，[清]阮元修订，许尚枢点校：《重订天台山方外志要》卷三，国家图书馆出版社 2018 年版，第 225 页。

④ [清]齐召南纂，[清]阮元修订，许尚枢点校：《重订天台山方外志要》卷三，国家图书馆出版社 2018 年版，第 225 页。

高超。唐玄宗多次征召司马承祯入朝布道，赐司马承祯号“正一”，成为天台桐柏上清派的祖师，其法嗣田虚应、冯惟良、应夷节、刘处静、徐灵府、叶藏质、闾丘方远、左元泽、陈寡言，加上吴筠、杜光庭等道教宗师，一起把天台山道教推向一个兴盛而持久的阶段。司马承祯在武则天时被召入京师，与当时名人陈子昂、卢藏用、宋之问、李白等被誉为“仙宗十友”[①]，他与李白是在江陵邂逅，称李白有仙风道骨，可与神游八极之表。后来其“师弟”吴筠在天台山修道，得到唐玄宗征召，就携李白到长安，为李白得到唐玄宗召见，进入翰林作了铺垫。所以浙东唐诗之路上，天台桐柏山作为道教胜地，就远超赤城、华顶的影响，桐柏观（宫）从此成为台州乃至浙东道教的旗帜，也成为浙东乃至于中国思想文化领异标新的高地而名扬中外。

司马承祯遍游名山，栖止天台，道高天子问，名重四方召，屡次被皇帝征召入京，又隆重送别，满朝大臣纷纷作诗，寄托依依之情。情深诗美，传播朝野，为天台山赢得无上荣光，保存至今的还有唐玄宗、张说、宋之问、崔湜、李峤等当时朝廷上最有名望者，它的感召力与影响力都是无与伦比的。后来诗人踵事增华，佳作琳琅，就不是偶然之事了。又加上桐柏大瀑布是在天台县城附近能够直观的山水奇观，所以诗人常以此作为天台县的标志之一，唐徐灵府《天台山记》载：“仙坛与翠屏岩耸空斗峙，瀑布迸流，落落西崖间，可千余丈，状素蜺垂天，飞帛触地。”[②]指出孙绰《游天台山赋》中“瀑布飞流以界道”就是写这里的瀑布，也很有意思。后来诗人来游，就把这一奇景作为标志和典故写入诗歌。如李频《送台州唐兴陈明府》“瀑布当公署，天台是县图”[③]，皮日休《寄题天台国清寺齐梁体》云：“十里松门国清路，饭猿台上菩提树。怪来烟雨落晴天，元是海风吹瀑布。”[④]就是对天台山大瀑布神会独深，妙笔生花之作。

石梁（石桥）

石梁是天台山上最有知名度的诗路胜景，李白诗赞为“石梁横青天，侧足履半月”就是形容它的稀罕而危险。石梁在天台县北五十里，是佛家传说中五百应真（罗汉）之境。是天台山大八景之一，号称“石梁飞瀑”。它的上下有三座方广寺，分为上、中、下，现存两座，石梁桥头的是中方广寺，石梁下方是下方广寺。石梁架于

---

① 吴受琚校辑：《司马承祯集》代序《论司马承祯》，社会科学文献出版社 2013 年版，第 1 页。

② ［唐］徐灵府撰，胡正武校点：《天台山记》，浙江大学出版社 2010 年版，第 2 页。

③ ［清］彭定求等编：《全唐诗》卷五八八，上海古籍出版社 1986 年版，第 1502 页。

④ ［清］彭定求等编：《全唐诗》卷六一五，上海古籍出版社 1986 年版，第 1558 页。

两崖间，龙形龟背，广不盈咫，它的上游由两条山涧合流，在中方广寺侧形成更大的水流，往下泄为瀑布，飞流直下深潭之中，气势如雷霆万钧，雨雾弥漫，令人惊叹不已。潭下流过仙筏桥，西流出剡中，就是剡溪的源头之一。石梁狭窄陡峻，且多水雾滋润，长满莓苔，很是湿滑，下临深涧，以前从石梁上经过的人，往往目眩心悸，魂飞魄散，坠落深潭而亡。到高僧白道猷要度过石梁访求仙药仙物，置生死于度外，才安然走过。在当时成为令人惊叹的奇迹。孙绰《游天台山赋》所谓"践莓苔之滑石，搏壁立之翠屏"，就是赞颂这件事情。以前中方广寺有一座铜亭置于石梁对面桥头，寺中小和尚要轮流每日早晨从石梁上度过，献上贡品于亭前，这是很危险的"项目"，又是训练小和尚胆量和身手的考试科目。现在来看这些小和尚能够安然回来的，都已忘怀生死、超脱恐惧，练就了超越凡人的本事。前唐写石梁的作品以李巨仁《登台山篇》为翘楚，有"云开金阙迥，雾暗石梁遥。翠微横鸟道，珠涧入星桥"之句，写得十分精彩。唐诗中更是踵事增华，名作层出不穷，琳琅满目，多有名句，令人应接不暇。李白《送王屋山人魏万还王屋》诗已见本节开头，就够奇思妙想，远超流俗。他还有对度过石梁的另外看法，就是石梁是不可度过的，《送杨山人归天台》诗中有"石桥如可度，携手弄云烟"①，就是一种表露心态的明证。孟浩然《寻天台山》有"高高翠微里，遥见石梁横"②，又被称为"磴石"，如孟浩然《题云门山寄越府包户曹徐起居》有"台岭践磴石，耶溪溯林湍"③；语本孙绰《游天台山赋》有"跨穹窿之悬磴，临万丈之绝冥。践莓苔之滑石，搏壁立之翠屏"④。中唐诗人顾况《临海所居》之二有"不知叠嶂重霞里，更有何人度石桥"⑤；武元衡《送吴侍御司马赴台州》有"余有灵山梦，前君到石桥"⑥；刘禹锡《送元简上人适越》有"更入天台石桥去，垂珠璀璨指三衣"⑦；施肩吾《送端上人游天台》有"溪过石桥为险处，路逢毛褐是真人"⑧；方干《送元处士游天台》有"若过石桥看瀑布，不妨高处便题名"⑨；李频《越中行》有"天台闻不远，终到石桥行"⑩；李郢《重游天台》有"南国天台山水奇，

① ［唐］李白著，［清］王琦注：《李太白全集》卷一六，中华书局 1977 年版，第 768 页。
② ［清］彭定求等编：《全唐诗》卷一六〇，上海古籍出版社 1986 年版，第 375 页。
③ ［清］彭定求等编：《全唐诗》卷一五九，上海古籍出版社 1986 年版，第 370 页。
④ ［梁］萧统编，［唐］李善注：《文选》卷一一，中华书局 1977 年版，第 163 页。
⑤ ［清］彭定求等编：《全唐诗》卷二六七，上海古籍出版社 1986 年版，第 664 页。
⑥ ［清］彭定求等编：《全唐诗》卷三一六，上海古籍出版社 1986 年版，第 784 页。
⑦ ［清］彭定求等编：《全唐诗》卷三五九，上海古籍出版社 1986 年版，第 898 页。
⑧ ［清］彭定求等编：《全唐诗》卷四九四，上海古籍出版社 1986 年版，第 1246 页。
⑨ ［清］彭定求等编：《全唐诗》卷五一五，上海古籍出版社 1986 年版，第 1305 页。
⑩ ［清］彭定求等编：《全唐诗》卷五八八，上海古籍出版社 1986 年版，第 1501 页。

石桥危险古来知。龙潭直下一百丈，谁见生公独坐时”[①]，是写石梁十分生动，令人印象深刻的佳作。由于石梁飞瀑奇景举世无双，笔墨难描，现代诗人徐道政《游方广石梁》就说“此是天台第一景，不知庐瀑复如何”[②]。

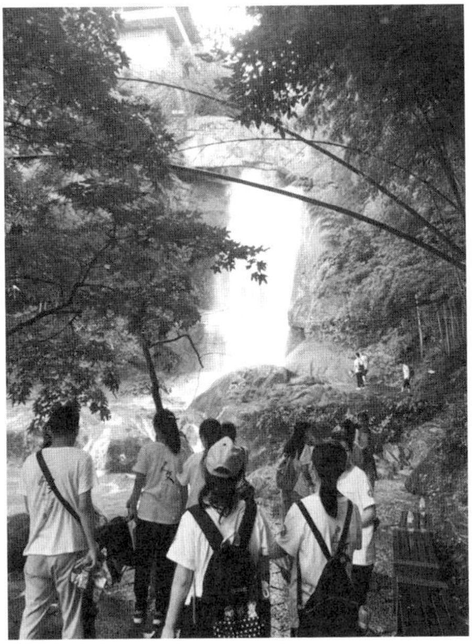

石梁飞瀑雨初晴

断 桥

断桥在天台县北七十里，从石梁沿涧行，大约十五里至此，一石中断，因以为名，就是所谓的小桥。以前传说这是罗汉所居之境。下临危涧，乱石棋布，这一段溪涧深峻，有龙湫、龙拖石。以前从溪边步行，十步九跌，即使本地人也很少来到这个地方。现在已经修通公路，但较狭窄，可以从石梁自驾到断桥。断桥一过不远就到天台山上有名的胜景铜壶滴漏和稍下一点的水珠帘、龙游洞，由于公路和游步道等都未达到开放旅游的要求，现在铜壶滴漏景区尚未对游客开放。

铜壶滴漏

铜壶滴漏是一处较大的瀑布，比石梁景区的小铜壶要大，俗称大铜壶。瀑布垂

① [清]彭定求等编:《全唐诗》卷五九〇，上海古籍出版社 1986 年版，第 1507 页。

② 徐道政著，夏崇德编注:《徐道政诗文集》(修订本)，浙江工商大学出版社 2019 年版，第 154 页。

下深潭之中，水清见底，水声怒吼，可以吸引游客循声来此观赏。铜壶滴漏之水冲下深潭之后，在下一个悬崖上又形成一道瀑布，这道瀑布沿着岩石边缘，形成一道弧形而薄薄的水帘，随着上游来水的波动而发生变化，令人感到音乐一般的旋律的美感。这就是胜景“水珠帘”。帘下水流在山涧岩石狭缝中形成一条类似龙形的水流，名叫“龙游涧”。这是石梁旁边一个很有观赏性的景区。

华　顶

华顶峰在天台县城东北六十里，是天台山的最高处，旧传高一万丈，现在测量的海拔是1098米。此山的绝顶东望沧海，弥漫无际，俗号望海尖，可以观看海上日出。俯瞰众山，如龙盘虎踞之状，又如花开层层，这里便是花（“华”同义）之顶峰，居高临下，一览而尽。华顶奇观不仅有海上日出，还有一种高山植物桫椤，现在通称为“云锦杜鹃”，花开得很大，花期长，陆续开放，每年五月、六月是赏花的季节，天台县设为“云锦杜鹃节”，游客蜂拥而至，更是摄影者难得的拍摄良辰，成为天台山上极为热闹的日子。华顶是天台宗实际创始人智顗与道教宗师司马承祯曾经宴坐修真、领悟真谛之处。孙绰《游天台山赋》所谓“陟降信宿，迄乎仙都”，便是指华顶。华顶遗迹有晋葛玄丹井、王羲之墨池，隋智者大师拜经台和唐李白太白读书堂等。葛玄丹井已渐湮没，但葛玄茶圃知名度提高，详见下条。华顶峰头有智者大师拜经台，台上有降魔塔，传说是智者大师降魔处；塔旁有庵，可供观看东海日出，门外原有“天台第一峰”“隋智者大师拜经处”两块石碑，现在都没有了；下面有太白读书堂，原为茅庵，立有“唐李太白读书堂”碑，堂外有两池，一为龟池，一为王右军墨池。现在太白读书堂系改革开放后重建，后被划入军事禁区，游客无法观赏，亟须另觅地址重建，以恢复李白在华顶留下的遗迹，供游客参观凭吊，发思古之幽情。王右军墨池移建于华顶宾馆东北角，在宾馆与华顶寺之间的路旁，有右军挥毫雕像等。其他原来还有伏虎坛、鬼疊石、白云先生室、甘泉先生居等遗迹。华顶峰下还有华顶寺，规模颇大，另有专条；智者大师的七十二茅蓬，现在成为仿造的旅舍，是一种很别致的旅馆。

华顶对游客来说，最大的吸引力是避暑，山下暑热正酷，山顶凉风劲吹，气温宜人。暑假来游，正是最佳时候。现在华顶文旅设施已有较大改善，除上文提及的仿造茅蓬为旅舍外，还建有华顶宾馆，因华顶旅客上山住宿季节性太强，这个宾馆床位在暑假时要预订。到天台山之巅，步李白的游踪，读李白的诗歌，观太白读书堂，参拜华顶寺，参观拜经台，王羲之墨池，观东海日出等等，既是学生研学的好课题，也是文旅的好选题。

天台琪树

唐释皎然《送邢台州济》诗云："海上仙山属使君，石桥琪树古来闻。他时画出白团扇，乞取天台一片云。"[①]这是赞颂天台山的一首著名唐诗，写得优美飘逸，意象清新，令人喜爱。也是天台山上众多前贤看成"仙物"中知名的仙树"琪树"留存于读者心头的象征，然而久探不得其详，迄今仍然成谜。实际上早在唐朝前，琪树即已经成为天台山仙物的象征，东晋孙绰《游天台山赋》中写到"琪树璀璨以垂珠"[②]，唐李善注引《山海经》："昆仑之墟，北有珠树、文玉树、玗琪树。"《尔雅·释地》考证："《山海经》：'开明北有玗琪树。'注：'玗琪，赤玉属也。'"[③]可知琪是一种红色的玉。也可以由此推知琪树与红色有关。虽然唐朝大诗人白居易有"仙人琪树白无色，王母桃花红不香"之句[④]，但李德裕《琪树》诗序写到琪树的形状、结子颜色和年限，可谓唐诗中描写最为详细近真的："琪树垂条如弱柳，结子如碧珠。三年子可一熟。每岁生者相续，一年绿，二年碧，三年者红。缀于条上，璀错相间。"[⑤]诗中有"冰叶万条垂碧实，玉珠千日保青春"之句，给读者探索现实中的琪树提供很大的台阶。唐僧元孚青年时游天台华顶，还攀登过琪树，作有《元孚五十年前游天台宿建公院登华顶攀琪树观石桥之险绝缅怀昔游因为绝句寄知建长老兼呈台州王司马》的诗："天生石月架空虚，树缀龙髯子贯珠。三十年前已攀折，建公曾到上方无。"[⑥]此诗也给读者较为形象的描写。前唐和唐朝诗人写到天台山琪树的很多，《汉魏六朝百三家集·卢思道集题词》载："唐玄宗自蜀回，登勤政楼，歌曰：'庭前琪树已堪攀，塞北征人去未还。'即卢《蓟北歌》词也。"[⑦]武元衡"琪树年年玉蕊新，洞宫长闭彩霞春。日暮落英铺地雪，献花无复九天人"[⑧]，权德舆《送台州崔录事》云："诗因琪树丽，心与瀑泉清。"[⑨]刘禹锡《衢州徐员外使君遗以缟纻兼竹书箱因成一

---

① [清]彭定求等编：《全唐诗》卷八一八，上海古籍出版社 1986 年版，第 2006 页。

② [梁]萧统编，[唐]李善注：《文选》卷一一，中华书局 1977 年版，第 165 页。

③ [晋]郭璞注，[宋]邢昺疏：《尔雅注疏》卷六考证《释地》第九，《四库全书》第 221 册，台湾商务印书馆 2008 年版，第 133 页。

④ [宋]陈景沂编，程杰、王三毛点校：《全芳备祖》前集卷二，浙江古籍出版社 2018 年版，第 84 页。

⑤ [清]彭定求等编：《全唐诗》卷四八一，上海古籍出版社 1986 年版，第 2006 页。

⑥ 陈尚君辑校：《全唐诗补编》，中华书局 1992 年版，第 54 页。元孚诗题中的五十当为三十之形近误。

⑦ [明]张溥编：《汉魏六朝百三家集》卷一一五，《四库全书》第 1416 册，台湾商务印书馆 2008 年版，第 214 页。

⑧ [宋]陈景沂编，程杰、王三毛点校：《全芳备祖》前集卷六，浙江古籍出版社 2018 年版，第 168 页。

⑨ [清]彭定求等编：《全唐诗》卷三二四，上海古籍出版社 1986 年版，第 803 页。

篇用答佳贶》云:"闻说天台有遗爱,人将琪树比甘棠。"①可见当时人们心目中并没有后人那么神秘的感觉。从唐以后,诗人对琪树的形象也朝着仙物的方向靠近,如宋诗人王元之的"谁移琪树下仙乡,二月轻冰八月霜。若使寿阳公主在,自当羞见落梅妆"②这样的作品,就让人感觉更是仙树了。以至于如今词典"琪树"条目的释义就解作"仙境中的玉树",而难以找到确切的自然树种,能够与诗文中的琪树吻合,在天台山的石梁、华顶也是如此,就像文学中的美女西施漂亮得不可方物,若一旦以演员影像出现于观众眼中,就往往会觉得不如文学作品中的西施美。因此浙东唐诗之路上的琪树,让它在文学作品中保持其仙树的形象,保持其天台山植物的象征,与石梁并列出现,也是十分美好的态度。

葛玄茶圃

华顶云锦杜鹃林下有一片高山茶园,号称"葛玄茶圃",传为汉末道教宗师葛玄在此种植茶叶,有人评为"江南茶祖"。方外种茶的动机是为了治疗疾病,保持身体健康,前人所作《茶经》、茶诗以及写茶的文章辞赋,无不体现吃茶的各种好处。从道教吃茶,到佛教也接受吃茶的习惯,使和尚也认识到吃茶的功用,从而总结为"茶禅一味",并促进茶文化的发展,无形中把台州、把天台山变成为东洋引种茶叶和茶文化之源。像唐朝日僧最澄来台州求法时,台州官员以茶会赠诗送别③,那么平时招待日僧吃茶自在不言中。嗣后圆珍来台求法,回国时偕带到日本的中国台州开元寺僧人常雅,有以天台山茶叶作为馈赠礼物的记载:"虽称中华,并无一土物相献。天台南山角子茶一,又生黄角子二,谨上。不见轻少,伏垂见到。"④北宋日僧成寻来台求法时,国清寺、台州官府招待他吃茶就有"点茶"等礼仪。南宋时日僧荣西两度来台求法,回国后写成《吃茶养生记》,就与天台山茶文化有渊源关系。诗仙李白《天台晓望》诗云:"天台邻四明,华顶高百越。门标赤城霞,楼栖沧岛月。"⑤华顶像一面旗帜,吸引着四面八方的游客,像孟浩然《寻天台山作》:"吾友太一子,餐霞卧赤城。欲寻华顶去,不惮恶溪名。"⑥诗人为寻找华顶,竟然顾不上"恶溪"这样

① [清]彭定求等编:《全唐诗》卷三五九,上海古籍出版社1986年版,第897页。
② [宋]陈景沂编,程杰、王三毛点校:《全芳备祖》前集卷五,浙江古籍出版社2018年版,第153页。
③ [唐]吴顗:《送最澄上人还日本国叙》,陈尚君辑校:《全唐诗补编》,中华书局1992年版,第942—947页。
④ 白化文:《睿山新月冷 台峤古风清——读〈风藻饯言集〉》,《东南文化》1994年第2期。
⑤ [唐]李白著,[清]王琦注:《李太白全集》卷二一,中华书局1977年版,第971页。
⑥ [清]彭定求等编:《全唐诗》卷一六○,上海古籍出版社1986年版,第375页。

犯忌的地名，真是不顾一切，勇往直前。著名诗人李绅题《华顶》诗云："欲向仙峰炼九丹，独瞻华顶礼真坛。石标琪木凌天碧，水挂银河映日寒。天外鹤声随绛节，洞中云气隐琅玕。浮生未有从师路，空诵仙经想羽翰。"[①]等等，唐后诗人歌咏更多，难以详举。华顶山高云雾多，茶圃的茶叶向称天台云雾茶，前贤品评为"门外小圃产云雾茶，味埒杭之龙井"[②]。实际上如今浙东远离工业区的高山茶叶品质都很好，无须贴什么标签，贴有标签的反而情况很复杂，此可意会，不便展开。

华顶杖

华顶杖（万年杖）从唐朝开始就成为文人心仪之物。华顶山头高出云霄，从前山头攀登艰难，多有古木古藤，苍劲坚韧，状如虬龙，制作成拐杖，作为长者走路用的手杖，既好看好用，又寓意美好。所以在古代很受文人的赞颂和欢迎，并且经常以得到一柄华顶杖深感荣幸，视为珍玩，也以此作为馈赠的高档礼品。这种现在已经难得一见的华顶杖，遂成为天台山所出产的著名珍玩之物。它的形状，晚唐诗人皮日休《五贶诗序》评为"色黯而力遒"，可与下文陆龟蒙诗相互印证，而皮日休就是以这种珍玩华顶杖赠送给他的老师毗陵处士魏不琢，意在让魏先生"行以资云水之兴，止以益琴籍之玩"[③]。因天台山有海上仙山之誉，就把天台山所出的手杖叫作仙树杖。如皮日休《华顶杖》诗就是代表作之一："金庭仙树枝，道客自携持。探洞求丹粟，挑云觅白芝。量泉将濯足，阑鹤把支颐。以此将为赠，惟君尽得知。"[④]陆龟蒙的《华顶杖》是和皮日休的诗，它描写华顶杖的取材、形状、用途和祝愿，便有超越皮诗之处。此诗可以作为制作华顶杖这一名物的最佳依据，也是今人赏玩华顶杖的凭借："万古阴崖雪，灵根不为枯。瘦于霜鹤胫，奇似黑龙须。拄访谭玄客，持看泼墨图。湖云如有路，兼可到仙都。"[⑤]这种"瘦于霜鹤胫，奇似黑龙须"的珍玩见称于文人笔下的传统，一直延续于后世。像明朝朱国祚《天台》诗云："人言天台高，四万八千丈。中有瀑布泉，飞流众山响。多少采药人，石梁不得上。我思劚寿藤，削作过头杖。拄上最高峰，云中一拊掌。"[⑥]宋叶梦的《避暑录话》卷一记载："晁任

---

① [清]彭定求等编：《全唐诗》卷四八三，上海古籍出版社 1986 年版，第 1225 页。

② 项士元：《天台山游草》，张天星辑注：《浙江天台山游记辑注》近代卷，浙江大学出版社 2022 年版，第 124 页。

③ [唐]皮日休《五贶诗序》，[清]彭定求等编：《全唐诗》卷六一二，上海古籍出版社 1986 年版，第 1549 页。

④ [清]彭定求等编：《全唐诗》卷六一二，上海古籍出版社 1986 年版，第 1549 页。

⑤ [清]彭定求等编：《全唐诗》卷六二二，上海古籍出版社 1986 年版，第 1572 页。

⑥ [清]朱彝尊编：《明诗综》卷五九，《四库全书》第 1460 册，台湾商务印书馆 2008 年版，第 409 页。

道自天台来，以石桥藤杖为赠。自言亲取于悬崖间，柔韧而轻坚如束筋。”[①]说明天台山不只有华顶的木藤经久，就是石梁等处也有可制杖的木藤。当时还取了一个很有意思的名字——万年藤杖，其特征是苍劲虬结，颜色黝黑，饱经风霜的奇物。明朝文人以天台藤所制之物为贵，如“禅椅”：“以天台藤为之，或得古树根，如虬龙诘曲臃肿，槎牙四出，可挂瓢笠及数珠、瓶钵等器，更须莹滑如玉，不露斧斤者为佳。”[②]清初诗人朱彝尊作《万年藤杖歌赠尤检讨侗》，有“我有天台万年藤，持赠吴下遂初翁。想当李明柏硕迹未到，此藤久已生山中，偶然拾自金庭宫”“翁来期我花下酌，清晨扶杖踏门东。茧纸戢戢抽诗筒，看翁游览兴未穷。水循练渎山穹窿，长松树底芝草丛。四方上下与翁逐，杖兮杖兮藉汝功”[③]之句，可见天台山老藤制作藤杖的珍贵，让文人喜爱的程度。

玉霄峰

玉霄峰在天台县北三十五里，是洞天宫东南侧山上，层峦叠嶂，松竹苍翠，人迹罕至，环境清幽。玉霄峰下道教宫观以洞天宫为名，即原晚唐懿宗咸通五年(864)道士叶藏质所创的道斋“石门山居”，咸通十三年(872)奏为“玉霄宫”，五代后周广顺元年(951)朱霄外建三清殿，道士陈寡言也曾经隐修于此，取名“华琳”。宋大中祥符元年(1008)更名为“洞天宫”，现在俗作“桐天宫”。玉霄峰上又有一处道观，名叫玉霄宫，这是后来修建的，与前玉霄宫不同。玉霄峰是围绕桐柏的九峰之一，即唐朝道教宗师司马承祯隐居修炼的地方，有“小桐柏”的称号。此处山珍见于方志的是“香茅”，而这种香茅又以宫后所产最为上乘，出产香茅的地方不到一丈见方，山上的道士大多把它作为珍秘，不轻易告诉别人。从晚唐时候起玉霄峰就见称于诗人笔下，如皮日休、陆龟蒙等都有诗歌颂，皮日休的《寄题玉霄峰叶涵象尊师所居》诗云：“青冥向上玉霄峰，元始先生戴紫蓉。晓案琼文光洞壑，夜坛香气惹杉松。闲迎仙客来为鹤，静噀灵符去是龙。仔细扪心无偃骨，欲如师去肯相容?”[④]陆龟蒙的《和寄题玉霄峰叶涵象尊师所居》诗云：“天台一万八千丈，师在浮云端掩扉。永夜祇知星斗大，深秋犹见海山微。风前几降青毛节，雪后应披白羽衣。南望烟霞空

---

① ［宋］叶梦得撰：《避暑录话》卷一，［清］嵇曾筠等纂修：《浙江通志》卷一〇五，《四库全书》第521册，台湾商务印书馆2008年版，第655页。

② ［明］文震亨撰：《长物志》卷六，浙江人民美术出版社2015年版，第89页。

③ ［清］嵇曾筠等纂修：《浙江通志》卷一〇五，《四库全书》第521册，台湾商务印书馆2008年版，第655页。

④ ［清］彭定求等编：《全唐诗》卷六一四，上海古籍出版社1986年版，第1556页。

再拜，欲将飞魄问灵威。”①南宋大诗人陆游曾经失意时被“提举”过台州崇道观，后来入蜀到四川天台院，联想起自己以前在浙东仕宦的经历，作有《天台院有小阁下临官道予为名曰玉霄》一诗：“竹舆冲雨到天台，绿树阴中小阁开。榜作玉霄君会否？要知散吏按行来。”②并在诗题下自注说：“予所领崇道观，盖在天台山中玉霄峰下。”由此不难推知这里的山峰和道场曾经是古代的“打卡点”，也是信众与诗人要来光顾的地方。

琼台双阙

琼台双阙是天台山上很著名的景观，从桐柏宫向西北行二里，至玄应真人祠，由真人祠取道仙人迹，经龙潭侧，约五里至琼台，转南三里至双阙，皆翠壁万仞，森倚相向。孙绰《游天台山赋》所谓“双阙云竦以夹道，琼台中天而危居”，就是描写这里的奇景危观。唐朝著名的道士，也是自称“山人”的柳泌《琼台》诗云：“崖壁盘空大路回，白云行尽到琼台。洞门黯黯阴宫闭，金阙曈曈日殿开。”③隐士方干《因话天台胜景奇异仍送罗道士》诗云：“积翠千层一径开，遥盘山腹到琼台。藕花飘落前岩去，桂子流从别洞来。石上丛林碍星斗，窗边瀑布走风雷。纵云孤鹤无留滞，定恐烟萝不放回。”④宋朝台州郡守夏竦《琼台双阙铭》云：“琼台峨嶭，左右如阙。直上相等，萝交蔓结。启闭云气，出入日月。千流若线，群峰如屑。凌霄压海，吞吴跨越。”⑤历代来游者众多，但观感与评论各不相同，当然这很正常，有的把琼台双阙举得很高，誉为天台山上最有看头的景观，这是出于观感的评价，自无不可。民国十三年(1924)3月间，现代名人康有为由台州屈映光、张翅等陪同游天台山，在琼台双阙题字，由屈映光等摹工镌刻于琼台双阙的“仙人座”上面；康有为还为琼台双阙题诗：“桐柏金庭绕九峰，夷齐遗像自清风。不必首阳采薇蕨，琼台双阙有仙蓬。”延续这一天台山名胜的诗歌余绪。

方瀛山

方瀛山在天台县西北二十八里。此地在唐朝乃至唐以前就被道士相中，像徐灵府《小录》(《小录》已佚)已经有记载，徐灵府的《天台山记》尚存，其记载为：“自

---

① [清]彭定求等编：《全唐诗》卷六二六，上海古籍出版社1986年版，第1580页。
② [宋]陆游：《陆游集·剑南诗稿》卷八，中华书局1976年版，第232—233页。
③ [宋]李庚等编，郑钦南等点校：《天台集·天台前集》卷中，上海古籍出版社2018年版，第48页。
④ [清]彭定求等编：《全唐诗》卷六五〇，上海古籍出版社1986年版，第1641页。
⑤ [宋]夏竦撰：《文庄集》卷二五，《四库全书》第1087册，台湾商务印书馆2008年版，第258页。

天台山琼台双阙(许爱珍摄)

(桐柏)观北上一峰可五里,有方瀛山居。上有平地倾余,前有池塘广数亩。墉中有小洲岛焉,有苛芰。前眺望苍芩,后耸云盖,即后峰名也。西接琼台,东近华林,即灵府长庆元年(821)定室于此。是天台第二重也。"①倾通顷。这就成为后世志乘的史料来源。清张联元《天台山全志》卷二载:由桐柏北上一峰,可五里许,上有平田十余亩,间以陂池,前眺苍峰,后即云盖峰。唐长庆中,徐灵府居此②。宝历元年(825)赐名方瀛。其意即比之道教三仙山方丈、蓬莱、瀛洲。中唐时期著名道士徐灵府(759—842),号默希子,钱塘天目山(今杭州临安)人,起先在南岳衡山修道,他是在司马承祯弟子薛季昌的传法弟子田虚应的率领下,于元和十年(815)与冯惟良、陈寡言一起来到天台山,隐居于方瀛云盖峰修炼,他自述"自衡岳移居台岭,定室方瀛"③。由上文可知徐灵府隐居方瀛修炼二十余年,将桐柏方瀛作为归宿之地。徐灵府相中此地,隐修不出,即使官府征召也难以改变他的心意,他在辞谢官

① [唐]徐灵府撰:《天台山记》,浙江大学出版社 2010 年版,第 5 页。原文颇有假借、省体等,如倾余当作顷余,苛芰当作荷芰,苍芩当作苍岑。

② [清]张联元辑:《天台山全志》卷二,上海古籍出版社 2016 年版,第 80 页。

③ [唐]徐灵府撰,胡正武校点:《天台山记》,浙江大学出版社 2010 年版,第 8 页。

府征召的诗《言志献浙东廉访辞召》中说："野性歌三乐，皇恩出九重。来传紫宸命，遣下白云峰。多愧书传鹤，深惭纸画龙。将何佐明主，甘老在岩松。"[①]就清楚地表达自己甘老岩松的态度，为天台山适宜隐逸增添佳话。

司马悔山

司马悔山在天台县北十三里，天台山后，在天台县城到白鹤镇途中，属于道教第十六福地，有仙人李明治之，就是相当于管理这个福地的"负责人"。之所以叫"悔山"，是一个故事：司马承祯应召入京，走到这里时心生悔意，想回到天台山去，却又无法回去，因为皇帝征召有公人负责陪同保护，心里十分矛盾，后世就以此名为"司马悔山"。又据《云笈七签》记载，还有一座以"司马悔"为名的桥，司马悔桥在新昌东南四十里，亦因司马承祯被召至此而悔而得名。[②] 由此看来，司马承祯虽然屡受皇帝征召，荣宠加身，在他内心却不是与世俗同感，而是有所警惧，有所犹豫乃至有所反思的。

五峰（国清寺周围五座山峰）

五峰在天台县北一十里，国清寺周围。有五座山峰围绕着国清寺：正北叫八桂，东北叫灵禽，东南叫祥云，西南叫灵芝，西北叫映霞。前有双涧合流，南注大溪，就是流入始丰溪。国清寺环境幽雅宁静，山水胜境，唐朝就号称天下四绝之一。前文已及，此处不展开。李白不仅作有"天下四绝"的诗，他在《送王屋山人魏万还王屋》中还写道："天台连四明，日入向国清。五峰转月色，百里行松声。"国清寺山门原有九里松遮阴，有人怀疑此处的"百里"是"九里"之误，可是若据此改为"九里行松声"，就索然无味，把李白的豪放浪漫的风格一笔勾销了。所以这里不是李白写错了，而是解诗者有误会了。

覆船山

覆船山在天台县东一十里。以山的形状像覆船，故名。此山在天台山脚，山顶上比较平坦，大约有三十顷大小，其中有三处泉眼，冬暖夏凉，水源有保障。因此山横处于县城东面，向来叫东横山，山侧有水池。晚唐著名诗人许浑有《宿东横山濑》诗："孤舟路渐赊，时见碧桃花。溪雨滩声急，岩风树势斜。猕猴垂弱蔓，鸂鶒睡横

① ［唐］徐灵府撰，胡正武校点：《天台山记》，浙江大学出版社2010年版，第12页。
② ［清］张联元辑：《天台山全志》卷二《山》，浙江古籍出版社2016年版，第81页。

槎。漫向山林宿，无人识阮家。”[①]把一处小山小溪写得诗意盎然。

大雷山

大雷山是盘亘于天台、临海、仙居三县交界的一座大山，主峰在临海与天台交界的地方，海拔1229米，是直追括苍山的高山，也是临海与天台的界山。它的西部又是台州最大水流灵江的上游永安溪和始丰溪的分水岭，连接台婺交界大盘山的小盘山。天台县西部和西南部的名山寒山、九遮山到南屏等都属于大雷山的分支，故归纳于此。

寒山（寒岩）

寒山是寒石山的简称，在天台县西北七十里，因唐朝流浪诗人寒山子曾经长期隐居于此，所以就以山名来称呼他。现在通称为寒岩。寒山的山腰有一巨大的山洞，是流浪者很好的栖身处。洞口前有座磐石，叫宴坐峰。传说，赤城山神为了逃避西天高僧白道猷，曾逃到这里宴坐。它的西面也有石梁，几尺长，架在两崖间，险峻得很，人不敢走。它的南面有泉水飞下，水不大，原来洞前山麓有一座寒山寺（1921年5月17日高鹤年《天台山游访记》到此“上寒山寺，残败，内住二人”[②]，后毁，未重建），寺僧用竹绳引水，成为早先的“自来水”。据《临海记》载：这个石室出产石髓、石脂，石洞尽头有仙人石棺，曾有僧人靠近去看，胫骨有好几尺长。寒山子有诗：“重岩我卜居，鸟道绝人迹。庭除何所有？白云抱幽石。住兹凡几年，屡见春冬易。寄语钟鼎家，虚名定无益。”[③]又有一首诗说：“登陟寒山道，寒山路不穷。溪长石磊磊，涧阔草蒙蒙。苔滑非关雨，松鸣不假风。谁能超世累，共坐白云中？”[④]寒山子在此难以养活自己，他与国清寺伙房的伙头僧拾得交情很好，拾得把僧人吃剩下的残羹冷炙收拾起来，装在竹筒里，过几天寒山子来寺里与拾得说说知心话，不管旁人如何笑骂打趣，他俩就像没听见一样顾自说话，呵呵大笑，高声叫道“快活，快活”，出了寺门，便背上拾得准备的竹筒回到寒山洞，继续过他的隐居生活。寒山子的诗没有条件写在纸上、粉壁上，大多写在岩石、砖头瓦片、人家墙壁，甚至是树皮、树干上。他在此地交际的对象都是放牛娃、种田汉，国清寺伙头僧拾得算

---

① ［清］彭定求等编：《全唐诗》卷五三二，上海古籍出版社1986年版，第1346页。

② 高鹤年：《天台雁荡二山游访记》，张天星辑注：《浙江天台山游记辑注》近代卷，浙江大学出版社2022年版，第133页。

③ ［清］彭定求等编：《全唐诗》卷八〇六，上海古籍出版社1986年版，第1975页。

④ ［清］彭定求等编：《全唐诗》卷八〇六，上海古籍出版社1986年版，第1975页。

是有地位的朋友了，他写诗只能用白话，不然这些受众听不懂。他自己不关心，读者也不关心，自生自灭，一任命运的安排。到晚唐天台山道士徐灵府收集他的诗歌，竟然还有三百多首，真是很不简单。

寒山子以寒山而得名，寒山以寒山子而出名，两者相依相益，缺一不可。寒山洞现在还基本保持“野生”状态，未受到明显的人为破坏。原先寒山“道不通”，人迹罕至，现在成为浙东唐诗之路与和合文化的“圣地”（寒山被清朝雍正皇帝封为“和圣”，拾得被封为“合圣”），前来参观旅游的游客络绎不绝，所以山下公路通畅，走一小段山坡路即可到他的隐居处，路两边有寒山诗牌，既作路引，又可品诗，起到与寒山子隔空对话的作用。山下附近几个村子都有民宿，接待条件较好，现在主要客源地是上海、杭州，每逢周末，便是生意兴隆的时节。以前曾经用过“寒山茅舍”品牌，影响良好。今天若从社会阶层看寒山子，他是从社会底层涌现出来的流浪诗人，经过历史的大浪淘沙，先后被加上“诗僧”“和合二仙”，最后升华到社会最高层，成为“和合二圣”的“圣人”了。他的形象被改成许多偶像式的日常物品，数量难以计算，但总是与拾得一起出现，笑容满面，一团和气，成为民间喜闻乐见的“喜乐之神”。从传播角度看寒山，他的诗集《寒山子诗集》还被翻译成多种语言，传播到世界各大洲。20世纪五六十年代，欧美社会出现一批“嬉皮士”青年人，披头散发，一副不满现实状，举着寒山子的头像，作为精神偶像，灵魂导师，把寒山子的诗歌捧上天，认为是中国七八世纪最伟大的诗人。因此这座貌不惊人的小山，这个巨大的山洞，蕴藏着多少神奇的奥妙、动人的故事、曲折的历史？有待于诗路文旅爱好者自己去体验去品味。总之是值得重视保护，合理利用的文旅资源。它的另一面便是明岩。

明　岩

明岩在天台县西北七十里，原名暗岩，五代后周显德中改为明岩。岩洞前峭壁屹立，一名“幽石”，形成一道不长的峡谷，洞府曲折深邃，东方日出时会从孔洞中穿进来，显得特别明亮。寒山子隐居处，条件较之寒岩另有妙趣。寒山之后有僧全宰栖隐于此，名叫栖真洞。岩洞东侧崖壁上有“高大”摩崖，是清朝台州著名学者齐召南所题。现在寺院重建，这一带全部是寺舍，几乎遮掩不见。洞西崖壁上有山泉垂下，飘洒渺漫，水点细微，呈婀娜绰约之姿，连落到地面的声音都显得很轻微，大概是天台最温柔曼丽的瀑布了。瀑布外侧崖壁上有苔藓痕迹，有几处近似马形，就是传说中“五马影”的地方。五马影外侧中央，是一座大殿。其北为洞府最深处，有重岩错叠，呈盘石品列之状，就是传说中丰干、拾得和寒山子三隐啸咏的所在。其中常有淡光如月辉映，号“石月”。寒山子诗有“重岩我卜居，鸟道绝人迹”，是写实之句。洞前是一条山溪，清澈潺湲，向东长流。

明岩洞曲折幽深，大洞连小洞，朝南向阳，洞前有水流，草木葱茏，隐居条件较之寒岩优越得多。有一明岩寺，依山就崖，修筑梵宫，今为女冠所住。传说台州刺史闾丘胤初来台州，打听台州有何高人可为礼敬之师（师仰），有丰干禅师指点说：台州有文殊、普贤两位菩萨，恐怕你见者不识，识者不见。闾丘胤上任后特地到国清寺寻访，见有两个穿着破烂、蓬头垢面之人顾自说笑，旁若无人，从寺里向外走来，闾丘胤上前打听两位是否文殊、普贤？两人问你听谁说的？答以丰干。两人说“丰干饶舌”，便飞快地向明岩方向奔去，闾丘胤与随从急忙乘马追赶，追到明岩，前面重岩叠嶂，无路可走，太守大叫快追，看要追上，寒拾两人便从岩缝中缩身隐没，闾丘及其随从五人避让不及，一起撞到岩壁上，迄今留下五马的影子，俗称“五马影”。

寒岩明岩是同一座山南北两边的山洞，朝北为寒岩，朝南为明岩，各有天然山洞，是流浪者栖身的佳所。这两处山洞均规模宏大，洞府幽深，尤其是寒岩洞可容数百人，境界凄清，人迹罕至。以前载籍所记，称其山巅六月有雪，故名寒山。但很可能来源于寒山子的诗“人问寒山道，寒山路不通。夏天冰未释，日出雾朦胧”①。可见以前是世俗之人对它的实情了解不足，据诗想象的印记。寒山子在此生活清苦，贫乏难以自存，每过一段日子便到国清寺找拾得，而拾得照例把积贮于竹筒里的残羹冷饭装到背篓中，让寒山子带回寒岩度日。而这一天便是两位社会底层人物交心交流十分开心的一天。唐朝诗人游天台赤城、桐柏、石梁、华顶者众，游寒岩明岩者很少，这应当是实情。诗人徐凝《送寒岩归士》：“不挂丝纩衣，归向寒岩栖。寒岩风雪夜，又过岩前溪。”算是一首难得的写到寒岩之诗，当作唐朝诗人或有游踪到达这里的风影。另附几首这位社会底层诗人的诗作，品味不同人生感受。

时人见寒山（220）

时人见寒山，各谓是风颠。貌不起人目，身唯布裘缠。

我语他不会，他语我不言。为报往来者，可来向寒山。

重岩我卜居（2）

重岩我卜居，鸟道绝人迹。庭际何所有？白云抱幽石。

---

① ［清］彭定求等编：《全唐诗》卷八〇六，上海古籍出版社1986年版，第1975页。下文寒山诗后括注数字为《寒山诗集》排列序号。

住兹凡几年，屡见春冬易。寄语钟鼎家，虚名定无益。

人问寒山道(9)

人问寒山道，寒山路不通。夏天冰未释，日出雾朦胧。

似我何由届，与君心不同。君心若似我，还得到其中。

出生三十年(301)

出生三十年，当游千万里。行江青草合，入塞红尘起。

炼药空求仙，读书兼咏史。今日归寒山，枕流兼洗耳。

寒山深(308)

寒山深，称我心。纯白石，勿黄金。泉声响，抚伯琴。有子期，辨此音。

九遮山

九遮山距寒岩明岩只有数里路，而离明岩更近，瞻望可及。其景曲折幽深，呈峰回路转之势，共有九遮，故名。其中有稻蓬岩、九遮隐秀、范增隐居处(范增庙)、亚父石船、望楚台等名目。旅客可乘车到达，游览天台西部山峦幽深，人迹罕至，境界清静，适宜隐逸生活的环境，也可探寻范增与项羽关系的微妙之处，尤其是在离开项羽之后逃隐于此的原因等等。从山外进入九遮山的途中，有农家乐可供有情趣的农家特色饮食、农耕器具及特色食物制作体验。

开 岩

平桥镇开岩寺是昭明太子萧统读书处，与寒岩明岩相隔十几里路，是建于天然岩洞里的景点，传为昭明太子在此隐居读书，编纂《昭明文选》之地。洞前不远处有“神力开山”遗迹与传说，可以合为一个景点，因为天台山是靠《昭明文选》这个中介为天下读书人所熟知，所以增添这处景点就是为了增添天台山文化与《昭明文选》、与昭明太子的缘分，不忘《文选》为宣传天台山所作出的特殊贡献，得到一个较为圆满的结果。现在有乡村公路通达开岩，可与寒岩、明岩、九遮山、紫凝山连成一条以适宜隐逸静修为主题或者特色的文旅融合线路，还可设置采紫凝山茶、品紫凝山泉、学习天台山特色非遗“易筋经”等活动。练功既能健身又能放松神经、延年益寿。

紫凝山

紫凝山又名瀑布山，在天台县西四十里。此山有瀑布，垂流千丈，四季不绝，无论雨季旱季，水质清澈澄碧，与桐柏(福圣观)、石梁飞瀑齐名，合称为三大瀑布。紫凝山以出产奇茗和清泉著称，早在唐朝茶圣陆羽《茶经》中就记载紫凝山泉为天下第十七泉，适宜煎茶饮用；紫凝山茶的出名，有一个神话传说。《神异记》记载：余姚人虞洪入山采茶，遇见一个道士，引领三只青羊到这里说：我叫丹丘子，听说你很擅长烹茶，也很会饮茶，今日有缘把这里的大片好茶献给你。希望你以后在祭祀之余，有富余的茶送点与我尝尝。此后虞洪经常与家人入山采茶，在这里获得很多好茶。

此处现状是各景点风貌古朴，保真性强，交通还算方便，民宿条件良好，接待能力充足，也存在景点基本内容说明还可以充实，建设档次有待提高，文化内涵有待挖掘整理，但很有特色的线路。唐朝诗人刘沧《赠道者》："真趣淡然居物外，忘机多是隐天台。停灯深夜看仙箓，拂石高秋坐钓台。卖药故人湘水别，入檐栖鸟旧山来。无因朝市知名姓，地僻衡门对岳开。"①还有《赠天台隐者》："静者多依猿鸟丛，衡门野色四郊通。天开宿雾海生日，水泛落花山有风。回望一巢悬木末，独寻危石坐岩中。看书饮酒余无事，自乐樵渔狎钓翁。"②两首七律，是写到这处深幽隐蔽之地的珍贵之诗。

建议：做好建设规划，充分考虑以隐逸文化为主要内涵的景区，需要在内涵与基建上尽量不大兴土木，保持原有风貌，但要修好道路，立好诗路说明书和指示牌，在安全、便利上做好文章。

南屏山(南黄古道)

南黄古道是网红驴友线路，背包客、驴友对它评价很高。南黄古道是指天台南屏到临海黄坛的一条古代驿道，以驿道两旁保留了较多百年与数百年的古木，尤其是古枫树为特色，一到深秋下霜时节，色彩斑斓透亮，一路透红的枫叶，在阳光照射下显出"红于二月花"的浓烈景致，为当今十分稀罕的景色而博得驴友的追捧，成为驴友"网红线"。南屏境内的南山在天台大八景中恰有"南山秋色"的名目，元曹文晦《南山秋色》诗有："观彼南山小众山，霜明红树碧云寒。余清入座挹不尽，积翠浮空染未干。漠漠只愁晴雾隔，霏霏休待夕阳看。何人会得悠然趣，前有陶公后有韩。"③是啊，的确需要有眼光有情趣的观光客来细细品味这条古道独特悠然的乐趣。这正是作为点睛之笔描绘出南黄古道的精髓来。以前天台县城到南屏的公路

① [清]彭定求等编：《全唐诗》卷五八六，上海古籍出版社 1986 年版，第 1495 页。

② [清]彭定求等编：《全唐诗》卷五八六，上海古籍出版社 1986 年版，第 1495 页。

③ [清]嵇曾筠等纂修：《浙江通志》卷二七六，《四库全书》第 526 册，台湾商务印书馆 2008 年版，第 520 页。

较窄,山道弯弯,容易拥堵。现在开通县城到南屏的新路,极大改善路况,方便自驾游,也方便驴友。

南黄古道附近是天台县最有名的农业观光景区——莲花梯田观光区。总面积上万亩,号称浙东面积最大的梯田,梯田有一百多层,高低落差近千米,观光平台正处于莲花的花芯处,堪称天造地设,四周的山坡梯田呈莲花状,观赏效果上佳。莲花梯田的特点是一年四季都可观赏,春天以金黄耀眼的油菜花、洁白的梨花和鲜艳的桃花为主;夏季以麦熟时节的"麦浪",耕田插秧的耕作景象和生长着早稻的层层叠叠的绿色梯田景象为主;秋季以丰收的稻田、打霜的枫叶、柏叶为主;冬季遇雪是观赏的最佳时机。总之,这两处组成一条驴友和组团俱佳的线路,可以为天台山文旅收一个有力的结尾。

玉京洞

玉京洞在天台县北七里,赤城山的半山腰,就是道教十大洞天的第六大洞天,是道教仙人茅盈所治,号上清玉平天。道书记载:天尊在玄都玉京山说法,令众仙居此。这就是很多道教所在地叫玉京洞的由来,赤城山上的只是众多玉京洞之一。因赤城作为天台山的南门,赤城山上经常云雾缭绕,很有仙气,古人就把它看作仙山,像东晋道士许迈曾经写信与王羲之说:"自天台山至临海,多有金台玉室,仙人芝草。"[①]徐灵府《天台山记》载:从古以来在这里举行国家醮祭之礼。[②] 这大概是玉京洞被当作第六大洞天的重要原因。于是把它的方圆范围定为方二百里,南驰缙云,北接四明,东距溟渤,西通剡川,中有日月三辰、瑶花芝草之类,是按道教洞天的模式。从晋以来到唐宋,曾经多次举行祭祀祈祷仪式,宋朝咸平、天圣中在此投放金龙玉简,后来被人偷走。赤城山玉京洞的文化功能长期被湮没,没有持续下来。大概从宋朝以后就断绝了。这里的观感,宋人余爽《玉京洞》诗写得很贴切:"羽驾归来洞已扃,洞门深锁读残经。琼台一觉仙都梦,不觉松根长茯苓。半山松柏散天声,芝盖当年憩赤城。我是上皇芸阁吏,玉京应有旧题名。东临沧海宴群仙,误入桃源小洞天。一局残棋销几劫?不知人世已千年。"[③]玉京洞在天台山道教发展史上的起点很早,早期影响力较大,即使在唐朝,地位也是显赫的,这从许浑《早发天台中岩寺度关岭次天姥岑》等诗中可以看得很清楚。但唐宋以后,道教势力没有重

① [宋]陈耆卿撰,徐三见点校:《嘉定赤城志》卷二一,上海古籍出版社 2013 年版,第 340 页。

② [唐]徐灵府撰,胡正武校点:《天台山记》,浙江大学出版社 2018 年版,第 6 页。

③ [宋]李庚等编,郑钦南等点校:《天台续集》卷中,上海古籍出版社 2018 年版,第 251 页。

振的机会，赤城半山腰的这处第六大洞天也就实际上日益淡出道教显要道场的行列，至于社会上一般读者对它的了解也不多，它曾经的辉煌，如今只尘封于道教历史文献中。虽然一种宗教发展有起伏，甚至消亡，但玉京洞遗址仍然是一处宝贵的历史文化资源，它毕竟与天台山文化存在千丝万缕的瓜葛，有过极其深层的联系，仍然有很高的浙东唐诗之路文旅的研究和开发价值。

天台赤城

刘阮洞

刘阮洞在天台县西北二十里，白鹤镇境内。剡县青年刘晨、阮肇入天台山采药，迷路，陷入窘境，遇到两位仙女搭救，迎归成亲，留半载，谢去。至家，子孙已经七世。刘阮洞就是因著名的刘阮天台山遇仙传说而留下的遗迹，在唐朝以来广泛地被引用于诗歌、散文、小说和戏剧各种文体中，成为中国文学中广为人知的典故。刘阮洞传为刘阮遇仙之处，宋朝景祐(1034—1037)中，有僧明照亦因采药入山，在这里看见有二女游戏水上，恍然如刘阮遇仙一样。就在此建设亭台，种植桃树。天台县令郑至道进一步建设遇仙胜景，随处命名，当时很受文人的热捧。郑至道还据此撰写了《刘阮洞记》一文，记载当时重新发现和建设刘阮遇仙胜迹作为游观景点的盛况。文长不录，选几首以刘阮遇仙为典故的诗歌，以见一斑。元稹《题刘阮妻》

二首云："仙洞千年一度开，等闲偷入又偷回。桃花飞尽秋风起，何处消沉去不来？""芙蓉脂肉绿云鬟，罨画楼台青黛山。千树桃花万年药，不知何事忆人间？"[①]曹唐题《刘晨阮肇游天台》诗云："树入天台石路新，云和草静迥无尘。烟霞不省生前事，水木空疑梦后身。往往鸡鸣岩下月，时时犬吠洞中春。不知此地归何处？须就桃源问主人。"[②]台州郡守晁公为题《刘阮洞》云："桃花开已繁，溪水溅溅去。不见持杯人，自叹来何暮。"[③]给人留下无限的向往，也留下无限的惆怅。如果要探索游刘阮洞，由于它的文旅建设尚未展开，基本上保留原生态，现在比较适宜小众的研学旅行、驴友、自驾方式，不适宜组团旅游。

第四节 台州 括苍山系列(台州部分)

台州境内山脉除北部属天台山脉外，从临海以南多属括苍山脉。因括苍山绵亘于括州(处州)、台州，还有温州永嘉也是括苍山脉盘踞之地，这些系列山脉往西连同洞宫山，往北连同会稽山，往南连同雁荡山等，总体上属于本书开头所述"地脉三龙论"中的"南龙"系列。

北固山(大固山 龙顾山)

北固山是台州府城北边的依靠和屏障，山形较之巾子山要高大得多，东头为白云山，实际上是连在一起的山，西北临灵江边一段尤其陡峻，明朝地理学家王士性在《广志绎》之《江南诸省》记载："(浙江省)十一郡城池唯吾台最据险。西、南二面临大江，西北巉岩篸篛插天，虽鸟道亦无……"[④]可见一斑；北固山东自鲤鱼山延绵而来，经白云山为府城制高点，在白云楼上俯瞰，可观府城全貌。北固山又名大固山，与府城南部巾子山东端小固山相对峙。陈耆卿《嘉定赤城志》卷十九《山水门》载："大固山一名龙顾山，在州西北三百步，高八十丈，周回五里。按《旧经》：晋隆安末，孙恩为寇，刺史辛景于此凿堑守之，恩不能犯。遂以大固、小固名山。《壁记序》云：'隋平陈，并临海镇于大固山，以千人护其城。'则得名旧矣。而道史嘱辞，乃云茅盈得道于临海镇东龙顾山，驾鹤上升。又绍兴十年，道士费德泓卓庵北山，劚地

---

① [清]彭定求等编：《全唐诗》卷四二二，上海古籍出版社 1986 年版，第 1030 页。

② [清]彭定求等编：《全唐诗》卷六四〇，上海古籍出版社 1986 年版，第 1612 页。

③ [宋]李庚等编，郑钦南等点校：《天台集 · 天台续集别编》卷五，上海古籍出版社 2018 年版，第 449 页。

④ [明]王士性著，周振鹤编校：《王士性地理书三种》，上海古籍出版社 1993 年版，第 324 页。

得晋永和九年断碑，亦有龙顾山字。盖本名大固，后又为龙顾焉。山势逶迤，抱州治如屏障。自州治后而北，则曰北山，自北山稍东接白云寺后，则曰白云山。其实一山也。”[①]北固山(大固山)与小固山、巾子山一起构成府城南北两边的天然屏障，易守难攻，加上西边和南边是灵江绕流，东边由宋朝郡守钱暄改筑于东湖以内的城墙，外有东湖护城，弥补了台州城唯一的弱点，真是一座固若金汤的城池！可以说当年选择城址者有极其精到而独特的眼光，所以民间传说台州城是唐朝李淳风相风水(择地)，尉迟恭监工筑成的。而回溯历史，在唐朝之前此地就是隋朝的临海镇城。再往前，此地因一场战役而载入史册——临海太守辛景率领临海郡军民合力抵抗孙恩农军于北固山下，击败曾经所向披靡的孙恩部众，结果孙恩大败于临海城下，看到大势已去，前途无望，就投水自杀。其部众称为“水仙”，意为在水中成仙。此战便是让临海城在中国历史上留名的“成名战”。

小固山

小固山与府城北部大固山相对，其西端为巾子山，也是两个名称，各占一端，其实是一座山，南临灵江，是府城南部屏障。城墙包山麓而筑，城外就是台州最大的水流灵江，形成一道天然的护城河。《嘉定赤城志》载：“小固山在州东南二里，与大固山相望，高七十丈，周回四里。”[②]小固山东端紧抵府城东城墙，现在是东城墙旧址上的大桥路；山北即城区，如清朝台州最有成就的训诂考据学家洪颐煊故宅小停云山房、通远坊、税务街等都在这一块。山上原有历史建筑小固山房，曾经是洪颐煊与兄坤煊、弟震煊挑灯读书的地方。山的东北端为府城望华门，20 世纪 60 年代建造临海大桥，拆掉城墙后，改成公路，原有附城建筑消失殆尽。小固山顶建有高大的广播电视发射塔，成为小固山上新的塔式建筑。唯有东端的古樟树逃过斧斤砍伐，侥幸生存下来，仍然枝繁叶茂，成为时代变迁的见证者。

巾子山

巾子山，习称巾山，与东湖一起素称“一郡游观之胜”，是府城的标志，被称为镶在古城中的明珠，又被比喻为古城中的大盆景，是全国少有的自然景观、文化瑰宝。巾山在小固山之西，两山之间有一马鞍形的“腰部”，把两山连接一起。巾子山海拔一百余米，略高于小固山，山顶上有大小两峰，叫帢帻峰，各造有一塔，塔旁岩石上

① [宋]陈耆卿撰，徐三见点校：《嘉定赤城志》卷一九，上海古籍出版社 2013 年版，第 300—301 页。
② [宋]陈耆卿撰，徐三见点校：《嘉定赤城志》卷一九，上海古籍出版社 2013 年版，第 301 页。

镌有“遗巾处”,是巾山得名的由来。传说皇华真人得道升天时掉下巾帻,变成这座巾山的。两塔今名大小文峰塔,高入云霄,成为醒目的地标,原是山顶寺院帢帻精舍(又名巾子山禅寺)的寺塔。山顶松竹荫翳,唐朝诗人任翻《宿巾子山禅寺》诗写得好:“绝顶新秋生夜凉,鹤翻松露滴衣裳。前峰月映半江水,僧在翠微开竹房。”[①]明朝人文地理学家王士性《两登巾山雨憩景高亭》有“孤亭地拥双峰起,绝壑天开万井春”之句,清朝大地理学家齐召南有“灵江绕郭碧潺潺,双塔高悬霄汉间”之句,都可见双峰两塔突出的形象。现在城市东扩,高层楼房雨后春笋般建起,巾山塔原先灵江两岸水陆出行的那种指引导向作用已经大为减弱。但作为古城区块具有象征意义的建筑物,它的标志性功能得到强化。所以把台州城古城区看作一幅画卷,巾山就是画卷的主题。巾山南半坡处有一逋翁亭,是20世纪90年代的建筑物,为纪念中唐著名诗人顾况而建,顾况字逋翁,在临海任职期间作有《临海所居》三首诗,其二诗云:“此去灵溪不是遥,楼中望见赤城标。不知叠嶂重霞里,更有何人度石桥。”[②]就是在临海所居遥望天台山,想象有人经过石梁之作。巾山南坡有元帅殿(俗讹作南山殿),原为纪念唐朝抗击安史叛乱中牺牲的张巡(临海民间称张元帅)而建,历代有灵异事件,迄今香火不断。1945年3月17日,台州军民击毙日酋海军大将山县正乡于葭沚,后将其座机的浮筒等物放在此处山坡举办展览,大长台州军民的志气。附近有不浪舟、小寒山等遗址,是明末著名抗清志士陈函煇住所,也是他的挚友旅行家徐霞客来台州时会面“烧灯夜话”的地方,可惜小寒山建筑遗迹已经无存。现在,巾山上王士性、陈函煇和徐霞客的雕塑,便是对这两位大地理学家与台州志士仁人的纪念。山顶原有帢帻精舍,宋时改称明庆塔院,据《嘉定赤城志》载:“其顶双塔差肩屹立,有明庆塔院。院之南有翠微阁,北有广轩。轩下瞰阛阓,阁南眺郊薮。廛市山川之盛,一目俱尽。故其胜概名天下,登临者必之焉。”[③]历代续有修缮,但明庆塔院在抗日战争时被日军飞机炸毁,连同其他的阁、轩等均已无存。唐朝任翻作《宿巾子山禅寺》诗后,又有《再游巾子山寺》《三游巾子山寺感述》,有“灵江江上帻峰寺,三十年来两度登”[④]之句,是流寓台州多年的诗人,也是写巾山诗最为人所传颂的诗人。任翻所作巾山诗精彩动人,令人喜爱,后人把它刻在巾

---

① [清]彭定求等编:《全唐诗》卷七二七,上海古籍出版社1986年版,第1824—1825页。

② [清]彭定求等编:《全唐诗》卷二六七,上海古籍出版社1986年版,第664页。

③ [宋]陈耆卿撰,徐三见点校:《嘉定赤城志》卷一九,上海古籍出版社2013年版,第301页。

④ [清]彭定求等编:《全唐诗》卷七二七,上海古籍出版社1986年版,第1825页。

山南面岩石上，成为一处著名的府城石刻，可惜“文革”中被铲平了。[①] 嗣后太守钱昱题诗：“数级崔嵬万木中，最堪影势是难同。栏杆夜压江心月，铃铎秋摇岳顶风。重叠画檐遮世界，稀疏清磬彻虚空。有时问著禅僧路，笑指丹霄去不穷。”太守章得象题诗：“步步云梯彻上层，回头自觉欲飞腾。频来不是尘中客，久住偏宜物外僧。下寺钟声沉地底，前峰塔影落阶棱。凭栏未尽吟诗兴，却拟乘闲更一登。”[②]

台州府城南门中津浮桥与巾山双塔

巾山不仅多寺观、轩阁，北坡还有华胥洞神话传说遗迹。西端山麓建有台州州寺龙兴寺(开元寺)，在台州佛教对外传播上发挥重要作用。唐鉴真大师东渡日本时，打着到天台山烧香的旗号来到台州，经过临海转赴黄岩时很可能就借宿于龙兴寺中，跟随鉴真赴日的弟子中就有台州龙兴寺的僧人思托，并最终跟随鉴真到达日本弘法。唐贞元二十年(804)九月二十六日，日僧最澄率弟子义真等一行来台求法，拜谒刺史陆淳(后改名质)，办理留学天台宗的有关手续(文牒)，先在此寺抄经，后入天台山从行满深造，求法结束后复来龙兴寺结业，台州刺史陆淳为之书写求法鉴定，准许结业，而且由台州司马吴顗主持，于贞元二十一年(即永贞元年，805)三月三日在龙兴寺举行茶话会，为之隆重送别。在茶会上到会的台州和临海县令等官员，以及社会贤达、寺院僧侣等均赋诗为赠，最澄携回日本后编成《台州相送诗》一卷，保存至今的还有十首诗；后来日僧圆珍等来台求法，搭乘由灵江出海的商船回国，并且与几位华商诗歌、书信往来，有近二十首(篇)诗文保存于《风藻饯言集》中，在中日文化交流史上留下十分珍贵的历史记录。巾山海拔虽然不高，但诗人诗作格调很高，传播台州文化含量很高，历代吟咏不绝，更仆难数，可谓台州第二诗

① 台州流失地名录编委会：《台州流失地名录》中册，北京：中华书局2019年版，第124页。

② 并见[宋]陈耆卿撰，徐三见点校：《嘉定赤城志》卷一九，上海古籍出版社2013年版，第301页。

山，见证中国文化对外传播的著名诗山。

上述唐诗文化资源尚未得到合理利用，故建议：在巾山西端山麓文化广场设立两组群雕，一组为唐朝来过和写到过台州的诗人雕像，如李白、杜甫、孟浩然、骆宾王、沈佺期、魏万、刘长卿、顾况、白居易、元稹、李绅、李嘉祐、刘禹锡、李晴方、郑熏、孟郊、贾岛、任翻、项斯、罗虬等人；一组为途经临海东渡日本传法的鉴真等人，台州刺史等人接见和送别日本学问僧最澄、圆珍等人来台求法情景雕像，以展示台州在当时吸引国内外各界名流来游的缩影。在群雕周边设置上述诗人名作诗碑和《台州相送诗》碑、《风藻饯言集》诗碑。同时将巾山西麓龙兴寺、天宁寺与南门（兴善门）码头连成一线，设置台州文化对外传播长廊和地图碑，配以台州相送诗文吟唱、背诵、创作交流游戏。在兴善门内街坊茶馆、饭店推出台州相送点心、茶宴，将台州相送诗题材制作成方便携带的旅游纪念品，推销台州特产。

盖竹山

盖竹山是一个分布很广的道教名山，《嘉定赤城志》载："盖竹山在（临海）县南三十里。按《舆地志》：一名竹叶山，中有洞，名长耀宝光之天。周回八十里。《洞渊集》所谓第十九洞天也。《云笈七签》云：仙人商丘子治之。《道藏洞天记》及《名山记》皆云：盖竹山，福地，观、坛各一所。有竹如盖，故以为名。《抱朴子》云：此山可合神丹。有仙翁茶园，旧传葛玄植茗于此。"[1]其地在今临海城南汛桥镇下路坑村，公路通达村中，再走一段竹林和茶园山路，即可到达。从历史文献记载来看，此地被道教宗师选中为时很早，至少在晋朝葛洪之前，它在道教道场中的地位居于三十六小洞天的第十九洞天。它的得名由来是有竹如盖，因而叫盖竹山，洞也就叫盖竹洞。洞主叫商丘子。盖竹山在道场中值得重视的有三点：一是可合神丹，即具有修炼成仙的条件；二是有葛仙公茶园，具有浙东"茶源"地的辈分；三是有古代名人在此修道而得仙，如葛玄、葛洪，还有晋人许迈"尝居之"；得仙的有汉末陈仲林等四人，进入此山修炼得道，赞叹盖竹山"真灵区也"。盖竹洞天的修道设施有礼斗坛、石窗、石几、石床、石臼、石砚、石井、石桥、石室。又有丹凤楼，香炉、天门二峰，诡异竦特，为游览之胜。近二十年来，盖竹洞天被重新整理，成为道教名迹，也成为一处有待进一步认识的文旅融合景区。南宋台州郡守唐仲友诗云："篮舆东出初雨收，众山卷雾奔苍虬。麦田幪幪连千畴，去年见种今有秋。农家椀大郎快活，使君不去

---

① ［宋］陈耆卿撰，徐三见点校：《嘉定赤城志》卷一九，上海古籍出版社2013年版，第302页。

能无羞？春光欲尽谁挽留？千林薿薿新绿柔。桐花远近澹无色，自开自落那关愁？洞天为我暂晴色，使我蜡屐穷冥搜。”[①]其他诗人诗作还有很多，值得研读领会，今后再应用于此洞天的文旅建设当中。

白鹤山

白鹤山在临海市区东南二十里，上有展旗峰、洗肠潭，又有剑崖，传为东汉方士赵炳留剑痕于此。据《太平寰宇记》载：白鹤山上有湖，中多盘石，前有石槌石鼓，鼓鸣则兵乱。昔有白鹤，飞入会稽雷门鼓中，击之，声震洛阳，故以为名。又《临海记》云：山上有池泉垂溜，远望如倒挂白鹤之状，故有泉名挂鹤。[②] 一说是汉末有徐公，于此山成道，控鹤腾空而去，故留有鹤挂岭。

括苍山（真隐山）

括苍山有广狭二义：广义的括苍山指括苍山脉，绵亘于台州的临海、仙居和黄岩，处州（丽水）的丽水、缙云、青田，温州的永嘉等县（市、区），是灵江、瓯江和婺江的分水岭；狭义的括苍山指台州境内的括苍山，是永安溪、宁溪的分水岭。在此指台州临海境内的主峰，在临海城西四十里，在城内能看到。据《太平寰宇记》的记载：山高一万六千丈，周回三百里（主峰米筛浪海拔 1382 米。比较：天台山高一万八千丈，周回八百里。主峰华顶山海拔 1098 米），与仙居韦羌山相接。本名括苍，又名天鼻。唐天宝中改真隐山。[③] 因为古代典籍记载有笼统处，如称韦羌山是群山中之最高者，所以让读者又以为是括苍山的别称。像元朝著名诗人陈基老家临海双溪（今临海白水洋双港），因此而自号韦羌山人。

括苍山是道教名山，山高林深，腹地广大，洞窟众多，丹药资源丰富，很早就有道士活动踪迹，踏勘修炼，见诸道教经典如《神仙传》《抱朴子》《真诰》等书中，葛洪《抱朴子·内篇》记载“大小天台山、括苍山，皆是正神在其山中”[④]，不但可以避大兵大难，还可以炼丹合药，有神仙助之而成；陶弘景在括苍山踏勘修炼，在灯坛架起丹灶炼丹，采药著书，“灯坛架”遗址犹存。此外还有“天险西关障，峰峦气象雄”的仙人基、道场基、道人寮这些道教遗址留下的地名。道书把括苍山当作东岳的助手，许多道教名人都与括苍山有来往。《神仙传》记载：“王方平居昆仑，往来罗浮、

① [宋]陈耆卿撰，徐三见点校：《嘉定赤城志》卷一九，上海古籍出版社 2013 年版，第 302 页。
② [宋]陈耆卿撰，徐三见点校：《嘉定赤城志》卷一九，上海古籍出版社 2013 年版，第 303 页。
③ [宋]陈耆卿撰，徐三见点校：《嘉定赤城志》卷一九，上海古籍出版社 2013 年版，第 303 页。
④ 王明：《抱朴子内篇校释》，中华书局 1996 年版，第 84—85 页。

括苍山，石壁上有科斗字，高不可识。宋元嘉中，遣名画图于团扇焉。”[1]这条记载中提到括苍山石壁上“有科斗字（蝌蚪文），高不可识”，与其他典籍记载韦羌山有蝌蚪文高不可识，出于同源。所以后人以括苍山与韦羌山为一山二名，也不是没有理由和根据。同时这又是一桩古今无人能够破解的历史谜案，从很早的时候起就有仙居县令命人到韦羌山石壁上用蜡摹拓蝌蚪文，但毫无发现，现代人用照相机、摄像机等科技手段想看看蝌蚪文究竟是怎么回事？也一无所获，正是用尽九牛二虎力，可怜无补费精神。括苍山道教最有代表性的道场是仙居县下各镇境内的括苍洞天，是全国十大洞天的第十大洞天，其东侧即仙人王方平降临的麻姑岩仙坛，当地人称为“仙姑岩”。

改革开放以来，括苍山的自然资源、风光和人文资源都有所开发利用。括苍山巅建成一座共有三十多台风机的高山风力发电场，当时号称亚洲最大。游览观光的资源主要有观看东海日出、冬季山巅雾凇冰挂、夏季山巅野营避暑。驴友常选择张家渡黄石坦九台沟游线登山，此线道路较好，但黄石坦桥遭洪水冲毁，平时通过碇步过山坑。南宋大诗人杨万里《朝天集》有《送喻叔奇知处州》诗云：“括苍山水名天下，工部风烟入笔端。”[2]颇相推许。自驾观光则从临海到括苍山顶公路，山顶有大片适宜露营烧烤的地方，也有旅馆，但要提前预订。

建议：括苍山崇高陡峻，景点主要在张家渡（今括苍镇）境内九台沟和括苍山巅，有仙侣岩等奇景，特别受到摄友的热捧；山麓张家渡永安溪边有象鼻岩，括苍镇区有明朝名臣、抗倭名人王士琦墓，其他景点和遗迹较分散，可以与仙居括苍洞天、仙姑岩、项斯坑村、项斯古道、公盂诸景点组合成线，作为驴友和自驾游线，加以宣传推介。括苍山顶和九台沟也可向组团游推介。

玉岘山

玉岘山是道佛兼容的山，在临海城东一百零七里，本名黄石山。玉岘东南附近地名黄礁，一名黄石奥，相传为黄石公隐居地，原有石棋盘，今已不存。唐天宝六年（747）更今名。中有石涧，可容数百人，四面多林木。《临海记》云：黄石山泄水九层，沿崖如白练。从前曾有僧人进入这个洞穴，三日后才回来，说洞中多水，有鸟伏翼大如鹅。由上述方志记载可见，玉岘山不仅有道教前身名人黄石公活动遗迹，还留存着佛教早期僧侣的活动遗踪。其环境深幽，多林多水，多生灵动物。与现实中

---

① ［宋］陈耆卿撰，徐三见点校：《嘉定赤城志》卷一九，上海古籍出版社 2013 年版，第 303 页。

② ［宋］杨万里著，王琦珍整理：《杨万里诗文集》卷二三，江西人民出版社 2006 年版，第 414 页。

的玉岘基本吻合。现在的玉岘地处灵江边上，属临海市涌泉镇，以种植柑橘、枇杷等水果为主要经济作物和主导产业，出产无核蜜橘品质优良，皮儿薄，糖度高，入口清爽甜蜜，无渣，俗称“没口烊”（意为入口即化），有“临海一奇，吃橘带皮”之誉，畅销五湖四海。每年秋冬两季，柑橘从初熟到熟透，漫山遍野，蜜橘挂满枝头，橘树弯腰驼背，东方日出，金色闪耀，眩花人眼。这时节是涌泉最热闹，也是最充满丰收喜悦、最开心的季节。玉岘处在这一片柑橘的海洋中，人来客往，车水马龙，欢乐的气氛深深地感染人心。此处既可观光赏景，感受橘农一年辛劳所带来收获的快乐，又可品尝遐迩闻名的中国最好的蜜橘的甜蜜滋味，真是人生充实的快乐体验啊！

玉岘附近是涌泉镇区，稍北为台州名寺涌泉延恩寺，晋朝立寺，有古莲花井，清泉不涸。寺为智者大师卓锡之地，归天台宗系统。有名僧怀玉等历史名人，近几十年来香火兴旺，寺在橘林中，寺中亦有蜜橘，寺东侧山巅方塔，高入云霄，佛光金顶，形象巍峨，与周围橘林相映相辉，和着梵呗钟声，成为橘乡一道独特的风景。可以作为涌泉橘乡品橘观光游推介，打出“涌泉镇品橘，头门港尝鲜”旗帜，把它做成山海联动文旅中的文化 IP，做成“鲜甜临海”亮丽的名片，构建临海东部海滨两日游名牌。

涌泉蜜橘与方塔（周稼华摄）

金鳌山

金鳌山在临海城东南一百二十里，山的东面有一小洞，从前有人夜里停船于此，发现一不明物体漂浮在波浪间，光彩闪耀，迫近细看，原来是一条鳌鱼，金色，故以为名。这个得名的故事有点神奇，但对金鳌山来说，只是一个神奇的伏笔，它是为后来更加神奇的历史作铺垫的。在北宋末年被金兵追得落荒而逃，宋高宗赵构急急如丧家之犬，忙忙似漏网之鱼，利用浙东海上航行便利，避开金兵马队，从明州（今宁波）乘船南下台州，到达章安码头登陆，暂时歇息，就走到金鳌山来，放眼四顾，山下波浪滔滔，肚子里咕咕直叫，身边随从赶紧派人寻找当地官员，可当时兵荒马乱，风声鹤唳，地方官员和百姓都在逃难中，久等未至。赵构哀叹不已，连吃饭都成难题，正当此时，民妇邢氏献上一碗鸡汤麦碎饭，赵构吃得特别香，记在心里，久久难忘。后来还把邢氏召进宫中，请她烧麦碎饭，宫人就称为“麦碎娘娘”。赵构在章安待了半个月，游览附近几个地方，还作诗记游：“碧天低处浪滔滔，万里无云见玉毫；不是长亭多一宿，海神留我看金鳌。”后人因此事，就不知不觉地联想到独占鳌头上。宋末，文天祥逃难到仙岩洞前，想起北宋末年南宋初年赵构逃难至此登上章安金鳌山的经历时，不禁悲上心头，写下一首《入浙东》并序：“金鳌山在台州界，高宗皇帝曾舣舟于此，寺藏御书。四明既陷，不知天台存亡，忧心如焚，见于此诗。厄运一百日，危机九十遭。孤踪落虎口，薄命付鸿毛。漠漠长淮路，茫茫巨海涛。惊魂犹未定，消息问金鳌。”①现在章安已经改属台州市椒江区章安街道，金鳌山上还有康王庙（赵构登基前封康王），以纪念皇帝逃难到金鳌山的事件。章安是台州前身临海郡的郡治，有回浦古县治、郡治赤栏桥、成公绥作赋、章安古街等遗迹、典故，历史文化资源比隔岸（南岸）的椒江（海门）要丰富得多。章安是台州出海的必经之地，台州对外海上商贸和文化传播的重要口岸。所以浙东唐诗之路台州温州段海上诗路的重要口岸，像盛唐时期孟浩然、李白的粉丝魏万等人到温州都要经过章安，只是没有留下写章安或者海门的诗作，因为这些诗人都是内陆的“旱鸭子”，一上船就不适应，到章安这样的地方换乘海船后大概都已经站立不住，头昏眼花，甚至开始呕吐不已了，哪里有心思吟风弄月？所以无论是“风流天下闻”的“孟夫子”，还是诗仙的“粉丝”，最终都没有留下一首详细描写海上行程的诗作可以直接证明经过此地，但不能以此否认上述唐诗之路的明星人物从此经过，南向温州的事

① [宋]文天祥著，刘文源校笺：《文天祥诗集校笺》卷八《入浙东》诗有序，中华书局2017年版，第788页。

实。其次是日本所保存下来的日僧圆珍来台州求法，返回日本是乘坐从灵江出台州湾到日本的商船，同船的中国商人与圆珍等有诗文来往交流，集结为《风藻饯言集》，里边明确地写到天台宗僧人送行到海门的事情，可推定章安是唐朝中日海上商贸和文化传播的口岸。1945年3月17日，正值抗日战争胜利前夕，日酋山县正乡海军大将的座机迫降于章安江边的老鼠屿，然后被击毙于隔岸的葭沚岸边。这一重大胜利成为台州抗日战争史上最大的战功。

建议：总体上按照台州市区发展"一江两岸"规划，利用章安丰富的历史文化资源，保护、修缮以章安赤栏桥为标志的古街区，保护修缮康王庙，把两者连成一线，在古街区的修缮中增添浙东唐诗之路的元素，特别是上述著名诗人沿江入海到温州的内容，在码头边适合观光之地设置"太白酒楼""孟浩然换船处""魏万追踪诗仙登临处"之类标志，以供游客寻访观览；在古街区设酒店旗亭，高悬"太白遗风"酒旗，张贴"醉里乾坤大，壶中日月长"对联。设置中日文化交流馆，重现日本学问僧来华求法，与台州刺史及临海县令等官员办理通关文牒及送别等手续、仪式，与佛教天台宗方丈、业师等长老学习佛经及送至海门等情景，展示中国文化尤其是天台山佛教对外传播的历史，中国人民对海外朋友深厚诚挚的情谊。推介唐诗宴、诗路酒，配以东海最鲜的海鲜。可以为章安古街增添活色生香的诗路文化气氛，让诗路文化资源为章安文化的物化、活化注入生生不息的活力。

在老鼠屿岸边树立日酋山县正乡海军大将座机降落处石碑，说明事情始末，表明台州军民抗击日寇侵略的重大功绩。上述历史文化元素的注入，就是向世人昭告：台州人民爱好和平，造福世界，朋友来了有好酒，豺狼来了有猎枪。

新罗山

新罗山在临海北面始丰溪边，这是台州与海外交往留下的证据之一。台州境内与东洋诸国有关的地名众多，新罗一名尤其明显，临海除新罗山外，还有新罗屿（详下）；府城里有通远坊，是专门管理对外经商往来和文化交流事务的地方，接待海外商人住宿、经商活动等；巾山上天宁寺以前专门用来安置东洋漂流过来的难民，如清朝乾隆辛酉（六年，1741）夏，朝鲜全罗道有众二十余人，同舟航海易米，突遭飓风漂至山东，又漂至福建，最后漂至台州，有司（指官府）馆于天宁寺，官膳之（官府供给饮食）。天台知名学者齐周华闻讯赶到天宁寺，与朝鲜难民展开笔谈五日，获得其风俗甚详，撰成《高丽风俗记》，其事例堪比明朝弘治元年（1488）从朝鲜济州岛漂流到临海牛头洋（今属三门县）牛头山的崔溥一行四十三人，后全部安全

《嘉定赤城志》州境图

送回朝鲜。凑巧的是崔溥也是全罗道罗州人。在黄岩县(今台州市黄岩区)城内有新罗坊,是黄岩城中一条很有名的街,专门安置新罗和东洋来此经商的“洋人街”。在台州湾大陈岛(今属台州市椒江区)上还有一处高丽头山,是台州湾出海远航东洋的一处分道航向标志(见下)。以上这些远不是台州临海与东洋海上来往的全部,便已经能够感到这里有众多与朝鲜半岛相关的地名不是偶然,而是有着深刻的历史渊源的。所以这座新罗山,《嘉定赤城志》虽未说明其得名之由,但也不难将上述地名联系起来,当与朝鲜半岛有关,较大可能是新罗僧人前来台州求法,在此山停留,或者其他原因与此山发生关系,如唐朝就有新罗僧人悟空在国清寺建立“新罗园”,就是明证;也有可能是新罗客商行商到此而得名,此地为始丰溪畔,可提供行船运货之便。《嘉定赤城志》载新罗山在临海城“西三十里,与八叠岭(今作八迭岭)相望”[1]。估计它的位置,在今天临海永丰镇和河头镇交界处附近,具体哪座山,有待今后进一步的考察研究予以确认。

---

① [宋]陈耆卿撰,徐三见点校:《嘉定赤城志》卷一九,上海古籍出版社 2013 年版,第 306 页。

建议:将新罗山与府城中的通远坊、天宁寺、南门码头、灵江新罗屿(在今沿江镇汛桥晒鲞岩)、亭山、黄岩新罗坊及章安码头、大陈岛高丽头山、桃渚抗倭古堡(昔桃渚千户所,崔溥被问明身份之处)、三门牛头山崔溥登陆处等连成一条中国与朝鲜半岛海上商贸文化交流寻访游专线,也可结合新罗王子金乔觉登陆临海求法,修成正果(地藏王菩萨)登陆地桃渚、杜桥一带,及临海杜桥九华寺、临海邵家渡街道无量寺等,打出"新罗求法寻根游""崔溥漂流获救寻踪游"等名目,以引起年轻人的关注。

新罗屿

新罗屿在临海东南三十里,在现在沿江镇汛桥附近,在灵江边有屿岛,因为从前有新罗商人舣舟于此,故名。这是海外商船进入台州州城的必经之地,商船在此中途停靠或者销售、上货,也有可能在此候潮等,是一处古代中外经贸码头,现在俗称"晒鲞岩"。

亭　山

据《嘉定赤城志》载:亭山在县南一百里,其地有寨。由郡(临海)泛舟入黄岩者,多候潮于此。这样看来,亭山大概就在灵江、澄江、椒江三江口处,因灵江水流大,澄江水流小,不待潮水,灵江可行的大船就进不去,所以得候潮而入黄岩。这个亭山的亭可能取其山形,也有可能是取其同音,盖亭者停也,其山在灵江边。就是一处候潮进入澄江到黄岩的候泊地。

高丽头山

高丽头山在临海东南二百八十里东镇山(宋朝属临海,后归太平县,即今温岭市,20世纪50年代起归黄岩,80年代起归椒江),东镇山后来音转为大陈山,就是现在的大陈岛。岛上原来设置有一个乡,称凤尾乡,是因岛上一座主山名为凤尾山。海上航线自此山下分路入高丽国,这座山峰高耸挺立,蛮像人头,所以取了这个名。这是在没有航行灯塔的时代,起到灯塔指示作用的一处海上航标。

牛头山

叫"牛头山"的地名很多,这里记载的牛头山是在东海牛头洋登陆地的牛头山。《嘉定赤城志》记载:牛头山在县东二百八十里,东北连宁海。它的外边就是牛头洋,洋因山名。山在海边,属于台州—东洋航线所经之地。明朝弘治元年(1488),朝鲜文官崔溥从济州岛漂流到此登陆,获救后押解到桃渚千户所,问明身份,即由沿海宁波、绍兴,护送到省城杭州,再送北京,崔溥受到皇帝接见,并得到丰厚赏赐,被礼送回国，随从四十二人全部安全回家。在中朝历史上留下千秋佳话。崔溥回国之后将漂流艰险经历，写成《漂海录》一书传世。此地本属临海县，民国二十九年(1940)国民政府分宁海、临海地置三门县，今隶三门县境。附近有仙岩洞，是宋末文天祥从元军手里脱险，经历九死一生而登陆避难的地方，《指南录后序》中提到过，但因中学语文教材注解疏误，不太为人所知。后人为纪念文天祥，将此洞建成文信国大忠祠(文天祥被封为信国公)，刻石立碑，以垂昭后人。文天祥在此次历险中置生死于度外，一心南归，意图再起东山，高举勤王大旗，所以一路还写下记游诗篇，披肝沥胆，感人至深。

海门山

海门山在临海东南一百二十六里，濒海。海门山扼台州最大水流灵江(下游从黄岩江口以下又称椒江)入海口，以章安前所东边的小园山与海门的牛头颈相对如门，得名海门。清朝著名学者天台齐召南《水道提纲》卷一《海》载："(海)经桃渚所东，又西南经恳埠、杜下桥东南，又西南至前所，与海门卫山相望，即台州府治临海县灵江口也。"[①]齐召南这样记载是因为海门(今台州市椒江区)在20世纪50年代前隶属于临海县，是临海东部重镇。《水道提纲》卷十六《浙水·浙东诸水》载："(灵江)又东南七十里，黄岩县城北之永宁江自西南来会，亦曰椒江。又东经章安镇金鳌山南麓，又东至海门山前所东，对岸即海门卫城，灵江入于海。"这是台州最大水流入海口，是进出海洋的咽喉，也是台州海防要冲，对外防御外来入侵，对内保障人民生命财产安全，堪称台州海上门户。

东麂山

东麂山在临海县东一百五十七里海中；西麂山在县东一百六十二里海中。东西两岛及附近诸岛今称东矶列岛，为临海东部群岛的统称。这一海域原为台州传统近海渔场，也是台州海上交通要道，通往东洋的船只必经此域。由于季风和洋流的关系，日本船舶乘季风到中国是方便的，据明李言恭、郝杰《日本考》载：遇到东北顺风的话，五日五夜到普陀山；如果不是顺风，只要船只不坏，半个月也可到中国。来进贡的舟船，常常停泊在台州、定海(此定海指今宁波镇海)，请验勘合，然后依据指令贡船移到宁波佳宾堂(相当于高档宾馆)，给膳住，候朝命。[②] 可以说浙东台

① [清]齐召南纂，胡正武点校：《水道提纲》卷一，国家图书馆出版社2017年版，第8页。

② [明]李言恭、郝杰著，汪向荣、严大中校注：《日本考》卷二"贡船开泊"条，中华书局2000年版，第68页。

州、明州沿海港湾、岛屿，是东洋海上交通的主航线，两边来往商贸运输常态化运作。现在东矶列岛中的头门岛已经作为台州最大的深水良港建设多年，第一期工程竣工投产，滨海产业园区已经成型，投产多年，公共文化服务设施也有基础。

建议：浙东海上诗路是一条很有前景的多功能多维度国内国际文旅融合旅游线。一是国内可以将台温段连接成线，与陆上浙东唐诗之路旅游线融合起来，以“陆游”支持“海游”，发展“海游”，等到一定的规模、热度之后，再着手连接台明（含舟山）段海上诗路，循序渐进，行稳致远；二是国际开拓上可以将浙东海上唐诗之路拓展到东洋诸国，先在日本、韩国试水，如获成功，再逐步延伸，最终辐射南洋诸国。如此，东矶列岛将成为海上诗路的重要驿站。

近期可以尝试与涌泉蜜橘、桃渚蜜橘采摘季联袂（参见上文涌泉蜜橘部分），将临海特产与东部滨海海鲜结合起来，增加内涵，形成卖点，增添乐趣。这种联动模式对于节假日客流具有一定吸引力。

括苍山（仙居境内）

仙居境内的括苍山，在仙居县东南五十里，与临海交界处的主峰，在这片群山中号称最高、最险要的地方，有八向（八个朝向）。一向凝真宫，即上文所述括苍洞天。其七则在临海、黄岩、仙居、永嘉、乐清、缙云、东阳七县界，都有山脊绵延连接。在仙居县西境的苍岭，是仙居通向永康、缙云这些地方的通道。括苍山本也是仙居首山，其重要性不言而喻。参临海部分，此不赘述。

韦羌山（神仙居）

韦羌山实际上有大小二义：大者与括苍山连为一体，号称众山最高；小者在县西四十里，绝险不可攀登的一座山峰，即现在已经开发为“神仙居”景区中的韦羌山。它最为显著的特征是有一面十分陡峻，又十分平坦的山崖，犹如天书展开，像神仙想在此处摩崖刻石似的。《临海记》所载：“此众山之最高者，上有石壁，刊字如科斗。晋义熙中，周廷尉为郡，造飞梯以蜡模之，然莫识其义。”开头第一句是笼统的说法，尽量拔高，连接到括苍山，以下便是其特色资源蝌蚪文，这一说法产生甚早，晋义熙中（东晋安帝司马德宗年号，405—418），周廷尉担任临海郡太守时，就很好奇，想弄清楚究竟是怎么回事，写的是什么内容，专门造起“飞梯”（大概是可以在空中荡悠的绳梯），派遣勇敢者冒险去“以蜡模之”，模来的结果，却怎么也分辨不出是什么字，更不用说记载的内容了。这是历史上有记载最早的一次模拓蝌蚪文没有结果的重要事件。此后坊间传说就越来越玄乎，称是史前时代夏禹登基的时候为了记载这一重大历史事件，特地镌刻的特殊碑记(刻石)，带有很强烈的神话色彩。在周廷尉之后另一位太守阮录听说如此奥妙的蝌蚪文，就带着一群官员随从，还有民众前往观看，也想揭开这一谜团。可是碰上天公不作美，山上云雾密布，不时有雨，连续几日都是如此，蝌蚪文的真面目什么也没看到，只得怏怏而返。这是地方长官第二次想“科考”蝌蚪文失败的事件。揭不开蝌蚪文的真相也就罢了，可又有一个千古谜团来了。韦羌山亦名“天姥”，又名“纬乡”，大概是俚俗言语讹变的结果。但是《高僧传》记载昙兰栖止赤城修炼的事情，却说“韦乡山在乐安县”(乐安

神仙居观音峰

县是仙居县最早的行政建置名称，后改称永安县，宋真宗景德四年[1007]改名仙居县)。陶弘景《玉匮》记载：“括苍西南一百余里有伟羌山。”又写作“伟羌山”。《登真隐诀》又载：“伟羌山多神异之事。”这样连起来看，韦羌山这一座山，连同前面的括苍山、天鼻山、真隐山，就有六个名字，不知道究竟哪个对。宋朝仙居著名县令陈襄题《韦羌山六绝》诗之一云：“去年曾览伟羌图，云有仙人古篆书。千尺石岩无路到，不知科斗字何如?”[①]诗中透露的意思，也是受到蝌蚪文的诱惑，很想去一探究竟，但岩石太险峻，无路可走，无可奈何而已。

---

① [宋]陈耆卿撰，徐三见点校：《嘉定赤城志》卷二二，上海古籍出版社2013年版，第347页。

韦羌山是仙居“宝山”，充满奇险和悬念，它以自然之奇附加人文之奇，在漫长的历史中已经引发一而再、再而三地探索蝌蚪文真相的事件，但都无果。这一层神奇的云雾始终没有被揭开，留给后人以无限的想象与联想，也留下有待继续探秘的期待与希望。

建议：韦羌山的奥秘具有含蓄为上的分寸，适当地把握这个分寸是保持此山神秘性及其吸引游客的一种艺术。因此主事者要认识到在现代化大环境下不可无限使用这本“秘笈”，以及以此为宝到处“逢人说宝”。现在科技手段如此先进，无人机拍摄如此方便，要让神仙护住云雾，守住蝌蚪文的奥妙，是很难的，对于今人来说，需要更高的智慧。为仙居守住奥妙着想，提几点建议：

一是设置韦羌山“无人机禁飞区”，以免“走光”。

二是设置游客安全保护区，以免有胆大者运用现代化装备前来探险和探秘，造成“双重安全”隐患。

三是在宣传韦羌山一名“天姥山”时，提倡把仙居韦羌山看成李白《梦游天姥吟》这首名诗的“梦游想象地”①，强调韦羌山的山水风光更加符合“梦游天姥”诗中意境，容易引发游客的理解、接受、同情和支持，以收到同频共振的效果。从而避免在此问题上的直接碰撞，具有巧妙和谐，实现诗仙梦游作品的高超解读，达到浙东唐诗之路资源共享，助推浙江省积极打造浙东唐诗之路规划的完美共建。

四是宣传仙居韦羌山是天姥山要适可而止，因为“天姥山”在历史上是多山共用的山名，仅在两浙就至少有七座山叫过“天姥山”这个名字，而远不只有仙居的韦羌山又叫天姥山。如此可以突出韦羌山这个主题，彰显自己的特色，做亮品牌，提高文旅质量，形成更好口碑，游客量会更大，把它做成仙居的文化 IP，还用得着去争天姥山吗？

五是将神仙居景区与项斯村、项斯古道、项斯隐居读书处和仙居永安溪漂流（永安溪是项斯外出宦游的首选交通路线）等诗路文化资源联结起来，将项斯《江村夜泊》“日落江路黑，前村人语稀。几家深树里，一火夜渔归”②的诗意融合进去，组成一条仙居独特的浙东唐诗之路文旅融合线路，形成品牌和影响。

麻姑岩

麻姑岩在仙居县东二十五里下各镇境内，百姓习称仙姑岩。以前破“四旧”时

① 此说是台州学院崔凤军教授的点子，很有见地。特予标明，示非掠美。

② ［清］彭定求等编：《全唐诗》卷五五四，上海古籍出版社 1986 年版，第 1418 页。

将山头一点小屋都清除掉了，如今连山麓也修建了迎客的仙人洞牌坊，有观音莲座立像，还有济公、弥勒等，这可能是“和合”思想的产物。山头巨石矗立似林，有的上交而下成洞，有的如童子下拜，形状不一。旁有依托岩石建造的观堂，较低小，仅备烧香容身，避雨挡风。传说道教人物麻姑访仙人王方平、蔡经，曾经归隐于此，所以叫麻姑岩。百姓不知麻姑是谁，但都知道仙姑，就叫仙姑岩，也显得简洁明了。山头巨石构成的石洞，高深过丈，此地在小山东端，迎风而常有风，俗称为“风门”。原先此地还塑有麻姑像，宋人叶发诗云：“怪石倚空碧，传有神仙迹。元放古来游，孝先应曾历。山前无断碑，往事杳难觅。麻姑去不来，青鸟无消息。”①

麻姑岩虽然没有宏伟的建筑，也没有著名的道教宗师在此成名，但附近民众普遍崇信，在改革开放前，就有民众在正月初一自发上山祭拜。此风在改革开放后有所高涨，有更多地方的民众来此游观瞻仰。现在文旅融合，以各种形式来游者越来越多，其信仰传播功能已经有所淡化，旅游功能得到提升。仙居县原有“麻姑积雪”，是仙居老八景之一，可以加以利用，为此处立碑题词，或者请书法家题写，刻到立石上，替这个略显原始古朴的道教遗迹增添文化元素，为“神仙故里，仁美下各”增添一个有趣味的文旅景点，可以生生不息，细水长流。

景星岩

景星岩在仙居县西五十里，现有公路27000米，海拔743米，万仞壁立，几无攀登之处，只有一条羊肠小道十八盘可通山顶，改革开放以后，仙居开发山水旅游观光产业。此处在清朝得到著名文学家潘耒（字次耕）的高度赞赏，开发成为一处知名的仙居胜景。现在，悬崖峭壁上安装了电梯，游客可以快速登顶，环顾四周，山水风光尽收眼底。山上早就有佛教人士在此开辟弘法，宋朝有僧行机结茅为庐，后为尼姑庵。现在还有寺庵净居寺存在，山门上有潘耒所题“万山在下”。此处人迹罕至，传说为南宋龙图阁直学士吴芾、明朝左都御史吴时来等仙居名人读书处。山上建有望月楼、观月亭、赏月长廊等，还有戏台，可以演出节目。总之，景星岩是以崖壁峻绝取胜的一处景点，很有观赏性，也是摄影发烧友、驴友喜欢的地方。

括苍洞天

括苍洞天是道教全国十大洞天之末，属于道场中第一层次序列，在仙居县东南三十里下各镇境内，括苍山之麓，其西侧就是括苍水库，碧波倒映，重峦叠嶂，为洞

① ［宋］陈耆卿撰，徐三见点校：《嘉定赤城志》卷二二，上海古籍出版社2013年版，第351页。

天增添灵气。按《尘外记》载：括苍成德隐玄之天，盖第十洞天，列仙所居，在台之乐安。即仙居旧邑也。括苍洞于唐天宝七年(748)，有庆云覆洞，太史奏有真气见于台宿，诏建洞宫，榜曰“成德隐玄”。这是一个非常成功的利用朝廷崇道而迎合获得圆满结果的案例。宝历(825－826)中，由天台山著名的道士叶藏质重修，当时在道教内部括苍洞天已经属于台州桐柏观统一管理的一处洞天。宋朝天禧二年(1018)，投金龙白壁，赐额“凝真宫”。崇宁二年(1103)，令苏敖奏闻，被封为灵应真人。南宋光宗在当太子时，书“琼章宝藏”四字镇之。宋宁宗赵扩未登基时，也赐奎画(此指帝王书法绘画)及金铸星官像。这一系列的操作，真是不容易，接连能够博得太子和皇帝的青睐，从投放金龙白壁到被封真人，赏赐书翰墨宝，让这个不太为人注意的洞宫增添重要的分量。括苍洞天所在的山叫福星山。

现在的道教第十洞天凝真宫，是在2007年开始动工修复的。在修复施工中出土宋朝所投的“金龙”，成为镇宫之宝。现在的凝真宫不仅有道教，还有佛教，是一处道佛兼容，和合并存的道宫。这座道宫的道教活动中断时间太久，与历史上第十洞天道统的直接联系较为稀薄。然而鉴于凝真宫在道教道场序列中的崇高地位，有必要把它组合到括苍山驴友、自驾文旅线路中来，建设成为其中一个重要的文旅景点。

苍　岭

苍岭是仙居与缙云、永康诸县的界岭，在仙居县西北九十里，最高处800多米，历史上台州所产海盐按照官方划定的供销方案，从灵江水运到仙居皤滩，再陆运到处州、婺州若干个县分销，就必须经过苍岭。这是基本固定的最大宗物品运输，此条水路和陆路成为干道，苍岭便是锁钥，关系重大。一旦苍岭被堵，处、婺食盐就要告急。仙居沿此干道的部分农民一年到头靠运盐为生，收入稳定。苍岭“重冈复径，随势高下，其险峭峻绝，为东浙最”①，过岭辛苦，不言而喻。苍岭是古道，但主要供运盐之用，官员上任卸任，下乡巡查劝农等基本上走不到这条路。所以浙东诗路过运河以南，大多呈纵向，因为这些纵向诗路实际就是当时的官驿，诗人在入仕前游宦要与各官府官员交游，自我推介，所行路线肯定选择官驿。这就是苍岭这样的运盐干道极少有诗人光临的原因。“苍岭丹枫”原是仙居老八景之一，但唐朝诗人写此路的诗作几乎没有，只有晚唐到五代间的刘昭禹有一首《苍岭》诗云：“尽日

① [清]嵇曾筠等纂修：《浙江通志》卷一六，《四库全书》第519册，台湾商务印书馆2008年版，第494页。

行方半，诸山直下看。白云随步起，危径极天盘。瀑顶桥形小，溪边店影寒。往来空太息，元发改非难。”算是唐诗遗珍了。

与苍岭运盐干道相关联的是仙居的皤滩古镇，这个镇因运盐而兴，成为仙居最早用上电话、电报，设有瓦肆的地方，靠的就是运盐带来的繁荣。随着现代交通工具的替代，运盐不需要如此周折费劲，人力挑担过岭，皤滩失去了运盐的主业，便立即衰败下来。所以皤滩古镇便停留在人力运盐这个历史截面上，可谓一面十分生动的兴衰变迁的镜子。

仙居的苍岭古道、皤滩古镇以及公盂、高迁古村落等处，都有古的共性，它现在的主要功能已经转移，在文旅融合上可以将这些组合起来，建成一条访古怀旧游的线路。仙居的古村落资源较多，可以保护为主，合理利用。作为神仙居旅游主题的辅助与补充，也是有市场前景的。

委羽山

委羽山是道教十大洞天的第二大洞天，称为“大有空明之天”，其道宫叫“大有宫”。原在黄岩县(今台州市黄岩区)城南五里，现在城区扩大，早就被包围进市区里面，靠近南部，周围与民居连成一片，大有宫前就是黄岩第二高中、其他居民小区等，已经难以让向来要远离凡俗的道教修炼之地保持那样一种基本环境，所以现在黄岩区乘着文旅融合的形势，制订委羽洞天扩建规划，拟将规划范围内的民居迁出，全部公园化，公路改成隧道通过，优化委羽山的环境，也保证其整体性。若该规划竣工，那么委羽洞天的面貌必定有更大的优化。这是全国十大洞天中唯一被围进城市中心的一个特例，它的扩建能否顺利实施？结果是否符合规划？对于洞天修炼环境能否分隔尘俗？都有待扩建工程的推进而逐一揭晓。

黄岩委羽山原名俱依山，东北有洞，传说有仙人刘奉林在这里“控鹤轻举”(驾鹤升天)，掉下羽毛，因以为名。按《登真隐诀》《真诰》皆云委羽山，天下第二洞，号大有空明之天。又《十大洞记》载：委羽山大有空明洞，在黄岩县南数里，即大有真人之所治焉。一云青童君主之。地所产石，皆方正有棱，以之煮汤，可以治病。南宋绍兴年间，李端民任县令，开始选择道士董大方主持之，提供香火祭祀之类费用。大方以符水为附近民众治病，治愈率高，很受民众的敬重和信任。从此二十年间，建起堂殿门庑，高明靓净，各项设施不断完备，把这片荒野变成胜地。此后洞天就在此改善了处境。南宋状元乐清王十朋《游委羽山》诗云：“龟山敛翠日开屏，羽客逍遥此闭扃。早起留云闲放鹤，夜来伴月静翻经。岩前方石看多好，灶里丹砂且是灵。应有赤城鸾凤过，一声长啸入青冥。”①成为黄岩委羽山成名期的一首名作。

黄岩山

黄岩山在黄岩县西一百二十里，一名仙石山，有路可通郡城临海。据《临海记》载：山上有石驿，三面壁立，俗传仙人王方平居住在这里，号王公客堂。南有石步廊。又说山顶有黄石，所以名为黄岩山。

九峰山

九峰山在黄岩县东南三里，现在已经围在城区之中，是黄岩的第一名胜，有九峰环立，下至溪则无所见，人视之为胜地。九峰地下水源充足，宋朝开始就引入县城里作为居民饮用水的重要来源。宋左纬《游九峰》诗云：“入山须判宿，不宿谩区区。泉脉寻还有，兰香嗅却无。杉高方见直，石怪不成粗。若到三潭顶，归时路更迂。”②山麓有九峰书院旧址，是培养人才的著名书院，现在已经辟为公园，供民众休闲娱乐，是城区最受欢迎的公共文化服务场所。园中有寺塔，寺已不存；又有民国时期植树造林所留林木和三角纪念碑；还有烈士陵园……由此登山，可到山巅，通览全城景色。宋朝著名诗人陈与义有《自黄岩县舟行入台州》诗，是当时逃亡南方广西，接到朝廷任命，返回朝廷所在地杭州（临安府），途经黄岩时的经历和感想，为黄岩文旅增添诗文气息。

东镇山（大陈岛）

东镇山在临海县东二百四十里。《临海记》云：洋山东百里有东镇大山，去岸二百七十里，生昆布（海带）、海藻、甲香、矾等物。又有金漆木，用涂器物，与黄金不殊。永昌元年（689），州司马孟诜以闻。中有四墺，极险峻，山上望海中，突出一石，舟之往高丽者，必视以为准焉。③ 这块往高丽的海船必定“视以为准”的岩石，就是前文已经涉及的高丽头山。从以上古人所记各种要素来看，距离二百四十里是相当准确的数字，比《临海记》中“去岸二百七十里”的准确得多了。前文已经说过东镇山就是现在大陈山的原型，音转为大陈山，海上的山就是岛。

大陈山即今大陈岛，原属临海（见前文），约在明宪宗成化五年（1469），太平分置之后，因离太平县（今温岭市）最近而改属太平，20 世纪 50 年代后改属黄岩，

---

① [清]嵇曾筠等纂修：《浙江通志》卷一六，《四库全书》第 519 册，台湾商务印书馆 2008 年版，第 480 页。

② [宋]李庚等编，郑钦南等点校：《天台集·天台续集》卷下，上海古籍出版社 2018 年版，第 279 页。

③ [宋]陈耆卿撰，徐三见点校：《嘉定赤城志》卷二〇，上海古籍出版社 2013 年版，第 320 页。

1981年椒江市设立后改属椒江。台州沿海岛屿中唯独大陈有溪(淡水),有地可耕种,上有居民,其最高山为凤尾山,所以原来太平县在岛上设乡,称凤尾乡。明朝曾为倭寇所据,嘉靖三十四年(1555),官军败倭于此。清朝中叶,绿壳(海盗)大闹浙东沿海时又被绿壳当作基地,称“凤尾帮”,后被浙东甬台温三府水军围歼于温岭松门沿海。1949年以后,国民党在岛上设行政机构,驻以重兵守卫,1955年2月18日一江山岛之战后,国民党势力退往台湾,大陈岛及浙东沿海岛屿全部收复。20世纪50年代,岛上曾经设置过大陈直属区,是县级行政单位,不久后撤销。大陈岛及附近岛屿合称大陈列岛,1955年收复之初,一片荒凉,当时共青团中央号召团员青年到大陈岛垦荒,建设美丽大陈,遂有温州(含台州,当时台州专区被撤销,分别并入宁波、温州)团员青年上岛垦荒。1985年,中共中央总书记胡耀邦(1955年的共青团中央第一书记)到大陈岛视察,对大陈岛上垦荒事业做了高度肯定。2006年8月,习近平总书记(时任浙江省委书记)上岛视察,对大陈岛垦荒精神给予高度赞扬。如果加上国民党军队占据大陈岛时,蒋介石偕夫人宋美龄及其子蒋经国多次视察,蒋经国到大陈岛的次数多达十八次,在一座东海小岛上集中国共两党四位最高领导人的足迹和目光,在世界上都是少有的。下大陈岛蒋、宋登临眺望处因此建有“美龄亭”。岛上保存有当年驻军修筑的炮兵阵地、战壕、防空洞、兵营等遗迹。上大陈岛修复和重建胡宗南指挥部、乌沙头景区、人工沙滩;下大陈岛修复蒋经国旧居、大陈台胞文史馆,新建大陈岛垦荒纪念碑及广场、旅游栈道、甲午岩观景平台、浪通门、鸡笼头、青垦文化公园、两岸乡情文化园等。完善环岛旅游公路、游步道和民宿等,接待能力大幅提高。同时加快上岛交通工具更新,用新型游艇到大陈岛,时间缩短为两小时内,最快乘直升机上岛20分钟,是目前台州海岛旅游条件最好最完善的一个。

从军事题材展开文旅来说,建议:一是大陈岛与一江山岛、头门岛、海门烈士陵园(即一江山岛烈士陵园)组合成一条特色旅游线,就可以把内容组织得更加丰富,还原更多的历史真实元素,像头门岛上张爱萍将军指挥部、海岸炮阵地,一江山岛上的一江山岛战役纪念馆、兵营、碉堡,大陈岛上的国民党军指挥部、战壕、炮兵阵地、弹药库、营房等,若是设置国防教育游乐园,开展射箭、射击场射击、军事题材战争游戏等活动,必将激发游客游兴,尤其能吸引军事发烧友的关注,使游客在参与中观察更细致、体验更丰富。甚至可以考虑将大陈岛建设成为以国防教育为主题的军事特色旅游岛,可以让国民学习国防教育的基础知识,接受技能训练,强化保家卫国的意识。培树大陈岛国防游乐园形象,打响军事特色旅游品牌,可以吸引大批军事爱好者前来观光旅游，体验古今军事题材游乐项目的乐趣，从而带动旅游产业链的发展与成长，一业兴而众业兴，为东海明珠增添独特魅力。

二是将大陈岛与浙东海上唐诗之路结合起来开发，因为浙东海上唐诗之路的主要名人像孟浩然、李白的粉丝魏万等都是从水路灵江到海门换海船到温州的，大陈岛及其附近海域是他们的必经之路，可以在大陈岛上设置李白粉丝魏万避风处、登陆处，孟浩然登临处之类，开设“太白酒楼”，太白嗜酒，“自称臣是酒中仙”，正好推出海上诗路海鲜宴，推销大陈海产，让游客吟诵太白之诗句“眷然思永嘉，不惮海路赊。挂席历海峤，回瞻赤城霞”，体验“忽闻海上有仙山，山在虚无缥缈间”的意境，品尝东海海鲜和东海琼浆玉液酒的美味，旅游花色更加多样，推介宣传及时跟进，市场前景广阔。

如上述一文一武，就把大陈岛文旅融合打造成一个亦文亦武，能文能武，文武结合的国防教育与浙东海上唐诗之路相得益彰的特色旅游岛。

方山（王城山）

方山本名方城山，后又改王城山，在黄岩县南七十五里，今属温岭市。此山岩石累迭如城，故名方城山。王羲之《游四郡记》就已经记载：“临海南界有方城山，绝巘壁立，越王失国，尝保此山。”[①]所以改称王城山。天宝六年（747）改今名。俗又称为方岩。山中有渔翁岩、石柱峰、仙人濯足滩、鸡母石、石棋盘、平霞嶂、露台石、仙棺岩、牛脊陇、水帘谷，还有一平旷处，面积百余亩，被开垦为农田，号称“仙人田”。

方山在浙东远非一处，此处方山是温岭市的地标之一，在温岭西部大溪镇境内，与温州乐清交界，自然地理学上属于雁荡山脉的北端。雁荡山是古代火山喷发形成的，方山是火山喷发形成的熔岩台地貌，呈现“顶平、身陡、麓缓”的特征，被称为中国最大的火山平台，像方山这样的火山地质公园是少见的。方山地形陡峭危险，瀑布凌空，名梅雨瀑，姿态缥缈，令人惊叹，有王羲之墨池，南门有方岩书院，为太平（温岭）培育人才。方山独特的地形地貌，是前贤如戴复古、谢铎等文人作诗作文歌颂赞叹的对象，如戴复古《湘中遇翁灵舒》诗云：“天台山与雁山邻，只隔中间一片云。一片云边不相识，三千里外却逢君。”[②]这句“只隔中间一片云”就是指温岭与乐清交界的雁荡山余脉方山。又如戴复古《巾子山翠微阁》诗云：“双峰直上与天

① ［宋］陈耆卿撰，徐三见点校：《嘉定赤城志》卷二〇，上海古籍出版社2013年版，第319页。

② ［宋］戴复古著，金芝山点校：《戴复古诗集》卷七，浙江古籍出版社2012年版，第212页。“一片云”出自唐释皎然《送邢台州济》“他时画出白团扇，乞取天台一片云”。

参，僧共白云栖一庵。今古诗人吟不尽，好山无数在江南。”[1]虽写巾山，但用于方山也很恰当。方山处于浙东唐诗之路台温段交界，是从台州到温州的一道界岭，是唐朝诗人从陆路向温州的重要关隘，也是浙东诗路上著名的地名临海峤所在处。

因此建议：

一是在建设浙东唐诗之路文旅融合旅游线路时，将此台温段诗路的水陆两线连接起来，水路由温岭滨海的松门、石塘、江厦与方山连成一条旅游线，理由已见于上文如临海、椒江大陈岛等处，可以兼顾水陆，丰富类型，充实内涵，增加魅力。

二是在开发台温段陆上诗路时，将温岭境内泽国镇的丹崖山、太平镇的五龙山、温峤镇的温峤与方山连成一线。若向北延伸开去，则可与路桥香严寺（唐黄岩禅林寺，鉴真大师卓锡处）、临海龙兴寺、天台国清寺等连成一条旅游线路，类似于拉长“产业链”。

三是方山、温峤这两处与浙东唐诗之路有密切关系的诗路遗迹，要与浙东诗路温州、处州乃至婺州段连接起来，把产业链做长，规模做大，品牌做响，总是正途。

石塘山

石塘原在太平县（今温岭市）东南六十里海中，屿岙参错。原属黄岩县，居民众多，明初以倭寇侵扰沿海，朝廷迁徙居民于内地。后来因围垦等活动连到大陆成为半岛，以海产捕捞为生，现在改成养殖、捕捞并重的海洋渔业镇。其居民来源多样，其中石塘、箬山说闽南话，是从福建漂海而来，所以带来闽南风俗与文化，与台州本地风俗存在明显差异，如“小人节”“抬阁”之类。但最明显的观赏资源是它的民居建筑，以石为砖砌成，很有福建（如惠安等地）的建筑特色，被誉为“东方巴黎圣母院”，是外在的景观，排列首位的旅游吸引物。它具有异地风情的民俗与文化则是内在的旅游吸引物。加之它本身就是海岛（而今是半岛），海上交通方便，易受海上舶来文化的影响，呈现的文化样态有别于温岭其他本地的样态。所以有的旅游地理学者提出要把石塘建设成为“国际旅游目的地”的目标，正是建立于它如此“别样”的旅游吸引力的基础之上。现在石塘入选浙江省第二批文艺创作采风基地，在浙江省文旅厅加快推进文旅融合 IP 工程建设的政策扶持下，深入挖掘石塘的自然资源、“别样”的传统民俗，做好采风活动后勤保障，形成良好的“深入群众，扎根生活”氛围，建成具有鲜明特色的采风平台，并将成为高质量发展国际文旅目的地、景

---

① ［宋］戴复古著，金芝山点校：《戴复古诗集》卷七，浙江古籍出版社 2012 年版，第 220 页。

区、酒店的推动力。

石塘处于浙东海上诗路的要冲，是唐朝诗人从台州南下温州的必经之地，因古代木帆船抗风浪能力差，一有稍大的风浪，就需要寻找避风港湾靠泊，或休息或登陆，石塘这样的地方便是靠泊的理想港湾。因此设立浙东海上诗路的“避风港”“登陆处”是在情理之中。只是像李白的粉丝魏万、李白的好朋友孟浩然这样的诗人都生长于内陆，是“旱鸭子”，一到海上就站立不稳、头昏脑胀、呕吐得翻江倒海，甚至于昏死过去，哪里还有心思吟哦风月？即使想写也不好意思把这种过程写出来啊。这就是为什么浙东海上诗路留下诗歌少的原因。但吃饭总不能不吃吧？所以建议：

在石塘沿岸设立有关诗仙李白粉丝魏万、田园诗人孟浩然“避风”“登陆”或者“登临”之类石碑，开“太白酒楼”，悬挂“太白遗风”旗帜，烧制唐诗海鲜宴，吃诗路酒，正好对游客的胃口。再设计一系列海上诗路携带的特产商品和纪念品，满足游客购物需求；组织系列石塘特色风情民俗表演，满足游客娱乐需求。石塘现有较好的文旅基础设施，民宿已经经营多年，业态已经比较成熟，加入浙东海上唐诗之路，为这个很有发展潜力的国际旅游目的地注入新鲜内容，也带来新颖的魅力。这是一个值得尝试的题目，何妨一试？

五龙山（石夫人山）

五龙山在温岭城东缘，东连大闾山，以山上有石夫人而闻名遐迩。《临海记》载：“五龙山脊有石耸立，大可百围，上有丛木，如妇人危坐，俗号消夫人。”[①]传说从前有人入海捕鱼，一去不返，其妻领着七个子女登上此山顶望夫，化成此石。下有七个石人，就是她的子女。今人或称为石夫人山，或称作消山。实际上“石夫人”在山巅，“消山”在山脚，本来就是一山。石夫人由于形状奇特而高耸，远近望见，很有标志性作用，是一个地标。“文革”的时候，曾经有人想把它炸掉，以显示那个时代的精神力量。幸而未炸成，留下这一自然杰作，仍然供风雨来与它周旋消磨，供人来欣赏赞叹，歌咏造化神功，寄寓敬畏尊重的礼仪。它越来越成为一种象征，成为温岭太平镇形象的符号。

盘　山

盘山属温岭大溪镇，处在温岭、黄岩和温州乐清三市（区）交界，盘山古道连接

① ［宋］陈耆卿撰，徐三见点校：《嘉定赤城志》卷二〇，上海古籍出版社2013年版，第319—320页。

温岭大溪与乐清雁荡山腹地的大荆镇，长约七里，是台温两州陆上交通孔道。《嘉庆太平县志》载："盘山……山势自雁荡东北太安山（原注：俗名太湖山，乐清界）奔腾起伏至绣岭（原注：黄岩界），南纡北指，曲折盘旋，周围数十里，故氏曰'盘'。瓯人语'盘山盘半年'，极以状其险远。"[①]"氏曰"是"名叫"之意。宋靖康元年（1126）两浙路提刑司奏于此立寨管理，嗣后行人如织，并度岭可见奇峰异景，[②]令人为之心情一快。这是交通主要靠走时的盘山，来自盘山邻县乐清的著名诗人王十朋《过盘山宿旅邸》诗云："一岭迢迢十里赊，行人半日踏烟霞。青山遮莫盘千匝，归梦何曾不到家。"[③]"遮莫"是唐宋俗语词，在此当作"任凭，尽管"解。读此诗可以生动地感受到行走于盘山道上那种"半日踏烟霞"的诗意中的辛苦。还有王昌松、明林温、郑善夫等人留下诗作。著名旅行家徐霞客于万历四十一年四月十一日（1613 年 5 月 30 日）"登盘山岭，望雁山诸峰，芙蓉插天，片片扑人眉宇。又二十里饭大荆驿"[④]。盘山道是台温段诗路蜿蜒于群山万壑中的一条道路，分布于温峤—方山—乐清这一滨海驿道内侧，所以诗人行走此路更加艰辛。从浙东唐诗之路文旅角度看，随着交通条件的改善，此线重峦叠嶂，山水相间，其自然景观丰富多变，移步换景，反倒有更多的旅游吸引力，成为驴友毅行、自驾游喜欢的路线。

温峤（温岭　峤岭　临海峤）

温峤又叫峤岭，俗称温岭，民国三年（1914）国民政府内务部清理全国重复县名，太平县改名温岭县，便是以此得名；温峤镇有悠久历史，早在宋朝就设置温岭镇，在县西温岭上，又置温岭驿于此，路出乐清。温峤镇区俗称温岭街，介于温岭市区与方山之间。山有东西两峰，东大西小，故有大小岭之名。温峤岭不仅是台温两地的行政分界线，岭南不远就是温州乐清，同时还是一条气温分界线——岭南乐清境内可见榕树生长，岭北则无，此现象很是奇怪。浙东唐诗之路历史知名地标的临海峤，从刘宋谢灵运率先开辟这条从会稽到临海再到永嘉的道路之后，沉寂了许多朝代，到唐朝有著名诗人沈佺期，被流放到驩州（交趾州名，治今越南北部义静省安城），调回到浙东台州任录事参军，就经过温州乐清、台州黄岩；又有李白《送王屋山人魏万还王屋》诗中写到临海峤："眷然思永嘉，不惮海路赊。挂席历海峤，回瞻赤

① 浙江省温岭市地方志办公室整理：《太平县古志三种》，中华书局 1997 年版，第 162 页。

② 浙江省温岭市地方志办公室整理：《太平县古志三种》，中华书局 1997 年版，第 162 页。

③ ［宋］王十朋著，梅溪集重刊委员会编，王十朋纪念馆修订：《王十朋全集》卷五，上海古籍出版社 2012 年版，第 78 页。

④ ［明］徐宏祖著，褚绍唐、吴应寿整理：《徐霞客游记》卷一，上海古籍出版社 1980 年版，第 6 页。

城霞。赤城渐微没，孤屿前峣兀。水续万古流，亭空千霜月。”①诗中写到诗人在即将离开台州边界的时候，不禁留恋地回首远望赤城山上的云霞，赤城云霞渐渐消失，前面就是永嘉江口的孤屿耸立在眼前。这处海峤即临海峤，由于诗歌一句字数的限制，就省称为“海峤”，这是在台温段海上舟行途中能够经过之处，地点就在台温交界，故李白诗中如此写。另一位从天台山沿始丰溪水东下台州湾到瓯江登陆探望故友张子容的诗人孟浩然在《题终南翠微寺空上人房》中深情回顾：“瞑还高窗眠，时见远山烧。缅怀赤城标，更忆临海峤。”②这是诗人返回长安之后，到终南山翠微寺空上人处时触景生情，回忆游历浙东天台山，乘船沿始丰溪—灵江出台州湾到永嘉（温州）探访好友张子容时，经过临海峤的作品，只是太过概括，难以考证其位置，不如李白诗中较有方位感。但综合孟、李诗看，临海峤在于台温交界大致无疑，以温峤是临海郡（唐以后为台州）与永嘉郡（唐以后为温州）于此分界，当时称为临海峤是合乎情理的。所以清朝学者戚学标以为临海峤是温峤，较之其他说法，于理较长。确定温峤即临海峤，可以与李白的粉丝魏万、好友孟浩然两位亲历此线诗人经历相吻合，与历史上首先以临海峤入诗的谢灵运诗相合，于诗歌的涵义亦很通畅。如果从浙东诗路台温段文旅来说，临海峤这个著名的诗路驿站可以勾连起水陆两条诗路，还可以联结两条诗路，可谓这段浙东诗路的活眼。临海峤地位的确立，还连通石塘—太平（镇）—方山这条横向文旅线路，为山海旅游联动接上重要一环。

目前，温岭市重视文旅融合基础建设，温峤镇也从基础抓起，筹集资金对老街做了水、电、气诸方面的更新改造和增补。老街交通、公共文化服务设施都跃上新台阶，面貌焕然一新。同时修整原有古宅院落，如戴豪故居、戴家里、谢家里、江家里、程家里、林家里、春和里，尽量保持其原貌，保护文旅资源，还保护了一批非遗项目，延续其传承，为发展文旅做了铺垫。温峤镇现在正着手修复历史上有名的东屿书院作为接续历史文脉的重要载体，与附近的楼旗山相映成趣，都是有助于丰富旅游吸引物、扮靓旅游吸引物的举措。

在此基础上，建议：

一是在镇区重要位置设立谢灵运塑像，作为文旅旗帜。因为谢灵运，临海峤首次登上全国诗文高地，成为当时“流行歌曲”的中心词。它的意义不下于孙绰《游天台山赋》之于天台山。

---

① ［唐］李白著，［清］王琦注：《李太白全集》卷一六，中华书局 1977 年版，第 748—761 页。

② ［唐］孟浩然著，佟培基笺注：《孟浩然诗集笺注》卷上，上海古籍出版社 2000 年版，第 48 页。

二是设立李白、孟浩然和魏万海上历海峤碑亭，介绍大唐诗人从始丰溪下灵江，经台州湾东海边南下温州的经过，树立以诗仙和孟夫子为代表的唐朝诗人对临海峤的深情与印象。

三是大力宣传从谢灵运开始歌颂临海峤，为后世诗人开了风气的历史功绩，因此在温峤显著位置建立诗路文化广场，建立唐朝沈佺期、孟浩然、李白、魏万、顾况等诗人群像，提高温岭街在浙东唐诗之路特别是浙东海上唐诗之路的地位，抬升文化品位，有效地集聚文旅人气，扩大这个"诗路活眼"的影响力。谢灵运是开辟从会稽郡始宁县（县治今嵊州三界）经临海到永嘉的披荆斩棘者，孟、魏两位是从台州通江达海到达温州，沈佺期是从流放地驩州回归，经温州到达台州为录事参军，所以乐清等地都有沈佺期遗迹，以彰显这些中国历史上大名鼎鼎的诗人与临海峤的情缘。

四是增加中唐诗人顾况的情况介绍，顾况当时在安史之乱中于苏州考中进士，求知临海新亭监，即要求来浙东担任临海新亭盐监的职务，这一"新亭"属于"新建的盐亭"，条件较之别处为劣，又是在交通不便的东海偏僻之地，所以引起别人的好奇和怀疑，问顾况为何要到这样的地方去？顾况说是为了"貌海中山"，即为描绘"海上仙山"天台山的"神秀"而来，其诗歌《从剡溪到赤城》《临海所居三首》即为此间所作。盐监负责管理食盐的征收管理、分发销售、征税，盐亭就是实现上述职能的场所，是当时国家税收的主要来源，用于支付庞大的军事和国家大事费用，支撑局面，当时是救国重点工作，十分重要；之后顾况调到相邻的温州担任盐监，写了不少诗文，如《永嘉》《龙宫操》《释祀篇》《仙游记》《莽墟赋》等。顾况为何没有从海上到温州？这有两方面的道理：一是顾况老家在海盐县横山禅寂寺附近，现在大概隶属海宁管辖，离海边不远，从小对大海的情况有所了解；二是他在临海新亭监工作数年，对于浙东沿海特别是台温沿海交通情况必定更加清楚，深知海上航行的凶险，包括当时木帆船扛不住多少风浪，还有浙东沿海海盗出没的情况，所以走陆路是更安全的选择，那么台温相邻处的临海峤很可能是顾况必经之路，这样可以突出临海新亭监和温州盐监在安史之乱以后支援朝廷平息叛乱的重要意义。

玉环山

玉环山今称玉环岛，原在太平县（今温岭市）西南七十里楚门港南乐清湾和隘顽湾海中，接乐清县（今乐清市）界。山北有灵山，与玉环相接，有峡如门，名楚门港，即漩门湾。海舰由此出入。宋乐史《太平寰宇记》卷九十九载："玉环山一名木陋屿，又名地胏山，在海中，周回五百余里，去（永嘉）郡二百里。上有流水，洁白如玉，因以为名。按《登真隐诀》云：‘郗司空先立别墅于此中。自东晋居人数百家，至今湖田见在，山多蛇虎。’”[①]木陋屿是“木榴屿”的音讹，地胏山是“地肺山”的字讹。从《太平寰宇记》记载史料来看，岛上很早就有居民数百家，开垦田地，修建水利，且有司空郗鉴这样的名人归隐于此，是说明此地有其足够吸引人的地方，至少是有世外桃源那样相对独立的环境，居民自主自由，没有大陆编户齐民那种约束。据三合潭遗址考古出土文物看，在商周时期即有居民活动，距今约 2800—2400 年，其干栏式建筑基址保存良好。玉环岛长期处于行政区划管理宽松状态，后划归乐清县管辖，后成为乐清县下辖的一个乡。到清朝雍正年间，朝廷始设置玉环厅，并筑有玉环厅城守备，由于防御倭寇、海盗等需要，岛上至今仍存留城、堡、寨之类遗址数处。民国元年（1912），玉环厅改制为县。1962 年，台州专区重新从温州分出，玉环县随之划归台州管辖。2017 年 4 月，玉环县撤县设市，延续至今。

玉环正当浙东海上唐诗之路腰部，唐朝诗人孟浩然、李白的粉丝魏万等人从台州湾出海到永嘉江登陆，必经玉环；又有中唐诗人张又新出任温州刺史，乘船游览过温州湾诸岛，登临过玉环岛，作有《中界山》诗以记其事，也是很值得挖掘的。

建议：玉环在沿海择地设置浙东海上诗路遗迹纪念地标志，如“李白粉丝避风处”“太白友人登陆处”“李白友人舣舟处”之类石碑、摩崖等，以名人文化效应提升区域影响力，推出“海上诗路海鲜宴”，建造“太白酒楼”，悬挂“太白遗风”酒旗，与玉环的海鲜搭配，正是相得益彰，因地制宜的组合；并相应设置文旅酒店、民宿，推出适销的纪念商品……参见前文温岭石塘等处。

仙岩山

仙岩山原在临海县东一百二十里。以山顶有两块岩石犹如仙人偶坐而得名。有石洞（详下），此地适宜道士炼丹合药，所以方志记载多奇草灵药。民国二十九年（1940）分宁海县、临海县各一部分成立三门县，仙岩归属三门县。仙岩山半山腰有一处仙岩洞，因有名人降临，躲避大难，又有诗文传播，所以闻名遐迩。

仙岩洞

仙岩洞本来叫百花洞，不太有名，即使道教中也是如此，宋末因民族英雄文天

① ［宋］乐史撰：《太平寰宇记》卷九九《江南东道》，《四库全书》第 470 册，台湾商务印书馆 2008 年版，第 85 页。

祥从元军营中逃回，经历九死一生，乘船经乱礁洋海面从此登陆，藏身仙岩洞中避难，得到台州志士仁人如杜浒、张和孙（号哲斋）等人一路悉心照料、保卫。文天祥乘船到乱礁洋海面，看到这一片岛礁密集的景象。当所乘船只穿行于乱石间，成功地避开元兵追击后，他意外地兴奋起来，挥笔写道：

……是日风小浪微，舟行石间，天巧捷出，令人应接不暇，殆神仙国也。孤愤愁绝中，为之心广目明，是行为不虚云。海山仙子国，邂逅寄孤篷。万象画图里，千崖玉界中。风摇春浪软，礁激暮潮雄。云气东南密，龙腾上碧空。[①]

读之令人心情十分复杂，五味杂陈。其出使及逃归全过程，文天祥有《指南录》自序和后序，载为“出海道，然后渡扬子江、入苏州洋，展转四明、天台，以至于永嘉”[②]，《指南录》有诗一卷。《清一统志》载：仙岩中有石窍，广四亩，名百花洞。乡人建楼其中，旁有石泉，不涸不盈，味极甘，相传以为同潮汐消长。宋文天祥曾于此募兵。实际上“募兵”当改作“避难”。文天祥殉国后，临海县将此洞建成“文信国公大忠祠”，临海县知县等立有数块碑文，记录其建祠与维修经过。现在的仙岩洞是三门县浦坝港镇仙岩村地方的一处文旅景点，距三门县城22公里，附近有公路、沿海高速公路（甬莞高速），交通较为便利。北距健跳镇及三门核电站、蛇蟠岛都不远；南距桃渚抗倭古堡、金鸡报晓石柱、桃江十三渚、武坑仙人担、临海国家地质公园（连盘）、桃渚珊瑚岩景区均在二三十公里间。

建议：将上述三门东部从蛇蟠岛、健跳所城遗址、三门核电站、仙岩洞文信国公大忠祠、崔溥漂流登陆处牛头山与临海桃渚抗倭古堡、武坑、临海国家地质公园（翼龙化石）、桃渚珊瑚岩景区合成一条旅游线，旅游吸引物有自然景观、人文遗迹、当代工业企业和农业观光采摘（蜜橘），此线滨海，还可品尝海鲜，既饱眼福，又饱口福，是此线地利，也是特色。组团旅游，散客自驾、背包徒步皆宜。

三门山

在三门以东海中，有三峰如门屹立，故名为三门湾。三门成为这片海洋上的地理标志，也是航船出入的必经之处。民国二十九年（1940），新设三门县，这处三门湾中的三座海岛，也是三门县名的由来。三门湾原属宁海与临海两县共有的领海。

① ［宋］文天祥《乱礁洋》，《文天祥诗集校笺》卷八，中华书局2018年版，第791页。

② ［宋］文天祥《指南录后序》，《文山集》卷一八，《四库全书》第1184册，台湾商务印书馆2008年版，第689页。

现在，是宁海与三门两县所有，以蛇蟠岛为最大海岛。现在，蛇蟠岛与陆地相接，从离岛而变成半岛。三门湾是一个面积不大的近海浅湾，鸦片战争后殖民主义国家想在此租借建设通商口岸，民国五年(1916)，孙中山先生乘建康舰来此考察，提出将三门湾作“实业之要港”开发，列入《建国方略》，建设东方大港，都没有成功。由于季风与洋流的关系，此处是东洋诸国海上航行所经过的热点。在频繁的海难事件中，这一带海面因其特殊的水文条件，往往成为侥幸生还者登陆的逃生地。最有代表性的便是明朝孝宗弘治元年(1488)朝鲜弘文馆副校理(当时已经担任新职，叫济州三邑推刷敬差官，济州即济州岛)崔溥一行漂流十四天，到达此地登陆获救，其地点在今三门县沿赤乡牛头洋海岸的牛头山，事后著《漂海录》记载历险及获救过程，成为众多海难事故中留下全过程记录的特例。1992 年中韩建交以来，崔溥《漂海录》成为中韩友谊的忠实见证，备受两国文史学界重视，嗣后两国以这一文脉为桥梁建立了多层次多渠道的友好关系，文史研究也成为两国友好往来的纽带。1994 年 6 月，韩国务安郡议长奇老玉一行访问三门。2002 年 7 月，崔溥后裔一百零八名代表来三门湾寻找祖先登陆获救遗迹。同年 9 月，务安郡与台州市结为姐妹城市。2016 年 7 月，一批韩国大学生来三门追寻崔溥足迹，为“跟随崔溥的足迹·2016中韩人文纽带构建活动”拉开帷幕。2018 年 5 月 17—20 日，浙江大学、台州学院联合承办崔溥漂海登陆 530 周年纪念活动，“追寻历史·共迎未来”——中国台州·韩国友城文化旅游周暨崔溥漂海登陆 530 周年纪念活动在三门成功举行。来自中国、韩国、日本、法国、伊朗、白俄罗斯六国研究崔溥文化的专家学者，与来自韩国的六个友好交流城市或友好城市——罗州市、东海市、横城郡、大田广域市西区、唐津市、和顺郡的代表和崔溥后裔代表近两百人聚首三门，重走崔溥在三门的登陆足迹和开展国际学术研讨。此次国际学术交流会发表论文三十四篇。以上学术研讨与文化活动，紧密维系两国历史根脉，得到国际学术界的共同关注，可见浙东沿海历史上发生过多少海上漂流事件？这一海域存在多少文化旅游的价值？如果没有意外事件，其前景是很广阔的。

蛇蟠岛与三门青蟹

蛇蟠岛在三门县东海中，四围有水，相顾盘屈如两蛇，故名。蛇蟠岛是三门第一大岛，历史上曾经是海盗窝点。岛上多红色岩石，长期以来被开凿出来，作为建筑良材，因此岛上盛产条石、块石等石料，还盛产石窗、磉础等成品，是沿海许多地方建筑构件的原产地，比较知名的有宁波、上海、苏州和台州、温州等地，各式各样的蛇蟠石窗成为一道风景。三门文化馆曾经收集蛇蟠石窗图案，编纂成书，为蛇蟠石文化留下靓丽的身影。

蛇蟠岛外即三门湾，三门湾外即东海大洋，蛇蟠岛周围海域是蠃（读如蠃，方言词）的著名产地，蠃俗称“青蟹”，以蟹壳呈青色而得名，是螃蟹中的大块头，离水能活一星期，可以长途运输，蟹肉丰厚，味道鲜美，是浙东海产中的珍品，行销于省内外。青蟹的获取原先以捕捞为主，现在以养殖为主，因三门湾没有明显的工业污染，海水质量高，青蟹品质出众而声名远播。2006 年 9 月，原国家质检总局正式批准“三门青蟹”为原产地域保护产品（即地理标志保护产品）。其广告词“三门青蟹，横行天下”，抓住特征，简洁明了，生动传神，霸气十足，而颇为知名，助推三门青蟹销售。

蛇蟠岛上满是大小岩洞，这些岩洞不是天然的，而是采取石料之后留下的岩洞，近代以后，石窗、石条销量渐少，采石业日趋衰落，在动乱年代，这些石洞往往成为海盗栖身之所。到当代改革开放以后，蛇蟠岛上除养殖业外，也在关注旅游业，就把这些岩洞打造成海盗洞，台州方言称海盗为“绿壳”，所以俗称“绿壳洞”。这一把海盗盘踞的岛屿岩洞转化为旅游产品的创新举措，在当时是很大胆的，也是很令人惊奇的手笔，开发海盗文化旅游，曾经引起小小的热潮，也招致了一些非议。现在回顾起来，这不是为宣扬海盗，而是就地取材的特色文旅探索。对于这种创新尝试，不宜简单予以贬斥和抑制。

蛇蟠岛和三门湾虽然没有直接见载于唐朝诗人的诗作，但如上述它的位置，处于浙东与东洋诸国海上交通商贸和文化传播的航线要冲，因此它多少见证了浙东海上唐诗之路的形成、发展的历史进程。如果要研究浙东海上唐诗之路，是少不了三门湾和蛇蟠岛的；如果研究中国与东洋诸国海上航运与文化交流、友好往来历史，更是少不了三门湾。

第五节　明州　四明山系列

浙东沿海山脉，天台山脉为濒海最东一列，呈南—北偏西南—东北走向，其尾脉延伸向大海中，散落为舟山群岛。晚唐，天台山著名道士徐灵府在《天台山记》中就已经说得很清楚：“（天台）山去州（此指台州州城临海）一百四十八里，去（天台）

县一十八里，一头亚入沧海中。”[①]四明山是天台山脉主峰与尾脉中间的一个腰躯部分，连绵蜿蜒于越台明三州间，即今绍兴、台州、宁波三市地域，形成许多历史遗迹。唐玄宗开元二十六年(738)设置明州，其地域从越州分出，就像著名的越州诗人贺知章之所以自号“四明狂客”，是因为此地原来属于越州管辖的缘故。清朝初期，绍兴府余姚县人著名学者黄宗羲编纂《四明山志》，对此山的自然与人文作了系统整理。长洲(今苏州)人宋定业序中说：“四明山初总属于天台，自晋谢遗尘启四明山九题之目，唐陆鲁望(陆龟蒙字鲁望——引者)、皮袭美(皮日休字袭美——引者)有依题唱和之诗，而《道藏》又称晋木玄虚撰《丹山图咏》，贺监注之，于是四明山遂鼫割二百八十峰，与台、宕(即雁荡——引者)鼎峙，为东南名山之冠。”[②]其意为四明山属于天台山脉的一部分，自从谢遗尘提出四明山九个题目后，晚唐诗人陆龟蒙、皮日休都依其题作有唱和诗歌；道教文献总汇《道藏》又称赞晋朝木华(字玄虚)创作《丹山图咏》，贺知章为它作注，从此四明山就凭借它的众多山峰，与天台山、雁荡山形成鼎足之势，名冠东南名山之前列了。其实四明山早在晋朝就已经成为道教的圣地，与天台山相提并论，孙绰《游天台山赋》序中就说：“涉海则有方丈蓬莱，登陆则有四明天台，皆玄圣之所游化，灵仙之所窟宅。”意思是浙东之域，来到海上有道教传说中的方丈、蓬莱、瀛洲三座仙山，来到陆地有四明山、天台山这样的名山，都是神仙喜欢栖止的地方。

明州本为越州地，唐武德四年(621)始置鄞州，八年(625)，州废，还属越州。开元二十六年(738)，采访使齐澣奏置明州，以境内有四明山得名。天宝元年(742)改为余姚郡，乾元初复为明州，属浙江东道。五代属吴越国，宋曰明州奉化郡，属浙东路；绍熙五年(1194)宋宁宗即位，以明州为宁宗潜邸，依年号升为庆元府。元改为庆元路，明初复为明州，洪武十四年(1381)改为宁波府，《嘉靖宁波府志》：“洪武十四年，以郡有定海县，海定则波宁。因改明州为宁波府。”[③]嗣后相沿，以迄改革开放改为宁波市，不久又升格为计划单列市，俗称为副省级城市，现在长三角城市群中成为浙江省两个万亿级城市之一，是长三角南翼的经济中心之一，是我国最大的港口之一，也是世界最大的商港之一，并且保持世界最大集装箱港的纪录。

---

① [唐]徐灵府著，胡正武校点：《天台山记天台胜迹录》，浙江大学出版社 2010 年版，第 1 页。

② [清]宋定业：《四明山志序》，[清]黄宗羲辑《四明山志》，《四明丛书》第 14 册，广陵书社 2006 年版，第 8126 页。

③ [清]嵇曾筠等纂修：《浙江通志》卷七引，《四库全书》第 519 册，台湾商务印书馆 2008 年版，第 249 页。

宁波地理形势：四明与天台并高，东接沧溟，西连禹穴，穹窿盘薄，凡数百里。宁波地处浙东沿海，海上交通国内外，素称海上门户："海道辐辏，南接闽广，北控高丽，商舶往来，物货丰衍。东出定海，有蛟门、虎蹲、天设之险，亦东南要会。"①《宝庆四明志》卷六《市舶》载："（四明属）汉扬州交州之域，东南际海。海外杂国，时候风潮，贾舶交至。唐有市舶使总其征，皇朝因之，置务于浙、于闽、于广。"②但两浙对外通商口岸后来渐渐被禁被废，据宋罗濬《宝庆四明志》载：宋光宗（1190—1194年在位）即位之后，禁贾舶至澉浦，杭州市舶务就废掉了；宋宁宗（1195—1224年在位）又禁止江阴军、温州、秀州三处市舶务，"凡中国之贾高丽与日本诸蕃之至中国者，惟庆元得受而遣焉"。这是当时东南沿海的对外通商口岸，也是浙东对外通商和文化交流的官方指定口岸，是国家对外通商征收赋税的主要来源地。宁波历史上最有代表性的对外文化交流事件是唐德宗贞元二十年（804）九月日僧最澄一行三人从明州港登陆，到台州天台山求法。他携带的经卷宝物有"金字《妙法莲花经》一部（八卷，外标金字）、《无量义经》一卷、《观普贤经》一卷（以上十卷共一函盛封全，最澄称是日本国春宫永封，未到不许开拆），《屈十大德疏》十卷、本国大德净论两卷、水精念珠十贯、檀龛水天菩萨一躯（高一尺）"，这些佛经及法物是最澄要"总将往天台山供养"的。因身患疾病，最澄在宁波将养，到当年九月十二日，"疾病渐可"，准备"今月十五日"前往台州，使君（刺史）判付司给公验并下路次县给船及橹送过者，最澄所持的通关文牒就是《明州牒》"贞元廿年九月十二日史孙阶牒"，钤"明州之印"③。等到最澄赴台州求法功德圆满，台州刺史陆淳给予公验，方便最澄返回明州，已是贞元廿一年（唐顺宗永贞元年，805）三月一日；台州官民为最澄一行举行隆重的送别仪式——茶会是在三月三日（巳日），台州司马吴顗、录事参军孟光、临海县令毛涣等官员及乡贡进士崔謩、广文馆进士全济时等文士、各界名流出席茶会，会上中方每人赋诗一首送别，经最澄携归日本，编成《台州相送诗》一卷，保存至今。这是宁波在中日文化交流史上留下的珍贵一页。到宋朝，宁波与东洋诸国间的往来更加频繁，日僧成寻来台州巡礼天台山，以"传闻江南天台，定光垂迹于金地，河东五台文殊现身于岩洞。将欲寻其本处，巡礼圣迹。……因之得谢商客船，所参来也。就中天竺道猷，登石桥而礼五百罗汉；日域灵仙，入五台而见一万菩

---

① ［清］嵇曾筠等纂修：《浙江通志》卷二二引，《四库全书》第519册，台湾商务印书馆2008年版，第606页。

② ［宋］罗濬撰：《宝庆四明志》卷六，《四库全书》第487册，台湾商务印书馆2008年版，第81页。

③ 以上引自最澄入华求法通关文牒《最澄入唐牒》照片，日本滋贺县延历寺藏。

萨。某性虽顽愚，见贤欲齐。先巡礼圣域，次还天台修身，修行法华秘法，专求现证，更期极乐”[①]。当时日本已经废除遣唐使，没有遣宋使，但海上通商未禁，反而兴旺起来。成寻来华属于私出，他与随从七人搭乘中国商船从杭州登陆，然后赴天台山国清寺求法，而后进京(东京，即今开封)，朝见神宗皇帝，巡礼五台山，嗣后于延久五年(宋熙宁六年，1073)，与成寻一起入宋的赖缘等五人赴明州候商船归日本，把宋神宗赠予日本国主的礼物——金泥《法华经》七卷及锦二十匹，带到日本，实际等于通过赖缘等人的民间交流重新续上已经中断多年的两国交往。同年六月十二日，成寻于明州将神宗给日本朝廷的御笔文书、新译经等托付与赖缘等人，搭乘宋商孙吉之船返回日本。仅从以上唐宋两朝这两个著名事例，可以看到明州当时在浙东、两浙乃至整个国家对外通商和文化交流上的重要地位，远超浙东其他口岸。

宋神宗熙宁七年(1074)前，高丽使者皆由山东登州(蓬莱)登陆，再由陆路到都城开封“朝贡”，即“朝贡东路”。元丰三年(1080)，宋神宗下诏，把去日本、高丽的始发港定为明州，从制度上保证了明州港成为对日本和高丽的最重要贸易港口。当时来的朝贡使皆在此登陆，再转杭州经运河到开封，这条朝贡路线被称为“朝贡南路”。当时，高丽商人在密州和明州都建有高丽使行馆，供每年来宋贸易使者之用。如今，高丽密州行馆早已不在了。幸运的是，1999 年，宁波市在对市中心的月湖进行改造时，发现了建于徽宗政和七年(1117)的高丽明州行馆遗址(1130 年，金兵入侵，火烧明州城，高丽使馆亦荡为灰尘，仅留一点房屋基址)，留下历史悠久而珍贵的明州与高丽海上通商史迹。

四明山

四明山在宁波市西南一百五十里，是一郡的山镇。道书以为第九洞天，名“丹山赤水之天”。四明山由天台山发脉，向东北一百三十里，涌为二百八十峰，中有三十六峰，周围八百余里，绵亘宁波府之奉化、慈溪、鄞县，绍兴府之余姚、上虞、嵊县，台州府之宁海(宁海县于 20 世纪 50 年代末改隶于宁波)诸境。上有方石，四面如窗，中通日月星辰之光，故曰四明。四明山的史料记载多有不同，如它的距离、方位、山峰、形状各种史料方志各说各的，原因大概是由于四明山分布得较为分散，缺少明显的主峰，形成鲜明的核心，领袖群山，所以有的记载四明山距离宁波一百五

① [日]成寻著，白化文、李鼎霞校点：《参天台五台山记》第一，花山文艺出版社 2008 年版，第 37—38 页。

十里，有的是八十里，有的是一百三十里，都是因处于不同位置所记。四明山分为东四明和西四明：由鄞小溪而上为东四明；由余姚而上为西四明；由奉化雪窦而上则谓之四明山。四明山因为与越州（绍兴）相连，散为二百八十峰，连绵蜿蜒，腹地广大，前文写到绍兴四明山时已经有所涉及，尤其是余姚境内的四明山，原属绍兴，今属宁波；又宁海境内的四明山，原属台州，今属宁波，那么宁波得到两个大县，地盘获得很大的增广，宁波四明山也因此而得到很大份额的增加。另一个重要因素是明州以四明山得名，四明山遂为明州的山镇，成为明州的地标和象征。故而唐人涉及四明山的诗歌，主要的就是咏明州四明山的作品。如唐人施肩吾《同诸隐者夜登四明山》诗云："半夜寻幽上四明，手攀松桂触云行。相呼已到无人境，何处玉箫吹一声。"[①]大致是写到四明山的深处，无人之境。施肩吾在浙东山水游踪较密，就其诗中表达的内容看，是以越、台、明三州为中心。许浑《晓发鄞江北渡寄崔韩二先辈》诗云："南北信多歧，生涯半别离。地穷山尽处，江泛水寒时。露晓蒹葭重，霜晴橘柚垂。无劳促回楫，千里有心期。"[②]是诗人到达了现在的宁波鄞州区南部时所作。鄞江是奉化江的下游，此处是诗人由此北渡鄞江，有感而发与崔、韩两位先辈的交游之作。可以看成诗人从四明山下来前往明州途中，经过秋色深浓的鄞江渡口，水流岸边晨光大明，秋风吹拂，蒹葭苍苍，秋露欲滴；橘柚已熟，挂满枝头，如此情景，心有所动，发而为诗，寄予友人。许浑是在浙东隐居修炼的著名诗人，由此诗看来，其"来往天台天姥间，欲求真诀驻衰颜"[③]的足迹不仅限于明州，其活动范围遍及台越明三州。当然历史上四明山也是道教名山，能够引来许浑、施肩吾这样的名人涉足，足以窥见它的名山魅力。

据上所述，将明州（今宁波市）四明山设定为许浑、施肩吾经行诗路热点，建立文旅标志，规划诗路旅游线，将会吸引文旅融合、研学旅行、自驾游、驴友等游客到四明山旅游观光打卡点。值得提炼识别元素，提升文旅档次，设计宁波四明山文旅 IP。

石窗（四窗岩）

石窗（四窗岩）是四明山得名的由来，具有标志性意义。石窗是当地人的俗称，中性的称呼是四窗岩。四明山的深处有一处崖壁，上有石窗，可以望见日月星辰之光，故曰四明。但史志记载往往美化有加，如称这处石窗四面玲珑，令人以为这扇

---

① ［清］彭定求等编：《全唐诗》卷四九四，上海古籍出版社 1986 年版，第 1251 页。

② ［清］彭定求等编：《全唐诗》卷五二八，上海古籍出版社 1986 年版，第 1338 页。

③ ［清］彭定求等编：《全唐诗》卷五三四，上海古籍出版社 1986 年版，第 1348 页。

石窗可以四面透光,其实是朝向一面的几个孔洞。因为这个山洞有四个可以望见苍天的孔洞,前人觉得有某种妙用,具有“与天相通”的特殊功能,类似于居室的窗户,所以叫“四窗岩”,并把整座山称为四明山。四窗岩由于岩洞窄小,除了几个孔洞外也没有别的可供人欣赏的风景,加上文旅标志有待完善,游客寻找较难,即使使用卫星导航,也十分难找。所以这个景点的保护与开发值得仔细斟酌,非与其他文旅资源组合难以形成规模。

赤水丹山

赤水丹山现在行政区划上归属宁波余姚市大岚镇柿林村,山上常有云气覆盖,或者云烟冒出,后来取名叫“过云”,南边叫“云南”,北边叫“云北”,沿山几十里有山峰叫云根石屋,上有瀑布垂下,旁侧有洞叫潺湲洞。东汉,刘纲任上虞县令,看到这里有仙气,就弃官同妻子樊云翘入山隐居洞侧,后来炼得仙术,羽化飞升。后人在这里立祠祭祀刘樊夫妇。有一座榭,叫樊榭,后代的文人有用于命名书斋的,如清初钱塘厉鹗的“樊榭山房”,就是一例。唐诗人李频《游四明山刘樊二真人祠题山下孙氏居》诗云:“久在仙坛下,全家是地仙。池塘来乳洞,禾黍接芝田。起看青山足,还倾白酒眠。不知尘世事,双鬓逐流年。”[①]南朝梁隐士孔佑仍隐居于此,有只梅花鹿中箭负伤,来投奔孔佑,孔佑为它治好伤,放归山上。后人在孔佑祠侧建鹿亭,以纪念这一动人的传说。到唐朝咸通(860—873)中,隐士谢遗尘来归隐于四明之南雷,与诗人皮日休、陆龟蒙相往还,各赋诗九首。南雷在余姚市区东侧约十公里的南雷村,即明末清初著名思想家黄宗羲隐居的地方,谢遗尘到松陵(今上海松江)陆龟蒙隐居处,向陆龟蒙介绍四明山的神奇之处,把四窗岩称作四明之目,请陆龟蒙作诗九题,陆龟蒙又请好友皮日休作和诗九题,共为四明山歌唱赞颂。所以山中名胜赤水丹山,是道教相中的地方,编号为道教三十六小洞天的第九洞天。赤水丹山成为道教在四明山上最有名的遗迹,也是四明山文旅资源很丰厚的地方,从而成为现在旅游产业的网红点。现有的经营是民营旅游点,总体建设水平较高,游客流量也大,是属于文旅融合较好的景点。

建议将这处第九洞天设置为唐朝诗人陆龟蒙、皮日休关注的重要遗迹,重点介绍皮、陆两位诗人与四明山尤其是与赤水丹山的情缘诗缘,作为文旅网红打卡点,与余姚南雷、梁弄五桂楼及红色根据地、四窗岩、溪口雪窦山雪窦寺、妙高台、千丈

---

① [清]彭定求等编:《全唐诗》卷五八九,上海古籍出版社 1986 年版,第 1503 页。

岩瀑布、溪口蒋氏故居连成一条穿越四明山的文旅融合线路，以诗为带，带动四明山研学旅行、诗路文旅的热潮，提炼为“浙东养生谷，四明有皮陆”的文旅宣传口号，作为浙东唐诗之路的特色项目推向文旅市场。

雪窦山

雪窦山在奉化市区西六十里，是四明山的支脉，山水奇秀，风光旖旎。南宋时理宗曾经梦游到此，就赐名为“应梦山”，立有御碑。雪窦山上多有胜景，南有隐潭，东有石苍潭，前有含珠林，千丈岩瀑布。《宝庆四明志》载上下有三座亭：分别名为飞雪、妙峰和漱玉。丹碧照烂，飞檐粼粼，蔚在青嶂间，晨霞暮霭，遮露万状，尤为胜概。现在的雪窦山在千丈岩瀑布之上，建有妙高台，匾额为蒋中正所题，地势高亢，景象万千，是游雪窦山所必至之处。

招宝山

招宝山在宁波镇海区东北二里，本名候涛山。以地处甬江口岸，古代是有关藩属国和外国来进贡、通商，停船靠泊于此，远方珍异、百货集散，财源滚滚的地方而改名。招宝山东侧紧邻港口，与甬江东侧的金鸡山、蛟山等山屹然夹江耸峙，是镇海关隘、甬江咽喉、海防要塞，是国家海防武备的锁钥之地，防守要冲，号为“浙东门户”。古代常设烽火台、瞭望哨于此。明嘉靖间，浙东倭患严重，在此修筑城堡，驻扎军队，以备防倭。清朝鸦片战争以后，东南沿海成为中外战争前线。1885 年 2 月 28 日，中法战争期间，法国远东舰队司令孤拔率领大小军舰十多艘团团围住招宝山外海口，于 3 月 1 日向镇海关发起进攻。清军在此与法军作战，经历一百零三日的镇海保卫战取得大胜，这是鸦片战争以来我国首次获得全胜的一次重要战役。在中国近代军事史，尤其是海防史上具有重要的地位。

招宝山山势峻险，景色秀丽。有“鳌柱插天”“龙洞出云”“梵台秋月”等景点。现在的招宝山是宁波市十大风景游览区之一，是镇海区文旅的重要资源，集自然风光、人文胜迹、宗教文化于一体的综合性游览区，也是镇海口最重要的海防遗址。当地建有中国防空博览园、中法战争镇海之役胜利纪念碑、镇海炮台和威远城遗址、抗日碉堡、平夷前镗炮模型等军事题材的文旅设施，还有一处军事体验区，可以让游客在此动心动手，体验有关军事项目。这是一处以国防为中心的寓军事教育于旅游的基地，有特色的文旅景区。

盖苍山

盖苍山在宁海县东北九十里，一名茶山。濒临大海，登上山顶可以看到海边岛屿，星罗棋布，因为此山出产茶叶，故名茶山。上有水帘，侧有观音岩，从前传说观音从海上到达这里，隐居于此。其中有一条缝隙透到山顶，每当日光注射进来，就能照见里面的玉瓶青钵。东面又有岩石上刻着“真逸”二字。“真逸”是陶弘景的道号，从前往来宁海，跟从张少霞游。焦山有《瘗鹤铭》石刻，自题“华阳真逸”。又顾况曾经寄居于临海，亦自号“华阳真逸”，不知道究竟哪一个是。现在盖苍山的文旅尚处于起步阶段，有一些旅游设施、配套工程还需要加大投入。将它与宁波奉化、镇海、台州天台、临海相连，提炼成“徐霞客之旅”旅游线，登山可步徐霞客后尘，追李太白遗踪，入海可食东海新鲜海味，到普陀山烧香，遥望通往东洋的海上唐诗之路，就像唐朝孟浩然诗中所说“为多山水乐，频作泛舟行”！

桐柏山（宁海）

这是宁海境内的桐柏山，在宁海县西四十里，与天台山相连。这是古代道教话语体系中的天台山东门。按神邕《山图》云：桐柏在天台极东宁海界上。宁海又向有传说，梁王山即古桐柏山，从前未建寺时，葛玄曾经隐居于此修炼。起初，葛玄在宁和山中炼丹，丹被鬼魅窃去，不得已迁移到这里，后来归隐天台，所以宁海、天台都有桐柏山。梁王山下原来还有名为“桐柏里”的村庄，旁边又有仙人里，并且村民多姓葛，可能是葛玄的后裔。这里的桐柏山可与盖苍山、天台山、四明山等组成徐霞客之旅的旅游线，带动宁海文旅的振兴与发展。

舟山（定海）

舟山在定海县（今舟山市定海区）治东，以岛形如舟，因名舟山。舟山在先秦即已经成为越国东部辖地，越王句践击败吴王夫差以后，将夫差流放到甬东，就是在舟山岛。舟山又名翁洲，相传葛仙翁（葛玄）曾经隐此修炼。李吉甫《元和郡县志》载：翁洲入海二百里，即春秋所谓甬东地，其洲环五百里，有良田湖水。唐朝在岛上设置翁山县。后来行政区划变更不一，明嘉靖四十二年（1563），浙江总兵卢镗等降海寇汪直于此，浙江总督胡宗宪勒“受降亭”三字于山上。到清朝康熙二十五年（1686），原定海县改名镇海县，舟山改名定海山，县名定海县，今天成为舟山市定海区、普陀区。但定海县原来包括今天舟山群岛，是宁波府的一个属县，到20世纪50年代开始分出岱山县、普陀县、嵊泗县，设立舟山专区，直到改革开放以后的舟山市，这是它的重要地理区位促成的发展变化。沈家门在舟山岛的腹心位置，外通莲花洋，是岛上最重要的港口所在地。

普陀山（定海补陀洛迦山）

普陀山是今天通行的称呼，以前叫补陀洛迦山，在定海县（今舟山市）东一百五十里海中，一潮可到，为海岸孤绝处。梵名补陀洛迦，华言小白华也。亦曰普陀山，又名梅岑山，相传以梅福名。往时日本、高丽、新罗诸国皆由此取道，以候风信。又有大小洛迦山，与普陀接近。普陀山附近的海上航道，是东洋日本、高丽、新罗诸国来往中国浙东等地的主航道，每当季风合宜、洋流顺畅的时候，东洋诸国的船只就会从此经过，也有时候在此停泊，等候风汛。所以此岛是观看古代国际海上航运船舶往来之绝佳所在，居于古代海上诗路要冲的地方。

盘陀石

盘陀石在普陀山岛山顶上，看似不稳，就要倾倒的样子，实际则固如磐石，传说为金地藏菩萨来华时隐修之处。这块巨石上面平坦开阔，以前方志记载可站立百余人，有些夸张，但可容纳二三十人是没问题的，在石上俯视大海，其东正是扶桑日出之地日本。明朝抗倭将军侯继高题“盘陀石”三个遒劲有力的大字，镌刻石上，十分醒目，令人精神为之一振，成为普陀山上一处极具人文精神的观光景点，可谓网红打卡点，而且是经久不衰的人气景点。

桃花山

桃花山现在叫桃花岛，属于普陀区管辖，岛上的兔耳岭花果山桃园，在金庸的武侠名著《射雕英雄传》《神雕侠侣》拍成电视连续剧后，受到金庸粉丝的热捧，成为文旅融合的成功范例，为舟山旅游开发作出了很大贡献。其实桃花岛原来并非因栽种了桃树，盛开桃花而得名，本是岛上岩石有纹似桃花，嵌空刻露，屹立于大海中，成为海上观光的一处胜景。元朝，金华文人吴莱称赞道：这是昌国（当时舟山设置为昌国县）绝胜处。而当代走红的武侠小说等文艺作品外景拍摄地带红景区景点的屡见不鲜，成为许多文旅行业创新出奇的一条重要门径。

第六节 温州 雁荡山系列

北雁荡山

雁荡山是温州第一名山，这指的是位于乐清境内的北雁荡山，主体位于以乐清为主要分布区域的温州东北部海滨地带，向北延伸到台州温岭境内的方山。沈括《梦溪笔谈》对雁荡山作了仔细观察与分析，有许多精彩的论断，如沈括一开头就说:“温州雁荡山,天下奇秀。”就成为后世对雁荡山地貌的基调。沈括还有不少过人的见识与解读,揭开雁荡山地貌成因分析的帷幕。但沈括对雁荡山地貌成因的判断是有明显失误的,明朝人文地理学家王士性有过深入的质疑与反诘,已经认识到雁荡山地貌的成因存在着更加复杂的内涵。现在看来王士性的观点是对的,雁荡山是环太平洋大陆边缘火山带中一座白垩纪流纹质破火山,它的北面不仅限于温岭方山。归属环太平洋大陆边缘火山带的实际上还有临海东部沿海以桃渚为中心的大火山遗址、仙居的“大神仙居”、金华永康方岩、浦江仙华山、衢州江山江郎山、绍兴新昌穿岩十九峰等都是。沈括认为雁荡山的胜景是因北宋修建宫殿的人入山伐木才被发现。然而据《梦溪笔谈》卷二十四雁荡山条所载:“唐僧贯休为《诺矩罗赞》有‘雁荡经行云漠漠,龙湫宴坐雨濛濛’之句。”[①]文中提及早在唐朝就已有佛教人士在此修行传教,而且是像贯休这样的高僧大德。贯休从江西来到温州传教,他的诗集中曾经有不少在温州所作的诗歌,如《常思谢康乐》《常思李太白》等,由此可知贯休到雁荡山修行是很自然的选择。宋王存等《元丰九域志》卷五所载雁荡山有高僧全了入山,中有太宗皇帝所赐承天、灵岩两寺额及御书。宋祝穆《方舆胜览》卷九载雁荡山能仁寺为雁山第一刹,灵岩寺所擅奇怪为雁山第一峰等,都已经反映北宋时期雁荡山佛教兴盛的情况。到南宋雁荡山区出了一位状元王十朋,为家乡写了很多诗歌,如雁山门户从此入,南北两峰相对高等等,让雁荡山引起更多文人的兴趣。

奇怪的是虽然晚唐名僧贯休已经在雁荡山修行作诗,赞颂雁荡山的风景,却没有发现其他唐朝到达温州的诗人游历雁荡山的诗作,这给今人造成很大的疑惑甚至错觉,以为雁荡山的开发是唐朝以后的事情。这与浙东沿海多海盗,安史之乱后浙东有多次“起义”事件,晚唐更有黄巢起义大军经过等因素相关,妨碍文人在此从容徜徉于山水之间,贯休吟咏雁荡山的诗也只剩此残句。另外,唐朝诗人南游温州往往是步谢灵运的遗踪,谢灵运虽经斤竹涧,作《从斤竹涧越岭溪行》诗记其事,就在雁荡山核心景区的边上,却未进入雁荡山,与雁荡山失之交臂。这便留下一个盲区,唐朝诗人也不重视,每每失之交臂。入宋以后情况大变,历经元明清,雁荡山成为诗人笔下常见题材,但将雁荡山作为旅游资源开发,大力宣传推广的是乐清现代名人蒋叔南(1884—1934),名希召,别号雁荡山人,他在20世纪20至30年代为开发雁荡山旅游付出极大的努力,也取得很大的成效,让雁荡山名声广播,声誉鹊起,

① [宋]沈括:《梦溪笔谈》卷二四,江苏古籍出版社1999年版,第11页。

当时京沪苏杭上流社会名公巨卿纷纷来游，媒体跟进报道；蒋叔南又编写游记、旅游指南、雁荡山影集等，把雁荡山介绍给社会各界。在当时情况下，文化界人士都读过《文选》，从小熟悉孙绰《游天台山赋》，溢出效应延及天台山南边的雁荡山，许多受到蒋叔南邀请的名流往往是先到台州游天台山，再顺道南游雁荡山；也有从台州海门、温州琯头登陆的，先游雁荡山，北返时再顺道游天台山。一时间从南京、苏州、上海、杭州到天台山、雁荡山的这条路线成为旅游热线，从上海乘坐火轮到海门、琯头的航线也成为热线。1920年前后，台州府城里的文化名人项士元留下了不少关于迎送这些来游雁荡山和天台山的名公巨卿的日记。蒋叔南堪称雁荡山旅游开发的功臣，他所开拓的雁荡山文旅业绩是雁荡山旅游开发史上光辉的里程碑。

改革开放以来，雁荡山文旅发展得益于此前蒋叔南积累下来的巨大影响，温州文旅在宣传推广上做得很有成效，成为浙东发展旅游有声有色、可圈可点的热点。现在雁荡山文旅在浙东唐诗之路上的角色，可以将唐释贯休作为雁荡山诗路的开山者；另可结合瓯江山水诗之路定位于宋韵文化文旅打卡点，更能体现它的文化资源重在宋朝及以后的特色，保持其长盛不衰的发展势头。

南雁荡山

南雁荡山主体在平阳境内，宋《方舆胜览》卷九载及北自穹岭，南至施谷四五十里，皆是南雁荡的地盘。中有明王峰，峰顶有雁荡山，五代时吴越王钱镠与僧愿齐同参德韶国师于天台。后愿齐南游永嘉，礼拜智觉大师真身，听说平阳明王峰顶有雁荡山，天晴的时候常闻钟梵交响，就很高兴地寻访而来，到达这里时感叹："这是山水尽头的地方，有大雁栖宿，难道不是《西域书》所谓诺矩罗震旦雁荡龙湫吗？"因而在此结茅隐修。由此看来，南雁荡山与北雁荡山的"发现"大致同时，略晚于北雁荡。南雁荡山有十三峰、三洞、二岩涧石等景点，它的地貌与北雁荡山大异，但也有自己的特色。

江心屿（温州诗岛）

江心屿又名孤屿，位于温州市北瓯江中流，呈东西长、南北狭的长船形状，屿西为公路下岛入口，有儿童乐园、江心西园等设施。屿东南侧集中东西双塔，江心寺，谢灵运、孟浩然游览登临题诗等遗迹，以及澄鲜阁、谢公亭、浩然楼、宋高宗避难处、南宋状元王十朋读书处、文天祥纪念处文信国公祠、英国领事馆旧址、古榕古樟、轮渡码头等。屿东是全屿文旅资源精华所在，也是发展浙东唐诗之路、瓯江山水诗之路文旅的主要依托。从南朝刘宋时期谢灵运到永嘉担任太守，登临孤屿，饱览秀丽

江心屿上浩然楼

景色，作为诗歌，流传京城，让孤屿登上中国诗坛，历代有很多著名诗人名流如孟浩然、韩愈、陆游、文天祥等都曾经登临于此，发为歌咏，传播士林，让孤屿声名远扬，经久不衰，所以温州江心屿向被目为“瓯江蓬莱”，现在又有“温州诗岛”之目，与浙东唐诗之路文化旅游带紧密吻合，又与瓯江山水诗之路文旅和宋韵文化紧密吻合，堪称温州文旅的珍珠和宝岛。浙东唐诗之路从台州到温州段不但陆路难行，水路就是东海海上航线也很不好走，有些诗人冲破重重困难，从海上航行到达温州，除了勇气，还有运气，到达温州先记住的兴趣之地大概就是江心屿，像盛唐著名田园诗人孟浩然就是典型人物，到得江心屿，有良辰美景，赏心乐事每紧相随，展露他的才气，留下“众山遥对酒，孤屿共题诗”①这样的佳句，让孤屿在诗坛上留下美好形象。

浙东唐诗之路从台州南下温州和从婺州、处州南下温州，无论是官员上任卸任，还是其他诗人游宦、干谒等，大多有追随谢灵运遗踪的内在目标，即使在温州为官，也有追踪谢灵运的意向，如张又新《行田诗》有“欲追谢守行田意”②等。所以谢灵运对于诗路文旅而言是一面不朽的旗帜，宜以突出的表示。此意在江心寺条中已及。

---

① [唐]孟浩然《永嘉上浦馆逢张八子容》，[清]彭定求等编：《全唐诗》卷一六〇，上海古籍出版社1986年版，第377页。

② [清]彭定求等编：《全唐诗》卷四七九，上海古籍出版社1986年版，第1215页。

华盖山

华盖山在温州府治东一里。李吉甫《元和郡县志》即已有记载。宋乐史《太平寰宇记》记载华盖山距温州子城一里，远望形似华盖而得名。谢灵运在永嘉时谈到这里没有好的水井，要靠华盖山泉解决饮用水问题。华盖山又名东山，有容城洞，道教三十六小洞天的第十八洞天。现在华盖山已经变成温州市老市区中的一个公园，是墨池公园东侧的一部分，登上华盖山可以一览城中之景。唐朝温州刺史张又新《华盖山》诗就写到这点："一岫坡陀凝绿草，千重虚翠透红霞。愁来始上消归思，见尽江城数百家。"[①]北邻海坛山公园，再往北就是温州的安澜亭码头；南邻中山公园，中山公园是积谷山的地盘，有飞霞洞、谢公岩等遗迹，还有谢灵运题诗处；张又新《谢池》诗云："郡郭东南积谷山，谢公曾是此跻攀。今来惟有灵池月，犹是婵娟一水间。"[②]它的西南方遥对着的是古城的九山公园。这一片正是原来永嘉郡城、温州州城和温州府城的主城区，也是浙东唐诗之路文旅资源集中地，把这些温州古城的山水文化资源用诗为线串联起来，就是古城保持活力，发展文旅的必备条件。

海坛山

海坛山在温州古城区东北角，最靠近瓯江边，它的支脉延伸为慈山，坐镇海门内外，最关郡城来龙。当地俗谚说："海坛沙涨，温州出相。"宋陈宜中、明黄淮、张孚敬都应验了这句谚语。海坛山现在已经开辟为公园，上有山元道观、望潮亭、金香塔、上岸亭、抱日亭、礼适亭等。在海坛山公园南端山坡上还有南宋永嘉学派的代表人物水心先生叶适的墓。最新的温州文化项目景观提升工程，在此建立永嘉学派馆，把海坛山公园打造成集文化与休闲于一体的公共文化服务设施。在 2021 年即将过去前的 12 月 23 日永嘉学派馆开馆了，这是永嘉学派研究的一件大事喜事，也是海坛山公园文旅资源保护利用的一个标志性工程，将为温州古城文旅发挥应有的作用。

积谷山与东山书院

积谷山是因山形如积谷之状而得名，东山书院在城南积谷山下，传为谢灵运读书故址，岩石上镌"白云春草"四字，前为谢沼（池塘），沼旁为池上楼，都是取谢灵运在永嘉作诗，梦到堂弟谢惠连而得佳句"池塘生春草，园柳变鸣禽"的诗意为名。积

---

① ［清］彭定求等编：《全唐诗》卷四七九，上海古籍出版社 1986 年版，第 1215 页。

② ［清］彭定求等编：《全唐诗》卷四七九，上海古籍出版社 1986 年版，第 1215 页。

谷山保存原貌较好，奇峰翠削，古木森罗，摩崖石刻、飞霞仙洞遗址、赤壁亭、留云亭等亭阁都较完整。谢沼现在叫春草池，池上楼现为谢灵运纪念馆，位于积谷山西端；东山书院现在积谷山东端，始建于清朝雍正年间。温州原有永嘉书院，在府城西南，始建于宋淳祐中，是永嘉学派讲学的主要场所，现在它的文脉也合并到东山书院来了。总之，积谷山下的东山书院和池上楼是温州古城城南片名胜中的翘楚，也是开发诗路文旅的重要资源。

池上楼与春草池（蓝葆夏摄）

松台山

松台山在温州府城即温州古城的西南角，一名净光山，又名宿觉山，是永嘉大师的本寺妙果寺的所在，山巅有佛塔，高入云霄，是古城的地标，名叫净光塔。净光塔西侧建有永嘉大师纪念馆，东侧建有永嘉大师雕像。妙果寺的东北角建有宿觉讲堂，寺的西侧有明朝大学士张璁碑亭。松台山的主要名胜就是妙果寺，代表人物是宿觉，即永嘉大师。妙果寺是温州市佛教协会所在地，它的地位自然不言而喻。松台山不太高大，显得“平易近人”，山上有仙人井，山东麓有金沙井。永嘉古代以“斗城”称，是其城的地形地貌近似北斗布列之状，又近于江海，地下多水，有为对应天上二十八宿，在郡城中挖了二十八井，所以温州城中古井多是这么来的。清朝诗人朱彝尊《松台山》诗云：“苍苍山上松，飒飒松根雨。松子落空山，朝来不知处。”[①]为温州诗路文旅明星景点。

---

① ［清］朱彝尊《曝书亭集》卷六《永嘉杂诗二十首》，《四库全书》第1317册，台湾商务印书馆2008年版，第455页。

净光塔

松台山妙果寺永嘉大师像(蓝葆夏摄)

西　山

西山在温州古城西五里，连嶂叠巘，好像陈列的画屏，是古代温州城登临观光的胜地。谢灵运来永嘉任太守时，郡中名胜山水都游遍，在西山作《晚出西射堂》诗说“步出西掖门，遥望城西岑”，就是这个地方。

以上温州古城及其边缘的山相互距离不远，伴随温州建城历史脚步，积累了数不清的文化资源，是今天谈论诗路(浙东唐诗之路和永嘉山水诗之路)文旅话题的值得重视保护、研究和利用的基础。从华盖山到西山这些山及其附着的人文遗迹，温州本地人会感到平常，熟视无睹，对外地人来说却是很有味道，有新鲜感的。即使以温州古城基址的选择，所挖的二十八宿井，姑且不用说它的三十六坊布局，就是一道很好地展现传统文化魅力的命题，也是一个生动诠释天地对应、天人合一的鲜活样本。

赤水山（大若岩）

赤水山在永嘉县（今温州城区）小楠溪中游，古代时常有赤水从岩下流出，成为一种奇特的现象，所以山名叫赤水山。一名石室山，上有石室（岩洞），可坐千人。这便是大若岩最大也是最有代表性的景点陶公洞，传为南朝梁陶弘景在此纂集《真诰》，故又名真诰岩。[①] 洞的形状如龟背，石色黄白，叩之声如击鼓。大若岩为道教第十二福地。沿山石壁高十二丈，现在实测洞高 56 米，宽 76 米，深 79 米，规模之大，的确少见。当地传说是石室步廊。谢灵运《石室山》诗云："清旦索幽异，方舟越坰郊。石室穿林陬，飞泉发树梢。"[②]谢灵运这样的社会旗帜性人物游踪所及，往往带动社会的方向，这首诗便是一座珍贵的桥梁，把谢灵运起早游览大若岩的过程，冲破时空，传达给后世喜爱山水的文旅爱好者，也把古代文人热爱山水的精神传导与后人。

大若岩附近还有小若岩，东西两溪合流其下，汇为龙潭。还有十二峰、九漈石门台、埭头古村等自然和人文文旅景点。可以与楠溪江、雁荡山、乐清孟浩然游踪、永嘉上浦馆和江心屿等连成一线，组成瓯江北岸诗路文旅线路，增强吸引力。

帆游山

帆游山在温州市瓯海区茶山镇温瑞塘河边上，东接大罗山，是船舶往来的要冲之地。此地古代是海域，船舶经过繁忙，帆樯游弋不息，因此把旁边的这座山命名为帆游山。唐温州刺史张又新《帆游山》诗"涨海尝从此地流，平帆飞过碧山头"[③]，就是当时情景的写照。

百丈漈

温州多山水，亦多悬泉飞瀑，最有知名度的如雁荡山的大龙湫、小龙湫、三折瀑等，此外还有名为百丈漈的大瀑布也很吸引人，它在文成县百丈漈镇境内，距文成县城 4 公里。百丈漈山涧长 1200 米，落差达 353 米，形成三折瀑布，俗称头漈、二漈、三漈，因三级瀑布高度合计 272 米，折合鲁班尺 100 丈盈 2 米，故名。为阶梯形瀑布，自古有着"一漈百丈高、二漈百丈深、三漈百丈宽"之说；亦有一漈雄、二漈奇、

① ［清］嵇曾筠等纂修：《浙江通志》卷二〇"大若岩"条，《四库全书》第 519 册，台湾商务印书馆 2008 年版，第 564 页。

② ［清］嵇曾筠等纂修：《浙江通志》卷二〇"瞿溪山"条，《四库全书》第 519 册，台湾商务印书馆 2008 年版，第 564 页。

③ ［清］彭定求等编：《全唐诗》卷四七九，上海古籍出版社 1986 年版，第 1215 页。

三漈幽等特色。上海大世界吉尼斯总部现场宣布文成百丈漈瀑布为“中华第一高瀑”。文成百丈漈与本县的刘基故里(刘基庙)等组成自然人文交相辉映的文旅组合,是很有看点的文旅资源,可以为浙东唐诗之路和永嘉山水诗之路增添色彩。

白若岭

白若岭在乐清县白箬岙山东麓,现在104国道线白箬岭隧道东侧。刘宋时,谢灵运赴永嘉太守任,就率领家丁随从逢山开路,遇水架桥,从始宁(县治在今嵊州三界)过天台到临海,一路南下,从斤竹涧过白若岭,作有诗歌《从斤竹涧越岭溪行》一首,其中有“猿鸣诚知曙,谷幽光未显。岩下云方合,花上露犹泫”①之句,生动描绘了一大早跋山涉水时所见的真实景致,诗很写实,就是写白若岭这里。

盘屿山

盘屿山在乐清西南瓯江北岸磐石镇,因音近而改盘屿为磐石。《太平寰宇记》载:(盘屿山)在(温)州西北七十里,上有淡水。可知盘屿距离温州州城的距离大约七十里,这是一个很有用的地理位置。谢灵运《行田登海口盘屿山》诗云:“遨游碧河渚,游衍丹山峰。”②也是写实的笔法,记录当时这里是水陆交会之地,对于解读后来唐诗之路的诗人行止有标尺作用。明初,朱元璋大将朱亮祖率部袭取方明善之战就是在这里打的,说明盘屿当时扼守水陆要冲,是兵家必争之地。盘屿之下就是盘石卫。这可能为解读孟浩然航行到上浦馆的准确位置提供了有力的参照物,可以把这里设置为唐诗之路节点地名考古解读的一个“发掘现场”,适宜研学旅行作为唐诗之路考察实践基地,暑假期间为中学生、大学生提供考察论证孟浩然到达温州上浦馆的准确地点。这可能成为一种新颖而有趣的诗路研学方式,值得尝试。

第七节 处州 括苍山系列(处州部分)

括苍山

括苍山脉地处浙东中部,南呼雁荡,北应天台,西邻仙都,东瞰大海,绵亘于处州(今丽水市)、温州和台州的丽水(今丽水市莲都区)、青田、缙云、永嘉、仙居、临海、黄岩诸县(市、区)之间,是浙东两大东流水系灵江和瓯江的分水岭。括苍山在

---

① [刘宋]谢灵运著,黄节注:《谢康乐诗注》卷三,中华书局2008年版,第117页。

② [刘宋]谢灵运著,黄节注:《谢康乐诗注》卷二,中华书局2008年版,第72页。

处州境内分布很广阔，处州一名括州，就是以括苍山得名，后因避唐德宗李适(音括)讳改回处州。丽水县(今丽水市莲都区)有括苍山，青田县有括苍山，缙云县东七十里有括苍山。如果从山脉来看，恐怕覆盖的范围更大。这一跨州境的大山与唐诗之路交集的地方主要是从瓯江沿线上溯所及的古驿道，包括陆路与水路。像青田石门洞天以上的瓯江水路，经过丽水的“恶溪”(后改名“好溪”)，经缙云改走陆路到永康、武义到婺州(金华)的官驿，也包括水驿，其间水陆交错，山水相杂，李白《送王屋山人魏万还王屋》诗将魏万的浙东行踪一一描述，实际上就是为当时处州括苍山诗路导航：“缙云川谷难，石门最可观。瀑布挂北斗，莫穷此水端。喷壁洒素雪，空蒙生昼寒。却寻恶溪去，宁惧恶溪恶？咆哮七十滩，水石相喷薄。路创李北海，岩开谢康乐。松风和猿声，搜索连洞壑。径出梅花桥，双溪纳归潮。落帆金华岸，赤松若可招。沈约八咏楼，城西孤岧嶤。”[①]诗中的缙云指缙云郡，即处州；金华指金华县，婺州所在地。从青田石门洞天开始溯水而上，一直写到金华八咏楼，是

青田石门洞天飞瀑

① [唐]李白著，[清]王琦注：《李太白全集》卷一六，中华书局1977年版，第755页。

浙东唐诗之路、永嘉山水诗之路和钱塘江诗路交会的一段重要诗路，括苍山在处州扮演了承上启下的桥梁纽带作用，让诗路从沿海一线循环往复，曲折盘旋到内陆的金衢盆地，再往下就顺水行舟，回到杭州了。这一段山水中，属于括苍山脉最有价值的部分是缙云仙都，它以古代火山喷发所形成的擎天一柱，一柱擎天，与"恶溪"之水相映成趣，把浙东唐诗之路山水之幽、仙家之乐、农家之美、诗家之游融为一体，山水是一幅画，人在画中，画入心中，画中有诗，诗中有画，物我交融，这是山水之奇，是造化巧加点缀，所谓不可方物之类。增之一分则太多，减之一分则太少，即使太白再世也难形容，子美复出而徒唤奈何。所以仙都山水的神奇，为温州婺州段诗路突起波澜，形成奇峰，令人百看不厌，一步三回首，留下无穷的诗材，等待无数的诗才远来光顾。

处州府城诸山

小括山

小括山在丽水县（今丽水市莲都区）城内西二里，这座小山山脚与万象山相接，周边众山环簇，状若莲花，又名莲城山。径路盘纡，亦名九盘岭。唐宋两朝，处州州治都建在这座小山上。丽水地区撤地建市，原丽水县改为莲都区，也就是以此山而得名。现在成为丽水市区的古城区。小括山实际上具备了莲都区山镇的意义。可谓处于冲要之地，占据权力之枢，千年文脉赖以维持，处士星之光照耀如常。如今开拓新境，谱写新篇，让它迎来新的前景。

南明山

南明山在丽水城区南七里，山不是很高，上有印月池，旁有献花岩、高阳洞，洞口有石梁，这山是丽水一郡游观之胜。实际上浙东有三座有名的天生石梁，另外两座分别是：天台山的石梁，石梁下有水奔流成瀑布，最为有名，也最具观赏人气；衢州烂柯山的青霞第八洞天的石梁，南明山石梁与此都是旱石梁。又浙东有两座南明山，另一座是新昌的县山，在新昌可以代称新昌的山。这里的南明山山沿有池塘，分上下区，养着观赏鱼，为这座城山增添了好印象。到南明山上回望城区，几乎一览大半个城区，这是山区城市的特点。

丽阳山

丽阳山在丽水城北十里，上有龙潭、石室、天井，下环清溪，是以前丽水县得名的由来，也是丽水地区、现在丽水市得名的由来。

少微山

少微山在丽水东南十里，以此山上应少微（处士）星，《晋书·天文志》载：“少微四星，在太微西，士大夫之位也。一名处士。……南第一星处士，第二星议士，第三星博士，第四星大夫。”[①]以故山名少微，州曰处州。这是浙东又一个以天地对应名山的州。少微山西南绝顶有眉岩，从下望之若列眉，不过与小括山相区别，一名大括山。

檡　山

檡山在丽水城区西南，多生檡木而得名檡山。唐朝刺史李繁建夫子庙于山上，俗名庙山。檡是一种常见树种，浙东各地分布极其普遍，读音与宅同，它的果实就是杜甫《故著作郎贬台州司户荥阳郑公虔》“履穿四明雪，饥拾楢溪橡”[②]中提到的“橡”。浙东农民以前秋天入山采摘橡果，俗语称为“打檡”，橡果淀粉含量高，可以制作檡子豆面、檡子豆腐等食品，是补充主粮之不足，尤其是荒年救灾的常用食物。檡木是硬木，生长缓慢，木质细腻坚韧，是制作家具的优良材料。

松阳山

此松阳山指卯山仙人谷，原有通天宫、点易亭、紫霞馆等古迹，唐道士叶法善隐居修道之处。半山腰有永宁观天师殿遗址，内有丹池，殿旁有道院，传为叶法善修炼处，俗称为卯山观。仙人谷是丽水最有名望，也最成功的道教宗师叶法善修炼处。叶法善在道教历史上产生过重大影响，他的隐居修炼处在丽水分布多处，如大鹤山、青田山等，仙人谷有叶氏后裔传承，应当是叶法善的世居之地，或者是他的主要的修炼地。

建议：松阳乃至丽水文旅主管部门亟应修复仙人谷，不但为丽水恢复一处极有知名度的文史遗迹，还为丽水恢复一处人文遗产丰厚，影响十分深远的名人名胜，是为丽水文旅弥补一大不足，增强丽山秀水在浙东唐诗之路和瓯江山水诗之路上的吸引力。

大鹤山

大鹤山在青田县北里许，金丽温高速公路南侧，瓯江北岸，东邻景山小区，山顶

---

① [唐]房玄龄等撰：《晋书》卷一一《天文志》上，《二十五史》第二册，上海古籍出版社、上海书店1986年版，第33页（总第1277页）。

② [清]彭定求等编：《全唐诗》卷二二二，上海古籍出版社1986年版，第534页。

叫混元峰，相传为叶法善炼丹处，有环翠寺。大鹤山现在已经建设成为大鹤山公园。

南田山

南田山在青田县西南一百五十里，山上有沃土，多辟为稻田，山水不绝，旱涝保收，是一块宝地，为道教七十二福地之一。方志记载在唐安史之乱之后不久的广德中，浙东爆发袁晁之乱，波及浙东大部，青田的百姓很多避难到此山中，保全性命。明初，开国功臣刘基（伯温）亦居住于此。现在刘伯温故里已经划归温州文成县，此山已经是文成县的地盘，所以南田山与刘伯温的故里就成为文成县文旅的首推胜迹。

青田山

青田山在青田县城西一百里，向有泉石之胜。唐初名道士叶法善曾经修道于此。田产青芝，故县名以此奇特之物命名。但在瓯江山水诗之路沿线很难找到这座青田山。有待继续加强研究、保护，建设青田山文旅基础设施，并将此山的历史文化资源加以挖掘，宣传推广，方便各类旅游爱好者前来探索观光。

缙云山（仙都山鼎湖峰）

"东海天台山，南方缙云驿。溪澄问人隐，岩险烦登陟。潭壑随星使，轩车绕春色。傥寻琪树人，为报长相忆。"[①]缙云在唐诗人心目中的地位很出众，主因是仙都山的吸引。仙都山在缙云县东二十三里，高六百尺，周三百里，本名缙云山。它的山名早在《隋书·地理志》中就有"括苍有缙云山"的记载。天宝七年（748），山上有彩云仙乐之异，敕改为仙都山。仙都山洞是道教的第二十九洞天。仙都山有一百零六座奇峰，特别的是山上有一根擎天之柱，孤石干云，可高三百丈，从古到今都把它看作黄帝炼丹于此而形成的石柱，美名之为鼎湖峰。石柱本身非常高耸，而且是孤立的一柱擎天之状，加上石柱脚下正好有溪水（恶溪，今名好溪）流过，一条简易石桥连通两岸，又有碇步相助，天光云影，映衬擎天之柱伟岸不凡的身躯，构成一幅仙都最为旖旎动人的风光。尤其是当小桥上走来妙曼的少女，穿着旗袍，身材婀娜，斜撑红伞，跟着背犁牵牛的农民大伯，这样的景色，是仙境？还是人间？恍惚之间，如真似幻，就像仙都山上的云雾，朦胧缥缈，难以言传之妙……李白的诗歌《送王屋山人魏万还王屋》概写"缙云川谷难"，虽详写石门洞天的瀑布，然未细写仙都

① ［唐］孙逖：《送杨法曹按括州》，［清］彭定求等编：《全唐诗》卷一一八，上海古籍出版社1986年版，第274页。

胜景。写缙云鼎湖峰胜景的，还是唐朝李翔的《看缙云山图》："谓见仙都二十年，忽逢图画顿欣然。云岩不似人间世，物象翻疑洞里天。迥压鳌头当海眼，直侵鹏路倚星躔。顶湖纵去无多地，空见霜流百丈泉。"[①]看图写景，真切生动，令人难忘。

缙云境内还有一处小仙都山，在县南二十里，有集仙岩等景点。它的成因、形状、风景与仙都很相似，都是古代火山喷发，岩浆冷却形成的。它的石柱体量较之鼎湖峰要小得多，又无鼎湖峰下流水之映衬，故其影响力亦远逊于仙都山。

缙云仙都山鼎湖峰（陈雯兰摄）

小蓬莱山

小蓬莱山在缙云县东二十五里，怪石奇树，峭立数仞，上有岩名小赤壁。缙云山水养在深闺人未识，或者识得的人少，主要是以前山重水复，交通不便，人迹罕至所致。现在，公路、铁路修通之后，游人来游览观光的条件较之前有显著改善。这些山水资源通过合理开发利用，已转化为文旅资源，成为山区带动经济发展的"聚宝盆""摇钱树"。这一模式已成为现在各地方探索产业升级转型的重要实践路径。

① 王重民：《补全唐诗拾遗》，陈尚君《全唐诗补编》，中华书局1992年版，第54页。

吏隐山

吏隐山在缙云县治东南，一名洼尊山。因唐朝缙云县令李阳冰秩满退居于此，故名。李阳冰是唐朝著名的书法家，也是历史上可继秦朝李斯之后的首屈一指的小篆书法家，他到缙云任职，为缙云题写摩崖，迄今仍然是丽水最宝贵的唐朝文物。李阳冰在缙云任职时还作《缙云县城隍神记》《恶溪铭》等珍贵文章，《恶溪铭》有“天作巨堑，险于东南”[①]之句。所以建议丽水政府主管部门保护和整修吏隐山李阳冰遗迹，修复县城隍庙，重立李阳冰《缙云县城城隍神记》碑，在恶溪的观览佳处立李阳冰的《恶溪铭》碑，与广大文旅爱好者共享珍贵的唐朝书法大家的遗作。

李阳冰小篆《缙云县城隍神记》碑

琉华山

琉华山在龙泉市南七十里，又名仙山。山顶宽平，有长湖，深不可测。下即琉

① ［清］董诰等编：《全唐文》卷四三七，上海古籍出版社 1990 年版，第 1975 页。

田，居民以制作陶瓷器皿为主业。龙泉这个地方自古以来有两种名扬四海的名牌产品，一是龙泉宝剑，另一就是瓷器。所以到丽水旅游往往要到龙泉一游。龙泉瓷器现在仍然是国内的名牌，可谓经久不衰，这与它的产业长期保持旺盛活力密不可分。从前，有章氏兄弟主持琉田窑，所出产品以其兄所造者佳，后世号为哥窑，弟弟所造的也好，只是略逊于哥窑。这是我国瓷器发展史上有名的品牌，现在传世的哥弟两窑产品仍然价值连城，不止拱璧。

第八节　衢州　仙霞岭系列

烂柯山

烂柯山在衢州西安县（今衢州市柯城区）南二十里。唐朝杜祐的《通典》谓之石桥山，石桥山因山中有石桥，也就是俗称的“旱石梁”而得名。道教三十六小洞天中的青霞第八洞天，一名石室山。《烂柯山志》称旧名青霞第八洞天烂柯福地，又名景华洞天。这处石室二百步穿空，形似半穹隆顶，地面较平，所以叫石室。现在已经加工平整，建成烂柯对弈的中国最大棋盘了。烂柯山之所以出名，缘于浙东两大神话传说中的王质遇仙观弈而烂柯，让这座浙东奇山名扬四海。该传说见南朝梁任昉《述异记》戴：

> 晋王质入山采樵，见二童子对弈，质置斧坐观，童子与（王）质一物如枣核，食之不饥。局终，童子指示曰：“汝柯烂矣。”质归乡里，已及百岁，无复旧时人。[①]

这一版本偏重弈棋，后人又将它演绎成中国围棋起源地，这便有些过度解读，是另一个话题了。另一版本见郦道元《水经注》引《东阳记》云：

> 信安县有县（按县是悬的古字）室坂，晋中朝时，有名王质，伐木至石室中，见童子四人弹琴而歌，质因留，倚柯听之，童子以一物如枣核与质，质含之，便不复饥饿。顷，童子曰：“其归。”承声而去，斧柯漼然烂尽。[②]

这个版本偏重唱歌，未涉及弈棋。实际上王质遇仙弈棋传说本来兼具对弈和唱歌，请看任昉原版本：

---

① 《清一统志》卷二三三，《四库全书》第479册，台湾商务印书馆2008年版，第343页。
② 《清一统志》卷二三三，《四库全书》第479册，台湾商务印书馆2008年版，第343页。

信安郡石室山，晋时王质伐木至，见童子数人棋而歌，质因听之。童子以一物与质，如枣核，质含之不觉饥。俄顷，童子谓曰："何不去？"质起视，斧柯烂尽。既归，无复时人。[①]

这个原版中很清楚是"棋而歌"，是仙人十分快乐地既弈棋又唱歌的游戏，王质是被仙人唱歌所吸引，所以"质因听之"，不是"观之"。后来者就将它衍生为两个版本，分为弈棋和唱歌两件事情，这是后来的演变分化。

衢州的山以前知名度排列于前的，首先是烂柯山。因为它在历史上流传很广，被诗人作为典故写入很多诗文作品中，不断传播。如唐朝著名诗人刘禹锡《衢州徐员外使君遗以缟纻兼竹书箱因成一篇用答佳贶》云："烂柯山下旧仙郎，列宿来添婺女光。远放歌声分白纻，知传家学与青箱。水朝沧海何时去，兰在幽林亦自芳。闻说天台有遗爱，人将琪树比甘棠。"[②]刘诗中的这位徐员外使君，即新上任的衢州刺史，他送给刘禹锡的缟纻和竹书箱，很受刘的喜爱，称为"佳贶"，意为很珍贵的礼物。其诗题下有原注："按此郡本自婺州析置。徐州自台州迁。"就是徐刺史是从台州刺史任上调动到衢州为官的，在台州留下了很好的口碑，台州的百姓对他的评价很高。除刘禹锡外，写到烂柯山的唐朝诗人还有刘迥的《烂柯山三首》，有"石桥架绝壑，苍翠横鸟道。……霓裳倘一遇，千载长不老"[③]之句，就是写石室之势险和道教第八洞天之令人长寿的神奇。李幼卿的《游烂柯山四首》，有"二仙自围棋，偶与樵夫会。仙家异人代，俄顷千年外"[④]之句，就是写王质遇仙对弈传说，"山中方一日，世上已千年"的仙凡之异。李深《游烂柯山四首》，有"羽客无姓名，仙棋但闻见。行看负薪客，坐使桑田变"[⑤]之句，感叹世事沧桑。这是衢州段唐诗之路的珍贵诗作，与杨炯担任盈川县令一起构成浙东唐诗之路不可或缺的诗歌风景，应当将衢州烂柯山打造为以初唐四杰之一杨炯为代表的诗路文化地标，建设成为衢州在浙东唐诗之路上亮点。与衢州"南孔"（孔氏南宗家庙）一起，构成衢州文旅的亮点，成为衢州文旅融合的"IP"，一起引领衢州文旅融合升级换代的新潮流。

衢州利用王质遇仙观弈烂柯神话传说，推出"衢州烂柯杯中国围棋冠军赛"，是利用古代文史资源推陈出新的一项高水平、高品位围棋大赛，由浙江省体育局、中

---

① ［梁］任昉：《述异记》卷上，［明］程荣纂辑：《汉魏丛书》，吉林大学出版社 1992 年版，第 700 页。

② ［清］彭定求等编：《全唐诗》卷三五九，上海古籍出版社 1986 年版，第 897 页。

③ ［清］彭定求等编：《全唐诗》卷三一二，上海古籍出版社 1986 年版，第 777 页。

④ ［清］彭定求等编：《全唐诗》卷三一二，上海古籍出版社 1986 年版，第 778 页。

⑤ ［清］彭定求等编：《全唐诗》卷三一二，上海古籍出版社 1986 年版，第 778 页。

国围棋协会和衢州市人民政府于2006年创办，每两年一届，至今未中断过，极大地提高了衢州烂柯山的知名度和美誉度，明显改善了衢州地方文化的影响力。虽然中国青年棋手的领军人物柯洁在"烂柯杯"比赛中，屡战屡败，人戏谓是比赛名"烂柯"之故。但这赛名与人名会如此相克吗？这一高档的比赛是一个成功的文化体育艺术融合，推动文旅融合的范例。

仙霞岭山脉

仙霞岭山脉在浙江西南部，处于浙赣闽三省交界，地位重要。《浙江通志》说："浙为东南屏蔽，衢又为浙之重镇，而仙霞岭又衢州一府之要隘也。"[①]可谓要言不烦，点到肯綮。

峥嵘山

峥嵘山在衢州府城西北隅，历史上三国东吴遣将军郑平以千人守峥嵘镇，就是这个地方。唐孟郊有《峥嵘岭》诗："疏凿顺高下，结构横烟霞。坐啸郡斋肃，玩奇石路斜。古树浮绿气，高门结朱华。始见峥嵘状，仰止逾可嘉。"[②]峥嵘岭的东南相连的山叫龟峰山，府治就在它的山麓。

江郎山

江郎山在江山市南石门镇，是江山市的山镇，也是江山市得名由来。《隋书·地理志》记载信安县有江山。唐杜祐《通典》卷一八二《信安郡·衢州》载为江郎山发地如笋，有三峰。《旧志》载：山在县南五十里，一名金纯山，又名须郎山，高六百寻，上有三峰，峰各有巨石，高数十丈，色丹夺目，不可仰视。相传从前有江氏兄弟三人，登上山巅化为石头，因而得名，俗呼"江郎三片石"。这是明显的神话传说的内容，是民间文学的常用手法。山顶有池，产碧莲金鲫，时常有甘露之祥，吴越国王钱氏以此山名县。宋乐史《太平寰宇记》卷九七还记载江郎山的一则祥瑞之事：另有一个叫湛满的，也居住在江郎山下。他的儿子在洛阳当官，遭遇永嘉之乱，连家也回不来。湛满就请人祈福于三石之灵前，如果能让他的儿子回来，就不惜祭祀的牺牲，奉献给山灵。过十来天，湛满的儿子来到洛水边，遇见三个少年，使他闭上眼睛，坐入车栏中，只听到车子驶去如疾风，不一会儿，从空中堕落于地。湛子一头雾

① [清]嵇曾筠等纂修：《浙江通志》卷一《图说》，《四库全书》第519册，台湾商务印书馆2008年版，第116页。

② [清]彭定求等编：《全唐诗》卷三八〇，上海古籍出版社1986年版，第944—945页。

水不知怎么回事，过了好久才发觉，是落在自家园中。

江郎山是仙霞岭山脉地貌的典型代表，特别是它的“三片石”（当地写作“三爿石”，片与爿本义相同，都是“半木”）拔地而起，高耸云霄，象征着江氏三兄弟伟岸的身躯和昂首天外的精神，令人有高山仰止的感觉。2010 年 8 月，江郎山作为“中国丹霞”系列提名地之一列入世界自然遗产名录。尽管是与其他多处丹霞地貌景区一起申报世界自然遗产的，但获得成功，就说明江郎山的价值。同时，江郎山是国家级风景名胜区和国家 5A 级旅游景区，主要景点有三爿石、十八曲、塔山、牛鼻峰、须女湖（曾名青龙湖）和仙居寺等，以自然景观为主，也有较好的人文景观。宋胡仲弓《江郎山》诗有“巫山有石称神女，何事江山亦号郎？岂是世情强分别？从来造化有阴阳”，“观尽千山与万山，几曾得似此峰峦？谁能移向西湖上，并与西湖一样看”[①]。周云叟诗云：“巨灵一夜擘山开，三石推从天外来。仙客斫开修月路，化工筑作挽河台。”[②]两家诗人想象力丰富，诗写得生动有趣。江郎山与同在江山市境内的人文古镇廿八都一起，可以组成一条自然与人文交相辉映的文旅线路，将两者的优势叠加起来，强强联合，势必增强旅游吸引物的强大魅力，形成一个有品位、上档次、高水准的文旅产品。

常　山

常山在常山县东三十里，唐朝时用此山作县名。一作长山，这是吴方言“常”“长”声近之故。山顶有湖，有数亩大小，又叫湖山。巨石环绕，俨如城郭。王象之《舆地纪胜》以为就是古信安岭。南朝陈天嘉初，留异据东阳时，王琳据江、郢二州，留异因自信安岭与王琳暗地里通使往来。这条从衢州西出信州达鄱阳的路，必经常山，就是通常所说的岭路。常山又是浙江通往江西的要冲，是现在浙江省提出“一文含四带，十地耀百珠”文旅规划中“文”字一撇的末端，可以连接江西诗路，并具有向前发展的延伸空间。

三衢山

三衢山在常山县北二十五里。《浙江通志》卷十八载：昔有洪水暴出，派兹山为

---

① ［宋］胡仲弓《苇航漫游稿》卷四《江郎山》，《四库全书》第 1186 册，台湾商务印书馆 2008 年版，第 717 页。

② ［明］李贤等撰：《明一统志》卷四三，《四库全书》第 472 册，台湾商务印书馆 2008 年版，第 1036 页。

三道，故名。州名亦取此。[①] 峭峰奇石，玲珑绀碧，夭娇槎牙，不可名状。上有岩洞，中有石室，旁通二门，其相接者曰容车山，高三百丈，周五里，下有碧玉、莲花二洞。三衢山是衢州的标志，三衢是衢州的别名、代称，也是衢州之名的由来。晚唐诗人罗隐与三衢山有深缘，写过多首涉及三衢山的诗歌，如《重过三衢哭孙员外》云：“烂柯山下忍重到？双桧楼前日欲残。华屋未移春照灼，故侯何在泪澜汍。不唯济物工夫大，长忆容才尺度宽。一恸旁人莫相笑，知音衰尽路行难。”[②]收入他的诗集《甲乙集》中。晚唐诗僧贯休作有《贺郑使君》古风长诗，中有“三衢蜂虿陷城池，八咏龙韬整武貔。才谕危亡书半幅，便思父母泪双垂”[③]之句，记录晚唐动乱三衢所遭受的磨难，给读者提供另一幅世相，也很长见识。另一位晚唐诗人韦庄有一首《不出院楚公》诗题下自注：“自三衢至江西作。”有“履带阶前雪，衣无寺外尘。却嫌山翠好，诗客往来频”[④]之句，就写出了此路的前景“山翠好”，以至于“诗客往来频”的情景，为后世留下从衢州到江西诗路也是有人气的历史镜头。宋朝曹勋有《送钱处和知三衢》云：“忠孝传芳在一门，双旌光动小阳春。柯山瀫水聊均逸，石室龟峰定可人。紫诏密尝符夙梦，朱轓果见抚斯民。故家未有如公者，自致勋名侍帝宸。”[⑤]这就是借三衢作为衢州的代称来赞颂衢州之作了。当然宋朝以来，三衢诗路日益兴旺，较之大唐时期已经大有改观，为三衢宋韵奠下丰厚基础。

仙霞岭

仙霞岭是浙闽赣三省交界之处的咽喉要道，在江山市南一百里保安乡境内，海拔为 1413 米，是仙霞山脉的主峰。又距福建浦城县一百二十里，有的说就是古泉山之岭。周围百里，登上岭共三百六十级，历二十四曲，长二十里。唐乾符五年(878)，黄巢击破饶、信、歙等州，转掠浙东，就劈山开路七百余里，直趋建州，就是走这座山岭。宋绍兴中，史浩征闽过此，募人以石甃路，从此镌除铲削，旧时险厄逐渐变为平坦。《南行记》载：仙霞一座大岭，南北两边有名之岭共有五座：一叫窑头，在仙霞北十五里；一叫茶岭，在仙霞南三里；一叫大竿岭，在仙霞南八里；一叫小竿岭，在仙霞南三十六里；一叫梨岭，在仙霞南五十六里。与仙霞岭合计为六大岭，山道

① [清]嵇曾筠等纂修：《浙江通志》卷一八，《四库全书》第 519 册，台湾商务印书馆 2008 年版，第 530 页。

② [清]彭定求等编：《全唐诗》卷六六四，上海古籍出版社 1986 年版，第 1671 页。

③ [清]彭定求等编：《全唐诗》卷八三七，上海古籍出版社 1986 年版，第 2049 页。

④ [清]彭定求等编：《全唐诗》卷六九八，上海古籍出版社 1986 年版，第 1761 页。

⑤ [宋]曹勋：《松隐集》卷一三，《四库全书》第 1129 册，台湾商务印书馆 2008 年版，第 400 页。

弯弯，冈麓相接。六岭的两旁，大山深谷，山峰相连，不可胜纪。东接处州，西连广信，林峦绵延错落，一无断处。《舆程考》载：自马头岭南至窑岭，峰势突起，走近仙霞岭，只见高峰插天，旁临绝涧，险隘的地方仅容得一马。将近关岭路段更加陡峻，山路弯曲，步步皆险。又南边就是茶岭，松篁相接，夷险相间。又南边里许叫杨姑岭，又南就是大竿岭，高峰突然耸峙面前，南距小竿岭二十里，逐渐平缓开阔，宽平之处可以屯列万骑。小竿岭延绵十余里，北趋婺州，西达广信，都可从这里前往。又南五里谓之枫岭，枫岭北为浙闽分界处，地名南楼。又南十五里就是梨岭，又南二十余里为鱼梁岭，经过这个地方就离开险峻的地方走上平坦路段了。总之，六岭最险峻的只在这段七十余里之中，所以都把它叫仙霞岭。以前人行马困，登攀艰难，可想而知。

从现代地理学来看，仙霞岭山脉南接洞宫山脉，西南接武夷山脉，是武夷山脉向天台山脉的过渡地带，也是历史上中国地理"三龙说"的南龙尾部。从浙闽赣交界向浙东呈西南—东北走向，"一头亚入沧海中"[①]，归结为舟山群岛。仙霞岭是由火山岩构成的，多悬崖峭壁，形势险要，成为浙闽赣的天然分界线，也是天然的兵家必争之地，曾经设置安民、二度、木城、黄坞、六石五关，若算上仙霞岭关，合计六关，也符合六数。向有"东南锁钥""八闽咽喉"之号。从浙入闽或者由闽返浙，经过此岭的诗人很多，知名的如黄巢、陆游、杨万里、辛弃疾等，留下不少诗作，被称为是一条"宋诗之路"，确切地说是"关隘诗路"。岭关沿线还有名人戴笠故居、廿八都古镇等，在文旅融合上都是知名度很高的旅游线和景区景点，如今大多属于重点文物保护单位，把浙东唐诗之路连接到更加遥远的"诗和远方"。

第九节　婺州　金华山系列

北山(金华山)

金华山在金华县(今金华市)北，故名北山，一名长山，亦作常山。被历史记载的时间很早，《越绝书》中就有记载：乌伤县常山，古人所采药也，高且神。金华常山也早已见载于《隋书》。李吉甫《元和郡县志》记载：金华山，在县北二十里，赤松子得道处，出龙须草。[②]《太平寰宇记》记载：山南有春草岩、折竹岩，岩间不生蔓草，

---

① ［唐］徐灵府撰，胡正武校点：《天台山记　天台胜迹录》，浙江大学出版社 2010 年版，第 1 页。

② ［唐］李吉甫撰，贺次君点校：《元和郡县图志》卷二六，中华书局 1983 年版，第 621 页。

尽出龙须(草)。金华《旧志》记载:(北)山自天台赤城发脉,至东阳之大盆山,迤逦至此,横亘金华、兰溪、义乌、浦江之境,高千余丈,周三百六十里。山巅双岚曰玉壶,曰金盆。玉湖之顶有徐公湖,水分两派,一泻于山阳,一注于山阴,而为溪泉。金盆亦有飞瀑下垂,为赤林涧,两崖对峙,高数百仞,水流折旋,为瀑为湍,有石横跨其上曰山桥。北山是统称,细分之又有金华山和赤松山之别,最高峰为大盘山,海拔 1314 米。北山多山洞,有双龙、冰壶、朝真三洞,双龙洞位置最低,冰壶洞居中,朝真洞最高,在山巅,合称金华洞,相传与四明、天台诸山相通。金华洞是历史上的道教胜地,是道教传说人物赤松子引导黄初平修道成仙之地,被列为道教第三十六小洞天,称为"金华洞玄洞天"。这三洞都很有名,特别是双龙洞,经叶圣陶先生写了游记,并选入中学语文教材,是无人不知的。

山上有金华观、赤松亭和五洞十景等名胜古迹,是浙东著名的道教名山,其山形势特别,孤山独秀,状如锥形,俗称尖峰,远观尤其漂亮。以前,金华水泥厂生产的水泥就以此为品牌,叫"尖峰牌"水泥。北山是金华山水风光与历史文化资源集中之处,堪称金华第一名山。它是婺州改名金华的重要原因,也是婺州的象征,同时是"赤松"成为得道成仙的代称的缘由。这在浙东唐诗之路上可以找到证据,如贯休《闻赤松舒道士下世》有"倏忽成千古,飘零见百端。荆襄春浩浩,吴越浪漫漫"①之句,其诗末自注:"东阳未乱前相别。"唐玄宗天宝三年(744)送贺知章还乡为道士时,作《送贺知章归四明(并序)》中说:"天宝三年,太子宾客贺知章鉴止足之分,抗归老之疏,解组辞荣,志期入道。朕以其年在迟暮,用循挂冠之事,俾遂赤松之游。正月五日,将归会稽,遂饯东路……"②张九龄《送杨道士往天台》诗有"行应松子化,留与世人传"③,松子是赤松子的略称,孟浩然《寄天台道士》有"倘因松子去,长与世人辞"④的松子同前;姚合《使两浙赠罗隐》"向夕便思青琐拜,近年寻伴赤松游"⑤等等,就是这两个含义的用例。

赤松山

赤松山在金华县北十五里,有赤松宫,崇祠仙人黄初平。明太祖初下婺城,驻跸于此。其东又有卧羊山,即黄初平叱石成羊处。其北又有炼丹山。

---

① [清]彭定求等编:《全唐诗》卷八三〇,上海古籍出版社 1986 年版,第 2036 页。

② [清]彭定求等编:《全唐诗》卷三,上海古籍出版社 1986 年版,第 27 页。

③ [清]彭定求等编:《全唐诗》卷四八,上海古籍出版社 1986 年版,第 147 页。

④ [清]彭定求等编:《全唐诗》卷一六〇,上海古籍出版社 1986 年版,第 373 页。

⑤ [清]彭定求等编:《全唐诗》卷四九七,上海古籍出版社 1986 年版,第 1260 页。

仙华山

仙华山原在浦江县北八里，现在城区扩大，距离缩短为四里处的七里乡仙华村，一名仙姑山，又作四姑山，又名少女峰，是山顶的主峰叫少女峰，传为黄帝少女元修在此修炼得道，羽化升天，留下遗迹。山顶峰林是特色，号称五峰插天，主要是四座，由东向西分别为玉柱、仙坛、玉尺、玉笋，极其陡峭险峻，猿猱欲度愁攀援，人到此处，惊心动魄，汗不敢出，但经过人工开凿，其北坡有一条小道盘旋而上，可达峰顶，顶上还建起一座凉亭，可供游客歇息赏景。仙华山的核心景观就是这片峰林，呈现为岩岫层叠，壁立千仞之状，是浦江县的主山，第一名山。《浦江县志》推崇为“浙婺名山，浦邑第一胜景”，当然是无可争议的。仙华山是道教名山，是国家4A级旅游景区，也是浦江文旅融合的重点名山。

浦江除此山外，文旅资源足可厌服游人之心的还有号称江南慈孝第一家的郑宅，郑宅现在是镇的建制，它发展于以孝义持家闻名的家族。该家族在长达三百五十多年间，历经宋、元、明三代，做到十五世同居，同财共食，人数最多时家族成员多达三千余人，是多么不容易的事。后来被朱元璋赐名为“江南第一家”，这就是浙江浦江郑氏家族，又称“郑义门”。这是该古镇最大的文化资源，能够得到皇帝朱元璋的敕封，是最大的荣耀与嘉奖。其家族事迹载入史志，也不是偶然的事情，是祖祖辈辈积累起来的公共形象与口碑。郑义门古宅中，保存着的房屋、对联、匾额以及家训、家规等，无不属于传统文化中很值得重视的遗产；庭院中饱经沧桑的古柏、古樟、古梅等，实际上都是活着的文物；当然最重要的是郑宅家族的人，这是传承孝义之道的载体，弘扬优秀文化的主体。现在，郑宅为发展文旅产业，在附近新建了一条牌坊走廊，进一步集中体现教义文化的魅力，成为物化教义的一种兼顾古今的载体。只有在楹联、匾额这些传统项目上注入传统文化的精华，才能让这种联结传统与现代的物化载体活色生香。

第二章　名　水

水是液体，流动不居，极富变化。清考据学家洪颐煊《汉志水道疏证》序说："夫天下之至变者莫如水，或千百年而变，或数十年而变，或一二年而变。观其趋决无常，迁徙不定，载籍所陈，靡得而尽也。"[①]意为天下最会变化的就是水，有的千百年而变化，有的数十年而变化，有的一二年而变化，它流向哪里，冲到何处皆没有定所，甚至整条水道都会迁移，典籍当中所记载的仅是它的冰山一角，哪里记载得尽？在地球表面体量最大、分布最广的就是水。北魏地理学家郦道元《水经注》序说："《玄中记》曰：'天下之多者水也。浮天载地，高下无不至，万物无不润。'"[②]水性趋下，就是俗话所说水往低处流，《水经注》卷一《河水》载："《释名》曰：'河，下也。随地下处而通流也。'《考异邮》曰：'河者，水之气，四渎之精也。所以流化。'"[③]水是生命之源，地球上有水的地方才有生命，《易经》有"天一生水，地六成之"之说，《河水》引《元命苞》说："五行始焉，万物之所由生，元气之腠液也。"[④]古人用地脉比喻山，用血脉比喻水，《管子》说："水者，地之血气筋脉之通流者，故曰水其具财也。"[⑤]水滋润土地，滋生万物，是"水具财"的条件。圣贤对水论述概括精到者很多，其中《老子》卷上说："上善若水。水善利万物而不争，处众人之所恶，故几于道。"[⑥]对于水的"善利万物而不争"这最本质的"上善"总结得极深刻又极精到，可谓极广大而尽精微，实在是水德的基础表述。水灵动，象征灵气，南朝梁文学理论家刘勰《文心雕龙·情采》说："水性虚而沦漪结，木质实而花萼振。"[⑦]水的沦漪（波浪）就是水的花纹，是水的美丽形式之一。水又随着气温的高低变化而呈现气态、液态和固态，

---

① ［清］洪颐煊《汉志水道疏证序》，胡正武、徐三见点校：《洪颐煊集》第2册，上海古籍出版社2017年版，第445页。

② ［北魏］郦道元《水经注序》，《水经注》，江苏广陵古籍刻印社1998年版，第1页。

③ ［北魏］郦道元撰：《水经注》，江苏广陵古籍刻印社1998年版，第3页。

④ ［北魏］郦道元撰：《水经注》，江苏广陵古籍刻印社1998年版，第3页。

⑤ ［北魏］郦道元撰：《水经注》，江苏广陵古籍刻印社1998年版，第3页。

⑥ ［清］魏源撰：《老子本义》上篇，《诸子集成》第3册，上海书店1986年版，第6页。

⑦ ［梁］刘勰著，范文澜注：《文心雕龙注》，人民文学出版社2000年版，第537页。

在自然界表现为雨雪、冰雹、霰、云、雾、霜、冰等多种形态，往往成为人的审美欣赏的对象。水在地球上以海洋、江河、湖泊、沼泽等形式存在。对于人和自然来说，水的这些不同形态，正是游客旅游观赏的对象。由水构成的旅游景观，是十分常见又极受欢迎的；这些景观，又是文人触景生情，有感而发，创作诗文的对象。

浙东的水除了海洋（东海）以外，自然的湖泊很少，只有宁波的东钱湖、萧山的湘湖、台州的鉴洋湖等，人工的湖泊较多，最著名的首推越州镜湖（宋太祖赵匡胤登基后避其祖赵敬讳，改为鉴湖），其他的人工湖泊多是近七十多年来修筑的水库，在钱塘江流域、瓯江、灵江、曹娥江等流域都修筑有大小水库，就连浙东唐诗之路名水若耶溪（简称耶溪，又写作邪溪）也筑坝建成了水库。库容较大的有紧水滩水库（丽水云和）、千峡湖（丽水青田）、珊溪水库（温州泰顺等）、百丈漈水库（温州文成）、长潭水库（台州黄岩）、牛头山水库（台州临海）、里石门水库（台州天台）、下岸水库（台州仙居）、横锦水库（金华东阳）、通济桥水库（金华浦江）、钦寸水库（绍兴新昌）、长诏水库（绍兴新昌）、四明湖水库（宁波余姚）等。水流主要是溪江，表现为流程短促，最长的水流钱塘江也只有 522 公里（南源）、589 公里（北源），其次瓯江的干流长度是 388 公里，排名又其次的灵江、曹娥江、飞云江都在 200 公里上下，其他的如甬江、苕溪、鳌江就更短了。浙东溪江走向以东流为主，北流为辅，北流有两条：曹娥江和甬江，都注入钱塘江入海。水流湍急，多有悬泉飞瀑，激流险滩，水名“恶溪”就有两条，唐朝著名书法家李阳冰作有《恶溪铭》，有“天作巨堑，险于东南”“鸟不敢飞，猿不得下。舟人笇棹，行子束马”之句①，此处州之恶溪；著名诗人孟浩然有“欲寻华顶去，不惮恶溪名”之句②，此台州之恶溪。径流量大，水量大小随季节变化，夏秋是雨季，流量大增，常常暴发洪水，造成水灾；冬春是旱季，流量大幅减少，有的地段甚至断流。同时，一条溪江往往就是一个相对独立的地理空间，形成一个相对封闭的区域，溪江两边的山势陡峻，在自然状态下，最大的问题就是交通不便，来往困难，历史上竟成为全国有名的“天下至险”的地方。如《王琳墓志铭》载：“余既出镇，(夫人王琳)随泛江皋。允遵辅佐之宜，不惮东南之厉。”③又如崔芃《唐故中散大夫使持节台州诸军事守台州刺史上柱国赐紫金鱼袋颍川陈公墓志铭》载：“贞元十四年，迁台州刺史。十八年十二月十五日遘厉，薨于郡之适寝，享年七十三……

① [清]董诰等编：《全唐文》卷四三八，上海古籍出版社 1990 年版，第 1975 页。

② [清]彭定求等编：《全唐诗》卷一六〇，上海古籍出版社 1986 年版，第 375 页。

③ [唐]徐峤撰，颜真卿书：《唐故赵郡君太原王氏墓志铭(并序)》拓片。

其在临海也，明人为乱，公以台有连山负海之固，尝为袁晁、龚厉所据，不有备预，将虞后艰。于是发财募士，未五日而成师。衙门将李珏弃我甲令，诛以徇众。穷寇乘桴，尽党生致。未必不由我之声实相援也。而郡居海裔，作牧者率非意中。”[①]可见东南之厉是很可怕的，当时官员望而生畏，率非意中(中意倒序)。至于《唐缙云郡司马贾崇璋夫人陆氏墓志铭(并序)》记得更明白："时贾公转乐平郡别驾，又除缙云郡司马。太夫人在堂，以为'太行孟门，勾吴瓯越，天下至险。山乘舆，水乘舟，我不行矣，汝其往哉'。"[②]这里的"缙云郡"是处州，"瓯越"就是指浙东。可见浙东山水是以"险恶"著称的，令人闻风丧胆，望而生畏，老人家更是不敢涉足。然而从观赏的角度来看，那么险恶的山水才有价值，而且越是险恶就越有价值，越有看头，越有人来看，因此浙东获得"山水之乡"的称誉。当年，茶圣陆羽来到浙东的时候，皇甫冉作《送陆羽之越序》，有"越地称山水之乡"之评[③]；裴通《金庭观晋右军书楼墨池记》载："越中山水之奇丽者，剡为之最；剡中山水之奇丽者，金庭洞天为之最。"[④]对越中山水观察细微，描写入微的有李逊《游妙喜寺记》："越州好山水，峰岭重叠，逦迤皆见。鉴湖平浅，微风有波。山转远转高，水转深转清。"[⑤]如此山水，人迹罕至，怎么不被视作世外桃源呢？唐朝就已经有画家把四明山看成武陵桃源。舒元舆《录桃源画记》载："四明山道士叶沈囊出古画，画有桃源图，图上有溪，溪名武陵之源。"[⑥]当然这些名人名言还要推大诗人白居易《沃洲山禅院记》："东南山水，越为首，剡为面，沃洲天姥为眉目。夫有非常之境，然后有非常之人栖焉。"[⑦]陆庶《烂柯山记》载："观夫巨石横空，矫如惊龙。南走群峰，北控遐陆。不远人世，宛如蓬瀛。"[⑧]如果联想到著名诗人皇甫冉《三月三日后亭泛舟》："越中山水高且深，兴来无处不登临。永和九年刺海郡，暮春三月醉山阴。"[⑨]宋之问《灵隐寺》云："楼观沧海日，门对浙江潮……夙龄尚遐异，搜对涤烦嚣。待入天台路，看余度石桥。"[⑩]孟浩然《渡浙江问舟中人》云："潮落江平未有风，扁舟共济与君同。时时引领望天末，

---

① 周绍良主编:《唐代墓志汇编》，上海古籍出版社1992年版，第1933页。

② 周绍良主编:《唐代墓志汇编》，上海古籍出版社1992年版，第1671页。

③ [清]董诰等编:《全唐文》卷四五一，上海古籍出版社1990年版，第2044页。

④ [清]董诰等编:《全唐文》卷七二九，上海古籍出版社1990年版，第3332—3333页。

⑤ [清]董诰等编:《全唐文》卷五四六，上海古籍出版社1990年版，第2452页。

⑥ [清]董诰等编:《全唐文》卷七二七，上海古籍出版社1990年版，第3321页。

⑦ [清]董诰等编:《全唐文》卷六七六，上海古籍出版社1990年版，第3059页。

⑧ [清]董诰等编:《全唐文》卷六二二，上海古籍出版社1990年版，第2779页。

⑨ 陈尚君辑校:《全唐诗补编》，中华书局1992年版，第371页。

⑩ [清]彭定求等编:《全唐诗》卷五三，上海古籍出版社1986年版，第160页。

何处青山是越中?”[①]诗人这种热烈地向往、迫切的心情实在是说出了远道而来的诗人、游客的共同心声。

第一节 钱塘江下游

浙江是省名,也是水名,通称钱塘江。它是全省最大的水流,又是全省最大的治水工程所在,还是两浙的分界线。20世纪50年代末,原属绍兴的萧山改属杭州,杭州的地盘就跨过钱塘江进入浙东的地界,这是当代史上的区划变化。这里为了表述的一致起见,仍然以钱塘江为分界线,也仍然视萧山为浙东的范围,以便与浙东唐诗之路这个概念保持一致。

钱塘江收纳浙东的水流(这里限于萧山以下段)主要是两条:即曹娥江和甬江。而这两条水流都呈纵向,与浙东运河分别交汇,呈“卄”字形,浙东运河将钱塘江与曹娥江、甬江串联起来,为贯通江海运输发挥了重要的作用,特别是在浙东海上唐诗之路上扮演特别重要的角色。因此段江海交汇,今天看钱塘江江面不太阔,古代它的江面很宽阔,加之曹娥江与钱塘江汇合处形成一个更加宽阔的水面,还有“前海”与“后海”的水域,让唐朝诗人都以为这里是海的一部分,直到清朝都是如此,钱塘江下游的防洪大堤因此得名“海塘”。历来把浙东“临海”的州(府)计为四处:越州、明州、台州和温州。如果按照今天的地理观之,绍兴不能算是“临海”的地方。这就是古今的变化。为衔接上述历史沿革,在钱塘江水系与浙东部分,会把“海”放在开头,以明了它的来由。

海

浙东的海主要是东海,在东面。历史上,浙东还有在北面的“海”,就在钱塘江下游到入海口这一段,江面宽阔,波浪凶险,尤其是中秋前后的潮水,有“钱江之潮,天下奇观”之誉,被看成“海”,自古而然。前文已有涉及。直到清朝,仍然把钱塘江下游萧山东北龛山与赭山这处海门以西的钱塘江叫“江”,海门以东到入海口这段江面叫“海”,《清一统志》载:“海,在山阴县北十里,西自萧山县东北与海宁县南北接界,逾府而东,亘会稽、上虞、余姚三县北境,又东接宁波府慈溪县界,其北俱与嘉兴海盐县接界。曹娥、钱清、浙江三水所会,谓之三江。海口在山阴县西北五十里,《海防考》:三江港口直通大洋,最为险要。余姚之北有临山港、泗门港、胜山港,皆

---

① [清]彭定求等编:《全唐诗》卷一六一,上海古籍出版社1986年版,第380页。

汛守重地。海中之山六，曰西霍山、黄山、胜山、长横山、扁樵山、球山。礁二：曰筊杯、曰柴扉。临观二卫，必备之险也。”[①]由此可见，当时越州北面之海，西起萧山东北角，即龛山、赭山之间的“海门”地带，东至宁波慈溪县（今慈溪市）界，建设为“汛守重地”，即作为海防重地对待。自五代吴越国钱镠时开始筹集资金建设海塘以来，直到当代大规模围垦钱塘江下游滩涂，投入人力、物力无法计算，原先宽阔的钱塘江面已经大为缩小，钱塘江观潮佳处不断向东推移，从清朝的西兴及其隔岸的杭州候潮门，这从清朝诗人黄景仁《两当轩集》卷一《后观潮行》“前阵才平罗刹矶，后来又没西兴树”中可以看到，[②]元末明初陶宗仪《辍耕录》：“浙江一名钱唐江，一名罗刹江。所谓罗刹者，江心有石，即秦望山脚横截波涛中，商旅船到此，多值风涛所困而倾覆，遂呼云。”[③]这块罗刹石所在是钱塘江上一个凶险处。清人翟均廉《海塘录》卷九《古迹》一“罗刹石”条载：

> 《咸淳临安志》：晏公《舆地志》云：近秦望山有罗刹石，大石崔嵬，横截江涛，商船海舶往此，多为风浪所倾，因呼为罗刹。每岁仲秋既望，迎潮设祭，乐工鼓舞其上。李建勋诗曰：“何年遗禹凿，半里大江中。”白居易诗曰：“嵌空石面标罗刹，压捺潮头敌子胥。”后改名镇江石。五代开平中，为潮沙涨没。《成化杭州府志》：罗隐诗“罗刹江边地欲浮”，正此石也。《北梦琐言》：杭州连岁潮头直打罗刹石，吴越钱尚父俾张弓弩，候潮至，逆而射之。由是渐退，罗刹石化而为陆地，遂列廛庚焉。《神州古史考》：罗刹石似岑石之类，钱唐之沙碛也。若云江沙没涨，沙既或坍或涨，石亦时见时隐。今自唐以后不复再出，疑钱王筑塘罗刹之地，遂经湮塞，今者不复知其所在矣。[④]

渔浦潭边钱塘江中这块有些神出鬼没的罗刹石，竟然成为唐朝大诗人白居易与元稹两位老友隔钱塘江为官，各自夸耀治下州城之美，开启一段“诗筒”穿梭往来的斗诗故事中的诗材。元稹先作《重夸州宅旦暮景色兼酬前篇末句》：“仙都难画亦难书，暂合登临不合居。绕郭烟岚新雨后，满山楼阁上灯初。人声晓动千门辟，湖色宵涵万象虚。为问西州罗刹岸，涛头冲突近何如？”[⑤]《微之重夸州居其落句有西

① 《清一统志》卷二二六，《四库全书》第 479 册，台湾商务印书馆 2008 年版，第 206 页。
② ［清］黄景仁著，李国章标点：《两当轩集》卷一，上海古籍出版社 1983 年版，第 14 页。
③ ［元］陶宗仪著：《辍耕录》卷一二“浙江潮候”条，中华书局 1959 年版，第 149 页。
④ ［清］翟均廉撰，胡正武整理：《海塘录》卷九，九州出版社 2025 年版，第 196 页。
⑤ ［清］彭定求等编：《全唐诗》卷四一七，上海古籍出版社 1986 年版，第 1020 页。

州罗刹之谑因嘲兹石聊以寄怀》云："君问西州城下事，醉中叠纸为君书。嵌空石面标罗刹，压捺潮头敌子胥。神鬼曾鞭犹不动，波涛虽打欲何如？谁知太守心相似，底滞坚顽两有余。"①这段斗诗的经历为两浙诗路架起一座久经考验而益发生光的桥梁，联结两浙文脉的渠道，还将如钱塘江水一样碧波荡漾，永续东流。

观潮胜地观潮楼

清朝，关于杭州及隔岸萧山观潮点的位置还有一个权威的记载：清乾隆皇帝《浙海神庙碑文》（乾隆二十三年，1758）："乾隆辛未、丁丑，朕两巡浙水，登观潮楼……观潮楼当钱塘都会之地，东瞻中亹为尤悉。"②观潮楼的位置在万松岭，乾隆皇帝自己记得清楚，他的《观潮楼纪事》（乾隆二十七年，1762）说："跋马万松岭，言寻观潮楼。楼祀江潮神，繄吾禋典修。前两度临兹，江从楼下流。"③万松岭南江边是杭州城候潮门，也就是在唐诗中屡见于诗人笔下的观潮佳处樟亭附近。像孟浩然《与杭州薛司户登樟亭楼作》《与颜钱塘登樟楼望潮作》、李白《送王屋山人魏万还王屋》"挥手杭越间，樟亭望潮还。涛卷海门石，云横天际山。白马走素车，雷奔骇心颜"④，白居易《宿樟亭驿》、张祜《题樟亭驿》、李郢《秦处士移家富春发樟亭驿寄怀》、郑谷《题樟亭驿楼》、许浑《九日登樟亭驿楼》、项斯《杭州江亭留题》、章孝标《题杭州樟亭驿》、喻坦之《题樟亭驿楼》等等。宋朝以下题诗更多，此不赘述。此地在唐朝是樟亭驿，宋朝改为浙江亭。由此看来，从唐朝到清朝，钱塘江两岸观潮点基本上没有明显的变化，变化主要是在近大半个世纪。萧山这边观潮地点向东推移到现在赭山湾下游的萧山观潮城，按江岸估计约向东推移三十公里，隔岸要推移到海宁盐官观潮景区，还要向东更远，也就是推移到清朝钱塘江治水工程中浙江最大的"海门"的下游。

这段"海"域，本是浙东浙西的分界线，不但可以让人了解两浙渡口间来往的不便，渡江的危险，还让人深感当年许多从北方来浙东的诗人对于浙东的火热的感情，不远千里，不畏冒险，也要到浙东一游的内在动力是多么强大。这段"海"域也阻挡不了唐朝诗人游览浙东的步伐。同时，晋宋风流中的惊险故事和谢安雅量的表现，也都在这片"海"中，令人生发浩叹，思绪飞翔，视通万里，往事千年……

---

① [清]彭定求等编：《全唐诗》卷四四六，上海古籍出版社 1986 年版，第 1117 页。

② [清]翟均廉撰，胡正武整理：《海塘录》卷首二，九州出版社 2025 年版，第 25 页。

③ [清]翟均廉撰，胡正武整理：《海塘录》卷首二，九州出版社 2025 年版，第 30 页。

④ [唐]李白著，[清]王琦注：《李太白全集》卷一六，中华书局 1977 年版，第 755 页。

浙　江

浙江是钱塘江的别名,《梦粱录》载:浙江在杭城东南,谓之钱塘江。又名之江,取其曲折之义。虞喜《志林》载:今钱塘江口,折山正居江中,潮水投山下,折而曲。一云江有反涛,水势折节,故云浙江。郭子章《郡县释名》载:浙江又名曲江,曲乃折之谓也①。在萧山县(今杭州市萧山区)西十里,自富阳县(今杭州市富阳区)流入,也就是三江口处开始,与钱塘县(今杭州市西湖区)接界。又北接海宁县(今海宁市)界,又东北入海。其东西渡口曰西兴、渔浦,为往来之要津。

渡口有几处?

钱塘江下游杭州与越州之间有两处主要的渡口,实际上是三处,清翟均廉《海塘录》卷二《疆域·浙江》载:"《杭志》三诘三误辨沿江三折地势,东西相对,上折从富春江来,一入钱塘界,西岸有定山,东岸有渔浦;其在中渡,则钱塘西岸名柳浦,萧山东岸名西陵;其在下折洄注处,则已在钱塘、海宁之界,东西岸萧山有回浦,西北岸海宁有盐官渡,皆夹江而峙。"②浙东萧山这边大都在萧山境内,它是浙东唐诗之路的起点,也是浙东运河的起点。西兴渡口对面就是杭州城的候潮门柳浦渡,直线距离十里左右,从杭州城里过江较为方便,但潮水较大,是观潮佳处,唐朝诗人诗作中常见的观潮胜地樟亭就在候潮门外,但对渡船来说危险性大。渔浦渡口在西兴上游约二十里光景,即三江口江面,钱塘江拐了一个弯,潮水威力明显减小,行船安全性增高,虽然过江需要出杭州城十几二十来里路,但从古代所留下的诗文来看,许多诗人都选择从渔浦渡口走,就是为了安全起见。像刘宋时期的谢灵运,南朝梁沈约、丘迟,到唐朝的孟浩然、常建、韩翃、崔国辅等,都有诗作记载从此处渡江的经历,为浙东唐诗之路留下重要交通见证。

浦阳江(下游分支钱清江)

钱清江在山阴县(今绍兴市柯桥区)西北四十五里。上游即浦阳江,一名丰江,自金华市浦江县流入诸暨市界,东北流,合义乌溪,又六十余里合诸溪涧水,就是上西江,又与东江合,谓之浣江。又十里许,经诸暨城南一里,又东北至茅渚潭,分为二江,其正流名下东江,其西为下西江,分流七十余里,至三江口复合,亦名两江,又名大江。又北流二十里,至绍兴府(今绍兴市)西南百里之纪家汇,绕府境谓之钱清

① [清]翟均廉撰,胡正武整理:《海塘录》卷二,九州出版社 2025 年版,第 83—84 页。

② [清]翟均廉撰,胡正武整理:《海塘录》卷二,九州出版社 2025 年版,第 85 页。

江，以东汉太守刘宠受父老一钱事而名，亦谓之西小江。原从纪家汇西北流至萧山县（今杭州市萧山区）南三十里之临浦，注山阴之麻溪，北过乌石山曰乌石江。又东北至萧山县东十五里，九折而东，复入山阴县界，经钱清镇以入海。明天顺初，知府彭谊以江水泛溢，筑临浦大小坝，为之内障，而江分为二。又建白马山闸，以遏三江口之潮。闸东尽涨为田。从此钱清江江水不通于海。

现在的钱清江西连浦阳江，东接东小江，并且连接萧绍运河、浙东运河，它的水路四通八达，与萧绍平原水道连为一体，一直通到曹娥江。在以前浙东唐诗之路诗人行旅中，钱清江发挥水路与诗路并兼的作用。这条水路到此具有很强的教育意义，特别是汉朝会稽太守刘宠离任时，会稽父老敬重太守清廉之风，特地奉献铜钱，让刘宠无论如何要收下父老们的一份心意。刘宠在如此盛情难却下，就选了一枚铜钱，告别会稽，舟行至钱清处，刘宠将这枚铜钱丢到水中，坚决不带走一枚钱，保持自己高洁的操守。后人为纪念刘宠，就将此地命名为“钱清”。这个典故感动了后世千万书生，行舟至此，每用此典故，以表达对前贤的敬仰和自己的追求。如宋王十朋《梅溪后集》卷四《清白堂》载：“钱清地古思刘宠，泉白堂虚忆范公。印绶纷纷会稽守，谁能无愧一贤风？”①诗题下自注：“堂与泉皆范文正公名之。”刘宠下自注：“钱清，地名，父老送刘宠处。”宋喻良能《香山集》卷十二《题钱清江》载：“不受百钱馈，从兹号钱清。至今千载后，犹得仰佳名。”②即其例。

如今钱清镇属于经济发达的强镇，距离绍兴四十五里，公路、水路、轻轨均可通杭州与绍兴，是当前交通建设走在前列的地方。虽然水路基本上已退出旅客交通行业，但特殊地段还有用处。镇区浦阳江（西小江）边建有刘宠纪念馆，汉刘太守选钱处等人文遗迹，供人瞻仰参观，特别是纪念馆与文化礼堂连在一起，管理上较为方便。

渔浦潭

渔浦潭可谓浙东唐诗之路第一渡口，浙东唐诗之路的起点。渔浦潭的起名，来自一个流传久远的神话传说，说的是远古时代大孝子大圣人虞舜捕鱼的地方。这与越州境内多虞舜遗迹，如象山、象田、历山，舜庙舜祠，亦多有虞舜传说，如象耕鸟耘等相吻合。《清一统志》载：“渔浦在萧山县西南二十五里，当西陵之上游，望其对

---

① ［宋］王十朋著，梅溪集重刊委员会编，王十朋纪念馆修订：《王十朋全集》卷一三，上海古籍出版社2012年版，第202页。

② ［宋］喻良能撰：《香山集》卷一二，《四库全书》第1151册，台湾商务印书馆2008年版，第722页。

岸，即钱塘之六和塔戍守处。”[①]《宋书·孔覬传》载：“其月十九日，吴喜使刘亮由盐官海渡直指同浦；寿寂之济自渔浦，邪趣永兴；喜自柳浦渡趣西陵，西陵诸军皆悉散溃，斩庾业、顾法直、吴恭，传首京都。东军主卜道济督战，许天赐请降。”[②]可见渔浦是萧山与钱塘江北的古渡口。《宋史》卷六十一《五行志》载：“（淳熙）八年五月壬辰，严州大水，漂浸民居万九千五百四十余家，垒舍六百八十余区。绍兴府大水，五县漂浸民居八万三千余家，田稼尽腐，渔浦败堤五百余丈。”[③]由《宋史》所载可知渔浦为萧山江防要地，筑有江堤防洪。但钱塘江潮水对渔浦潭一带的威胁仍然没有消除。《宋史》卷三百三十六载：“浙江潮自海门东来，势如雷霆，而浮山峙于江中，与渔浦诸山犬牙相错，洄洑激射，岁败公私船不可胜计。”[④]从此渡江虽比西陵渡要安全得多，但仍有一定的危险。

清翟均廉《海塘录》卷九《古迹》一“渔浦”条记载：

> 《吴郡志》：富春东三十里有渔浦。《咸淳临安志》：渔浦潭，晏公《舆地志》云：在郡西南。《江月松风集》：渔浦与定山相对。《太平广记》：海门山潮头汹高数百尺，越钱唐渔浦，方渐低小。《神州古史考》：钱唐有渔浦、黄山浦、柳浦、同浦。《说文》：“浦，水濒也。”凡浙江至钱唐有一山沿江而出，则有一浦循山而入。《钱唐县志》：定山浦江滨有浮屿，为渔浦，又称鲇鱼口。[⑤]

由此看来，渔浦潭固然在富春江口处，渔浦渡似乎两岸同称，其实江北称定山，下文《宋书·孔覬传》亦可证。《民国萧山县志稿》卷二《山川》“浙江”条下“渔浦”载：“在县西南三十里，江之东岸，往来津渡处也。……其东西渡口西兴、渔浦为往来之要津。宋置渔浦寨，与西兴、龛山、新林共为四寨，设兵戍守处。谢灵运诗所谓宵济渔浦潭者也。”[⑥]

渔浦潭向为南北两浙交通要冲，官员赴任、征夫行役、商贾经营、儒士游宦等无

---

① 《清一统志》卷二二六，《四库全书》第 479 册，台湾商务印书馆 2008 年版，第 209 页。

② ［梁］沈约撰：《宋书》卷八四《邓琬等传》，《二十五史》第 3 册，上海古籍出版社、上海书店 1986 年版，第 245 页（总第 1873 页）。

③ ［元］脱脱等修：《宋史》卷六一《五行志》，《二十五史》第 7 册，上海古籍出版社、上海书店 1986 年版，第 169 页（总第 5341 页）。

④ ［元］脱脱等修：《宋史》卷三三八《苏轼传》，《二十五史》第 7 册，上海古籍出版社、上海书店 1986 年版，第 1220 页（总第 6392 页）。

⑤ ［清］翟均廉撰，胡正武整理：《海塘录》卷九，九州出版社 2025 年版，第 198 页。

⑥ 彭延庆等修辑，南开大学地方文献研究室、杭州市萧山区人民政府地方志办公室整理：《萧山县志稿》卷二《山川》，南开大学出版社 2010 年版，第 39 页。

不经历此处，人物车马，辐辏骈阗，车水马龙，川流不息。渔浦渡口一旦中断，两岸便叫苦连天，徒唤奈何。正因为它的这一重要功用，它很早就被史志记载，如晋顾夷《吴郡记》、梁顾野王《舆地志》及上述《吴郡志》《咸淳临安志》《钱塘县志》等，正史《宋书·孔觊传》记载："（吴）喜遣镇北参军沈思仁、强弩将军任农夫、龙骧将军高志之、南台御史阮佃夫、扬武将军卢僧泽等率军向黄山浦，东军据岸结寨，农夫等攻破之，乘风举帆，直趣定山，破其大帅孙会之，于陈（阵）斩首。自定山进向鱼浦戍，（戍）主孔叡率千余人据垒拒战，佃夫使队主阙法炬射杀楼上弩手。"[①]"其月十九日，吴喜使刘亮由盐官海渡直指同浦，寿寂之济自渔浦邪趣永兴，喜自柳浦渡趣西陵。西陵诸军皆悉散溃。"[②]这一段正史记载很清楚地表明：在渔浦潭为中心的杭州钱塘江两岸来往中，南岸的渔浦已经建成一个渔浦戍，有兵驻守；下游的西陵也同样。也有小说志、志怪之类文体记载到渔浦潭。至于文学创作，那么凡是过往官员、士子触景生情，有感而发，或纪游，或抒情，或兼而有之，当然是应有之义，所以从古到今，不知有多少墨客骚人留下诗篇。现存最早的诗歌作品是我国山水诗鼻祖谢灵运所作的《富春渚》："宵济渔浦潭，旦及富春郭。定山缅云雾，赤亭无淹薄。溯流触惊急，临圻阻参错。亮乏伯昏分，险过吕梁壑。"[③]康乐此诗是经由渔浦潭乘船上溯富春江向西远游的，他的目的应当是赴临川（今江西抚州）上任，《宋书·谢灵运传》载："太祖……以为临川内史，赐秩中二千石。在郡游放，不异永嘉。"[④]谢灵运青年时期曾经奉命赴长安慰问北伐军，经过吕梁洪，所以诗中以徐州附近著名流水险处吕梁洪为比。这次赴临川上任，在他生平中仅次于远赴北方慰问之行（此时还没有远谪广州），所以下文有"久露干禄请，始果远游诺。宿心渐申写，万事俱零落"[⑤]之句，也是这次远游让谢灵运多年积郁在心中的各种烦闷，得到很好的排解消散，所以有"宿心渐申写，万事俱零落"的内心抒发。这里的"申写"是"伸泻"的古字，意为心情舒畅、抒发。今人研究浙东唐诗之路或者认为谢灵运这首《富春渚》诗是他去永嘉上任太守时的纪实游览诗，恐怕值得商榷。因为谢灵运在永嘉太守

---

① [梁]沈约撰：《宋书》卷八四《孔觊传》，《二十五史》第3册，上海古籍出版社、上海书店1986年版，第245页（总第1873页）。

② [梁]沈约撰：《宋书》卷八四《孔觊传》，《二十五史》第3册，上海古籍出版社、上海书店1986年版，第245页（总第1873页）。

③ [梁]萧统编，[唐]李善注：《文选》卷二六《富春渚一首》，中华书局1977年版，第378页。

④ [梁]沈约撰：《宋书》卷六七《谢灵运传》，《二十五史》第三册，上海古籍出版社、上海书店1986年版，第203页（总第1831页）。

⑤ [梁]萧统编，[唐]李善注：《文选》卷二六《富春渚一首》，中华书局1977年版，第378—379页。

任上来去的路径是走始宁—临海—永嘉这条路，有其诗《登临海峤初发疆中作与弟惠连可见羊何共和之》为证。

南朝梁中书侍郎丘迟（字希范，吴兴乌程人）于天监三年（504）除永嘉太守，从京师渡钱塘江赴任，起早渡江，江上大雾弥漫，艄公便已发船。丘迟很有感触，写下《旦发渔浦潭》诗："渔潭雾未开，赤亭风已扬。棹歌发中流，鸣鞞响沓障。"[①]丘迟在渡江时看到渔浦潭周围的形势和景色，产生了一连串的感想，甚至于在此时就已经明确接下来到达永嘉之后的施政方略，要与民兴礼乐，讲仁义，要以礼教治民："坐啸昔有委，卧治今可尚。"[②]

到唐朝，钱塘江南北来往，过渡的主要渡口仍然是渔浦潭，主要原因《太平广记》中已经说得很清楚了：海门山潮头汹高数百尺，越钱唐渔浦，方渐低小。唐朝诗人如常建是春天过渔浦渡的，作有《渔浦》："碧水月自阔，安流净而平。扁舟与天际，独往谁能名？"[③]钱起是傍晚遇到下雨天过渔浦渡的，作有《渔潭值雨》："日入林岛异，鹤鸣风草间。孤帆泊枉渚，飞雨来前山。"[④]著名的"孟夫子"孟浩然，起早赶到渔浦渡口，想免得拥挤争渡，这次过渡渔浦，给他留下极其深刻的良好印象，也激发了孟浩然喜欢舟行赶路的乐趣。他在《早发渔浦潭》诗中说："东旭早光芒，渚禽已惊聒。卧闻渔浦口，桡声暗相拨。日出气象分，始知江潮阔。……舟行自无闷，况值晴景豁。"[⑤]这次过江到哪里去？他从渔浦潭出发，将沿钱塘江上溯富春江、新安江，从浙西经皖东返回家乡襄阳。途中有《经七里滩》《宿建德江》等诗，便是此行程中的纪实作品。孟浩然在此前作有《将知天台留别临安李主簿》诗，其中说："定山既早发，渔浦亦宵济。……羽人在丹丘，吾亦从此逝。"就是化用了丘迟《旦发渔浦潭》的典故，要向天台山出发，其心情自然有一种不可抑制的激动。他这次渡江，心情十分不平静，还作有《初下浙江舟中口号》："八月观潮罢，三江越海寻。回瞻魏阙路，空复子牟心。"[⑥]说得很含蓄委婉，不便将心底的盘算托出，但读者还是能够体会到他的小九九实际上就是那颗"子牟心"。到此，就不难理解孟浩然此次渡江的目标是"诗和远方"还是另有目标了。他还有一首《渡浙江问舟中人》："潮落江平

① ［梁］萧统编，［唐］李善注：《文选》卷二七《旦发渔浦潭一首》，中华书局 1977 年版，第 386 页。
② ［梁］萧统编，［唐］李善注：《文选》卷二七《旦发渔浦潭一首》，中华书局 1977 年版，第 386 页。
③ ［清］彭定求等编：《全唐诗》卷一四四，上海古籍出版社 1986 年版，第 334 页。
④ ［清］彭定求等编：《全唐诗》卷二三八，上海古籍出版社 1986 年版，第 596 页。
⑤ ［清］彭定求等编：《全唐诗》卷一五九，上海古籍出版社 1986 年版，第 372 页。
⑥ ［清］彭定求等编：《全唐诗》卷一六〇，上海古籍出版社 1986 年版，第 379 页。

未有风,扁舟共济与君同。时时引领望天末,何处青山是越中?"①这颗心,这心情,似乎每个读者都能听到他的心脏急切跳动的声音。所以说在上述一干诗人当中,孟浩然渡浙江竟然如此激动,是因为他早就有远大的目标,做了一次长途远行的规划,而且是在东都洛阳的时候就已经打好腹稿的,他的《自洛之越》云:"遑遑三十载,书剑两无成。山水寻吴越,风尘厌洛京。扁舟泛湖海,长揖谢公卿。且乐杯中物,谁论世上名。"②这首诗表面上写得潇洒脱俗,心无牵挂,意轻公卿,遑论盛名,然而实际上寄寓其内心难言的痛苦忧愁,越是痛苦越是装出一副无所谓的样子,与他的《上张丞相》是一样的构思,一样的机杼。一直到后来中唐张祜的《寓怀寄苏州刘郎中》,才把孟浩然的这颗"子牟心"揭示出来:"贺知章口徒劳说,孟浩然身更不疑。"③张祜此诗以贺知章推荐李白成功供奉翰林,反衬孟浩然一辈子没有进入仕途的际遇。其怀才不遇的境况令人平添几分同情,也加深了读者对诗人追求自己人生目标上得失苦乐的理解。耿湋的《送友人游江南》云:"漠漠烟光渔浦晚,青青草色定山春。"④这两句诗是记录诗人在春天渡过渔浦潭的情景,这是大历十才子之列的才俊所看到的瞬间。渔浦潭的位置很重要,这处渡口潮水较西兴渡口要小些,所以过渡者为求安全,往往宁愿多走十几二十里路,从渔浦潭渡江。

到宋朝,渔浦潭渡口照样繁忙,见于诗人笔下的频次更多,从这里过江的诗人自然更多。像林希逸《泊舟渔浦望吴山作》云:"客子孤舟傍晓沙,隔江人说是京华。缘山一带烟笼树,中有王侯百万家。"王逢《复如乾封晚经渔浦》云:"穷曛经渔浦,寒水白于练。"⑤苏轼《瑞鹧鸪·观涛》的"西兴渡口帆初落,渔浦山头日未欹"⑥,陆游《渔浦》的"桐庐处处是新诗,渔浦江山天下稀"⑦等等,可收一斑窥豹之效。元明清等朝文人创作更多,此处不展开。

现在渔浦潭随着浙东唐诗之路影响的扩大而成为网红打卡点,萧山、富阳都在研究渔浦潭在哪个地方,渔浦渡在哪个辖区,都有文章阐述自己的理由,但总体看,是萧山地方文史研究已着先鞭。2014年,萧山义桥镇在渔浦古渡口建了一个小型

---

① [清]彭定求等编:《全唐诗》卷一六〇,上海古籍出版社1986年版,第380页。

② [清]彭定求等编:《全唐诗》卷一六〇,上海古籍出版社1986年版,第376页。

③ [清]彭定求等编:《全唐诗》卷五一一,上海古籍出版社1986年版,第1294页。

④ [清]彭定求等编:《全唐诗》卷二六九,上海古籍出版社1986年版,第672页。

⑤ 以上两例皆引自[清]翟均廉撰,胡正武整理:《海塘录》卷九,九州出版社2025年版,第198—199页。

⑥ [宋]苏轼《瑞鹧鸪·观涛》,[清]翟均廉撰,胡正武整理:《海塘录》卷二五,九州出版社2025年版,第508页。

⑦ [宋]陆游:《陆游集·剑南诗稿》卷十三,中华书局1976年版,第365页。

广场公园，立有一块石头碑，镌有“渔浦”两个大字，旁边还有由中国唐代文学学会会长、中华书局原总编辑傅璇琮先生所题“义桥渔浦是浙东唐诗之路重要源头”的碑，为萧山八景之一的“渔浦夕照”，注入新的文化生机。萧山积极响应省政府“积极打造浙东唐诗之路和钱塘江诗路”的建设目标，召开有关萧山与浙东唐诗之路研讨会议，邀请国内学界专家与萧山文史学者共同研究萧山与浙东唐诗之路起点等定位问题。如2019年9月12日召开“唐诗之路 缘起萧山”首届钱塘江诗词大会系列活动，同期举行全国文化名家“诗路萧山”采风之旅等。就目前看，这些研究只是迈开第一步，其声势和影响都还有限，需要加大力度，坚持不懈地组织召开以学术研究为主的学术会议，以应用为主的规划制订等，设立有关萧山与浙东唐诗之路的研究项目，积以岁月，积累成果，厚积薄发，为萧山文旅融合，展开浙东唐诗之路应用搭起阶梯，让唐诗为这个历史上曾经很繁华的古镇、交通枢纽插上腾飞的翅膀，让萧山的浙东唐诗之路起点发挥应有的作用。

西陵（西兴　固陵）

西陵是唐诗之路时代的名字，当时西兴尚未诞生。西兴现在行政区划上归滨江区。除渔浦潭渡口外，在杭州与萧山之间渡江的重要渡口，还有西兴渡。西兴原名西陵，西陵前身固陵，民国《萧山县志稿》卷九《古迹》载：“固陵城即西陵城，又名敦兵城。《吴越春秋》载：越王句践与大夫种、范蠡入臣于吴，群臣皆送之浙江之上，临水祖道，军固陵。”①这是说越王句践与文种、范蠡都到吴国称臣，服苦役，越国的大臣都送到浙江之滨，临水设宴为国王等饯行，越国驻军于固陵防守。《越绝书》载：“浙江南路西城者，范蠡敦兵城也。其陵固可守，故谓之固陵。”宝泰《会稽续志》载：“西陵城在萧山县西十二里，五代末吴越武肃王以陵非吉语，改曰西兴。”②据《海塘录》卷九“浙江渡”引《杭州图经》载：“在候潮门外，对西兴。”③从上述渔浦渡口所征引的唐朝及其前诗人诗作看，当时过渡首选渔浦渡，从西兴过江的诗人诗作较少。唐朝刘长卿就是其中之一，他常写到西兴渡口，应该是从西兴过渡的流露，如《重过宣峰寺山房寄灵一上人》诗有“西陵潮信满，岛屿入中流。越客依风水，相

---

① 彭延庆等修辑，南开大学地方文献研究室、杭州市萧山区人民政府地方志办公室整理：《萧山县志稿》卷九《古迹》，南开大学出版社2010年版，第329页。

② 彭延庆等修辑，南开大学地方文献研究室、杭州市萧山区人民政府地方志办公室整理：《萧山县志稿》卷九《古迹》，南开大学出版社2010年版，第329页。宝泰疑有讹误，谨志以备考。

③ ［清］翟均廉撰，胡正武整理：《海塘录》卷九，九州出版社2025年版，第205页。

西兴古镇

思南渡头”①之句;《送人游越》诗有“未习风波事,初为吴越游。露沾湖色晓,月照海门秋。梅市门何在?兰亭水尚流。西陵待潮处,落日满扁舟”②之作,都是重要的事例。到宋朝时,西兴渡有很大改观,从浙东温州、台州、明州和越州往来的旅客多直接从西兴渡江。苏轼《乞相度开石门河状》说:“臣昔通守此邦,今又忝郡寄。二十年间,亲见覆溺无数。自温、台、明、越往来者,皆由西兴径渡,不涉浮山之崄。”③如王安石《临川集》卷十四《送张宣义之官越幕二首》之一云:“会稽游宦乡,海物错句章。土润箭萌美,水甘茶串香。今君诚暂屈,他日恐难忘。唯有西兴渡,灵胥或怒张。”④又卷二十二《次韵平甫金山会宿寄亲友》云:“天末海门横北固,烟中沙岸似西兴。已无船舫犹闻笛,远有楼台只见灯。山月入松金破碎,江风吹水雪崩腾。飘然欲作乘桴计,一到扶桑恨未能。”⑤从以上两首诗综合来看,王安石到明州上任及卸任返程应当都是从西兴过渡,所以对西兴渡口情形十分熟悉,取以作比。到南宋时期,从西兴过渡的诗人诗作就多起来了,大诗人陆游因为来回于杭州与越州间(临安府和绍兴府间),见于其诗作的很多,如《夜归》云:“晡时掠棹离西兴,钱清夜渡见月升。浮桥沽酒市嘈囋,江口过埭牛凌兢。寒齑煮饼坐茅店,小鲜

① [清]彭定求等编:《全唐诗》卷一四八,上海古籍出版社1986年版,第345页。
② [清]彭定求等编:《全唐诗》卷一四八,上海古籍出版社1986年版,第345页。
③ [清]翟均廉撰,胡正武整理:《海塘录》卷一九,九州出版社2025年版,第358页。
④ [宋]王安石著,秦克、巩军标点:《王安石全集》卷五六,上海古籍出版社1999年版,第456页。
⑤ [宋]王安石著,秦克、巩军标点:《王安石全集》卷五三,上海古籍出版社1999年版,第437页。

供馔寻鱼罾……”[①]又同卷《西兴泊舟》云:“衰发不胜白,寸心殊未降。避风留水市,岸帻倚船窗。日上金镕海,潮来雪卷江。登临数奇观,未易敌吾邦。”[②]他的《入蜀记》也记着离家入蜀的路线:“乾道五年十二月六日,得报差通判夔州。方久病,未堪远役,谋以夏初离乡里。”“六年闰五月十八日,晚行,夜至法云寺,兄弟饯别,五鼓始决去。”“十九日,黎明至柯桥馆,见送客……四鼓,解舟行至西兴镇。”“二十日,黎明渡江,江平无波。少休仙林寺,寺僧为开馆……”[③]这样综合起来看,到宋朝萧山西兴渡口的摆渡过江业务已经大有改观,从上述所举文人渡江例子可以推知;同时,不禁令人产生疑问:在西兴渡口的自然条件没有大的变化的情况下,摆渡的“业务”却有明显的增长,原因是什么?我的理解是当时的造船水平提升不少,加之对潮汐规律的认识和掌握,从西兴过渡的安全性有了切实提高,从西兴过渡变得省时省力,比绕道渔浦潭方便不少。以上是萧山最重要的两大渡口。其他的几个渡口都是小渡口。

龙山渡渡口和范浦渡应该归入渔浦渡的范围,也就是在狮子山附近的龙山,摆渡的彼岸是渔浦潭。《咸淳临安志》载:“在六和塔,对渔浦。”[④]就在现在的钱塘江大桥北桥头上侧六和塔下。

渡船头,《咸淳临安志》载:“在通江桥北。”[⑤]

鱼山渡,此渡口是在富春江地段内,在大沙上游的东洲段,此处江流转弯,江面狭窄,是将过江人、物送到东洲上,反之亦同,摆渡的危险性也大为降低。《咸淳临安志》载:“在大朱桥盐场,两岸相望不远,潮势至此已杀。浙东士夫惮于渡渔浦者多由此。”[⑥]这条记载说得更清楚,从浙东过渡到浙西,到渔浦潭过渡还感到不够安全的,就到鱼山渡过江。钱塘江潮的威力到此已经是强弩之末,无法兴风作浪,过江的安全性是不言而喻的,但绕道的里程也不少。若以现在的城市环线来比喻,那么西兴渡口是一环,渔浦潭相当于二环,鱼山渡是三环。

湘　湖

湘湖是一个自然加人工的浙东大湖。原来是萧山城西濒临三江口的一处潟

---

① [宋]陆游:《陆游集·剑南诗稿》卷一七,中华书局1976年版,第498页。

② [宋]陆游:《陆游集·剑南诗稿》卷一七,中华书局1976年版,第498页。

③ [宋]陆游:《陆游集·渭南文集》卷四三,中华书局1976年版,第2406页。

④ 本例及以下两例均引自[清]翟均廉撰,胡正武整理:《海塘录》卷九,九州出版社2025年版,第205页。

⑤ [清]翟均廉撰,胡正武整理:《海塘录》卷九,九州出版社2025年版,第205页。

⑥ [清]翟均廉撰,胡正武整理:《海塘录》卷九,九州出版社2025年版,第205页。

湖，后来沙涨，农民垦辟为田，但地势低洼，易受水灾。宋神宗时，崇化等乡居民上奏为免水灾，变灾为利，乞筑为湖，上可其奏。到宋徽宗政和二年(1112)，著名理学家福建将乐杨时(字中立，号龟山)莅任，“视山可依，度地可圩，以山为界，筑土为塘，均税于得利田内，民乐从之，名湘湖”[①]。在萧山县城西二里，周八十里，溉田千余顷。当时拦水为湖，湖水很浅，也没有源泉，蓄水量有限，春夏之交，霖雨流注，方有潴蓄。一遇亢阳，半为平土。筑堤围绕，即为良田。[②] 许多有权势有钱财者都窥伺时机，想乘机占为己有。南宋淳熙间，顾冲上任，加固堤坝，增加蓄水量，常年灌溉九乡，面积达十四万亩，大旱之年灌溉十二乡，保障粮食丰收。嗣后，濒湖之民多以鱼贩为业，遂无恶岁。

在唐朝，湘湖尚未形成，这些来往于渔浦潭渡口的诗人，也无人写到它。但宋朝以来，诗人吟哦便有取材于湘湖之作，湘湖也就从无到有，从小到大，从隐到显，进入骚人视野。如宋史学家刘敞《公是集》卷十六《七言古诗·得萧山书言吏民颇相信又言湘湖之奇及生子名湘戏作此诗》载：“清酒肥鱼宴宾客，时时骑马临湘湖。湖波无风百里平，人道官心如此清。”[③]可见当时湖面壮观之状。湘湖出产之物很多，其中以莼菜最为有名，其味道鲜美，很早就被文人注意到，记入笔下。如王十朋《梅溪后集》卷一《赋·会稽风俗赋(并序)》载“湘湖之莼，箭里之笋，可荐可羞，采撷无尽”[④]，自注：“萧山湘湖出莼菜，会稽有美箭里。”郡人苏泂《泠然斋集》卷二《湘湖饮平远亭口占呈邢刍父》：“我屐欲行山路远，我舟欲泛湖水深。湘湖湘湖在何许？不在天上终可寻。”[⑤]郡人陆游《剑南诗稿》卷十七《雨中排闷》载：“点点滴滴雨不晴，暗暗淡淡灯不明。……明朝且作山中行，青鞋已觉白云生。丰年处处村酒好，莫教湘湖莼菜老。”[⑥]自注：“湘湖在萧山县，莼菜绝奇。”同集卷十九《寒夜移疾》载：“天公何日与一饱，短艇湘湖自采莼。”[⑦]自注：“湘湖在萧山县，产莼绝美。”又同卷《灯下读玄真子渔歌因怀山阴故隐追拟》载：“湘湖烟雨长莼丝，菰米新炊滑上匙。

---

① 彭延庆等修辑，南开大学地方文献研究室、杭州市萧山区人民政府地方志办公室整理：《萧山县志稿》卷三《水利》，南开大学出版社 2010 年版，第 114—115 页。

② 彭延庆等修辑，南开大学地方文献研究室、杭州市萧山区人民政府地方志办公室整理：《萧山县志稿》卷三《水利》，南开大学出版社 2010 年版，第 115 页。

③ [宋]刘敞撰：《公是集》卷一六，《四库全书》第 1095 册，台湾商务印书馆 2008 年版，第 536—537 页。

④ [宋]王十朋著，梅溪集重刊委员会编，王十朋纪念馆修订：《王十朋全集》卷一六，上海古籍出版社 2012 年版，第 828 页。

⑤ [宋]苏泂撰：《泠然斋集》卷二，《四库全书》第 1179 册，台湾商务印书馆 2008 年版，第 86 页。

⑥ [宋]陆游撰：《陆游集·剑南诗稿》卷一七，中华书局 1976 年版，第 493 页。

⑦ [宋]陆游撰：《陆游集·剑南诗稿》卷一七，中华书局 1976 年版，第 562 页。

云散后，月斜时，潮落舟横醉不知。”[①]又卷二十七《戏咏山阴风物》载：“项里杨梅盐可彻，湘湖莼菜豉偏宜。”[②]自注：“莼菜最宜盐豉。所谓未下盐豉者，言下盐豉则非羊酪可敌，盖盛言莼羹之美尔。”统计陆游集中专写湘湖莼菜的诗歌就至少达十一首，可谓湘湖莼菜的知音，也是宣传湘湖莼菜的识者。南宋诗人诗作即有以湘湖比西湖的念头，如苏泂《泠然斋集》卷二《次韵刍父大篇》载：“吾侪固不如林逋，吟诗写壁无处无。杂莼便食不用厨，湘湖岂即输西湖？”[③]此后诗人吟咏之作连篇累牍，更仆难数，就不枚举了。

以上这些诗文用例，可以充分说明，北宋就有诗人赞颂湘湖之作，南宋以下此类作品不断增多，传播日益广泛，其中湘湖物产也逐渐为人所知，特别是莼菜，又叫莼丝，是从唐邑人贺知章《答朝士》诗中“镜湖莼菜乱如丝”[④]中得来，唐朝诗人诗作写到莼菜多作莼丝，非止贺知章一人。如杜甫《陪王汉州留杜绵州泛房公西湖》有“豉化莼丝熟，刀鸣脍缕飞”[⑤]之句；元稹《送王协律游杭越十韵》有“章甫官人戴，莼丝姹女提”[⑥]之句。陆游诗中称为“莼丝”，既是承用唐人之成语，也是为形象地突出湘湖莼菜的细嫩。莼丝就成为越州（绍兴府）境内口味最佳的珍馐，屡见于诗人赞颂之作，载入地方志乘当中，成为浙东唐诗之路著名物产。湘湖饱经沧桑，近代以来有一所湘湖师范学校，在现代浙江师范学校当中很有知名度，培养大批有用人才，为萧山、为绍兴、为浙江师范教育作出贡献。但在20世纪末高教大发展的浪潮中被撤销，现在湘湖定山旧址拟恢复湘湖师范学校，改建为纪念馆，保留这所知名师范学校的痕迹，令人不由得为之点赞，也油然而生期盼早日竣工开放。今日湘湖湖面大为减小，周围除了越王城山、渔浦潭等古迹外，最有意思的是在湖中跨湖桥发掘出土距今八千年前的文物，揭示湘湖一带史前时期的人类活动状况，建有跨湖桥遗址博物馆。还在其西南方建有一处文化旅游项目东方文化园，以和合文化为主题，知名度似有待提高。其他区域多已经成为居民聚居区，大量高档住宅楼拔地而起，占据越来越多的湖边地盘，这对于保护一处历史文化遗迹的湘湖不利，有些煞风景，影响湘湖整体形象。

---

① ［宋］陆游撰：《陆游集·剑南诗稿》卷一七，中华书局1976年版，第567页。
② ［宋］陆游撰：《陆游集·剑南诗稿》卷一七，中华书局1976年版，第739页。
③ ［宋］苏泂撰：《泠然斋集》卷二，《四库全书》第1179册，台湾商务印书馆2008年版，第88页。
④ ［清］彭定求等编：《全唐诗》卷一一二，上海古籍出版社1986年版，第266页。
⑤ ［清］彭定求等编：《全唐诗》卷二二八，上海古籍出版社1986年版，第561页。
⑥ ［清］彭定求等编：《全唐诗》卷四〇六，上海古籍出版社1986年版，第1004页。

从《海塘录》记载的杭州诸浦看，因为杭州候潮门渡口对应西兴渡江段属于钱塘江潮较高处，渡江风险较大，所以过江者为保安全，就到渔浦潭渡上游的渔山（鱼山）渡过江。“潮势至此已杀，浙东士夫惮于渡渔浦者多由此”[①]过江。意为浙东的士大夫怕渔浦潭渡口风浪大的人，就再往上游走到渔山渡过江，那里的潮水势头已经是强弩之末了。

第二节　浙东运河

运　河

浙东运河开挖很早，据称是从先秦时期就已经开挖运河，其中代表人物便是越国国王句践。句践治水，重视城市防洪、兴修平原水利工程、开凿人工运河、建设山区库塘、修建海塘、改造河渎，提出“水可强国”的思想。句践之后，越国治水事业继续，将宁绍平原水道建成水网，五谷丰登，经济繁荣，民众乐业，市场兴旺，灌溉与航运两便而多利。因而后世将萧绍运河与虞甬运河连接起来，通称浙东运河。物流通畅，官民称便。

以往的浙东运河自萧山县（今杭州市萧山区）西北西兴镇东流，经萧山县治北，又东接钱清江，凡五十里。又东出至绍兴府城西，长五十五里。复自城西东南出，经会稽县（今绍兴市越城区）界，东流入上虞县（今绍兴市上虞区），接曹娥江，长一百里。都属于南宋时期的漕渠故道。它在上虞县境内的河段，自县西三十里梁湖堰流至通明坝入姚江，横亘三十余里。现在由于行政区划调整，余姚已经改属宁波，余姚段运河也就归宁波管辖，直到宁波市区三江口，与甬江汇合。现在回顾数千年历史，浙东运河的建设从最初着重于灌溉农田，发展农业，到后来的重视航运，畅通物流，发展商贸，同时方便武备运输，做好后勤保障（辎重粮秣），动辄牵系国脉，事关大局安危，绝非小事。这从大唐安史之乱以后，两浙经济物资（赋税）成为支持朝廷平叛的支柱，浙东运河发挥了巨大的作用。

从浙东唐诗之路上来说，浙东运河更是主要的交通干道，也是当时社会中文人首选的出行路线，在布帆无恙，挂席东南望的行程中，在潮平两岸阔，风正一帆悬的远大前景下，在一片桨声欸乃，渔歌唱晚的氛围里，给多少骚人墨客带来审美的刺激，情绪的酝酿，灵感的喷发？可以说诗人选择舟行出游，便是旅途逍遥，身心宽

① ［清］翟均廉撰，胡正武整理：《海塘录》卷九，九州出版社2025年版，第205页。

浙东运河古纤道

松，思想活跃，情感美好的条件。正如孟浩然《早发渔浦潭》诗所说“舟行自无闷，况值晴景豁”[①]，诗人还刻意选择走水路，是“为多山水乐，频作泛舟行”[②]。正是这条浙东运河连通其他的水道，如钱塘江、镜湖、若耶溪、上虞江（曹娥江唐朝称上虞江）、剡溪、余姚江、奉化江、甬江……若是放开眼界到浙东观察使管辖的七州山水，都用诗人的游踪和作品贯串起来，成为一个极具历史文化价值的宝贵资源，成为一个自然与人文并美的魅力廊道，需要今人和后人世代爱惜呵护，保持浙东天常蓝、水常清、空气常清新，实现生生不息，永续利用的美好目标。

① ［唐］孟浩然：《早发渔浦潭》，［清］彭定求等编：《全唐诗》卷一五九，上海古籍出版社 1986 年版，第 372 页。

② ［唐］孟浩然：《经七里滩》，［清］彭定求等编：《全唐诗》卷一五九，上海古籍出版社 1986 年版，第 372 页。

镜湖(会稽县放生池)

镜湖是浙东唐诗之路知名的文化地标,也是越州的地标,是吸引骚人墨客的一面"镜子"。镜湖本是一处浙东唐诗之路上最早的水利工程,始建于东汉永和五年(140)会稽太守马臻任上。它的形状呈东西向较狭长,东西向围堤总长63.5公里,加上南界的山麓线,总长度89.5公里,故湖名本叫长湖;因会稽郡内像这么大的水利工程很少见,镜湖总面积达206平方公里,故又名大湖。任昉《述异记》载是黄帝铸镜于湖边而得名,一说是黄帝获得宝镜于此湖而得名:"轩辕氏铸镜湖边,或云黄帝获宝镜于此。"[①]很明显是神话传说。又有一种说法是本王羲之语"山阴路上行,如在镜中游"[②]而取名。这几种说法,各有道理。若抛开神话传说成分,那么王羲之称赞山阴道上之美景的话,是镜湖得名的由来为较近情理。志乘所载镜湖一名鉴湖,实为避讳的结果,是宋太祖赵匡胤的祖父讳赵敬,因避其同音字而改名。又名庆湖,说是"镜"系"庆"之讹。湖原在山阴县南三里,原跨山阴、会稽二县,周三百五十八里,总纳山阴、会稽二县三十六源之水,南并山,北接近郡城,东至曹娥江,西至西小江,其初本通潮汐,也就是与钱塘江相吞吐。汉太守马臻开始环湖筑塘,潴水溉田至九千余顷。又界湖为二,会稽县这边叫东湖,山阴县这边叫南湖(因在东湖之西,又叫西湖。详下)。唐天宝三载(744),太子宾客、秘书监贺知章上表要"解组辞荣,志期入道"[③],回归乡里,以故宅为千秋观,请求湖畔数顷以为放生池。唐玄宗深体其意,不但赋诗送别,诗即《送贺知章归四明(并序)》,还诏赐镜湖剡川一曲,因亦名贺监湖(或作贺家湖)。《旧唐书》卷九《玄宗下》载:"(天宝)三载正月丙辰朔,改年为载。赦见禁囚徒。庚子,遣左右相已下祖别贺知章于长乐坡,上赋诗赠之。"[④]宋初,湖边民众开始私围湖面为农田。熙宁间,派庐州观察推官江衍前来丈量处理,采取湖田并存的立场,立石柱作刺界,内为田,外为湖。隆兴初(1163),守臣吴芾复奏开垦鉴湖,请将江衍所立禁碑刊定界。至淳熙二年(1175),又下诏除贺知章放生池十八顷外,其余让民众开垦耕耘。鉴湖就此湮废。《旧志》载:自会稽五云门东至曹娥江七十二里,旧时谓之东湖。自常禧门西至小江凡四十五里,旧谓之西湖。又府东二十里曰贺家池,周四十七里,南通鉴湖,北抵海塘,即知章放生池

① [宋]施宿等撰:《嘉泰会稽志》卷一一"磨镜石"条,1926年影印清嘉庆戊辰重镌本,第14页。

② [唐]李白著,[清]王琦注:《李太白全集》卷三四,中华书局1977年版,第1561页。

③ [清]彭定求等编:《全唐诗》卷三,上海古籍出版社1986年版,第27页。

④ [后晋]刘昫撰:《旧唐书》卷九《玄宗》下,《二十五史》第5册,上海古籍出版社、上海书店1986年版,第33页(总第3509页)。

也。这里记载十分清楚，贺知章所申请及皇帝所赐的鉴湖一曲为放生池，就是绍兴府城东面二十里地方的贺家池，周长四十七里，从今天的浙东来看，也是很大的一处湖泊。

镜湖李白访贺老

《府志》旧有鉴湖塘，西起广陵斗门，东抵曹娥斗门，亘百六十里，亦谓之南塘。又谓之官塘。明嘉靖十七年(1538)，知府汤绍恩改筑水浒，东至西横亘百余里，遂为通衢。这里已经将镜湖历史变迁梳理清楚，大致是从北宋"熙宁以后，湖渐废为田"，到清朝编《浙江通志》时，"今俗呼白塔洋，仅长十五里，即镜湖处也"①。因此而湖涨为田，镜湖基本难以见到以往成规模的水面。王羲之所叹赏的"山阴道上行，如在镜中游"②的风光也不复往日了。

从浙东唐诗之路研究引起官方重视以来，绍兴十分重视这一历史文化资源的保护利用，在镜湖残存的一点水域中设置了游艇、乌篷船、古纤道、诗路长廊、观社戏、吃绍酒、绍兴古镇游、鲁迅小说情景等系列文旅项目，抓住了历史变迁中镜湖的尾巴，应用于文旅融合，游人如织、业绩飘红，影响力还是可圈可点的。

---

① [清]嵇曾筠纂：《浙江通志》卷一五《山川·绍兴府》"镜湖"条，《四库全书》第519册，台湾商务印书馆2008年版，第441页。

② [唐]李白著，[清]王琦注：《李太白全集》卷三四，中华书局1977年版，第1561页。

镜湖风光如镜，就像李白诗“月下飞天镜”，很会抓唐朝诗人的眼球，每到浙东来游的诗人，几乎都要到镜湖游览，所作诗歌亦多。同时与镜湖有关的文史事实，由于时殊事异，存在许多疑团，难免会出现“云生结海楼”，云里雾里，对绍兴本地人尚且如此，对外地人就更是如此。比如贺知章老家究竟在哪里？萧山人说在萧山，《旧唐书·隐逸传》载贺知章是越州永兴人；绍兴人说在绍兴，称贺知章族祖父贺德仁世居越州山阴（当时无会稽县）甘滂里（今属绍兴市越城区），各有所据，莫衷一是。而且还有明州人从斜刺里杀出来，绍兴十四年（1144）八月，明州知州莫将修贺知章祠于月湖，又撰《逸老堂记》，借四明为据，生出贺知章是甬上城南马湖贺家湾人的枝节来。[①] 开庆元年（1259），吴潜继任，重建逸老堂，撰《重建逸老堂记》，未坚持贺知章是明州人，只是说贺知章还乡里，“诏赐剡川居焉。剡隶越，鄞故越封部，公亦自号四明狂客”[②]，打打擦边球的意思。《清一统志》卷二百二十六载：贺知章故宅在会稽县东南五云门外三里。唐贺知章请为道士，以宅为千秋观，后改天长观。今亦名道士庄。若照清康熙《会稽县志》所附《鉴湖图》，那么道士庄是在山阴县所属南湖中，与鉴湖亭毗邻。《嘉泰会稽志》卷七《宫观》载：“天长观，在府东南六里一百六十六步，隶会稽。唐天宝三载，秘书监贺知章辞官入道，舍宅置，号千秋观，七载改今额。初，开元十七年，从群臣请，以八月五日，上降诞日为千秋节。观盖用节名，后改千秋节为天长地久节，观名从之。”[③]千秋观（道士庄）的位置问题不大，总之是为镜湖增光添彩的一处人文遗迹，为镜湖历史增添一段佳话的景观，特别是贺知章描写镜湖水的诗：“唯有门前镜湖水，春风不改旧时波。”对故乡水土满腔深情，令人感动。先不提晋宋风流在镜湖留下的遗闻逸事，就唐朝诗人来镜湖游览所留下的诗作，就够有代表性的了。如宋之问《泛镜湖南溪》诗云：“乘兴入幽栖，舟行日向低。岩花候冬发，谷鸟作春啼。沓嶂开天小，丛篁夹路迷。犹闻可怜处，更在若耶溪。”[④]宋之问还有《早春泛镜湖》等。孟浩然《题云门山寄越府包户曹徐起居》云：“晴山秦望近，春水镜湖宽。”[⑤]《与崔二十一游镜湖寄包贺二公》云：“试览镜湖物，中流到底清。不知鲈鱼味，但识鸥鸟情。”[⑥]宋之问是初唐著名诗人，与沈

---

① 陈耀东：《贺知章籍贯里第的分歧和争议》，宁波大学学报（人文科学版）2010年第3期，第11—13页。

② ［宋］梅应发、刘锡撰：《四明续志》卷二，《四库全书》第487册，台湾商务印书馆2008年版，第363页。

③ ［宋］施宿等撰：《嘉泰会稽志》卷七，1926年影印清嘉庆戊辰重镌本，第3—4页。

④ ［清］彭定求等编：《全唐诗》卷五二，上海古籍出版社1986年版，第159页。

⑤ ［清］彭定求等编：《全唐诗》卷一五九，上海古籍出版社1986年版，第370页。

⑥ ［清］彭定求等编：《全唐诗》卷一六〇，上海古籍出版社1986年版，第378页。

佺期一起在唐诗格律构建与完善过程中发挥重要作用，景龙三年(709)他来越州任职，首祭禹庙，遍游名胜，创作大量诗歌，实为浙东唐诗之路拉开帷幕的诗人。由于宋之问在当时诗坛的威望和影响，对此后诗人来浙东游宦当有推动作用，他写作的浙东诗歌，也在诗坛上产生宣传越州、推介越州的传播作用。譬如，宋之问与天台山道士司马承祯的唱和，为司马承祯作了很好的推介，为吸引想追求上进的诗人来游浙东、来游天台作了很好的铺垫。孟浩然千里迢迢专程来游浙东天台山，先到越州，遍游越州各处名胜，与越州有关官员交游，结果至少待了两年。后来上天台山，再下永嘉看望老同学张子容，一路上创作了很多诗歌，是浙东唐诗之路早期的重要人物。李白《送王屋山人魏万还王屋》云："遥闻会稽美，一弄耶溪水。万壑与千岩，峥嵘镜湖里。"[①]李白在其他诗歌中涉及镜湖的还有如《对酒忆贺监二首(并序)》《梦游天姥吟》《别储邕之剡中》《送贺宾客归越》等，李白的诗歌开张奔放，想象力特别丰富，语言清新明白，韵味深淳绵长，不愧诗仙手笔；李颀《寄镜湖朱处士》、卢象《紫阳真人歌(并序)》、秦系《题镜湖野老所居》、顾况《稽山道芬上人画山水歌》，以及崔峒、朱放、陈羽、张籍、元稹、白居易、施肩吾、李频、张乔、齐己、虚中、方干、崔道融、曹松、项斯等等。其中元、白、方干诸人所作较多，元白两人互相夸耀各自所辖州宅之美，而以诗相酬和、比赛，也就是斗诗，在唐朝诗人中别具一格，很有情趣。方干隐居镜湖中，称方干别墅，又称方干岛，一名笋庄，在山阴镜湖中(今绍兴大禹陵东有寒山，即其故地)，其《镜中别业》云："寒山压镜心，此处是家林。"[②]就是写隐居地及其情感。他还有写邻近袁秀才林亭的《题越州袁秀才林亭》诗："清邃林亭指画开，幽岩别派象天台。"[③]对袁秀才林亭赞赏有加。他对镜湖观察理解远较游客为深入细致，所以写作镜湖诗多。镜湖有一湖上草堂，诗僧皎然《题湖上草堂》写得好："山居不买剡中山，湖上千峰处处闲。芳草白云留我住，世人何事得相关。"[④]一副出家人与世无争的口气，悠闲飘逸，余韵悠然。宋朝大诗人陆游从小生长于镜湖边，其感情又非他乡之人可比，他的《思故山》就足以表达这种"鉴湖之子"的心声："千金不须买画图，听我长歌歌鉴湖。湖山奇丽说不尽，且复与子陈吾庐。柳姑庙前鱼作市，道士庄畔菱为租。一湾画桥出林薄，两岸红蓼连菰蒲。村南村北鸦阵黑，舍东舍西枫叶赤。每当九月十月时，放翁艇子无时出。船头一束书，船尾一壶

---

① [唐]李白著，[清]王琦注：《李太白全集》卷一六，中华书局 1977 年版，第 752 页。

② [清]彭定求等编：《全唐诗》卷六四八，上海古籍出版社 1986 年版，第 1636—1637 页。

③ [清]彭定求等编：《全唐诗》卷六五一，上海古籍出版社 1986 年版，第 1643 页。

④ [清]彭定求等编：《全唐诗》卷八一五，上海古籍出版社 1986 年版，第 1997 页。

酒。新钓紫鳞鱼，旋煮白莲藕。从渠贵人食万钱，放翁艇子长便便。暮归稚子迎我笑，遥指一抹西村烟。"[①]情景交融，声情并茂，把镜湖风情和盘托出，令人神往。

兰亭古池

东晋永和九年(353)三月三日，王羲之、谢安等邀集好友四十二人，聚会于会稽山阴之兰亭，举行曲水流觞之礼仪，即在兰亭曲水之畔，每隔几步坐一人，从上游放下盛酒的羽觞，流到哪个人身边，便拿起羽觞，即席作诗，若作诗不成，就要罚酒三杯。三月三是我国传统的祓除不祥，迎接新的一年健康平安的节日，也是一些少数民族共同的节日。在这次三月三的雅集中，王羲之乘着酒兴的翅膀，挥毫写下著名的《兰亭集序》，文辞美好，书法更加美好，被后人誉为中国书法第一行书，誉王羲之为"书圣"，兰亭便因此从一个默默无闻的地名，登上中国书法圣地的殿堂，引来后世千万人朝拜瞻仰，赞叹回想。兰亭古池在原山阴县西南二十五里王右军修禊处，有两个池：一是墨池，一是鹅池，都是王羲之喜爱之物。兰亭因书法而名垂千古，对唐朝诗人来说，到越州肯定要找机会看看，唐诗中写到王羲之、写到兰亭的诗作很多，特别是李白《王右军》"右军本清真，潇洒出风尘。山阴遇羽客，要此好鹅宾。扫素写道经，笔精妙入神。书罢笼鹅去，何曾别主人"[②]，尽情赞颂王羲之的清真潇洒、书法精妙，与道士用书法换鹅等趣事。孟浩然《江上寄山阴崔少府国辅》云："不及兰亭会，空吟祓禊诗。"[③]就把"兰亭会"当成文人雅集的代称了。还有文人墨客追慕"兰亭会"，重吟"祓禊诗"，仿效王右军流觞曲水，诗酒流连。唐大历中，鲍防、严维、吕渭列次三十七人，联句于此，云："曲水追欢处，遗芳尚宛然。名从右军出，山在古人前。赏是文辞会，欢同癸丑年。"[④]由宋孔延之编入《会稽掇英总集》卷十四中，题作《经兰亭故池联句》，为后人留下唐朝诗人追踪晋宋的生动见证。北宋仁宗景祐四年(丁丑，1037)三月，吏部乐安公蒋堂治会稽期间，将府署西里金山祠改建为曲水阁，引镜湖水为曲水阁，起正俗亭、流觞亭、茂林亭，落成典礼也就是知州与僚属一起行曲水流觞之礼，自己与大家一起作诗，并有《诸官诗成因书二韵于后》："一派西园曲水声，水边终日会冠缨。几多诗笔无停缀，不似当年有罚觥。"自

---

① [宋]陆游著：《陆游集·剑南诗稿》卷一一，中华书局1976年版，第298页。

② [唐]李白著，[清]王琦注：《李太白全集》卷二二，中华书局1977年版，第1028页。

③ [清]彭定求等编：《全唐诗》卷一六〇，上海古籍出版社1986年版，第373页。

④ [宋]施宿等撰：《嘉泰会稽志》卷一〇，1926年影印清嘉庆戊辰重镌本，第44页。

注："昔兰亭赋诗不成者十六人，各罚酒三觥。"[①]命唐询作序。[②] 又留下带有宋朝新时代印记的仿"兰亭会""祓禊诗"，让这一文人雅集得到有趣的延续，从这些联句、祓禊诗作中，仿佛听到前人流连兰亭的脚步声。

兰亭在历史上早就成为一个文化符号，一种文化的象征乃至于一种人生交游和对待生命的方式，《兰亭集序》是王羲之"挥毫制序，兴乐而书，用蚕茧纸，鼠须笔，遒美劲健，绝代特出。凡二十八行三百二十四字。字有重者，皆构别体，其中之字最多，乃有二十许字(一云变转悉异，遂无同者)，是时殆有神助"[③]。王羲之酒醒以后，又将此序书写了数十本，最终没有一本能及得上的。因此更是成为中国书法史上的巅峰之作，成为中国书法的代表作，可视为人类共同的文化瑰宝。唐朝的书法发展到一个崭新的历史阶段，由于唐太宗酷爱书法，特别喜欢王羲之的墨宝，把《兰亭集序》视作心肝宝贝，就出现"萧翼智赚《兰亭序》"的故事。唐太宗搜寻到王羲之的许多书法作品，就是没有《兰亭集序》，他听说《兰亭集序》还在王羲之七世孙僧智永手里，智永临终，付予弟子辨才。辨才博学工文，琴棋书画并臻其妙，临写智永的书法能够逼真乱本，他在寺中方丈梁上，凿一暗格，以贮《兰亭集序》，极其珍爱宝重。太宗皇帝先是下诏征召辨才入宫廷内道场供养，礼遇优渥，几日之后，在言谈间"顺便"问及《兰亭》，循循诱导，无所不至。辨才说：以前跟随师傅时确实见过《兰亭集序》，自从师傅殁后，几经丧乱，丢失不知所在。遂放辨才回归越中。事后再三推论，应该还在辨才那里。就又下诏征召辨才入宫，重问《兰亭》下落，如此三次征召，辨才一直守口如瓶。唐太宗与心腹之臣说："我想念王羲之的《兰亭序》都到了做梦的地步，这个辨才老了，脑袋难开窍。如果有个机智之人，设个计策，方能取到。"宰相房玄龄就推荐南朝梁元帝曾孙，现任监察御史的萧翼多才多艺[④]，且多权谋，可以担当此任。唐太宗就召见萧翼，萧翼说："如果以官差身份出现，肯定无法得到。我以私人便衣到越州辨才处察访为便，但需要带上一些二王的书帖。"太宗应允。萧翼到达越州，扮成一副潦倒穷书生的模样，一日傍晚来到寺院，巡游走廊观赏壁画，经过辨才方丈门前，被辨才发现，邀入晤谈，发现这个自称北方来卖蚕种的落魄书生，不但言谈不俗，琴棋亦颇可观，论文说史，更是很有见地，情意相投。

① [宋]孔延之编，邹志方点校：《会稽掇英总集》卷二，人民出版社2006年版，第24页。

② [宋]孔延之编，邹志方点校：《会稽掇英总集》卷二，人民出版社2006年版，第22—23页。

③ [唐]何延之《兰亭始末记》，[清]董诰等编：《全唐文》卷三〇一，上海古籍出版社1990年版，第1352—1353页。以下萧翼赚《兰亭》情节即据何文。

④ 萧翼原名世翼，因避唐太宗讳，去掉"世"字。与王世充被改成"王充"一样。

设宴招待，诗酒唱和，欢饮通宵，更加惺惺相惜，相见恨晚，允许今后入寺无须通报。翌日，萧翼携酒回拜，又是诗酒交流，深相契合，如此十天半月，情同莫逆。萧翼出示梁元帝自画《职贡图》，辨才十分赏识，顺便谈及书法，萧翼说祖上世传二王书法，自己从小学习，身边带有几本法帖。辨才请萧翼明日带来观赏。萧翼如约出示二王法帖，辨才细观后说，这几本帖子真是二王真迹，但不是二王法帖中最好的。我有一帖真迹，十分精彩。萧翼问他是什么法帖，辨才说是《兰亭》。萧翼佯作不信，说近百十年来，动乱反复，哪里还有王羲之的真迹？必定是响搨假冒的帖子罢了。辨才约翌日来看。萧翼看到真迹以后，故意指为响搨假冒，纷争不已，以坚其心。此后辨才就不再放回梁上暗格内，连同萧翼带来的二王杂帖放在桌上，不复避忌。一日辨才外出做斋会，萧翼乘机入寺，将《兰亭集序》与二王杂帖取走，赶赴官驿，亮明身份，请报官府前来处理。越州都督闻讯赶到驿站，萧翼宣读皇帝圣旨，详告缘由，都督下令宣召辨才，辨才赶到现场，见是书生小友，不知发生什么事，萧翼告诉他说："我奉皇帝之命来取《兰亭集序》，现在已经取到，所以请师傅来告别的。"辨才当场昏倒。萧翼回京献上《兰亭集序》真迹，唐太宗非常高兴，赏赐丰厚，加官晋爵，还厚赏辨才，辨才以此建造三层宝塔，后岁余终因打击太大而卒。《兰亭集序》真迹在唐太宗临终时，遵照遗嘱陪葬昭陵。今传世的《兰亭集序》都是太宗生前命侍臣双钩响搨之本，赏赐臣下。

唐以来，《兰亭集序》的传承及其真伪便成为学界研究的一个经久不息的课题，宋朝桑世昌搜集有关《兰亭集序》的不同版本、流传、翻刻、研究等资料，编纂成《兰亭考》十二卷，可谓《兰亭集序》研究的第一部重要著作，开启后世《兰亭》研究的帷幕。桑世昌祖籍淮海，世居天台，是陆游的外甥。嗣后姜夔（白石）著有《禊帖偏旁考》，俞松著有《兰亭续考》二卷，清翁方纲《苏米斋兰亭考》八卷，清李彦彬《兰亭考》一卷，清佚名《兰亭考》不分卷、《唐各家帖考》一卷，佚名辑《寿石斋集兰亭考》等。可见自唐以来，文人心目中的兰亭已经成为一种情结，伴随书生的成长、成熟，直到永远。

曹娥江

曹娥江是一条慈孝之江，它有两个大孝之人，为它的孝文化提供支持。一是上古时代的孝子典型虞舜，此江因此名叫舜江；一是东汉安帝时期的孝女曹娥，为寻找落水而死的其父曹盱尸体而投水，竟以其尸负其父尸而出水，被视为大孝的女子，就改名为曹娥江。江在会稽东南七十里，上游曰剡溪。自嵊县（今嵊州市）北流入县界曰曹娥江。又北入上虞县(今绍兴市上虞区)界,亦名上虞江。《元和郡县图志》载:剡溪出剡县西南,北流上虞县界为上虞江。又载上虞江在上虞县西二十八里。[①] 剡溪流过剡县(今嵊州市)城南,上游两源:一源出自台州天台县;一源出自婺州东阳县(今东阳市),就是王子猷雪夜访戴逵之所,因此亦名戴溪。剡溪源自天台、东阳,众山之水,四面会凑于剡中,曲折迂回,流过嵊浦而北,至曹娥庙前,是为曹娥江,又名东小江。以区别于浙江。又曹娥江北入上虞界,经龙山下亦名舜江。又拐向西北至三江口入海,即钱塘江下游段,江面宽阔,潮水汹涌。前文已经叙及。

若耶溪

若耶溪(又作若邪溪)是浙东唐诗之路上著名的水道,发源于绍兴市东南约四十五里的若耶山,流经云门、平水、铸浦、灵汜桥,向北流入镜湖。全长23.5公里,集雨面积136.7平方公里,系镜湖三十六水源中最大的一支水流。若耶溪是古代铸剑高手欧冶子铸剑的地方。唐朝大臣、著名书法家、诗人徐浩游览到此处,说:"曾子不居胜母之间,我岂能游若耶(耶爷同音)之溪?"就改为五云溪。西施采莲浣纱的地方,所以得名浣纱溪。当然以上这些将古代名人集中到若耶溪,是一种集美的笔法。此溪大小,史籍记载亦有较大的出入,《吴越春秋》说若耶之溪水深而莫测。《耆旧续闻》却载此溪是一小涧水,溪旁人烟极萧条。若耶溪也称耶溪,如孟浩然《耶溪泛舟》等就是其例。又以此溪离州治最近,称为越溪,如施肩吾《越溪怀古》云:"忆昔西施人未求,浣纱曾向此溪头。"[②]若耶溪的下游有汉郑宏上山斫柴,拾得神人遗箭归还,得到实现"旦南风,暮北风"愿望传说的樵风泾。若耶溪附近有金属矿藏,《越绝书》卷十一载:"赤堇之山,破而出锡;若耶之溪,涸而出铜。"[③]所以传说欧冶子铸剑于溪边,也有它的史实依据。溪边的地名铸浦,反映古代有过鼓铸的作坊。现在以溪流过平水镇,改水名叫平水江,上游已经建成平水江水库。这条只有二十多公里长的若耶溪,在唐朝却引来很多诗人,游踪密集,所留诗作也多,就是一个很值得探索的课题,它的魅力究竟在哪里?《水经注》载若耶溪发源于嶕岘麻溪,这个嶕岘是古代越国都城所在地,其水又注入越州水文化的代表作镜湖,离越州城又最近,它就带有越州溪流的象征意义,游客看惯了山会平原水乡的水,如湖泊、河渠,来到若耶溪便有耳目一新的感觉。初唐诗人宋之问《游禹穴回出若耶溪》诗云:

---

① [唐]李吉甫撰,贺次君点校:《元和郡县图志》卷二六,中华书局1983年版,第620页。

② [清]彭定求等编:《全唐诗》卷四九四,上海古籍出版社1986年版,第1251页。

③ [汉]袁康、吴平辑录:《越绝书》卷一一,《四库全书》第463册,台湾商务印书馆2008年版,第114页。

“禹穴今朝到，耶溪此路通。……石帆摇海上，天镜落湖中。水底寒云白，山边坠叶红。归舟何虑晚，日暮使樵风。”[①]这首五言排律写出若耶溪秋冬时节斑斓的景色，也透露出诗人不担心归航之晚，是因为此处离城里近，又樵风泾有合人心意的“樵风”相送。盛唐诗人孟浩然《耶溪泛舟》诗云：“落影余清辉，轻桡弄烟渚。澄明爱水物，临泛何容与。白首垂钓翁，新妆浣纱女。相看似相识，脉脉不得语。”[②]喜欢耶溪之情写得既从容不迫，又余波脉脉，更有一种无尽之意见于言外。李白《送王屋山人魏万还王屋》“遥闻会稽美，一弄耶溪水”[③]，写得潇洒飘逸。綦毋潜《春泛耶溪》诗云：“好风吹行舟，花落入溪口。”[④]崔颢《入若耶溪》诗云：“轻舟去何疾，已到云林境。起坐云鸟间，动摇山水影。岩中响自答，溪里言弥静。事事令人幽，停桡向余景。”[⑤]都描绘若耶溪景色旖旎，其环境清幽，确实有引人入胜的风光。唐人在若耶溪留下诗作的还有许景先、丘为、刘长卿、独孤及、皎然、李绅、朱庆馀、顾非熊等人。

若耶溪是绍兴城南不远处的丘陵谷地中一条较大的溪流，山清水秀，环境幽深，与绍兴城及以北平原景象大为不同，让那些看惯越州山会平原风景的文人格外喜欢。像若耶溪这样的溪流符合“小桥流水人家”的意镜，很有特点。加之附近有云门寺，是王献之舍宅为寺，晋宋风流的范型之一，当时是浙东著名丛林大刹；平水又是当时越州城东南方繁荣的交易市场，是附近县邑的茶叶集散地，也是诗人涉足之处。宋张淏《会稽续志》卷三《市・会稽》载中唐元稹为白居易《白氏长庆集》作序，言及“予尝于平水市中见村校诸童竞习歌诗，召而问之，皆对曰：‘先生教我乐天、微之诗。’固亦不知予之为微之也。其自注云：‘平水，镜湖傍草市名。’”[⑥]成为诗人寻找不同类型，具有新鲜感的游栖之所，对唐朝诗人有很强的吸引力。以至于大历年间鲍防在越州时，掀起过一股联唱雅集之风，参加联唱的诗人往往有十数人到数十人，如《入五云溪寄诸公联句(从一字至九字)》《自云门还泛若耶溪入镜湖寄院中诸公》联句等，当时盛况可想而知，若耶溪便是参与雅集联句唱和诗人的必经之路，耶溪可谓是一条游栖之溪，雅集之溪，诗歌之溪。

---

① [清]彭定求等编：《全唐诗》卷五三，上海古籍出版社1986年版，第161页。
② [清]彭定求等编：《全唐诗》卷一五九，上海古籍出版社1986年版，第371页。
③ [唐]李白著，[清]王琦注：《李太白全集》卷一六，中华书局1977年版，第752页。
④ [清]嵇曾筠监修：《浙江通志》卷一五，《四库全书》第519册，台湾商务印书馆2008年版，第448页。
⑤ [清]彭定求等编：《全唐诗》卷一三〇，上海古籍出版社1986年版，第303页。
⑥ [宋]张淏撰：《会稽续志》卷三，《四库全书》第486册，台湾商务印书馆2008年版，第478页。

若耶溪上赛舟忙

樵风泾

樵风泾在会稽县东南二十五里（今属绍兴市柯桥区），上文已经说明是若耶溪的下游。它的别具一格的水名，出自一个古老的传说。刘宋孔灵符《会稽记》记载：射的山南边有白鹤山，山上的鹤能为仙人取箭。汉朝的时候，郑宏曾经上山斫柴，拾到一支掉在路边的箭，过一会儿，有人前来寻找箭。郑宏将这支箭还给他，他问郑宏有什么愿望。郑宏说：我们斫柴的人经常担心若耶溪载柴遇到打头风，撑船非常吃力，希望早晨刮南风，傍晚刮北风。后来果然这样。因此若耶溪风到现在仍然这样，乡亲们就亲切地称为“郑公风”。《舆地纪胜》也记载这一传说，并引宋之问诗“归舟何虑远，日暮有樵风”①，以见唐朝诗人对樵风泾的赞赏。这一造福当地百姓的神奇的“樵风泾”就在浙东唐诗之路上留下美好的名声。

平水溪

平水溪在会稽县东南三十五里（今绍兴市越城区），镜湖三十六源之一也。唐咸通元年（860），浙东农军裘甫游骑到达平水、东小江。又光启二年（886），钱镠讨刘汉宏，将兵自诸暨趋平水，凿山开道五百里，出曹娥埭。上述史事所指都是指此溪。胡三省《通鉴注》：平水在越州东南四十余里，小江源出大木山，南流合于剡江。

---

① ［唐］宋之问：《游禹穴回出若邪》，［清］彭定求等编：《全唐诗》卷五三，上海古籍出版社 1986 年版，第 160 页。有，《全唐诗》作“使”。

禹　池

禹池在会稽县东南禹陵前(今绍兴市越城区)。唐贺知章乞为放生池,因名贺家池。

曹娥江系列

曹娥江是浙江省第四大水流,也是剡溪的下游,它的起始处有两说:一是从曹娥庙处开始叫曹娥江,这就意味着其上水流仍名剡溪;一说是剡溪流入上虞界即叫曹娥江。目前所见网络地图是按后一种标识地名的。此江下游与钱塘江汇合处,有较大的水面,就是历史上叫“前海”“后海”的地方。20 世纪 60 年代到 90 年代围垦钱塘江滩涂,让曹娥江的江段延长不少。浙东水流大多东流入海,曹娥江是北流入“海”,与浙东运河构成“十”字形,上游汇合新昌江、澄潭江为剡溪,又有东小江等支流汇合。这是与晋宋人士和唐宋诗人发生很多故事的水道。

白马湖

白马湖原本籍籍无名,在上虞县西北(今绍兴市上虞区)。相传创自东汉,周约四十五里,三面皆山,三十六涧之水全汇聚于白马湖,湖中有三山,分别名为癸巳山、羊山、月山。旁有沟涧,溉永丰之田四十余顷。这处普通的湖泊,因为一所学校春晖中学的办学而像飞机上面吹喇叭——名声在外,真是浙东唐诗之路上的一处名胜。因为有美好的目标和美好的德行、美好的教师、杰出的学生,成就了这一所培养人才的摇篮,名人辈出,群星灿烂,为浙东唐诗之路带来充满希望的光辉,令人为之油然而生敬意。

剡　溪

剡溪是浙东唐诗之路的血液,是让诗路活跃起来的媒介,也是让诗路美起来的眉目,让诗路香起来的香水。可以说没有剡溪这条黄金水道就没有那么多的诗人,纷至沓来直上天台山;没有剡溪,就不会有那么多充满激情的浙东山水诗歌名作。剡溪是对剡中主要水流的通称,如《剡溪志》第二章《流域环境》中所说:“秦置剡县,山名剡山,溪名剡溪。剡溪为嵊州市境内的主河,又名剡江、剡川。”[①]宋王铚《修学记》载:“嵊西南隅,群峰之麓,下临剡溪。山川环拱,气象雄张。”[②]发源于台婺两州。发源地一为天台山石梁,即今名新昌江的源头;一为东阳,实为今磐安,即今澄

---

① 嵊州市政协《剡溪志》编委会:《剡溪志》第二章《流域环境》,中国文史出版社 2021 年版,第 57 页。

② [宋]高似孙撰:《剡录》卷一,《四库全书》第 485 册,台湾商务印书馆 2008 年版,第 538 页。

潭江的源头。因唐朝诗人从剡溪溯流而上的目标大多是天台山或者与之相邻的天姥山、沃洲山等，所以剡溪的所指基本上就是由新昌江流下来的这一支水流。如杜甫所谓剡溪蕴秀异，李白所谓剡水石清妙，都属于这样的用例。其他诗人如罗隐《寄剡溪主簿》诗云："洞连沧海阔，山拥赤城寒。他日抛尘土，因君拟炼丹。"①宋陆经《送丁中允宰剡》诗云："尘土官曹几处闲，君今作邑好开颜。落帆直向剡溪口，入境先登天姥山。"②宋王平父《送聂剡县兼呈沈越州》诗云："剡溪清泻映檀栾，天姥花飞载酒船。忆我少年来蜡屐，羡君今日去鸣弦。"③也有的将目标定得更远的福建，如刘长卿诗云："鸟道通闽岭，山光落剡溪。"④大方向没有二致，明显可见这种诗歌传统一脉相承，追踪晋唐的痕迹。剡溪下游直到上虞曹娥庙前，方才称为曹娥江，这是施宿《嘉泰会稽志》中所载当时的情况。今天的电子地图都不知此水的命名由来，在距离曹娥庙很远的地方，上虞章镇剡溪与隐潭溪汇合处以下就划定为曹娥江，大概是以行政区划为界线，也可能是一个美丽的误会。

描写剡溪美丽风光的作品除了上述所举若干首外，其他出色当行的诗作车载斗量，而朱放的六言诗于无意之中，为剡溪留下一幅趣味隽永的画卷，令人咀嚼无穷，以他处已见，此不重复。宋朝诗人汝阴王铚赋诗："贺家湖东剡溪曲，白塔出林山断续。雪中兴尽酒船空，境高地胜何由俗？谁结禅居在上方，山房曲折随山麓。个中非动亦非静，自是白云檐下宿。"⑤这首古风歌颂剡溪风光，写得自然贴切，生动传神，境界超卓，新意自出。

现在文旅融合，唐诗成为剡溪文旅的重要资源，嵊州新昌及其他有关地方都很重视剡溪唐诗之路的研究开发，如今已经成功成形的，有剡溪漂流、越剧小镇、金庭王氏宗祠、金庭书法朝圣节等，不断建设提高文旅景区景点的保护和服务水平。同时，嵊州市毕竟是剡县腹地，历史文化积淀深厚，还有许多有待继续研究的材料和课题，可以为诗路文旅提供后备成果。

嶀　浦

嶀浦以北有石床，传为谢灵运垂钓之所。其下为剡溪口，水深而清，名为嶀浦。宋潘阆《晚泊嶀浦寄剡县刘README员外》诗云："晓泛剡溪水，晚见剡溪山。徘徊住行棹，

① ［清］彭定求等编：《全唐诗》卷六六五，上海古籍出版社 1986 年版，第 1674 页。

② ［宋］高似孙撰：《剡录》卷一，《四库全书》第 485 册，台湾商务印书馆 2008 年版，第 535 页。

③ ［宋］高似孙撰：《剡录》卷一，《四库全书》第 485 册，台湾商务印书馆 2008 年版，第 535 页。

④ ［清］彭定求等编：《全唐诗》卷一四九，上海古籍出版社 1986 年版，第 350 页。

⑤ ［宋］高似孙撰：《剡录》卷二，《四库全书》第 485 册，台湾商务印书馆 2008 年版，第 543 页。

待月思再还。渔唱深潭上，鸟栖高树间。应当金石友，念我无暂闲。”①就是歌咏这个地方的山水风光，也在无意间为嵊浦留下一首有趣味的山水诗作，突出了适宜垂钓，鱼跃鸟栖，一派浙东山水画图之景，令经过水上者都情不自禁地停下篙桨，被这片旖旎的风光所融化。以前地方志引用谢灵运诗，以表示谢灵运经过此处，叹赏不已而作诗云：“曩基即先筑，故池不更穿。果木有旧行，壤石无远延。”②但此诗系谢灵运《还旧园作赠颜延年》，自注即始宁园。始宁以前在上虞，它的县治即现在嵊州三界镇，有西庄别墅在那里。有些移位，但借助谢灵运的名头，距离不是很远，权当为嵊浦借用吧。

以上嵊县（今嵊州市）水。

余姚江

余姚江简称姚江，在余姚县（今余姚市）治南，正好处在浙东运河东段腰部，为浙东运河东段注入活力之源。源出太平山，到菁山段，即名菁江，又名舜江，北流至上虞县东通州坝，名通明江。又东北流为蕙江，至余姚县（今余姚市）西六里兰墅桥南，分为兰墅江。又东流至县西六浦桥北，分为后清江。又东入两城间，至县东五里竹山潭，受兰墅、后清二江，又东入宁波府慈溪县（今慈溪市）界，为慈溪江。境内曲折，总长二百里。详见下宁波余姚江条。

第三节 灵 江

宋陈耆卿在《嘉定赤城志》中概述台州之水：“自昔称山明水秀，二者不可得兼也，而兼之者胜焉。山犹精神，水犹血脉。无精神则铄，无血脉则枯。……故吾州号山水窟，非虚语也。惟天台、仙居二溪并合于（台）州（城）西二十里之外，秋潦至，或有啮堤荡郭之忧。然自庆元中有之，今则晏如也。”③台州水系主要水流可概括为一主众从。一主指台州最大的水流灵江（海门段又名椒江），占台州最大的流域面积，也占最大的地表流量，同时占台州最大的水上运输量、水上文化含量。如上游永安溪、始丰溪及澄江，与浙东唐诗之路结下深缘的是始丰溪和灵江，承载了唐诗之路绝大部分诗人经行的“业务”；永安溪与唐诗之路的关系是因为有一位台州

① [宋]潘阆：《逍遥集》（不分卷），《四库全书》第1085册，台湾商务印书馆2008年版，第567页。

② [刘宋]谢灵运：《还旧园作见颜范二中书》，[梁]萧统编，[唐]李善注：《文选》卷二五，中华书局1977年版，第364页。

③ [宋]陈耆卿撰，徐三见点校：《嘉定赤城志》卷二三，上海古籍出版社2013年版，第362页。

最早的进士和诗人项斯，他从老家到台州州治临海考试、宦游或者办理有关科举手续，都需要走永安溪这条最方便的交通线。其他的与浙东唐诗之路有重要关系的水流鲜有见诸唐人诗歌，但就其经行路线而言，要数海洋了，就是台州沿海航线。因为前面钱塘江部分已经有所交代，兹从略。

灵　江

灵江在州城西约十三里处三江村汇合上游永安溪和始丰溪，始称灵江，唐朝时还有临海江之名，顺水而下绕流府城郛郭，旧传有“赤城地，灵江水，丹丘井”之谣。有一处叫陈婆坳的地方，江水极其清澈，即使潮水涌来，对它影响也不大。城里原来取这里的水酿酒，到南宋嘉定中，曾以取“灵江风月”为品牌之名的酒为台州的“州酒”。自台州城西门朝天门外渡江，就叫西江；自南门兴善门外渡江，就叫南江；自靖越门外渡江，就叫东江，其实就是一条灵江。俗号上中下三渡，分别名为上津、中津、下津，从南宋以来建起浮桥，一直延续到20世纪90年代为止。

灵江是浙江八大水系之一，省内第三大江，上游有两大支流：一是发源于缙云与仙居交界的天堂尖，流贯仙居的永安溪；一是发源于磐安，流贯天台的始丰溪。两溪到临海永丰镇石鼓村（隔岸为白马山麓三江村）附近汇合成为三江口，称灵江。之后向东到府城环抱其西、南两面，到达下一个三江口，与发源于黄岩山的支流澄江（又作橙江、永宁江）合流，形成入海的尾闾，也称椒江。灵江全长198公里，流域面积6613平方公里。灵江是浙东唐诗之路从台州到温州（永嘉）的主要通道，也是骚人墨客喜欢选择的道路。以天台山为起点，从天台县城下清溪埠头入始丰溪，顺水而下，经恶溪（今名大善滩）到达府城，继续前行，经新亭（唐新亭监址，今临海涌泉新亭头村）到临海与黄岩交界处的三江口（下三江口），则可选择继续走水路还是上岸走陆路。走水路则向东入海（台州湾），向南沿东海边到达温州府城永嘉（今温州市鹿城区），这便是著名诗人孟浩然和李白的粉丝魏万等人所经行的路线。此路向东可通日本和朝鲜半岛诸国。走陆路则从此登陆走黄岩到太平（今温岭）泽国，沿大溪（温岭大溪镇）、温峤（又名温岭）山路到乐成（唐县名，又作乐城，今温州乐清）到温州。这便是唐朝鉴真大师第四次东渡日本时所经行的路线。浙东唐诗经行此路，便形成温州最大水流瓯江中的诗岛——江心屿以及诗人追踪谢灵运等先贤足迹所留下的众多诗篇、逸事佳话。

恶溪（百步溪　仙人溪）

台州恶溪又名百步溪，是始丰溪流到天台与临海中间，地名百步之处，距离临海城西北六十里的一处山谷险滩，共前后两滩，石险湍激，名叫大恶、小恶。唐朝诗人孟浩然《寻天台山作》："欲寻华顶去，不惮恶溪名。"[①]就是指这里。古代从天台到台州州城（府城），如果乘船，恶溪是必经之处。从宋朝起，经过台州官民近四百年的疏凿，终于化险为夷，行船无碍。明朝蔡潮改名为"大善滩"，这处"恶溪"可说是"改恶从善"了。

恶溪下游不远处的始丰溪还有一处仙人溪。因为溪旁的山岭为道教紫阳真人张伯端在此"成仙"而得名仙人岭，岭下的溪也就叫作仙人溪了，溪边的村子就叫仙人村。

东 湖

临海东湖与巾山号称一郡游观之胜，是原来府城最有看点的文旅名胜。清末俞樾《春在堂随笔》中说过："杭州有西湖，台州有东湖，东湖之胜，小西湖也。"[②]因为处于府城原东城墙崇和门外，而得名东湖。起初是城外白云山东鲤鱼山、三宫山溪之水汇为水池，离灵江亦近，就开凿为船场水军营，成为台州"水军"的练兵场和大本营。时间据陈耆卿《嘉定赤城志》载：盖端拱二年（989），张守蔚所建也。就是北宋早期台州郡守张蔚所建。景祐（1084—1087）中，运使段少连废掉船场，将造船划归温、明二州。宋仁宗嘉祐（1056—1063）中，郡守徐亿将水军营徙入城，也就是将城墙筑到东湖之外，东湖被围在城墙里边。熙宁四年（1071），郡守钱暄开始开凿为湖。这是因为当时土城经不起洪水的浸润和冲击，屡建屡坏，就要设法垒石修城，为防止水至漂溢，要开凿东湖扩容，以受众水，而且将城墙移到东湖以西，东湖的湖面扩大，无形中就形成府城东面的池（护城河），既保障东城墙的牢固，洪水有东湖可以容纳，不再冲刷城墙，杜绝冲塌城墙的后患，又巧妙地弥补了府城东面防御上唯一的弱点。从此台州城成为北依大固山（北固山、龙顾山），南仗巾山、小固山，东、南、西三面有水保护的牢固城池，可谓"固若金汤"。为纪念钱暄的功绩，今湖东的一条路就叫"钱暄路"。南宋绍兴二十年（1150）、乾道五年（1169），东湖历经疏浚，建筑三闸，以通灵江。淳熙十一年（1184），修整东湖时，还在湖心重建"共乐堂"，堂之前有亭名叫"流杯亭"（实际上这也是一处仿曲水流觞的设施）。水光山色，涵映虚旷，为春夏行乐之冠。此后历代都有疏浚、整修，东湖历经风霜，见证府城的历史变迁。现在的东湖已经改成公园，南北长约 500 米，东西宽约 150 米，总

---

① ［清］彭定求等编：《全唐诗》卷一六〇，上海古籍出版社 1986 年版，第 375 页。

② ［清］俞樾：《春在堂随笔》卷六，《春在堂全书》第 5 册，凤凰出版社 2010 年版，第 455 页。

面积约为280亩，分成三大景区，湖东景区、湖心景区和后湖（北湖）景区。湖东景区由伊水山庄、荣兴堂、临海历史博物馆、东湖碑林组成；湖心景区由湖心亭、半勾亭、骆临海祠（骆宾王祠）、樵云阁、逢源亭、樵夫祠遗址组成；后湖景区由琪水园、小鉴湖、海礁苑组成。出后湖桥，就是府城城墙的揽胜门，揽胜门是展示城墙陡峻雄伟的地方，也是游客攀登览胜，展示自己体力和意志的地方。登上揽胜门楼，就可以回顾东湖，一览古城风貌，四面风光尽收眼底。自然有人会涌起"四面风光收眼底，万家忧乐到心头"的思绪。

东湖在唐朝尚未疏凿成型，也就未成为唐朝诗人游观的场所，唐朝诗人有题巾山的诗，如任翻三题巾山诗是其证，但没有题东湖的诗。从宋朝东湖疏浚开凿，潴水成湖，湖光山色，影映成景，就有诗人描写赞颂。如台州通判张罴诗："解愠熏风拂面凉，藕花极目送清香。三千宫女青罗盖，都作酡颜酒晕妆。"①太守钱暄整修东湖时在湖心建造共乐堂、流杯亭，就是想仿效兰亭雅集的构思，他的《题共乐堂》云："疏就湖山秀气浓，花林茂列景争雄。管弦交奏客欢合，台榭竞澄人喜同。环障鹭行飞早晚，平波鱼阵跃西东。荒芜芟去成佳致，换得汀洲月与风。"②为东湖的旖旎风光，郡守曾宏父《怀洪适》题云："东湖径仄半苍苔，问讯红蕖几许开？渺渺波光侵坐席，霏霏荷气着尊罍。片云正为诗情起，小雨更将凉意来。别乘朝来知健否？颇思剧饮拗莲台。"③又《题东湖》云："三年领客醉东湖，欲去犹携竹里厨。谁解挽留狂太守，风荷十顷翠相扶。"④东湖的荣兴堂内收藏有保存至今的国宝级文物"丹书铁券"（俗称免死牌）；湖心亭不远处的半勾亭，是取白居易诗句"未能抛得杭州去，一半勾留是此湖"之意得名，并因清末大学者俞樾所题楹联："好水好山，出东郭不半里而至。宜晴宜雨，比西湖第一楼何如？"写得极富诗意而令人流连；而湖心南北湖堤处的骆临海祠，是纪念唐朝被贬谪到台州担任临海县丞的"初唐四杰"之一骆宾王。骆氏在临海为丞颇不得意，遂奔吴中参加徐敬业反抗武则天的暴动，为徐敬业撰写《代李敬业传檄天下文》而名动天下。徐敬业是徐世勣之孙，唐朝成立，被赐姓李，又避太宗讳改为李勣，李敬业起事失败后被改原姓徐。临海丞是骆宾王担任的最后一个政府官职，后人编辑他的集子时就用临海命名为《骆临海集》或《骆丞集》。后湖有一"小鉴湖"，是南宋乾道中，隐居于此的参政贺允中所建。他援引盛

---

① ［宋］陈耆卿撰，徐三见点校：《嘉定赤城志》卷二三，上海古籍出版社2013年版，第368页。

② ［宋］陈耆卿撰，徐三见点校：《嘉定赤城志》卷二三，上海古籍出版社2013年版，第368页。

③ ［宋］陈耆卿撰，徐三见点校：《嘉定赤城志》卷二三，上海古籍出版社2013年版，第368页。

④ ［宋］陈耆卿撰，徐三见点校：《嘉定赤城志》卷二三，上海古籍出版社2013年版，第368页。

唐贺知章归隐会稽时曾经向唐玄宗请求得镜湖一曲，作为放生池，玄宗赐镜湖剡川一曲，故以为名。有占春堂，枕流、漱石二亭。这些遗迹的建造和取名，时不时地透露出越州诗路文化的影响，尤其是王谢风流、流觞曲水遗风的影响，而迁徙到台州的官员和文人都不自觉地浸润其中，乐此不疲。

始丰溪

始丰溪是从天台县城起始的称呼，县城以上的水流段俗称大溪。源出磐安县大盘山南麓，东流到里石门处，建成一个大水库里石门水库，现在雅名“寒山湖”。又东流绕明岩山，东经寒岩山，接诸溪涧水，曲屈行一百八十里，到天台县城西南，以其受始丰、天台、桐柏之水，即三茅溪（青溪，又作清溪）、小法溪（福溪）等，水量益丰，故名始丰。三茅溪与大溪交汇处为青溪（清溪），属水陆交通要道，原为天台大八景之一“清溪落雁”，洲渚芳草，碧流潺湲。骚人墨客来往此处，触景生情，情难自已，形诸吟哦（详下）。这一段的始丰溪现在被拦水成湖，名天台“始丰湖”，历史上天台县南四十步有一始丰湖，后被大水冲毁，现在恢复了这个湖。湖畔开发新建街区景色宜人，号称“天台外滩”，成为天台县城一个新的景点和亮点。顺流而下，又东流过东横山侧，东经凤凰山麓，汇合宝华及灵溪、欢溪等水，南入临海县界，名百步溪，即所谓“恶溪”，已见上文。又南流二十余里，合沙潭（俗作沙段）溪，又南至府城西十余里石鼓三江口，与仙居之水永安溪汇合为灵江，自天台县城以下一百一十七里至州城临海。

青溪（清溪　三茅溪）

青溪在原天台县城西五里，源出天台山南，流至桐柏，又南流三里，经三井，下流为瀑布，方南入大溪。现在地图上标示的水名是三茅溪。南朝宋谢灵运《登临海峤初发疆中作与弟惠连可见羊何共和之》诗云：“攒念攻别心，旦发青溪阴。”[①]唐玄宗《送司马承祯》诗云：“紫府求贤士，青溪祖逸人。”[②]刘长卿《夜宴洛阳程九主簿宅送杨三山人往天台寻智者禅师隐居》“顷辞青溪隐，来访赤县仙”[③]，又《送灵澈上人

① [刘宋]谢灵运著，黄节注：《谢康乐诗注》卷三，中华书局2008年版，第127页。诗题中无“可”字，此题据萧统《文选》卷二五。“青”亦作“清”。

② [清]彭定求等编：《全唐诗》卷三，上海古籍出版社1986年版，第28页。在《全唐诗》中已经成为“清溪”，应该是在传写中产生的变化。

③ [清]彭定求等编：《全唐诗》卷一五一，上海古籍出版社1986年版，第357页。刘诗中的“青”在《全唐诗》中未变。下一首同。

还越中》“独向青溪依树下，空留白日在人间”[①]都用“青”字。现在流俗多用“清溪”为名，因“青”“清”古今字，表示溪水习惯上用清，就难以回到“青溪”的原貌上了。清溪与大溪汇合处原有码头，是天台城西水陆交通枢纽，车水马龙，舟楫密集，自然形成一处市场和集镇，现在水运已经消失，码头遗迹荡然无存，辖区改为赤城街道，已经发展成为天台县城区的核心地段。原码头附近汇潴为始丰湖，形成天台始丰溪上水面宽阔的一处景观，现在以拦水坝拦水恢复昔日始丰湖的风光，将建成天台的“外滩”。最近通车的杭台高铁就从这里通过，始丰湖的秀丽景色和服务功能找到了一个很好的应用前景。

楢　溪

楢溪在天台县城东二十五里，是天台山的一条知名度很高的“文化名溪”。亦名欢溪，源出华顶，唐徐灵府《天台山记》载：“楢溪在唐兴县东二十里，发源自花顶，从凤凰山东南流，合县大溪。”[②]东晋孙绰《游天台山赋》所谓“济楢溪而直进，落五界而迅征”[③]，刘宋谢灵运《山居赋》载：“远东则天台桐柏……凌石桥之莓苔，越楢溪之纡萦。”[④]诗圣杜甫《故著作郎贬台州司户荥阳郑公虔》诗亦云“履穿四明雪，饥拾楢溪橡”[⑤]，陆龟蒙《寄题天台国清寺齐梁体》诗云“松间石上定僧寒，半夜楢溪水声急”[⑥]。楢溪又名欢溪，南朝齐高士顾欢曾经隐居于此，天台山中还有欢岙、新昌境内有儒岙，都是为纪念顾欢的地名。

由于楢溪位置及环境等因素，在保护和利用天台山文化资源上有所忽视，从浙东唐诗之路研究迄今，对楢溪的文旅研究似乎被遗忘了。既无文旅线路结合楢溪，也未将楢溪建成“文化名溪”，还在静静地等待机会。楢溪流碧玉，深闺人未识。楢溪的资源亟待引起有关方面的重视。

在天台山的名水中，类似于楢溪的还有如灵溪。

灵　溪

灵溪，在天台县西北一十五里，福圣观前。孙绰《游天台山赋》所谓“赤城霞起

---

① ［清］彭定求等编：《全唐诗》卷一五一，上海古籍出版社 1986 年版，第 356 页。

② ［唐］徐灵府《天台山记》，胡正武校点：《天台山记天台胜迹录》，浙江大学出版社 2010 年版，第 1 页。花顶即华顶，“華”的本义是花朵，“華”“花”古今字。

③ ［晋］孙绰《游天台山赋》，［梁］萧统编，［唐］李善注：《文选》卷一一，中华书局 1977 年版，第 164 页。

④ ［梁］沈约撰：《宋书》卷六七《谢灵运传》，《二十五史》第 3 册，上海古籍出版社、上海书店 1986 年版，第 202 页（总第 1829 页）。

⑤ ［清］彭定求等编：《全唐诗》卷二二二，上海古籍出版社 1986 年版，第 534 页。

⑥ ［清］彭定求等编：《全唐诗》卷六二八，上海古籍出版社 1986 年版，第 1584 页。

而建标，瀑布飞流以界道”[①]“过灵溪而一濯，疏烦想于心胸”[②]的灵溪就是这条灵溪。唐朝诗人顾况来台州途中投宿于天台山麓，对灵溪就写过不止一处，这表示他当时的住所离灵溪近或者他对灵溪印象深。如《从剡溪到赤城》云：“灵溪宿处接灵山，窈映高楼向月闲。”[③]《临海所居》三首之二：“此去临溪不是遥，楼中望见赤城标。不知叠嶂重霞里，更有何人度石桥。”[④]中唐诗人郑巢有一首《宿灵溪馆》诗：“溜从华顶落，树与赤城连。”[⑤]若联系起来看，很可能当时天台县的官驿（官方招待所）就设在灵溪边上，那么可推知顾况当时经过时所住的很可能也是这里。其他诗人写到天台山而涉及灵溪的诗还有，如李郢《送圆鉴上人游天台》《送僧之台州》，陆龟蒙《和袭美腊后送内大德从勖游天台》等。总之，这一小小的灵溪和灵溪馆，倒是与许多过路的诗人结缘，成为天台山水与唐诗之间的一条纽带。同时在天台县东二十里光景亦有灵溪，是另一条水流，同名巧合而已。

福　溪

福溪在天台县北四十里，与现在电子地图上标注的始丰湖南岸的福溪属于同名巧合。晋束皙《启蒙记注》：“天台山去人不远，路经福溪，水险而清。”[⑥]福溪是天台山很早就出名的名水。古时从越州方向来天台，度关岭进入天台时要经过福溪，但在历史的变迁中，福溪已被埋没很久，渐趋静寂。这应该是交通路线改变引起的，不再经过福溪，或者经过而无须徒涉，所以无人再注意福溪。历史滚滚向前，无法倒退到往事中。

另外还有几条与著名寺观密切相关的溪水，在此一并简述。一是国清溪。在天台县西北十里国清寺前，由左右围绕国清寺的两条山涧汇合于寺门前右侧，流九里入大溪。历史上有天文学家僧一行（张遂）编历书，来国清寺请教一个算法问题，走到此处，刚好遇到山洪暴发，东溪水大，涌入西溪，激流澎湃，形成壮观，留下“一行到此水西流”的传说和遗迹。现在，寺门前“隋代古刹”照壁前的古树下立有一块“一行到此水西流”石碑，作为标志。同时，此处因两山涧汇聚之所，又由于一行到此奇遇，遂成为天台山大八景之一的“双涧回澜”，为国清寺山门增添胜景，为天台

① ［梁］萧统编，［唐］李善注：《文选》卷一一，中华书局1977年版，第164页。
② ［梁］萧统编，［唐］李善注：《文选》卷一一，中华书局1977年版，第165页。
③ ［清］彭定求等编：《全唐诗》卷二六七，上海古籍出版社1986年版，第664页。
④ ［清］彭定求等编：《全唐诗》卷二六七，上海古籍出版社1986年版，第664页。
⑤ ［清］彭定求等编：《全唐诗》卷五〇四，上海古籍出版社1986年版，第1276页。
⑥ ［宋］陈耆卿撰，徐三见点校：《嘉定赤城志》卷二四，上海古籍出版社2013年版，第380页。

山文旅增一新脉。李白《普照寺》诗云:“天台国清寺,天下为四绝。今到普照游,到来复何别? 楠木白云飞,高僧顶残雪。门外一条溪,几回流岁月?”[①]此景为这一诗意作了很好的实景对照,给读者和游客提供一个李白诗取材的鲜活样本,大大增添游客游览考察的兴致。

玉女溪

玉女溪在天台县西北二十五里,道教著名的道场桐柏观前。这条溪原本是天台山上的一条既有美好景色,又有美好意境的山溪。而从“大跃进”以来各种农村基建工程上马以后,像桐柏观也在被清除之列,为修筑水库让路,作为紧跟时代步伐,大干快上的工程,天台桐柏也修成水库。这座水库修筑完成后,一直到 21 世纪,才迎来建造抽水蓄能电站的良机。当时,坊间有所谓“水库见底,桐柏重起”的谣谚,果然是某年夏间桐柏水库蓄水放光,桐柏宫重建工程上马,到 2018 年 12 月 27 日,桐柏宫方丈升座庆典暨浙江道教学院揭牌仪式举行,可视为桐柏宫重建工程竣工,号称桐柏新宫。新宫的建设与布局适应现在桐柏抽水蓄能电站建设大环境,围绕文旅融合展开,新宫更加宏伟壮观,功能和场所都有所增加。

幽　溪

幽溪在天台县东北二十里,高明寺前。它的出名是因为明朝时期高明寺有高僧传灯(无尽)大师(1554—1628)在此修禅,并著书立说,笔耕不辍,卓有建树,先后有《天台山方外志》和《幽溪别志》传世。尤其是《天台山方外志》三十卷,“其叙事该、稽古博、究理深,为文则求辞达而已,不以奇炫人”[②],记载内容上,佛教知识固然是作者的本行,道教知识他也熟悉;传灯大师久居天台山上,山上名胜分布,各有不同,都在他的心中。此书为幽溪、为高明寺、为天台山赢得久远的声名。同时,幽溪的景色也有引人入胜之处,就如一百年前高鹤年所见:“四面皆山,面临一溪,松竹围绕,寺藏其中。往礼智者幽溪像,看贝叶经、宝钵、朝衣等。更上,拜幽溪塔院。幽溪讲肆,纤尘不喧。”[③]幽溪让高明寺显得更加幽深宁静,深藏不露而纤尘不染。

百丈潭

百丈潭在天台山琼台双阙之间,它的上面是百丈岩,又作百丈崖,陡峭险峻,

---

① [唐]李白著,[清]王琦注:《李太白全集》卷二九,中华书局 1977 年版,第 1421 页。

② [明]王孙熙:《天台山方外志序》,[明]释传灯:《天台山方外志》,上海古籍出版社 2018 年版,第 22—23 页。

③ 高鹤年:《由普陀到天台游访记》,张天星辑注:《浙江天台山游记辑注》近代卷,浙江大学出版社 2022 年版,第 20 页。

藤蔓纠结，苍翠蒙络，百丈坑水声琤琤，盘涧绕麓，流下云溪。百丈潭的山头即“琼台双阙”，是天台山上的著名胜景，甚至于被誉为第一胜景，虽有些偏激，但也有其道理，主要是清真出俗，幽邃峭削，出于寻常。诗仙李白有《求崔山人百丈崖瀑布图》诗：“百丈素崖裂，四山丹壁开。龙潭中喷射，昼夜生风雷。”[①]就被认为是画此景之画。

降真塘

降真塘在天台县北二十里，唐高道徐灵府《天台山记》云：“桐柏观前一里有石坛一级，以砖石杂砌，方广三十二丈……坛前有塘，名曰降真塘，塘多植荷荇之类。”[②]现在，桐柏新宫前是抽水蓄能电站上水库(即蓄能水库)，旧时所有的道教遗迹和景观都已经沉入水底，化为乌有。但桐柏观是唐睿宗下诏为司马承祯修建的道场，地位非同寻常，在天台山、台州乃至在浙东都占有独特的地位。唐台州刺史郑熏《桐柏观》诗云：“深山桐柏观，残雪路犹分。数里踏红叶，全家穿白云。月寒岩障晓，风远蕙兰芬。明日出云去，吹笙不可闻。”[③]是正面描写桐柏观的诗作。

三 井

三井在天台县北二十里，唐朝时曾经派遣使者投放金龙白璧，原来传说被尼姑触犯，一井自塞，其余二井深不可测，每春夏时雨则众流灌注，激涌雷吼，或云通海，又云海眼。李郢《送僧至台州》诗所谓“独寻台岭闲游去，岂觉灵溪道里赊。三井应潮通海浪，五峰攒寺落天花”[④]，指的便是它的有些深不可测般的神奇。宋咸平中投龙醮祭。

桃源溪(惆怅溪)

桃源溪是一条尚未开发的保持原生态的山溪，从天台山靠近关岭脚的白鹤镇附近进入，与护国寺相近。传说，刘晨、阮肇在此遇仙搭救，结为夫妻之后，在仙洞中住了半年，苦辞而归，结果无复相识，已过七世。后两人思念山中仙子，又重回到天台山想与仙女修好，却不得其门而入，只得惆怅而返，后遂不知所终。因此这条

---

① [唐]李白著，[清]王琦注：《李太白全集》卷二四，中华书局1977年版，第1136页。

② [唐]徐灵府撰：《天台山记》，胡正武校点：《天台山记天台胜迹录》，浙江大学出版社2010年版，第4页。荇一作荐。

③ 陈尚君辑校：《全唐诗补编》，中华书局1992年版，第54页。[宋]李庚等编《天台前集》卷中题作《冬暮挈家宿桐柏观》。

④ [清]彭定求等编：《全唐诗》卷五九〇，上海古籍出版社1986年版，第1507页。

从仙洞(桃源洞)流出的溪水日日呜咽不已，似乎悲鸣。后人就把它叫作惆怅溪。

永安溪

永安溪发源于仙居县西二百一十里，是仙居县的"母亲河"。有大小二源：小源出冯师山东，流一百零六里至曹村，水尚浅不可行舟。自曹村而下广二十步，可胜小艇通行。又东至妃姑，与大源水汇合，广二十步，又东流六十七里而南，可通行二十石舟楫。

《元和郡县图志》：乐安溪源出县西冯师山，流经县南，又东入临海县界。永安溪在仙居县西南一百四十里，东流与大溪会。大溪在县西南八十里，源出永嘉县界坑山，东北流，与永安溪汇合。又东流七十里，至县西四都，水面始开广，可通行舟筏。又经县南，至县东二十七里入临海县界，又东至(临海)县西十五里，合于灵江。永安溪是仙居到临海直到海门(今椒江)水上交通运输的干线，20 世纪 50 年代以前，仙居县下到临海、海门可以通航长船，丰水期仙居县上可通航到皤滩、埠头，发大水时可通达横溪。20 世纪 50 年代以后，随着兴修水库、山塘这些农业基础建设的推进，溪流径流量减小，航运急剧减退。又因公路交通的发展，沿溪上下修建了许多公路、桥梁，以往能够通行长船的航段也难以扬帆了。清朝台州著名诗人侯嘉缙有一本诗集名为《永安溪上扬帆集》，很有诗情画意，而现在仙居与临海间的永安溪上早已没有长船的踪影。只是在仙居县上一段十公里左右的河道被开发成"永安溪漂流"项目，颇受游客喜爱，成为近几十年来仙居旅游资源开发中的一个亮点。

项斯坑

项斯坑是永安溪的一条支流，因流经项斯家乡项斯村旁而得名。项斯坑是仙居与浙东唐诗之路产生联系的主要纽带，若无项斯坑，唐朝诗人写到仙居人事物的极少。这也可以衬托出项斯在这一领域所应有的特殊地位。项斯坑坐落于仙居福应街道，村北依山，南面平洋，是永安溪边的一片冲积平原。其村后山坡到山顶有路，称为项斯古道，山顶有一小村落，有项斯读书处。项斯村旁不远处有一条山溪，便是项斯坑。有山溪的地方就有活力，有灵气，项斯村里有座庙，特地辟出一室，供奉的正是项斯，姑且叫项斯祠吧。其村子朝南几里地方就是灵江上游之一，仙居的永安溪。读项斯的《江村夜泊》："日落江路黑，前村人语稀。几家深树里，一火夜渔归。"短小精悍，生动传神地描写水边人家夜里捕鱼归来的情景，真有状难写之景见于眼前的效果。在项斯举进士的时代，台州还属于较蛮荒的地方，官办学校还没有，那么项斯是如何学习的呢？较大的可能是私塾教育打基础，之后是寺院和尚之类人员的辅导和交流，当然最重要的项斯自己坚持不懈的刻苦自学。《唐才子传》载项斯筑草庐隐居朝阳峰前，交结静者（出家人），吟哦不绝，如此积三十余年，终于到长安投考，向祭酒杨敬之行卷，得到击节赞赏，杨敬之作诗说："几度见诗诗总好，及观标格过于诗。平生不解藏人善，到处逢人说项斯。"由此其名益彰，得中进士。杨敬之是项斯的伯乐，也是恩人。项斯中进士后，得官润州丹徒尉，卒于任所。他的一生经历曲折，根据其诗中的记录，他曾走过全国很多地方，到过塞上，到过北方，南方则到过交趾，中部则游踪集中于长江流域。村中文化礼堂特制项斯生平事迹展陈，将其诗中提及的地名制作成《项斯行踪图》，为游客了解项斯一生提供方便。因此以项斯的寿命推论，他隐居朝阳峰前三十余年恐怕有些夸张。项斯所交往的名人还有著名诗人张籍、台州刺史郑熏，都有诗作赞赏项斯。从台州选举史看，项斯是台州进士考试"零的突破"，从台州文学史看，项斯是台州第一位登上诗坛就产生全国性影响的诗人。他的诗歌创作与特色，杨敬之的诗堪称确评。

前文述及韦羌山又名天姥山时已经提出：将项斯村组合到仙居唐诗之路文旅融合线路中，既可以借神仙居风景区的力量助推项斯村的旅游，又可以补充神仙居的唐诗元素，把仙居与浙东唐诗之路联系得更加有血有肉，成为仙居唐诗之路亮丽的名片。

三　江

三江在临海县（今临海市）西一十五里白马山三江村，这是灵江上的第一个三江口，也是台州最大的两条水流汇合叫"江"的起点。其上游始丰溪发源于磐安县大盘山南麓，经街头、平桥、天台县城，合清溪（青溪）、螺溪等支流，沿途经南屏"南黄古道"、莲花梯田等旅游景点，曲屈南流，在天台临海交界的下湾村流入临海，经百步的"恶溪"，合"仙人溪"，曲屈流到石鼓附近的三江村，与永安溪合流。上游另一支仙居永安溪，发源于石长坑水库天堂尖，经缙云境，仙居横溪、仙居县城，过项斯村、括苍水库、道教第十洞天、仙姑岩等景点，在仙居县下各镇下王沈村流入临海。两条溪至此汇合为灵江，结束它们的"溪"的流程，进入新的阶段，三水所聚，故称三江。其水两色，溪清江浊，因灵江为海潮到达之水，故浊。溪水汇聚处，有一处所名陈婆坳，《嘉定赤城志》载为"泓水极清，巨潮澎湃不为动"[①]。台州城里酿酒之家就取此水酿酒，其酒醇香，南宋嘉定中就已经创出名牌佳酿，号称"灵江风月"，作

① ［宋］陈耆卿撰，徐三见点校：《嘉定赤城志》卷二三《山水门》，上海古籍出版社 2013 年版，第 364 页。

为“郡酝”(州酒)。那么,官府招待、商旅饮食、民间喜事年节等首选用酒就是“灵江风月”,可见当时唐诗之路的诗人、官人、商人、道人等各色人等在来往台州城里的时候,饮的台州的酒大概就是用陈婆坳的“泓水”酿成的酒,只是那时尚未像现在这样重视品牌的价值;到宋朝尤其是南宋,经济发达,市场繁荣,“灵江风月”的销路更好。

永安溪全长141公里,流域面积2704平方公里,是浙东唐诗之路台州仙居段的主要交通干线,唐朝诗人项斯等经行此线,也是历朝台州刺史(临海郡太守)巡视仙居的主要水道,如晋义熙中,临海郡太守周廷尉闻知辖下名山上有如此高古神奇的科斗文(后来写作蝌蚪文),就欣然前往,想一探究竟,便命人造了“飞梯”[①],下到峭壁上用蜡模拓科斗文,可是模拓下来后发现,并不认识究竟是什么文字。后来还有几位郡县长官探索过这一科斗文,但都没有结果。这些长官来往的道路主要是这条永安溪。由于永安溪不在浙东唐诗之路干线上,来往这条水路的诗人终究少很多,这也是仙居山水长期处于“养在深闺”,名扬天下的时间晚得多的重要原因。

始丰溪全长133公里,流域面积1610平方公里,是浙东唐诗之路台州天台、临海段交通主要干线,唐朝诗人如孟浩然、魏万、顾况、任翻,日本学问僧最澄等都经行此线,像孟浩然《寻天台山作》“欲寻华顶去,不惮恶溪名”,就是其中名声较著的作品。唐朝以降,诗人仍然沿着始丰溪两岸来往,如宋朝钱惟演、夏竦、洪适、曹勋、王十朋、陈骙、白玉蟾、赵师秀、林景熙,元朝贡师泰、陈孚、杨维桢、黄溍、陈基、鲜于枢、李孝光,明朝刘基、方孝孺、王宗沐、谢铎、黄道周、朱国祚、吴鼎芳、陈子龙、陈函煇,清朝冯甦、潘耒、施闰章、齐召南、袁枚、洪亮吉、王昶、谢启昆、仇兆鳌、茹芬、阮元、钱大昕、秦瀛、端木国瑚、魏源等人。这是一条留下众多诗作、留下众多游记的文旅热线。

永宁江(澄江　橙江)

永宁江又称澄江,也写作橙江,是黄岩的“母亲河”,也是灵江下游汇合的一大支流。发源于黄岩区西部大寺尖,这里是括苍山的南部余脉,自西向东贯穿黄岩西、中、北部,因两岸潮水可润,土地肥沃,适宜种植柑橘,汁多味甜,驰名已久。宋韩彦直《橘录》专载温州(永嘉郡)的柑橘,并说“且温四邑俱种柑,而出泥山者又杰然推第一”[②],意为温州四个县都种植柑橘,泥山(今宜山)出产的柑橘最好,可推为

① [宋]陈耆卿撰,徐三见点校:《嘉定赤城志》卷二二《山水门》,上海古籍出版社2013年版,第346页。

② [宋]韩彦直:《橘录序》,彭世奖校注:《橘录》,中国农业出版社2010年版,第1页。

“天下第一橘”。韩彦直不推许台州柑橘，当时可能不知道台州产蜜橘，所以南宋陈景沂《全芳备祖》对此有过辩证说：“韩（彦直）但知乳橘出于泥山，独不知出于天台之黄岩也。出于泥山者固奇也，出于黄岩者尤天下之奇也。”[①]意为韩彦直只知道乳橘出产于平阳泥山，却不知道台州黄岩也出产乳橘；泥山出产的乳橘固然是少见的奇橘，然而黄岩出产的乳橘尤其称得上天下最奇异的。这给了台州柑橘很高的赞扬，为台州柑橘登上中国水果榜交上一份很有意思的说明书。由此可知，宋朝台州就已经出产品质很好的柑橘了，所以永宁江又写作橙江（“澄”“橙”同音相借）。永宁江曲屈流至三江口与灵江汇合，别名椒江，这是灵江的第二处三江口，可称下三江口。全长 80 公里。南宋绍兴元年（1131）在经历靖康之耻，逃亡江南的落魄岁月中，宋朝著名诗人陈与义从南方遥远的贺州（今属广西）接到朝廷新命，经广东、福建入浙东，过温州雁荡山到黄岩，一路风尘仆仆，饱经风霜，突遇大雨，到黄岩县衙询问有无船舶，送到台州城里。于是有感而发，作《自黄岩县舟行入台州》：“宴坐峰前冲雨急，黄岩县里借舟迟。”[②]这一日风雨途中，易生感慨，想起人生，家国世道，动荡难止，就脱口而出：“丧乱那堪说，干戈竟未休。”[③]（《感事》）等到黄岩县里安排船只，载上陈与义向州城出发，但见灵江水面苍茫，两岸一片雨雾，待向上游行进，前方山边田野上飞来一群白鹭，纷纷落在农夫新耕的农田中，心里又是诗意涌起，吟成“莽莽苍波兼宿雾，纷纷白鹭落山陂”[④]这样富有画面感的诗句。一会儿东风吹来，帆扬船速，心情开朗起来，想着不久可到台州城里，明天就可以向绍兴（南宋临时首都）进发，为国服务，贡献才智，自然涌起豪迈的情感，写下“只应江海凄凉地，欠我临风一赋诗”的名句。这是陈与义在台州写下的一首重要而珍贵的作品，也是写在黄岩经历的唯一诗作，为他经行台州留下印记。

官　河

台州的官河分布南北，主要在台州南片黄太平原（今称温黄平原），主要有南官河、东官河。宋陈耆卿《嘉定赤城志》卷二四《山水门》六《水》黄岩下载：“（官河）在（黄岩）县东南一里。自南浮桥南流至峤岭一百三十里，陆程九十里，广一百五十步。又别为九河，各二十里，支为九百三十六泾，以丈记者七十五万，分为二百余

① ［宋］陈景沂编，程杰、王三毛点校：《全芳备祖后集》卷三《柑》，浙江古籍出版社 2018 年版，第694 页。

② ［宋］陈与义著，吴书荫、金德厚点校：《陈与义集》卷二八，中华书局 1982 年版，第 446 页。

③ ［宋］陈与义著，吴书荫、金德厚点校：《陈与义集》卷一七，中华书局 1982 年版，第 268 页。

④ 以下两处均引自［宋］陈与义著，吴书荫、金德厚点校：《陈与义集》卷二八，中华书局 1982 年版，第446 页。

埭，其名不可殚纪。绵亘灵山、驯雉、飞凫、繁昌、太平、仁风、三童、永宁八乡，溉田七十一万有奇，旧建闸一十有一，以时启闭。”[①]这里记载的是“南官河”，从黄岩到峤岭（今温岭温峤），长度达130里，是当时台州水利史上一项巨大的工程。从开始策划到规划，到后来建成，历经近一个世纪的持续开掘。若计算后来重修工程的话，那远超一个世纪的时光。台州官河的设计师是著名的乡贤罗适，继承他的未竟事业的是南宋淳熙时的勾昌泰，这两位是台州官河的功臣，应该为他们立碑纪史，让他们的事迹传播于后昆。根据《嘉定赤城志》载：“其区画之详，昉于元祐（1086—1093）中罗提刑适；广于淳熙（1174—1189）中勾提举昌泰。”[②]嗣后又有两位台州官员继续接力，为这条台州境内最大的运河功能的完善作了修浚等事。《嘉定赤城志》载：“既而李谦、李大性踵将使指，又重修焉。”李谦是浙东常平仓提举，《嘉定赤城志》卷三十七《风土门》二《土俗》收有他的《戒事魔十诗》，李太性继任提举，先后续有修建和增建。除上述人士参与官河建设外，这项台州水利史上空前的工程，需要大量的经费，就像《嘉定赤城志》所说的：“役大费巨，至烦朝廷拨封桩，降度牒，以附益之。规模宏远矣。”[③]这是常平仓提举李洪向朝廷申请而得到批准的国库资金投入，也是孝宗皇帝、丞相谢深甫等人的支持。[④] 著名思想家朱熹在台州不但传递思想文化，还在提举浙东常平仓时“有意增筑，请太府钱一万缗下黄岩”；到勾昌泰上任常平仓，续请二万缗，建造回浦、金清等六闸；李谦以本司钱建清、混二闸，黄岩知县陈遇明、王华甫也各有续建。[⑤] 如此坚持不懈，持续接力，朝廷亦拨出“封桩”之款，批下度僧牒，为水利工程提供政策倾斜；还有一批台州、黄岩的官员相继致力于此……这是台州水利的空前成就，它的德泽一直滋润台州最大的农业产区，至今仍在航运与灌溉方面发挥着重要作用。在南官河之后，台州还先后有东官河、西官河和北官河的修建，都集中于黄岩。另外，北部宁海县也有官河，是庆元二年县令李知微建。[⑥]

通过梳理台州官河历史，可以读懂和澄清几件与浙东唐诗之路关系密切的事

---

① ［宋］陈耆卿撰，徐三见点校：《嘉定赤城志》卷二四，上海古籍出版社2013年版，第374页。

② ［宋］陈耆卿撰，徐三见点校：《嘉定赤城志》卷二四，上海古籍出版社2013年版，第374页。

③ ［宋］陈耆卿撰，徐三见点校：《嘉定赤城志》卷二四，上海古籍出版社2013年版，第374页。

④ ［宋］彭椿年《重修黄岩诸闸记》，［明］谢铎辑，徐三见点校：《赤城后集》卷八，上海古籍出版社2019年版，第125—126页。

⑤ 以上诸条引自［明］谢铎辑，徐三见点校：《赤城后集》卷八《韩知州鼎建闸庄先贤祠堂记》，上海古籍出版社2019年版，第127页。

⑥ ［宋］陈耆卿撰，徐三见点校：《嘉定赤城志》卷六，上海古籍出版社2013年版，第85页。

情：一是盛唐时期鉴真和尚东渡日本，都是打着到天台山国清寺烧香供养的旗号，以隐蔽自己的行踪和真实目的地，前几次没有成功就半途而废，第四次成功到达天台山烧香供养，之后沿始丰溪经过州城临海，顺流而下到黄岩，改陆路走到禅林寺（今路桥香严寺）被逮回扬州，是当时没有官河的佐证。他们此行的目的地是福州，鉴真事先已经安排弟子备办船只、物资等候。那么鉴真一行数十人为什么不走灵江入海而是向温州甚至是向福州方向走？一是他们的船只在舟山群岛被风浪击破之后，旅途当中无法造船买船，只得走从台州经温州向福州这条"辛苦"之路。这种可能性最大。二是浙东山峻水急，陆行辛苦；浙东沿海岛屿众多，向来是海盗藏身佳所，就在鉴真动身赴日之际，浙东海贼大动，包括今天的甬台温舟都受波及，人民生活深受侵扰。嗣后又有袁晁起义、裘甫起义、方清暴动等多次动乱，行旅虽不能说断绝，但道路不宁不畅是事实。鉴真有鉴于三次出海，两次都在舟山海面遇险，对浙东沿海航道的不太平、不安全深有体会。这是他第四次出行经过台州州城，到达黄岩改为陆行的因素之一。三是浙东唐诗之路台州段为何州城临海到天台的诗歌很多，临海以下到黄岩的诗歌极少？这个问题比较复杂，一句话很难说清楚，但有几条轮廓可以概略陈述。首先是从天台到临海属于官方热线，天台山是"浙东第一诗山""台州第一诗山"，诗人游踪密集，临海是台州州治，无论僧道、诗人还是其他需要与官府发生关系者都要走此路；台州州城又是国内罕见的固若金汤的城池，有南北大固山、小固山，巾山耸峙，城外灵江绕廓，可谓得山川形胜之精华，攻守地理之灵魂，诗人来此登山临水，触景生情，发为吟咏，如骆宾王丞临海日所作"欲知凄断意，江上步安流"，顾况所作"此去灵山不是遥，楼上望见赤城标"，任翻所作"绝顶新秋生夜凉，鹤翻松露滴衣裳"等等，是十分自然的事情。而自临海以下，水路陆路都与天台山、台州州城山川形胜有所不同，且这些诗人也多是为宦游、为干仕而奔波兼程，在灵江入海口，在黄岩平原常是来去匆匆，反倒极少流连光景，吟哦风月。加之上文所述浙东沿海交通不宁不畅，诗人游踪稀少，留下诗作的更少。只有孟浩然、李白、魏万、顾况寥寥数人，然无一人留下细写此段游踪的诗作，顾况的《委羽山》也另有隐情，此处暂不展开。即使涉及此段行程，也多属概括笼统之句，这是浙东唐诗之路上令人费解的奇特现象。[①] 入宋之后，形势大变，浙东天台山再也没有出现像唐朝司马承祯那样具有全国影响力的道教宗师，国家政治中枢也没有像

---

① 胡正武：《浙东唐诗之路台温段诗人诗作断崖式下降原因新探》，《浙江水利水电学院学报》2021 年第 5 期，第 1—7 页。

唐朝皇室那样重视道教，征召道教宗师入朝布道，浙东山水与人文遗迹虽然依旧，并没有黯然失色，而再也没有像唐朝那样吸引大批中原文人来游，留下多姿多彩的诗文作品。与此同时，浙东本土诗人群体已经崛起，在浙东山水间徜徉流连，吟哦讽诵，唱出一个新时代的精神风貌和社会潮流！

第四节　甬　江

甬江系列之水主要范围在明州（含今宁波舟山两市），就它的管理县市来说还包括原属越州的余姚、原属台州的宁海，因此这一水系实际上与台越两州又有不同，主要是它的陆上之水不大，而海上之水为浙东最大。因此本节内容先从海上着笔。

海

原先浙东沿海三府（若算上绍兴将钱塘江下游看作“后海”则为四府，若以现在的行政区划把萧山算到杭州则是五市），以宁波府（含舟山）最为突出，钱塘江口杭州湾分布着我国最大的群岛舟山群岛，府境东南北三面环海，东通日本、朝鲜半岛诸国，南通闽、广、台湾甚至到南洋诸国，北接江苏崇明（崇明岛今属上海市）、上海。处在长江和钱塘江入海口交汇的“长三角”南翼，地理区位十分优越，在海洋经济居主流的时代，表现更加耀眼，宁波有一句城市形象主题口号，叫“书藏古今，港通天下”，“书藏古今”指向的是天一阁，天一阁是我国现有最古老的私家藏书楼。这句话恰到好处地抓住宁波的资源特色，可谓画龙点睛之笔。历史上宁波府的海域完整而广大，见于《旧志》的记载：

> 大海自台州府宁海县折而东，在象山县东二十里曰钱塘，南三十五里曰大睦，西南二十里曰东门，自钱塘而北则定海，自东门而南则台、温。定海县四面皆濒海，东为莲花洋，东北为灌门，海中有砥柱屹峙中流，水汇于此，旋涌若沸，舟行必投以物，杀其势而后过。镇海县东北两面据海，由东而南，接象山县界；由北而西，接慈溪县界。慈溪县北距海六十里，西接余姚，北界海盐，以黄牛、桑屿二山为界。[1]

自从舟山从宁波划出，设立舟山专区，到后来的舟山市，宁波的东部海洋就成

---

① 《大清一统志》卷二二四，《四库全书》第479册，台湾商务印书馆2008年版，第164页。

为两市共同的海域，原先定海的沈家门渔港是全国最大的天然渔港，成为舟山市的港口，宁波的镇海港资源有限，难以建成大型海港，这对宁波来说是很大的挑战。改革开放以后，宁波经济建设就是从港口发展开始快速进步的，因此宁波港找准北仑港这一深水大港资源，一举成功，把宁波的经济带上腾飞的轨道。

海对于宁波来说，是走向世界的通道，走向世界大港的凭借，走向沟通古今、天下的台阶，也是走向中外文化交流，传播宁波个性，联系浙东唐诗之路的梯航。因为宁波居于浙东乃至两浙最大港口的优势地位，它在古代中外通商经贸上的关键作用，就把浙东对外文化传播的任务自然地接过来了。

余姚江

余姚江是余姚的“母亲河”，简称姚江，又称舜江、舜水。明末著名学者朱之瑜被称为朱舜水，就是其家乡这条姚江又叫舜水的原因。姚江之源以前说出自上虞县（今绍兴市上虞区）通明堰，东流十余里，经县江（即姚江）东入于海。江阔四十丈，潮上下二百余里，虽通海而水不咸。现在的说法：姚江发源于余姚大岚镇夏家岭村东的米岗头东坡，源头被称为梁弄溪，姚江干流全长106公里，流域面积2440平方公里。姚江支流有菁江，源出四明山，北流入余姚江，以达菁江。王安石的《离鄞至菁江东望》诗道：“丹楼碧阁无处所，祇有溪山相照明。”[①]实际上姚江已经被改造成浙东运河的主河道，西通上虞曹娥江，向东通到宁波，于三江口与奉化江汇合，称为甬江，向北由镇海入海（杭州湾）。

宁波府的溪江如奉化江、鄞江和姚江等，最后汇合成为一条甬江入海，其中姚江起到沟通曹娥江与甬江两大水流的桥梁作用，并进一步起到连接萧绍运河与虞甬运河的作用，是浙东运河东段的主体河道。换句话说，姚江是宁波文学之江，浙东唐诗之路上虞—鄞县段的主干道，发挥着极其重要的作用。甚至有学者认为宁波文学就是起始于姚江文学。东汉中叶起，虞氏迁入余姚，逐渐成为四明唯一经济、政治、文化三合一的家族，代表人物是虞歆、虞翻父子。此后，虞氏家族人才辈出，几乎垄断四明的学坛和文坛。到隋唐之交的虞世基、虞世南兄弟达到巅峰，后又随着虞氏家族外迁而导致空缺。直到开元二十六年（738）明州建置，为之后本土文学开启帷幕，但成长缓慢。[②] 像胡幽贞这样的本土诗人到唐末五代时方才涌现。

① ［宋］王安石著，秦克、巩军标点：《王安石全集》卷七〇，上海古籍出版社1999年版，第539页。

② 张如安：《汉宋宁波文学史》第一编《步履蹒跚：宁波文学的创辟时期》，中国文联出版社2001年版，第3页。

若从浙东唐诗之路看，姚江是沟通浙东越明两州的交通动脉，连接浙东唐诗之路起点萧山与浙东最大港口明州港的主要渠道。像刘长卿、施肩吾、许浑、贯休等这些留下诗作的著名诗人，还有来往此路的官员和宦游、干谒的文人，他们的出行首选就是水路。像刘长卿有一次在越州使署中陪同浙东观察使幕府诸公，为路经此地的明州和台州刺史于镜波馆设宴饯行，因而作《陪越中使院诸公镜波馆饯明台裴郑二使君》诗："倾幕来华馆，淹留二使君。舞移清夜月，歌断碧空云。海郡楼台接，江船剑戟分。明时自骞翥，无复叹离群。"①

这次招待规格很高，是"倾幕来华馆，淹留二使君"，说明使署中的重要官员全部出席，想留两位使君多逗留一些时间，心情与热情都显示与招待其他人员有所区别。宴会上还有艺人表演歌舞侑酒，舞蹈婀娜，令人忘记了月亮的移动，歌声动人，令人感觉云朵都停住飘飞。可是两位使君身负重任，各奔前程，一往明州，一赴台州，与越州都是山水相连的兄弟之邦，祝愿两位使君一路顺利，在途中不要感叹孤雁离群。这首诗为我们留下一个十分典型的案例，就是浙东水路扮演了诗路干道的重要角色，姚江在浙东运河东段堪称不可或缺，甚至夸张一点说，如果没有姚江注入活水连接转运的话，浙东唐诗之路地图肯定是另一副模样。

甬江（鄞江）

鄞江原在鄞县（今宁波市鄞州区）东北二里，今在宁波市区之内，即甬江。其上游奉化江自南来，慈溪江（即余姚江）自西来，俱至鄞县东三港口（即三江口，浙东方言"江""港"音近。今宁波老外滩、江厦公园段）合流，而东入镇海县（今宁波市镇海区）界为大浃江，经县城南，至县东入海，叫大浃口，即《春秋》所谓"甬东"。东晋时设置浃口戍守卫。隆安中，孙恩被刘裕击败，从浃口逃窜入海，就是此地。现在，从三港口以下水道统称为甬江，甬东、大浃口都成了历史地名。东晋孙恩农军征战于浙东（当时称会稽郡），所向披靡，官军拿他也无可奈何，主要的遁身之处就是靠这条甬江作为退路，当官军势大，农军不支的时候就退入舟山（当时或许还用甬东，《宝庆四明志》卷一《叙郡·沿革》："欲置吴王甬东，君百家。则今昌国是已。"②昌国即舟山，曾设昌国卫）群岛，搞一个"敌进我退"，官军只得"望洋兴叹"。隋唐时代，中国与东洋诸国海上经贸往来，较之此前有较大的发展，唐朝东洋遣唐使来华，杭州湾的甬江口成为一处重要的口岸。元和十四年（819）浙东观察使薛戎上奏中

① ［清］彭定求等编：《全唐诗》卷五三〇，上海古籍出版社1992年版，第1342页。

② ［宋］罗濬撰：《宝庆四明志》卷一，《四库全书》第487册，台湾商务印书馆2008年版，第9页。

有“望海镇(即甬江入海处,今镇海)去明州七十余里,俯临大海,与新罗、日本诸蕃接界”[①]之语,因别处已经有所阐述,就不重复。海外来华的使节也好,商人也好,学问僧也好,通过这个口岸登陆和返回的很多。典型是北宋来浙东求法的日僧成寻,他就是由甬江上溯,进入余姚江,经越州萧山到杭州港口的。这条水路当时是安全性高的国际航线,也是当时浙江与东洋海上通商往来的常识。如宋人燕肃在《海潮论》中记载得更清楚:“今观浙江之口,起自纂风亭,北望嘉兴大山,水阔二百余里,故海商舶船畏避沙潬,不由大江,惟泛余姚小江,易舟而浮运河,达于杭越矣。”[②]再说,明州口岸所处位置有不可替代性,“明州控扼海道,绍兴三年(1133)置沿海制置使以镇之……隆兴元年(1163)始为定制,从臣以上知州皆领使职,散官知州则兼沿海制置司公事,温、台、明、越其属也”[③]。宋宁宗在藩邸时,曾经领过明州观察使之职,等到登基后,就升明州为庆元府,知府名称为知军府事。[④] 也就是从南宋开始,朝廷在明州口岸设置沿海制置使来管理浙东沿海诸州,温州台州明州越州都要服从制置使的领导。可见当时朝廷对这一口岸的重视,也可见明州口岸在全国所占的位置。所以从浙东唐诗之路对外传播与交流上看,甬江是一条很重要的水道,留下了众多的文化遗产,值得后人深入研究与传承。

奉化江

奉化江是奉化的“母亲河”,在奉化县(今宁波市奉化区)北,其上游今名剡溪(与剡县的剡溪同名不同水,但都流经剡山),源出嵊县(今嵊州市)界岭及六诏岭,东北流,曲屈下行之溪口,有武岭胜景,有武岭学校、文昌阁、蒋氏宗祠、蒋氏故居、蒋母墓道、蒋介石的原配夫人毛福梅遇难处等遗迹。又曲屈下行到泉口,沿途受晦溪、上元溪、棠溪水。又东至江口,受范家河、赵河水。又东北至北渡,合镇亭水,始名奉化江,亦曰北渡江,其流始盛。又东北入鄞县(今宁波市鄞州区)界,合鄞江,鄞江就是甬江,北流镇海口入海。这是一条很重要的水流,它的上游剡溪很容易让读者产生误会,以为唐诗之路的剡溪是在这里;它的下游流入东海杭州湾,承担着浙东对外商贸往来和文化传播的主要港口功能,这在有关条目中已有记载。同时,奉化江又与姚江相通,可以借姚江实现浙东运河的交通功能。现在,它被赋予新的功

① [宋]罗濬撰:《宝庆四明志》卷一,《四库全书》第487册,台湾商务印书馆2008年版,第10页。

② [清]翟均廉撰,胡正武整理:《海塘录》卷一九,九州出版社2025年版,第368页。

③ [宋]罗濬撰:《宝庆四明志》卷一,《四库全书》第487册,台湾商务印书馆2008年版,第10页。

④ [宋]罗濬撰:《宝庆四明志》卷一,《四库全书》第487册,台湾商务印书馆2008年版,第10页。

能,像文旅景观功能、饮用水资源功能等,成为宁波和舟山所不可轻视的一股水流。

东钱湖

东钱湖在鄞州区东二十五里,是浙江省最大的天然湖泊,面积现有 22 平方公里,是杭州西湖的三倍,总蓄水量 3390 万立方米。东钱湖本是天然潟湖,有史记载以来,很早就作了人工疏浚和开拓,《唐书·地理志》:鄮县东二十五里有西湖,溉田五百顷。天宝二年(743),县令陆南金扩大了湖区。王应麟说:西湖即今之东钱湖。[1] 因为当时鄮县县城在它的东面。东钱湖一名万金湖,容受七十二溪之水,周围八百顷,依靠山作为坚固的堤防,垒迭岩石筑成塘坝,绵亘达八十里,其中有四闸七堰,又在它的旁边各筑石碶(水闸之意),水溢就分泄之,使注于江。从宋元至明,相继修治。鄞县、镇海、奉化三境之田,都受益于湖水灌溉之利,保障丰收。

进入现代,东钱湖修浚得到加强,从原来主要用于灌溉的水利工程,向现在的休闲旅游的水文化与水上景区转变。湖中有四公里的长堤,将湖面分为两部分,它的水源就是四周山溪。湖中景点主要有陶公钓矶、余相书楼(原址已改成海军疗养院)、霞屿锁岚、二灵夕照、芦汀宿雁、白石仙坪、百步耸翠、上林晓钟、殷湾渔火、双虹落彩,号称"东钱湖十景"。其中双虹落彩是掇李白"两水夹明镜,双桥落彩虹"诗意而成。湖区中建有一座南宋石刻公园,是明州名门史氏家族的墓园石刻集中展陈地。同时,还有岳鄂王庙,东钱湖龙舟节、中国湖泊休闲节、东钱湖冬捕节、东钱湖赏花节等节会,聚焦人气,扩大影响力。

日湖　月湖

日湖原在鄞县治东南一里城中,现在宁波市区中,一名细湖,细就是小的意思,周二百五十丈。又有一个月湖,原在鄞县治西南七里,现在亦在宁波市区中,周七百二十丈有奇,几乎是日湖的三倍。这两个湖的源头都出自四明山,一从它山堰经仲夏堰入南门为日湖,又名南湖;一从县西南大雷山经十字港,汇望春桥入西门为月湖,又名西湖。并从原保丰碶泄入甬江入海。如今城市化步伐迈得快,城市扩张很厉害,宁波是浙东发展的领头羊。这两个湖也经历了很大的变化,月湖仍在老地方,日湖则已经移到江北区,利用原来余姚江一段废弃的老河道加以改造而成。它的面积比原来的日湖扩大了很多,日湖公园水域面积约 15.5 公顷,绿地区域约

① 《清一统志》卷二二四,《四库全书》第 479 册,台湾商务印书馆 2008 年版,第 165 页。

14.6 公顷，总面积约 46 公顷，变成了城区最大的公园。日湖公园内有桃溪观鱼、黄金沙滩等五大景点。可谓“眼睛一眨，老母鸡变鸭”了。

月湖是浙东唐诗之路文物遗迹积淀丰富的地方，如有一处贺秘监祠，传为贺知章告老还乡后的隐居之处，建在月湖柳汀岛上，为宁波诗路文旅提供一个话题，也是一个文旅的重要景点。另有位于月湖东岸宝奎巷一带，见证古代宁波港对外交往、中国与高丽友好往来历史的高丽使馆遗址。从熙宁七年(1074)宁波开始接待高丽使者。后来于政和七年(1117)明州太守楼异奉旨在明州设置“高丽司”，并在它的东岸“菊花洲”上，建造高丽使行馆。这是中国大陆与朝鲜半岛通商交往的重要史迹，也是宁波“海上丝路”“海上诗路”的重要文化遗存。

第五节　瓯　江

永嘉历史上山水之美由于有山水诗鼻祖谢灵运的发现、歌颂而得到传播，很早就如飞机上面吹喇叭——名(鸣)声在外。事实上，在省内除了钱塘江外，就数温州的水流称大了，因为它有处州的层峦叠嶂为它储存水，起了温州诸水流的水柜的作用。温州的几条较大的水流大多发源于处州，其中以瓯江和飞云江为典型。排名温州第三大的水流鳌江也是浙江八大水系之一，但它发源于文成县内，属于全省最小的单独入海的水系。一个州有三条入海水系的除了温州就找不出第二个了。温州的水系虽多，但与浙东唐诗之路有关的主要是瓯江。瓯江是温州的象征，从上古起就一直以瓯作为温州这片地方的别名，如瓯越就是指以温州为中心的越族地盘。瓯江水量很大，瓯江口可通东洋、南洋，是浙东海上通商往来与文化交流的重要口岸，历史上从这里出发与到这里靠岸登陆的船舶数量不少，尤其是通向东洋诸国的商贸运输，把浙东的物产和文化连接起来，曾经是国家外贸税收的重要来源，在繁荣商贸的同时，自然把浙东唐诗之路连接起来了。

永嘉江(永宁江)

永嘉江的前身是永宁江，其县亦名永宁县，后这条水流改名永嘉江，县亦改为永嘉县。在永嘉县(今温州市城区)北面，即今瓯江。温州州治即今温州市区，原为永嘉郡城，也是永嘉县城，州县合一城，永嘉为附郭。所以唐朝诗人所称赴永嘉，多是指到温州。永嘉县城是到 20 世纪五六十年代才搬迁到现在的上塘镇，这类似于此前的绍兴县城，先与绍兴郡城合一，后来搬迁到柯桥，行政区划名称也改了。唐李吉甫《元和郡县图志》:“永嘉江一名永宁江,在州东三里。”[①]这里“永嘉江一名永宁江”,实际上是晋朝大宁中永嘉从临海郡分出时县名叫永宁县,后改成永嘉县,再改成永嘉郡,这条江也从永宁江改名为永嘉江。到唐朝还叫永嘉江,如张子容作有《泛永嘉江日暮回舟》,孟浩然有《宿永嘉江寄山阴崔少府国辅》即其例。宋乐史《太平寰宇记》:“永嘉江亦名温江,东自大海,西通处州青田溪。”[②]“温江”用得不多,后来改名为“瓯江”。青田溪便是“好溪”的下游,又是瓯江的上游。瓯江出海口形成温州湾,茫无际涯,而多岛屿,就是瓯海,南抵瑞安,北抵乐清。这是取《山海经》“瓯在海中”之义,故其新城区之一取名“瓯海区”,也是从这里来的。

瓯江是浙江省的第二大江,其发源地现在测定在处州龙泉与庆元交界的百山祖西北麓锅帽尖,曲屈东流,由小溪变大溪,经龙泉、云和、丽水、青田、永嘉到温州入海。干流全长388公里,流域面积达18028平方公里,年均径流量202.7亿立方米。瓯江是浙东唐诗之路的名水,唐以前著名的文人来到瓯江的有郭璞、王羲之、谢灵运等,唐朝诗人如孟浩然、张子容、魏万、顾况、丘丹、张又新、贯休等人都到过瓯江,尤其是孟浩然从台州乘船来到瓯江看望老同学张子容,先在瓯江孤屿(江心屿)逍遥观光,兴致很高,作“众山遥对酒,孤屿共题诗”之句,李白《送王屋山人魏万还王屋》更是对此路有大段细致准确的叙述和描写:“赤城渐微没,孤屿前峣兀。水续万古流,亭空千霜月。缙云川谷难,石门最可观。瀑布挂北斗,莫穷此水端。喷壁洒素雪,空蒙生昼寒。却寻恶溪去,宁惧恶溪恶?咆哮七十滩,水石相喷薄。路创李北海,岩开谢康乐。”[③]李白这首诗将这段诗路,也是由海入江的水路写得十分细致,相当于为瓯江与诗路相关的地段作了一次很好的导引。换言之,瓯江与浙东唐诗之路最有价值的部分,上连处州好溪,下到瓯江入海口。入海口处温州湾有众多的海岛,最有名的是洞头岛,现在成为温州市洞头区,可以建设深水良港。

温州港是与东洋诸国开展通商贸易和文化交流的重要口岸,也是浙东唐诗之路对外传播的重要枢纽。像浙东台温两州的著名水果蜜橘,就是通过温州港传播到日本,经过长期的培育,成为著名的蜜橘品种“温州蜜橘”,20世纪又引种到它的母地,成为产量很大的当家品种台州临海的涌泉蜜橘。临海就是这个品种的最重要的生产基地。南宋在台温两州担任官职的韩彦直所著《橘录》,详细记载了温州

---

① [唐]李吉甫撰,贺次君点校:《元和郡县图志》卷二六,中华书局1983年版,第626页。

② [宋]乐史撰:《太平寰宇记》卷九九,《四库全书》第470册,台湾商务印书馆2008年版,第84页。

③ [唐]李白:《送王屋山人魏万还王屋》,[清]王琦注:《李太白全集》卷一六,中华书局1977年版,第748—761页。

蜜橘的有关情况，成为后人研究温州柑橘种植史的不可或缺的著作，也是记录有关橘诗的著作。详参涌泉条。

飞云江

飞云江又名安阳江，在瑞安县（今瑞安市）南门外，三国东吴时名罗阳江，唐时名安固江，《元和郡县图志》卷二六安固县条："安固江，在县南一里。"[①]亦名瑞安江，又名飞云渡。它的上源有二：一自福建政和县东北之温洋，谓之大溪；一自处州青田县东南之木凳岭，谓之小溪，合诸山溪之水，东流入县境，至陶山南口合流，又东至县南，水阔百余丈，东接海口。现在实测飞云江发源于景宁县洞宫山白云尖，曲屈东流，经泰顺县、文成县，到瑞安高南入海，全长193公里，流域面积3719平方公里。又三港口在瑞安西南四十里，大溪上游。又罗阳、大洪、莒江，三水自西北来会，因名。现在，飞云江实测年平均径流量为38.5亿立方米，是水量很丰沛的一条江。浙东唐诗之路在飞云江没有留下多少诗人诗作，但宋诗留下不少，温州及福建沿海士子进京考试，必经飞云江，这是此江与宋诗及以后诗文关系密切的原因。如南宋大诗人陆游《泛瑞安江风涛贴然》诗："俯仰两青空，舟行明镜中。蓬莱定不远，正要一帆风。"[②]陆游此行是到福州，途经瑞安江，南向平阳出省到福建，回程途中回忆此行的艰苦说："自来福州，诗酒殆废。北归，始稍稍复饮。至永嘉、括苍，无日不醉，诗亦屡作。此事不可不记也。"诗中有"尊酒如江绿，春愁抵草长。但令闲一日，便拟醉千场"[③]之句，他的酒兴与诗兴同涨，酒兴助诗兴飞扬。可谓一路风光一路诗，一来诗兴举千觞。

横阳江

横阳江在平阳县西南二十五里，一名始阳江，又名前仓江，上游来源有四：一为顺溪，汇县西境诸乡之水东流；一为梅溪，出于盖竹山，东注于江；一为平水，自泰顺县界合涧谷诸水，经松山下合于江；一为燥溪，上游为宋兰洋，也是县西南诸溪水汇流，经县西七十里燥溪山下，分为东西二溪，又经县南五十里，齐注于江。又东南流出县东南二十五里，经江口入海。

---

① ［唐］李吉甫撰，贺次君点校：《元和郡县图志》卷二六，中华书局1983年版，第626页。

② ［宋］陆游：《陆游集·剑南诗稿》卷一，中华书局1976年版，第9页。

③ ［宋］陆游：《陆游集·剑南诗稿》卷一，中华书局1976年版，第12页。此诗题即上"自来福州诗酒"长句。

楠　溪

楠溪在永嘉县(今温州城区)北一里。《太平寰宇记》:在温州西南一十五里,水入温江。谢灵运《楠溪》诗云:"澹潋结寒波,檀栾润霜质。洞秀水屡迷,林回岩逾密。"[1]楠溪现在叫楠溪江,源头出自仙居诸山,与永嘉县界四乡水合流,有梲、樟、罗、藤、蓬、玲、小、李八条溪流,到朝潦汇合入永嘉江(瓯江)。楠溪江是永嘉县的"母亲河",它流经的山区大多人烟稀少,几乎没有工业,所以水质极好,清澈见底,令人喜爱。改革开放以后开发旅游楠溪江漂流项目,广受游客欢迎,取得很好的社会效益和经济效益,是温州旅游界的网红景区。

梅　溪

梅溪在乐清东北二十五里,源出左源山,东至万桥港入海。宋朝状元诗人王十朋的故里就在梅溪的溪畔,其村叫梅溪村,现在隶属淡溪镇,王十朋亦以梅溪为荣,取以为号,亦以名其诗文集,不忘初心,牢记根本。

谢公池(谢家池)

谢公池又名谢家池,在永嘉县,即今温州城里。温州的前身叫永嘉郡,永嘉就是温州的古名。以前的温州州治(府治)与永嘉县治同城,永嘉是附郭,所以史志记载谢公池在永嘉县。《太平寰宇记》:"在(温)州西北三里,其池在积谷山东。谢灵运《登池上楼》诗云:'池塘生春草,园柳变鸣禽。'初,公作诗不佳,梦惠连得此。"[2]看似记载与前文不同,实则是同一个地方。谢灵运在永嘉所留下的形象,主要在于他游览了很多山水,发现此前未被文人写入诗文的风景,给京城中的达官贵人、文学青年带来许多传诵一时的名作,格调清新,形象鲜明,超凡脱俗的山水诗,犹如现在的流行歌曲,深受京城官民的喜爱,一首新诗作成后传到大街小巷,也就几天工夫,比之左思的"洛阳纸贵"也不逊色。而谢灵运不但才华出众,人还潇洒挺拔,风度翩翩,他的粉丝众多,类似网红明星,牵引着上流社会的时尚走向。这些"谢灵运粉"在欣赏这些充满"灵气"的新诗时,是不会想到谢灵运是因为自己怀才不遇,屡次接近最高权力的舞台,却没有机会担任有实权的职务,心中不快,哪里有心思去处理案牍,判决案件?所以他的游山玩水,一去登临,必造幽峻,正是内心不平的一种反抗与排解,所作诗歌的清峻超脱,饱含这种难以言说的情感。诗穷而后工,在

① [宋]乐史撰:《太平寰宇记》卷九九,《四库全书》第470册,台湾商务印书馆2008年版,第84页。
② [宋]乐史撰:《太平寰宇记》卷九九,《四库全书》第470册,台湾商务印书馆2008年版,第83页。

谢灵运的身上，这“穷”字用得入木三分，它是指仕途之穷，让谢灵运看不到出路，看不到希望，所以用登山临水，写作纪游诗作为排解的方法。他作诗，特别是作山水诗，就是以山水为寄托。没想到却把这种诗歌发展成为中国诗坛上的一个很受欢迎的流派，经久不衰，谢灵运在无意中创成了中国的山水诗门类。至于永嘉郡的幸“运”，是很巧合的事。可以说，是谢灵运带红了永嘉郡的山水，把它的美演化为山水诗，谱成歌曲，传唱于人口，对后来文人的影响十分深远。不但唐朝诗人十分敬慕，连宋朝大才子苏东坡都佩服不已，他在《寄题兴州晁太守新开古东池》诗中说：“百亩新池傍郭斜，居人行乐路人夸。自言官长如灵运，能使江山似永嘉。”[①]由此可见，谢灵运在他登山临水，抒发怀抱间，为宣传永嘉，唱红永嘉树立了永久的丰碑，创立了永嘉的品牌。“池塘生春草”是谢灵运最为人所传颂的名诗名句，其楼下的水池泓澄清澈，灵动可爱，民众就称为“灵池”，是基于对谢灵运景仰的一种表现。这一楼一池，是谢灵运在永嘉所留遗迹中的代表，是谢灵运与中国山水诗相联结，与中国山水文化相融合的象征。

建议：

一、将楼上池设置为永嘉山水诗之路的标志性景点，也作为浙东唐诗之路的一处文化地标。

二、若在池上楼建设谢灵运开拓性的文旅游踪展陈馆，充实与谢灵运有关的内容，如发明“谢公屐”，开辟越台温驿道等，揭示谢灵运在游览中所表现的名山名水及其审美创作等，应该可以提升温州在浙东唐诗之路中的地位。

三、将温州谢灵运游览所及的景点连成文旅游线，以池上楼为核心景点，展示谢灵运在永嘉郡所开辟的文旅点线，增强温州山水文旅的吸引力和影响力，打出“跟着谢客游温州（永嘉）”或者“跟着灵运游永嘉（温州）”的旗号，结合唐朝诗人如孟浩然、张子容、李白、魏万、顾况、丘丹、张又新、贯休等名家，增添诗路内涵，激发游客的山水情绪与情感。

四、尝试构建浙东海上诗路作为文旅线路，从瓯江口的孤屿这个温州诗岛开始，顺流而下与大小门岛、洞头、玉环等留下唐诗和前唐诗人诗作的航线沿线，联成一条文旅线路。这条线路向上延伸与台州湾进入灵江（椒江）水道贯通，向瓯江上溯到诗人都喜欢的著名胜景青田石门洞天，并保留可以向两头持续延伸的发展空间，还可在条件成熟时向东洋诸国延伸，开辟一条海外诗路文旅线路。

---

① ［宋］苏轼著，［清］王文诰辑注，孔凡礼点校：《苏轼诗集》卷五，中华书局1982年版，第220—221页。

五、李白是否到达过永嘉、丽水及金华诸地，现在存在分歧。此处不作具体考证，但退一步说，即使李白没有到过永嘉郡上述诸地，他写作《送王屋山人魏万还王屋》诗写得如此细致准确，生动传神，总是无可争辩的事实。那么把上述诸地看作“李白神游地”也是很好的定位，树立相应的路牌和文旅标志，增强文旅吸引物的魅力，助推浙东唐诗之路和钱塘江唐诗之路、永嘉山水诗之路的资源共享。

温州中山公园池草诗廊（蓝葆夏摄）

玉函潭

玉函潭在瑞安市东四十五里仙岩山下，潭上之山状如石函。附近有梅雨潭，与上有飞瀑数丈，分流四道而下，亦名仙岩瀑布。详见下文温州圣寿禅寺条。

第一漈

第一漈现在通作泰顺百丈漈，在泰顺县南二里，①高二十余丈，悬崖直下，又接连有七漈（七道瀑布），下通达福建寿宁县界，经宁德入海。唐朝曾任温州盐监的著名诗人顾况在温州期间作有《莽墟赋》，内容是唐朝安史之乱后台州爆发袁晁之乱，人数达二十余万，席卷浙东沿海，其前锋打到江西上饶，后被围剿安史之乱的大将李光弼率部平定。多年以后，温州人李庭入山斫树，逢见漈水，意外发现深山之中有当年逃难到此的人居住的一个村落，村中长者问外面的形势如何？

① 此处地理方位值得进一步了解，从地图上看泰顺百丈漈在泰顺县城东南方，有数十公里之遥，与原来史志上的第一漈恐怕不是同一回事。附此说明。

袁晁之乱平息了没有？等等，与陶渊明《桃花源记》有异曲同工之处。顾况还有一篇《仙游记》记载了这次李庭“入桃源”的经过，交代李庭发现的地点是在“瓯闽之间”。因此泰顺的地方及其瀑布与顾况所写莽然之墟较近似，或在此处？若有其他特征能够提供进一步的证实，将为浙东唐诗之路在温州之南开辟一处很有漫游仙境的奇遇胜地，其发展文旅前景十分广阔，还可以为永嘉山水诗之路的文旅发展提供有力支持，一举多得，价值不可估量。我在2018年11月底曾向温州学者请教过此事，当时没有得出确切的答案。令人可惜的是温州迄今尚无人将这么珍稀的文史资源研究开发出来，这些很有神奇气氛的资源未被利用，真有沧海遗球之憾啊！

斤竹涧

斤竹涧又作筋竹涧、金竹涧，吴方言同音，浙东有多处叫筋竹涧的地名，在乐清市东七十五里，谢灵运《从斤竹涧越岭溪行》诗有“过涧既厉急，登栈亦陵缅。川渚屡径复，乘流玩回转”[①]之句，就是这个地方。参见雁荡山条。

第六节　大溪　恶溪

处州境内万山重叠，深山邃谷，是浙东占地面积最大的一个州，是著名的山水之乡，也是浙东众多水流的发源地，处州之于浙东，犹如青藏高原之于中国。上文已经述及温州三大独立入海的水流有两大水流发源于处州，处州之水可见一斑。因取材要与浙东唐诗之路相关为主，处州的水流主要的就是瓯江上游的恶溪和大溪，其他的就从略。故以恶溪为主干展示。

恶溪（好溪）

好溪是浙东唐诗之路的名水，屡见于唐朝诗人的笔下，从杭州渡过钱塘江，或由钱塘江上溯富春江、兰江到婺江登陆婺州，再由婺州向处州、温州驿道的官员和文人都要经过“好溪”，而它的本名会令人大吃一惊：恶溪！而且这条恶溪在唐朝的“恶”名很大，“恶”名远扬，把浙东台州的“恶溪”都掩盖了。处州的山水如同养在深闺人未识的美女，长期的山水相隔，交通不便，眼见为实的人毕竟不多。恶溪在今丽水市莲都区东，自缙云县流经原丽水县东，注入大溪。它本名恶溪，追寻“恶”的来源，是有“水怪”之“恶”。不但本地方志记载较详，几种全国地理总志如《太平寰

---

① ［刘宋］谢灵运著，黄节注：《谢康乐诗注》卷三，中华书局2008年版，第117页。

宇记》《一统志》等也都有记载。以前这些方志和总志记载的意图多带有猎奇的心理，供文人欣赏。实际上恶溪的水流湍急固然很险，与之配合的是它两边的山也很险恶。谢灵运在永嘉太守任上遍游郡内佳山水，每次出游，必造幽峻，也就是一定会游到险峻的地方，所以他对永嘉(当时处州尚未设置，其地盘隶属永嘉郡)的情况很熟悉，他在《答从弟(惠连)书》中说："出恶江，至大溪，水清如镜。"[①]这里的恶江就是恶溪。《舆地志》云："恶溪道间九十里，而有五十九濑。两岸连云，高岩壁立。"[②]这一段记载恶溪的急流险滩很密集，足以耸动心魄。《元丰九域志》卷五载："好溪，旧名恶溪，内多水怪。唐大中年，刺史段成式有善政，怪族自去，因改此名。"[③]此段所述恶溪多水怪，实为山水险恶，以至于民众心存畏惧，望而胆寒，便生出各种想象，遂成水怪作秽之说。这一段水道虽以恶闻名，却是诗人眼中很好的风景，像谢灵运和魏万、丘丹、贯休等都走过此路，留下不少诗作以赞颂之。李白的《送王屋山人魏万还王屋》长诗就很有代表性，诗已引用过，此处不宜重复。恶溪源出缙云县大盘山，汇合管溪、双溪及远近诸多涧水，经仙都山下叫练溪。从练溪至缙云县城南，又西南流经丽水县东五里，又南流为洞溪，亦名东溪，又叫东港，又南入大溪。现在统称为好溪。

从诗路文旅的角度看，恶溪沿线正是唐朝官驿路线所经过之处，它的水路可供行船路段，应当是唐朝官员和诗人喜欢的交通热线，山重水复，变化无穷，柳暗花明，移步换景，令人目不暇接，兴致也会不断涌起，往往吟哦风景，作为诗歌，就像现在的流行歌曲，传播风行。对于像魏万这样的中原地带之人，一者为了追踪心中明星李白，不远千里，心中有追求，不以为苦，而以为乐；二者也是这一路游了越州台州以后，即使"雪上天台山"(冒着大雪登上天台山)，还是未追上李白脚步，有感于浙东风景的奇异，便生出追踪李白周游浙东山水，看就看个够的兴致，从"眷然思永嘉，不惮海路赊。挂席历海峤，回瞻赤城霞"，游历永嘉，经历恶溪，"却寻恶溪去，宁惧恶溪恶？咆哮七十滩，水石相喷薄"，再出梅花桥，渡过双溪，"落帆金华岸，赤松若可招。沈约八咏楼，城西孤岩峣"。以下就从金华顺流而下，回到广陵，与李白终于相见，携游金陵，依依不舍，相约而别。这一传奇性十足的唐朝三千里追星的故事，是恶溪唐诗之路文旅最佳的宣传品，李白、魏万是最佳的代言人。不仅处州文

---

① [宋]乐史撰：《太平寰宇记》卷九九，《四库全书》第470册，台湾商务印书馆2008年版，第87页。

② [宋]乐史撰：《太平寰宇记》卷九九，《四库全书》第470册，台湾商务印书馆2008年版，第87页。

③ [宋]王存等撰：《元丰九域志》卷五，《四库全书》第471册，台湾商务印书馆2008年版，第129页。

旅可用为经典不换的广告，而且可以将二人当作浙东其余诸州诗路文旅的形象大使、无言的最佳导游。

大　溪

大溪在处州府（今丽水市）城南，源出龙泉县（今龙泉市）台湖上，东入景宁县界，绕景宁县治南，名叫灵溪，亦叫洋溪，溪中有洲渚，溪因分而为二，夹洲横贯而过，下流复合东北流，及遂昌县又东北流，合梧桐川水，绕云和县北四十里，合云和溪水，又东北入丽水县界，合松阳的松溪，宣平的双溪，环绕府城南，亦名洄溪，至城东南，合好溪水。又东南流，汇合石藤溪、芝溪、小溪诸水，经青田县南三里，又叫南溪，又名青田溪。绕县东流，经温州界入于东海。[①]

现在大溪一直流到青田县境内石溪，汇合小溪等两条支流，形成一处“四江口”，从此改溪为江，叫瓯江了。以下直到入海口，都叫瓯江。因此从大溪所占水流地段来说，也是浙东唐诗之路必经之水，特别是青田的石门洞天就在大溪边上。“处州青田县有石门山，在石盖山之西十里，两峰对峙如门，中有洞曰石门洞。道书所谓玄鹤洞天，乃三十六洞天之第三十也。西南高谷有瀑布，泉自上潭奔流至天壁三十余丈，自天壁至下潭四十余丈。旧在榛莽间，至刘宋时，永嘉守谢灵运性好游览，始觅此洞。”[②]从刘宋谢灵运（有《宿石门岩上》）、梁丘迟（有《过石门瀑布》）、唐李北海到李白（《送王屋山人魏万还王屋》“观谢公石门”及其粉丝魏万），还有后来如丘丹（有《奉使过石门观瀑（有序）》《秋夕宿石门馆》）、朱庆余（有《送僧游温州》诗“石门期独往，谢守有遗篇”）、方干（《石门瀑布》）、释皎然（《送旻上人游天台》“月思华顶宿，云爱石门行”）等诗人都留下了诗作，成为开发浙东唐诗之路文旅的宝贵资源，能够生生不息地为诗路文旅提供支持。

突星濑

突星濑在丽水县东北四十里（今丽水市莲都区），曹叔远《永嘉记》载从前王羲之游历东郡山水殆遍，经过恶溪这段路时，看到它水势湍急，清流泻注，满是漩涡，叹为奇绝之景，就书写“突星濑”于溪边石上。[③] 后来被好事者刻为名迹。这一记载可谓信疑参半，王羲之在挂印辞官以后，优游于东郡诸州（大约相当于唐朝的浙东）山水，凡是有名的山水大概都曾经游历过，所以有王羲之看中的奇异之景，为之

① 《清一统志》卷二三六，《四库全书》第479册，台湾商务印书馆2008年版，第424页。

② [明]薛应旂：《浙江通志》，[清]王琦注：《李太白全集》卷一六，中华书局1977年版，第756页。

③ 《清一统志》卷二三六，《四库全书》第479册，台湾商务印书馆2008年版，第425页。

挥毫题字是很自然的事情。但这个“突星濑”题字却是雾里看花，难见真面目。一是恶溪的摩崖石刻有无王羲之的这三字题词处，究竟在哪里？向来只是这样语焉不详的说法，叫人想找却无法落实。二是浙东恶溪不止丽水有，台州临海也有，并且古代所载恶溪的游记中也有类似的记载，见于王士性游记中。只是王士性游记为找不到王羲之所题三字打掩护，他说是后人为治理恶溪，划石以便舟行，字失所在。看不到了，是因为治理恶溪的施工人员把它划掉了。可以参见台州恶溪条，里面有交代。因此说这一名迹似有而无，有指的是因为前贤有记载，而且不止一人说；无指的是不管丽水的恶溪也好，临海的恶溪也好，都未见其迹。这给浙东恶溪与王羲之的情缘留下一个悬念，也许将来有人考古会有意外的发现呢……

第七节　钱塘江中上游

钱塘江上游有两大支流：一是兰江，一是新安江。兰江又由两条江合成，分别是衢江和婺江；新安江从安徽发源，涉及浙西地盘，此处就不展开了。本节单就浙东地盘上的婺江、衢江介绍之。衢江、婺江是经行婺州、衢州这个浙江省最大盆地的主要水流，也是钱塘江源头之一。衢江上游发源于开化县深山区的齐溪镇，现在已经建成钱江源国家森林公园，山高林密，多为原始次生林，古木参天，瀑布众多，交通不便，人迹罕至，森林覆盖率达到97.55%，动植物资源丰富。婺江上游发源于括苍山脉中的磐安县尚湖镇岭干村的一座“龙乌尖”，群山环抱，溪水潺潺，也是山高水长的地方，现在立有一块“婺江源”的石碑，还有一座“婺源亭”，上镌一联：“龙鸟一源青山水，千里婺江万古流。”提醒进入此地的人们。积跬步而至千里，聚小水以成江海。这是水流千里涌巨澜的常态，也是这两条钱江源的常态。

衢　江

衢江源又出江山县（今江山市）仙霞岭，流经西安、龙游二县北，又东北入金华兰溪县界，这条水流古名縠水。《汉书·地理志》《元和郡县志》中都有记载。“縠”又加水旁作专用字“瀫”，作瀫水。衢江源出仙霞岭的一脉支流，名为大溪，又名鹿溪，汇流至清湖渡，开始可通行舟楫。北流经江山县，又东北流入柯城区为衢港（即衢江），与信安溪汇合叫双港口，亦名信安江，经城西，又东至鸡鸣山下，与定阳溪合，名叫盈川溪。又东北入龙游界，又东八十里入兰溪县界，与婺港（即婺江）合，其水随地异称，总名叫瀫溪。[1] 两江（原名为溪）在兰溪汇合，称兰江（原名亦为溪，即兰溪。以上水流改名为江，是后来“升格”的结果）。这一条水流属于钱塘江的南源，所以它的上游源头处开化县就是“钱江源”。

婺江（东阳江　金华江）

婺江在婺州州城之南，一名婺港。自东阳县（今东阳市）北西流，经义乌县（今义乌市）南为义乌江，古代称乌伤溪，又西经婺州州城（即后来的金华府城）南，与永康溪（即武义江，见下文）合为双溪，古代叫吴宁水。《水经注》：吴宁溪水出吴宁县，下经乌伤县，入縠谓之乌伤溪水。经东阳县（今东阳市）称东阳江。《元和郡县志》载：金华县（金华县是金华府的附郭，县城即府城，主要地盘属今金华市婺城区）东阳江有二源，一南自永康县（今永康市）界流入，一自东义乌县界流入，至金华县南合为一，谓之东阳江。东阳江亦名北溪，源出东阳县大小盘山（即上文磐安县山），屈曲行二百里，入义乌县界，名义乌溪，又至东阳东三里，有东阳江之名，入金华县界，又西南至城南，与双溪汇合，统名婺港，即婺江，也就是金华江。这处双溪就是唐朝李白《送王屋山人魏万还王屋》诗中“径出梅花桥，双溪纳归潮。帆落金华岸，赤松若可招”的“双溪”，又西经兰溪西南汇合衢江，以下江水名叫兰江，曲屈下流到建德梅城（原严州府城）附近，与新安江汇合，叫富春江，流到渔浦潭附近与浦阳江汇合成为钱塘江。婺江（金华江）是金华境内的母亲河，也是钱塘江的大支流，其源头在磐安县龙乌尖，武义江是它最大的支流。全长 194.5 公里，流域面积 6781.6 平方公里，多年平均流量 153.4 立方米每秒，年径流量 53 亿立方米。

婺江在浙东唐诗之路上还有一种功能，就是由婺州上溯武义江过苍岭向处州、温州的驿路，又是由婺江转入新安江，向安徽歙县、徽州（今黄山市）前往长江的一条水路，李白《见京兆韦参军量移东阳》：“闻说金华渡，东连五百滩。全胜若耶好，莫道此行难。猿啸千溪合，松风五月寒。他年一携手，摇艇入新安。”[2]就是以此路为背景而提出的文旅设想，前文已有涉及。

婺江在双溪汇合的三江口这一段，是众水汇流，风光旖旎，天光云影与金华古城交相辉映的地带，双溪汇合处不远，就是李白题诗的婺江水流湍急，行舟危险的“五百滩”。五百滩形状狭长，在急流中的洲渚两边形成滩头，给过往船舶制造难题。而从文旅景观上看，这类急滩险阻却是形成观赏奇景，引发诗人触景生情的良

---

① 《清一统志》卷二三三，《四库全书》第 479 册，台湾商务印书馆 2008 年版，第 346 页。

② ［唐］李白著，［清］王琦注：《李太白全集》卷九，中华书局 1977 年版，第 472 页。

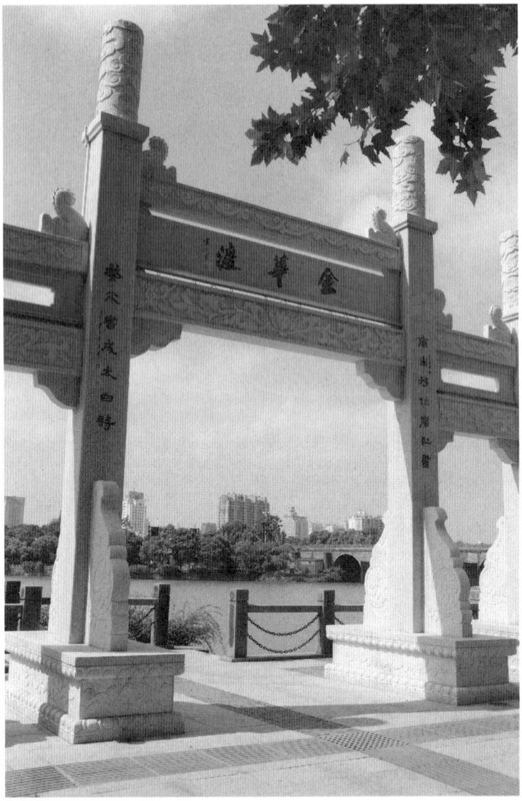

金华渡牌坊

好诗材。像这个五百滩，因李白题诗而引来许多诗人到此观赏品题，留下丰富的诗词，可以设定为“金华诗岛”，打造成与金华古城紧密相连的文旅重点景区。将万佛塔公园、婺州古城景区、太平天国侍王府（金华府衙）、八咏楼、八咏公园、黄宾虹公园、五百滩公园与南岸艾青公园等已有的文旅景点串联成线，形成规模效应，为开辟浙东唐诗之路文旅线路提供重要组团元素。

建议：在现有的五百滩公园和黄宾虹公园的布局上加以整合，突出浙东唐诗之路元素，提升“金华诗岛”形象塑造，与温州江心屿相媲美相呼应，增强文旅融合吸引力。

浦阳江

浦阳江在浦江县南一里。三国时期东吴学者韦昭把浦阳江与钱塘江、松江并列为《禹贡》中记载的三江。《水经注》记载浦阳江导源于乌伤（义乌）县，又东经诸暨县。恐怕不准确。《元和郡县志》载：在浦江县西北四十里，源出双溪山岭，东入诸暨。浦阳江源出县西深枭山，东流三十余里，经县城南，又东北逶迤百余里入诸暨县（今诸暨市）界，始可通舟楫，亦名丰江、浣江。浦阳江下游水流壮大，过诸暨进入萧山境时，就与富春江汇合成为钱塘江，三江交汇不远处就是浙东唐诗之路的起点之一渔浦潭渡口，因此浦阳江成为浙东诗路的一条重要水流，共同滋润着浙东唐诗之路永葆青春活力，历久弥新。

兰溪（兰江）

兰溪在兰溪县（今兰溪市）南。《太平寰宇记》：龙丘山下有兰溪。《金华府志》：在汤溪县西南十里，其地出玉，兰色如翠，玉无叶而香，故名。北流入瀫水。兰溪在唐诗之路中最有名的莫过于戴叔伦《兰溪棹歌》"凉月如眉挂柳湾，越中山色镜中看。兰溪三日桃花雨，夜半鲤鱼来上滩"①了。

富春江

富春江是钱塘江的上游，自兰江与新安江汇合就称富春江，经桐庐、富阳以下直到萧山闻家堰段的名称，全长约一百公里。这条江在很早以前就是文人墨客特别中意的，最为文人传颂的首推南朝梁吴均的《与宋元思书》："风烟俱净，天山共色。从流飘荡，任意东西。自富阳至桐庐一百许里，奇山异水，天下独绝。……鸢飞唳天者，望峰息心；经纶世务者，窥谷忘反。"②这一江的"水皆缥碧，千丈见底。游鱼细石，直视无碍"就是赢得文人墨客喜爱的卖点，也是千千万万游客喜爱的亮点，更使富春江成为观鱼胜地。唐朝，诗人来到富春江上，心里千万次地默诵《文选》中读过的诗文，对照眼前目不暇接的胜景，由衷地赞叹，不由得写下诗歌。如晚唐著名诗人韦庄《桐庐县作》："钱塘江尽到桐庐，水碧山青画不如。白羽鸟飞严子濑，绿蓑人钓季鹰鱼。潭心倒影时开合，谷口闲云自卷舒。此境只应词客爱，投文空吊木玄虚。"③这一首诗中多用前贤典故，严子濑即严子陵钓鱼台，有急滩；季鹰指西晋步兵校尉张翰，字季鹰，见时势不对，就托思念江东鲈脍莼羹之美挂冠而归；木玄虚是西晋诗人木华，字玄虚，有《海赋》等，也是歌颂自然，向往山水的作品。宋朝，文豪苏轼《送江公著知吉州》这首送别诗中无意间透露出他对富春江的印象与

① [清]彭定求等编：《全唐诗》卷二七四，上海古籍出版社 1986 年版，第 692 页。
② [明]张溥著，殷孟伦注：《汉魏六朝百三家集题辞注》，中华书局 2007 年版，第 326 页。
③ [清]彭定求等编：《全唐诗》卷六九八，上海古籍出版社 1986 年版，第 1762 页。

评价："三吴行尽千山水，犹道桐庐更清美。"[1]可知无论唐人还是宋人，对于这条以观鱼闻名的富春江，都深受吴均笔下意境的感染，踵事增华，把富春江的美好不断地传播与社会各界。至于元朝大画家黄公望的《富春山居图》，则以另一载体，形象地展示了富春江山水之于国人的那种喜爱到骨子里的精神品格，为富春江赢得无上的荣光。

严格地说，富春江基本上不属于浙东唐诗之路地盘的名水，但此水发源于浙东唐诗之路，流经浙东唐诗之路的地盘，最后归于大海。于是破例将它附丽于兰江之下。

第八节　海与口岸

唐江南道浙东观察使所辖七州，传统的观点是有四州临海，仅婺州、衢州和处州不临海，但不临海的三州也是通过溪江将海洋联系起来的。七州通过浙东唐诗之路的水道通江达海，以各种产品的销路，传播浙东各州的文化，走向诗和远方的诗路。故先从海说起。

海

浙东濒临东海，往外即太平洋，若就海上交通运输而言，则有沟通海外的方便，如东亚诸国、东南亚诸国，甚至于更远的国家。唐朝著名高僧鉴真大师就是准备从浙东出发前往日本传教，以到天台山国清寺参拜礼佛为名，两次先至台州，然后渡海过去。其间因故，东渡之事虽然未成，但浙东在当时已经成为中日之间海上交通的重要口岸，是没有疑问的了。以地域论，越州所濒临者为钱塘江下游入海口的大喇叭状的里边部分，江面开阔，犹如大海，因在越州北面，以坐北朝南的习惯，在"前海"的后面（北面），故越州历史上称为"后海"，"前海"是指当时西小江（浦阳江）、东小江（曹娥江）与钱塘江汇合处，而以东小江入钱塘江处为主体的水面。见《东汉鉴湖水利图》。像东晋谢安、王羲之等人乘船泛海戏（乘船游玩），应当就是在"前海"驶向"后海"水域发生的事情。后来"前海"渐渐淤涨成陆，这处三江口亦渐渐消失，就只剩下"后海"的水域，以至于后世特别是当代人在阅读涉及这段史料时，难以理解这一江段怎么会叫"后海"？更不知道还有一处与它相对的"前海"。

---

① ［宋］苏轼著，［清］清冯应榴辑注，黄任轲、朱怀春校点：《苏轼诗集合注》卷三三，上海古籍出版社2001年版，第1654页。

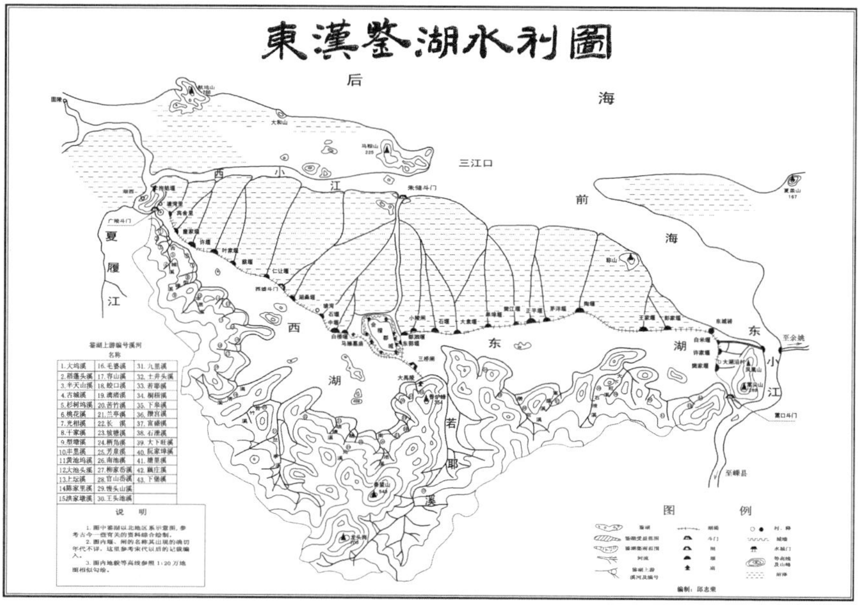

东汉鉴湖水利图

越州虽然也临海，但由于钱塘江潮水的关系，它的“海”上航行要少得多，基本上难以与甬台温三州相提并论。故海上与海外交通，则在甬台温三州港口。如贞元二十年(804)日本留学僧最澄来天台山求法，就是经过明州通关入境的。最澄到台州龙兴寺(开元年间改名开元寺，即今府城龙兴寺)办理学佛求法手续，由道邃法师辅导，并在寺中抄经，嗣后到天台山向佛陇座主行满和尚学习天台宗教义，抄写经书。之后，他在开元寺获得了求法圆满的文件。台州刺史陆淳为最澄作出求法结业鉴定，台州官民为之举行了隆重的送别茶会，表达了依依惜别之情。陆淳等十人分别作有送别最澄诗，这些赠别诗带回日本后被编成《台州相送诗》。这些诗篇见证了唐朝日本佛教界与浙东唐诗之路的深厚情谊，尤其是与台州开元寺、天台山天台宗结下的不解之缘。

明州口岸

明州的位置处于浙江最大的江河钱塘江入海口的南岸，又是明州最大的水流甬江与钱塘江的交汇处，钱塘江入海口呈巨大的喇叭形，喇叭口外是我国最大的群岛舟山群岛。舟山群岛岛屿、港湾众多，可以靠泊的避风港口、锚地自然随处而有。舟山群岛渔场是我国最大的渔场，每年汛期南北各省渔船集聚于此，千帆竞发，桅樯林立，极为壮观。随着造船业的发展，渔船已经越来越现代化、科技化乃至信息化，东海经不起这么强大的捕捞，自然恢复能力逐渐衰退。为此，每年实施定期休渔政策，旨在通过自然繁殖与人工放养相结合的方式，确保渔业资源的可持续利用。渔船捕鱼过程中探索出来的航线，为海上商贸打下基础，甚至充当了开路先锋。明州港的繁荣与舟山群岛渔场之间存在着密不可分的关系。

因为季风与洋流的关系，东洋日本、朝鲜（高丽、新罗、百济）、琉球的海上航行与浙东甬台温关系十分密切。如李言恭、郝杰《日本考》中所述："惟西海道五岛开洋，此岛又为秧子坞三岛之总喉，西行至中华，北行至高丽。由此岛至中国普陀山，隔海四千里，如得东北顺风，五日五夜至普陀山。"[①]可见明州与日本间的海上交通在季风顺风的时候，到达中国或者返回日本都在五日夜左右。明州在唐朝就是浙东最大的海港，也是浙东与东洋通商贸易的主要港口，官方来往和民间商业往来都可从此登陆。"来贡之舟，每泊台州、定海，请验勘合，令其收拾兵器贮库，移至宁波佳宾堂，给赡住候朝命。"[②]遣唐使团虽然规格高，有政府的保障与支持，但是为数甚少，数年一次，不成气候；民间商人自己组织往来，根据其产品销售情况、季风和洋流等因素综合考虑行船时间，是决定港口繁荣与否最大的因素。从现在了解的文献记载来看，民间商人的商船来往中日之间已成常态化，有专门做海上贸易生意的商人经营航线。这在《风藻饯言集》中已经得到很好的证明。唐朝日僧最澄携弟子义真一行来天台山求法，便是由明州口岸登陆、栖养（最澄渡海染病，在明州居处将养），等他的病况有较大好转时，再赴台州求法。在台州州城临海和天台山学习半年左右，又由临海经宁海到明州停留，后来从此回国。明州城里有高丽通商会所（即高丽使馆，非现代意义上的大使馆），类似于地方会所，为到明州的高丽商人提供歇宿、办理手续、解决困难以及调配商品等服务。可见当时有关服务保障机构已经相当完善，类似于近代的外交领事机构，可以说是中国与东洋之间通商贸易、文化交流的标志性制度举措。高丽有会所，日本来明州通商的亦不少，或许也有类似设置，只是现在尚未发现遗址，无法证实。其他的如新罗、百济、琉球等东洋诸国来华朝贡和商贸，是否在这里也有此类官方或半官方，或者是行业协会（行会）办的机构？看来有待于继续研究。但这样的问题本身就是很有吸引力的。

---

① ［明］李言恭、郝杰著，汪向荣、严大中校注：《日本考》卷二《贡船开泊》，第68页。

② ［明］李言恭、郝杰著，汪向荣、严大中校注：《日本考》卷二《贡船开泊》，第68页。

台州口岸

台州灵江(椒江)入海口的港口为海门、章安,章安开发历史悠久,从西汉起昭帝始元二年(前85)为回浦县治,东汉改为章安县治,三国东吴分会稽郡东部都尉地为临海郡,郡治初置临海,寻徙章安,这里又成为一处政治中心,一个地域最大的城池。20世纪50年代以来,此地多次出土大量晋宋以降的陶瓷和墓葬,成为古城池的遗物物证。它的建城并得到繁荣,从大背景看,是当时中原政权(东晋以后到隋朝前是建都于江南金陵的南朝政权管辖)为控制瓯江、闽江直到珠江、红河等流域山越、百越地盘的桥头堡;从小背景看,东汉以后会稽郡涌进大量北方人口,这些人开拓农耕,布育人才,促进经济社会的快速发展,章安成为安定一方,控制外来势力特别是海上力量出入台州的关键。到隋朝统一全国,形势大变,原先躁动不安的上述诸水流域尽归中央掌握,东南沿海大片江山日益成为增加国家经济社会发展的新亮点,章安原有的政治、军事、交通功能的重要性消弭于无形中。而加强对临海郡腹地的管理和开发,进一步发展经济,提高社会民生水平,促进文化教育的普及,成为新时期的统治需要。这便是隋朝将临海镇、临海县治迁到现在大固山的原因。同时,灵江(临海江)南片的海边冲积平原得到适宜开垦,农业经济发展迅速。在与章安隔岸的牛头颈山下建起海门镇,由它承担起镇守台州出入境关口的责任。到唐朝,海门已经是台州出入海的主要港口,这从日本学问僧和中国台州商人来往诗歌、信札所编成的《风藻饯言集》上可以看得很清楚。所以这两个地方此起彼伏,虽分布于入海口的南北两岸,却因隔岸相对,看作一个港口亦无不妥。

台州海门处于甬瓯两州的中间,正是东亚诸国如日本、新罗、高丽、琉球等船只抵达浙东的重要口岸,台州湾海岛众多,其中的大陈岛有高丽头山,黄岩有新罗坊,灵江有新罗屿,临海有新罗山,天台国清寺有新罗院,府城内有通远坊、龙兴寺、天宁寺,是专门接待、安置东亚诸国来华通商的商人、求法的僧人乃至于漂泊来此的难民的场所,都是历史上台州与东亚交通经贸和文化交流所遗史迹。唐朝台州诗人项斯与日本、朝鲜半岛的求法者都有交往,还有诗作传世,一是《送客归新罗》:"君家沧海外,一别见何因?风土虽知教,程途自致贫。浸天波色晚,横笛鸟行春。明发千樯下,应无更远人。"[①]诗中对新罗远行客行程遥远十分关切,对此一别,再

① [清]彭定求等编:《全唐诗》卷五五四,上海古籍出版社1986年版,第1417页。

见无缘表示依依不舍之情。他的《日本病僧》诗则更加深沉:“云水绝归路,来时风送船。不言身后事,犹坐病中禅。深壁藏灯影,空窗出艾烟。已无乡土信,起塔寺门前。”[①]对一位归国无望,病中仍然修禅的日本僧人寄予深切的关怀和同情。这可以从一个侧面反映那个时代台州诗人与东洋来华人物交往不是很稀罕的情况,提供东洋诸国与浙东之间联系频繁的信息。明朝弘治元年(1488)朝鲜文官崔溥漂流到台州临海县牛头洋(此地今属三门县)登陆获救,解送到临海桃渚所(今桃渚抗倭古堡)问明身份,后来被礼送到北京,所有随行人员安全回国,崔溥记录遇险与回国历程的《漂海录》成为见证这一历史事件的珍贵文献。清朝乾隆辛酉(六年,1741)年,高丽有一船米商二十余人,因突遭飓风海难,先漂流山东、又漂流到福建,最后漂到台州湾,经章安来到府城,有司安排于天宁寺歇宿。天台齐周华(字巨山)闻讯,专门赶到临海,来到天宁寺中,用笔谈采访漂流来此的难民,花了整整五天,了解朝鲜礼仪、文化、教育、婚丧嫁娶风俗等等,写有专文《高丽风俗记》。这批难民在临海两月余,奉旨由陆路递送回籍,成为台州救助高丽海上难民的珍贵史料,也成为中朝悠久友谊的又一见证。

温州口岸

瓯江入海口与灵江入海口颇有几分相似,都是东向入海,但瓯江口江面更加宽阔,还有沙洲和岛屿,如江心屿、灵昆岛等。温州口岸到达内地的范围更大,瓯江水路和航道到达的腹地更加广阔,对外与东亚、东南亚诸国的海上交通也很密切,如丝绸、棉布、陶器、瓷器、茶叶等外销大宗商品,由此运向海外;唐朝商人就已经开通温州到值嘉岛的航线,宋元时期设立温州市舶司。日本人通过温州口岸登陆、回国,带走浙东优良的柑橘品种——无核蜜橘,命名为温州蜜橘(温州蜜柑),到近代又被引种到台州、温州,现在广泛分布于国内广西、湖南、湖北、四川、浙江、福建等省区,总产量占世界的三分之二,成为温州与日本交往所遗的珍贵见证。中国乃至世界上第一部柑橘专著《橘录》,就是南宋韩彦直(1131—?)在担任温州知州时所作,其序中说:“橘出温郡最多种”,“然橘亦出苏州、台州,西出荆州,而南出闽广”,“且温四邑俱种柑,而出泥山者又杰然推第一”[②]。书中载及“泥山地不弥一里,所产柑其大不七寸围,皮薄而味珍,脉不黏瓣,食不留滓,一颗之核才一二,间有全无

① [清]彭定求等编:《全唐诗》卷五五四,上海古籍出版社1986年版,第1416页。

② [宋]韩彦直撰:《橘录序》,彭世奖校注:《橘录校注》,中国农业出版社2010年版,第1页。

者”[1]，当时已经有无核橘品种的原生状态，经过日本人的选种培育，成为现在我国内产量最大的无核橘品种。[2] 书中还记录当时永嘉县令勾燾所作咏橘诗有“只须霜一颗，压尽橘千奴”之句，为这位永嘉县令保存了仅有的作品。

① [宋]韩彦直撰，彭世奖校注：《橘录校注》卷上，中国农业出版社2010年版，第7页。

② 据统计资料，截至2020年，我国柑橘主要品种规模与分布中，温州蜜柑种植面积达700万亩，分布于广西、湖南、湖北、四川、浙江、福建等省区，总产量约1000万吨。见徐建国：《温州蜜柑、红美人产业现状及发展趋势》，第三届柑橘保鲜技术论坛会议论文，浙江省农业科学院柑橘研究所，2021年8月。

下编　人文遗迹

浙东唐诗之路沿线所涉及人文遗迹为数极多，以唐朝诗人踪迹所及，有公有私。就公而言，凡官员上任卸任，送往迎来，征调赋税，徭役差使，县学府学，官办书院，师资之敦请，士子之赴考，馆驿之运营，盘缠之资助，乃至道路、桥梁之修建，祠庙、城隍之祭祀，幕僚、使倅之招收，均与公廨衙门有关。故在篇首列叙之。于私而言，则行商贩运，走亲访友，求学当兵，应服徭役，烧香拜佛诸类，舟车轿马，所经江河湖泊、道路关隘、寺院宫观、祠堂庙宇、路廊农舍等等，更有实际用处。尤其是寺观多在山野，少在城郭，对于诗人行旅之借重，或寄宿读书，等候考试，或交游仙佛，题诗墙壁，传播士林，收揽声誉，以为进入仕途的阶梯；甚至于风尘际会，意外艳遇，乃至于月下西厢，砚席之余，和合阴阳，诗文之外，私定终身等等，其重要性自是不言而喻。但是历史发展的步伐从来不等人，从唐诗之路时代的舟车轿马到现在的汽车、高铁、超音速飞机等等，诗人出行的方式发生了翻天覆地的变化。封建时代以科举取士的这种选拔方式，也已经湮没于历史的滚滚尘埃之中，现在无论平原还是山区，北方还是南方，东部或者西部，都已经很少留存封建衙门等类的旧物，偶尔有留存的一点残余，也是凤毛麟角，不具有普遍性。由此也使笔者在举笔之际，对这些旧物的认识与展示又产生了很大的犹豫。大部分的公廨都已经不存，写它还有必要吗？可是都不写好像也不行，因为唐诗之路的各种内容还是需要借助这些旧物加以展示。尽管近数十年来经历了许多大扫“历史垃圾”的运动，这类古迹、古物幸存下来的数量少，但各地多少都有一些，加之改革开放以后修复或者在原址重建了一部分仿古建筑物，如越州越王台、台州府城墙、明州高丽使馆遗址、温州池上楼、处州应星楼、金华万佛塔、衢州南孔家庙等等，都是修复或重建的。同时也还有为社会所共用的历史遗迹，如运河，一如既往地承载历史的踪迹，运输物资，但是自从汽车引进中国之后，便首先淘汰了速度较慢的客运船舶。在当今汽车时代，运河与客运已基本无关，所以只是偶尔涉及。原先的道路、桥梁，现状也大多废弃，分布七零八落，很少有保持交通功能者，这里拾取其中成为历史孑遗的部分写入本书，如杭州越州间的要津渔浦、西兴渡，越州台州交界的官驿古道（谢公古道）、台州天台临海交界的南黄古道、温州乐清著名的谢公古道（斤竹涧），其他各州也有长短不等的诗路古道。这些几乎都是历史的碎片，为历史传承提供必要的载体，不禁从心底涌起“余音袅袅，不绝如缕”这个成语，于是立足现实，照顾诗路遗迹，将有关历史上发生或者残缺的文化遗存做些钩沉打捞，希望达到沟通古今，连接诗路人文遗迹的目的。通过诗路文旅资源保护和利用延续其文化生命，其文化价值得到彰显，才能发挥其应有作用，为推进浙东唐诗之路文化研究和建设架设桥梁。

学界从学术研究上对浙东唐诗之路有关人文遗迹作了较多考证，在揭示浙东唐诗之路许多被历史的尘埃埋没的史迹上取得了明显的成绩。自竺岳兵先生于1988年提出“剡溪是唐诗之路”以来，浙东唐诗之路得到越来越多学者的关注和响应，学者纷纷撰文著书。这好比一条水流，从涓滴始，渐渐汇流成沟成溪，终成江河。据卢盛江先生说：自1995年至2020年，共查得以浙东唐诗之路为题的论文34篇，2019年6月3日《光明日报》以“浙东唐诗之路是如何形成的”为题，发了专版。[①] 卢教授检索的是一篇以“浙东唐诗之路”为题的论文，这就未把那些题目当中没有“浙东唐诗之路”字样而实际上是研究浙东唐诗之路的论文统计进去，所以实际上研究论文的数量要远超34篇。在此期间，我的浙东唐诗之路研究论文已有二十余篇，但题目中有“浙东唐诗之路”字样的论文只有1篇。以2019年中国唐诗之路研究会成立大会论文结集的情况来看，收入《唐诗之路研究》(第一辑)的论文共52篇(含卢教授的这篇“代发刊词”)，被编入“浙东唐诗之路：源流发展研究”和“浙东唐诗之路：名山胜迹研究”的论文共13篇，题目(包括副标题)中有“浙东唐诗之路”的论文共5篇。又以2020年中国唐诗之路研究会首届年会收到论文75篇，以浙东唐诗之路为主要内容的39篇，题目(包括副标题)中有“浙东唐诗之路”的论文13篇。以此例彼，自然可以推知上述统计数字只是冰山一角。

在以往的研究中，浙东唐诗之路的范围，竺岳兵先生所定的是浙东唐诗之路的核心区域：“唐诗中的浙东范围，指浦阳江流域以东，括苍山脉以北至东海这一地区。括苍山以南，唐诗往往称其为‘北闽’。因此，唐诗所称的浙东区界，是极为清晰的。它的总面积约2万余平方公里。”[②]这是一个包含越州、明州(含舟山)和台州的一部分的狭义上的浙东唐诗之路，也与浙江省政府发布《浙江省诗路文化带发展规划》中的浙东唐诗之路、大运河诗路、钱塘江诗路、瓯江山水诗路“一文含四带，十

---

① 卢盛江：《唐诗之路研究的回顾与思考》(代发刊词)，邱高兴主编：《唐诗之路研究(第一辑)》，中华书局2020年版，第6页。

② 竺岳兵：《剡溪——唐诗之路》，中国唐代文学学会、西北大学中文系、广西师范大学出版社主编：《唐代文学研究》(第六辑)，广西师范大学出版社1996年版，第865页。

地耀百珠”[①]的浙东唐诗之路地域大部分相合。就是竺氏“浙东唐诗之路”台州只限于括苍山脉以北区域，省诗路文化带台州是全部。这是迄今通行的浙东唐诗之路的范围，也是我以往编写有关浙东唐诗之路论著时遵守的大致范围。若就唐朝浙东观察使所辖而言，浙东观察使管辖越、婺、衢、处、温、台、明七州，上述范围便有不相称之处，就“浙东”这个历史地理概念来说，存在明显的金瓯之缺。通过梳理唐朝诗人诗作，我们可以发现浙东七州与诗人行迹高度契合，形成一个完整的浙东唐诗之路的范围。基于上述缘由，台州学院天台山文化研究院组织专家学者，于2018年10月底到11月初，从台州府城骆宾王祠出发，沿台温驿道到达温州池上楼、江心屿—处州石门洞天、恶溪—婺州八咏楼等胜迹，止于义乌骆宾王公园，作了一次广义上的浙东唐诗之路实地勘察的尝试，也为本书稿撰写提供若干名物遗迹的感性认识。本书所及范围便是在上述认识的观照下展开的一例，也是学界学者赞同的对全范围浙东唐诗之路研究的探索。如卢盛江先生新编《浙东唐诗之路唐诗全编》。笔者也曾撰文有所思考与探讨。[②]

浙东唐诗之路山水相间，交通不便，在唐朝和唐以前更是如此。唐朝诗人来游浙东的路线也是研究中的难题，名人中最有代表性的便是孟浩然游台州和温州的路线，究竟走台州到温州呢，还是走钱塘江上溯富春江、兰江、金华江（婺江）再翻越括苍山到达温州？孟浩然《寻天台山作》诗中名句“欲寻华顶去，不惮恶溪名”[③]的“恶溪”究竟是指哪条恶溪？前文已经述及的诸多问题此处不再重复。但诸如此类，存在诸多待发之覆、待解之谜的问题不能不引起研究者的重视与思考。这些问题既是浙东唐诗之路研究中的疑难之点，也是研究中的有趣之点。正是这些尚待研究揭晓的问题，才显示出浙东唐诗之路的深淳魅力和深层蕴涵。

中国唐诗之路研究会成立以来，唐诗之路研究迅速面向全国铺开，各地挖掘唐诗资源，构拟“某某诗路”之余，展开了多种多样的诗路文化研究，推陈出新，形成热潮。这种热潮助推了浙东唐诗之路的深入研究，如将浙江诗人诗作在东西两京的推介与影响作为观察对象；[④]将大历诗人集群与越州诗文文化圈生成作考察；[⑤]也

---

① 《浙江省人民政府关于印发浙江省诗路文化带发展规划的通知》，浙政发〔2019〕22号。

② 拙文《浙东唐诗之路新线拓展研究》，《浙江水利水电学院学报》2021年第3期，第1—6页。

③ ［清］彭定求等编：《全唐诗》卷一六〇，上海古籍出版社1986年版，第375页。

④ 房瑞丽：《初、盛唐之际浙地诗歌的京师推介及其影响——以贺知章、宋之问为对象的考察》，邱高兴主编：《唐诗之路研究（第一辑）》，中华书局2020年版，第82页。

⑤ 邢蕊杰：《中唐大历诗人集群与越州诗文化圈生成》，邱高兴主编：《唐诗之路研究（第一辑）》，中华书局2020年版，第95页。

有着眼于重塑越州州城(绍兴古城)魅力的;[①]着眼于浙东唐诗之路主要交通路径浙东水道,如浙东运河、镜湖、曹娥江、剡溪到天台山的出行方式,还延伸到浙东唐诗之路与东洋通商、文化传播,以及浙东唐诗之路的传承与开发思路;[②]有关注唐朝安史之乱以后国家文化中心南移,涌现浙东唱和的风尚,揭示诗歌解读与文化建构的多元结构;[③]关注地理环境与人的生存空间、人的气质和唐诗创作关系的研究;[④]有关注唐诗与道教、佛教及其重要人物关系;[⑤]关注浙东海上唐诗之路及其断崖式下降的原因;[⑥]关注浙东唐诗之路古代诗歌与石刻文献传承;[⑦]关注浙东唐诗之路与大唐时代关键性人物的关系;[⑧]关注浙东唐诗之路历史文化资源的现实转化路径这类应用性研究;[⑨]关注浙东唐诗之路学术研究发展史;[⑩]关注浙东唐诗之路发展历程,如编纂年表,[⑪]乃至重新编选浙东唐诗之路唐诗[⑫]等。尤其是后三项

---

① 鲁锡堂:重塑越州州城(绍兴古城)魅力——试论大湾区建设视角下的"浙东唐诗之路"核心节点打造》,邱高兴主编:《唐诗之路研究(第一辑)》,中华书局 2020 年版,第 175 页。

② 邱志荣:《挥手杭越间——浙东唐诗之路新探》,邱高兴主编:《唐诗之路研究(第一辑)》,中华书局 2020 年版,第 185 页。

③ 戴伟华:《浙东唐诗江南书写的文化意义新论——以越州〈状江南〉创作为中心》,卢盛江主编:《唐诗之路研究(第二辑)》,中华书局 2024 年版,第 22 页。

④ 房瑞丽:《浙东唐诗的空间想象——以安放心灵为中心的考察》,37 页。

⑤ 高平:《论司马承祯的文学创作》,卢盛江主编:《唐诗之路研究(第二辑)》,中华书局 2024 年版,第 72 页。李建军:《司马承祯与浙东唐诗之路》,卢盛江主编:《唐诗之路研究(第二辑)》,中华书局 2024 年版,第 195 页。林家骊:《道与仙与诗:司马承祯与浙东唐诗之路》,卢盛江主编:《唐诗之路研究(第二辑)》,中华书局 2024 年版,第 232 页。唐樟荣:《浅论佛教中国化与浙东唐诗之路的关系和影响》,卢盛江主编:《唐诗之路研究(第二辑)》,中华书局 2024 年版,第 443 页。王正:《寒山禅诗综论》,卢盛江主编:《唐诗之路研究(第二辑)》,中华书局 2024 年版,第 505 页。

⑥ 拙文《浙东唐诗之路台温段诗人诗作断崖式下降原因新探》,《浙江水利水电学院学报》2021 年第 5 期,第 1—7 页。

⑦ 刘重喜:《"浙东唐诗之路"古代诗歌刻石初探》,卢盛江主编:《唐诗之路研究(第二辑)》,中华书局 2024 年版,第 242 页。徐跃龙:《屹立在浙东唐诗之路上的人文丰碑以唐白居易〈沃洲山禅院记〉为缘起的诗路金石遗存》,《唐诗之路研究第二次学术研讨会论文集》,卢盛江主编:《唐诗之路研究(第二辑)》,中华书局 2024 年版,第 614 页。

⑧ 俞沁:《宋之问与浙东唐诗之路》,卢盛江主编:《唐诗之路研究(第二辑)》,中华书局 2024 年版,第 685 页。朱红霞:《宋之问越州诗事研究及其他》,卢盛江主编:《唐诗之路研究(第二辑)》,中华书局 2024 年版,857 页。

⑨ 朱文斌、张恬、丁晓洋:《诗路建设背景下浙东唐诗之路的现实转化路径探讨》,卢盛江主编:《唐诗之路研究(第二辑)》,中华书局 2024 年版,第 868 页。

⑩ 李招红编著:《浙东唐诗之路学术文化编年史》,中华书局 2022 年版。

⑪ 卢盛江:《浙东唐诗之路年表》,卢盛江主编:《唐诗之路研究(第二辑)》,中华书局 2024 年版,第 264 页。

⑫ 卢盛江编撰:《浙东唐诗之路唐诗全编》,中华书局 2022 年版。

研究，对于厘清诗路学术研究基本史实，了解以往研究中所取得的成绩，发现存在的问题，寻找研究的新的增长点，为浙东唐诗之路研究提供一种既全面系统，又坚实可靠的“唐诗全编”，学者由此得到研究浙东唐诗之路的基本材料，省略多少查找的功夫，都是功德无量的事情。该三项中已经有两项成果收入《唐诗之路研究丛书（第一辑）》由中华书局出版发行，为学林所用。由此而生出浙东唐诗之路与浙西唐诗之路、大运河唐诗之路、长江唐诗之路、浙皖唐诗之路、浙赣唐诗之路、浙闽唐诗之路等周边诗路的关联研究，与东洋诸国海上丝路和诗路、茶路、瓷路、佛路的综合研究，浙东海上唐诗之路的拓展研究。除了台温段诗路的水陆两线，当然还有台明（州）段诗路水陆两线，以及浙东海上诗路全线研究，日本求法僧与浙东诗人送别诗研究，浙东商人与东洋通商诗文研究；另可从日本方面来看浙东唐诗之路的研究，从朝鲜半岛来看浙东唐诗之路的研究，从东洋与浙东海上漂流诗文往还展开的研究等；还有浙东唐诗之路与南洋关系研究这些更远一些的研究课题，都是眼见和可以预见的学术推进的领域。

第三章　公廨遗迹

浙东七州均隶属于浙东观察使管辖，观察使治所设于越州，常以越州刺史兼此一职。故越州为浙东政治、军事、经济、交通、文化、教育等中心，各方诗人来到浙东，最想去的地方应当就是这一中心，其幕府岗位众多，机会自然就多。唐皇甫湜《送陆鸿渐赴越序》云："夫越地称山水之乡，辕门当节钺之重。进可以自荐求试，退可以闲居保和。吾子所行，盖不在此……岂徒尝镜水之鱼，宿耶溪之月而已？"①就以陆羽游越州的事例来揭示当时越州集中大量诗人，或者说有大量诗人都曾经涉足于越州的缘由。其他方面亦自可推知其重要性。

越州(绍兴)

越州一直是浙东的政治、军事、经济、交通、文化、教育中心，从先秦起，浙东人物出乎其类，拔乎其萃者，就已经在此地演出了彪炳史册的历史戏剧，大禹治水、大会诸侯于此，会计天下大事；越王句践十年生聚十年教训而终于击败吴王夫差，报仇雪耻，带领越国登上当时全国五霸的地位等等；尤其是汉末天下动荡，三国争霸，中原人口大量南迁，浙东开发节奏加快，其中才华卓异之士参与国家大政和军事较量。嗣后以东晋南迁为契机，进一步推动浙东的发展。就如前贤所言："晋迁江左，中原衣冠之盛，咸萃于越，为六州文物之薮。高人文士，云合景从。"②"有陂池灌溉之利，丝布鱼盐之饶。"③自唐朝建立以来，越州的政治地位与社会管理作用得到进一步的加强："辕门当节钺之重"④，在此设立总管府、都督府、浙江东道观察使、节度使等行政管理机构，又设立过义胜军、威胜军节度和镇东节度等政治军事管理机构。越州城内同时存在三级衙门：浙东观察使衙门、越州刺史衙门、山阴县和会稽县衙门。如此，官府机构密集，需要文人数量自然远较别处为多，成为文人关注、聚

---

① ［清］董诰等编：《全唐文》卷六八六，上海古籍出版社 1990 年版，第 3113 页。

② 《清一统志》卷二二六引司马相《郡志》，《四库全书》第 479 册，台湾商务印书馆 2008 年版，第 198 页。

③ 《清一统志》引《旧志》，《四库全书》第 479 册，台湾商务印书馆 2008 年版，第 198 页。

④ ［唐］皇甫湜：《送陆鸿渐赴越序》，［清］董诰等编：《全唐文》卷六八六，上海古籍出版社 1990 年版，第 3113 页。

集之地，成为浙东人文渊薮，就是很自然的事情了。

越王城

越王城在原会稽县(今绍兴市越城区)东南一十里的会稽山上。《左传》载：哀公元年，吴入越。越子(越王句践，子为爵位)以甲盾五千保于会稽。秦朝时县治建在此处。这是浙东最早的政治权力机关所在地。嗣后越王战败，与范蠡等人质于吴，忍辱负重，得到吴王信任，被放南归，开始其报仇雪耻的宏大计划。就由范蠡为主持人，开始修筑新城，选址于现在绍兴城内卧龙山一带，先建一座小城邑，被称为“句践小城”。后扩建为周长二十里又七十二步的大城，从此奠定越国都城的基址，也奠定了越州州城的基础。这里是越国复兴的基地，也是浙东唐诗之路上的地理标志。李白诗有“舟从广陵去，水入会稽长”①之句。后来，这里成为绍兴府城，兴旺繁荣，人口众多，经济发达，物产丰富，成为国内著名都会。南宋大诗人陆游说：“今天下巨镇唯金陵与会稽耳。荆、扬、梁、益、潭、广皆莫敢望也。”②从范蠡主持筑城，一直到现代，城市核心没有迁移，时间跨度已经超过25个世纪，其古城内水道纵横，桥梁众多，名胜古迹星罗棋布，极富东方水城特色，是我国著名的历史文化名城。

西陵城

西陵城在萧山县(今杭州市萧山区)西十二里，原名固陵城。《水经注》：浙江东经固陵城北，昔范蠡筑城于浙江之滨，言可以固守，谓之固陵，今之西陵也。后汉建安初，会稽太守王朗拒孙策于固陵。六朝时谓之西陵、牛埭。牛埭就是西兴堰，因为要用牛拉纤牵挽，把过江的船舶拉过堤堰到浙东运河，或者反之，所以叫牛埭。其情景可用北宋日本来华求法僧成寻《参天台五台山记》日本延久四年(宋熙宁五年，1072)五月六日日记作为参照：“自五云门过五十里，未时，至钱清堰，以牛轮绳越船，最希有也。左右各以牛二头卷上船陆地，船人人多从浮桥渡。”③“希”“稀”古今字。从成寻游记中还发现浙东运河上用牛挽船是常用方法，另一处地方是越州州城东门的都泗门：“过五里有都督大殿，如杭州府。过五里有都泗门，以牛二头令牵通船。”④经曹娥堰时也用牛挽船过坝，有两道牛挽船：“八日(丁亥)，天晴。辰一

① [唐]李白：《别储邕之剡中》，[清]王琦注：《李太白全集》卷一五，中华书局1977年版，第725页。
② [宋]陆游：《会稽志序》，[宋]施宿等撰：《嘉泰会稽志》，1926年影印清嘉庆戊辰重镌本，第1页。
③ [日]成寻著，王丽萍校点：《新校参天台五台山记》卷一，上海古籍出版社2009年版，第40页。
④ [日]成寻著，王丽萍校点：《新校参天台五台山记》卷一，上海古籍出版社2009年版，第41页。

点，潮满。先以水牛二头引上船陆，次以四头引越入大河，名曹娥河，向南上河，河北大海也。河溯蒿山行。”[①]船陆当是引船过坝的船槽，曹娥河即曹娥江，蒿山就是上虞蒿坝附近的小山。牛埭用牛拉纤翻过堤坝（即日记中的陆地）的情形大体如此。西陵既是南北过江渡口，又是一个人流物流交集之地，自然形成城镇，就成为收税的重要口岸，收入数量可观，所以西陵设置有驿、铺、寨等系列职能机构。五代吴越王钱镠以“陵”字不吉祥，改称为西兴。宋为西兴镇，镇以渡名，也是这个镇上最为外人所知的亮点，交通要冲，人烟辐辏，成为萧山城北繁荣之地。现在，西兴渡口旧址距离钱塘江已经较远，位于北塘河边，杭州地铁一号线西兴站附近东北，西兴过塘行码头专题陈列馆成为它的标志性遗址，作为浙东运河的一处古迹呈现，成为联合国文化遗产中国大运河的组成部分，得到保护。

飞翼楼

飞翼楼在山阴县（今绍兴市越城区）西三里府山之巅，高十五丈，原是越国大夫范蠡所筑，是用来瞭望吴军动静，并镇压吴国气势的建筑。飞翼楼自唐朝以来改建为望海亭，又改为五桂亭，也就从原来的军事用途改成文化用途。宋汪纲又改建为楼，明嘉靖中改为越王亭。以后屡有倾圮与修缮。改革开放后于1981年重建为望海亭，1997年10月重新规划设计，仿古代春秋时期风格，恢复原名为飞翼楼，翌年竣工投用。如今登上此楼，可以登高望远，周览绍兴古城新貌，飞翼楼成了诗路文旅的一处标志性景点。

观　台

观台在府城内，种山上。一名游台，一名灵台，越王句践所建，以望云物。又《吴越春秋》：句践起离宫于淮阳，宿台在于高平，驾台在于成邱，立苑在于乐野，燕台在于石室，斋台在于襟山。离宫，《越绝书》作离台。淮阳，里名，在会稽县东南二里。高平，里名，在会稽县东十里。成邱，今安成里。乐野，今乐渎村。石室，在会稽县东南十里。襟山当作稷山，在会稽县东五十二里。又《水经注》载：鼓吹山之西有贺台，越伐吴还而成，故名。从上述史志记载来看，越州城内这座观象台是我国历史上很早的观象台，其作用不仅是观察天气变化，预测阴晴，提醒农事，安排出行之类，可能还有更加重要的使命是观测天象，通达天意，以决定难以决断的国之大事，特别是王位存续等最为当权者关注的大事。星相占卜一直是古代难以言表的

① ［日］成寻著，王丽萍校点：《新校参天台五台山记》卷一，上海古籍出版社2009年版，第43页。

职业，观象台是沟通“天人”信息的设施。汉朝史学家司马迁的官职“太史令”的职责便是观测天象，记录灾祥，所以他说自己“文史星历，近乎卜祝之间”，即源于此。

台　州

台州的源头是《禹贡》扬州之域，春秋时期为越地，后属楚，秦属闽中郡。西汉昭帝始元二年（前 85）置回浦县，为会稽南部都尉治。后汉建武初改名章安县，仍属会稽郡，为东部都尉治。三国吴太平二年（257），析章安县地置临海县，又分会稽东部置临海郡。晋及宋齐以后因袭。隋大业中属永嘉郡。唐武德四年（621），以临海县置海州，五年（622）改为台州。因境内天台山为名。天宝初复曰临海郡，乾元初复曰台州，属浙江东道。五代属吴越，宋为台州临海郡，属浙东路。元至元中改台州路，隶江浙行省。明初改台州府，属浙江布政使司。清朝因袭未改，属浙江省。

台州在浙东唐诗之路上的主要亮点有：天台山的自然胜景和佛道文化资源，素以佛宗道源享誉中外；府城（见下文城郭部分）及其诗山巾山；灵江（椒江）水道与海门章安口岸；天台山隐逸文化和遇仙传说等。其中天台山作为浙东唐诗之路目的地，吸引了大批诗人前来朝拜并游览观光、干谒宦游，成为浙东唐诗之路的磁石。也因此名山吸引形成的台越之路成为浙东唐诗之路主干道，让台越沿线许多自然风光与人文胜迹频频被写入唐诗宋词中，名扬中国文学史，传播中国文化于五湖四海，乃至于海外。这就让台州自然形成向海外传播中国文化的高地，接受海外学问僧来求法的基地，信众来天台朝拜的圣地；府城南门码头和海门港成为与海外通商往来的主要口岸。同时，台州因位于浙东唐诗之路的腰部，又是迎送诗路前行诗人、游客的转运站，从台州向温州、处州延伸诗路行程，台州扮演着枢纽的作用。

府　衙

台州府衙原址即今台州医院，居北固山南麓，地势朝阳宏畅，“度地既正，面势亦均，脉络聚而基础高”[①]，陈耆卿据《白云延寿庵记》载：“昔为铃阁，当庵之中，后人迁于山下，将二百载，刺史钱昱登山而望，遂置庵焉。”[②]陈耆卿从钱昱乾德三年（965）来守，太平兴国二年（977）再任台州，以此逆推，得出唐大历中（766—779）较合其数。那么大历之前衙门还在山上，大历中“以峻不可跻，遂徙今地”[③]。如果依明台州知府邢宥《重修东山阁记》中“或曰与城同创，实始于唐，敝而新之，不可知其

① ［宋］陈耆卿撰，徐三见点校：《嘉定赤城志》卷五，上海古籍出版社 2013 年版，第 60 页。
② ［宋］陈耆卿撰，徐三见点校：《嘉定赤城志》卷五，上海古籍出版社 2013 年版，第 61 页。
③ ［宋］陈耆卿撰，徐三见点校：《嘉定赤城志》卷五，上海古籍出版社 2013 年版，第 61 页。

几何也"[①]，那么其起始时间还要早得多。其建筑初期简陋，后来逐步修筑补充完善，有关亭台楼阁也多有记载，如通判厅有分绣阁，是宋朝洪适所建并作记；清平阁，是南宋大诗人郡守尤袤重建；静镇堂（详后），是唐朝诗人李嘉祐刺台时建；君子堂，是宋郡守毕士安来台时，宋真宗有"君子人"之称，后人就以此取名；还有一处和青堂，取杜甫《题郑十八著作虔》诗"台州地阔海冥冥，云水长和岛屿青"[②]之意而名。尤以鼓楼为标志，其地址确切，可以作为台州府衙寻踪的基准。

鼓　楼

鼓楼当年位于子城南门上，到南宋陈耆卿撰《嘉定赤城志》时，犹可见上有榜书大字"台州　乾道八年(1172)赵守思重建刻漏"，是皇祐四年(1052)浮屠可荣所作计时器刻漏，到赵思重建时的记载。绍兴三十一年(1161)，台州郡守黄章重造，嘉定四年(1211)，郡守黄嵤又重造维修。[③] 由此，历代对鼓楼及其刻漏的修缮十分重视，所以鼓楼在城里的位置一直没有变化。但现在的鼓楼因失火，于民国四年(1915)重修过，重修后的鼓楼基础一层为跨街唐宋拱城门，属原物，上面三层是中西合璧风格的建筑，号称"寿台楼"，是民国时期府城中最高的建筑，登楼可饱览古城风貌，迄今屹立于西大街上，是古城中醒目的地标。

孔　庙

孔庙在鼓楼南侧，两者相邻而建。其初址在州治之后，也就是靠近北固山脚，宋景祐二年(1035)，郡守范说迁建至城区东北角。宝元二年(1039)，郡守李防迁回到州治的东南边，就是现在孔庙的所在，把州学置于庙内，实行庙学合一。明朝改路为府，府学也就在孔庙。北宋，台州官学兴起，孔庙房屋有五十余间，布局上州学在东边，孔庙在西边，以礼门义路为界。大门（棂星门）设置东西两门，中门常关，分别出入。入门有东泮池和西泮池，各有石拱桥，称"双玉带"。棂星门东有名宦祠，祀台州历代刺史、太守、知府等；西有乡贤祠，祀台州历代乡贤。孔庙中的杏坛、大成殿，是主体建筑，有孔子像等。历代对孔庙修缮都十分重视，20 世纪 50 年代还作为回浦中学校舍，此后被权力机关占用，作为存放杂物的仓库，年久失修。2003

① [明]谢铎辑，徐三见点校：《赤城后集》卷六，上海古籍出版社 2019 年版，第 77 页。

② [清]彭定求等编：《全唐诗》卷二二五，上海古籍出版社 1986 年版，第 547 页。

③ [宋]陈耆卿撰，徐三见点校：《嘉定赤城志》卷五，上海古籍出版社 2013 年版，第 61 页。

年，临海市政府修复孔庙，[①]重塑孔子像，力图恢复孔庙原貌和功能，东西两庑展陈"中国科举与台州"，是一处了解"古代教育选拔人才"的科普园地。祭孔典礼也在此举行，是宣传和普及中华优秀传统文化的场所。今天又成为文旅融合、浙东唐诗之路文旅的一处景点。

章安古镇

台州的前身是临海郡，临海郡的前身是章安县，章安县的前身是回浦县，立县于西汉昭帝始元二年（前85），县治应该与东汉章帝元和四年（87）改名的章安县相同。[②] 到汉顺帝永和三年（138）分章安县永宁乡置永宁县，相当于现在的温州甚至更大的范围。建安四年（199）孙策分章安县西南部置松阳县，相当于处州（今丽水）。三国东吴大帝孙权黄武、黄龙年间（222—231），分章安县西北部置始平县（南始平），即今天台县和仙居县。又分章安县西部置临海县，县治即今临海城。东吴会稽王太平二年（257），分会稽郡东部设临海郡，隶属于扬州，郡治临海，故名临海郡，不久徙治章安，就是现在的章安古镇。太平三年（258），会稽王孙亮封其兄孙奋为章安侯。当时，章安是东南重镇，管辖今台温处三州还略大的地盘。此后经历南北朝的改朝换代，到晋明帝太宁元年（323），分永宁、松阳、安固、横阳置永嘉郡。临海郡就剩今天的台州稍大的地盘。隋朝将临海郡内各县合并为临海县，县治章安。开皇十一年（591）在临海大固山设立军事机构临海镇，兼管行政，临海县治也从章安迁回今临海城关。从此临海重新成为台州的政治中心。章安从地理上说有水上交通运输之便，与南岸的海门（今椒江老街）构成台州出入海洋的关卡，章安之于台州，犹如镇海之于宁波。章安附近的金鳌山是南宋高宗赵构避难之地，前文已及。章安古街保留了清末、民国时期的传统风貌，其中最具历史文化价值的就是架于回浦水上的赤栏桥，有东晋时期名人成公绥在此作赋的故事。章安附近山水曲折，晋宋墓葬与古建筑遗址很多，临海博物馆在改革开放以后有过数次考古发掘，得到许多古物，证明了此地曾经的繁华。

海门老街

海门这个地名最早见于唐朝台州商人与日本求法僧人圆珍来往的诗歌和书

---

① 思正：《台州文庙话今昔》，临海市风景旅游管理局、临海市历史文化名域研究会编：《临海·掌故丛谈》，大众文艺出版社2009年版，第55—57页。

② 徐三见：《历唐肇汉话沿革》，临海市风景旅游管理局、临海市历史文化名域研究会编：《临海·掌故丛谈》，大众文艺出版社2009年版，第1页。

信，圆珍来台求法不但带回天台宗经典，还因搭乘台州商船回国而结识了一些从事对日贸易的台州商人。同船赴日的还有台州僧人。双方在此过程中结下较深的友谊，圆珍将诗歌书信携带回国，后来被编成《风藻饯言集》，其中台州开元寺僧常雅与圆珍书信中写道："发时云相送到海门。"[①]为台州口岸与日本海上文化传播、通商交流保存珍贵资料。这也是海门出现在中日史料上的原因。海门的得名，是因为灵江入海口北岸章安前所东侧的小圆山与南岸牛头颈山相对如门。清朝著名学者天台齐召南《水道提纲》卷一《海》载："（海）经桃渚所东，又西南经恳埠、杜下桥东南，又西南至前所，与海门卫山相望，即台州府治临海县灵江口也。"[②]《水道提纲》卷十六《浙水·浙东诸水》"台州府灵江"条载："（灵江）又东南七十里，黄岩县城北之永宁江自西南来会，亦曰椒江。又东经章安镇金鳌山南麓，又东至海门山前所东，对岸即海门卫城，灵江入于海。"[③]这是台州最大水流入海口，也是台州海防要冲，对外防御外来入侵，对内保障人民生命财产安全，堪称台州海上门户。从唐朝记载海贼大动，历朝都有海贼在浙东沿海活动，元朝末年方国珍更是从此出入，南征北伐，之后抗倭、剿匪（绿壳）、抗日战争，都有海门发挥的作用。海门卫城是明洪武二十年（1387）信国公汤和所建。城高二丈五尺，周回五里三十步，长一千三百一十丈，垛口八百三十个，三面依山，一面阻海，即灵江入海口段，北面江岸离城一里，多是平川滩涂。明朝抗倭，海门成为要冲，是台州抗倭武备中心，戚继光在台州抗倭九战九捷，海门卫功不可没。清朝顺治十八年（1661），并前所、桃渚所，立台寨，在海门置兵为守。康熙二十二年（1683），海寇悉平，城守复旧。之后，浙江省在甬台温建立水师，台州水师就驻扎海门。近代五口通商以来，海门以海上交通便利，先得西方文明的传播，台州率先用电，造轮船、办工厂和销售洋货，都是从海门开始的。民国时，海门有台州"小上海"之誉。抗日战争胜利前夕的1945年3月17日，日本海军山县正乡大将座机迫降海门老鼠屿（即小圆山附近），后在葭沚江边搁浅，被台州军民击毙，取得台州抗日战争中最大的战果。

从《风藻饯言集》所见常雅与圆珍通信可知，圆珍回国时是走灵江水道从州城办完通关手续，经海门回国，并可知当时台州与东洋诸国海上通商来往，灵江水道和海门是台州的交通干道，海门是出海的最后一站，到达台州的第一站。就浙东海

---

① 白化文：《叡山新月冷，台峤古风清——读〈风藻饯言集〉》，《东南文化》1994年第2期，第145—152页。

② [清]齐召南纂，胡正武点校：《水道提纲》卷一，国家图书馆出版社2017年版，第8页。

③ [清]齐召南纂，胡正武点校：《水道提纲》卷一六，国家图书馆出版社2017年版，第292页。

上唐诗之路来说，海门是从天台经州城取道水路奔向永嘉，追踪谢客游访山水的重要驿站，也是台州水路由江入海的“换乘站”，盛唐时几位声名赫赫的诗人如孟浩然、魏万等都是从这里（也可能是隔岸章安）换乘的，只是由于这些诗人都是“旱鸭子”，一上船就晕头转向，六神无主甚至可能昏过去，啥都不知道，所以当时留下的诗文太少。不然浙东唐诗之路上海门会成为一处极重要的诗路驿站。现在，海门（椒江）城市建设大手笔多，古老的风貌已经很难见到，老街还保存了一部分，有一座老庙改成的戚继光纪念馆，太和山也将朝着城市公园方向建设，与隔岸章安老街交相辉映，共同丰富着当地的文旅景点和历史文化内涵。向东可由海门港登船到一江山岛、大陈岛游览；向南是路桥，可以参访鉴真大师东渡日本时驻锡的寺院禅林寺，今名香严寺，缅怀大师传播佛教的献身精神，还可到路桥商城，感受在中国日用商品城购物的乐趣。

明州（宁波）

明州以四明山得名，本属越州，所以其地都是《禹贡》扬州之域，春秋时越地，吴越争霸时，甬东作为流放夫差的地方。秦属会稽郡，汉为会稽郡鄞、鄮、句章三县地，后曾经作为东部都尉治。东汉、晋、宋至隋皆沿袭不变。唐武德四年（621）始置鄞州，八年州废，还属越州。开元二十六年（738）七月十三日，从采访使齐澣之请，以鄮县置明州。以四明山得名。[①] 天宝元年（742）改为余姚郡（但余姚县仍属越州），属江南东道。乾元初复为明州，属浙江东道。五代属吴越国。后梁开平三年（909），吴越升州为望海军。宋建隆元年（960）改奉国军。宋为明州奉化郡，属浙东路。绍兴三年（1133）置沿海制置使。绍熙五年（1194）升为庆元府，因为宋宁宗赵扩潜邸——登基前的住所在此。元改为庆元路。明初复为明州府。洪武十四年（1381）改宁波府。清朝因袭，管辖鄞县、奉化等六县。

宁波地盘到当代发生了很大的变化，最大的时候范围包括绍兴全部、台州临海及以北的大部，后来绍兴、台州恢复设置，但有些属县被划入宁波，没有复位。就是在20世纪50年代以后，划入原属绍兴的余姚县（今余姚市，面积1500平方公里）和原属台州的宁海县（面积1931平方公里），辖地面积大增；同时割出原定海县，设立舟山专区（后改名舟山地区，今舟山市，陆地面积1400平方公里），海洋面积变化也很大，舟山市管辖海洋面积2.08万平方公里。

---

① ［宋］罗濬撰：《宝庆四明志》卷首《沿革论》，《四库全书》第487册，台湾商务印书馆2008年版，第9页。

定海县所辖地盘即今舟山市，我国改革开放以后第一个海岛地级市，处于钱塘江入海口，有我国最大的渔港沈家门，海运发达。原先在舟山的大小洛迦山外就是东海大洋，舟山群岛海上航线四通八达，与东洋诸国交通联系紧密，可通达日本、朝鲜半岛诸国港口。《清一统志》载："春秋越甬东地，汉为句章县地，唐为鄮县地。开元二十六年，置翁山县，属明州。大历六年废。宋熙宁六年，以故县地置昌国县，仍属明州。庆元二年属庆元府。"[①]元以后设置过昌国州，昌国县和昌国卫、定海卫。清康熙二十六年(1687)改置定海县，属宁波府，直到20世纪50年代的行政区划调整。舟山最大的资源是海洋，最大产业是海运，最大投入的基础设施是海港，最值得珍惜的陆地是海岛。自改革开放以来，舟山的海岛得到前所未有的开发利用，海港得到前所未有的投入建设，海运业实现了前所未有的增长，海洋得到前所未有的开发。舟山市从宁波分出，舟山港经历了几十年的蓬勃发展，取得十分骄人的业绩，现在又回归宁波大港，联合组成宁波舟山港，成为世界海运中的巨擘，已经多年执世界海运之牛耳。2021年，宁波舟山港以12.2405亿吨的吞吐量，雄居全球大港之首，并且是全球唯一吞吐量超过十亿吨级的港口，[②]比排名第二的上海港的7.697亿吨要超出很多。如果把舟山群岛中出租给上海港的大小洋山港区也算在一起，那么舟山在世界海运界的地位就更加重要了。

从浙东唐诗之路视角出发看待舟山群岛，它并非诗路热点，因为唐朝诗人走到舟山的极少，至于唐人诗歌写到舟山(定海)的就更少了。如果从浙东海上诗路的视野看舟山，那么它的意义就会发生很大的变化，不但如鉴真和尚东渡日本时都先要经过舟山，还有在舟山海上遇到浪猛船破，在舟山获救，后来终于在第六次东渡时获得成功，成为日本佛教界的旗帜性人物，受到朝野各色人等的尊敬。从海上看舟山(包括宁波港)，舟山是鉴真化险为夷、遇险逃生的福地，宁波是最澄来浙东台州求法的登陆地，所以它的海上诗路枢纽地位就凸显出来了。最澄在台州求法修业后，返回明州，嗣后于贞元二十二年(即唐宪宗元和元年，806)四月又到越州游学，于越府龙兴寺向顺晓阿阇梨学习真言秘法灌顶等持念教法，抄得真言，并获得越州公验等。[③] 最澄在越州也有类似台州的求法、求佛教经卷等经历。这与《旧唐

① 《清一统志》卷二二四，《四库全书》第479册，台湾商务印书馆2008年版，第158页。

② 《宁波舟山港货物吞吐量，连续十三年全球第一！》，2022年3月28日，https://mp.weixin.qq.com/s/ho1_jU8ErHMJNx1R9NvSlw。

③ 《华顶要略》卷第一《根本传第一·传教大师》，天台宗典刊行会编纂：《天台宗全书》第1册，昭和十年(1935)，第37页。

书·日本传》中所载日本人在中国“所得锡赉，尽市文籍，泛海而还”[①]是一致的。最澄一行在越州学习真言宗近半月，五月上旬回到明州，乘坐遣唐使藤原葛野麿船队的第二船回国。宋朝日僧成寻（1011—1081）来浙东天台山求法，是由明州港靠泊，后在杭州登陆，经浙东运河过越州到达台州天台山国清寺，后来他的随从携带有关经卷等“唐物”（日本对来自中国的舶来品的总称）到明州，从这里返回日本。至于此后日本求法僧如荣西等，都是在明州登陆或者中转，明州在中外海上交通的枢纽地位可谓无与伦比，为中国文化尤其是浙东宗教和唐诗之路对外传播发挥重要作用。

翁山故城

翁山故城在定海县（今舟山市定海区）东三十里翁山下，这里是春秋时越国的甬东。《左传·哀公二十二年》载：越灭吴，请使吴王居甬东。杜预注：句章县东海中洲也。唐始置翁山县，大历中以袁晁乱废。宋罗濬《宝庆四明志》卷首《沿革论》记载：“欲置吴王甬东，君百家，则今昌国是已。”[②]就是将吴王夫差流放到甬东，管理百家民人（这在当时就是让这百家充当夫差的家佣），让他自生自灭。这是甬东见诸古代典籍的开端。

望海故镇

望海故镇即镇海县（今宁波市镇海区）治。镇海扼守甬江出入东海的咽喉，掌握海上通商往来，也是海运出入的门户，地理位置非常重要。唐元和十四年（819），浙东观察使薛戎奏望海镇去明州七十余里，俯临大海，与新罗、日本诸番接界，宜增戍守，也就是增加驻军或者准军事人员。梁开平三年（909），钱镠以地滨海口，有鱼盐之利，因置望海县，就是吴越国钱镠时将望海镇升格为望海县，后改名为定海县，到清康熙二十六年（1687）改置镇海县，将舟山设置为定海县。改革开放以来，宁波和舟山经济获得前所未有的腾飞，镇海县变成镇海区、舟山的定海县也变成定海区。现在，宁波和舟山的经济社会攀升至一个更高的层次，文化旅游业在这里迎来了稳健的发展。

---

① ［后晋］刘昫撰：《旧唐书》卷一九九《日本传》，《二十五史》第5册，上海古籍出版社上海书店1986年版，第643页（总第4119页）。

② ［宋］罗濬撰：《宝庆四明志》卷首《沿革论》，《四库全书》第487册，台湾商务印书馆2008年版，第9页。

定海关

浙东在海上通商与对外交往的制度上、机制上也有必要的设置、建设，如事关通商、海上航运来往和人员入关的机构，有定海关把守，定海关在镇海县南门外，建于清朝康熙二十四年(1685)，海舶由此验放。另外，在舟山岛上还设置了翁山关，在定海县南二里，这处关隘是唐朝设置的，历史更为久远，因高丽进贡乘季风，到明州口岸顺风时不逾五日即抵岸。宋朝政和七年(1117)，楼异建议于明州设置高丽司，创设高丽使行馆，[①]可见北宋时海上通商已盛。设兵守御，可见国家对海上通商贸易和人员出入境管理是很重视的。这些文史知识的宣传，可以为宁波舟山的文旅发展，提供很好的普及作用，也为浙东唐诗之路的海上部分提供必要的铺垫。

温　州

《禹贡》扬州之域，春秋战国属越，汉初为东瓯国，后为会稽郡回浦县地。东汉永和三年(138)，分章安县东瓯乡置永宁县，仍属会稽郡。三国吴属临海郡，晋太宁元年(323)分永宁等四县置永嘉郡，宋齐以后因袭不改。隋平陈，属处州，开皇十二年(592)改名栝州，大业初(605)复为永嘉郡，唐武德五年(622)置东嘉州，领永嘉、永宁、安固、乐成、横阳五县。贞观元年(627)州废，县属栝州。上元元年(674)，分栝州地置温州。天宝初(742)改永嘉郡，属江南东道，乾元初(758)复曰温州，属浙江西道。五代属吴越，晋天福八年(943)升为靖海军节度。宋初仍曰温州永嘉郡。太平兴国三年(978)降为军，政和七年(1117)升应道军节度使，建炎三年(1129)罢，咸淳元年(1265)以度宗潜邸在此升为瑞安府，属浙东路。元至元十三年(1276)置温州路，隶江浙行省。明洪武初改曰温州府，属浙江布政使司。清朝因之，属浙江省，领县五。

温州地处浙东沿海南端，境内有浙江省第二大江瓯江，可谓控山带海，利兼水陆，实东南沃壤，一都之巨会。[②]又地当瓯越之冲，负海山之险。枕江界海，与列岛对峙，北邻台甬，南临闽越，为东南要害之区。[③]温州与宁波、台州一样濒临东海，温州人一直与海洋打交道，从海洋捕捞和养殖上所取得的收成，海产多于地产，商贾贸易，向来发达，温州商人(瓯商)走遍天下，其艰辛实非常人所可想象，其获利也是常人所不可及，其实是有不得已的原因使然；温州鱼盐充足，得以补充人多地少的欠缺。

---

① [宋]罗濬撰：《宝庆四明志》卷六，《四库全书》第487册，台湾商务印书馆2008年版，第83页。

② 《清一统志》卷二三五，《四库全书》第479册，台湾商务印书馆2008年版，第390页。

③ 《清一统志》卷二三五，《四库全书》第479册，台湾商务印书馆2008年版，第390页。

永嘉故城

永嘉故城即永嘉县治，也就是现在温州府城的古城区，东汉置永宁县，晋置永嘉郡，隋大业初(605)复为永嘉郡。唐高宗上元二年(675)，于此置温州，永嘉县治移在州东百八十步。晋太宁初(323)置永嘉郡，商议筑城于瓯江北岸，不久迁移到瓯江南岸，东西两面依山，北面临江，南面环会昌湖，跨山为险，名叫斗城，这是指城内有山错立如北斗星的形状，由当时避难于永嘉的知名学者、文学家郭璞根据天文星相与土地山川相对应的方法作了规划，又在城内挖了二十八口井，五口池塘，分别蕴含着对应天上二十八宿的五行法则。即使遭到敌人进攻，也能够固守不乱；纵使遭到大涝，也能够疏导自如。如此精妙设计，使得这座城池固若金汤。北宋，方腊起义军也来攻打温州，围攻四十多天，仍然无法攻破，只得撤军。明朝晚期，倭寇猖獗，侵犯浙东沿海，但在温州城下久攻不克，师老兵疲，无功而去，十一年间连续进攻六次，均未得逞，其城防规划之精妙，彰显了设计者深厚的内功与智慧。温州府城又叫鹿城，传说在郭璞规划筑城路线时有白鹿衔花之瑞，后人就给它起了这个别名。此城之规则，与台州府城异曲同工，皆以瑞兽指引筑城线路，两城不仅规划理念相仿，连别名也相同。

谢公楼

谢公楼在府城拱辰门上，谢灵运担任永嘉太守时，经常来这座城楼上游观休息，后人便敬称为谢公楼。

西射堂

西射堂在府城西。《太平寰宇记》载：在温州西南二里，谢灵运《晚出西射堂》诗云："连障迭巘崿，青翠杳深沉。"[①]今西山寺是也。据同窗蓝葆夏兄赐告：西山寺还在，这是一个好消息，既保护谢灵运游踪，又可为今天的诗路文旅所用。在永嘉山水诗之路和浙东唐诗之路文旅融合建设中，根据温州对谢灵运所遗遗迹重视的情况，建议：将传承或史志记载至今的人文遗迹作一综合的梳理，分清类别，根据可行性制订规划，确定修复、重建工程，分步实施。这些有关永嘉山水诗路与唐诗之路的遗迹修复后，可以进一步丰富温州诗路文旅资源，充实内涵，组合到永嘉山水诗之路点线中，转化为文旅融合增长点。

---

① ［刘宋］谢灵运著，黄节注：《谢康乐诗注》卷二，中华书局2008年版，第60页。

海　关

海关在永嘉县(今温州市鹿城区)东海口,稽察海舶出入。按瓯江入海口南北两边,北边属乐清县,南边属永嘉县。20 世纪 50 年代以后,永嘉县治从温州府城迁出,迁到永嘉县上塘镇,这样就将永嘉县与瓯江入海口切分开了。现在,瓯江口南边是龙湾区的地盘,就没有永嘉县什么事了。但温州海关是一个非常重要的把守国门的机构,仍然给后人提供了重要的信息,这里早就设置了守门人。

前文论及浙东在对外通商贸易和文化传播、交流上历代官府早有制度性的设置,也有实际管理的机构建设。温州属于浙东重要的口岸,相关的管理机构是这种实际业务的表征,而温州海关的建设也可以作为一个历史的见证。

处州(丽水)

处州,《禹贡》扬州之域,春秋战国属越,后属楚,秦属会稽郡,汉初为东瓯国地,后属会稽郡,为回浦县地,东汉为章安县地,三国吴兼属临海郡,晋属永嘉郡(时郡治永宁,即今温州),宋齐以后因袭不改。隋平陈,始改置处州,治括苍县。开皇十二年(592)改为括州,大业三年(607)改为永嘉郡,①唐武德四年(621)复为括州,兼置总管府,贞观元年(627)府罢,天宝初(742)改缙云郡,属江南东道。乾元初(758)复为括州,属浙江东道。大历十四年(779)复为处州(避太子李适讳,"适""括"同音)。五代属吴越国。宋为处州缙云郡,属浙东路。元至元十三年(1276)立处州路,属江浙行省。明洪武初(1368),改处州府,属浙江布政使司。清朝因袭不改,属浙江省,领县十。

处州为浙东唐诗之路范围内海拔最高的地方,重峦叠嶂,峡谷深险,是瓯江上游诸水的发源地,湍流险阻,极其曲折跌宕,九十里间五十六滩。② 这条水路行舟险峻异常,风光摄人心魄,堪称绝佳的观赏胜境,正是从谢灵运以来见称于诗人笔下的处州段诗路,也就是李白《送王屋山人魏万还王屋》中所写的:"缙云川谷难,石门最可观。瀑布挂北斗,莫穷此水端。喷壁洒素雪,空蒙生昼寒。却寻恶溪去,宁惧恶溪恶?咆哮七十滩,水石相喷薄。路创李北海,岩开谢康乐。松风和猿声,搜索连洞壑。"③除了石门洞天一如既往地有巨大的瀑布、山崖险峻,仍然是游客众多

---

① [唐]李吉甫撰,贺次君点校:《元和郡县图志》卷二六《浙东观察使》,中华书局 1983 年版,第 624 页。

② [唐]李吉甫撰,贺次君点校:《元和郡县图志》卷二六《浙东观察使》,中华书局 1983 年版,第 624 页。或作"三十六",恐形近而误,兹据《元和郡县图志》。

③ [唐]李白著,[清]王琦注:《李太白全集》卷一六,中华书局 1977 年版,第 755 页。

的胜境，丽水附近的恶溪（今名好溪）则已经不“恶”，也就没有了观赏性，游客到此只是凭吊古迹而已。在它的上游仍然曲曲弯弯，山峡急流，因为水量不是很大，没有通航的条件，所以没有什么改造，大体保持原貌，还是有观赏性的。

处州山谷幽深，土地稀缺，难以承载大量人口，形不成较大的城市，各个县城规模也较小，居民散处，村庄坞堡多呈小型化。但因石气所钟，性格刚烈，是王士性所划分的山谷之民的典型。

处州故城

处州故域有二：一在府城东南七里括苍山麓，是隋朝时的旧治所在，亦名括州城。括本作栝，即椤木也，山多此木，故名。隋朝时就以栝名州。一在府城西二里小括山上，唐末卢约窃据是州，迁治于此，东北掘地为池，因土为城，南以溪为池，拥堤为城，西就山为城，并溪为池。宋时郡治因之。杨亿所谓“郡斋迥然霄汉，石磴盘屈”，就是指这个地方。《续厅壁记》记载：州在小括山，其路九盘，始入谯门。崇宁三年（1104），杨嘉言为郡守，削直之。大观元年（1107）复旧。元至元二十七年（1290），始改筑今城，而旧城俱废。

忘归台

忘归台在缙云县东吏隐山，是唐朝县令李阳冰公暇游憩的地方，有李阳冰篆书《忘归台铭》，表明他对这处忘归台的喜爱。现在缙云县鼎湖峰西有一忘归洞，这是一处温泉，与李阳冰题字的忘归台不同，但也可作为一个资源，组合到浙东唐诗之路中。李阳冰在缙云县曾与神约定时降雨，后果雨足，解旱灾之危，作有《缙云县城隍神记》，这是一处修复后可以作为诗路文旅胜迹的资源。李阳冰在处州所留题字有多处，还有《修文宣王庙记》《李氏汙尊铭》《黄帝祠宇记》①，合计五处，远超全国各州他所留题字数量。

鉴于李阳冰在缙云、在处州所留手迹的记载，建议将缙云定位为李阳冰情有独钟之地，将缙云忘归台设置为李阳冰遁隐栖真处。此举将使缙云的诗路遗迹在浙东诸州中脱颖而出，迈上新台阶，进而成为重要的文化辐射源，对周边地区产生深远的文化影响。

附：好溪堰

好溪堰在丽水县东十五里，唐刺史段成式开筑，灌田数万亩。这便是原来“恶

① ［宋］郑樵撰：《通志》卷七三，《四库全书》第374册，台湾商务印书馆2008年版，第528页。

溪”的所在，因段成式筑堰潴水，灌溉农田，保护农业生产取得好收成，而得到百姓的称赞，段成式的善政也获得了很好的口碑，“水怪”自然“潜去”。这条水流从“恶溪”改为“好溪”，成为造福百姓的工程，也成为“善政”的标志。现在丽水市经过“五水共治”以后，将好溪水流整治地段整理改建成为一处新型的城市风景区，不仅水质有了明显的改善，还建成了好溪楼、好溪堰头公园、应星楼、南明湖、紫金大桥、大洋河绿地景观带六景。尤其是应星楼巍峨壮丽，高耸云霄，倒映湖中，更是斑斓多彩，与周围青山相互映衬，更加显得光彩夺目。这是一举多得的治水工程，既为市容美化亮化献上巨礼，又为市民和游客提供一个休闲观光的去处，也为处州诗路增添新的亮色。

通济堰

通济堰在丽水县西五十五里，现在叫大港头“古堰画乡”风景区。以前松遂间多山田，岁苦旱，梁天监中遣詹、南二司马筑堰，障松阳、遂昌两溪水入大溪之口，流为四十八派，自保定至白桥三十里，溉田二十余万亩。又蓄为陂湖，以备旱涝。岁久堰坏，宋知州范重大重筑，自后屡加修葺。它的修筑堰闸有独创之处，如将水渠、溪流与桥梁作巧妙的交叉，形成一处三者各走各道的“立交桥”。古堰之岸建有楼阁亭台，成为寓天地人和合交融的一处著名古迹；古堰附近的村庄保留较多的农家屋舍，风貌古朴，成为一条古建筑街，很受美术学院学生的青睐，他们来到这里写生作画，为这条古街增添了很有生气和活力的风景；古堰附近的街店人气兴旺，临街店面就多经营艺术品、古董及食宿服务，无意间为这些原先渐趋冷落荒废的老屋作了创意改造，为老屋注入了新的生机，犹如枯木逢春，成为处州段诗路文化资源整合转型的范例。

处州通济堰

衢　州

衢州,《禹贡》扬州之域,春秋时越姑蔑地,战国属楚,秦属会稽郡,汉为会稽郡太末县地。三国吴分属东阳郡,历晋至隋皆因之。唐初属婺州,武德四年(621)始于信安县(今衢州市柯城区)置衢州。以州境有三衢山而得名。武德六年(623)废,当时衢州陷没于辅公祏之手。武后垂拱二年(686)复置。天宝初曰信安郡,属江南东道。乾元初复曰衢州,属浙江东道。五代属吴越国,宋初属两浙路,南宋属浙东路。元至元十三年(1276),改衢州路,属江浙行省。明初改龙游府,明年复曰衢州府,属浙江布政使司。清朝因袭不改,隶属于浙江省。领县五。现在辖两区一市三县。

衢州地域属于浙江省金衢盆地,多红壤丘陵,它的地方文化亦属于王士性所说的山谷之民的范围。

盈川废县

盈川废县在原西安县(今衢州市柯城区)南。乐史《太平寰宇记》载:盈川废县在州南九十五里,唐如意元年(692),分龙邱县(今龙游县)西桐山、玉泉寺等乡置。县西旧有刑溪,南朝陈朝时土人留异恶其名,改曰盈川(吴语刑盈同音),唐因取为县名。元和七年(812)废,以其地并入新安(即西安县)、龙邱二县。

盈川县立县时间虽然只有一百二十年,但对于衢州来说却是很重要的浙东唐诗之路文旅资源,主要就是因为“初唐四杰”之一的杨炯在此出任县令,在当时对于扭转文风,朝着大唐时代风气的形成上发挥了重要的作用。杨炯小时有“神童”之誉,长大后才华出众,据唐张鷟《朝野佥载》所载:盈川县令杨炯词学(指文学)优长,恃才简倨,不容于时。又有一种传说,杨炯在盈川县令任上因求雨无效,投水而死,结果当日天就降下大雨,民感其德,立祠奉祀。《万历龙游县志》记载:在龙游县西北二十里盈川境上建有杨侯祠,祭祀唐盈川令杨炯。衢州市向来很重视这一文化资源,2006 年在衢州市衢江区的盈川村,即唐盈川县治所在开发旅游景点,在盈川村西北还有盈川县城旧址。把原盈川县城隍庙改建为杨侯祠,不仅是对盈川县文史之脉的深入挖掘,更是对杨县令深切怀念的寄托。

婺州(金华)

婺州,《禹贡》扬州之域,春秋战国时越地,秦属会稽郡。汉为会稽郡乌伤县,东汉为会稽西部都尉治,后分置长山县。三国吴宝鼎元年(266),于长山县置东阳郡,晋及宋、齐因之。梁末置缙州,陈改置金华郡。隋平陈,郡废,改置婺州。大业初,仍为东阳郡。唐武德四年(621),复置婺州。天宝初复曰东阳郡,属江南东道,乾元初复曰婺州,属浙江东道。五代时属吴越。晋天福四年(939),升为武胜军节度。宋亦曰婺州东阳郡,淳化元年(990)改曰保宁军节度,属两浙路。元至元十三年(1276),改为婺州路,属浙江行省。至正二十八年(洪武元年,1368),明太祖改宁越府,后又改曰金华府,属浙江布政使司。清朝因袭明制。

金华属于浙东金衢盆地,也是浙东多山的丘陵地区,唐权德舆《送道依阇黎归婺州序》称之为山水佳地。[①] 金华有三洞、双溪之胜。其人文、地理都属于王士性的山谷之民的范围,名贤辈出,素有"文献之邦""浙东小邹鲁"之誉。

金华府衙与太平天国侍王府

唐诗之路中的金华原名婺州,得名于此处上对婺女星宿,故取以名州。原婺州、东阳郡、金华府衙所在地,是金华的政治中心。其范围包括现在点将台、城垣遗址公园、太平天国侍王府、保宁门、古子城等,是一个完整的金华官府建筑区。其中国保单位太平天国侍王府,是太平军占领金华之后,将官署加以改建和扩建形成的新衙门。可以说侍王府是金华官署的一种变相,它能够基本完整地留存至今,也是金华古城区历史文化资源的异数。所以这里一直是婺州的权力机关,在文学界声名显赫的八咏楼乃是这一区块的文旅标志。这一官府建筑区是现在婺州古城景区的腹心地带,也是婺州古城的核心部分。金华府城被拆毁于抗日战争时期,在深感可惜的同时,又为这座古城在保家卫国、反抗外敌入侵的历史书写了不可抹杀的篇章。古城(现在只有遗址)与城外的双溪,即从东阳流来的东阳江(推测以前应当为东阳溪)和从武义流来的武义江(同样以前是武义溪)到此汇合为双溪,蜿蜒萦带,相映相辉,为诗人行旅留下非常美好的印象,这才留下诗仙的生花妙笔:"径出梅花桥,双溪纳归潮。落帆金华岸,赤松若可招。沈约八咏楼,城西孤岧峣。岧峣四荒外,旷望群川会。云卷天地开,波连浙西大。乱流新安口,北指严光濑。钓台碧云中,邈与苍岭对。"[②]就此为金华这座古城作了历史形象的塑造与定格。

在晚唐那个动荡不定,战乱四起的时候,金华曾经迎来唐朝历史上著名的诗人暂栖避难,最有代表性的便是韦庄。他在婺州的经历留存于诗中者,就有《婺州和陆谏议将赴阙怀阳羡山居》《婺州屏居蒙右省王拾遗车枉降访病中延候不得因成寄

① [清]董诰等编:《全唐文》卷四九二,上海古籍出版社1990年版,第2226页。

② [唐]李白著,[清]王琦注:《李太白全集》卷一六,中华书局1977年版,第755页。

谢》《和陆谏议避地寄东阳进退未决见寄》《东阳酒家赠别二绝句》《东阳赠别》《婺州水馆重阳日作》等，经历漂泊流浪，生活肯定有许多磨难，但因此而发为诗歌，正为浙东唐诗之路增添了色彩。特别是值得重建“东阳酒家”，活化唐诗资源，这是留给金华的一笔重要遗产。

在浙东唐诗之路上，金华是一个重要的节点，这不仅因为其地理位置正处于浙东诸州如衢州、处州、温州通向省城杭州的水陆交通要道上，而且因为金华很早就涌现了浙东唐诗之路著名的本土诗人骆宾王，他的诗歌在唐朝诗人队伍中是出类拔萃的，他是响当当的初唐四杰之一；他的骈文写得气势充沛，义正词严，气吞山河，《代李敬业传檄天下文》成为唐朝骈文的代表作之一，成为历代文人学习的范本。后来又涌现了诗人、词人张志和，大臣、诗人舒元舆等，在唐朝文学史上留下重要的遗产。另外，晚唐著名的诗僧贯休，兰溪人，在浙东五泄修行近十年，在浙东佛教名山天台、四明等都留下游踪，留下很多与浙东唐诗之路有关的诗作，是浙东诗僧中的翘楚。这一支诗人队伍诗作众多，声势颇为雄壮，影响力直追浙东第一的越州。

金华府保宁门(马斌摄)

第四章　驿道站馆

在浙东唐诗之路沿线遍布着当时迎送官员、书生、客商的驿站、旅馆等行旅必要的设施。驿站是官方设置和管理的机构，以服务官方人员为主，由国家提供资金与物资，类似于改革开放前官办的招待所；旅馆是离家外出者寄身的地方，有官营的，更多是民营的服务业设施，但被史志记载的旅馆客铺大多是由官方经营的，多用于迎送官员来往等。旅馆接待的对象遍及三教九流各色人等，需要成本核算和赚取利润，服务于文化人的机会也很多，特别是为各类考生提供食宿服务，所以旅馆中产生过许多故事。像李白出川后一年内挥金三十余万，有不少是花在馆驿上的。他到浙东来的时候还要作诗自我表白"此行不为鲈鱼脍，因爱名山入剡中"，他的诗歌有不少就是在馆驿中触景生情，情动于中而成的。我们从唐朝诗人的作品中不大容易看得到他们路途中的细节，像杜甫的壮游长江南北，孟浩然的"山水寻吴越，风尘厌洛京"，专程从洛阳来寻找浙东山水风物，其诗歌所写要么描写景色，要么抒发情感，但山水舟车的转运细节情景是很难看到的，若是不看宋以来的诗人诗作，往往会缺少对这方面的关注与思考。直到宋朝日僧成寻记载了从日本一路追寻至天台山求法的日记，方为读者提供了鲜明的对照，使我们得以理解那些潇洒飘逸的大唐才子，其实是省略了很多艰苦的细节。这样来看，水陆驿道可谓诗歌创作的催化剂，无数才子在旅途中创作出自然贴切、发自内心的作品。

越　州

蓬莱馆

蓬莱馆在卧龙山之左，这是浙东高档的官办宾馆，南宋时所建。它的前身是越州官府的东亭，亭也是古代招待来往人员的设施，李白的词中有"何处是归程？长亭连短亭"，亭是古代道路中服务旅客的建置，城里的亭也是迎送客人的，可能唐朝越州城内就以东亭这样的馆舍来接待官员和诗人的。宋高宗赵构逃难于浙东时曾经泊舟(停船)于此。郡守史浩建，原是府东亭旧址。高宗赵构巡幸时停泊御舟于此。宰相吕颐浩奏事说：臣等昨夜宿提刑司，在御舟旁数步。就指这处蓬莱馆。东面是问津亭，北面通川亭，都面临府东大河。水光辉映，远望如图画。舟车既到，必有馆舍住宿，其实这个馆舍是一州的窗口门面，给人留下了美好印象。

越州子城东门有丰宜馆，南宋时改为观察判官署。城西迎恩门，东五云门，皆有亭，以送迎御香，是由于南宋陵墓祭祀寄托于此。中唐浙东观察使李绅曾经在府东建候轩亭，府东北有安轺驿，就是轺亭，即接待一般马车的亭。这些亭后来都倒塌了。

萧山梦笔驿

梦笔驿，在萧山县衙东北百三十步。此处原有江淹故宅，梦笔驿就是因江淹梦郭璞索笔的典故而得名，又有觉苑寺，梦笔驿就在寺前。现在改成萧山老城区江寺公园，南端紧邻萧绍运河，交通便捷。这里是从浙西杭州到浙东越州的必经水路，北宋熙宁五年(1072)五月六日，日僧成寻舟行过此所记，可为有趣的参照："巳时，于萧山寺前，乍船遥拜了。……次过驻楫亭，旁有五重塔，二基，高五六丈许，名觉苑寺，遥拜了。"[①]在越州的这些亭阁馆驿中，若戴溪亭、梦笔驿，可以想见当时六朝以来的风流余韵，是恰如其分的评价。后来，唐朝李白"梦笔生花"的故事成了孩子启蒙的成语，也是文学典故，可谓妇孺皆知。将这座古代驿站改造为诗路文化带上的旅馆，既能保留其文化效应，又能实现经济效益，不沿用驿站的形式，但承袭其接待旅客的实质，可为诗路文旅发挥应有的作用。

嵊州访戴驿

访戴驿原在嵊县县衙左边的访戴坊。嘉定八年(1215)，县尹史安之重建于东门之外，这里水陆两便，走水路就乘船，走陆路就坐车坐轿，都可以在这里各取所需，各得其所，各奔前程。人们都称赞这个驿站建设得好，方便客人出行。访戴驿原来是一处人气旺盛的人文遗迹。像这种知名度高，在古代文学作品中人气旺盛的古迹，若是能够以仿古建筑的形式重建，以"访戴驿"为名号，招待唐诗之路游客，是一种相当理想的方案。当然，方案在现实中很难实现得如此美好，但可以作为一种将诗路文化资源加以物化和活化的建议。

台 州

天台馆

天台馆在州衙南一百三十步，俗名"行衙"(移动衙门)，这是一座州办宾馆，地

① [日]成寻著，王丽萍校注：《新校参天台五台山记》卷一，上海古籍出版社2009年版，第40页。

位特殊，作用重要，相当于当代台州地区的台州宾馆，位置大约就在现在孔庙前面一带。乾道九年(1173)因火灾烧毁，淳熙三年(1176)郡守尤袤重建，嘉定十六年(1223)郡守齐硕重修，但之后不知何因消失无踪。

丹丘驿

丹丘驿在州衙东南一里，相传葛玄炼丹于此，故名。这是受道教影响的地名，实际取名的来由见下文。乾道九年(1173)因火灾烧毁，后变为民居。台州境内名叫丹丘的地方有好几个，孙绰《游天台山赋》载："仍羽人于丹丘，寻不死之福庭。"[①]是天台山上的丹丘。丹丘本指昼夜通明之地，是神仙居住的地方，最早出于《楚辞》。因它的美好含义，台州境内的宁海县(宁海是20世纪50年代末划归宁波)有，天台有，《天台记》载晋"虞洪入丹丘山，遇丹丘子求茗"；临海城里这处叫丹丘驿，又有丹丘观；宁海有丹丘院，都是取孙绰赋中的含义。州衙东南一里，那位置接近巾山脚。明朝建的赤城驿在临海县衙东南巾山侧，也就是宋朝的丹丘驿。它的名字是依据驿旁石头颜色来的，而且有日僧成寻亲历见证："延久四年(宋熙宁五年，1072)五月……廿七日(丙午)，天晴。卯时，出百步，过五里，入临海县了……申时，过五十里，至丹丘驿并永福院。石色赤，故名丹丘也。山以赤岩叠。……有元表白从国清寺来会，告云：'台州是屈母龙王宅，地名丹丘，水名灵水，山名小固山，城名白云城，去天台县九十里。'"[②]这与成寻到天台首见赤城山的细致观察印象可成印证："渐见赤城山南面，如以赤石造城。"[③]那么明朝改丹丘驿为赤城驿，不仅位置相同，其命名含义也与天台赤城如出一辙，可谓"撞脸"之巧合。现在，府城里巾山麓正打造诗路文化景区，若有合适的地方恢复丹丘驿或者赤城驿，无疑将为府城文化景观增添一双文旅融合的"诗眼"。

嘉祥馆

嘉祥馆在州衙东五十步，有"小行衙"之号，可见是当时州衙办的另一家宾馆。嘉泰四年(1204)废，这是一处南宋末期被改变用途的官办宾馆。它的位置大概就是现在府城鼓楼向东一点的地方，这片是府城中的传统街区，属严格保护地。"嘉祥馆"这个名字十分美好，可以利用它作为其他的文旅馆舍的名字，继续发挥文旅的助力作用。

---

① [梁]萧统编，[唐]李善注：《文选》卷一一，中华书局1977年版，第164页。

② [日]成寻著，王丽萍校注：《新校参天台五台山记》卷一，上海古籍出版社2009年版，第80页。

③ [日]成寻著，王丽萍校注：《新校参天台五台山记》卷一，上海古籍出版社2009年版，第48页。

天台赤城驿

天台赤城驿在县西南二百步。赤城是天台山的南门，也是登天台的起点，古代还可以代称台州，如宋陈耆卿的《嘉定赤城志》就是宋朝台州的州志。上文已经载及府城临海馆驿有赤城驿，这里天台也有一座赤城驿，看来“赤城”是受人喜爱的地名，也可以此名作为诗路文旅馆店之名。

灵溪驿

灵溪驿在天台县东二十里，原有驿路由此入京师，就是天台亭头，地址在现在坦头镇亭头村。后来驿路改从县城东门经过，灵溪驿就失去作用被废了。唐许浑有《发灵溪馆》诗云：“山多水不穷，一叶似渔翁。鸟浴寒潭雨，猿吟暮岭风。杂英垂锦绣，众籁合丝桐。应有曹溪路，千岩万壑中。”[①]郑巢有《泊灵溪馆》（一作《夜泊》）诗云：“孤吟疏雨夜，荒馆乱峰前。晓鹭栖危石，秋萍满败船。溜从华顶落，树与赤城连。已有求闲意，相期在暮年。”[②]诗路所写已经有冷落荒凉景象，是晚唐灵溪驿运营及其环境的一个历史定格。由此推之，灵溪驿应当是自晚唐开始衰落，直到失去其功能和地位，但这一遗址仍然承载着诗路访古寻胜的意义。建议当地设立灵溪驿遗址碑，并辅以说明。

明　州

四明驿

四明驿在鄞县（今宁波市鄞州区）西南，水驿，有驿丞。水陆交通方便，位置也很重要，曾经是宋朝明州通判厅的旧址。元朝大德七年（1303），浙东道都元帅府迁移到庆元府，就在这个旧址办公。可见此地适宜官府扎营，这处水驿就是为了方便官府往来调度而设。明朝景泰间仍然是接待官员、外国使节的官驿，位置在宁波月湖。景泰四年（1453）四月廿四日，日本遣明使一行抵达宁波府后“游于府学，先生引到咏归亭、泮宫、大成之门、明伦堂，遂至湖心寺，入四明驿”，此时驿中还奉祀贺知章神位：“驿前有贺知章祠堂，安塑像，前有碑，曰：‘唐秘书监太子宾客集贤院大学士赠礼部尚书贺公之神。’”[③]浙东唐诗之路沿线多水道，水驿有记载的不多，最

---

① ［清］彭定求等编：《全唐诗》卷五二八，上海古籍出版社 1986 年版，第 1339 页。

② ［清］齐召南纂，［清］阮元修订，许尚枢点校：《重订天台山方外志要》卷二，国家图书馆出版社 2018 年版，第 189 页。

③ ［日］村井章介、须田牧子编：《东洋文库》七九八《笑雲入明记》，平凡社 2010 年版。

大的水驿是萧山的西兴驿，还有渔浦驿，也就是萧山的两个最重要的渡口。明州的驿站把四明驿作为代表很有意义，它是浙东运河东端驿站的象征，也是四明连通海陆的枢纽。值得在旧址上重建四明驿，或者立碑为标志，助推诗路文旅。

温　州

上浦馆

温州的馆驿在浙东唐诗之路上有代表性的是上浦馆，这主要是因孟浩然到永嘉看望时任乐成县尉的老同学张子容所留下的印象。寻找与确定永嘉上浦馆的难点在于它与温州古城的距离。据史志记载，上浦馆在温州府城东七十里的地方。以此距离追寻上浦馆的踪迹，宋祝穆《方舆胜览・瑞安府》有"象浦，在乐清县西六十七里。谢灵运诗：'廨宇邻蛟室，人烟接岛夷。'"的地名和诗句。虽然其引用诗句张冠李戴，将孟浩然诗误植到谢灵运头上，但其地名、距离都令人感到很接近"七十里"这个点。再查《明一统志・温州府》载："上浦馆，在府城东七十里，唐孟浩然于此逢张子容，赋诗'逆旅相逢处，江村日暮时。众山遥对酒，孤屿共题诗。'"如此一来，就与上述两点吻合，可以确定宋朝学者所编纂的地理总志中的"象浦"，在唐朝襄州（襄阳）人孟浩然的诗里写作"上浦"，方音记字痕迹明显，可以看到两者之间的联系。又据明《弘治温州府志・邑里・永嘉县》有"贤宰乡，在县东北七十里，有浦通江达城"条记载，其旧里名有象浦，其三十六都有象浦地名，而明《永乐乐清县志・乡都》有"茗屿乡，里名四十"，其中也有象浦，《镇市故址》有"象浦镇，去县西六十里，在茗屿乡"。贤宰乡与茗屿乡接壤，显然象浦横跨乐成与永嘉两地，即今永嘉县乌牛街道与乐清市北白象镇琯头村（旧名馆头）一带合起来的旧称。乐清象浦是象浦河入瓯江处，在乐清县西六十里，南出数十里达馆头，江隔山，不与西河接。舟楫出入多取道于此。这是浙东唐诗之路上留下著名诗人游踪、诗作和故事的重要地点，特别是孟浩然来到此地，还带动了诗人张子容，影响了后来者李白的粉丝魏万，从台州调任到温州的诗人顾况，都步着孟的行踪，造访诗岛，也都有众山对酒，孤屿题诗的相似经历。加上前有谢灵运的吸引，暗中有诗仙的默祷，各位才子才华横溢，妙笔生花，声情并茂，诗句清丽，前后辉映，蔚为奇观，为古城温州营造诗路明珠锦上添花。

乐成馆

孟浩然到温州看望同学张子容时，张子容因故被贬谪乐成（今乐清）县尉，为八品小官，很难给孟浩然提供有力的帮助，孟浩然乐成之行空手而归。《温州府志》

载：乐清县原有乐成馆，唐建。孟浩然《初年乐城馆中卧疾怀归作》诗："异县天隅僻，孤帆海畔过。往来乡信断，留滞客情多。腊月闻雷震，东风感岁和。蛰虫惊户穴，巢鹊眄庭柯。徒对芳樽酒，其如伏枕何？归与理舟楫，江海正无波。"[①]正是孟浩然到乐成之后被张子容安排在此的明证。孟浩然大年夜造访张子容，老友相见，分外热情，张子容就以海鲜、老酒招待，而孟浩然一下子吃多了生猛海鲜，自然肠胃不适，很容易卧疾于乐成馆中，易起乡思、动归念，写下这首纪实之作，为浙东唐诗之路留下一个很有意思的历史瞬间，也为乐清诗路、温州诗路留下一处极有价值的诗路遗迹。若温州市和乐清市能够重视浙东唐诗之路资源，将上述谢客经行的筋竹涧（斤竹涧）、孟浩然题诗的上浦馆、江心屿、乐成馆同温州城内的池上楼等胜迹连成一线，这条乐清和温州的诗路胜迹就能串珠成链，变得生动起来，充分发挥诗路资源的文化滋润作用，愈发芬芳。

① ［清］彭定求等编：《全唐诗》卷一六〇，上海古籍出版社 1986 年版，第 379 页。

第五章　宫观寺院

宫观寺院是道佛两教的主要活动场所，也是社会各界寄托信仰，社会交际与文化生活的重要设施，尤其是寺院，香火寄托了信众的理想愿望，表达追求幸福美好的需要。从古到今大体格局相同。古代行旅设施少，寺院宫观便填补了这一不足，成为读书人、科考士子、宦游官员、行商旅人的临时居所。多少作品就是在宫观寺院之中诞生的；多少故事就是在这些地方产生的；多少爱情就是在借宿中“惊艳”留下的，如《西厢记》就是其中的代表作。诗和传奇的典范当属《莺莺传》。宋施宿《嘉泰会稽志》卷七《宫观寺院》载：“道士所居为宫观，僧则曰寺院。宫，古者上下通称。”

第一节　宫　观

越　州

天庆观

会稽天庆观，在府东南五里一百二十步，隶属于会稽县，就是唐朝时的紫极宫。后梁开平二年(908)改真圣观，宋大中祥符元年(1008)改承天观，真宗诏天下各州县建造道观一所，以天庆为名。建炎三年(1129)冬，高宗避难越州曾迎祖宗画像到观奉安。之后屡有修缮，但到特殊时期被改为他用，遗迹荡然无存，但还有一座天庆观铜钟遗留于世，可为寻觅史迹提供实证。

天长观

会稽天长观，即唐朝贺知章舍宅为观的千秋观。南宋时，郡守史浩又于此处水滨增建鉴湖一曲亭，成为绍兴城里观赏赛龙舟的佳处，可与府衙附近的西园媲美。

鸿禧观

鸿禧观即原唐朝天长观，在府东六里，天宝三载(744)秘书监贺知章解组辞荣入道舍宅为千秋观，后改天长观，有个外来的道士带着一堆草鞋坐在道观门口，有经过者就送一双，那些得到草鞋的人有烂脚等病的都病愈了，大家相互转告这个道观道士的灵验，就称该道观为草鞋宫。南宋史浩重建千秋观，有先贤堂、镜湖一曲阁、怀贺亭等。今绍兴城里还有一处贺秘监祠，原为贺知章行馆，位于周恩来祖居西边，可以作为缅怀稽山贺老的打卡之地。

龙瑞宫

龙瑞宫在会稽县东南二十五里。就是传说中大禹探灵宝五符以治水的地方。唐朝建为怀仙观，后改为龙瑞宫。现在贺知章《龙瑞宫》刻石尚存，虽然有部分文字已经风化残泐，但仍为传世稀少的贺知章留下了珍贵的真迹。

玄妙观

玄妙观在上虞县(今绍兴市上虞区)金罍山下，是汉朝魏伯阳宅旧址。宋大中祥符二年(1009)改为天庆观，元末毁，明成化八年(1472)重建。魏伯阳是浙东本土最早著书立说，为道教经典作出重大贡献的道士，他的学说主要见于《周易·参同契》三卷，名见葛洪《神仙传》，他的思想影响了浙东道教的走向，也引起后世许多学者如朱熹等人的研究。

嵊州金庭观

金庭观在嵊州市东南七十三里，旧传为晋王羲之读书楼，舍为金真观。南齐褚伯玉居此，唐朝改名。历史上剡县金庭被视为天台山北门，王羲之舍宅为观，初名金真馆，后改金真宫。其东庑有王羲之肖像及墨池、鹅池。唐高宗时赐名金庭观，宋宣和七年改崇妙观。历代文人留下的作品很多，南朝梁沈约有《金庭馆碑》，唐张说《题金庭观》诗云：“玄珠道在岂难求？海变须教鬓不秋。他日洞天三十六，碧桃花发共师游。”[①]唐僧小白有《题金庭观》诗，罗隐有《送裴饶归会稽》诗等，至于以后所题更多。改革开放后，嵊州对金庭观作了修缮整理，巍峨高大的殿庭在茂盛古樟的映衬下显得更加庄严，观内是王羲之事迹展陈。离观不远山麓有王羲之墓。金庭观附近是王羲之后裔居住的村庄，村中设有祠堂。观外有一片很大的广场，可供大型群众集会、庙会使用，也可作为停车场。此地发展文旅的条件较为优越。

---

① [清]嵇曾筠监修：《浙江通志》卷二三一，《四库全书》第525册，台湾商务印书馆2008年版，第281页。

台　州

浙东道教基础非常深厚，台州道教尤其如此。以至于从全省来看，全国道教“十大洞天”中的三处都在台州境内。浙东有全国“三十六小洞天”中的八处，占全国“小洞天”总数的近四分之一，台州有一处。至于“七十二福地”，浙东有十六处，台州有五处。在三大洞天和小洞天、福地之外，台州还有一座皇帝敕建的桐柏宫，地位特殊，又过于一般洞天福地。

桐柏宫

桐柏宫在天台县西北二十五里，原名桐柏观，唐睿宗为优待司马承祯，于景云二年（711）下诏为司马承祯建造：“宜令州县准地亩数酬价，仍置一小观，还其旧额。”并给予人员和政策上的照顾，敕谓：“更于当州取道士三五人，选择精进行业者，并听将侍者供养。仍令州县与司马炼师相知，于天台山中辟封内四十里为禽兽草木长生之福庭，禁断采捕者。”[①]观虽小，但待遇很优越，敕封内四十里不许采捕，这是天台山上最高等级的道观，享有特许政策。后来进而成为管理台州道教宫观的道教机关，地位高超。它的周围有九峰，即玉女、卧龙、紫霄、翠微、玉泉、莲华、华林、香琳、玉霄峰。从福圣观向北盘旋而上至洞门，一路长松夹道，孙绰《游天台山赋》所谓“荫落落之长松”[②]，写的就是这个地方。起初在吴赤乌二年（239），道士葛玄就在此地炼丹。又传说司马承祯所居的房子，有黄色的云彩经常覆盖屋上，所以有黄云堂、元晨坛、炼形室、凤轸台、朝真龙章阁。又有众妙台，指司马承祯以篆、隶、八分三种字体写《道德经》于巨幢，置之台上，所以称为众妙台。到太和、咸通年间，道士徐灵府、叶藏质重新修建。五代梁开平（907—910）中，改观为宫。有吴越国王钱镠所赐的金银字经二百函及铜三清像。宋朝大中祥符元年（1008）改为桐柏崇道观，续有修建，珍藏有三朝宸翰及宋高宗所临晋唐法帖，还有其他珍贵文物。

唐崔尚《桐柏观碑》云：“天台也，桐柏也，代谓之天台，真谓之桐柏，此两者同体而异名，同契乎玄，道无不在。……桐柏山高万八千丈，周旋八百里，其山八重，四面如一，中有洞天，号金庭宫，即右弼王乔子晋之所处也。是之谓不死之福乡，养真之灵境。故立观有初，强名桐柏焉耳。……洎乎我唐，有司马炼师居焉。景云中，

---

① 唐睿宗：《赐司马承祯置观敕》，[清]齐召南纂，[清]阮元修订，许尚枢点校：《重订天台山方外志要》卷三，国家图书馆出版社 2018 年版，第 225 页。

② [梁]萧统编，[唐]李善注：《文选》卷一一，中华书局 1977 年版，第 165 页。

天子布命于下，新作桐柏观。盖以光昭我玄元之丕烈，系绥我国家之永祉者也。”[①]此碑是唐朝著名书法家韩择木书写，是台州为数不多的唐碑。中唐大诗人元稹为桐柏宫作《重修桐柏观记》云：“岁太和己酉，修桐柏观讫事，道士徐灵府以其状乞文于余。”[②]更有皇帝与司马承祯来往的诗歌，唐玄宗《玉屋山送道士司马承祯还天台》诗云：“紫府求贤士，青溪祖逸人。江湖与城阙，异迹且殊伦。间有幽栖者，居然厌俗尘。林泉先适性，芝桂欲调神。地道逾稽岭，天台接海濒。音徽从此间，万古一芳春。”[③]李峤《送司马无生》诗云：“蓬阁桃源两处分，人间海上不相闻。一朝琴里悲黄鹤，何日山头望白云？”[④]

李白在《大鹏赋》序中深情回忆与司马承祯初次见面的情景：“余昔于江陵见天台司马子微，谓余有仙风道骨，可与神游八极之表。因著《大鹏遇希有鸟赋》以自广。”李白以大鹏自比，以希有鸟喻司马承祯。后来到天台山，司马承祯已经不在了，但当年对李白的赏识与激励，令李白铭心刻骨，终身难忘。如他的《天台晓望》诗云：“天台邻四明，华顶高百越。门标赤城霞，楼栖沧岛月。”[⑤]写得神思飘逸，深情满怀，实有缅怀希有鸟的情愫隐含于中。

其他诗人宋之问、孟浩然、郑熏、任翻、周朴等都题有诗作。入宋以后，诗人王钦若、钱惟演、杨亿、夏竦、王禹偁、元绛、宋庠、宋祁、梅尧臣、吕夷简、晏殊、章得象、林逋、王安石、许景衡、苏轼、罗适等都有诗作赞颂桐柏观。桐柏观也成为浙东地位特殊的道观.在政治体制和社会信仰诸领域发挥重要作用。

福圣观

福圣观在天台县西北十五里，桐柏山西南，瀑布岩下，三国东吴赤乌二年(239)为葛玄建，原名天台观。西北枕翠屏山，上有三井，号三绝之一，泄为瀑布，有溅珠亭。观前对灵溪，东有唐刺史柳泌宅，号紫霄山居。又有隐真中峰，系南朝梁道士徐则所居之处。唐咸通中，刺史姚鹄因建老君殿，得玉简上之，上面刻着：“海水竭，台山阙，皇家宝祚无休歇。”[⑥]宋朝大中祥符四年(1011)改为福圣观。天圣五年

---

① [唐]崔尚《桐柏观碑》，[清]齐召南纂，[清]阮元修订，许尚枢点校：《重订天台山方外志要》卷三，国家图书馆出版社 2018 年版，第 225—226 页。

② [清]董诰等编：《全唐文》卷六五四，上海古籍出版社 1990 年版，第 2944 页。

③ [清]彭定求等编：《全唐诗》卷三，上海古籍出版社 1986 年版，第 28 页。

④ [清]彭定求等编：《全唐诗》卷六一，上海古籍出版社 1986 年版，第 176 页。

⑤ [唐]李白著，[清]王琦注：《李太白全集》卷二一，中华书局 1977 年版，第 971 页。

⑥ 《天台观石简记》，[清]彭定求等编：《全唐诗》卷八七五，上海古籍出版社 1986 年版，第 2138 页。

(1027),朝廷遣中侍投金龙于此,重新修缮。绍兴十一年(1141),置九天仆射祠。柳泌为皇帝采制长生不老药,在此修炼,作有《玉清行》诗,有"遥遥寒冬时,肃肃蹑太无。仰望蘂珠殿,横天临玉虚""狮麟威赫赫,鸾凤影翩翩。顾盼乃须臾,已是数千年"[①]之句。其他留下了相关诗作的唐宋诗人还有刘昭禹、曹松、张无梦、李建中等。此录曹松《题瀑布》一首:"万仞得名云瀑布,远看如织挂天台。休疑实尺难量度,直恐金刀易剪裁。喷向林梢成夏雪,倾来石上作春雷。欲知便是银河水,堕落人间合却回。"[②]

天庆观

台州天庆观是州观,《嘉定赤城志》载:在州衙东北一里一百步,面挹双峰,背负重岗,号城阛胜地。天庆观原为白鹤观。据其方位和距离,大约在今台州学院前身台州师范专科学校校址一带,与下文龙兴观距离不远。天庆观的建立,是初唐崇道风气的产物,由皇帝下诏所建。按晚唐杜光庭《灵验记》云:"天皇东封,鹤集其坛,俾诸州为老子筑宫,号以白鹤。"陈师道《诗话》载:"唐高宗东封,有鹤下焉,乃诏诸州为老子筑宫,以白鹤为名。"[③]根据祥瑞事件建立。开元中,获《天宝度人经》,就在原址建天宝台。天宝台的题名由朝廷大臣、著名书法家徐浩所书,可知也是根据皇帝旨意建设的"项目"。据说台上有铜钟,为开元十二年(724)所铸。可推知其建台的时间即铸钟的时间,或者相距不远。又重建道观,榜为"开元观",到天宝年间,铸老子铜像。以上这些建设、损毁又重建等过程,是唐朝安史之乱前朝廷重视道教的缩影。到后来随着时势变化,天庆观也经历世态炎凉,至宋朝大中祥符元年,更名为"护国观"。因景德五年(即大中祥符元年,1008)己丑,左承天门降下"天书",戊辰改元大中祥符,以其日为"天庆节"。大中祥符二年(1009),宋真宗下诏东京建昭应宫,天下建天庆观,且加九天司命尊号曰"保生天尊"。到南宋淳熙四年(1177),由参政钱端礼主持修葺一新。以上经历,基本上都是奉皇帝的旨意建立。这座州观与栖霞宫一左一右分布于州治两边,成为州城中崇道建筑的标配,也是标志。

栖霞宫

《嘉定赤城志》载:在州衙西北二百六十步,原名白云庵,晚唐中和(881—884)中建。道士王乾符、朱霄外主之。朱霄外以道术为吴越王钱镠赏识,就将白云庵改

① [清]彭定求等编:《全唐诗》卷五〇五,上海古籍出版社1986年版,第1278页。
② [清]彭定求等编:《全唐诗》卷七一七,上海古籍出版社1986年版,第1807页。
③ [宋]陈耆卿撰,徐三见点校:《嘉定赤城志》卷三〇,上海古籍出版社2013年版,第458页。

造为道观，与天庆观号“东西二宫”。宋朝大中祥符中赐号栖霞宫。元丰三年（1080）建岳殿于其西，画有《五岳真形图》。僧长吉有诗道：“龙虎丹砂炼已成，方瞳绿发仙骨轻。石床半醉海月冷，芝轩长啸天风清。时泛绿觥陪侠客，未骑赤鲤归蓬瀛。朝簪相访惜回驭，屡奏瑶琴太古声。”[①]推寻其地方当在现在临海市委党校原址路下处，原有道庵，便是古白云庵，因与居民房屋紧密毗连，前些年已经被拆除，改为民房，徒留下一个“龙虎丹砂炼已成”的叹息之处。

临海龙兴观

龙兴观是台州城里另一座重要的道观，原在临海县衙东北三里，按其方位和距离，大约在北固山麓今台州中学校园一带，唐中宗神龙元年（705）建，由著名诗人沈佺期作《记》。[②] 开元时改名开元观，后废。现在已经找不到踪迹了。开元观与开元寺是州城中互相映衬的道佛两教的象征，也是当时朝廷重视道教的一种表现。加之台州道教特别兴盛，洞天福地特别繁密，州城之中的龙兴观、龙兴寺就是这种背景下的产物。沈佺期是被贬谪驩州的，迁任台州录事参军，神龙中入京上计（送台州报告朝廷的人口钱粮等统计资料），被皇帝召见，拜起居郎，修文馆直学士，得到重新起用。沈佺期在台州任职三年，他的《同工部李侍郎適访司马先生子微》诗中有“昔尝游此郡，三霜弄溟岛”[③]之句可证。从《嘉定赤城志》的记载来看，龙兴观的废坏历史已久，即在南宋末以前就已经不存，其道教象征作用和日常功能的缺位已成常态，可见道教的衰落，或者说至少它在社会上的影响力远不如佛教已是明摆着的事实。这也表明，在台州州城中三教发展佛教一家独大，其他两教都没有佛教那样拥有广泛的群众基础。龙兴观湮没于历史的尘埃之中，沈佺期的《龙兴观记》也杳无踪迹，佚失不存。当时，沈佺期从流放地驩州被调回浙东台州任职，对沈佺期来说是一个很值得庆幸的事情，他当时的心情是比较复杂的，这可以从他的诗《回波乐》中清楚地看出来：“回波尔时佺期，流向岭外生归。身名已蒙齿录，袍笏未复牙绯。”[④]若是沈佺期《记》尚存，当能保存台州道观的一篇珍贵史料，也有可能窥见沈佺期当时更多的心路历程。

临海境内还有几处道教场所，如栖真观、丹丘观、灯坛观等，其中以道教“三十

---

① [宋]陈耆卿撰，徐三见点校：《嘉定赤城志》卷三〇，上海古籍出版社2013年版，第459页。
② [宋]陈耆卿撰，徐三见点校：《嘉定赤城志》卷三〇，上海古籍出版社2013年版，第460页。
③ [清]彭定求等编：《全唐诗》卷九五，上海古籍出版社1986年版，第240页。
④ [清]彭定求等编：《全唐诗》卷九七，上海古籍出版社1986年版，第246页。

六小洞天”中的第十九洞天盖竹洞天最为有名。其历史悠久，且有名人所留名迹，所以略作介绍。

栖真观（临海盖竹洞天）

栖真观在临海县南三十里，原名盖竹，道士许迈故居，晋时建。在此之前已有汉末的道教宗师葛玄披荆斩棘，以启山林，在此开辟道场修炼，开辟茶圃种茶，所以这里有流传悠久的葛玄植茶的记载。在山外，原有石室、登霞台、葛玄礼斗坛、卧龙墠，隋大业中废。宋朝政和八年（1118）重建，宣和元年（1119）改栖真观。淳熙八年（1181），知州唐仲友迁徙于山内。现在的盖竹洞天山外有一大片毛竹林，穿过竹林有一片茶圃，即葛玄茶圃遗迹，再前行即到盖竹洞天庭院，颇有曲径通幽之感。是一处僻静的道场，修炼的佳所。若是开发文旅融合的线路或者景点，目前比较适合自驾游和研学旅行一类。

处　州

玄妙观

玄妙观在原处州府治东南。该道观晋时为老君庙，唐开元中改名开元观，宋大中祥符元年（1008）改天庆观，元元贞元年（1295）改玄妙观。

妙成观

妙成观在少微山，唐贞元间建，原名龙兴观，宋改妙成观。元至元二十五年（1288）重建，有春新堂、溪屏阁、天然图画亭、掀蓬室。妙成观是丽水重要的道教遗迹，地址在今丽水紫金大桥头，于建造绕城南路时被毁，只留下路后的一座小庙接续香火。唐天师叶法善居之。

玉虚宫

玉虚宫在缙云胜景仙都山中，黄帝飞升之地，唐天宝戊子（748）敕封仙都山，建黄帝祠宇，岁度道士七人，以奉香火。宋治平乙年（1065）已改为玉虚宫。改革开放后，在玉虚宫基址上重修黄帝祠宇，规模有所扩大，功能亦有改善，已经成为仙都景区主要景点。现在完全可以融合到浙东唐诗之路、永嘉山水诗之路文旅热线中，成为具有鲜明特色的景区。

衢　州

玄妙观

玄妙观在衢州城南原衢州府治西，唐天宝中建。

集仙观

集仙观在衢州府西安县(今衢州市柯城区)南烂柯山下。宋真宗曾经赐玉斧、玉剑。其得名由来据《西安县志》载:村民因双白鹤聚集于此,而建此观,就取名集仙。观中原有王质观棋传说中的对弈二仙及王质与其弟王贵雕像。以往所见王质传说都未见其弟,此处是增一传说人物。可为衢州诗路文史标杆,融入浙东唐诗之路和钱塘江诗路,发挥王质传说和道教洞天紧密相连的独特作用。这是很有前景的一处衢州文旅融合资源集中地。

婺　州

宝婺观

宝婺观在金华府治西五十步。唐时建,在城西北隅,五代吴越时迁建。宝婺观在子城西南隅,隋平陈,太史以其地当婺女,乃立祠于城西北隅。唐开元中移徙其像于开元观。宋乾德四年(966),刺史钱俨始移观到金华子城西南隅,就是现在八咏楼的位置,楼观合一。绍兴五年(1135),李清照寄寓婺州,登楼眺远,感慨寄之,作《题八咏楼》诗,传颂人口,为金华胜迹益增光彩。

赤松宫

赤松宫在金华县东北二十里(今金华市婺城区),一名宝积观,即黄初平叱石成羊处。宫以赤松子传道而建,宋大中祥符元年(1008)改宝积观,其宫殿庭宇华丽,为江南道观之冠。改革开放后由香港黄大仙会集资修缮,成为金华道教胜地,诗路文旅著名景区。

延真观

延真观在永康县东南隅,原名宝林。元黄溍有《记》。观前旧有松化石,为唐朝著名道士马自然的遗迹。宋诗人赵抃由越州、台州、温州、处州经婺州永康县返回衢州途中,在此观逗留,见观中的松树虬枝龙鳞,矫健有骨,姿态出俗,松下岩石亦崚嶒嶙峋,显出不凡之态,心有感触,因有《题婺州永康县延真观松石》:“岁寒姿性禀于天,一变人疑换骨仙。操是寒松心是石,始终全类古真贤。”为此道观留下难得的一首佳作。[1]

---

[1] (宋)赵抃:《清献集》卷五,《四库全书》第1094册,台湾商务印书馆2008年版,第816页。

第二节　寺　院

越　州

开元寺

开元寺在府东南二里一百七十步，原是唐节度使董昌故宅，五代后唐长兴元年(930)吴越王钱镠建为开元寺。因为寺址处于一州的中心，四旁远近都是华丽的建筑，重闳广殿，修廊杰阁，大钟重数千斤，声闻浙江水边。寺中所雕塑的观音罗汉像都很高大，做工精致，远超其他的寺院。开元寺每年正月半有灯市，附近十多个郡及海外商贾都来参加集会交易，玉帛、珠犀、名香、珍药、组绣、髹藤之器山积云委，炫耀人目；法书、名画、钟鼎、彝器、玩好、奇物，亦不时上市。士大夫以为可以与成都药市相媲美。建炎四年(1130)，金国骑兵退去后，大小盗贼乘机而来，抢掠打劫火焚，把开元寺烧得片瓦无存。之后虽有修葺，却无法恢复战前的繁华。20世纪所存大殿，是民国时期重修的，20世纪50年代以后，被围于绍兴市人民医院之内，医院迁建后，此地被开发商建成商场，大殿虽经修复，却已经不再具有寺院性质。这座原先是绍兴城内最大寺院的开元寺，寺内供奉五百罗汉，有正月初一入寺数罗汉的民俗。如今只剩下如同游丝般的记忆，留下重重的叹息。

禹迹寺

大中禹迹寺在府东南四里，晋骠骑郭伟建。唐会昌废，大中后赐予今名。门为大楼，奉五百罗汉，很壮丽。

山阴(今属越城区、柯桥区)

天章寺

城外的寺院著名的有天章寺，在山阴县(今属柯桥区)兰渚山，就是兰亭景区的中央，宋朝修建，因收藏宋高宗赵构的书法作品，故名“天章”。

天衣寺

天衣寺在山阴县西南法华山，晋僧昙翼建，刘宋名法华寺，梁惠举法师就栖隐于此。因梁昭明太子以金缕木兰袈裟送给此寺，所以取名“天衣”。唐李邕有《大唐秦望山法华寺碑(并序)》，就藏在此处。

会稽(今属越城区、柯桥区)

飞来峰宝林寺

宝林寺在府南二里二百二十二步，刘宋苍梧王元徽元年(473)制《法华经》《维摩经》疏，僧遗教等与法师惠基于宝林山下(即龟山，亦名飞来山)建宝林寺。得到皮道与的大力资助，舍宅连山造寺。山巅有石岫，岫有灵鳗，祷雨颇多灵验。寺旁有巨人迹，锡杖痕。唐武宗会昌年间毁废，唐僖宗乾符元年(874)重建，改名应天寺。先是晋末有沙门昙彦与高士玄言诗人许询(玄度)同造砖木二塔，未成，询亡久之。岳阳王将至，彦预告门人曰："许玄度来也。"岳阳王亦事先得到志公的密示，一到会稽郡即入寺寻访。昙彦远远望见岳阳王来，就说："许元度来这里为什么这么晚啊？从前的浮屠现在仍然如故。"岳阳王说："弟子姓萧名詧，法师何故以'许玄度'叫我啊?"昙彦说："你未通达宿命，怎么能知道?"就与他握手，命入室席地坐，岳阳王忽然感悟前身造塔之事宛在眼前，就大力资助建造，由此佛塔更加壮丽。唐朝光启年间(885—888)，有僧希圆居宝林寺勤修，参悟佛理，著有《玄中钞》。到宋初乾德元年(963)，僧皓仁重建佛塔，名为应天塔，乾德三年(965)敕改寺名为清凉寺。崇宁三年(1104)八月诏改崇宁万寿禅寺，后又改崇宁为天宁寺。南宋绍兴七年(1137)改为报恩广孝禅寺，不久又改广孝为光孝，专门供奉徽宗皇帝香火。元朝大同法师于此著《宝林类编》《天柱讲稿》等行世。明清两朝多次修缮寺塔，民国十九年(1930)，寺毁，后重建，1956 年又毁于台风，直到 1985 年修复应天塔，修复寺院，名为清凉寺，现在作为文旅景点，名为塔山园，应天塔就是园中的地标，连同周边成为塔山公园，接待四方游客。公园北面有塔山文化广场，西边是文化街区和绍兴文理学院附属中学，南边是秋瑾故居"和畅堂"，东边是大马路。塔山是绍兴城里的名山，在塔山上留下踪迹，又留下诗作的名人很多，如唐朝长期隐居镜湖的诗人方干，作有《题宝林寺禅者壁》："邃岩乔木夏藏寒，床下云溪枕上看。台殿渐多山更重，却令飞去即应难。"①另作有《题宝林山禅院》《题应天寺上方兼呈谦上人》等诗。五代钱弘倧有《再游圣母阁》诗等。若论其中影响力冒尖的，首推北宋名相王安石。他作有一首《登飞来峰》："飞来山上千寻塔，闻说鸡鸣见日升。不畏浮云遮望眼，自缘身在最高层。"②此诗是王安石从明州鄞县任满前往舒州(治今安徽潜山)途中，经

---

① ［清］彭定求等编：《全唐诗》卷六五三，上海古籍出版社 1986 年版，第 1648 页。

② ［宋］王安石著，［宋］李壁笺注，高克勤点校：《王荆文公诗笺注》卷四八《登飞来峰》，上海古籍出版社 2010 年版，第 1321 页。

过越州，登高望远，将自己人生感受和宦情融会于中，写出“不畏浮云遮望眼，自缘身在最高层”这样传诵千古的名句，可以借王国维《人间词话》中的“有境界，自有名句”来给王安石贴张标签。以前曾经有将此诗中的“飞来山”解读为杭州西湖灵隐寺的飞来峰，以为王安石此诗是写杭州灵隐寺的山水风光，实际上绍兴塔山的别名很多，它的“飞来山”一名是由神奇传说而来的，给这座“人间”的小山（海拔 33.7 米）平添许多动人而曲折的故事，也给绍兴城里名山增添宋韵的光彩。

绍兴城里城外还有几处有名的寺院，历代传承，名扬江湖，在文人中成为向往已久的人文胜迹。如城里的戒珠寺，在山阴县（今绍兴市越城区）蕺山，这座山不高，也不陡峻，山上出产蕺菜，传说越王句践常来这里采食，所以山就以“蕺”为名。东晋名人王羲之故宅就在蕺山南麓，在此演绎许多遗闻逸事，后来舍宅为寺，即戒珠寺，寺前有一池塘，传为王羲之洗笔砚的地方，因称“墨池”。又有传说是羲之养鹅的地方，所以又叫鹅池。门前不远处的小桥，传为王羲之为卖扇老姥题扇处，就名为“题扇桥”。原寺右有王羲之祠堂。现在，蕺山仍然苍翠，戒珠寺仍然存在（当然是后世重修），寺内有王羲之家族谱系的展陈，可以直观了解琅琊王氏从北方迁徙到浙东的发展脉络，对于“王与马，共天下”的东晋小朝廷政治局面，就会有更多更深的理解。当然王羲之的故宅中总少不了书法的展陈，因为有兰亭等处介绍，此处不重复。寺外保留古街风貌，在墙壁、路边等处有王羲之书法名帖喷绘，很是醒目，吸引游客的效果明显。

云门寺

在会稽县云门山，晋中书令王献之居此，义熙三年（407），有五色祥云见，安帝诏建寺，号云门。云门本是一个美好的名字，出自《周礼》：“以乐舞教国子，舞云门。”《周礼》所载以歌大吕，舞云门以祀天神，是极隆重的敬天礼仪。诗圣杜甫《忆昔二首》之二：“宫中圣人奏云门，天下朋友皆胶漆。百余年间未灾变，叔孙礼乐萧何律。”奏云门之乐，是天下太平，经济繁荣，民生富足的表现。南朝智永禅师（王羲之七世孙）居此临书凡三十年，所退笔头有五大簏，弄个土堆埋葬起来，号称“退笔冢”。人来请求智永书法的好像集市一样，户限为之穿，用铁叶包裹，当时人们就叫它为“铁门限”。隋炀帝为表彰智永等禅师，改名永欣寺。到唐朝寺院规模有所扩展，“缭山并溪，楼塔重复，依岩跨壑，琉檐飞涌，游观者累日乃遍”[①]，寺前有智永弟

---

① 任桂全主编：《绍兴市志》卷 42《宗教》，浙江人民出版社 1996 年版，第 2937 页。

子辨才塔；寺内有辨才香阁，即辨才所居处，也就是辨才收藏《兰亭集序》真迹，萧翼智赚《兰亭》的地方。武宗会昌毁废，大中六年(852)观察使李褒奏再建，号大中拯迷寺。淳化五年(994)十一月改淳化寺。寺原来有弥陀道场，杭僧圆照书额。门外有桥亭，名丽句亭，刻唐以来名士诗最多。从五代到宋朝，这里逐渐演变成雍熙院、显圣院、寿圣院和广孝寺四座寺院。会昌以后，复建的寺院只是原寺的一小殿为基础的广孝寺，不是原貌。原寺的地基大多变成农田，曾经于绍兴年间犁田，牛脚陷入田中，挖出过小铜佛像，就是这些田原属寺院的明证。广孝寺前，有宋高宗赵构所书“传忠广孝之寺”御碑。宋亡，寺院受到摧残，明朝天启中重建。云门寺知名度很高，唐朝引来不少诗人游览题诗，留下诗作。如初唐著名诗人越州长史宋之问《宿云门寺》云：“云门若邪里，泛鹢路绕通。夤缘绿条岸，遂得青莲宫……庶几踪谢客，开山投剡中。”[①]越州刺史孙逖《奉和崔司马游云门寺》《酬万八贺九云门下归溪中作》《宿云门寺阁》，孟浩然有《题云门山寄越府包户曹徐起居》《云门寺西六七里闻符公兰若最幽与薛八同往》，杜甫在壮游浙东时游览到此，后来回到长安在奉先县尉刘单的家里看到一幅山水障子，想起青年时的豪情，不禁作《奉先刘少府新画山水障歌》诗云：“若耶溪，云门寺，吾独胡为在泥滓？青鞋布袜从此始。”[②]刘长卿《云门寺访灵一上人》《寄灵一上人初还云门》等，他的《送严维赴河南充严中丞幕府》有“久别耶溪客，来乘使者轩”，“暮情辞镜水，秋梦识云门”[③]之句，深受越州名胜若耶溪、镜湖和云门寺等胜迹的浸润。皇甫曾《寄净虚上人初至云门》《送著公归越》“谁能愁此别，到越会相逢。长忆云门寺，门前千万峰”[④]。越州本土诗人秦系《云门寺上方》诗写得好：“禅室遥看峰顶头，白云东去水长流。松间傥许幽人住，不更将钱买沃洲。”[⑤]严维也有多首写云门寺的诗作，如《同韩员外宿云门寺》《奉和独孤中丞游云门寺》唐孟东野诗云：“碧嶂几千绕，清源万余流。蓬瀛若仿佛，四野多泛浮。”[⑥]云门寺附近的人文遗迹很多，如云门山有谢敷宅、何公井、好泉亭、王子敬山亭，寺里有智永禅师临书阁等，这些都为这座传奇的寺院增添晋宋风流的文化魅力。其他诗人题写云门寺的还有张南史《寄静虚上人云门》，崔子向《游云门》，顾非

① [清]彭定求等编：《全唐诗》卷五一，上海古籍出版社1986年版，第155页。
② [清]彭定求等编：《全唐诗》卷二一六，上海古籍出版社1986年版，第512页。
③ [清]彭定求等编：《全唐诗》卷一四八，上海古籍出版社1986年版，第347页。
④ [清]彭定求等编：《全唐诗》卷二一〇，上海古籍出版社1986年版，第493页。
⑤ [清]彭定求等编：《全唐诗》卷二六〇，上海古籍出版社1986年版，第651页。
⑥ [清]彭定求等编：《全唐诗》卷三七五，上海古籍出版社1986年版，第934页。

熊《入云门五云溪上作》，徐凝《酬相公再游云门寺》，赵嘏《浙东陪元相公游云门寺》《游云门》，于武陵《泛若耶宿云门》，薛能《再游云门访僧不遇》，方干《再游云门》，罗邺《宿云门寺》。释界人士擅长作诗的僧人，修禅和游方于此寺的诗作也同样不少。如释齐己《寄镜湖方干处士》有"云门几回去，题遍好林泉"[①]之句；释灵一《酬皇甫冉将赴无锡于云门寺赠别》有"湖南通古寺，来往意无涯。欲识云门路，千峰到若耶"[②]之句。释灵澈是云门寺律僧，只是传世的诗歌中未见写云门寺的作品，留下些许遗憾。皎然《送唐赞善游越》有"何处游芳草，云门千万山"[③]，《若邪春兴》有"数处乘流望，依稀似剡中"[④]等名理清新之句。以上所列，虽然未能遍举，却已经给人以深刻的印象，就是这座蕴涵着无数胜迹和唐诗歌咏的云门寺堪称浙东唐诗之路上既超凡出俗，又连接烟火的越州名寺，它的辉煌历史炫人眼目，而今徒留一点残迹，令人不胜慨叹。

古刹云门寺

越州附郭两县的会稽县还有一座留下唐诗的寺院称心寺。

称心寺

称心寺在会稽县东北四十五里称山，梁大同三年(537)建。《舆地纪胜》载：称心寺当时名声响亮，可以与著名寺院云门寺、天衣寺一较高下，可见它的影响力是

① [清]彭定求等编：《全唐诗》卷八三八，上海古籍出版社1986年版，第2051页。
② [清]彭定求等编：《全唐诗》卷八〇九，上海古籍出版社1986年版，第1986页。
③ [清]彭定求等编：《全唐诗》卷八一九，上海古籍出版社1986年版，第2008页。
④ [清]彭定求等编：《全唐诗》卷八二〇，上海古籍出版社1986年版，第2012—2013页。

不低的。此地现在改属上虞区道墟镇管辖，处在曹娥江西侧，杭甬高速与杭绍台高速交接的沽渚枢纽西南，所以要游此寺的话得到上虞。这里可谓闹中取静的地方，离越中名水浙东运河与剡溪（下游曹娥江）不远，交通条件算比较方便。正因它的地理位置和交通这些条件都不错，唐朝诗人也多有游踪，留下诗文，为这座寺院进入浙东唐诗之路的文旅景点，提供有力的支撑。像初唐时期有宋之问《游称心寺》《称心寺》两首，骆宾王有《称心寺》诗，孙逖《和崔司马登称心山寺》，中唐时期的方干《称心寺中岛》诗云："水木深不极，似将星汉连。中州唯此地，上界别无天。雪折停猿树，花藏浴鹤泉。师为终老意，日日复年年。"[①]可以透露当时此寺的情况，首联"水木深不极，似将星汉连"描写寺院开阔辽远，水木幽深无际，可与宋之问《游称心寺》"江鸣潮未落"、《称心寺》"北极山海观"相印证；颔联"中州"当是"中洲"之古字，即水中的陆地，与诗题相合；颈联可知作于冬天大雪之后，树枝都被雪压折了；尾联则表示舍弃其他，从此终老之意。从上述诸诗看，称心寺在当时属于僻远幽静之处，在诗人从浙东运河转入曹娥江上溯剡溪这条诗路时，它像一座突出于运河以北的桥头堡，离诗路热线有点距离，所以方干以后的诗人就很少写到称心寺了。放在文旅融合背景下，这个文旅景点与前后其他景点如曹娥庙（即今曹娥景区）以上剡溪线、与绍兴东湖等核心地带文旅景区相连接，方能把它的资源组合进来，利用起来。

浙东运河

---

① ［清］彭定求等编：《全唐诗》卷六四九，上海古籍出版社 1986 年版，第 1638 页。

萧　山

法苑寺(江寺公园)

萧山法苑寺在原萧山县(今杭州市萧山区)治东北,现在北至萧绍路,南至萧绍运河,西至西仓弄,东至江寺路。《舆地纪胜》载为原属江淹故宅,有大悲阁,宋沈辽为之《记》。萧山区在改造老城区时将此寺作为传统寺观园林来设计施工,古色古香,与萧山老城区文脉相连,所建牌坊、水池、亭榭台阁、花木假山等。结合萧山诗人贺知章这个典型,取《采莲曲》诗中"莫言春度芳菲尽,别有中流采芰荷"①之意,将水池命名为"芰荷池";又取贺知章《咏柳》诗"碧玉妆成一树高"之意,将小桥命名为"咏柳桥",并在元朝任氏别业的基础上修复为"怡怡山堂",寓"兄弟怡怡"之意,十分美好;又根据元朝刘基(伯温)在此所题"邀月"摩崖,建为一座"邀月轩",替这座园林增添很有风雅的意蕴;公园中的丽句亭,是依照唐朝越州隐逸诗人秦系寓居萧山秦君里秦君巷,即今城区西仓弄所建的一处仿古建筑,旨在恢复这一历史文脉。此亭原是闻名越中一大胜景,唐诗人戴叔伦有《题秦隐君丽句亭》诗:"北人归欲尽,犹自住萧山;闭户不曾出,诗名满世间。"②亭楹联:"朗吟丽句惊巢鹤,闲闭春风看落花。"出自秦系的诗作《山中奉寄钱起员外兼简苗发员外》,亭与楹联都有来历,属于诗人自作,今人采撷英华,重发幽香。这样挖掘历史资源,紧扣诗路名人文脉,取舍得宜,推陈出新,在闹市中辟出一片幽静的休闲区,方便周边居民休闲与交流,又为浙东唐诗之路起点萧山提供了一处活化的诗路魅力公园,可谓古城资源物化利用的范例。

祇园寺

祇园寺在萧山县治正北,东晋咸和六年(331)许询舍宅建,号曰崇化寺,有阁,藏有宋仁宗御书。宋英宗治平二年(1065)改祇园寺。

祇园寺是浙东唐诗之路上的名寺之一,在浙东诗路开端的萧山,有悠久的历史和深远的影响。它的位置现在杭州市萧山区城厢街道体育路西端(现为体育路小学内),本是东晋隐士和玄言诗人许询(玄度)私邸,后来舍宅为寺,名崇化寺。据《嘉泰会稽志》载:"东晋咸和元年,许询舍山阴、永兴二宅建寺,号崇化。"③民国《萧

---

① [清]彭定求等编:《全唐诗》卷一一二,上海古籍出版社 1986 年版,第 266 页。

② [清]彭定求等编:《全唐诗》卷二七四,上海古籍出版社 1986 年版,第 691 页。

③ [宋]施宿等撰:《嘉泰会稽志》卷八,1926 年影印清嘉庆戊辰重镌本,第 14 页。

山县志》记载略同。祇园寺在唐朝因诗人丘丹所作《萧山祇园寺》一诗而增光添色，传播人口，广为人知。此诗中以“东晋许征君”起笔，描写寺院中“灵塔多年古，高僧苦行频”，突出表现此寺饱经风霜的悠久岁月，僧人苦行禅修，献身佛教的风貌，又提及“车骑归萧督，云林识许询”[①]，这就为挖掘诗路文史资源提供了重要线索。同时，据《会稽志》卷十五载：法华从朗法师居萧山祇园寺，年逾百岁，白日经常关门念经。每当他诵《莲华经》，众鸟衔花围成一圈，好像来听经一般。诗人潘阆有一日来拜见法师，他仍然闭门不纳，潘阆就题诗于门道：“门掩多年生绿苔，想师心地似寒灰。劳心扰扰休来此，我是闲人尚不开。”[②]

嵊　州

兴善寺

兴善寺是谢公古道起点，也是绍兴境内最早寺庙西晋古刹。清《浙江通志》卷二三一载：《成化新昌县志》在十都。晋太康十一年（即永熙元年，290，《万历新昌县志》卷十三兴善寺条同[③]）西域僧幽闲建。宋治平三年（1066）赐今额。卢纶《兴善寺后池》诗：“隔窗栖白鸟，似与镜湖邻。月照何年树，花逢几世人？岸莎青有路，苔径绿无尘。永愿依容止，山中老此身。”[④]此寺为绍兴地区现存最早的寺院，号称“绍兴第一古寺”，尚存“祖印重光”石碑。据寺中古碑载：唐朝开元、清朝乾隆年间两度重建，鼎盛时期的兴善寺殿宇宏伟，环境幽雅，香火旺盛。拥有寺产150余亩土地，可保证寺院基本开销。清末民初已经败落。20世纪50年代初，仅存大殿及山门，后又被占为村用，直到1990年寺产开始收复，1999年被批准为开放寺院。2000年起重新修复并修整殿宇，气象一新，呈现向上景象。有的研究者将此寺定位为“谢公古道”起点，这是很有历史文化价值的一种资源，也是浙东唐诗之路上重要的景点和驿站，值得文旅观光。

龙藏寺

龙藏寺在嵊县（今嵊州市）北四十五里嵱山北麓，梁天监二年（503）建，号龙宫院。唐浙东观察使李绅少年曾经寓此肄业，李绅有碑存寺中。唐会昌间废毁，咸通十二年（871）重建。宋大中祥符元年（1008）改龙藏寺。清同治九年（1870）改建为

---

① ［清］彭定求等编：《全唐诗》卷三〇七，上海古籍出版社1986年版，第771页。

② ［宋］施宿等撰：《嘉泰会稽志》卷一五，1926年影印清嘉庆戊辰重镌本，第41页。

③ ［明］田琯纂：《万历新昌县志》卷一三《杂传》，新昌县方志办2014年影印，第9页。

④ ［清］彭定求等编：《全唐诗》卷二七九，上海古籍出版社1986年版，第706页。

芝山书塾。今则只有古井与石柱，留为痕迹，令人叹息。李绅的碑文名为《龙宫寺碑》，其中有“寺曰龙宫，在剡之界，灵芝乡嵊亭里。……贞元十八年(802)，余以进士客于江浙，时适天台，与修真会于剡之阳”①。《全唐诗》收录李绅《龙宫寺》诗序则作“此寺摧毁积岁，贞元十六年(800)，余为布衣，东游天台。故人江西观察使崔公以殿中谪官移疾剡溪，崔公坐中有僧人修真自言居龙宫寺，起谓余言：‘异日必当镇此，为修此寺。’时以狂易之言，不之应”②。这就有两点不同：一是时间上相差两年；二是李绅身份前者为“进士”，后者为布衣。诗序所记是考中进士以前的经历，当时他路远迢迢，赶路来到剡中龙宫寺的因由，诗序中交代得很清楚，是有一位当大官的故人江西观察使崔公“谪官移疾剡溪”，所以李绅才夤缘到此准备迎考。僧人修真可谓慧眼识人，预言李绅将来发达，还来越州作镇，为修此寺。后来果然应验，元和二年(807)李绅以“前进士”，就是考中了进士的身份被薛革常招至越中，职务没有明说，大概是幕僚，如参军、判官之类的低级官员，重游旧地，重修寺院，重塑金身，“出俸钱为葺之，累月而毕”，圆此一件美事。到唐文宗大和七年(833)，李绅真的担任浙东观察使，“必当镇此”完全应验。这就是李绅与越州特别是剡中、天台结下诗缘文缘的契机，留下《龙宫寺碑》《龙宫寺》《华顶》《琪树》《若耶溪》《宿越州天王寺》《却渡西陵别越中父老》等诗文，其中《龙宫寺》诗有“银地溪边遇衲师，笑将花宇指潜知”，“好令沧海龙宫子，长护金人旧浴池”③之句，以怀念这一颇有禅机的巧合，也为嵊州这一名迹留下一段足以成为诗路佳话的传奇。

嵊州龙宫寺是剡中诗路重要的遗迹，具有很高的文旅融合价值，也具有吸引游客的魅力，李绅的《龙宫寺碑》又是一通罕见而显得极其珍贵的诗路传奇碑文，其价值不仅在于铭刻了诗路还为研究李绅生平事迹及其创作提供了不可多得的实证材料。李绅是唐朝最为人熟悉的诗人之一，他的《悯农》中的第二首“锄禾日当午，汗滴禾下土。谁知盘中餐，粒粒皆辛苦”，是童蒙背诵的诗作，传诵人口，经久不衰。加之他在中唐元白“新乐府”运动中也是一员健将，作品也很有关心民众疾苦的淑世情怀，影响深远。

建议：一是恢复龙宫寺，为嵊州市恢复一处极有文旅价值的诗路景点，有利于增添嵊州市在浙东唐诗之路上传奇性诗路遗迹，增强嵊州诗路旅游吸引力；二是重

---

① ［清］董诰等编：《全唐文》卷六九〇，上海古籍出版社1990年版，第3157页。

② ［清］彭定求等编：《全唐诗》卷，上海古籍出版社1986年版，第1221页。

③ ［清］彭定求等编：《全唐诗》卷四八一，上海古籍出版社1986年版，第1221页。

建《龙宫寺碑》，因原碑于清朝被毁，可选择存世上佳拓本，摹勒上石，让这一名碑与名寺相得益彰，宝物重光；三是将龙宫寺定位为李绅浙东奇遇的遗迹所在地，建设李绅浙东诗路事迹陈列室加以全景式的展示，与元稹在越州、白居易在杭州，构成一个完整的"新乐府"运动三大巨头汇聚两浙的历史奇缘，为浙东唐诗之路和钱塘江唐诗之路提供一项有滋味的游览路线和研究内容。这不仅对唐代文学研究而言有很好的取材意义，对研学旅行、文旅融合乃至全域旅游都是一个有品位的诗路遗迹。

新　昌

大佛寺

大佛寺是浙东唐诗之路上一座历史悠久，佛像巨大，影响深远的著名寺院。原名宝相寺，在新昌县西南山之侧，南朝齐永明中僧护凿石造弥勒佛像，以前记载称高度达百尺，因而顺势沿山坡建护佛像的塔楼，并在此处建造佛寺。梁著名文人刘勰有记。唐朝称为剡县石城寺，近代以来方才称为大佛寺。

"人过大佛寺，寺佛大过人。"这是以前流传的一副妙联，写的是剡中名刹大佛寺。新昌名胜古迹众多，其中以拥有号称"江南第一大佛"的大佛寺尤为有名，成为诗路上耀眼的胜迹。它原名石城寺，孟浩然《腊月八日于剡县石城寺礼拜》载："石壁开金像，香山倚铁围。……讲席邀谈柄，泉堂施浴衣。愿承功德水，从此濯尘机。"[①]石城寺开凿于南齐永明四年(486)，完成于梁天监十五年(516)，佛像身高百尺，今实测高 13.74 米，阔 15.90 米，两膝相距 10.61 米，耳长 2.70 米，须弥座高 2.40 米。梁著名文艺理论家刘勰作《剡县石城寺弥勒石像碑铭》称赞道："信命世之壮观，旷代之鸿作也。"[②]唐会昌五年(845)建三层阁，改寺名瑞像阁。后梁开平三年(909)，吴越国王钱镠重修殿宇，改名"瑞像寺"。宋大中祥符元年(1008)赐额"宝相寺"。嗣后还用过其他名称，民国以来改称大佛寺。

大佛寺在浙东唐诗之路上承担着多重功能，既是传承佛教的重要场所，又是官驿邮传的重要补充。从佛教史料来看，晋朝高僧支遁(字道林)到剡中开辟寺院，传播佛教，就已经看中石城之所，是适宜开发传教的好去处，梁慧皎《高僧传·晋剡沃洲支遁》载："遁乃作《释蒙论》，晚移石城山(今新昌大佛寺)，又立栖光寺，宴坐山门，游心禅苑。"[③]在石城寺开凿之前，支遁就已经在此地建立了一座栖光寺传教。

① ［清］彭定求等编：《全唐诗》卷一六〇，上海古籍出版社 1986 年版，第 378 页。
② ［唐］欧阳询：《艺文类聚》卷七六《内典》上，《四库全书》第 888 册，台湾商务印书馆 2008 年版，第 576 页。
③ ［南朝梁］慧皎等撰：《高僧传合集·高僧传》卷四，上海古籍出版社 1991 年版，第 28 页。

新昌大佛寺

支遁在剡中游栖多年，对其山水十分欣赏，并且在剡山养马蓄鹤，人问其故，他说“贫道爱其神骏”。他蓄鹤时为防止鹤飞走，把鹤翅剪掉，后来发现此鹤成天垂头丧气，无精打采，觉得如此养鹤，伤害其天性，与其如此，不如放它归天为好，便不再剪鹤翅，待鹤翅羽毛丰满，就开笼让它回归天空。

这些事迹与晋宋人物突破礼法的束缚，追求自由，顺其天性，是相一致的。据《高僧传》载：支遁太和元年(366)终于剡之石城山。可以说支遁喜欢剡中山水，最后圆寂于此，算是求仁得仁，得其所哉。石城寺到南朝齐梁间持续开凿，终于把支遁的未竟事业化为现实。

智者大师终于石城寺。陈宣帝太建七年(575)智顗离开金陵，往天台山传教时，大佛寺便是途中驿站传舍。智顗是很有造诣的高僧，在朝野有很多弟子，也很有政治眼光。当隋朝统一南北，政权鼎革之后，时任扬州总管杨广征召智顗赴扬州，主持盛大法会，智顗授予杨广为“总持”，杨广赐予智顗为“智者”，结下“法缘”。后来，杨广多次征召智顗到扬州法会，传授教义；智顗最后一次应征，到石城寺时已得重病，难以前行，作绝命书寄与杨广，遗命杨广为天台宗造一座大寺。智顗圆寂后，遗体被运回天台山安葬，故此处有智者大师衣冠冢。

从孟浩然石城寺吃腊八粥，到赵嘏《早发剡中石城寺》："暂息劳生树色间，平明机虑又相关……明朝一倍堪惆怅，回首尘中见此山。"[①]许浑《越中》："石城花暖鹧鸪飞，征客春帆秋不归。犹自保郎心似石，绫梭夜夜织寒衣。"[②]都可以印证南明山大佛寺与诗人的紧密关系。若是诗僧经过此路，那就更不必说，像贯休《送道士归天台》云："径侵银地滑，瀑到石城闻。他日如相忆，金桃一为分。"[③]又《送僧归剡山》云："远逃为乱处，寺与石城连。木落归山路，人初刈剡田。荒林猴咬栗，战地鬼多年。好去楞伽子，精修莫偶然。"[④]在战乱岁月，大佛寺也成为避难的佳所。

由于地缘邻近，大佛寺是浙东唐诗之路途中重要的中转站，为唐诗之路提供了许多帮助，与唐诗结下不解之缘。大佛寺还为天台宗的形成与传播提供邮传作用，为许多才子奔向天台山寻仙问道，寻求诗和远方提供了方便。令人想起一句容易魂牵梦萦的诗来："何当共到天台里，身与浮云处处闲。"[⑤]

真觉寺（真君殿）

真觉寺在新昌县东沃洲山，是东晋时僧竺潜、支遁开发的道场。现在剡溪上游建起大坝，成为水库，改名为沃洲湖。此寺之外不远即湖水碧波，青山滴翠，山环水绕，风光旖旎，距离晋宋高士名人隐居之所均不远，如天姥山、支遁岭、水帘洞等。但网络电子地图所标地名多有错得可笑者，因其记音之讹，如支遁岭或作紫藤岭，或作猪头岭之类，于驴友、自驾游者寻觅胜迹有所不便。旅人利用电子地图加向老乡打听相结合的方法，或许能少走弯路，然或亦为文旅增添一些趣事、花絮。唐白居易为此寺作有一篇著名的记，即《沃洲山禅院记》，由于沃州山禅院废毁多年而没有恢复，三白事迹无处依托，真君殿便移到殿内，巧妙无痕地使得沃洲山真觉寺（真君殿）大大提高了其知名度，引来许多游客。后来就据此记在寺院中设三白堂，以纪念晋僧白道猷、唐僧白寂然和唐朝大诗人白居易。今天修复成一处规模宏大、环境幽深的诗路名迹。

---

① ［清］彭定求等编：《全唐诗》卷五四九，上海古籍出版社1986年版，第1403页。

② ［清］彭定求等编：《全唐诗》卷五三八，上海古籍出版社1986年版，第1359页。

③ ［清］彭定求等编：《全唐诗》卷八三〇，上海古籍出版社1986年版，第2034页。

④ ［清］彭定求等编：《全唐诗》卷八三三，上海古籍出版社1986年版，第2041页。

⑤ ［唐］刘长卿：《赠微上人》，［清］彭定求等编：《全唐诗》卷一五〇，上海古籍出版社1986年版，第355页。一作释灵一《赠灵澈禅师》，《全唐诗》卷八〇九，上海古籍出版社1986年版，第1987页。

台　州

龙兴寺(开元寺)

龙兴寺是官办州寺,本是为官方祭祀阵亡将士灵魂的场所。始建于唐神龙元年(705),名为“中兴”;景龙元年(707)改名龙兴寺;开元二十六年(738)改名开元寺;天宝三年或之前复名龙兴寺,以龙兴寺塔砖有“唐天宝三载龙兴寺塔砖”字可证。《嘉定赤城志》载:在州东南一里一百步,巾山下。唐开元中建,赐额开元。《旧唐书》卷九《玄宗下》载:“(天宝三载,744)夏四月,南海太守刘巨鳞击破海贼吴令光,永嘉郡平。敕两京、天下州郡取官物铸金铜天尊及佛各一躯,送开元观、开元寺。”[①]所铸之像,《旧唐书》卷二十四《志》第四《礼仪》四载:“(天宝)三载三月,两京及天下诸郡于开元观、开元寺以金铜铸玄元等身天尊及佛各一躯。”[②]玄元天尊即老子李耳,唐朝封为“玄元皇帝”。可见每州均有开元观和开元寺,属于“官观”“官寺”。台州开元寺旧传有小刹七座,分别是楞严、水陆、证道、积善、天光、景德、藏院,至宋朝合而为一,更名为报恩光孝寺,真宗景德中更名景德寺。崇宁二年(1103),因臣寮奏,诏天下建崇宁寺,台州以此寺应诏,加万寿二字,遇天宁节度僧一人。绍兴七年(1137),改为广孝寺。绍兴十五年(1145),以追崇徽宗,改报恩光孝寺。淳熙三年(1176),钱参政端礼建僧堂。淳熙十年(1183),其孙丞相钱象祖建佛殿,该寺始复旧观。寺东有古塔一,或传梁岳阳王得释迦舍利,建塔七,今所存止此。铜钟一,盖唐乾元癸亥所铸。又有佛牙二株,沉香观音像及累朝所赐宸翰(皇帝所题手迹)甚众。淳熙钱端礼钱象祖重建寺院,当时郡守尤袤《僧堂记》载:钱端礼于淳熙三年秋七月,于台州报恩光孝禅寺复建僧堂。明年九月十二日经始,二十七日就去世了。淳熙五年(1178)六月二日僧堂完工,规模雄壮,悉倍于旧。公之孙承议郎前处州知州象祖题榜曰“选佛”,合道俗以落成之。淳熙六年(1179),长老惟禋请郡守尤袤作记。

台州龙兴寺(开元寺)在传承佛教天台宗与传播佛教天台宗上承担极其重要的任务,在中国文化海外传播、交流上留下重要的文字记录,成为中外文化交流史上珍贵的文献。如日本留学僧“入唐八家”中的最澄、圆珍、空海诸家都来过浙东留学

---

① [后晋]刘昫撰:《旧唐书》卷九《玄宗纪》下,《二十五史》第5册,上海古籍出版社、上海书店,1986年版,第33页(总第3509页)。

② [后晋]刘昫撰:《旧唐书》卷二四《礼仪志》四,《二十五史》第5册,上海古籍出版社、上海书店1986年版,第121页(总第3597页)。

求法，以最澄为典型。最澄上人求法于台州时，先由刺史陆淳延请时在龙兴寺的天台山修禅寺座主道邃禅师传法于最澄，主要“阐扬天台法门《摩诃止观》等”[①]，就是向最澄讲解天台宗经典《摩诃止观》教义，并向最澄讲述一个故事：“据老辈说，以前智者大师于隋开皇十七年仲冬二十四日告诉众弟子说：我入灭之后三百多年，将投身于东国，兴隆佛法。如果有灵验的话，就先有祥瑞表现。他就将一把钥匙抛向空中，众人寻觅许久，都不知道在哪里。现在你来求法，智者大师的话就灵验了。”因此“开宗示奥，以法传心。化隔沧海，相见杳然，共持佛惠，同会龙华”[②]。最澄的感受极其深刻：“东海可际，青天可扪，邃禅师道德不可涯矣。大易可始，万像可终，禅师惠用不可量矣。余贞元戊寅(798)岁，作慰湔海，以台岳为域中灵镇，窃慕游之。”[③]大意为东海有边，青天可摸，道邃的道德浩瀚无边；《周易》有起始，万象有终了，道邃的德泽不可限量。贞元十四年(798)，最澄就以修行佛法的圣地看待天台山，涌起亲身游历天台的心愿。现在身历其境，遇到如此高深莫测，学问浩瀚的法师，最澄对道邃和尚的佛学涵养的仰慕可见一斑。最澄在日本延历二十三年甲申(贞元二十年)七月入唐，唐贞元二十年(804)九月到达明州，他身上还带着一把在寺院中堂地下得到的八舌钥匙。随后，最澄赴台州学习天台宗教义，先至台州州城申请办理求法手续，献上金银礼品，要求抄写天台宗佛经。台州刺史陆淳批准，并退还金银，供最澄等购买纸张抄写经书之费。允许天台传教大德道邃和上于州城巾山下龙兴寺净土院讲止观，受圆教菩萨三聚净戒，抄写佛经传教文二百四十卷。最澄受教于道邃的部分内容记录在《天台法华宗生知妙悟决》，道邃向最澄付法保存于《道邃和尚付法文》中。道邃是智者教脉嫡传后裔，最澄就是将智者大师教义嫡传到日本的第一人，其传授谱系载于《师资相承血脉文》中。一个月后最澄等到天台山，向佛陇寺座主行满学习天台宗教义，行满见最澄求法心诚，告诉最澄：以前听说智者大师遗言：“吾灭后二百余岁，从东国圣人来弘行我法。”大师所言必定不会落空，现在遇到你来，我把我所学到的佛法传授于你。让你早日回到日本，弘扬佛法，传播天台宗教义。行满将最澄带到藏经楼，却找不到钥匙开锁，正在叹息时，最澄从腰下取出八舌钥匙，说明来历，一试正合，行满更加感叹智者大师预言灵验，就授予最澄天台宗经论目录。师徒以天台宗为纽带，以传承教义为指归，授受传

---

① 《天台霞标》初编卷一，佛书刊行会编纂：《日本佛教全书》第125册，大正二年(1913)，第7页。

② ［唐］道邃：《道邃和尚付法文》，佛书刊行会编纂：《日本佛教全书》第24卷(第024册)，大正二年(1913)，第24页。

③ 《卢审则述记》，佛书刊行会编纂：《日本佛教全书》第24卷(第024册)，大正二年(1913)，第26页。

灯，法嗣东去。行满向最澄赠送珍贵礼物，计有：

天台山佛陇禅林寺附法所传荆溪纳袈裟，壹领。

荆溪受持短帙《法华经》，壹部七卷。

大师纳帽子，壹枚。

大师真迹手书，壹纸。

荆溪受持㲲布七条，壹领。

《佛陇道场记》壹卷。

并且授以文书，写明这些文物“天台镇寺（之物），授予日本国求法僧最澄，归彼流传，长充供养。原见闻之人，发菩提心，当来永为大师弟子。法门眷属，勿生疑惑也”[①]云云。这些天台宗文物随最澄等到达日本，有的成为日本国宝级文物，流传于世。当最澄等回到台州州城龙兴寺，修业完毕，龙兴寺长老道邃和尚亦向最澄施与法物，计有：

智者大师禅镇一头。

智者大师说法白角如意一柄。

天台山香炉峰柽柏木并柽木文尺四枚。[②]

这四枚柽木文尺是智者大师遗物，到此传与最澄，是师资相传的最好见证。台州刺史陆淳为最澄一行举行茶会，祝贺日僧来华求法功德圆满，隆重送别，当场作诗为别。由台州司马吴顗（字体仁，濮阳人，官终剑州普安郡太守）主持茶会，[③]有台州录事参军孟光、临海县令毛涣等政府官员、乡贡进士崔謩、广文馆进士全济时、释行满、天台僧幻梦等十人诗作尚保存至今，吴顗序（原作叙，系避讳改）云：“三月初吉，遐方景浓，酌新茗以饯行，对春风以送远，上人还国谒奏，知我唐圣君之御宇也。”就是在贞元二十一年（805）三月三日，春光明媚，新茶初登，设茶话会送别最澄一行，表达大唐台州官民热情对待友邦的厚意。吴顗诗云：“重译越沧溟，来求观行经。”记叙渡海求法的艰难危险，以衬托来华的不易；孟光诗云：“众香随贝叶，一雨润禅衣。”是说最澄一行收获丰硕，学法满载而归，法雨常润；毛涣诗云：“万里求文

① ［唐］行满：《行满和尚施与物疏》，《天台霞标》五编卷一，佛书刊行会编纂：《日本佛教全书》第126册，大正二年（1913），第516页。

② 《道邃和尚施与物目录》，《天台霞标》五编卷一，佛书刊行会编纂：《日本佛教全书》第126册，大正二年（1913），第516页。

③ 张驰：《唐诗人吴顗〈送最澄上人还日本国〉》，吴居易：《大唐故吴府君墓志铭》，张驰“仰澍斋”藏拓。

教，王春怆别离。”饱含深情，离别依依，洋溢纸上；崔謩诗云：“何当至本处，定作玄门宗。”释行满诗云：“何当到本国，继踵大师风。”[①]都是寄语即将归国的最澄继承智者大师未竟事业，将天台宗带到东瀛，弘传宗风，光大宗门。这次送别最澄一行的茶话会，形式新颖别致，格调高雅脱俗，东道主情深谊长，期望殷殷，祝愿最澄归国以后传播天台宗佛法，成为日本的天台宗开创者。同时又是经台州刺史陆淳鉴定，学业圆满，准许结业的仪式。陆淳所作结业鉴定中有“（最澄）远求天台妙旨，又遇龙象邃公，总万行于一心，了殊途于三观，亲承秘密，理绝名言”[②]之语，对最澄的求法作了高度肯定。他的老师道邃法师在最澄离台后写了一封信，其中说：“乍别增怅，春忆数行，不知平善达船所否？”“化隔沧海，相见杳然。各愿传持，共期佛慧也。勉旃。……各各共弘扬宗教也。”[③]寄寓着深厚的挂念、关切，并希望最澄归国之后弘扬天台宗教义，振兴天台宗。道邃法师的身份一直少有交代，《天台霞标》据别传称：“时台州刺史陆淳，延天台山修禅寺座主僧道邃于台州龙兴寺，阐扬天台法门《摩诃止观》等。”[④]最澄大师牢记嘱托，回国以后弘传智者之教，终于成为日本天台宗的创始人，嵯峨天皇弘仁十三年（822）二月十四日赐予最澄“传灯大法师位”[⑤]，在他圆寂四十八年后被赐谥为“传教大师”[⑥]。最澄这次入台求法，成为日本来台州学习佛教天台宗的珍贵文献和天台宗胤嗣传承的历史见证，更是台州官员、文化教育界、佛教界对日本学问僧深厚情谊和殷切期盼的生动写照。据最澄等所作记录，他们一行从台州携带回日本的文物有：“天台智者大师所释《大乘经》等，并所说教迹及第二、第五、第六祖等传记，并别家钞等，总有百二十部，三百四十五卷，除经教迹，所用之纸八千五百三十二纸。最澄等深蒙郎中慈造，于大唐台州临海县龙兴寺净土院依数写取，勘定已毕。谨请当州印信，示后学者求法有在。然则郎中法施之德，永劫无穷；众生法用之用，长夜不尽。愿传法高光，回向使君，念念增福，刹那圆智。然后普及十方一切含识，俱乘一宝车，同游八正路。怨亲平等，自他俱

---

① 以上从吴顗序到行满诗见陈尚君辑校：《全唐诗补编》，中华书局 1992 年版，第 942—947 页。

② 《台州刺史陆淳之印记文》，佛书刊行会编纂：《日本佛教全书》第 24 卷（第 024 册），大正二年（1913），第 25 页。

③ 《道邃和上书》，《天台霞标》初编卷一，佛书刊行会编纂：《日本佛教全书》第 125 册，大正二年（1913），第 6 页。

④ 《天台霞标》初编卷一，佛书刊行会编纂：《日本佛教全书》第 125 册，大正二年（1913），第 7 页。

⑤ 《华顶要略》卷一《根本传第一・传教大师》，天台宗典刊行会编纂：《天台宗全书》，昭和十年（1935），第 39 页。

⑥ 《华顶要略》卷一《根本传第一・传教大师》，天台宗典刊行会编纂：《天台宗全书》，昭和十年（1935），第 40 页。

也。”他把佛教天台宗的教义完整地带到日本，后来付法与圆仁法师，[①]在比睿山发展日本天台宗，成为中日文化交流史上成功的典范。最澄的这些记载，与真人元开《唐大和上东征传》等一起，构成台州佛教文化东传艰难曲折的经历和不折不挠、义无反顾献身佛教精神的宏伟画卷，为台州佛教东传提供最有价值的忠实记录。

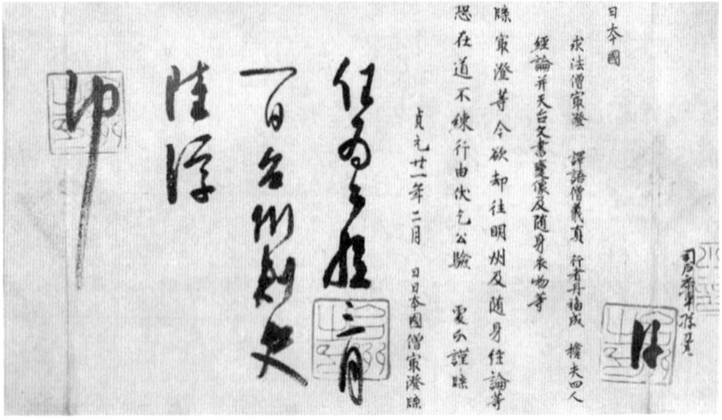
日本國
求法僧最澄 譯語僧義真 行者丹福成 檐夫四人
經論并天台文書疏像及隨身衣物等
牒最澄等今欲却往明州及隨身經論等
恐在道不練行由伏乞公驗 處分謹牒
貞元廿一年二月 日日本國僧最澄牒

日僧最澄求法台州通关文牒

府城走八寺

府城寺院宫观众多，其中寺院中就有“八寺”，属于府城佛寺中的名寺，在府城民俗上形成“正月三八走八寺”的风俗。这八寺是：天宁、巾峰、兜率、中津、湖山、普贤、永庆和石佛寺，清朝文人葛咏裳把这八寺编成一首诗：“南有天宁北普贤，巾峰兜率两相连。中津殿旁湖山寺，石佛本存永庆边。”由于历史的变迁，八寺中除天宁寺外大多残存而已，原天宁寺即现在重建的龙兴寺（开元寺）[②]，明初洪武中名僧宗泐奉诏来天宁寺，临济禅宗就在台州兴盛起来了。现在巾山西端半山腰的天宁寺是原来的元帅殿（民间称为南山殿，台州方言元帅殿与南山殿音近，祀唐张巡）改名；巾峰寺已于抗日战争中被日机炸毁；兜率寺仅存遗址（详下兜率寺条），无复当年盛况。“走八寺”也只有老辈还有残存，是在正月初八、十八、廿八这三个“八”日任选一日，走完（即烧香拜佛）八座寺院，连走八年。来八寺行走的既有城里人，也有城外人，还有台州各县人。

---

① 《同大师遗宣文》，佛书刊行会编纂：《日本佛教全书》第 24 卷（第 024 册），大正二年（1913），第 27 页。

② 现在的龙兴寺是原天宁寺前头寺前街拆迁后所建，以千佛塔为标志，千佛塔原在天宁寺前，现在的龙兴寺后。

兜率寺

兜率寺在州东南二里巾山腰部，五代后周广顺三年(953)吴越王钱俶建。原有胜光和尚居之，名胜光安国寺。宋朝大中祥符元年(1008)改为兜率寺，上有观音殿，即原景德寺水月像。有一则故事说：宋龙图阁学士朝议大夫翟汝文(前参知政事)谪居台州时形之梦寐，想改塑这座水月观音像，反复三四，都没有成功，塑得不像。塑工伤心得暗自泣祷。此夜，梦见白衣高髻如生，于是塑像获得成功。郡守赵企诗云："一到巾山眼界宽，招提直在翠微间。黄鹂过处金穿柳，白鹭飞时雪点山。鱼艇两三随月上，海帆八九趁潮还。归时听得梅花角，落日西城未掩关。"[①]南宋淳熙七年(1180)有名僧善戒入住，明清时期香火旺盛。兜率寺的"兜率"是梵语音译，汉语为"知足常乐"之义。兜率寺坐落在临海巾山南麓，分为上兜率寺和下兜率寺，上寺即原观音殿，明朝解元张志淑读书处；下寺在怡道轩南，明朝何宽读书处原高霞馆，晚清时废毁。抗日战争时为兵营，改革开放后为临海师范学校校址，今临海师范学校早已迁出，"此地空余黄鹤楼""白云千载空悠悠"。从文旅融合建设和台州第二诗山形象打造看，应该恢复兜率寺这一历史胜迹，为诗路文化和宋韵文化增添有力的景观。

嘉祐寺

嘉祐寺在州北一里，原名净名庵，后改为嘉祐寺。即在原台州师范专科学校后门教师宿舍上面、城隍庙下的山坡上，20 世纪 70 年代起作过台州师范学校、台州师专教师宿舍，现在是戚公祠的西端。嘉祐寺以其高僧长吉曾经游方到京师开封，得到参政宋庠以下一百四十五人所书《般若经》，回来后建立台阁，以此《般若经》藏于台阁中，作为镇寺之宝。长吉又自刺其皮肤出血，书写《维摩经》附于其后。宋祁诗云："名高身愈隐，孤锡倚岩扃。园布黄金地，台藏白马经。庵云吞暝烛，涧月泻虚瓶。坐想溪桥路，莓苔又几青？"周延隽诗云："幽致极东南，青阴润客衫。林深才辨径，云满欲藏岩。琴想山猿伴，花憎谷鸟衔。孤标如可挹，坠稿怅开缄。"钱惟演诗云："汉苑辞千柰，仙丘访五芝。汲瓶春溜满，卷衲晓云滋。望刹青龙起，观涛白马驰。红楼曾应制，佳句咏朝绥。"[②]长吉的坚志苦行，虔诚进修，感动无数人，京华达官贵人也都纷纷赠诗勖勉，为嘉祐寺争得无上荣光。

---

① [宋]李庚等编，郑钦南等点校：《天台集・天台续集》卷上，上海古籍出版社 2018 年版，第 197 页。

② [宋]陈耆卿撰，徐三见点校：《嘉定赤城志》卷二七，上海古籍出版社 2013 年版，第 403—404 页。

从上述历史文献来看，嘉祐寺是“八寺”外很有内涵与文化品位的寺院，20世纪50年代初就划归刚从仙居迁回府城城里的省立台州师范学校使用。改革开放后，台州师专时期作为青年教师宿舍，号称“十六间”，现在改建为“戚（继光）公祠”，但原嘉祐寺中的文物多已不存，亟需整理这些文化遗产，充实祠中，辟一别院作为陈列室，既可展示悠久的历史，又可丰富府城宋韵文化内涵，向公众开放，增加人气，何乐而不为？嘉祐寺遗址（戚公祠）还可上与广文祠（郑广文纪念馆）、台州城隍庙、城墙相连，下与台州最早的新式学堂三台中学堂（台州地委党校旧址）、台州师范学校及其后身台州师专、台州中学旧址（今台州中学西校区）、府城主街紫阳街、龙兴寺、巾山、兴善门、中津渡等府城内的文旅景点连成一线，在戚公祠内推出戚继光抗倭的事迹展览，如戚继光台州抗倭九战九捷事迹展览、武术表演（如戚家拳、戚家军棍、棒、刀、枪等），特别是打击倭寇极有成效的战斗形式“鸳鸯阵”，配以中国武备史展览，讲解中国军防从冷兵器到热兵器发展过程这些特色鲜明、形式新颖、观赏性强，游客可参与的项目如射箭、射击、鸳鸯阵、戚家拳法等，为当今文旅罕见而有特色的内容，那么这种文旅资源编配的整体效应必定有更好的结果。如此戚公祠就可以其特色内容发挥国防武备的宣传教育功能，寓教于游，寓教于乐，把目前处于闲置状态的文旅资源盘活，对于府城的文旅起到增添活力、充实生气和传承尚武精神的独特作用。

天台国清寺

天台山是一座宗教名山，三教九流汇聚的文化名山，尤其是佛道两教在此得到很大的发展，山上遍布寺院和宫观，儒学则主要以山下城里的孔庙（文庙）、县学为代表。天台山宗教文化在传承过程中，不断地对外传播，传播最有成效的是佛教天台宗，从唐朝开始除国内传播外，影响最为显著而深远的传播是向东洋诸国，像鉴真大师东渡日本时带走天台宗佛经，日僧最澄来台求法抄录大量的天台宗经典，嗣后日僧圆珍又来求法取经，一波一浪地把天台宗的教义系统地引进日本，并将日本比睿山建设为日本的“天台山”，山上的延历寺建设为日本的“国清寺”，到后来天台宗信众不断壮大，影响日本社会既深且远。到宋朝朝鲜义天来台求法，将天台宗引入朝鲜半岛，从此天台宗在半岛得到很大的发展，形成一个很有影响力的佛教宗派。这些中国对外文化传播的根本是天台山国清寺。

国清寺在天台县北十里，旧名天台寺，隋开皇十八年（598）杨广为佛教天台宗实际创始人僧智顗遗命而建。李邕《国清寺碑》载：“国清寺者，隋开皇十八年智者大师之所建也。”[①]先是陈朝太建七年(575),智顗率徒修禅于此,当地人传说游此山者多见佛像,即号称佛陇,至太建十年(758)立寺,陈宣帝敕名“修禅寺”,这是陈朝时所立的第一座皇帝赐名的寺院。开皇十八年所立之寺,因山为名叫天台寺。因智顗修禅佛陇时,梦定光法师告诉他说:“寺若成,国即清。”大业元年(605),杨广登基,下诏:“昔为智者创寺,权因山称。今须立名,经纶之内,有何胜目,可各述所怀,朕自详择。”天台寺僧使智璪启奏用“国清”之由,[②]马上得到批准,改名国清寺。李邕《国清寺碑》载国清寺建造工程延绵二十年之久:“至义宁之初,寺宇方就”[③],唐会昌中废,大中五年(851)重建,名为“大中国清之寺”,由大书法家柳公权所书。宋朝景德二年(1005)改名景德国清寺。前后获得珍贵赏赐很多,合三朝御书几百卷,后毁于寇。唯独智顗手题《莲经》与西域《贝多叶》一卷及隋旃檀佛牙幸存下来。建炎二年(1128)重新之。寺左右有五峰双涧,其中“双涧回澜”为天台山大八景之一,宋朝夏竦《国清寺》诗有“穿松渡双涧,宫殿五峰围”之句,就是实景写照。国清寺与荆州玉泉寺等一起被称为“天下四绝”。晏殊《类要》云:“齐州灵岩、荆州玉泉、润州栖霞、台州国清,世称四绝。”[④]寺中有三贤堂,敬奉丰干、寒山、拾得三位奇人,还有锡杖泉、香积厨,有诃罗大神像。寺前有新罗园,是唐朝新罗僧人悟空所建。东南有祥云峰、拾得岩,东有清音亭,其最高处有更好堂。

现在的国清寺是清朝雍正年间重修的格局,“文革”时期曾被改建为拖拉机修造厂,1972 年中日邦交正常化之后,国清寺得以重新修复,从故宫博物院调拨了一批珍贵法物用于修复。从天台县城来朝拜的话,穿过长长的林荫道(即原“山门九里松”的“荫落落之长松”之道,只是现在的林荫是以柏树替代松树)经隋塔下的七座小佛塔和僧一行禅师塔,穿过“万松深处”的寒拾亭,在“教观总持”壁前走上丰干桥,就到了国清寺山门前的照壁,照壁上有全国佛教协会原主席赵朴初所题“隋代古刹”四个大字,十分醒目。桥头西侧古木荫下立有一碑,上书“一行到此水西流”七个大字,是记录唐朝著名天文学家僧一行(张遂)来国清寺请教算法难题的奇遇,全国佛教协会原主席赵朴初有感题诗:“森森万木寺门幽,热恼途中喜小休。忽见

---

① [唐]李邕《国清寺碑(并序)》:“国清寺者,隋开皇十八年智者大师之所建也。”[清]董诰等编:《全唐文》卷二六二,上海古籍出版社 1990 年版,第 1176 页。

② [隋]灌顶撰:《国清百录序》,《国清百录》,天台山国清寺 2007 年影印本,第 1 页。

③ [唐]李邕撰:《国清寺碑》,[清]董诰等编:《全唐文》卷二六二,上海古籍出版社 1990 年版,第 1176 页。

④ [唐]李白著,[清]王琦注:《李太白全集》卷二九,中华书局 1977 年版,第 1422 页。

回天好身手，一行到此水西流。”[1]由此转入国清寺。国清寺山门朝东，门口一带古木参天，双涧流水潺潺，澄碧如玉，一到此处，一股深邃的古意扑面而来，令人深受感染。李白《普照寺》云：“天台国清寺，天下为四绝。……门外一条溪，几回流岁月。”[2]正是写景高手。进入山门，出天王殿右转，就到寺中奇树“隋梅”，在国清寺史溯源上算是最古老的见证者，此梅传为智顗手植，在“文革”期间如同枯萎一般，而在国清寺修复后犹如枯木逢春，梅花盛开，生机盎然，20 世纪 60 年代郭沫若来到国清寺，题诗题字，有“塔古钟声寂，山高月上迟。隋梅私自笑，寻梦复何痴”之句[3]，现在“隋梅亭”便是郭题的字。由此向上，便到大雄宝殿后的“知恩报恩”经幢，为日本日莲宗人所赠，以纪念日本从国清寺求到天台宗的恩情，“知恩报恩”四字为赵朴初先生手书。向上一层即“法乳千秋”亭，亦为日本天台宗所捐建，纪念最澄大师来台州求法，终成日本天台宗祖师，国清寺成为日本天台宗祖庭，亭中立有三通石碑，中间为智者大师碑，右侧为行满座主碑，左侧为最澄碑，碑阴刻有最澄在此向行满学习天台宗教义的经历。从此亭向西行，斜上层为韩国天台宗赠建祖庭纪念堂，塑有朝鲜义天来台州求法像等，由此下至三贤堂，即前文已经载及丰干、寒山、拾得三人塑像处，再向右拐到藏经楼，有“台山讲席”匾，为蒋中正所题。过此到寺中放生池“鱼乐国”，为明朝大书法家董其昌所题；池畔立有李邕《国清寺碑》及清《乾隆御碑》等。寺后山崖壁上有唐柳公权所题“大中国清之寺”石刻等遗迹，系唐国清寺僧清观入长安所携归法物之孑遗。国清寺是唐朝诗人造访天台山必至之处，李白题“四绝寺”以外，还有“天台连四明，日入向国清。五峰转月色，百里行松声”，他的粉丝魏万有“雪上天台山”，应当是冒着大雪游国清寺游天台山的记录。皮日休的《寄题天台国清寺齐梁体》有“十里松门国清路，饭猿台上菩提树。怪底烟雨落晴天，元是海风吹瀑布”[4]，是一首传诵人口的好诗。其他像刘长卿《送台州李使君兼寄题国清寺》有“露冕新承明主恩，山城别是武陵源。花间五马时行县，户外千峰常在门”[5]之句，还有陆龟蒙、杜荀鹤、周贺等许多诗人的赞颂。宋朝以来，诗人游历国清寺的更多，写到此寺的当然是车载斗量，更仆难数了。国清寺是改革开放后台州吸引国外游客最有魅力的明星景区。也是国内游客喜游之地。

---

① 周荣初选编：《天台山诗选》，浙江人民出版社 1981 年版，第 19 页。

② ［唐］李白著，［清］王琦注：《李太白全集》卷二九，中华书局 1977 年版，第 1421 页。

③ 周荣初选编：《天台山诗选》，浙江人民出版社 1981 年版，第 18 页。

④ ［清］彭定求等编：《全唐诗》卷六一五，上海古籍出版社 1986 年版，第 1558 页。

⑤ ［清］彭定求等编：《全唐诗》卷一五一，上海古籍出版社 1986 年版，第 357 页。

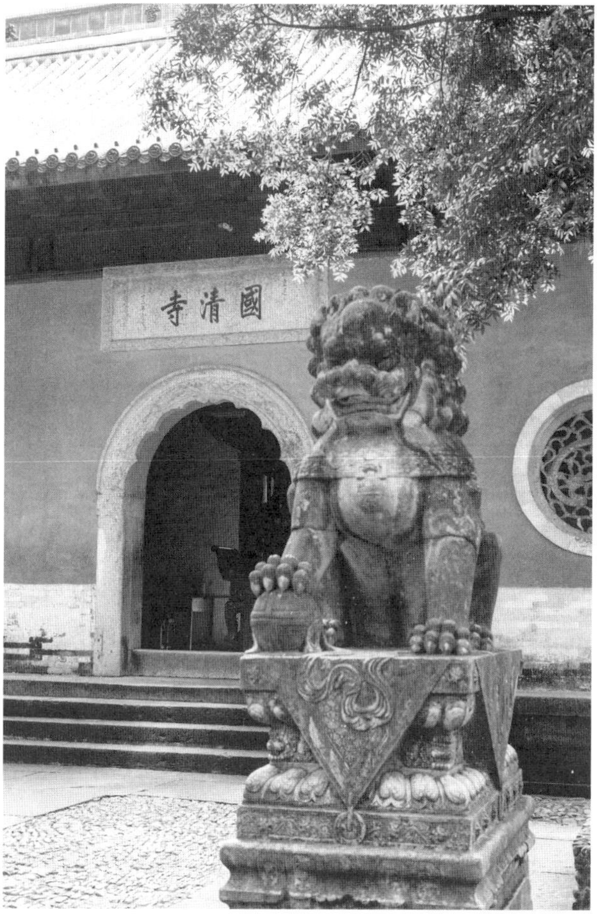

国清寺(吴丽华摄)

天封寺

天封寺在天台县北五十里，陈太建七年(575)僧智顗建，这是智者大师率弟子入天台山修行的第一个落脚点。起初，智顗入天台山时，见一老者告诉他说："法师若卜择佛庵地址的话，遇到盘石就可止住。"后来果然如老者所告诉的，就在此处结庐为庵堂，因自号"灵墟"。这里是智顗的第五思修地，也是他注释《涅盘经》的地方，后人号称"智者岭"。中有卓锡泉，北望一峰摩云，即华顶峰。隋朝开皇五年(585)，赐号"灵墟道场"。五代汉乾祐年间(948—950)改智者院，宋朝大中祥符元年(1008)改寿昌寺，治平三年(1066)改天封寺。北宋诗人陈公辅《天封瑞云阁》诗云："晴云漠漠水潺潺，危阁春归白日闲。若问阿师消息处，眼前环列是青山。"①天封寺在"文革"前失火烧毁，断壁残垣，满目废墟，还有几块石碑尚可考其建寺来历。部分寺宇后改建为小学，现在已经撤并到别处，只剩下荒废的寺基，十分可惜。

中岩寺

中岩寺在县北五里，赤城山下，晋太元元年(376)建。先是，兴宁(363—365)中，高僧白道猷依岩造寺，号中岩，后以多赤蚁之害，迁移到赤城山麓平地。到宋朝大中祥符元年(1008)改崇善寺，政和八年(即重和元年，1118)又改为玉京观，不久恢复为崇善寺。中岩寺有放生池。中岩寺所在位置及其寺院与宫观的变换，初看似乎有些乱，实际上是赤城山势险峻，可建寺观的地方极其稀缺，在半山岩洞中占得一席之地不容易，会出现若某僧人圆寂或者某道士升天，就有可能为捷足者先登，而这捷足者是另一教的时候，便会出现上述寺观换名的情形。唐许浑《早发中岩寺别契真上人》(一作《题中岩》)诗云："苍苍松桧阴，晓月露西岑。素壁秋灯暗，红炉夜火深。厨开山鼠散，钟尽陇猿吟。行役方如此，逢师懒话心。"②许浑又有《早发天台中岩寺度关岭次天姥岑》诗，其中有"来往天台天姥间，欲求真诀驻衰颜"，可见赤城中岩寺是让诗人来求驻颜真诀的地方。其他唐宋诗人还有周朴、夏竦等题咏。

现在看早在宋朝就从赤城山腰搬迁到下面平地的中岩寺(崇善寺)，在历史的变迁中已经倾圮或者损毁，但赤城山上原来有过这么有名的寺院，不仅有志乘的记载，还有唐及唐以后各朝诗人的诗歌为见证，在此留下它的寺名和事迹，为后来有合适的时机可以复兴做好铺垫。

高明寺

高明寺在县西北五十里，从现代地理上看应当是天台县城的东北方向，唐大中十年(856)建，一说唐天祐七年(910)建③。传为大师智顗著《止观》的地方。寺前有溪流叫幽溪，所以此寺别号智者幽溪道场。原来殿前有石经幢，刻有"天福二年，舍入幽溪禅院"，可以查验。宋朝大中祥符元年(1008)改为高明寺。故老相传称：先前这个地方只见乔木参天，薜萝荫翳，人迹罕至。智者大师当时居佛陇，讲《净名经》，忽然经被风吹到空中，于是杖锡披荆，追寻经究竟飘到哪里，追行五里光景，风

---

① [宋]李庚等编，郑钦南等点校：《天台集·天台续集》卷下，上海古籍出版社2018年版，第286页。

② [宋]李庚等编，郑钦南等点校：《天台集·天台前集》卷中，上海古籍出版社2018年版，第60页。

③ 因唐天祐年号只有四年，即904—907年，此说天祐七年可疑。附志以备考。

停而经也落在这个地方。智者大师觉得似有佛意引导,环境也很合适,就在此地经营传教场所。智者在天台山上建有十二刹,这是其中之一。宋朝洪适《游幽溪高明寺》云:"振策快秋晴,伽蓝倚翠屏。看云不留瞬,对竹已忘形。银地声千载,虹桥拱百灵。至今钟磬响,如讲净名经。"是较全面地描写高明寺的环境宜人,令人忘归,如闻讲经。明嘉靖间寺废,万历中僧传灯重建。内有玄云洞、看云石,有幽溪,圆通洞,是寺中名胜。王范《高明寺》诗云:"偶来穿竹径,迤逦叩山名。怪石堆成洞,幽泉喷作声。看云僧入定,冒雨客偕行。一夜昙花发,灵根何处生?"民国十三年(1924)名人康有为来游天台山,到高明寺感觉很好,欣然提笔为寺题额,就是现在寺门上的题字。

大慈寺

大慈寺在天台县北二十九里,原名修禅寺,或名禅林寺,陈朝时为僧智顗建。这里是智顗起初在天台山修行时的落脚地,定光法师告诉智者大师要建起一座根本道场有王太子寺基的地方,号称佛陇,是智顗的第二宴坐处。隋朝扬州总管杨广为智顗创建国清寺,就将此处更寺为道场。唐会昌中废,咸通八年(867)重建,宋朝大中祥符元年(1008)改为大慈寺。其法堂曰净名,以智顗曾经讲这部佛经的缘故。又有智顗所供普贤菩萨像及其手书《陀那尼经》,宋朝时寺中还有隋朝所赐宝冠,有漱玉亭,又有初唐大书法家虞世南所书的《华严经》,南宋绍兴中被丞相秦桧取走。此寺还有一通唐朝梁肃所撰碑,十分珍贵。叶清臣题云:佛陇光沉茂草平,树林犹作诵经声。一心三观休分别,秋净山高海月明。陆焕题云:天下纷纷吹战尘,我来佛陇悟修身。依然猿鹤如相识,知是山中几世人?洪适题诗已见上文。其他题诗不复罗列。

真觉寺(塔头寺)

真觉寺在天台县北二十三里,隋开皇十七年(597)建,僧智顗真身塔在这个地方,也就是智者大师在石城寺(今大佛寺)圆寂之后,其真身(遗体)被运回天台山安葬,就葬在寺中的石塔中。寺中龛前置双石塔,号定慧真身塔院。宋朝大中祥符元年(1008)改真觉寺。寺中原有历朝所赐书翰匾额、法物珍玩、袈裟方袍等,清末、民国时社会名流游天台山到这里,寺僧都会把以前的这些珍贵法物拿出来观赏,收点赏金。现在这些法物都烟消云散,仅余这座塔头寺(俗称)了。

万年寺

万年寺在天台县西北五十里。它的始建时代有三说:一说是晋兴宁(363—365)中,高僧白道猷到此物色传教之地,四顾八峰回抱,双涧合流,以为很适合建寺，就在这里卓锡安营，开辟道场；一说是隋大业二年（606）建；一说是唐太和七年（833）僧普岸建。会昌中废，大中六年重建，号镇国平田。五代梁龙德中改福田，宋朝雍熙二年（985）改寿昌，崇宁三年（1104）重建，号天宁万年。淳熙十四年（1187），日本国僧荣西建三门、西庑，并开凿大池、建香积。寺中有釜极深广，世传阇提首那尊者所铸。这种大锅往往有神奇之处，天台山上不止一处。东南十里有罗汉岭，多有巨杉，万年寺里凡是要供养五百罗汉的话，一定要到罗汉岭去邀请，才显得真诚，才会灵验。以后屡有兴废。

现在万年寺经重修，恢复寺院功能，作为天台山佛学院，每年招收有志佛学的学生入院深造。它门口的大树仍然生机盎然，见证万年寺悠久的岁月与风霜。万年寺中藏经阁十分可观，藏书丰富，堪称台州寺院藏书之冠，为研究佛学者提供丰富的藏书和良好的研修条件。

方广寺

方广寺在天台县北五十里石梁上下，共有上中下三方广寺，俗称石桥寺。石梁是佛教中五百应真（罗汉）之境，也就是五百罗汉道场。方广寺依石梁为胜景，石梁飞瀑之景又依方广寺为锦绣，相依相生。它的始建年代，应当与东晋高僧白道猷有紧密关系。佛家传说高僧白道猷想度过石梁访方广，忽然有石如屏阻挡他，原来这块如屏风的岩石叫蒸饼峰，孙绰《游天台山赋》中的“践莓苔之滑石，搏壁立之翠屏”就是描写石梁的。这样稀罕的胜景很难逃出僧众的手掌心，在石梁上下建寺应当在东晋就开始了，北宋建中靖国元年（1101）有过一次较大规模的建设，后毁于火灾。南宋绍兴四年（1134）重建，有观音应真阁，看得出寺院修建不断踵事增华。到清朝康乾盛世，已有上下方广寺。中方广寺是最后建成的，原来叫昙花亭，时间应该是在民国早期1920年左右。上方广寺毁于20世纪70年代“文革”期间，寺中办起竹木器社，某年冬不慎于火而成废墟，是极可惜的。原先寺前古木蓊翳，涧水潺湲，七塔环列，一桥中跨，最为形胜。胡先骕也说上方广风景之幽，尤寡俦匹。[①] 上方广寺内不仅寺院建筑年代悠久，而且文物高华典丽，楹联精美：额有翁同龢书之“方丈”，俞樾书之“禅心自得”，阮元书之“作金石声”。俞樾又有联云：“邀月替灯，

① 胡先骕：《浙江采集植物游记（节录）》，张天星辑注：《浙江天台山游记辑注》近代卷，浙江大学出版社2022年版，第142页。

临流作镜；叠藓为褥，拓松作屏。”[①]其藏经阁楹联有“龙藏晓翻金贝叶，天香春绣木兰衣”，“四山滴翠环初地，一路听泉到上方”。阁中贮经十大厨，每厨各七十二函，每函十帙，共计七千二百帙，是清雍正十三年所刊印。[②] 寺中其他佛殿楹联有“莲花峰下寺名同，我昔曾游，愧无此飞梁悬瀑；贝叶藏中禅语备，僧应有悟，试旷观流水行云”，“悟处彻玄机，看山气溟濛，可信世缘多是幻；动中存静趣，听泉声喷薄，好来潭曲试安禅”。中方广寺从简单的昙花亭变身为寺院在1920年后。民国九年(1920)春项士元率学生友人春游天台山，到石梁中方广时所见“寺方兴工”[③]，此寺楼高临石梁之上，楼外台阶是走近石梁的唯一途径，俯瞰石梁之下，飞瀑倾泻于无底深潭，令人心惊胆战。除了飞瀑，石梁给他留下深刻印象的还有石梁对面桥头的铜龛(即铜亭)，以及附近的摩崖石刻，如刘璈“前度又来”、曹抡选(寿人)“万山关键”、陈树桐“滚雪昙华”、黄倬“喷雪飞云”、李鸿章“妙觉圆明”、石锡伦“大观怡静”、宇陶“第一奇观”、陈璚“神龙掉尾”[④]……如果联系与他同时在临海任教的著名诗人书法家省立第六师范校长徐道政游天台的观感，就不难明白游客喜欢的是什么了。徐道政《雁荡山志》序中还写道：“吾越人也，绮岁(指青年时——引者)读王十朋《会稽三赋》，至‘五泄争奇于雁荡，四明竞秀于天台’，便仙仙有凌云之志。然吾游天台，耿耿不忘者唯方广寺、石梁。”[⑤]

下方广寺是现存最完整的三座方广寺之一，位于石梁飞瀑下侧山坡，始于东晋白道猷在此披荆斩棘，结茅为庵，故名石桥庵。改革开放后的1983年，被批准为汉族地区佛教全国重点寺院。经信众筹资重修，门口之额“古方广寺”为大书法家董其昌所书，场地局促无山门，其大雄宝殿之后的大殿供奉五百罗汉像，即五百罗汉殿，号为五百应真道场，是下方广寺的镇寺之宝。这是佛教经籍中载有白道猷在天台山石梁修行时，五百罗汉在此显圣，所以就以此寺为五百罗汉现身应化处。下方广寺侧竹林下岩石上是近观石梁飞瀑磅礴气势的最佳地点，瀑水下数十米的寺前

① 徐玮：《游天台山记》，张天星辑注：《浙江天台山游记辑注》近代卷，浙江大学出版社2022年版，第239页。

② 徐玮：《游天台山记》，张天星辑注：《浙江天台山游记辑注》近代卷，浙江大学出版社2022年版，第239页。

③ 项士元：《天台山游草》，张天星辑注：《浙江天台山游记辑注》近代卷，浙江大学出版社2022年版，第121—122页

④ 项士元：《天台山游草》，张天星辑注：《浙江天台山游记辑注》近代卷，浙江大学出版社2022年版，第124页。

⑤ 拙著《徐道政传》第三章《学高为师立范型》，浙江工商大学出版社2020年版，第70页。

仙筏桥是观赏石梁飞瀑全景的最佳地点，寺舍是静听石梁飞瀑的最佳地点，主要是夜间投宿寺中(20世纪末笔者曾经有过投宿经历)，山间极静，连一滴露珠滴到地上都听得清楚，恰应了唐诗中的“竹露滴清响”[①]之句。至于瀑布声响彻山间，当然在寂静中听得另有滋味。

寒岩寺

寒山子隐居的寒岩洞是台州容量最大的天然岩洞，洞外山麓原有寺院，建寺时间也很早，名叫崇福寺，后梁开平元年(907)建，周显德(954—959)中改“圣寿”，宋大中祥符元年(1008)改名福善院，宣和(1119—1125)中重建，明传灯《天台山方外志》，经清人齐召南重纂，阮元修订为《重订天台山方外志要》卷三记载为“今为寒岩寺”，引明人陈宪章《寄题寒岩寺壁》诗一首，有“人在寒岩未觉尊，至今传者漫消魂”[②]云云，天台齐周华(齐召南堂兄)《台岳天台山游记》也记“复渡小桥，入寒岩寺”[③]，可见此寺清朝仍存；嗣后何时毁废不详。天台西部渐近大盘山小盘山，曲折幽深，由明岩北五里而上，四山耸秀，水流乱山间，锵如佩环，院宇往往依托山阿岩壁而建，窗扉轩户，开合于烟云紫翠当中，若隐若现，缥缈连于天上，所以这一片山水名胜，就推寒明二岩。寒山子诗曰：“余家本住在天台，云路烟深绝客来。千仞岩峦深可遁，万重溪涧石楼台。”[④]寒山得名，实际上是深山境寒，人迹罕至，寒山子诗有“人问寒山道，寒山路不通。夏天冰未释，日出雾朦胧”[⑤]，“卜择幽居地，天台更莫言。猿啼溪雾冷，岳色草门连”[⑥]，所以后来就有文人据此编出寒山是夏天山上有雪之“寒”，也可为有的文人捕风捉影的写照。正因为其境过于清寒，所以此地原先无所知名，出一个受到大家都热捧的诗人寒山子，就把寒山带出名了，连带到国清寺也因此起到映衬作用。南宋诗人洪适题云：“峭壁插青冥，层岩覆化城。空中清磬发，幽处慧灯明。万瓦是云气，四檐无雨声。丰干不饶舌，此地孰知名?”[⑦]就

---

① [唐]孟浩然:《夏日南亭怀辛大》,[清]彭定求等编:《全唐诗》卷一五九,上海古籍出版社1986年版,第370页。

② [清]齐召南纂,[清]阮元修订,许尚枢点校:《重订天台山方外志要》卷三,国家图书馆出版社2018年版,第244页。

③ 张乐之纂:《天台山旧志汇编》丙辑,金岳清名家工作室系列文化工程自印本,戊戌(2018)仲秋,第160页。

④ [清]彭定求等编:《全唐诗》卷八〇六,上海古籍出版社1986年版,第1979页。

⑤ [清]彭定求等编:《全唐诗》卷八〇六,上海古籍出版社1986年版,第1975页。

⑥ [清]彭定求等编:《全唐诗》卷八〇六,上海古籍出版社1986年版,第1976页。

⑦ [宋]洪适:《寒岩寺》,[宋]李庚等编,郑钦南等点校:《天台续集·别编》卷三,上海古籍出版社2018年版,第386页。

道出寒山的幽寂和寒山出名与寒山子的关联。

《重订天台山方外志要》卷首“寒岩夕照”图上[①]，在寒岩洞右侧的瀑布叫“飘霰泉”，泉右侧崖壁叫“夕照岩”，中央这个天然大洞叫“潜真洞”，是宋朝大书法家米芾所书，洞前有一磐石，叫“宴坐石”[②]，清人胡作肃有《寒山宴坐石》诗[③]；洞上方大岩标为“寒岩”，洞的左侧有一旱石梁，亦有美名叫“鹊桥”。元邑人曹文晦《寒岩夕照》诗云：“岩户阴森隔万松，暮云卷尽寺林空。天边渐蚀千峰紫，木杪犹余一缕红。两个归僧开竹院，数声残磬度溪风。凭谁唤起寒山子，共看回光入梵宫。”[④]现在寒岩洞下面山麓还是空的，其寺基踪影无存，原寒岩寺若有大势力者发愿重建，重续历史文脉，为信众提供崇奉场所，应当是推进文旅融合和全域旅游等方面的福音。那么游客与信众就可以更方便前来此地观光朝拜，像寒山子诗所说“君心若似我，还得到其中”[⑤]了。

明岩寺

明岩寺是俗称，在县西北七十里明岩，原名云光院，始建于五代，当时有僧全宰栖居于此，可推知寺院的建立当在此前或者此时。后周显德四年(957)，吴越昭仪孙氏捐资让天台镇将陈希靖建寺，就在全宰栖禅的地方，改名明岩院。当时的情景是：“介居岩谷间，道狭不容轨，入门两石夹峙，号石门，前对幽石，横敞飞阁，岩窦嵌空，堂宇半居其下。大概如寒石山。”[⑥]这段记载表明它的入口处是一处山峡，比较狭隘，路窄得连一辆马车也难进入。宋朝开宝七年(974)升格为寺，大中祥符元年(1008)赐额大梵寺。明朝初期恢复明岩寺，标为十景：云栖洞、摄石、八寸岩、初来庵、瀑布、水索、幽石、重岩、洞门、响岩。崖壁陡峭，洞窟幽深，上有瀑布，人迹罕至，适宜隐居。这里是天台山和合二仙寒山拾得隐身的地方，寒山子传世的诗歌中有不少是写寒岩和明岩的实景之作，如“重岩我卜居，鸟道绝

---

① [清]齐召南纂，[清]阮元修订，许尚枢点校：《重订天台山方外志要》卷首，国家图书馆出版社2018年版，第44—45页。

② [清]齐召南纂，[清]阮元修订，许尚枢点校：《重订天台山方外志要》卷一，国家图书馆出版社2018年版，第169页。

③ [清]齐召南纂，[清]阮元修订，许尚枢点校：《重订天台山方外志要》卷一，国家图书馆出版社2018年版，第172页。

④ [清]齐召南纂，[清]阮元修订，许尚枢点校：《重订天台山方外志要》卷首，国家图书馆出版社2018年版，第46页。

⑤ [清]彭定求等编：《全唐诗》卷八〇六，上海古籍出版社1986年版，第1975页。

⑥ [清]齐召南纂，[清]阮元修订，许尚枢点校：《重订天台山方外志要》卷三，国家图书馆出版社2018年版，第244页。

人迹。庭际何所有？白云抱幽石。住兹凡几年，屡见春冬易。寄语钟鼎家，虚名定无益”[①]，“寒山深，称我心。纯白石，勿黄金。泉声响，抚伯琴。有子期，辨此音”[②]等等。明岩寺的废毁类似寒岩寺，但明岩寺重建于20世纪90年代，续建工程持续至今。有“五马影”“螳螂钓蟾”和“和尚背道士”三大观赏景点，以及黄狗盘地、钟鼓岩、八寸关、和合石、三眼泉。清朝大学者齐召南题有“高大”摩崖，可能与他隐居此地读书有关。明岩寺西侧崖壁垂下瀑布轻柔绵和，成为“晴天落白雨”的胜景[③]；又崖壁上有像人影的图案，俗传为唐朝追寻寒拾的闾丘刺史，也是很有传说韵味的话题。

华顶寺(善兴寺)

善兴寺在天台县东北六十里，前身善兴院，原名华顶圆觉道场，五代后晋天福元年(936)僧德韶建，现名华顶讲寺，俗称华顶寺。传为僧智顗曾经宴坐于此，蒙定光法师告诉他有皇太子寺基等，故有定光招手石。佛家传说：“定光金地遥招手，智者江陵暗点头”，就是从这里来的。华顶寺前原有万工池，屡遭回禄(火灾)，历次重建，此池也不知踪影，现在只见寺中的放生池和寺西侧的一片水杉林中的水塘，不知是否万工池的遗迹？华顶寺前有一片很少见的巨木柳杉林，树皆数人合抱，据著名植物学家胡先骕1920年8月7日测量，一棵高75英尺[④]，围14.5英尺，另一棵围12英尺，[⑤]上干云霄，为华顶寺增色。寺中原有妙联几幅，为寺院添加妙趣，很有韵味。此录两对：“韵事溯晋唐，堂开太白，池凿右军，历朝常住文人，谁谓名山僧尽占？华峰镇瓯越，塔建降魔，坛称伏虎，近日既过浩劫，从兹胜地佛尤尊。”“风声水声虫声鸟声梵呗声，合之一百八击钟声，无声不寂；天色月色草色树色烟霞色，加以四万千丈峰峦色，有色皆空。”[⑥]为后人恢复寺院楹联留下资料，也蕴含着无尽的禅机，供人回味。

护国寺

护国寺在天台县西北二十里，原名般若寺，五代后周显德四年(957)建。是当

① [清]彭定求等编：《全唐诗》卷八〇六，上海古籍出版社1986年版，第1975页。

② [清]彭定求等编：《全唐诗》卷八〇六，上海古籍出版社1986年版，第1982页。

③ 台州民谣有“晴天落白雨，和尚背过水”之言。

④ 英尺，长度单位，1英尺等于30.48厘米。

⑤ 胡先骕：《天台山采集植物游记》，张乐之纂：《天台山旧志汇编》丙辑，金岳清名家文化工作室系列文化工程自印本，戊戌(2018)仲秋，第320页。

⑥ 项士元：《天台山游草》，张天星辑注：《浙江天台山游记辑注》近代卷，浙江大学出版社2022年版，第121—122页。

时国师僧德韶的第九道场，宋朝大中祥符元年(1008)改名护国。后来太师钱忱家乞为香灯院，加广恩两字为广恩护国寺。钱忱字伯诚，是驸马都尉钱景臻和秦鲁国大长公主之子，随宋高宗南迁，安置于台州临海，官至少师、泸川军节度使，封荣国公。其子钱端礼官至宰相。所以这座护国寺被钱家看中作为香灯院，就是为钱家看守陵墓的寺院。因地近刘晨阮肇遇仙地桃源春晓，游天台山桃源，往往先到护国寺一游，加上宋朝天台县令郑至道来桃源踏访寻踪，都是由护国寺僧人相陪带路，在建设桃源春晓的过程中，也少不了护国寺僧人的参与和管理。北宋著名西昆体诗人钱惟演题《护国寺》诗云："峻极压沧溟，峰居聚百灵。重门深闷邃，绝涧远湛冥。客问无生法，人游不死庭。何当谢簪组，鸟道驾飞軨。"[①]郑至道在开辟刘阮遇仙景区时与吴师正等也人各一首《刘阮洞》诗，在唐人歌颂刘阮遇仙之后继续这一题材的诗歌创作，为刘阮遇仙增添宋韵，被收入《天台续集》卷中。

明　州

天童寺

天童寺在宁波鄞州区东六十五里太白山麓，寺名是应太白金星化为童子供给薪水故事而来。《浙江通志》"敕赐弘法禅寺"条载：晋朝永康元年(300)，僧义兴在此结庐修禅，有一童子每日都来供给薪水，后辞去，说："吾太白星也。上帝以师笃道行，遣侍左右。"[②]言毕不见。寺建成后，以此得名"天童"，山得名"太白"。明末，密云悟禅师居此修炼。清朝顺治十六年(1659)赐额弘法寺，雍正十一年(1733)御书"慈云密布"匾额。天童寺是禅宗名寺，有"东南佛国"之誉，寺中有佛迹石、玲珑岩、龙隐潭等胜景。宋朝王安石《游天童山溪上》诗云："溪水清涟老树苍，行穿溪树踏春阳。溪深树密无寻处，唯有幽花度水香。"[③]范成大《自育王过天童松林三十里》诗云："竹舆窈窕入萧森，逗雨梳风冷客襟。翠锦屠苏三十里，不知脚底白云深。"[④]薛嵎《天童寺》诗有"佛界似仙居，楼台出翠微。浙中山水最，海内衲僧归"[⑤]

---

① [宋]李庚等编：《天台集・天台续集》卷中"护国寺"，上海古籍出版社2018年版，第242页。

② [清]嵇曾筠等纂修：《浙江通志》卷二三〇，《四库全书》第525册，台湾商务印书馆2008年版，第248页。

③ [清]嵇曾筠等纂修：《浙江通志》卷二三〇，《四库全书》第519册，台湾商务印书馆2008年版，第405页。

④ [清]嵇曾筠等纂修：《浙江通志》卷二三〇，《四库全书》第519册，台湾商务印书馆2008年版，第405页。

⑤ [清]嵇曾筠等纂修：《浙江通志》卷二七四，《四库全书》第526册，台湾商务印书馆2008年版，第470页。

之句。叶茵《天童山》诗云："着足万松关，东州第一山。"[①]屠隆《玲珑岩》诗："岩前老树挂枯藤，辟谷仙人苦行僧。四壁秋蛩霜外杵，一床黄叶雨中灯。"[②]宋朝以来名人题咏繁多，难以详陈，其寺香火旺盛、在社会上享有盛名，可想而知。

天童寺天王殿(王天利摄)

阿育王寺

阿育王寺在宁波市鄞州区东五十里五乡镇阿育王山中，传说从前阿育王显灵，因而建寺，是国内唯一以"阿育王"命名的古寺。晋义熙元年(405)敕造塔亭禅室，刘宋元嘉(424—453)中重建，梁普通三年(522)武帝敕建，赐名阿育王寺。北宋大中祥符元年(1008)赐名"广利"，有名僧大觉禅师琏公居之修禅，名震天下。宋仁宗召对称旨(合乎皇帝心意)，御制《释典颂》授予大觉禅师。熙宁三年(1070)又有增扩建，有阿育王所造真身舍利塔，又有宸奎阁，藏宋仁宗御书苏轼撰碑记，规模更加齐整。明朝洪武十五年(1382)定寺名为育王禅寺，称为天下禅宗五山之五。寺院声势浩大，实力雄厚，修复塔寺，寺田广阔，蔚为盛事。明初文臣宋濂作《育王寺碑记》，有"予惟阿育王山显著特异，自晋建今历一千九十七年，国王大臣以及氓隶靡

① [清]嵇曾筠等纂修：《浙江通志》卷二三〇，《四库全书》第519册，台湾商务印书馆2008年版，第405页。

② [清]嵇曾筠等纂修：《浙江通志》卷二三〇，《四库全书》第519册，台湾商务印书馆2008年版，第405页。

不皈依瞻仰，浙东西未有如斯之盛者”[①]之语，可见一斑。由明及清，屡次重修。宋薛嵎《育王寺》诗云：“寺在众山里，白云深更深。不知行乐意，何似望禅心。”[②]元刘仁本《育王寺》诗云：“古鄮名山控海涯，诸天深护梵王家。……明朝更上盘陀石，遥睇祥光烛海霞。”[③]

民国到改革开放之前，阿育王寺迭经波折，到1988年9月始归还寺舍，拨款修缮，基本上恢复原有格局。从2003年起举行五百罗汉圣像开光法会，嗣后每年有禅七法会、三坛大戒传授法会、千僧斋法会等重要法事活动。现在的阿育王寺因珍藏释迦牟尼真身舍利和舍利宝塔而显得特别，享誉中外，1984年被国务院公布为全国汉族地区佛教重点寺院。2006年被批准为第六批全国重点文物保护单位。

宁波阿育王寺(李柳绿摄)

2014年10月31日，日本“踏寻鉴真大师在中国的足迹”访华团一行40余人来访阿育王寺和天童寺，与寺僧众咨询探讨鉴真大师渡海旧踪。鉴真大师在第二次、第三次东渡日本途中，于天宝三载(744)春二月在舟山群岛遇险舟破，随从人员俱上岸，遇人搭救，由明州太守(刺史)处理，安置于“鄮县阿育王寺，寺有阿育王塔”，并载鄮山东南岭石上有佛右迹，东北小岩上有佛左迹，并详载其大小分寸，还载及附近的

① [清]嵇曾筠等纂修：《浙江通志》卷二三〇，《四库全书》第525册，台湾商务印书馆2008年版，第250页。

② [清]嵇曾筠等纂修：《浙江通志》卷二三〇，《四库全书》第525册，台湾商务印书馆2008年版，第250页。

③ [清]嵇曾筠等纂修：《浙江通志》卷二三〇，《四库全书》第525册，台湾商务印书馆2008年版，第250页。

圣井、井中鳗鱼等。嗣后，因越州龙兴寺众僧请鉴真前往讲律授戒，接着杭州、湖州、宣州都来邀请，鉴真讲授之后，回到阿育王寺。又被越州僧告官揭发，鉴真仍然支持东渡，率徒众辞礼育王塔、巡礼佛迹、供养圣井、护塔鱼菩萨，经宁海到台州天台山烧香供养。[①] 这一重要史事与史迹却在寺志、方志均未见记载，若无《唐大和上东征传》记载，即被遗忘干净。所以阿育王寺在中国佛教东传、浙东唐诗之路海外传播上曾经有过重要作用，值得铭记和瞻仰。

保国寺

保国寺现在位于宁波市江北区洪塘镇的灵山麓，是20世纪50年代以来的第一批全国重点文物保护单位，地位很高。原来隶属于慈溪县，是由唐朝僖宗赐额保国寺，因在灵山下，故得名“灵山保国寺”。宋朝英宗改名“精进院”，此名用的时间很长，宋元时期应该是以精进院为名的。此寺是宁波古寺中声名显赫的江南千年古寺，主要是它的木构建筑精良华美，因寺中大殿建造于北宋崇宁二年(1103)，就是宋徽宗赵佶登基的第三年，迄今历经千年而仍然完好，成为我国古代木结构建筑中的精品和典型，被誉为宋朝《营造法式》木作工艺的范本，是我国古代木结构建筑艺术史上的代表作之一。宋罗濬《宝庆四明志》卷十七载：“精进院，(慈溪)县东三十里，旧名灵山保国。唐广明元年置，皇朝治平元年改赐今额。”[②]元袁桷《延祐四明志》卷十八《释道考》载：“精进院，在县南三十里，唐广明初赐额保国，宋治平初改今额。”[③]清雍正《慈溪县志》仍然比较简单。[④] 据上述诸方志记载可知，此寺始建于唐朝会昌之前，在会昌法难中被拆毁，嗣后重建于广明元年(880)，赐额“保国寺”。北宋英宗治平元年(1064)改名“精进院”。此后，据《保国寺志》费淳序载：“自元迄明，寺之废兴不一。”[⑤]明朝恢复保国寺名，见下《慈溪县志》。到清杨泰亨《光绪慈溪县志》的记载，补充了很多内容：“保国教寺，县东二十里，《延祐志》作‘县南三十里’，误。旧名‘灵山保国’，唐广明元年置。《嘉靖府志》：始建于唐，会昌中废。广明元年赐‘保国’额。《保国寺志》：广明元年，县丞昆山王轲状于刺史，乞赐寺额。宋治平二年，改赐‘精进院’额。(《宝庆志》)后仍名保国，定成丛林。(《天启志》)国

---

① 以上并见[日]真人元开著，汪向荣校注：《唐大和上东征传》，中华书局2000年版，第46—59页。

② [宋]罗濬撰：《宝庆四明志》卷一七，《四库全书》第487册，台湾商务印书馆2008年版，第285页。

③ [元]袁桷撰：《延祐四明志》卷一八，《四库全书》第491册，台湾商务印书馆2008年版，第633页。

④ [清]阳正笥修，冯鸿模纂：《慈溪县志》卷一二，《中国地方志丛书》华中地方第191号，成文出版社有限公司1975年版，第716页。

⑤ [清]释敏庵辑：《保国寺志》费淳序，《中国地方志》第三辑浙江省宁波市，第3页。

朝顺治十五年，僧石瑛重修法堂。康熙九年，重修佛殿。二十三年，僧显斋立石栏于净土池四围，建叠锦亭，亭前有古枫，大三十围，青葱可爱。乾隆十九年，僧体斋建钟楼。二十一年，铸大钟成，重三千斤……”[①]此后屡有修缮。从浙东唐诗之路上看，保国寺位于宁波灵山与舟山普陀之间，古代是参学普陀和香客前往普陀的腰站，明朝和清朝寺僧先后接力，持续购置田亩，修建僧舍，得到县、府和观察使的批准不摊派徭役，并为参学僧侣和香客行旅提供食宿之便，也就是为诗路文旅提供重要的驿站。清冯全修《保国寺斋僧田碑记》末系以诗：“乃我午后僧归寺，犬吠云中客叩关。多少繁华新世界，独余萝葛几人攀？”[②]就反映了当时寺僧和香客来往保国寺的一种常态。现在虽已不需保国寺充当腰站，但它作为我国古代建筑艺术的杰出

保国寺（傅明善摄）

① ［清］冯可镛修，杨泰亨纂：《光绪慈溪县志》卷四一，《中国地方志丛书》华中地方第213号，成文出版社有限公司1975年版，第855页。

② ［清］冯可镛修，杨泰亨纂：《光绪慈溪县志》卷四一，《中国地方志丛书》华中地方第213号，成文出版社有限公司1975年版，第855—856页。

代表，享有《营造法式》“活化石”之誉，已然成为文化旅游观光和科普传统文化的宝贵资源。随着浙东唐诗之路文旅的发展，保国寺的独特价值将得到更充分的展示利用。

雪窦寺

雪窦寺在奉化市西北五十里雪窦山，始建于晋，旧名瀑布寺。唐大中末为越州裘甫农军所毁，咸通八年(867)重建，改为瀑布观音禅院。宋朝咸平三年(1000)赐名资圣寺，当时有常住田一千七百八十七亩，山七千三百亩。宋淳祐中，理宗梦游到此，于是赐御书“应梦名山”四千大字。南宋时跻身“五山十刹”之列，名僧云集，香火鼎盛，与杭州灵隐寺、天台国清寺和宁波天童寺齐名；明朝又列于“天下禅宗十刹”，民国时张学良曾经一度被置于寺中，监视居住，有张学良手植楠木两棵，现已成为寺中珍贵的活文物。该寺在“文革”中被拆除，改革开放后重建，现名雪窦山资圣禅寺，是弥勒菩萨道场，隶属奉化溪口镇，正处于雪窦山风景区内，与妙高台、千丈岩瀑布相近，在瀑布声响中，寺内的钟声、梵呗、鱼磬之音交织共鸣，把这座禅寺烘托得更加庄严，在雪窦山的青山绿水之间，让浑身金光的大肚弥勒佛像更加耀眼。

普济寺

普济寺全称普济禅寺，在定海县补陀(今舟山市普陀区)普陀山，创建于唐咸通年间(860—874)，原名不肯去观音院。宋名宝陀观音寺，世传观音现像于此，专门供奉观音菩萨，香火鼎盛。寺中有善财洞、潮音洞、盘陀石、三摩地、玩月岩、灵鹫峰。明初洪武中徙居民入内地，实行海禁，寺院被毁。到万历三十三年(1605)，方才重建，赐额“护国永寿普陀禅寺”，当时号称规模为江南最大。到清朝康熙早期，遭到荷兰殖民侵略，寺院亦被殃及，康熙二十八年(1689)下旨重建，赐额普济禅寺。到雍正九年(1731)修缮工程竣工，并有御制碑文。寺内有大圆通殿、天王殿、藏经楼等，以大圆通殿为主殿，供奉毗卢观音像，信众极多，香火旺盛。普济禅寺是岛上最大的寺院，也是最有知名度的寺院，与法雨禅寺、慧济禅寺并称为“普陀山三大禅寺”。改革开放后，普陀山不但修复寺院，还有一个新举措，就是建造总高33米的观音像。建成后的观音像如一座灯塔，金光闪闪，远远可见，为这座海上佛国增添新的地标。

普陀山佛教声名远播，与它处在浙东海上对外通商航道(也就是今人美称之海上丝路、诗路、瓷路、茶路等)要冲有密切关系。如前所述历史上东洋与浙东海上航线许多重要事件都经过此地，像著名的鉴真大师东渡日本时，多次途经此处，甚至有一次他的船行到此处被风浪击破，人、物落水，幸得搭救；还有许多其他国内外的海难幸存者亦在此获救，使得世人深信以此地佛法灵验，菩萨庇佑。因此海边人民信仰特别虔诚，普陀山佛教寺院就产生晕轮效应，影响力日益扩大，不但国内信众增多，就连东洋诸国和南洋诸国信众也不远千里前来进香。在浙东海上唐诗之路的构建与发展中，普陀山佛教的巨大影响力得以充分体现，并成为海上诗路链条中极其重要的一环。

温 州

江心寺

江心寺所在的江心屿以前属于永嘉县管辖，现在属于温州市鹿城区管辖。寺在孤屿山麓，始建于唐咸通七年(866)。江心屿原分东西两山，即东西两岛，中间江流贯通，有桥梁飞架，可通往来。南宋建炎四年(1130)，宋高宗赵构乘船从台州章安逃难到温州，驻跸于此，御书“清晖”“浴光”二题，刻于石上。绍兴元年(1131)，高宗敕改东塔普寂禅院为“龙翔”，西塔净信院为“兴庆”。绍兴中，僧清了将东西两山(也就是东西两岛)岸线围建起来，变成一岛，建起一座巨刹于两峰之间，楼阁堂庑共有百余间，江云水烟掩映丛林，成为东南胜境。因寺在江中心，俗称“江心寺”。宋宁宗时列为“天下禅宗十刹”之一。元至元丙子年(1276)毁，多次重建，至正壬辰(1352)又毁，明初修东西二塔，建寺舍六十楹，恢复旧观。重建于明正德十二年(1517)，至万历七年(1579)王叔杲又增建沙门及两廊钟鼓楼，榜号“龙海珠林”。历代诗人题咏不绝，著名的诗人有南宋大诗人陆游，作有《戏题江心寺僧房壁》，诗末自注：“是夕新永嘉守亦宿此寺。”[①]是凑巧与新任永嘉太守同宿江心寺中，为这座江心寺的文旅提供一段逸事。其他诗人如林景熙、朱谏、朱彝尊等都有题咏。此后因时代变化，屡有兴废。到改革开放后于1983年，江心寺被定为汉族地区全国重点寺院，1985年交还给佛教界。

江心寺是温州诗岛江心屿上的明珠，南宋名人王十朋(字龟龄)中进士前在岛上读书，为寺门撰写一副奇联：“云朝朝朝朝朝朝朝散；潮长长长长长长长消。”近千年来，这副奇联赢得无数人的赞叹，也难倒不少人，一时读不懂它的内容，难以理解它的妙趣。这是江心寺天王殿门口给游人的第一道文化妙题，让人游览之后留下深刻印象，回味无穷。这里可以设为王十朋妙联打卡地，作为文旅标志。

---

① [宋]陆游：《陆游集·剑南诗稿》卷一，中华书局1976年版，第9页。

温州江心寺

现在江心寺与东西两塔构成江心屿晚上灯光秀的主要造型载体，在夜游江心屿江心寺时可以观赏它优美的造型，领略不同于白天的妙味。同时，江心寺还与温州瓯江口的美味海鲜挂钩，有“雁荡美酒茶山梅，江心寺后凤尾鱼”的谣谚，说是阳春三月，江南浅海区的凤尾鱼乘潮而上，聚集到江心屿周围的水面，此时附近渔民纷纷围捕，凤尾鱼被油炸得金黄酥松，又香又脆，十分诱人，是温州著名的时令美食。这就为温州文旅增添一道独特的“吃和远方”。

妙果寺

修复之后的妙果寺是温州现在佛寺中的翘楚，寺中的塔称得上是温州佛塔之最。据清《永嘉县志》所载：妙果寺原在集云厢，清朝顺治十四年(1657)毁，康熙十四年(1675)重建。有古镜，相传是很神异的宝镜，一直陷于泥土中，重建后置亭悬挂起来。寺位于鹿城区松台山南麓，始建于唐，兴于宋，由名僧宿觉大师(即玄觉，665—713)创建，1983 年修复，是温州著名的古刹，浙江省重点对外开放寺院。寺内宋元年间铸造的“济陀古钟”，俗称“猪头钟”，被写入温州民歌《叮叮当》而世人皆知。妙果寺现有建筑为天王殿、大雄宝殿、观音阁及两侧楼房等，雕梁画栋、金碧辉煌。这里松林叠翠，环境清幽，集喧闹和安静为一体，众多国内外游客慕名前来观光、祈福。

历史上，温州佛学的崇高声誉与一位名僧玄觉有关。玄觉，俗姓戴，名烈，字明道，唐朝高僧，永嘉(今浙江温州)人，世称永嘉玄觉禅师，总角出家，髫年剃发于温州龙兴寺。他发觉龙兴寺旁很有胜境，就自筑禅庵于寺侧岩下，研习佛学，后由左溪(天台)玄朗禅师激励,与玄策禅师同到曹溪,得到六祖慧能大师传授,而有神悟决疑。慧能留他住了一宿,玄觉翌日下山,日头还挂在天上,后人就称玄觉学佛为“一宿觉”。显然玄觉属于顿悟类型。他返回温州龙兴寺,弘传禅宗,从学者很多,尊称玄觉为“真觉大师”。天台宗第八祖玄朗来信,邀请玄觉一起山栖修炼,玄觉复信辞谢。先天二年(713,一说开元二年,或先天元年)十月十七日趺坐入寂,世寿四十九。其文集名为《永嘉集》,唐李邕为玄觉撰《神道碑》。玄觉修禅的《证道歌》很有名,是传世宣传佛教的韵文,其意旨在人人生来具有佛性,众生与佛相即不二,他宣传无念禅法,是寄修禅于日常生活之中,又被誉为“最长的唐诗”。他的悟禅之神速,修为之超常,就被世人通称为“宿觉禅师”,唐僖宗时赐谥为“无相大师”。由于宿觉大师在温州的影响力无与伦比,他一生都在温州弘法,所以温州不少有名的寺院都有宿觉大师弘法的事迹。因此宿觉大师的修炼道场在修复得金碧辉煌的妙果寺,就很自然了。妙果寺塔巍峨壮丽,远观令人心潮澎湃,其作为地标性的文旅符号,已然成为吸引游客来游的重要景观之一。

圣寿禅寺

圣寿禅寺原属瑞安县(今瑞安市),今以行政区划调整,归温州市瓯海区管辖。其地址在仙岩镇仙南村积翠峰下,原名仙岩圣寿禅寺,俗称仙岩寺。《名胜志》载:在仙岩山,唐贞观年间(627—649)建。其寺依山而建,拾级而上,呈层叠之状,到寺院后山上还发现有现代著名律宗大师弘一之纪念塔,方才知晓弘一曾经从杭州到泉州途中在此停留,并在此完成《四分律比丘戒相表记》,为方丈室题匾等。为了纪念弘一法师驻锡本寺而建此塔,留下胜迹。这里是永嘉诗路上留下唐诗较多的地方,晚唐诗人司空图(字表圣)《圣寿寺铭》载:“岩之巅,森戟镵天,中宅灵仙;岩之瀑,风斡洞壑,池汹山凿。越之裔,瓯之隅,人逸而腴。某其帅,某其牧,寺圮而复。”此铭《司空表圣文集》卷九题作《温州仙岩寺碑铭》,当然是本题之名,《唐文粹》卷六十七同,周绍良等《全唐文新编》作《仙岩铭》[①],可见是地方志记载时改作《圣寿寺铭》。许景衡《题圣寿院》诗云:“古寺重门里,回廊一径幽。水声常带雨,山色最宜秋。寓宿已多日,题诗更少留。此生随利禄,行路自悠悠。”[②]还有《寄仙岩元上人》诗等,许景衡字少伊,温州瑞安人,登元祐九年(1094)进士第。宣和六年(1124)召为监察御史,迁殿中侍御史。《宋史》卷三六三有传。仙岩寺的东侧有一个梅雨潭,

① 周绍良总主编:《全唐文新编》卷八〇八《仙岩铭》,第15册,吉林文史出版社,2000年版,第9941页。
② 傅璇琮等主编:《全宋诗》卷一三五七《许景衡三》,第23册,北京大学出版社,1995年版,第15536页。

也是文学爱好者感兴趣的地方，1923 年春，著名诗人、散文家朱自清从浙江省立第六师范学校（即台州师范学校，今台州学院前身）到省立第十师范（即温州师范学校，今温州大学前身）任教，觅暇游此，写下著名的短篇散文《绿》，给人留下难忘的印象，也是由此把梅雨潭的"绿"推向五湖四海，让这个貌不惊人的梅雨潭成为文旅的打卡地。说来也巧，梅雨潭与仙岩寺互相映衬互相借重，很早就有诗人将仙岩寺与梅雨潭联系起来加以赞颂，像钟清《仙岩寺》诗："一径迢遥转翠微，苍藤古树净禅扉。廿年不到山依旧，此日重来人渐非。梅雨有潭龙化去，仙岩无迹鹤飞归。宾朋散去太守醉，人影鸟声添夕晖。"[①]钟清不知何许人也，其诗则从游仙岩寺到游梅雨潭，用了欧阳修《醉翁亭记》典故，表达此游的快乐，即自然的鸟的快乐、宾朋之乐和太守之乐，太守见宾朋之乐和鸟声之乐，才感到发自内心的快乐。清朝康熙年间重修仙岩寺，著名诗人朱彝尊作《仙岩寺》诗："咫尺仙岩寺，云峰望转亲。夕阳钟磬发，犹有未归人。"[②]突出表现仙岩寺胜景的美好，以至于让游客乐而忘归。

对现在的游客来说，仙岩寺与梅雨潭两者紧密相连，是它最大的优势，有弘一法师和朱自清游踪至此，是它最广为人知的缘由。历史上该寺因另一著名诗僧玄觉大师的《证道歌》而跻身佛教名寺之列，现在有人将《证道歌》归入唐诗中来比较，并赋予其"最长唐诗"之誉，超过此前享有此誉的韦庄《秦妇吟》。然而，这一荣誉就未必有上述两位文化名人那么广为人知了。因此将仙岩寺和梅雨潭设定为弘一法师、朱自清心仪的地方，作为吸引游客的文化地标，形成仙岩寺、梅雨潭的"IP"，同时将其设置为浙东唐诗之路上"最长的唐诗诞生地"及玄觉大师修禅地，作为诗路文旅的特色亮点，讲述这首最长唐诗创作的故事，形成文学名人综合效应，应该会拥有广阔的文旅市场前景。

处　州

法海寺

法海寺在原处州府治东南一里，唐光化二年(899)建，名报恩。宋改为神霄宫，南宋建炎初改法海寺。在丽水，唐朝及以前创建的寺院大多已消失，五代及以后所起的寺院有少数传承到现代。如丽水灵山寺，号称建于五代，原名灵鹫寺，现在号

① [清]嵇曾筠等纂修：《浙江通志》卷二三四，《四库全书》第 525 册，台湾商务印书馆 2008 年版，第 344 页。

② [清]嵇曾筠等纂修：《浙江通志》卷二三四，《四库全书》第 525 册，台湾商务印书馆 2008 年版，第 344 页。

称“丽水十大寺院”次席，已经相当兴旺了。因与浙东唐诗之路的关联较淡漠，所以不再罗列。

衢　州

祥符寺

祥符寺在府治西北，三国东吴将军郑平舍宅为寺而建，梁天监三年（504）改题“郑觉寺”，唐朝神龙间（705—706）改为龙兴寺，宋大中祥符初改大中祥符寺，宣和间重建。元至元十一年（1274）毁，二十五年（1288）重建法堂，大德六年（1302）建大雄宝殿，泰定二年（1325）竣工，黄溍有《修祥符寺记》。明初洪武年间续有修缮，嘉靖七年（1528）火灾，其址荒芜，后改为西安县学，寺院式微。清朝康熙三十年（1691）重修，嗣后续修，恢复旧观。民国期间香火旺盛，名僧弘一法师两次来衢州，一次就挂锡于祥符寺，并捐《藏经》《续藏经》，设看经会，祥符寺以此设立藏经楼。20世纪50年代破除迷信，祥符寺僧人还俗，主殿中轴线全部拨给人民医院使用，其他逐步转为民居。所以现在衢州人民医院便是原先祥符寺的旧址。

天宁寺

天宁寺在衢州府城南三里，梁天监三年（504）由卧云禅师创建，原名吉祥寺，唐玄宗时改名开元寺，宋朝改名报恩光孝寺，又改崇宁寺，不久改为天宁万寿禅寺。明朝建毁反复，清朝康熙四十年（1701）火灾，四十八年（1709）重建。民国十五年（1926）重建，寺院共有殿堂楼阁十九座，各项设施一应俱全，规模达到鼎盛，可媲美杭州灵隐寺、常州天宁寺，由国民政府主席林森亲题“天宁古禅寺”匾额，寺名重光，成为衢州佛事中心。20世纪50年代，天宁寺被占用，僧人被迫还俗，或迁往他处。20世纪60年代，殿堂被拆除，寺中千佛阁改建为大会堂，其他僧舍也被改作他用。寺内原有珍贵的文物大多被毁坏，如寺中三宝：独木雕成的阿弥陀佛像，高三层，重千斤；独块巨型青石板供桌；大雄宝殿明朝书法家祝枝山手书楹联。如今仅余佛像。另有明朝书法家文徵明手书“闻声彻悟”匾，清康熙皇帝手书宋朱熹诗，清衢州知府汤俊手书楹联，宋赵抃手书《光孝禅院定光如来赞》等，不计其数。改革开放后，于1982年被列为市级重点文物保护单位。1990年拨还千佛阁与市佛教协会使用，嗣后信徒自筹资金修整寺舍，重塑佛像，1997年由全国佛教协会主席赵朴初题写“天宁禅寺”匾额，回归其本来功用。在三衢大地上，该寺便是硕果仅存的古寺，为延续文脉，留下珍贵的遗产。

婺　州

天宁寺

天宁寺位于金华古城区东南部婺江之畔，北宋大中祥符间（1008－1016）建，原名大藏院，后赐名承天寺，崇宁年间改名崇宁万寿寺，政和年间（1111－1118）改名天宁寺。南宋绍兴八年（1138）赐名报恩光孝寺。明朝正统时改名为天宁万寿寺。原有石塔，面对溪山，可以尽览一郡之胜。今称天宁寺，现存大雄宝殿，通称为天宁寺大殿。改革开放后于1979年重修，保存元代建筑风貌。据国家文物局保护科学研究所测定，大殿中有的屋柱已有千年之久，其他有的构件有八百年历史，是一座江南罕见的古建筑。

密印寺万佛塔

密印寺万佛塔原在金华府治西北五十步，现在重建于金华市婺城区万佛塔公园。寺原名永福，五代吴越国钱氏建。一说始建于北宋嘉祐七年至治平元年间（1062—1064）。宋大中祥符间更名密印寺，后废。寺中原有塔，高九级，耸峙云霄，塔身上半部每块砖头上雕有如来佛像，数以万计，故称“万佛塔”。治平初复建，明隆庆初重修。清朝康熙十五年（1676），僧牧庵募款重修，宝塔焕然一新。十六年创建房宇，方丈暨廊庑等，内供奉全部藏经。

万佛塔原制是九级八角，清道光二十七年（1847）修缮时，增建为十三层，高度达到50米，当时有“浙江第一塔”的美誉。塔内设有楼梯，可登塔顶，金华全城风光尽收眼底。1942年抗日战争期间被拆毁，2014年重建，设计高九层，总高90米，其中1－7层设置电梯，8－9层设置步行楼梯，2019年竣工开放，作为金华十景之一“万佛迎宾”，成为金华古城的一处亮丽的地标，很远的地方都能看到，是金华文旅的又一处胜地，也是一处浙东唐诗之路、钱塘江诗路的打卡地。初唐名诗人崔融被贬为婺州长史，作有《登东阳沈隐侯八咏楼》诗，有“旦登西北楼，楼峻石墉厚。宛生长定岚，俯压三江口”[①]之句，若是用于新万佛塔观景，感觉更加贴切。诗题中的“东阳”是用其郡名，非指东阳县，下文李白诗题的“东阳”同此。李白《见京兆韦参军量移东阳二首》有“闻说金华渡，东连五百滩。全胜若耶好，莫道此行难”[②]之句，

---

① ［清］彭定求等编：《全唐诗》卷六八，上海古籍出版社1986年版，第184页。

② ［唐］李白著，［清］王琦注：《李太白全集》卷九，中华书局1977年版，第472页。

五百滩位于距万佛塔不远的金华江上，在金华万佛塔处也显得风光旖旎，深得东阳江水映衬佛塔风景的三昧，是金华古城外一处耀眼的景点。

金华万佛塔（刘柏良摄）

第六章　陵墓祠庙碑刻

古代陵墓是历史上极其重视的建筑，关系重大，许多帝王从一登基便着手修建陵墓，工程之浩大，投入之繁巨，工期之漫长，影响之深远，都是其他建设所难以比肩的。其中最为典型的陵墓就是秦始皇陵。其陪葬品之丰富豪华，仅从已经发掘出土的秦陵兵马俑一号坑来看，就已经被誉为世界第七大奇迹，更不用说秦陵铜马车等等这些珍贵的文物了。这是顶级的陵墓，虽不具备普遍性，但其影响广泛而且深远，对其他社会阶层墓葬产生强烈的引领作用。陵墓是特指帝王的坟墓，其他人则用坟墓。所以从人的普遍愿望看，坟墓是人在另一个生活世界中的宫室，人都想要过上在现实世界里没有过上的“幸福”生活，对这种“宫室”怎能不重视呢？就像清人洪颐煊在《礼经宫室答问序》中所说：“《礼经》莫大于宫室。”[①]所以前贤十分看重这种宫室的建造，要将坟墓建设得尽可能“美好”，以“实现”这种愿望。生死幽明两界，用以维系思念，表达情感的建筑是祠庙，在每年的特定时节，到此举行祭祀仪式，寄托哀思。坟墓既是普遍的建筑，也是重要的艺术载体，还是十分珍贵与可靠的第一手文献，包含多方面的当时社会的真实信息。特别是文字记载的信息，如碑刻、刻石、墓志等，就像清人翁方纲所说：“夫金石之足证经史，其实证经者二十之一耳，证史则处处有之。”[②]这是就其文献考证意义而言，仅是陵墓碑刻文化意义的冰山一角。围绕它而在历史的长河中上演了多少盗墓的故事？甚至于被毁墓（炸墓）；又有多少立碑与推倒碑的故事？立碑是为碑主树碑立传，评功摆好，推倒碑是否定其生平功业，打入贼臣逆子，戴上不忠不孝之名，成为惩罚的样板。历史如流水东去，过眼烟云倏已逝，这些陵墓碑刻到了现在，就转型为一种可以供游客游览观赏的文旅资源，而且是很受游客喜欢的旅游吸引物，也可以成为文化研究的可用资料。仅秦陵兵马俑一号坑，每天为国家创收多少？改革开放初期，一位老师曾经

---

① ［清］洪颐煊撰，胡正武、徐三见点校：《洪颐煊集》第1册，上海古籍出版社2017年版，第5页。

② ［清］翁方纲：《平津读碑记序》，洪颐煊撰，胡正武、徐三见点校：《洪颐煊集》第3册，上海古籍出版社2017年版，第101页。

幽默地说：我们天天骂秦始皇，可是谁能想到秦始皇竟然每天都为国家创造很多外汇收入（指当时兵马俑馆对外国人开放，收取外币）。秦陵当地人说："翻身不忘共产党，致富要靠秦始皇。"在这些很"土"的话语里，可见"千古一帝"陵墓成为文旅资源的巨大价值之一斑。

越 州

浙东坟墓称得上陵的只有越州的大禹陵，其他的坟墓都达不到陵的级别。碑刻往往附着于陵墓，所以碑刻也是越州的亮点。古代皇帝有封山祭陵的仪式，从《史记・封禅书》专门记载此事看，是当时国家大事之一；祭陵典礼则以祭祀黄帝陵为代表。因为隋文帝开皇十四年（594）将会稽山封为南镇，就山立祠，每年皇帝指派封疆大吏或朝中大臣代表皇帝前往祭祀，浙东只有会稽山享此殊荣。

大禹陵

大禹陵在会稽县（今绍兴市越城区）东南会稽山，本名苗山。《汉书・地理志》就已经记载会稽山上有禹冢。《皇览》也记载禹冢在会稽山。《越绝书》记载得更详细，称大禹巡狩大越，死后就安葬于会稽，苇椁桐棺，挖掘的墓穴七尺深，筑的祭坛高三尺，土阶三等，有一亩大。《绍兴府志》记载：大禹陵在山西北五里，宋乾德四年（966），诏吴越立禹庙于会稽，置守陵五户。明洪武九年（1376），禁人樵采，设陵户二人，有司督守陵人看守，登极，遣官告祭，每岁以春秋二仲月祭。清朝康熙二十八年（1689），圣祖南巡，亲诣告祭，御书"地平天成"四大字，勒石陵前。原先的大禹陵景区，主要由禹陵、禹庙和禹祠三大部分组成，占地十余公顷，建筑面积 6574 平方米。如今经过提升工程建设，扩大为用地 518 亩，建筑面积约 6.8 万平方米，包括多功能游客中心、双重棂星门牌楼、十二文化柱、扩建祭禹广场以及大禹纪念馆、大禹研究院、植物园、村落式文化旅游体验区等。该工程竣工后，大禹陵景区规模更加宏伟，气势更加磅礴，功能更加完善，内容更加丰富，服务更加周到，能够更好地传承大禹精神，成为无与伦比的弘扬大禹文化的基地。

大禹是上古时代治水有功，功不世出的救世者，是唐人敬慕的英雄人物，许多诗人从小熟知大禹治水的故事，来到浙东，有便必前往祭拜。这在唐朝诗人的诗作中可以看得很清楚。刘禹锡《酬浙东李侍郎越州春晚即事长句》诗云："越中蔼蔼繁华地，秦望峰前禹穴西。湖草初生边雁去，山花半谢杜鹃啼。青油昼卷临高阁，红

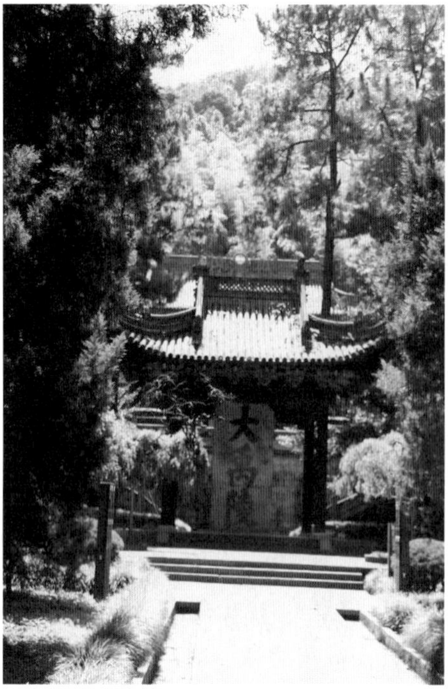

绍兴大禹陵

旆晴翻绕古堤。明日汉庭征旧德，老人争出若耶溪。”[①]元稹《送王十一郎游剡中》云：“越州都在浙河湾，尘土消沉景象闲。百里油盆镜湖水，千峰钿朵会稽山。军城楼阁随高下，禹庙烟霞自往还。想得玉郎乘画舸，几回明月坠云间。”[②]白居易有《酬微之夸镜湖》：“我嗟身老岁方徂，君更官高兴转孤。军门郡合曾闲否？禹穴耶溪得到无？”[③]大禹在会稽留下不少遗迹，如“禹馀粮”，本是一种石头，也被冠以禹名，如唐顾况《剡纸歌》云：“云门路上山阴雪，中有玉人持玉节。宛委山里禹馀粮，石中黄子黄金屑。”[④]这些诗文都是珍贵的文旅资源，成为许多游客喜爱并值得寻味的文化触媒，吸引游人层层深入，探寻不已。由唐以下，历代文人寻迹来游者多如过江之鲫，如王安石、曾巩、陆游等，可谓更仆难数。而在抗日硝烟弥漫江南的1939年，时任民国军委会政治部副部长的周恩来回到祖籍地，在此宣传抗日，勉励

① [清]彭定求等编：《全唐诗》卷三六一，上海古籍出版社1986年版，第903页。
② [清]彭定求等编：《全唐诗》卷四一三，上海古籍出版社1986年版，第1014页。
③ [清]彭定求等编：《全唐诗》卷四四六，上海古籍出版社1986年版，第1117页。
④ [清]彭定求等编：《全唐诗》卷二六五，上海古籍出版社1986年版，第662页。

浙东父老振作精神，增强抗日胜利的信心，在大禹陵碑前合影留念，为弘扬大禹精神增添浓墨重彩的一笔，在大禹陵的历史上留下极具风采的篇章。

大禹庙

大禹庙在山阴县东南会稽山麓，先秦时就已经立祠于陵旁，按时祭祀。后来朝代更迭，祭禹也有变化。唐朝著名诗人宋之问在景龙三年(709)担任越州长史时，就到大禹庙致祭，撰《祭禹庙文》[①]。禹庙也随之而有修缮，宋政和四年(1114)修缮禹庙，赐额为“告成”。在东庑祭夏启，在别室祭越王句践。庙下建成放生池，临池有咸若亭、明远阁、怀勤亭等建筑，这是一次较大规模的修缮工程。大禹在越州有遗泽，到明朝绍兴府境内还有四处祭祀大禹的庙，其中山阴县两处，嵊县、新昌各一处。大禹陵庙每岁有司以春秋二仲月祭祀。清朝康熙二十八年(1689)皇帝玄烨亲祭，有对联“江淮河汉思明德，精一危微见道心”，圣祖御书匾额“地平天成”并御制诗。乾隆十六年(1751)，皇帝弘历南巡，有御制《谒大禹庙恭依圣祖元韵》诗，又有《禹庙览古》诗并御书匾联。大禹庙受到前贤的崇拜，奉为神明，以时祭祀，唐朝著名诗人李绅于大和七年(833)冬到越州上任刺史兼浙东观察使，适逢寒雨连绵，年谷未成，田亩浸溢，水离稻穗就差几寸，情况实在危急。李绅到驿站后，就命手下先带着祝词，东向大禹庙，为百姓请命。结果雨停云散，晴天三十五日，百姓顺利收成。李绅感叹大禹有神灵，保佑百姓渡过难关，作《渡西陵十六韵(并序)》以记其事。这是大禹为浙东唐诗之路留下的神奇一页。

窆　石

窆石在会稽县禹陵大禹庙左侧山坡上，禹葬于会稽时，传说取此石为窆。明朝人文地理学家王士性称之最神奇：“或云葬衣冠，或云藏秘图，杨用修又云蜀有禹穴。抑蜀穴生，越穴葬也?”[②]上有古人铭文，难识别，不可读，有窆石亭覆盖，近年保护措施更加周到。清朝嘉庆五年(1800)，著名学者孙星衍主讲绍兴蕺山书院，游观禹庙窆石，判读为三国孙皓刻石。可备一说。大禹陵即古书所载的禹穴，是大禹死后丧葬的地方，又传为大禹藏书的地方。唐郑鲂从事越州，大书“禹穴”二字，立石序之。浙东观察使元稹(微之)为之铭。明朝邑令皆霌林重刻。

周越王允常墓

周越王允常墓在山阴县(今属柯桥区兰亭镇)南十五里木客山(今称里木栅

① [唐]宋之问：《祭禹庙文》，[清]董诰等编：《全唐文》卷二四一，上海古籍出版社 1990 年版，第 1079 页。

② [明]王士性著，周振鹤编校：《王士性地理书三种·广游志》，上海古籍出版社 1993 年版，第 221 页。

村）。这座大墓现在被命名为印山越国王陵，建筑规模巨大，结构形制独特，气势宏伟，保存完好，在浙东是罕见的。墓地在印山山顶，凿岩而成，平面呈甲字形的竖穴土坑墓。墓坑口长 46 米，宽 14 米，深 12.4 米，墓室由巨大的枋木构筑，呈两面坡状，棺椁是一个由巨型圆木制成的独木棺。底铺木炭，棺椁外包 140 层树皮，外夯木炭，墓坑内填青膏泥。这座大墓出土文物共 40 多件，有玉器、玉剑、石器、漆器、青铜器，其中有挖岩石的青铜工具、夯土木质工具等，都是无价之宝。特别是长 6 米多，直径 1 米多的独木棺，为整根树木刻出，亦如独木之舟，可谓宝中之宝。现在这座越王陵墓已经被列为国家重点文物保护单位，对外开放。

文种墓

文种墓在府城内卧龙山麓。文种是越国重要谋臣，是发现范蠡才干的伯乐，也是越国知耻为勇，发愤图强，经过十年生养，十年教训，终于报仇雪耻，把越国带到事业巅峰的重要决策者之一。但文种在功成之后，没有及时退隐江湖，仍然沉浸于成功的喜悦中，最后被句践处死。所以历史上说越人哀之，把他葬于种山（俗作重山）。范蠡与文种正是我国历史上君臣可以共患难，不可同安乐的典型，其中滋味很深，值得细品。

会稽刻石

会稽刻石是我省最早的刻石，也是我国历史上最早的刻石之一，具有很高的政治、历史、文献和艺术等多重价值，堪称浙江第一石刻。原刻虽已毁坏，幸好拓片保存完好，李斯小篆精美无双，秦始皇登临会稽以望南海，巩固疆域，意义重大，影响深远，实在是不可再得的国宝。此前重刻会稽刻石已有先例，元至正初推官申屠驷曾以旧拓本重模刻石，置于郡庠（府学）。清朝乾隆五十五年（1790），绍兴知府李亨特以旧藏申屠驷本，属钱塘泳以双钩勒于原石，仍还旧观。见李亨特题记。建议在适当的地方复制《会稽刻石》，作为越州文旅资源活化和物化的一个样本。

会稽刻石 ［秦］李斯

皇帝休烈，平壹宇内，德惠攸长。卅有七年，亲巡天下，周览远方。遂登会稽，宣省习俗，黔首齐庄。群臣诵功，本原事迹，追道高明。秦圣临国，始定刑名，显平旧章。初平法式，审别职任，以立恒常。六王专倍，贪戾慠猛，率众自强。暴虐恣行，负力而骄，数动甲兵。阴通间使，以事合从，行为辟方。内饰诈谋，外来侵边，遂起祸殃。义威诛之，殄熄暴悖，乱贼灭亡。圣德广密，六合之中，被泽无疆。皇帝并宇，兼听万事，远近毕清。运理群物，考验事实，各载其名。贵贱并通，善否陈前，靡有隐情。饰省宣义，有子而嫁，倍死不贞。防隔内外，禁止淫佚，男女絜诚。夫为寄豭，杀之无辜，男秉义程。妻为逃嫁，子不得母，咸化廉清。大治濯俗，天下承风，蒙被休经。皆遵轨度，和安敦勉，莫不顺令。黔首修絜，人乐同作，嘉保太平。后敬奉法，常治无极，舆舟不倾。从臣诵烈，请刻此石，光陲休铭。

马臻墓

马臻墓在山阴县（今绍兴市柯桥区）南三里。马臻在会稽郡太守任内，率领民众兴修水利，将会稽修成一个当时全国最大的水库，名叫大湖，又叫长湖，湖在会稽城南，故又叫南湖。湖广东西百三十里，跨山阴、会稽两县，周长三百五十八里，将会稽山下来的三十六源之水尽收湖中。其范围东至曹娥，西至西小江，南至山，北至郡城，可谓湖光山色，风景如画。东晋王羲之语："山阴路上行，如在镜中游。"①后就名叫镜湖。从东汉永和五年（140）开始筑塘蓄水，湖泽广沾，追溯其德，在于太守马臻。越人不但崇其墓，还有他的庙。

马太守庙

马太守庙在山阴县西南，都是马臻为官一任，造福一方的功绩，留存于百姓心里。

刘太守祠

刘太守祠在柯桥区钱清镇，祀汉会稽太守刘宠。刘宠在任满离任时，百姓舍不得他走，一定要送刘宠新铸的铜钱，刘宠不要，但面对众父老盛情难却，最后收下一枚铜钱，行船到此，把它丢到水里，以示不带走一枚钱。后人就将此地取名"钱清"。现在，在镇文化站后建有刘宠祠，作为廉政教育基地。

曹娥庙　曹娥墓

曹娥是越州孝道文化的两大旗帜人物之一，曹娥庙与曹娥墓是庙墓一体，在会稽县东九十二里曹娥江边。《会稽典録》：上虞县长度尚弟子邯郸淳有异才，尚使作《曹娥碑》，操笔而成，无所点定。其后蔡邕又题八字于碑阴，曰："黄绢幼妇，外孙齑臼。"这是一个很有名的字谜，前贤称为"隐语"。《太平寰宇记》载：碑在上虞县水滨。曹娥庙在会稽县东九十二里墓旁。此处以前是会稽县辖区，所以地方志记载

① ［唐］李白著，［清］王琦注：《李太白全集》卷三四，中华书局1977年版，第1561页。

千秋刘宠一钱清

到会稽县下，后属于上虞市辖区，而今上虞市又改成绍兴市上虞区了。附此说明。

曹娥庙墓作为中国古代孝道文化的象征之一，历代官民都很重视，屡有修缮，将曹娥的事迹表彰宣传，教育民众奉行孝道，对于建设和谐社会，提高民众生活的幸福感，提升社会孝道文化水平，都是十分必要的举措。所以历代官府对于曹娥事迹的推崇，就为保护她的墓地，传播她的孝道，就将曹娥庙与墓合在一起，坐西朝东，临曹娥江而建，此地当为曹娥当年跳水觅父之处，上游的剡溪流到这里开始改名曹娥江。官方旌表很多，宋朝尤为突出，大观年间封之为“灵孝夫人”，政和年间加封“昭顺”，淳祐年间加封“纯懿”，而且连她的父母也一并加封，父为“和应侯”，母为“庆善夫人”。北宋熙宁中会稽令董楷以朱娥配享。明朝嘉靖年间绍兴知府南大吉以合郡烈女从祀两庑，万历四十五年(1617)送诸娥入祀配享，称为“三美祠”。

曹娥的事迹传播在人口，历代文人也是赞颂于诗文中。盛唐诗人刘长卿《送崔处士先适越》有“越鸟闻花里，曹娥想镜中”[①]，是因曹娥江想起越中山水景色的美丽，《送荀八过山阴县兼寄剡中诸官》有“旧石曹娥篆，空山夏禹祠”[②]是指《曹娥碑》阴蔡邕所题“黄绢幼妇外孙齑臼”八字，《无锡东郭送友人游越》有“碑缺曹娥宅，林荒逸少居”[③]之句，是以曹娥故宅作为游越的著名胜迹推荐与友人，等等，可以说刘长卿是唐朝诗人中歌颂曹娥最多的之一；又有赵嘏《题曹娥庙》诗，称“文字在碑碑

① ［唐］刘长卿：《刘随州集》卷三，《四库全书》第1072册，台湾商务印书馆2008年版，第21页。
② ［唐］刘长卿：《刘随州集》卷五，《四库全书》第1072册，台湾商务印书馆2008年版，第32页。
③ ［唐］刘长卿：《刘随州集》卷五，《四库全书》第1072册，台湾商务印书馆2008年版，第33页。

已堕，波涛辜负色丝人"，晚唐诗僧贯休《曹娥碑》诗有"高碑说尔孝应难，弹指端思白浪间"之句，可见曹娥以纯孝之举，影响社会既深且远，无论方内还是方外，无不钦仰这位孝女。

曹娥庙与上虞大舜庙作为中国孝道文化的两大代表，为上虞诠释什么是孝道，建设孝道文化高地，充实丰富而且不可替代的标本，曹娥庙就是孝道文化的精神殿堂。宋初诗人潘阆《曹娥庙》诗写得好："曹娥庙前秋草平，曹娥庙里秋月明。扁舟一夜炯无寐，近听潮声似哭声。"[①]王十朋、钱惟岳等名人名家都有诗作凭吊，在此举不胜举，引发游客的思绪，是游曹娥庙不可或缺的精神食粮。建议将历代歌颂曹娥事迹和精神的诗作（含词曲）收集起来，遴选汇编成《曹娥庙历代诗词选》，作为文旅融合的文旅纪念品，可以发挥孝女孝心更好的传播与教育作用。

上虞曹娥庙

曹娥碑

曹娥碑为中国历史上著名的碑刻，不仅因曹娥之孝行感天动地，更因撰碑文者为神童邯郸淳，文不加点、一挥而就。其遇蔡邕夜作"黄绢幼妇，外孙齑臼"隐语，而有神解杨修、人解曹操等等，皆播扬人口，广为人知。可以说这块碑文凝聚了中国古代许多神奇的人物及其智慧，在中国文化史上占有重要的地位。与《泰山都尉孔宙碑》《河间相张平子（衡）墓志》《周公礼殿记》《蔡邕石经》《会稽东部都尉路君阙铭》等汉代著名碑刻一起，被收入宋郑樵所著《通志》中，然未著书写者姓名。至清人编《续通志》，又有《重书孝女曹娥碑》，则载为蔡卞书，行书，元祐八年（1093），会

① ［宋］潘阆：《逍遥集，《四库全书》第1085册，台湾商务印书馆2008年版，第573页。

稽。现在的曹娥碑即北宋元祐八年蔡卞行书之碑，与立于潮州的苏轼撰书《韓文公庙碑》等并列。李白《送王屋山人魏万还王屋》诗云："遥闻会稽美，一弄耶溪水。万壑与千岩，峥嵘镜湖里。秀色不可名，清辉满江城。人游月边去，舟在空中行。此中久延伫，入剡寻王许。笑读曹娥碑，沈吟黄绢语。"①就是写出这一传奇碑文的诗作。此外，曹娥庙中历代题词、匾额、封诰敕谕、楹联等还有很多佳作，是研究孝道文化、浙东唐诗之路的珍贵遗产。

大舜庙

大舜庙在上虞曹娥庙后，与曹娥庙为近邻，共同组成上虞孝道文化的"双子星座"，闪耀着中华传统优秀文化的光辉。浙东以越州为中心，奉祀大舜当有很深的渊源，据梁任昉《述异记》载：会稽山有虞舜巡狩台，下有望陵祠。明弘治《绍兴府志》载虞舜庙在府境内就有四所：一在会稽县东南百里；一在余姚县历山；一在上虞县西北四十里；一在上虞县梁湖北。由此可见，绍兴崇祀虞舜是有其传统的，也应当有其历史缘由。在会稽县东南百里的虞舜庙应当就是位于曹娥庙后的大舜庙，此外在会稽县王坛（今柯桥区王坛镇）还有一座保存基本完好（经过整修）的舜王庙，且据连晓鸣先生（浙江省民俗文化促进会会长）见告：绍兴境内原先崇祀虞舜的舜王庙有七八十座，"文革"结束以后就所剩无几。由此不难推知绍兴虞舜崇拜是一种历史民俗，这自然形成旺盛的虞舜崇祀风尚。上虞以虞舜庙为主要元素，整合中华孝道建造成中华孝德园，包括大舜庙、虞舜宗祠、中国孝德文化馆等，从园内通往舜庙途中将大舜孝道，即"二十四孝"以图案与文字加以展示，让观众在前往舜庙的行程中就能够读完大舜的孝道，是一道孝的画廊。这个孝德园与其东侧的孝女曹娥庙相映成趣，成为传承中华优秀传统文化的重要园地，宣讲孝道文化的平台。也是浙东唐诗之路精华地上的独特风景。

王羲之墓

王羲之名气太大，他的墓究竟在哪里？这是一个问题。王羲之是中国书法之圣人，他去世以后埋葬何处，就有各种不同记载。嵊州金庭古镇有王羲之隐居处，后来舍宅为寺，即现在重修的金庭观，观侧还有守墓人的房子，距此不远的山上有王羲之墓葬。但史志记载王羲之的墓一在诸暨县南五里苧萝山，也就是诸暨名人西施老家处的同一山上，只是现在王羲之的墓并未作为文化名胜见于文旅目录中。

---

① ［唐］李白著，［清］王琦注：《李太白全集》卷一六，中华书局1977年版，第752页。

还有一处王羲之墓在会稽云门山，据智永传云：欲近祖墓，便拜扫，移居云门寺。则在云门者较为有理。然云门今亦无王羲之墓遗迹。这两处王羲之墓的遗迹没有像嵊州金庭那样保存下来，到现在就只好以金庭王羲之墓为准了。王羲之墓的墓碑，按孔晔所撰《会稽记》：是由孙绰撰文，其子王献之书写。但是此碑亡佚已久，历代碑帖法书中也难觅它的踪影。这是王羲之身后研究中的一个悬案。

王右军祠

王右军祠在山阴县（今绍兴市越城区）蕺山戒珠寺。祠内陈列王羲之家族历史传承之谱，又展陈王羲之书法及其生平事迹，充分展示王羲之"右军本清真，潇洒出风尘"的形象，是了解王羲之生平，以及其家族家学渊源的地方。

王羲之故宅戒珠寺

越州境内所留下的名人遗迹众多，就以本题所述陵墓碑刻来说，许多名人祠墓也是一笔历史文化资源。有的名人祠墓就有开发成文旅景区景点的价值。像大禹陵（含大禹祠）、王右军祠（蕺山戒珠寺）、王羲之墓、谢安墓（上虞东山国庆寺及王氏宗祠）、曹娥庙、大舜庙等，就是其中著例。其他的名人如许询墓在嵊州市孝嘉乡济庆寺、支遁墓在新昌县南二里南明山大佛寺内、刘宋谢灵运墓在山阴县西南二十九里、智者大师衣冠冢在新昌石城寺（今大佛寺）、贺知章墓在山阴县南九里山，一名九里墓、徐浩墓在山阴县南二十一里……这些名人遗迹，往往引起文人的兴趣，在文旅融合上具有一定的位置。

宋攒宫诸陵

宋攒宫诸陵在绍兴市东南三十五里，属越城区富盛镇宝山南麓，共有六陵：高宗永思陵，孝宗永阜陵，光宗永崇陵，宁宗永茂陵，理宗永穆陵，度宗永绍陵。另外有宋徽宗赵佶永祐陵，宋哲宗后陵，宋徽宗后陵，宋高宗后陵。合计十座陵墓。另有大臣、后妃、宗室墓葬等，形成一处较大规模的皇家陵园，被今人称为江南最大的皇家陵园。1989 年被列为浙江省重点文物保护单位，2013 年被列为全国重点文物保护单位。蒙元朝在灭宋以后，江南释教总统杨琏真伽等将宋宫殿郊庙全毁为寺，至元戊寅冬又大肆破坏南宋陵寝，掘墓盗宝，甚至断残支体，攫取珠襦玉匣，焚烧尸体，抛弃遗骨于草莽间，种种行径令人发指。这是历史上罕见的破坏文物行为，也是导致宋六陵没有一座完整陵寝的根源。明朝初年对宋六陵做过修整，清朝也有维护，“文革”期间又有破坏，现在地面建筑荡然无存。这大概称得上中国历史上辉煌朝代中最凄惨的陵墓了。

台　州

郑虔墓

《民国临海县志》卷三四《冢墓》“唐郑司户虔墓”条下载：“在县东三十里白石岙金鸡山。”①注：墓有碑，今已再易矣。《清一统志》卷二二九所载同。郑虔以待罪之身被贬谪至台州，在台州曾经办过学，招民间子弟，致有家诗书而户礼乐之盛，民俗日淳，士风渐进，深受台州人民爱戴，被誉为“台州文教之祖”。郑虔墓的位置在今临海市大田街道境内，墓为清朝物，近年有过重修。这是台州人民发自内心喜爱郑虔、尊崇郑虔的自然流露，也是郑氏后人对先祖的感情表达。按号称诗书画三绝的盛唐大才郑虔墓在洛阳，2007 年初，河南新安千唐志斋博物馆收集到郑虔及其夫人王氏的墓志，该墓志题为《大唐故著作郎贬台州司户荥阳郑府君并夫人琅琊王氏墓志铭(并序)》(以下简称《墓志》)，墓志长、宽各 45 厘米，志文为楷书，共 28 行，每行约二十八字。对郑虔的家庭出身、任职、卒年、丧葬及其夫人王氏的生平等，记载清楚，不仅弥补史书关于郑虔记载的不足、纠正史书对郑虔记载的错误之处，为研究郑虔生平经历提供了十分重要的史料。据《墓志》载，郑虔在台州仅一年即辞世，他到达台州“经一考，遘疾于台州官舍，终于官舍，享年六十有九，时乾元二年九月廿日也”。志中的一考是指“岁考”，类似于年终考核。郑虔在台州的时间是一年多，即卒于任上。那么郑虔的生卒年可据以考定为生于武则天天授二年，其生卒年可定(691—759)。灵柩暂厝金陵(今南京)，十年后，始迁葬于洛阳。故临海郑虔墓

① [清]何奏簧纂，丁伋点校：《民国临海县志》卷三四《冢墓》，中国文史出版社 2006 年版，第 329 页。

盖为郑氏后裔所建之物，亦属文化遗迹。从杜甫所作怀念郑虔的诗《有怀台州郑十八司户》《题郑十八著作虔》《所思(得台州郑司户消息)》《哭台州郑司户苏少监》等来看，他是一直没有得到郑虔在台州之后的确切信息，尤其是《哭》诗中所写的时间差距更大。清洪颐煊《台州札记》考定为郑虔从被贬谪到台州，到杜甫写下闻知郑虔身亡之讯的《哭》诗，所推算而得出郑虔在台州前后共计八年。嗣后台州文史界长期用此说，并衍生出一系列有关郑虔在台州后裔多少、避袁晁难而逃亡到何地、想返回长安而向皇帝上书请求，诸如此类，不一而足，可见这块《墓志》出土对于研究唐朝诗史的意义有多大。

郑广文祠

郑广文祠，在府治东北固山八仙岩，祀唐台州司户郑虔。虔为广文馆学士，于安史之乱中未得到消息及时逃出长安，被强授伪职，唐朝廷于收复两京后惩罚曾经担任伪职的官员，郑虔被贬谪至台州任司户参军。以招收民间子弟教育之，留有对对子“石压笋斜出，谷阴花后开”而“留贤”的故事，为台州人民所崇仰，祭拜不绝，香火不断。先是在其居住的户曹巷纪念祭祀，后改建为祠。旧俗有每年考试(县学、府学或乡试、省试)之前，台州各县士子均要到广文祠祭拜上香，以求保佑。郑广文祠历史上代有修缮，“文革”期间受到破坏，改革开放后以郑氏后裔为倡，筹资修复，范围稍有拓展，将八仙岩摩崖石刻包在祠区之内，祠名也改为郑广文纪念馆。题匾、楹联等得到当代著名大家沙孟海、启功等挥毫，“郑虔三绝”“台州文教之祖”等，为纪念馆增色。此处位置在台州府城隍庙下，再往南下即可到中国历史文化名街台州府城紫阳街，由纪念馆往上是原台州卫生学校，校园内有台州最早西医医院，也是中国大陆保存最为完好的西医建筑——恩泽医局，并因院长陈慎言抢救美国空军轰炸日本东京的飞行员，而在改革开放后受到时任美国总统布什的接见，为中美两国共同抗击日本法西斯立下不可磨灭的功勋。又与现今浙江省单体建筑面积最大的孔庙——台州府孔庙相距不远，孔庙后墙外就是台州府城鼓楼，又名寿台楼，都是可以增添台州府城与唐诗之路文旅观光趣味的景点和古迹，是体验台州诗路“吃与远方”的府城最长步行街。

隋“普贤境界”四字摩崖

该摩崖高七尺，广五尺，字纵三尺一寸，正书，无款识。[1] 在天台山修禅寺前石

---

① 喻长霖等编纂，胡正武等点校：《台州府志》卷八五，上海古籍出版社 2015 年版，第 3781 页。

壁上。释传灯《天台方外志》以为智顗书。清黄瑞《台州金石录》"失访"。

"幽溪"二字摩崖

该摩崖高三尺,字纵一尺二寸,衡一尺四寸,正书,无款识。[①] 在天台山高明寺隔溪古庙后石壁上。《天台山方外志》亦以为智顗书,黄瑞《台州金石录》"失访"。

桐柏观颂残碑

桐柏观颂残碑由唐祠部郎中崔尚撰,翰林学士庆王府属韩择木八分书,唐明皇正书题额,天宝元年三月立。[②] 明万历间释传灯《天台山方外志》载"在妙山,碑仆三截,中截犹存"。

智者大师修禅道场碑

智者大师修禅道场碑由唐梁肃撰文,徐放正书。元和六年十一月立。[③] 原在天台大慈寺,后移置塔头寺(真觉寺)。

温　州

郭记室祠

郭记室祠在永嘉县郭公山下,祀西晋学者郭璞,现在名为郭公祠。郭璞在温州为卜地迁城作出了重大贡献,有功于温州,温州人民不忘其德,将这座西郭山改称郭公山,立祠祭祀他。还有郭公井,造福后人。2003 年,温州市政府拨款为郭璞立了一尊雕像,让后人铭记郭璞的功绩,世代流传。

王谢祠

王谢祠在永嘉郡城(今温州市鹿城区)华盖山下,祠晋宋郡守王羲之、谢灵运。这两位名人是东晋以来流传于浙东的晋宋风流的代表人物,是当时的"网红明星",是社会上时尚走向的旗帜。王羲之在父母墓前立誓不再做官之后,归隐山水,遍游东郡(约相当于现在的浙东,即原会稽郡的范围)山水,他的游历当时有游记成书,名《游四郡记》,流传于社会上,不知亡佚于何时。现在仍然可以在一些古籍中找到引用王羲之《游四郡记》的文字。谢灵运在永嘉太守任上好游山水,郡中佳山水游踪殆遍,当时并有纪游诗流传京师。而今这些昔日王谢所游之地皆成胜迹,王谢所

① 喻长霖等编纂,胡正武等点校:《台州府志》卷八五,上海古籍出版社 2015 年版,第 3781 页。
② 喻长霖等编纂,胡正武等点校:《台州府志》卷八五,上海古籍出版社 2015 年版,第 3786—3787 页。
③ 喻长霖等编纂,胡正武等点校:《台州府志》卷八五,上海古籍出版社 2015 年版,第 3787—3788 页。

记游记和纪游诗皆成珍贵的文旅文献。这是温州很有前瞻性并具有吸引力的文旅资源，亟须加以保护、修复或者重建，将它与郭记室祠、池上楼等温州古迹组团连线，增加文旅内涵，将为浙东唐诗之路温州段和永嘉山水诗之路的发展提供有效的支持。

温州谢灵运纪念馆（蓝葆夏摄）

颜鲁公祠

颜鲁公祠原在温州府城南，祭祀唐朝名臣和大书法家颜真卿。颜真卿（709—785），字清臣，京兆万年（今西安）人，开元进士，任平原太守，为抵抗安史之乱，倡议讨贼，坚守在战斗前线，其兄弟侄子为唐室死节，土门一破，巢倾卵覆。他流传于世的《祭侄季明文稿》，就是当时在饱含义愤，满怀悲痛下写成的。被誉为“天下第二行书”的法帖。安史之乱平，颜真卿任刑部尚书，封鲁郡开国公，世称颜鲁公。唐德宗时，李希烈反叛，奉命前往劝降而被叛军要挟，铮铮铁骨，大义凛然，终被缢杀，成就他坚贞不屈的英名。赠司徒，谥文忠。他的书法世称颜体，雄浑开张，代表大唐气象，与柳公权书法并称“颜筋柳骨”。颜鲁公一门忠烈，在当时与后世皆赢得了无上光荣，颜氏留存下来的真迹可谓吉光片羽，弥足珍贵。宋朝绍兴年间，朝廷把颜真卿的后裔都封了官，以此激励天下忠臣为国尽忠，鼓舞人心。温州知州李光为颜真卿立像并于此祭祀，是因为永嘉、乐清的颜氏都自称为颜真卿的后裔。这是很有意义和价值的文旅资源，我们要倍加珍惜爱护，让它在多个层面发挥更为广泛的作用。

处 州

永宁观叶公碑

永宁观叶公碑在松阳县西二十里,唐叶法善建。旧有叶公碑,李邕撰并书。

叶法善(616—720),括州括苍(今丽水)人。"自曾祖三代为道士,皆有摄养占卜之术。法善少传符箓,尤能厌劾鬼神"[1],显庆中唐高宗召之至京师,想委以官职,叶坚辞不受。到唐睿宗继位后,称叶法善有"冥助之力",先天二年(713)官拜鸿胪卿,封越国公,居住在长安景龙观。"法善自高宗、则天、中宗,历五十年,常往来名山,数召入禁中,尽礼问道","当时尊宠,莫与为比"[2],是唐朝受到三朝皇帝信任的道教宗师,开元八年(720)卒,诏书称为"形解",赠越州都督。唐玄宗在诏书中说:"朕当政之暇,屡询至道。公以理国之法,数奏昌言。谋参隐讽,事宣宏益。"[3]从被唐高宗召为顾问,到唐玄宗向他咨询国家大事,均有建言献策,助益国家治理。叶法善是浙东道士中充满传奇和神奇色彩的人物,《红楼梦》中贾宝玉作《芙蓉女儿诔》就引用了叶法善的事迹,"昔叶法善摄魂以撰碑,李长吉被诏而为记"[4],让他获得更高的知名度。叶法善的一生有许多事迹传播于人口,也有许多神化的传说被播扬于文人的笔端。叶法善摄魂撰碑即其例。《名胜志》记载:"李邕为处州刺史,法善求为其祖国重作碑文。文成,又请书。不许。一夕,梦法善请曰:'向辱雄文,光贲泉壤。敢再求书。'邕喜而为书,未竟,钟鸣梦觉。法善持墨本往谢,邕惊曰:'始以为梦,乃真耶?'今称追魂碑云。"[5]据《舆地碑记目》卷一《处州碑记》载:《追魂碑》"在松阳永宁观,《唐故有道先生叶公碑》,李邕撰并书,法善之祖也。世传法善求邕书不可得,夜追其魂书之,俗谓之'追魂碑',恐未必然。人爱其字,模打不已,黄冠潜毁之"[6],原来这块叶法善为其祖叶有道向李邕求书的石碑,已经被后世道士因嫌麻烦而毁掉了。叶法善在其家乡一直受到家乡父老的崇拜,被神化的道士

① [后晋]刘昫:《旧唐书》卷一九一,《二十五史》第5册,上海古籍出版社、上海书店1982年版,第614页(总第4090页)。

② [后晋]刘昫:《旧唐书》卷一九一,《二十五史》第5册,上海古籍出版社、上海书店1982年版,第614页(总第4090页)。

③ [后晋]刘昫:《旧唐书》卷一九一,《二十五史》第5册,上海古籍出版社、上海书店1982年版,第614页(总第4090页)。

④ [清]曹雪芹、高鹗:《红楼梦》第七八回,人民文学出版社,1964年,第1033页。

⑤ [清]嵇曾筠:《浙江通志》卷二○一,《四库全书》第524册,台湾商务印书馆2008年版,第446页。

⑥ [宋]王象之:《舆地碑记目》卷一,《四库全书》第682册,台湾商务印书馆2008年版,第528页。

法力自然无所不能,“水旱疾疫,凡有求必祷焉”①,为叶道士盖庙宇起祠堂,据《崇祯处州府志》载,处州有多处叶天师庙,“在县东五十里牛头山、县南及东泉三都郑村俱有。《遂昌县志》:‘祀叶法善真人,乡人称为天师。凡遇灾旱,祈祷辄应’”②。

三岩寺摩崖

三岩寺因寺依三岩而得名,留有从唐宋以来的摩崖题刻三十多处,是丽水著名的摩崖文物点。尤其是李邕所题“雨崖”两字,字径 1.25—1.5 米,不愧为书法龙象手笔,极具震撼力。

衢　州

孔氏南宗家庙(南孔庙)

孔氏南宗家庙在衢州府城中,宋建炎二年(1128),孔子第四十八代孙、衍圣公端友为避战乱,率家族成员扈从高宗南渡,绍兴初诏赐田于衢州,建庙城北之菱塘,规制比照曲阜孔庙。元末毁于兵火中。明永乐初迁建于城南,正德十五年(1520)又迁于西安县学旧址(今属衢州市柯城区),即现在南孔庙所在的地方。清朝康熙二十一年(1682)重修。衢州南孔家庙在改革开放以后重新修复对外开放,格局基本完好,未受大的破坏,主殿大成殿修复后完整如初,有佾台、思鲁阁、圣泽楼、圣府门、孔府大堂、孔府花厅世恩堂、碑廊、先圣遗像碑、孔氏宗谱、孔府花园等,南孔珍藏的孔子和亓官夫人楷木像是从曲阜带过来的原物,改革开放后交付国家转交与曲阜孔庙珍藏。南孔家庙现在是国家重点文物保护单位,是具有特殊文化地位和多重意义的地方,也是很吸引游客的地方。有位曾任衢州主要领导说:“衢州作为国家历史文化名城,物华天宝,人杰地灵,在灿若星辰的历史文化长河中,孔氏南宗家庙是杰出的代表之一,是最值得衢州引以为豪的‘家珍’。”③南孔中有众多碑刻和楹联等历史遗物,既是珍贵的文献,又是发展文旅的重要资源,连同其他文物,在浙东唐诗之路上唐朝诗人诗作相对稀少的衢州,南孔的到来无疑是天降巨宝,带来顶级文化资源,让三衢大地拥有一座生生不息,可以永续利用的文化宝库,为文旅融合、研学旅行乃至于全域旅游提供宝贵的支持。

---

① [宋]苏轼:《苏东坡全集》后集卷一五《潮州韩文公庙碑》,中国书店 1986 年版,第 628 页。

② [清]嵇曾筠:《浙江通志》卷二二五,《四库全书》第 525 册,台湾商务印书馆 2008 年版,第 171 页。

③ 蔡奇:《衢州孔氏南宗家庙志》序,《衢州孔氏南宗家庙志》组委会编:《衢州孔氏南宗家庙志》,浙江人民出版社 2001 年版,第 1 页。

衢州孔氏南宗家庙(吴丽华摄)

徐偃王庙

徐偃王庙在龙游县西四十里灵山下,唐刺史徐放重修,唐朝大文豪韩愈作有《衢州徐偃王碑》,收录于《全唐文》卷五六一中。这是衢州很珍贵的唐朝大文豪的作品,如有可能应予修复,重新树立韩愈所作的碑文,让它为研究徐偃王史提供一处可考的遗迹,为发展衢州诗路提供一处韩愈作文的打卡点。这样与龙游石窟搭配组线,增添龙游唐诗之路文旅的多重趣味。

杨盈川祠

杨盈川祠在龙游县西北二十里盈川上,祭祀号称"初唐四杰"之一的唐县令杨炯。前几年听说当地政府为发展文旅而修复杨盈川祠,但未眼见,不明究竟。如果能够修复开放,对于龙游诗路文旅和衢州诗路文旅而言都是值得肯定的景点。

婺　州

骆宾王墓

骆宾王是"初唐四杰"之一,论年龄他最年长,论文章他的文章最雄杰,正义满腔,其诗文播在人口,可谓妇孺皆知。他在临海县丞任上因不得意,挂印而去,参加李敬业起兵反抗武则天篡夺李唐权力的斗争,写下《代李敬业传檄天下文》,成为传颂千古的不朽雄文。此文一直是历代鼓动民众的范文。骆宾王在浙东唐诗之路上留下不多的几首作品,他的轶事遗闻流传很广,特别是灵隐寺为宋之问指点迷津,被誉为浙东唐诗之路导向明确的指路人。骆宾王的归宿，在文学史上是一个谜，有出家为僧说，有亡命江湖说，有不知所终说等。查地方志，他竟然有墓在义乌县（今义乌市）东二十里上枫桥。这里大概是骆宾王后裔移居之地，为纪念骆宾王而为他修建的一座墓，此墓很可能是衣冠冢，但总是有个思念的载体。

舒元舆墓

舒元舆是唐朝官至宰相的大名人，兰溪人。才华出众，锐意进取，元和八年（813）登进士第，与李训很投合。李训为唐文宗信任，舒元舆也与李训一起拜相。后来案发，各自逃命，均被逮捕，李训被斩首，舒元舆被族诛。舒元舆留下的文章中有一篇《悲剡溪古藤文》，文中痛陈剡溪古藤因为适宜造纸，引来纸工为增加产量而滥伐，造成剡溪古藤濒临枯竭。他呼吁要注意让剡溪古藤休养生息，促使剡溪古藤恢复生机，重现繁茂。从生态保护的现代角度看，舒元舆是一位有前瞻性的文人，也为浙东唐诗之路生态平衡，写作了一篇值得传后的文章，具有超越时空的意义。舒元舆的墓在兰溪县（今兰溪市）西十三都惠安寺侧。

第七章　名人遗迹

浙东唐诗之路沿线分布着很多历代名人遗迹，就其数量来说，自然以宁绍平原腹心地带的越州占优。因为它拥有一片浙东珍稀的冲积平原，经济条件远胜于诸州，教育文化亦较之诸州发达，人文蔚起时间早，人才辈出数量多，跻身中央政权者任职品级高；越州才俊荟萃，诗文影响深远。加之长期作为浙东行政中心，集中全域政治资源，吸引文人流向，自然不是其他诸州所能望其项背。从另一方面看，浙东多山，在崇尚自然，隐逸成为社会自重的人生价值取向时，诸州适宜隐逸的名山水也招徕了许多名人归隐，或修行，或炼丹，或歌咏，或出山入仕，各种不同模式，走出不同的人生轨迹。加上唐诗之路连接的政、学、商、军各界人士，自有不同的作为，都有胜迹。而今都成为文旅资源，成为名胜景点。

越　州

就唐诗之路来说，越州是浙东首府，唐朝江南道浙东都督府、总管府，后改为浙东观察使署驻节之地；又是长期的浙东首府，造就了浙东最大的名人方阵。虽然当代行政区划调整，绍兴府所辖地盘划出两大县（西部萧山划出，改隶于杭州；东部余姚划出，改隶于宁波），有些名人归属便出现不可避免的变动，但若就浙东唐诗之路整体而言，仍然显示出越州名人方阵的强大，形成了星罗棋布的名人遗迹。

柯　亭

柯亭在原山阴县西南四十里，现属柯桥区管辖。这是一个由汉末文学家、音乐家蔡邕发现制笛良材而形成的文化景点。蔡邕避难于会稽，投宿于柯亭，他仰观柯亭屋顶当椽的竹子，发现其中有一根有奇响，是制作竹笛的良材，就取此竹制成笛子，果然声音极好，成为一支难得的笛子。这座亭子又名千秋亭、高迁亭。清朝乾隆十六年（1751），乾隆皇帝南巡浙江经过柯亭，有御制《题柯亭》诗。现在改成柯亭公园，为诗路保留名人遗迹。

兰　亭

兰亭在山阴县西南二十七里，晋永和九年（353），王羲之与谢安等四十二人修禊于此，曲水流觞，每人遇杯停下则要作诗。这天天气很好，惠风和畅，众人兴致高涨，王羲之饮酒微醺，挥鼠须笔，制《兰亭序》，立意高远，书法精彩。酒醒之后，自己重写十余遍，都没有达到原作的水平。这就是中国书法史上的“天下第一行书”。清朝康熙三十四年(1695)奉敕重建，圣祖(康熙皇帝玄烨)御书《兰亭序》刻石立亭上。乾隆十六年(1751)，乾隆皇帝南巡浙江，“临幸”兰亭，有御制《兰亭即事》《兰亭恭咏圣祖模帖》《御笔兰亭杂咏》诸诗。现在，康熙和乾隆祖孙两位皇帝所书《兰亭序》《小兰亭》碑和《兰亭即事》碑都被重新树立起来，并建亭(御碑亭)保护，《小兰亭》碑也作修复，主要的设施还有曲水流觞、墨华亭、墨池(传为王羲之、王献之父子两人手笔)、鹅池等处都恢复了原貌。另外新建有中国书法碑林、池塘、中国书法博物馆等，大大拓展了原来兰亭景区的面积，增添了兰亭作为中国书法圣地的观赏、游戏、教育和休闲功能，为游客提供了更加丰富多样的观赏项目、更加清新生动的书法教育与体验，为浙东唐诗之路提供了一处极具传统文化韵味的景点。

曲水流觞成典范

兰亭雅集中最为人所喜欢、模仿的是曲水流觞这种文雅游戏，不仅后世文人在延续兰亭会时要继续曲水流觞，就是皇帝之尊也很喜欢这种既能休闲赏景，又很有文人特色的文雅游戏，像清朝康熙皇帝、乾隆皇帝都很喜欢兰亭的曲水流觞，就在皇宫当中(中南海)模仿建造了一座曲水流觞亭，后来在其他地方也如法建造，如承德避暑山庄。另外，其他地方的官署私人庄园亦不乏仿造者。但从实际情况来看，模仿兰亭曲水流觞这样的雅事最早不知始于何时，较早的在唐朝乾元年间就有严武所创西龛寺流觞亭，[①]其水屈曲，可以流觞为乐，羊士谔有《乾元初严黄门自京兆少尹贬牧巴郡以长才英气因多暇日每游郡之东山山侧精舍有盘石细泉疏为流杯之胜苔深树老苍然遗躅士谔谬因出守得继兹赏乃赋诗十四韵刻于石壁》诗[②]。而其前已经有不少“流杯”“流杯池”或“流杯亭”出现于诗歌中，应当是古人的曲水流觞相沿成俗的表现，如初唐上官昭容《游长宁公主流杯池二十五首》[③]。晚唐郑损《泛香亭》对此有描写，为后人提供了解流杯的有效信息：“流杯处处称佳致，何似斯亭出自然。山溜穿云来几里，石盘和藓凿何年？声交鸣玉歌沈板，色幌寒金酒满船。

① [宋]祝穆撰：《方舆胜览》卷六八《巴州》，《四库全书》第471册，台湾商务印书馆2008年版，第1050页。

② 羊士谔诗见[清]彭定求等编：《全唐诗》卷三三二，上海古籍出版社1986年版，第816页。

③ 上官昭容诗见[清]彭定求等编：《全唐诗》卷五，上海古籍出版社1986年版，第34页。

莫怪坐中难得醉，醒人心骨有潺湲。”[①]可见流杯处的前提是要有曲水，有的要有开凿之工，此处的泛香亭属于条件较好，略加疏凿，就已经满足流觞的要求。后代文人喜欢追踪前贤，曲水流觞的事迹不绝于诗文典籍之中。宋朝温州亦有流觞亭，是郡守楼钥所建，在旧郡治。《明一统志》：宋郡守楼钥建，甃池为曲水，绘《兰亭修禊图》于壁[②]。明朝杭州下竺寺前有曲水亭（一名流杯亭）[③]、仁和县尊胜寺也有曲水流觞亭[④]等等。这就可以得知王羲之的曲水流觞创造了中国历史上的极有创新意义的文化工程，仍然留存在历史中，供后人一起享用。

现在，兰亭景区成为绍兴一处著名旅游吸引点，游绍兴未到兰亭，引为憾事。景物精彩，内涵丰腴，引人入胜而回味悠长。诚如王勃所言："深山大泽，龙蛇为得性之场；广汉巨川，珠贝是有殊之地。岂徒茂林修竹，王右军山阴之兰亭；流水长堤，石季伦河阳之梓泽。"[⑤]景区入口就是一片茂林修竹、小桥流水，主要的景点除原有的鹅池、墨池、鹅字亭、康熙皇帝御题《小兰亭》碑、《兰亭序》御碑和乾隆题诗碑（俗称祖孙御碑）、流觞曲水、墨华亭、荷池这些遗迹外，还新建有兰亭碑林、方塘、中国书法博物馆等，把中国书法史上的名人名迹荟萃一馆，让游客在饱览山川景色的同时，纵观中国源远流长的书法史，欣赏"龙跳天门，虎卧凤阁"的书法瑰宝，发挥它的存史、审美、教育功能，真是"笔下有千秋"。中国书法家协会组织"兰亭杯"全国书法大赛，成为全国最高级的书法赛事，为中国书法挥毫泼墨，书写"笔下春秋"新篇章。

子敬亭

子敬亭在绍兴东南云门山下，即原王献之山亭。唐王勃游越州时，曾经修禊于此。王勃《三月上巳祓禊序》中有"永淳二年暮春三月，修祓禊于献之山亭也。迟迟风景，出没媚于郊原；片片仙云，远近生于林薄。杂花争发，非止桃蹊；群鸟乱飞，有逾鹦谷"[⑥]之句。由此可知，他是在永淳二年（683）三月三日在献之山亭修祓禊之

---

① 郑损诗见[清]彭定求等编：《全唐诗》卷六六七，上海古籍出版社 1986 年版，第 1678 页。

② [明]李贤等撰：《明一统志》卷四八《温州府》，《四库全书》第 472 册，台湾商务印书馆 2008 年版，第 1113 页。

③ [清]嵇曾筠等纂修：《浙江通志》卷四十，《四库全书》第 520 册，台湾商务印书馆 2008 年版，第 152 页。

④ [清]嵇曾筠等纂修：《浙江通志》卷四十，《四库全书》第 520 册，台湾商务印书馆 2008 年版，第 155 页。

⑤ [唐]王勃：《王子安集》卷四《四库全书》第 1065 册，台湾商务印书馆 2008 年版，第 93 页。

⑥ [清]董诰等编：《全唐文》卷一八一，上海古籍出版社 1990 年版，第 810 页。

兰亭曲水流觞

礼，而且当日风景很好，心情开朗。王勃还在天气爽朗的秋天写下《越州秋日宴山亭序》："昔王子敬，琅琊之名士，常怀习氏之园；阮嗣宗，陈留之俊人，直至山阳之坐。岂非琴樽远契，必兆朕于佳辰；风月高情，每留连于胜地？"[①]这就是在子敬亭的又一次雅集，真是千秋佳会，一时情缘，留下永远的芳踪，为浙东唐诗之路增添一处难得的文化资源，这篇序也是极佳的歌颂绍兴山水风光的骈俪范本。

鉴湖一曲亭

鉴湖一曲亭在原绍兴府城西南常禧门外，本是唐贺知章故宅，后舍宅为天长观。南宋时郡守史浩建亭，又名怀贺亭。

丽句亭

丽句亭在丽句山。丽句山在原萧山县（今杭州市萧山区）城的秦君里，是唐朝越州本地才子、诗人秦系所居之处，戴叔伦有《题秦隐君丽句亭》诗。参见下文"法苑寺"条。

清白堂

清白堂在绍兴府治内，宋范仲淹建。堂侧有清白泉。现在飞翼楼下辟有纪念范仲淹的地方，介绍他的《清白堂记》和清白泉。范仲淹的清白之操以及他的先忧后乐的胸怀，家喻户晓，成为不朽的精神柱梁。令人不由得想起他赞颂严子陵不事

---

① [清]董诰等编：《全唐文》卷一八一，上海古籍出版社1990年版，第812页。

王侯高尚其事的“云山苍苍，江水泱泱。先生之风，山高水长”[①]的名句。

始宁墅（今嵊州三界）

东晋陈郡谢氏在始宁县（治今嵊州三界）安营扎寨，立下脚跟，开展经营安身立命的营盘。这一工程是从谢玄取得淝水之战大胜后开始的，这与谢安隐居东山时经营东山先后相随。太元十年（385）谢玄被封康乐县公，为免祸全身，就解驾东归，经始山川。巧合的是谢灵运于本年出生，两年后谢玄出任会稽内史，始宁墅已经初具规模，翌年谢玄去世，谢灵运四岁，成为别墅的继承人，袭封康乐公，到刘裕建立宋朝，任命谢灵运为永嘉太守，正是从这里的南山伐森开径，踏上南行之途的。始宁墅是谢灵运的家，很有感情，《过始宁墅》便是赴永嘉上任时所作的诗，其中有“白云抱幽石，绿筱媚清涟。葺宇临回江，筑观基曾巅。挥手告乡曲，三载期归旋”[②]之句，是诗中紧要处。“白云”两句为此诗写景名句，“挥手”一联是表达自己任期一满就回到始宁墅中，其依恋之情历历可见。由此可见，始宁墅到谢灵运手里已经作为最重要的立身之处，不仅房屋形成规模，就是土地也很广阔，物产自然丰富。在谢灵运之后的著名道士陶弘景对此有记载：始宁墅有栗圃，陶隐居曰：“栗，会稽最丰，诸暨形大皮厚，不美；剡及始宁皮薄而甜。”[③]由此推之，始宁墅的经营是不错的。唐人韩翃《送山阴姚丞携妓之任兼寄山阴苏少府》有“他日如寻始宁墅，题诗早晚寄西人”[④]之句，皇甫冉《曾东游以诗寄之》有“迢遥始宁墅，芜没谢公宅”[⑤]之句等等，都是用此典故。

始宁墅原物早已不存，其地址约在今嵊州三界镇，镇区有一条仿古街，号称古始宁县，可以此为载体修复始宁墅，重建或修复城隍庙、孔庙等，连同嶀山谢灵运垂钓处、上虞东山谢安隐居处、嵊州金庭镇王羲之隐居处，并恢复上虞在南宋初期就有的“怀谢轩”[⑥]，作为中国隐逸文化经典文旅路线，中国山水诗发源地，又作为唐诗之路谢灵运的打卡点，设计“IP”。

---

① ［宋］范仲淹著，薛正兴点校：《范仲淹集》卷八，凤凰出版社2019年版，第120页。

② ［梁］萧统编，［唐］李善注：《文选》卷二六《行旅》，中华书局1977年版，第378页。

③ ［宋］高似孙撰：《剡录》卷一〇，《四库全书》第485册，台湾商务印书馆2008年版，第610页。

④ ［清］彭定求等编：《全唐诗》卷二四三，上海古籍出版社1986年版，第614页。

⑤ ［明］曹学佺编：《石仓历代诗选》卷五一，《四库全书》第1388册，台湾商务印书馆2008年版，第73页。

⑥ ［宋］施宿等撰：《嘉泰会稽志》卷一八“怀谢轩”条：“在上虞县。绍兴初，邑令张彦声建。李庄简公题诗云：‘此日开轩怀谢傅，直缘谈笑破苻坚。’”1926年影印清嘉庆戊辰重镌本，第21页。

上虞东山谢安墓

孟尝故宅

孟尝故宅在上虞县(今绍兴市上虞区)南一里,又东一里有还珠门,取合浦还珠之意,今有孟村。孟尝字伯周,是东汉晚期人,生卒年无考。他志向高尚,才干出众,为政清廉,体恤民情,同情民间疾苦,很得民众拥戴。后被察举为茂才(秀才,因避汉光武帝刘秀讳而改),被任命为合浦郡太守,合浦濒海,所产珍珠闻名海内,他的前任驱使珠民采珠无度,珠蚌都迁徙到交趾那边去,弄得合浦经济衰退,生意萧条,民不聊生,民怨沸腾。孟尝到任之后,革去弊政,珠蚌逐渐回到合浦,民心欢喜,即成语“珠还合浦”的出处。后来孟尝任满,百姓攀住他的车子不让走,孟尝只得夜里悄悄离开,隐居起来,自己耕作而食,不露形迹。他的同郡人尚书李乔上书举荐孟尝,称赞他的品德、才干出众,但朝廷终未采纳,孟尝也是终老于野。所以初唐王勃在《滕王阁序》中发出感慨:“孟尝高洁,空余报国之情;阮籍猖狂,岂效穷途之哭?”①他的老家附近有一座孟宅桥,在县东南一里三十步。华安仁诗云:“溪上还珠太守家,小桥斜跨碧流沙。”②这些遗迹都是因为孟尝的高尚品行所留下的历史文化资源,为上虞文旅提供很有意义的选题,值得重视研究与利用。

谢安故宅

谢安故宅在上虞县西南东山,即今国庆寺址。这处谢安故宅在东山之巅,东面有一带山峦相映衬,其他三面都是田畴,剡溪南来,潺湲北去,视野开阔。谢安在此

---

① [唐]王勃撰:《王子安集》卷五,上海古籍出版社1992年版,第35页。

② [宋]华镇撰:《云溪居士集》卷一三,《四库全书》第1119册,台湾商务印书馆2008年版,第413页。

携妓出入，优游山林，征召屡下，不肯出山六七年，可见此山自足有吸引人处。另外东山还有孙绰宅。那么当时谢安在山上日子过得自在潇洒，也不是一家孤独，而是有谢玄、孙绰等亲友为伴，既可游山玩水，啸傲风月，又可谈玄论道，垂拱平章；还可诗酒征逐，犬马投壶之类。当然在这些表象下面，仍会有眼见的东晋小朝廷面临重大威胁，如何解决内忧外患这些军国大事？也会进入谢安的视野。所以当他一出山就能够胸有成竹，指挥若定失萧曹，取得淝水之战的重大胜利，安定天下，安定东晋小朝廷，安定社会人心，扭转乾坤。

参见前文“东山”条。

戴逵故宅

戴逵故宅是剡中极具文化价值的诗路资源，建设以戴逵隐居处为基础，代表晋宋风流典型的浙东唐诗之路文旅融合景区（点）。戴逵故宅因为王子猷（徽之）雪夜来访造门不前而盛称于文人间，声名远扬，可称为嵊州境内极有文旅价值的诗路资源之一。如诗仙李白《淮海对雪赠傅霭》诗：“兴从剡溪起，思绕梁山发。”[①]孟浩然《冬至后过吴张二子檀溪别业》诗：“闲垂太公钓，兴发子猷船。”[②]骆宾王《寓居洛滨对雪忆谢二》诗：“高人傥有访，兴尽讵须回？”[③]皇甫冉《和朝郎中扬子玩雪寄山阴严维》：“闻有招寻兴，随君访戴船。”[④]《寻戴处士》：“思君一相访，残雪似山阴。”[⑤]项斯《寄剡中友》诗：“山晚迥寻萧寺宿，雪寒谁与戴家期？”[⑥]都是用王子猷访戴或戴逵隐居剡中典故，影响风靡诗坛文林；其他用典作者还有很多，这里不展开。据《清一统志》卷二二六载：戴逵故宅有几处，“初在嵊县剡源溪乡，后徙县西三十里桃源乡。又县西二十里孝节乡有地名逵溪，则逵别业也。”[⑦]剡源溪乡大概是今嵊州市西部二十多公里处的剡源村一带，地处剡溪支流长乐江畔，符合戴逵隐居一般要求。宋高似孙《剡录》卷四戴安道宅条载：“戴公宅在剡桃源乡。宋景文公（祁）诗：‘舟来戴公宅，客过孝王家。’乡有戴村，村多戴姓者。郗超每闻欲高尚隐退者，辄为

① [唐]李白著，[清]王琦注：《李太白全集》卷九，中华书局1977年版，第463—464页。

② [唐]孟浩然著，佟培基笺注：《孟浩然诗集笺注》卷一，上海古籍出版社2000年版，第15页。

③ [唐]骆宾王著，[清]陈熙晋笺注：《骆临海集笺注》卷二，上海古籍出版社1985年新一版，第66页。

④ [清]彭定求等编：《全唐诗》卷二五〇，上海古籍出版社1986年版，第635页。

⑤ [清]彭定求等编：《全唐诗》卷二五〇，上海古籍出版社1986年版，第636页。

⑥ [宋]高似孙撰：《剡录》卷六上，《四库全书》第485册，台湾商务印书馆2008年版，第576页。项斯《寄剡中友》不见于《全唐诗》项斯卷，今人所校注项斯诗集亦未见此诗，当属于佚诗，有待收编入项斯诗集。附此说明。

⑦ 《清一统志》卷二二六，《四库全书》第479册，台湾商务印书馆2008年版，第213页。

办百万资，并为造立屋宇。在剡为逵造宅，甚精整。戴始往，与所亲书曰：近至剡，如官舍。”[①]根据地方文史专家金向银先生考证，《剡录》所提戴公宅（戴逵精舍）并非在桃源乡，其实是在嵊县（今嵊州市）城北的桃源坊。因旧有桃源观得名。这样看来是至少有三处，加上前文已经述及的原县城附近有戴逵故居，艇湖是戴逵隐居处，那么在嵊州隐居处有五处之多。桃源大概在今天嵊州甘霖镇附近的桃源村，也在长乐江边上。嵊州西边的逵溪村附近有一处号称是戴逵隐居处，在一小山上，地方幽僻，有点像隐居之地，但离水边太远，与王子猷雪夜访戴的经典场景有较大差距。即使的确是戴逵隐居之处，也必定不是王子猷访戴之所。而据嵊州文史专家童剑超先生告诉我，逵溪是戴逵隐居处，的确不是王子猷雪夜访戴的地方。所以从以上分析看，这些戴逵隐居处的位置与场景比较来看，以艇湖最为符合王子猷访戴的条件，又在今天104国道和上三高速公路旁边，离城关也很近（现在城区扩大，艇湖也已经从城郊转为城里），而且有艇湖塔作为艇湖文旅景点的地标，十分醒目，建设或者恢复王子猷雪夜访戴典型场景，设定为嵊州文旅标志性景区（点），也很有必要，花费较少，收效则较之他处为优，值得推荐与文旅主管部门，列入浙东唐诗之路重要文旅景点建设（恢复）目录，供研究并落实，为嵊州市浙东唐诗之路文旅融合的转型升级，推进诗路文化资源保护开发都有较强的现实意义。

贺知章故宅

贺知章故宅在会稽县东南五云门外三里。贺知章向唐玄宗请辞职务，出家为道士，以故宅为千秋观，后改天长观，后又改名道士庄。清朝萧山著名学者毛奇龄《荷仙》诗有“左有柳姑庙，右复置道士庄兮。请君饮酒，在此庄傍兮”之句[②]，那么当时还存在道士庄。现在道士庄不见踪影，沧桑变迁，历史的脚步无法停留，但绍兴还有贺秘监祠，位于周恩来祖居西边，由崇贤堂、千秋楼等构成，也可视作贺知章故宅所改的千秋观，游客到绍兴，便会想起从小读过的“儿童相见不相识，笑问客从何处来”的作者，又会想起喜欢吃酒的贺知章，“知章骑马似乘船”的形象，与绍兴老酒极为相配，这位做过太子宾客（太子师傅）的诗人，最后是以道士的身份走完人生旅程，给人以很多思考和回味的地方，这座祠堂便是凭吊的地方。

严维故宅

严维故宅在山阴县北长史村，又云在鉴湖。严维字正文，历官秘书郎，大历中

---

① ［宋］高似孙撰：《剡录》卷四《古奇迹》，《四库全书》第485册，台湾商务印书馆2008年版，第560页。

② ［清］毛奇龄撰：《西河集》卷一二九，《四库全书》第1321册，台湾商务印书馆2008年版，第387页。

与郑概、裴冕等人在他的园宅里设“文宴”，相当于与诸位官员诗人在家里边吃酒边谈论诗文，酒酣耳热，就来个众人联句赋诗这样类似于文艺沙龙活动，是当时诗坛很活跃的人物。

陆游故宅

陆游故宅在山阴县西九里三山，地名西村。陆游一生作诗无数，传世尚有近万首，是历史上有名的多产诗人。他曾经抱怨过自己居住的房子小，而藏书太多，作有《居室甚隘而藏书颇富率终日不出户》诗二首，有“掩关小室动经旬，蠹简如山伴此身”之句；感叹藏书无用，有“积书充栋元无用，聊复吟哦答候虫”之句①。又有《修居室赋诗自警》“荒园二三亩，败屋八九间。初至如逆旅，忽逾四十年”②云云，陆游的这些感受与慨叹道出天下读书人的心声啊。陆游是绍兴诗人的代表人物，他的故居在改革开放后于1985年陆游诞辰860周年之际经过修复落成，立碑为“陆游故居遗址”，由著名学者、《陆游选集》和《陆游传》的作者朱东润教授题写。又绍兴著名胜迹沈园亦有陆游生平事迹陈列纪念，都对游客开放。

许询园

许询园在萧山区北干山下，晋咸和(326—334)中舍宅为崇化寺。许询还有故宅在嵊县(今嵊州市)东孝义乡，因他喜爱剡中山水，从萧山迁徙到此。绍兴城里有伽蓝殿，其前身即许询之宅。看来许询在会稽居住过多个地方，当他喜欢上别的地方了，往往把原宅子舍为寺院，以物尽其用，又让方外之士喜欢。这处崇化寺后又改祇园寺，现在尚存天王殿、大雄宝殿、钟楼、藏经阁、西厢房、僧房等，都是清末光绪年间重建的。在萧山区永兴公园北面，体育路222号。功能也改成萧山博物馆及萧山文保所祇园寺工作站。这是一处值得保护和开发利用的地方。

始宁园

始宁园在上虞区东山下，是谢灵运祖传的家园(坞堡庄园)。《宋书·谢灵运传》记载：谢灵运在始宁有故宅及墅树，遂修营别业，傍山带江，拥有幽居之美。《名胜志》：东山之西一里为始宁园，乃谢灵运别墅。一曰西庄。这样看来这个园的位置是在东山之麓，剡溪(这段水道应当叫剡溪，曹娥江是从曹娥庙开始往下的水道)之东，不是过溪在剡溪之西，大约就在仙苑家庭农场一带，所以与谢安隐居的东山

---

① [宋]陆游著：《陆游集·剑南诗稿》卷四一，中华书局1976年版，第1040页。

② [宋]陆游著：《陆游集·剑南诗稿》卷七五，中华书局1976年版，第1765页。

连成一片。在规划东山景区时可以考虑将此园总体设计修复，与谢玄旧居遗址和石门山谢灵运山居、嵊山谢灵运垂钓处等文旅景点连成一线，充实历史文化内涵，增添文史色彩，增强旅游吸引力。

谢灵运山居

谢灵运山居在嵊州市北五十里石门山，它的主峰在仙岩镇境内，谢灵运诗中所写环境幽深，林木茂盛，四面高山，回溪石濑。从求静隐居上看是比较理想的地方，晋宋时期贵族还是有此雅尚，也有条件，他的封地很大，在朝廷有根基，在社会上有威望，选择山水明秀之地隐居修炼，是能办到的。谢灵运有《石门新营所住四面高山迴溪石濑修竹茂林》诗一首，收入《文选》卷三十中。建议据谢灵运诗意保护和利用这处晋宋风流遗迹，开发出来供浙东唐诗之路文旅打卡，为诗路文旅提供很有价值的景点。

方干别业

方干别业在会稽县（今绍兴市越城区）东南五里，一名方干岛，又名“笋庄”。方干有诗：“沙边贾客喧鱼市，岛上潜夫醉笋庄。”潜夫是方干自称，他又作有《西岛言事》诗：“岁计有时添橡栗，生涯一半在渔舟。”《会稽志》载笋庄已经演变为镜湖中的小山，大致上可知到南宋时期这处别业还在，方干岛还显得名副其实，被水环绕，环境很是超凡脱俗，隔离红尘。

刘门山迎仙桥　刘阮庙

《嘉泰会稽志》记载：在新昌县东三十里，相传刘晨阮肇自剡采药至此，山有刘阮祠、采药径。刘阮遇仙的传说是浙东唐诗之路上传播最为广泛的民间文学故事，不仅民间传播广泛，而且被作为人仙相爱的爱情典型，写入诗歌、散文、小说和戏剧等各种体裁的文学作品中，被有的学者评为中国历史上引用最广泛的文学典故。因刘晨阮肇在传说中的身份是剡县民，所以后世就记载刘门山是刘晨阮肇采药所到的地方，又根据传说与天台山仙女相会、相别的情节，把流经山麓的小溪命名为“惆怅溪”，在山麓的小溪上建桥，命名为“迎仙桥”；为了纪念这个动人的爱情传说，又在山麓溪边造起一座“刘阮庙”，以祭祀两位传说人物。这样就把一个神话传说演绎成一个历史故事，成为文学史上颇有趣味的“创意”。历代文人有感于这个优美而感伤的爱情传说，激发诗人的创作灵感，创作大量的诗文，形成一种有趣的遇仙诗歌现象，流传后世。回溯历史就会发现：把刘阮遇仙当作诗材写入诗歌的首先是唐朝诗人，有代表性的像张子容、顾况、元稹、刘禹锡、李商隐等名人名家，还有一位“小”诗人曹唐，专门以此为题材，用唐诗有代表性的体裁七律把刘阮遇仙传说演绎成《刘晨阮肇游天台》《刘阮洞中遇仙子》《仙子送刘阮出洞》《仙子洞中有怀刘阮》《刘阮再到天台不复见仙子》五首诗，成为一组刘阮遇仙的组诗，是唐朝诗人中完整演绎刘阮遇仙传说的。另外他还有《小游仙诗》又用刘阮典故“攀花笑入春风里，偷折红桃寄阮郎”[①]，宋词的词牌《阮郎归》《入桃源》与此是否存有源流关系？这是一个有趣的话题。

台　州

静镇堂

静镇堂在州衙(今台州医院内)。唐李嘉祐为台州刺史(天宝年间改临海郡，则称太守)，窦常《南薰集》称赞他，有“雅登郎位，静镇方州”[②]之句，因取以为堂名。台州州衙位置在今台州医院内，即府城鼓楼北侧到大固山脚，辛亥革命后台州府衙被改作恩泽医局台州公立医院，此后即转为台州医院，原先古木参天，浓荫匝地，有亭台楼阁、小桥流水之胜，这些遗迹已经荡然无存。但可从府城鼓楼及孔庙，约略得以窥见当时情景于万一，从府城主街道紫阳街这条清末至民国年间的古街可窥见以往古城风华。紫阳街是中国历史文化名街，现在是步行街，保存旧时风情，可以体验怀旧游，全长一公里多，从江南长城下来游到南门兴善门瓮城，出城门看江下街旧址，参观灵江中津溪桥旧址及府城码头，追溯旧时古城溪桥、码头情景。并可从此参观龙兴寺，参观唐朝日僧最澄来台州求法于龙兴寺的情景，龙兴寺中用壁画加以再现。还可由龙兴寺登上巾山，一览古城全景，吟诵唐朝诗人任翻“绝顶新秋生夜凉，鹤翻松露滴衣裳。前峰月映半江水，僧在翠微开竹房”[③]的诗句，品味诗中的意境；下山可到白塔桥品尝台州经典小吃，体验在府城的“吃和远方”。

户曹巷

唐朝号称诗书画三绝的广文馆博士郑虔，在安史之乱后被贬谪为台州司户参军，他在这里的住宅号称“户曹巷”，在府治东一里。大约在原台州宾馆(今为台州医院体检中心)附近，未恢复，也未设立标志。郑虔被贬谪台州时，杜甫为他写了不少动情的诗。府衙后面八仙岩有郑广文祠，现在已经修复为郑广文纪念馆，在台州城隍庙下不远处。户曹巷与台州府城墙、鼓楼、孔庙和紫阳街、龙兴寺(即开元寺)、

---

① [清]彭定求等编：《全唐诗》卷六四一，上海古籍出版社1986年版，第1616页。

② [宋]陈耆卿撰，徐三见点校：《嘉定赤城志》卷五，上海古籍出版社2013年版，第62页。

③ [唐]任翻：《宿帖帻精舍》，[清]彭定求等编：《全唐诗》卷七二七，上海古籍出版社1986年版，第1824—1825页。

天宁寺、中津浮桥遗址、南门码头等可以联合组线。鉴于上述情形，建议修复郑虔住宅，若一时条件未成熟，也应当在其地址旁边立碑设点，可以作为诗人游客寻踪凭吊之处。

台州恶溪　仙人村

孟浩然《寻天台山作》诗云："吾友太乙子，餐霞卧赤城。欲寻华顶去，不惮恶溪名。"[①]是写台州恶溪的名作。

台州恶溪水质清澈见底，急流险滩，令人为之惊异，适宜观赏。但对于行船运输来说十分凶险，可谓险象环生，特别是发洪水时，原来能看清的水下岩石都淹没了，行船时不知道哪里有岩石撞船，万一碰上，这木船一下子就散架了。故俗称大恶、小恶，是撑船人十分畏惧的地方。以前从天台向临海运送木材、甘蔗等农产品，临海向天台和金华运送食盐等物资，都要经过恶溪；人员来往乘船的也要经过此地，若是平时应当较为安全，但看起来也有些惊心动魄。孟浩然经过这里，上面的诗就是写这里的恶溪。大诗人李白的粉丝魏万经过恶溪，顺流而下到临海再到温州，李白《送王屋山人魏万还王屋》写魏万从台州向温州就是走此路，这是浙东唐诗之路的名胜。台州恶溪因浙东唐诗之路而闻名，因诗路名人歌咏而不朽，但又因后世解读者不明台州恶溪而多有张冠李戴，造成名实离合的误导。台州恶溪位置在天台县城向州城临海方向约三十公里处，今名仙人村，即天台的母亲河始丰溪流到临海百步，又名百步溪，有两个险滩，名为大恶小恶。宋陈耆卿《嘉定赤城志》卷二十三《山水门》载："百步溪：在（临海）县西北六十里，前后二滩，石险湍激，俗号大小恶，舟者病之。唐孟浩然《寻天台山》诗所谓'欲寻华顶去，不惮恶溪名'是也。淳熙中（临海县）令陈居安命工淬凿，始无患。"[②]实际上仍然有行舟之患，滩危石险，樯楫易摧。南宋乾道五年（1169）临海县令陈居安开始淬凿治理，而覆没之灾不免。明朝弘治二年（1489），台州知府马岱疏凿别道七百余丈，而沉溺之患未除。这就是蔡潮治理恶溪的前因。如果从观赏的角度看，行船危险之处每成观光佳处，晋王羲之游到这里，见山水奇异，就题"突星濑"三字，镌于石上。此处便成为一个风景。明朝以个人的力量治理恶溪的临海人蔡潮到此游览山水，走访亲戚褚公时还见到刻在石矶上的三字："庚寅之秋，抵仙人岙……见'突星濑'三字刻于石矶，褚公指曰：'此晋王右军所书也。'余曰：'得非孟学士诗云欲寻华顶去，不惮恶溪名者乎？'

---

① ［清］彭定求等编：《全唐诗》卷一六〇，上海古籍出版社 1986 年版，第 375 页。

② ［宋］陈耆卿撰，徐三见点校：《嘉定赤城志》卷二三，上海古籍出版社 2013 年版，第 365 页。

俄觉急浪捣击，舴欲倾，心为恻动。”[①]就此立下再治理的决心，他一面捐出自己的俸禄作为工程款，商请台州知府支持，一面发动乡亲工匠投入治理工程，从嘉靖九年(1530)孟冬(十月)上旬开始，到翌年仲春(二月)竣工，“奔注遂平，激湍既安，厉鬼莫祸，水泉荡漾中流，舟子载歌潭曲”，大家请蔡潮作记，蔡潮就题名为“大善滩”，并勒铭于石：“舟无旧患，滩著新名。我心长在，万古安宁。”[②]这一恶溪就此改恶为善，而王羲之所题的“突星濑”石刻也被铲除无影了。

仙人祠

仙人祠在仙人岭，此岭是因为道教南宗创始人张伯端于此“成仙”而得名。宋朝自称遇到异人，授以道术而得道的郡人张伯端(字用诚，号紫阳真人)本是台州州衙从事判案的刀笔小吏，一日其家婢女送饭来，他的同僚与他开玩笑，把饭篮中的鱼藏匿于梁上，张伯端误以为婢女偷吃，回家而鞭挞之，婢女为证明自己清白而上吊自杀。过了几天，有小虫从梁上不断掉下，才知鱼已腐烂出虫了。张伯端就悟出自己所定案件有多少类似窃鱼一般冤枉的？就感慨作诗：“刀笔随身四十年，是非非是万千千。一家温饱千家怨，半世功名百世愆。紫绶金章今已矣，芒鞋竹杖任悠然。有人问我蓬莱路，云在青山月在天。”[③]就一把火烧了这些案牍，被逮捕押送经过此处，见路下水深不测，就乘机跳水而成“仙”。上述地名皆因此而来。清朝雍正皇帝在《崇道观碑文》中说“去郡城六十里有百步溪，传为紫阳化处”[④]，就是这里。原来岭上有“仙人祠”祭祀张伯端，现在都没有踪影了，只留下一个地名。张伯端在此“成仙”的传说为这处碧水清流平添了发人深思的波澜，为这条诗路水道带来一道深刻而值得回味的人生思考题。

临海新亭

临海新亭是唐朝在安史之乱后新设立的盐亭，主要是将煮盐的盐民(称亭户)生产的食盐征收、储藏、发售、征税，交付国家应用于平叛战争的浩大军费支出。临

---

① 徐三见、丁式贤：《蔡潮治水大善滩》，临海市风景旅游管理局《临海·掌故丛谈》，大众文艺出版社2009年版，第135页。

② 徐三见、丁式贤：《蔡潮治水大善滩》，临海市风景旅游管理局《临海·掌故丛谈》，大众文艺出版社2009年版，第135页。

③ [清]嵇曾筠等纂修：《浙江通志》卷二〇〇，《四库全书》第524册，台湾商务印书馆2008年版，第425—426页。

④ [清]嵇曾筠等纂修：《浙江通志》卷首三《圣制·文》，《四库全书》第519册，台湾商务印书馆2008年版，第82页。

海新亭监的新亭,《嘉定赤城志》载:“新亭盐监,在临海县东南六十里。按《武烈帝庙记》:乾符二年(875),新亭监给官莫从易重建堂宇。又《九国志》载元德昭知台州新亭监。”[①]唐朝盐监一直是国家税收大源,为平定安史之乱、为国家建设作出重要贡献。临海新亭监的地点位于临海县章安区(今椒江区章安街道)黄礁山横村溪头,即在椒江大桥上游江边。另有临海新亭头村,在涌泉镇高速公路大桥下,因为造桥,已经迁徙村民到涌泉,其村庄消亡。这两个地方对于浙东唐诗之路尤其是来台州担任盐监的著名诗人顾况来说非常重要。现在诗路文旅可以将新亭监旧址列入诗路旅游线路,在深秋到冬季涌泉蜜橘成熟之际,组织诗路旅行,到此考察顾况当年选择到临海任职的背景与追求,又可到相距很近的涌泉橘场采摘蜜橘,品尝“临海一奇,吃橘带皮”的涌泉蜜橘,是十分有趣又有味的旅游项目。还可设置为浙东海上诗路的重要文旅节点,充分领略当年像顾况那样的青年文人为了国家大局,愿意到国家需要的地方去,到艰苦的地方去,那样一种唐朝知识分子“激情燃烧的岁月”,不失为一个很好的爱国主义教育的好题材。还可体验此地在台州历史文化上的重要性,如经济上是台州主要交通运输线灵江通往东洋,台州对外商贸往来的主渠道,能够沟通海内外联系;文化是中外文化传播交流的重要节点,像天台宗对外传播、东洋求法僧来台州求法;武备是台州守卫海防的重要支撑点,像抗日战争中台州军民击毙日本海军大将山县正乡之战,其漏网逃逸日军就是在新亭身后涌泉的娘鱼岩洞被歼被俘等。

临海峤(温岭驿)

临海峤在太平县(今温岭市)西温峤岭上,又名温岭、峤岭,唐朝以前此地在临海郡与永嘉郡交界处附近,得名为临海峤很合理自然。刘宋时谢灵运从永嘉郡辞官返回会稽始宁别墅,作《登临海峤初发疆中作与弟惠连可见羊何共和之》诗,就是登上临海峤向北归途纪实之诗,成为书生皆知的诗路地名。宋置温岭驿于此。这条驿道路出温州乐清,是台州与温州间主要陆路通道;同时它辖下的温岭江厦在乐清湾内,从台州到温州海上诗路经过处,是浙东唐诗之路上水路和陆路交集的一个古镇。李白《送王屋山人魏万还王屋》“眷然思永嘉,不惮海路赊。挂席历海峤,回瞻赤城霞”,就是书写经过临海峤海面的情景。明朝初期改设巡检司,不久移到三山岭北,后来被裁撤。温岭镇区俗称温岭街,有较多的古代文化遗迹现在被保护下

---

① [宋]陈耆卿撰,徐三见点校:《嘉定赤城志》卷七,上海古籍出版社 2013 年版,第 95 页。

来，作为千年古镇特色街区，开发文化旅游。民国时内务部清理全国重名县名，太平县以温峤岭改名温岭县，温岭从一个小镇之名成为县名。因此在温岭市流传着先有温岭街，后有温岭县的说法。

温　州

读书堂

读书堂在永嘉县治（今温州市鹿城区）后，刘宋谢灵运建，有诗云："虚馆绝争讼，空庭来鸟雀。"[①]又云："既笑沮溺津，又哂子云阁。"[②]表现当时永嘉政通人和，争讼几无，民众乐业，社会和谐的氛围。现在有学者称颂谢灵运治永嘉贡献，也不是无因的。

南亭　北亭

南亭，《寰宇记》载：去温州一里，谢灵运《游西亭》诗："密林含余清，远峰隐半规。"[③]又有北亭在州北五里，枕永嘉江，灵运罢郡，在这里与吏民道别。这两个亭分别是永嘉郡城南门和北门外之亭，是古代驿传设施，因靠近城边，故留下名人胜迹亦有名人名作。清朝朱彝尊《永嘉杂诗》分别有《南亭》《北亭》诗，可知当时亭还在。

白岸亭

白岸亭在永嘉县，《寰宇记》云：在楠溪西南，去州八十七里，因岸沙白为名，亦谢灵运游赏处。诗云："拂衣遵沙垣，缓步入蓬屋。近涧涓密石，远山映疏木。"[④]

以上这些遗迹修复或者重建之后，可以与现存的谢灵运遗迹搭配起来，自然就充实了温州作为谢灵运创立中国山水诗的祥瑞之地，首发之地以及中国山水诗文旅的核心之地了。加上唐朝浙东宗教文化和丝绸、茶叶、瓷器、法物（佛教用品）等对海外的输出和影响，让温州在浙东对外文化传播上成为一个高地。如此来看，这一规划修复、重建的工程是有其切实内涵，也有前景的，值得投入。

又就浙东唐诗之路和永嘉山水诗之路文旅建设来说，以下人文遗迹不但切题，

---

① ［宋］祝穆撰：《方舆胜览》卷九"虚馆绝争讼"条，《四库全书》第471册，台湾商务印书馆2008年版，第641页。

② ［宋］祝穆撰：《方舆胜览》卷九"虚馆绝争讼"条，《四库全书》第471册，台湾商务印书馆2008年版，第641页。

③ ［刘宋］谢灵运著，黄节注：《谢康乐诗注》卷二，中华书局2008年版，第64页。

④ ［刘宋］谢灵运著，黄节注：《谢康乐诗注》卷二，中华书局2008年版，第70页。

而且比较有修复应用的意义：

三高亭

三高亭在乐清县治西塔山之半，俗呼为半山亭，以晋王羲之、刘宋谢灵运、唐孟浩然三人尝游此，故名。

以下五处人文遗迹上起东晋南朝，下至宋朝(赵宋)，是连接晋宋风流和宋韵文化的上佳遗产，又是体现南宋浙东学派特别是永嘉学派文化的重要载体，最近永嘉学派文化馆开馆，这样的遗产及其相关文献的整理出版也就有更好的应用前景了。

陶隐居丹室

陶隐居丹室在瑞安县(今瑞安市)西四十里陶山，今为陶山镇，是著名道士陶弘景炼丹的地方。陶山本名福泉山，因陶弘景归隐而改名，为第二十八福地。

墨　池

墨池在永嘉故城墨池坊，晋王羲之为郡守，临池作书于此。宋米芾书"墨池"二大字。因王羲之治理永嘉多有惠利及于百姓，故民怀德而祠之云。

流觞亭

流觞亭在原温州府衙内。南宋郡守楼钥所建，甃池为曲水，绘《兰亭修禊图》于壁。从以前文人过袚禊或者修禊节日，就是阴历三月三日到水边洗濯，袚除不祥，迎接祥瑞平安的一年之意，来看中国文人的三月三，是汉族传统节日中典型的高雅民俗文化活动，因王羲之在兰亭写下《兰亭集序》登上中国书法之圣，把这个节日凝聚在历史的节点上。不知从何时起，汉族的三月三节日消失了，从节日习俗中隐退了，现在一些少数民族的三月三过得令人向往，却不知汉族的三月三往日过得是如此的高雅美好。杜甫《丽人行》诗云："三月三日天气新，长安水边多丽人。态浓意远淑且真，肌理细腻骨肉匀。绣罗衣裳照暮春，蹙金孔雀银麒麟……"[①]由此来看南宋楼钥在温州建的这处流觞亭，实际上它是前人追求逍遥自在、美好平安的载体，是高雅得不可方物的象征。如果还有遗迹可以复原的话，那是不言而喻的文物与文旅珍贵资源了。

东山堂

东山堂在永嘉县东南积谷山上，宋周行己建。翁卷《寄题东山堂》诗云："惟见

---

① [清]彭定求等编：《全唐诗》卷二一六，上海古籍出版社 1986 年版，第 511 页。

烟霞起，全无市井喧。鹳来巢木杪，鼋出戏蒲根。”[①]东山一名含义高尚，温州东山若恢复山堂，必将成为文旅佳处。

绝景亭

绝景亭在永嘉县东南积谷山上，宋周行己建，有诗云：“云横绝尘境，峻堞若绳削。”[②]

处　州

黄灵桥

黄灵桥在放生池东侧，唐诗人大书法家李邕在此撰写《叶慧明神道碑》，其中有句云：“徇赤松之游，踪黄灵之术。”故后人取以为名。处州多山交通不便，行旅艰难，而以李邕、李阳冰两大书法家任职而留下众多名迹佳话，为处州文旅增色添光。

缙云孔庙

李阳冰，字少温，赵郡人，以词翰擅长闻名。乾元间任缙云县令，修孔子庙，自己写文章记之。恰遇岁旱，李阳冰率官民祷告于城隍，与神立下誓约，到约定的时间仍不下雨，李便下令要焚其庙。结果到约定的时间下雨沾足，又是自己撰写文章记叙其事。到任职时间已满，就退居于吏隐山隐居，后来迁任当涂（今安徽当涂）令。篆书尤善，舒元舆评为不亚于秦朝李斯。

婺　州

八咏楼

八咏楼在金华府学西（今金华市婺城区），原名玄畅楼。南朝齐隆昌初（494），太守沈约建。八咏楼因沈约有《八咏》诗赞颂之（见下《登玄畅楼》诗），随后历朝诗人每过此楼，多有吟咏，相沿成俗，为金华文坛的一道著名盛景。沈约《登玄畅楼》诗曰：

> 危峰带北阜，圆鼎出南岑。中有凌风树，回望川之阴。岸险每增减，湍平互浅深。水流本三派，台高乃四临。上有离群客，各有慕归心。落晖映长浦，

---

① ［宋］翁卷《苇碧轩集》卷二作《题周氏东山堂》，赵平点校《永嘉四灵诗集》，浙江大学出版社2010年版，第188页。

② ［宋］周行己《绝境亭》，《清一统志》卷二三五，《四库全书》第479册，台湾商务印书馆2008年版，第397页。

焕景烛中浔。云生岭乍黑，日下溪半阴。信美非吾土，何事不抽簪？①

因为诗中咏赞八事，所以后人就干脆称此诗为“八咏”诗。到北宋至道（995—997）间，郡守冯伉将玄畅楼也改称为“八咏楼”，其原名反而少有人知。宋朝廷南迁，大批文人涌入浙东，一位才高八斗的才女李清照也跟着逃难来到金华，登临这座名楼，感慨万千，既感国事，也慨人事，就在此《题八咏楼》诗一首道：“千古风流八咏楼，江山留与后人愁。水通南国三千里，气压江城十四州。”②这首诗气象阔大，气势高远，气韵饱满，让八咏楼名声更加远播，为婺州诗路增添无上光彩，赢得天下文人一致喝彩，成为歌颂八咏楼的第一诗。

建议八咏楼景区将沈约、李白、魏万、严维、韦庄、李清照等立一组群像雕塑，设置一个浙东唐诗之路和钱塘江唐诗之路展览馆，展陈历代诗人英才为八咏楼、为婺州（金华）所作的诗歌，提升婺州在浙东唐诗之路上的地位与影响，增强婺州诗路文化的吸引力。

金华八咏楼

八咏滩

八咏滩在金华县南（今金华市婺城区），是义乌江和武义江“双溪”汇流，绕着金华府城转一个弧形，所以前贤说双溪襟带郡治，是很恰当的。八咏滩所在之处离五百滩、八咏楼、万佛塔等很近，紧密相连，这一带就是现在金华的婺州古城景区，几

① ［宋］李昉等编：《文苑英华》卷三一一，《四库全书》第1336册，台湾商务印书馆2008年版，第8页。

② ［宋］李清照著，王仲闻校注：《李清照集校注》卷二，人民文学出版社1979年版，第120页。

个著名古迹相对集中，可以连成一片，形成规模，丰富内涵，增强吸引力。

五百滩

五百滩在金华县西五里双溪中，现在的婺州古城景区西侧，该滩已经形成绿洲（沙渚），面积也不小，它的两边就形成水流湍急的滩头，如果舟行逆水上溯，拉纤牵挽须用五百人，然后可渡，因此得名。可见以前这个滩头的急流非同小可。唐李白《见京兆韦参军量移东阳》诗“闻说金华渡，东连五百滩”，就是指这个地方。五百滩上现在已经具备文旅的基础，有唐朝诗人塑像，唐诗之路介绍材料和其他的游乐设施，如果能够与婺州古城景区等做进一步的整合，上文已经拟议将五百滩定位为“金华诗岛”，提升五百滩诗路文旅品位，组成一个专题进入这条游线，应当会取得更好的效果。

明月楼

明月楼在金华府治东，取严维《送人入金华》诗“明月双溪水”之句为名。严维是越州人，到婺州为官算是在自己家门口入仕，这首诗选取金华著名胜景双溪来赞美金华，这是唐朝诗人写到金华名胜的少数佳作之一，也是金华文旅资源中值得挖掘的诗路胜迹。

寒碧亭

寒碧亭在东阳市南五里，唐宝历中，县令于兴宗建，下穿方池，引水为流觞之所。于兴宗建此亭后很高兴地画成图，写诗告诉著名诗人刘禹锡，刘于是作《答东阳于令寒碧图诗》：“东阳本是佳山水，何况曾经沈隐侯？化得邦人解吟咏，如今县令亦风流。”①于兴宗亦自赋《东阳涵碧亭》诗云：“高低竹杂松，积翠复留风。路剧阴溪里，寒生暑气中。”②这一亭的建造与两位诗人的唱和，将寒碧亭的诗缘传播后世，东阳因沈约而显得有文化，因寒碧亭而让东阳有好诗，因刘于诗歌唱和让东阳与唐诗之路挂钩，滋润诗路文旅。

在唐朝来栖隐于东阳的著名诗人中，有一位才华出众的韦庄在此游历栖隐，从

① ［清］彭定求等编：《全唐诗》卷三六一，上海古籍出版社1986年版，第903页。诗题“寒碧图”各本作“涵碧图”，是。下文于兴宗自赋诗题《东阳涵碧亭》亦可证。因附志于此。

② ［清］彭定求等编：《全唐诗》卷五六四，上海古籍出版社1986年版，第1443页。

他“三年流落卧漳滨，王粲思家拭泪频”[①]，“未归天路紫云深，暂驻东阳岁月侵”[②]等诗句看，他在金华和东阳逗留的时间不会很短。因唐朝东阳之名不等于东阳县，诗人喜用古名东阳郡代称婺州，现在所留下的诗歌就有多首，如《婺州和陆谏议将赴阙怀阳羡山居》《和陆谏议避地寄东阳进退未决见寄》《东阳酒家赠别二绝句》《东阳赠别》《婺州水馆重阳日作》《避地越中作》等，就可知韦庄诗歌对于婺州和东阳的文化价值非同一般。

建议：突出韦庄，将金华和东阳设置为晚唐韦庄诗路打卡地，择地建立韦庄雕像，重建“东阳酒家”，推出东阳诗路宴，形成自己的特色。另在酒家旁边辟一韦庄隐居处，设置韦庄事迹展览，将有关栖隐婺州东阳的诗歌作解读，编著成书，特别要展出韦庄最有名气的长篇叙事诗《秦妇吟》的图片，介绍这首长诗的写作背景、写作过程和问世以后为何长期湮没、为何后来重见天日的来龙去脉，介绍此诗在唐朝诗歌中的地位与影响，那么这一个《秦妇吟》韦庄在金华和东阳，也可以与沈约、李清照在金华八咏楼的影响可以相提并论了。

罗隐故宅

罗隐故宅在东阳市南五里，勒马峰之麓，也有墨池。又载罗隐宅在东阳县鲍含岩右。罗隐是晚唐著名诗人，游踪及于浙东多地，浙东民间流传着有关罗隐的传说，带有神奇预言的故事。可见罗隐生前有过许多具有传播意义的事情，他的诗歌与之一起同传于后世。宋哲宗元祐(1086—1093)间，改建僧庵，名为“栖贤庵”。诗人曹冠《罗隐故宅》：“翠微深处有山居，骚客当年此结庐。散策喜看遗址在，便吟招隐意何如？”[③]

骆宾王公园

骆宾王公园地处义乌市城中中路，是为纪念义乌籍唐代著名诗人“初唐四杰”之一的骆宾王而建的。总面积3.6万平方米，仿唐朝建筑风格，共设劲节虚怀景区、咏鹅景区、风萧水寒景区、白云精舍景区、云林幽居景区和观海亭景区六个景区。在设计与建设过程中尽量恢复历史元素，园址就在骆宾王故居骆家塘村，很明

① [唐]韦庄：《婺州屏居蒙右省王拾遗车枉降访病中延候不得因成寄谢》，[清]彭定求等编：《全唐诗》卷六九七，上海古籍出版社1986年版，第1760页。

② [唐]韦庄：《和陆谏议避地寄东阳进退未决见寄》，[清]彭定求等编：《全唐诗》卷六九七，上海古籍出版社1986年版，第1760页。

③ [清]嵇曾筠：《浙江通志》卷四七，《四库全书》第520册，台湾商务印书馆2008年版，第320页。

显的六个景区的设置也体现贴近骆宾王生平经历及其事迹，让观众感到尤为亲切的咏鹅景区，便是体现骆宾王七岁时咏鹅的“神童”表现。骆宾王一生作品多次名震文坛，其中“两咏一檄”(《咏鹅》《在狱咏蝉》《代李敬业传檄天下文》)和隐居灵隐寺指点宋之问作诗“楼观沧海日，门对浙江潮”[①]一事最为世人传颂。围绕鹅池一泓，可以走遍公园各景区，也就等于遍历骆宾王生平经历，可以说设计者与建造者的匠心独运，体现造园工艺的同时，将历史文化融合得十分得体。这座公园在义乌这个世界小商品市场的喧闹环境下，闹中取静，呈现一座宁静而古色古香的公园，显得特别可爱与可贵。建设方集思广益，在充实文化内涵上也充分考虑骆宾王在唐诗中的地位与影响，向社会各界征集以骆宾王为题材或与骆宾王相关书画、金石、楹联、匾额、铜像、诗词等作品，陈列于公园内适当的地方，让游客在观赏风景时获得更多美的享受，加深对骆宾王的理解。为公园高标准的文化格调提供条件。这是为浙东唐诗之路所设计的一处亮点，一处文化地标，就是骆宾王的“IP”。写到此处，笔者不禁联想起 2018 年 10 月底 11 月初率“浙东唐诗之路新线拓展”团队，从台州府城临海东湖的骆宾王祠开始，经灵江下三江口(今江区)、江心屿、永嘉古城(今温州市鹿城区)池上楼，青田石门洞天、处州恶溪、金华双溪、八咏楼、万佛塔，到义乌骆宾王公园结束的首次拓展考察和研讨，深感浙东诗路之缘缠上我身，融入我心，也同样缠上融入唐诗之路研究者的身心。

---

① [唐]宋之问：《灵隐寺》，[清]彭定求等编：《全唐诗》卷五三，上海古籍出版社 1986 年版，第 161 页。

第八章　渡口埠头(津渡)

俗话说:“宁隔千山,休隔一水。”是点明以前江河上缺少桥梁,过江过河的艰难,宁隔千山,还可走过去,一水相隔,望洋兴叹,徒唤奈何。所以津渡十分重要,成为出行在外者十分关注的交通枢纽。像孟浩然《渡浙江问舟中人》诗中有“时时引领望天末,何处青山是越中?”①那样一种迫切的心情,远不是现在交通发达以后者所可比拟,但可观照过渡者的一般状况,作为阅读前贤诗文的参考。从北方来到浙东的观感,前面说过不少,这里再引元朝诗人丁复《桧亭集》卷三《赠送择中记室东游》:“东道佳胜方蓬莱,不独四明与天台。一从钱塘判吴越,好山无数东南来。”②可以为游浙东者提供一种比较。今天现代化的交通体系十分发达,水陆空运输的快捷高效,完全不是前贤所能想象。以前很重要的津渡如今绝大多数都已经退出了原先的角色,至少已经改变了它的大部分的功能。以钱塘江两岸杭州到萧山的津渡来说,因为钱塘江潮水的关系,以往过江是艰难而且有危险的,一年当中被浪潮狂风击破或者倾覆船只的数量很多,过渡当中出点事故也不稀奇。正因如此不易,才催生了许多反映那个时代过渡方式的诗歌,如李白“挥手杭越间,樟亭望潮还”③那样洒脱的诗句,供读者回味和欣赏。现在两岸来往的方式不但有桥梁,还有隧道,因此杭州到萧山、萧山到杭州的渡船摆渡已经在十几年前就歇业了。历史翻到新的一页。这一话题就选择一些浙东唐诗之路上重要的津渡略作介绍,以备诗路爱好者寻访考察,也为研究者提供按图索骥的头绪。

越　州

萧山渔浦　西兴(西陵)

西兴、渔浦渡为浙东唐诗之路的入口,两浙沟通的重要津渡,还有称为吴越通

---

① [清]彭定求等编:《全唐诗》卷一六〇,上海古籍出版社 1986 年版,第 380 页。

② [元]丁复撰:《桧亭集》卷三,《四库全书》第 1208 册,台湾商务印书馆 2008 年版,第 360 页。

③ [唐]李白:《送王屋山人魏万还王屋》,[清]王琦注:《李太白全集》卷一六,中华书局 1977 年版,第 755 页。

津，地位十分突出。历朝都很重视，到清朝时属于官渡为主，有官舟，水工（船工，俗称撑船老大及其助手）二十四人。还有私人摆渡的，官府也登录他的姓名，如果有翻船事故，官府要依法惩治。这样看当时官府对保障平安过渡是重视的，制订有效管理的方法。萧山浙东唐诗之路起点的两大津渡渔浦潭和西兴（西陵）已见前文，此处不重复。但开端很重要，故仍保留其条目。

山阴三江渡

三江渡在山阴县城（即越州州城）东北三十三里处，这一带湖荡众多，河汉密布，是过渡的要冲。

前梅渡

前梅渡在山阴城西六十里许的钱清江上，今属柯桥区辖地。此地南通诸暨，北达萧山，是南北来往的要点。

会稽曹娥渡

曹娥渡在会稽县东七十二里之处，《清一统志》载曹娥渡在会稽县东九十里，渡江而过，隔岸为上虞。曹娥渡是越州到甬、台、温诸州的主要渡口，这里还有一个故事：南宋时台州谢深甫家贫，他赴省试（春闱，即参加礼部会试）过曹娥渡，撑船老大一定要收过渡费才摆渡，谢深甫带的钱少，撑船老大不肯载他，说："就不让你过渡。我不怕以后怎么样，你将来发达当了转运使，来黥我的面。"谢深甫无奈绕道到别处过渡。后来谢深甫考中进士，做官发达，当了浙东漕运使，到曹娥渡口，招来那个撑船老大，问他："现在怎么办？"撑船老大伏地求饶，要求不要黥他的面，谢深甫笑道："我怎么会黥你的面？"反而厚赏他，临别时告诉撑船老大说："以后凡是台州秀才往来，请勿要收渡钱。"温州乐清的王十朋作有《曹娥庙》诗多首，他也是从曹娥渡过江前往绍兴、杭州的。从宋朝起写曹娥渡的诗人诗作就多起来了，如连文凤《百正集》卷中《寄上虞周伯起县尉》诗有"梦魂不识曹娥渡，一纸相思寄客船"①之句，元朝陈孚《越上早行》："青鞋三十里，草露惹衣斑。潮落曹娥渡，云昏夏禹山。秋声黄叶里，天影白鸥间。欲问钱塘路，渔家半掩关。"②在秋天的早晨赶路过渡，陈孚的诗是写实之作，从家乡台州临海出发到杭州，途经曹娥渡。唐诗中未见曹娥渡名，但诗人从北向南游必经此过江；宋元渐多写到此渡，是行旅增多的结果。宋时，日本

---

① ［宋］连文凤《百正集》卷中，《四库全书》第1189册，台湾商务印书馆2008年版，第475页。

② ［元］陈孚《陈刚中诗集》卷一，《四库全书》第1202册，台湾商务印书馆2008年版，第615页。

求法僧成寻来天台山求法，详记从浙东运河翻坝转入曹娥江，沿水上溯经剡溪登天台行程，可为曹娥渡提供很好的参照。

过塘行

浙东唐诗之路的起点在萧山的渡口，从杭州渡过钱塘江到达萧山才算到了浙东，开启浙东唐诗之路的行程。当时诗人多从北方来，到杭州之后先到钱塘江边观潮，观潮的胜地是樟亭，然后出杭州城有两个重要渡口：一是渔浦潭，二是西兴渡，前文已经涉及。现在的西兴渡口在远离江边的过塘行这个地方，已经成为中国大运河的一个组成部分，大运河是联合国人类文化遗产，这样西兴渡口也得到联合国教科文组织很好的保护。虽然已经失去了渡口的作用，游客也不需要到西兴过渡，但可以为研究浙东唐诗之路起点的历史提供重要的参照，为发展诗路文旅提供极其珍贵而且不可替代的西兴渡口实地感性认识，就以它的最表面的感受来说，以前的西兴渡口与现在的西兴钱塘江边，已经相距数公里远，便是一道很好的历史变迁题目。这是历史遗迹的最大价值。

萧山西兴过塘行

台　州

中津渡

中津渡在府城南门兴善门外灵江码头，是台州南通黄岩、温州、福州的官驿津渡。浮桥始建于宋郡守唐仲友，当时是很大的创新工程，《嘉定赤城志》记载当时的样子："修八十六丈，广一丈六尺。淳熙八年（1181）唐守仲友建。桥之节二十有五，籍舟五十，规制闳缜，为一时壮观。先是，城临三津，其中最要。自瓯闽道黄岩而度者肩摩袂属，至此每病涉。桥成，如履通衢。"由此可知这座中津浮桥是南宋台州郡守、金华学派骨干唐仲友在任时建起来的，极大地方便了瓯闽与台越杭方向的交通。这条官驿相当于国道，国家交通的主干道。当时府城西面和南面灵江上共有三个渡口、三座浮桥，命名为上津、中津和下津，是两岸人民过江的主要通道。《嘉定赤城志》的记载十分清楚地说明"中津最要"，就是中津最为紧要。这座中津浮桥与上下两座一起在20世纪90年代开始撤除。

北宋著名诗人赵抃由台州赴温州时便从中津下船，他在《泛舟离台港》写道："赏遍丹丘上画船，旌旗金鼓满晴川。潮平难繂舟人望，一似离杭过越年。"并自注："予去春休官，由浙江过越，仿佛类似。"①可为当时中津渡架浮桥前的水路出行提供生动参照，现在为适应文旅发展需要，重建中津渡，迎接各方游客。

台州下三江口渡口

台州下三江口渡口是台州主要水流灵江从府城以下到黄岩县界与澄江交汇处，是浙东唐诗之路由台州赴温州走水路经台州湾入海到温州，或由此登陆走陆路到温州的分岔点。以前也可乘船从此点往黄岩县（今台州市黄岩区）城北码头登陆，走陆路南赴温州。宋朝起可以由此乘船沿南官河南下抵达台温交界不远的黄岩县温峤镇（今属温岭市），并改陆路向温州进发；也可由此经江厦乘海船到瓯江口到达温州。唐诗之路时期尚无这条水路。像中唐诗人顾况从台州赴温州任职，他取道陆路，便是走这条官驿，南下温州；后来从温州返回越州也是从此路经过。

明　州

浙东唐诗之路上的明州，明朝以来的宁波，也是山水相间，交通与水紧密相连。宁波府城跨水交通除东津浮桥（灵桥）外，有两处重要渡口。一是北渡，一是西渡。

---

① ［宋］赵抃：《清献集》卷五，《四库全书》第1094册，台湾商务印书馆2008年版，第818页。

北　渡

北渡位于宁波府城(今海曙区)甬水门南二十五里,通往奉化方向的途中。因奉化有一处渡口名为南渡,所以此处就称为北渡。北渡是浙东唐诗之路沿海边一线的必经之处,唐朝诗人经过此渡,也有留下诗作的。如许浑有《晓发鄞江北渡寄崔韩二先辈》诗:“南北信多歧,生涯半别离。地穷山尽处,江泛水寒时。露晓蒹葭重,霜晴橘柚垂。无劳促回楫,千里有心期。”①

西　渡

西渡位于宁波府城(今海曙区)西二十五里处,又名西江渡。它的水来源于慈溪,慈溪又承姚江而来。慈溪流到西渡处汇合众水,成为流过府城北面,汇入甬江。有管洪人员十八名,牛畜八头,即起拉纤引船过堰之用,可称明州版的“牛埭”。若以四头牛牵引一船,则此渡至少有两只船,若以两头牛牵引一船,则其渡船有三只甚至四只。越过西渡堰入慈溪江,可经慈溪、余姚到上虞的通明堰,所以西渡是明州城西面通往越州、杭州的重要渡口。有一位南宋诗人陈著(1214—1297,字谦之,奉化人)从北渡经过,到州城过夜,翌日又从西渡经过,写下《入京到西渡》诗:“昨宵北渡今西渡,系是离家第二宵。诗伴风流勤犯驿,棹郎醉饱健迎潮。丈亭浦近邻州接,笔架峰迷故里遥。得意归来期可数,榴花如火照高标。”②他另一首《西渡堰呈孙古岩朝奉》有“行计又匆匆,投西一短篷。上河平岸水,暮雨打头风”③之句,为这两个渡口留下难得的写照。

温　州

温州是浙东唐诗之路上的一个重要驿站,也是浙东唐诗之路前驱王羲之、谢灵运开辟旅游景点的名城,唐朝及唐以后慕名来游的诗人中便有不少是步王谢的后尘而来的。所以唐诗之路上的著名诗人所经行的地方便是后人仿效的榜样,是可以为唐诗之路发挥生生不息作用的珍贵资源。像以下两条诗路名迹,都是因为孟浩然的游踪到此而名垂青史,百世流芳。

横春渡(馆头渡)

横春渡很陌生,上浦馆就熟悉多了,其实是一个地方。上浦馆在温州府城东七

---

① [清]彭定求等编:《全唐诗》卷五二八,上海古籍出版社 1986 年版,第 1338 页。
② 傅璇琮等主编:《全宋诗》第 64 册,卷三三六七,北京大学出版社 1998 年版,第 40184 页。
③ 傅璇琮等主编:《全宋诗》第 64 册,卷三三六一,北京大学出版社 1998 年版,第 40140 页。

十里，是乐(清)琯(头)运河流入瓯江处，是瓯江过江往来及登陆的主要码头，知名度高。这是著名的田园诗人孟浩然到温州访问少年同学张子容所经行处。唐孟浩然《永嘉上浦馆逢张八子容》诗："逆旅相逢处，江村日暮时。众山遥对酒，孤屿独题诗。"[①]上浦在温州方言中本作"象浦"，"上""象"两字读音十分相似。查看地图，乐琯运河西侧小镇有条大街名为"象浦路"，在乐琯运河东侧有一镇名为"北白象镇"，都可助证此地的地名。被孟浩然记作"上浦"，遂成千古名迹，诗路流芳。此渡口名叫横春渡，又名馆头渡，其知名度不高。有位官员袁业泗作《横春渡》诗："画舫冲寒待晓光，淡烟笼水碧茫茫。黄茅野店鸡号月，红叶山村犬吠霜。到枕钟声催客梦，眠沙鸥鸟笑人忙。为官三载成何事？赢得新诗满锦囊。"[②]所以要重视文化的力量，将横春渡(馆头渡)也就是上浦的诗路文旅建设升上台阶，充分认识这是瓯江进入永嘉县和乐成县(今乐清)的主要津渡(码头)，过去多有迎来送往的旅馆饭店，所以"上浦馆"后来演变为"馆头"，美化之成为"琯头"，就在浙东唐诗之路上留下永久的印记。鉴于"上浦馆"在浙东唐诗之路上的重要地位与影响，现在上浦馆的诗路文旅尚待依据有关研究成果制订保护规划，拟订保护条例，加以合理地建设利用，今后会有许多文旅游客到此打卡，为浙东唐诗之路和永嘉山水诗路打造足以与"诗岛"江心屿媲美的文旅胜景。

飞云渡

飞云江是温州的第二大江，飞云渡是浙闽交通要津，渡在瑞安县(今瑞安市)南门外，瑞安古名安固、罗阳，其渡口名亦曾用过上述之名。福建沿海地带士子北上赴考，需要经过此处。唐朝福建和温州本地的诗人很少，没有留下诗作，或者较大可能是没有保存下来，留下空白。宋朝诗人增多，有一位温州平阳诗人林景熙经过此渡，作有《飞云渡》诗："人烟荒县少，澹澹隔秋阴。帆影分南北，潮声变古今。断碑僧塔远，初日海门深。小立芦风起，乘槎动客心。"就是描写在此候渡时的情景。

---

① [清]彭定求等编:《全唐诗》卷一六〇，上海古籍出版社 1986 年版，第 377 页。

② [清]嵇曾筠监修:《浙江通志》卷三八，《四库全书》第 520 册，台湾商务印书馆 2008 年版，第 107 页。

第九章　城郭关隘

城郭是我国历史上长期用来保卫自己，防御敌人的有效工事。唐徐坚《初学记》卷二四引《管子》说："内为之城，外为之郭。"[①]又引《吴越春秋》说："筑城以卫君，造郭以守民。"[②]就很简要地表达城郭的作用和异同。城郭浑言之则同义，指城墙；析言之则有别，城指子城（内城），郭指外城。可见前人在筑城上的构思，现在就统指城墙。城里的居民和守卫的武人，也就是军人都需要粮食、蔬菜、生产资料等必需品，自然由城外的农民和商人提供物资的供应和销售，有城郭便有市场，久而久之就形成了城市。城市之内有官衙、军营、学校、祠庙、寺观、坊巷、街道、城门这些基本格局。看唐朝东西两都长安、洛阳的城市图，城市像棋局一般，就可明白城市大概情况。所以城郭大到国都，中到州县，小到村镇，只要条件许可，都可以有城守卫。以前初中语文教材有一篇《冯婉贞》，写到一个以狩猎为生的小山村，也有寨墙，可以抵御英法联军的进攻，就可了解这一事实。只是到现代大多拆除了城墙，只剩下一些极其零星的城郭，成为历史的标本。浙东唐诗之路上所及的城郭，大多因势利导，将自然形势和人工工程紧密结合，成为江南城郭的一种普遍建筑现象，也是城郭的一种类型。可惜留存下来的太少，要理解平地狭窄区域筑城的特色，有时要还原其城墙基址也很辛苦。关隘与城郭有相同点，也是根据地理形势而加以建设利用的防御工事，有的关隘甚至于一夫当关，万夫莫开，其作用于攻守双方，可谓大矣哉。言归正传，还是从越州起笔。

越州州城（绍兴府城）

绍兴府城

越州城墙是浙东诸州城墙中最早的城防工事，从越王句践时就已经有城墙的雏形，当时句践命范蠡筑城。后来较大规模的筑城就有隋朝开皇十一年（591）越国

---

① ［唐］徐坚撰：《初学记》卷二四引，《四库全书》第 890 册，台湾商务印书馆 2008 年版，第 375 页。

② ［唐］徐坚撰：《初学记》卷二四引，《四库全书》第 890 册，台湾商务印书馆 2008 年版，第 375 页。

公杨素筑城；晚唐五代钱镠重修城池；北宋太守王逵重修城墙，疏浚护城河；嘉定十六年(1223)郡守汪纲重修城墙、城门，定九门之名，从东边起分别是都泗门、五云门、东郭门、稽山门、南边的植利门、西偏门(水偏门)、常禧门(旱偏门)、西北的迎恩门(西郭门)、北边的三江门(昌安门)。城里布局也有调整，分为五厢九十六坊。城市人口增长较快，超过万户，发达程度可与金陵媲美。南宋状元王十朋作有《会稽三赋》，对绍兴府的繁华兴旺作了热烈的歌颂。府城繁华极一时之盛，素称东南大府。有"带山傍海，膏腴重地，以山水为郡，有层冈叠巘而无梯磴攀陟之劳；有大湖长溪而无冲激漂溺之患"[①]的地利。自然条件远出于浙东其他大部分的州府之上。之后到清朝，屡有修筑，府城周长二十多里，设五座城门，四座水门。20世纪20年代为修建萧绍公路，拆除西郭门到昌安门段城墙，当作公路路基，嗣后到抗日战争前陆续拆除西郭、东郭、昌安、都泗等门；抗日战争时期的1938年，为防止日军占领利用，拆除城墙，绍兴各县城墙也在这个时期拆除，如萧山、诸暨。20世纪50年代，以府城墙基为公路路基，改造为环城公路。改革开放之后，出于保护古迹，发展文旅，绍兴重建了迎恩门、都泗门，这两座城门就是绍兴府城的西门和东门，处于浙东运河从萧山由西向东入城和出城向上虞的口上。正好与日僧成寻《参天台五台山记》由萧山经行绍兴的运河水路吻合。越州(绍兴)是世界上著名的水城，城内五厢九十六坊，水路与街坊相间。李白诗说"舟从广陵去，水入会稽长"[②]是指从广陵到会稽的水路遥远，也含有会稽境内水乡水道四通八达的意思。唐诗中如王昌龄《送欧阳会稽之任》诗"缓带屏纷杂，渔舟临讼堂"[③]，就是描写越州城里水道都能到官府大堂门前的情形。绍兴府城内官衙包含浙东观察使、越州和山阴、会稽两县，是唐朝设置的格局，后来长期保持"一府两县"的架子，以贯穿全城南北的府河为界，南边的植利门、北边的昌安门是府河的两端，以西属山阴县，以东属会稽县。直到清末将山阴与会稽两县合并为绍兴县止。20世纪70年代将府河主体部分填平为路，抹去绍兴府城历史上一处标志性的地理坐标，是一大曲折。随后掀起一阵填河风，填埋了不少城内河道，让这座以水为交通动脉的古城特色失色不少。能够看到乌篷船的水道减损，以车路替代船路，与水城为特色的定位是悖逆的。从原先五座城门加四座水门的东方水城，到现在重建两座城门作为留住旧日绍兴府城的遗

---

① [清]嵇曾筠监修：《浙江通志》卷一，《四库全书》第519册，台湾商务印书馆2008年版，第97页。

② [唐]李白：《别储邕之剡中》，[清]王琦注：《李太白全集》卷一五，中华书局1977年版，第725页。

③ [唐]王昌龄：《送欧阳会稽之任》，[清]彭定求等编：《全唐诗》卷一四二，上海古籍出版社1986年版，第330页。

迹，让行走在山阴道上的游客遥想越州当年的盛况，这多少显得有些无奈。

绍兴城里的名人故宅和历史遗迹很多，像府山、飞来塔、越王台、文种墓、王羲之故居、题扇桥、飞笔弄、千秋观、沈园、青藤书屋、古轩亭口、秋瑾故居、鲁迅故居、蔡元培故居、周恩来祖居以及像鲁迅笔下的百草园和三味书屋、咸亨酒店、土谷祠等等，更仆难数。最好还是由游客自己去游览体验，拾掇历史的碎片，坐坐乌篷船，戴戴乌毡帽，看看社戏台，走走古纤道，手摇《兰亭》扇，寻踪八字桥，走到口干舌燥、肚饥乏力之时，再来品尝绍兴的老酒和茴香豆、臭豆腐，深度感受东方水城的魅力吧。

绍兴府城迎恩门(高利华摄)

关 岭

关岭是浙东唐诗之路上“出镜率”很高的地方，无论在唐诗中还是在宋朝游记中，都堪称当时浙东唐诗之路上闪亮的明珠，吸引着后人按照前人游记和诗歌寻访而至。它的地点在越州与台州交界，是新昌和天台两县的交接点，又名虎狼关。就方位而言，在新昌县东南七十里，与天台接境；天台县城西北四十里到关岭。关岭地处交通要冲，是南来北往的游客必经之所，因此很早就有人在此设立店铺，故得名“关岭铺”。写到关岭最有名的大概要算许浑《早发天台中岩寺度关岭次天姥岑》这首诗了：“来往天台天姥间，欲求真诀驻衰颜。星河半落岩前寺，云雾初开岭上关。丹壑树多风浩浩，碧溪苔浅水潺潺。可知刘阮逢人处，行尽深山又是山。”[①]与著名流浪汉的隐逸诗人寒山子交好的天台山国清寺火头僧拾得也作有一首与关岭有关的诗：“故林又斩新，剡源溪上人。天姥峡关岭，通同次海津。湾深曲岛间，淼淼水云云。借问松禅客，日轮何处暾？”[②]宋朝时日本僧人成寻来天台山求法，于其过程写下日记甚详，他记经过新昌县界到达天台情景：“午时，至天姥。出钱百五十文，令吃酒十三人。过十五里，申时，过新昌县界，入台州天台县界，名关岭，高山顶也。过关岭一里，至郑一郎家宿。”[③]可见一斑。《万历绍兴府志》卷三《署廨志》载新昌从“小石佛铺”起到关岭铺止，就有赤土铺、班竹铺、会墅铺、冷水铺四个铺，把这一路上的服务行客的铺站记载得十分清楚。这在交通“主要靠走”的年代里，关岭铺的重要性是不言而喻的。至于关岭为什么又叫“虎狼关”？有一种解释是此地是高山之顶，人烟稀少，古代是虎狼出没之处，因而得名。

关岭又是军事要冲，是兵家必争之地，这是由于地形地势决定，历来成为攻防要点。关岭设寨兵守御，也是形势的需要。唐朝宝应元年(762)台州爆发袁晁“起义”，聚集人马二十余万，横扫浙东，兵锋锐利，一直打到江西上饶。唐朝廷派遣镇压安史叛军的主力大将李光弼指挥平定袁晁，李率所部从中原南下，以迅雷不及掩耳之势，短短数月时间就扑灭袁晁农军，广德元年(763)四月即上奏擒获袁晁，浙东平。当时著名诗人刘长卿《和袁郎中破贼后军行过剡中山水谨上太尉(即李光弼)》诗云：“剡路除荆棘，王师罢鼓鼙。农归沧海畔，围解赤城西。赦罪春阳发，收兵太白低。”[④]既写明平定袁晁之后社会恢复正常生活的快乐，又写到镇压袁晁的时间是在春阳时节，同时此战剡路，则可以想见关岭便是必争之地。另外，曾任台州刺史的李嘉祐有《和袁郎中破贼后经剡县山水上太尉》诗当与刘诗作于同时，其中有“地闲春草绿，城静夜乌啼。破竹清闽岭，看花入剡溪”[⑤]之句；皇甫冉诗《和袁郎中破贼后经剡中山水》亦同，其中亦有“节比全疏勒，功当雪会稽。旌旗回剡岭，士马濯耶溪。受律梅初发，班师草未齐”[⑥]之句，都是书写此战当春的经历。这一带在袁晁后还有剡县人裘甫等暴动，攻占越台明诸州县，朝廷派出安南都护、大将王式

① [清]彭定求等编：《全唐诗》卷五三三，上海古籍出版社1986年版，第1348页。
② [清]彭定求等编：《全唐诗》卷八〇七，上海古籍出版社1986年版，第1983页。
③ [日]成寻著，王丽萍点校：《新校参天台五台山记》卷一，上海古籍出版社2009年版，第46页。
④ [清]彭定求等编：《全唐诗》卷一四八，上海古籍出版社1986年版，第347页。
⑤ [清]彭定求等编：《全唐诗》卷二〇七，上海古籍出版社1986年版，第488页。
⑥ [清]彭定求等编：《全唐诗》卷二五〇，上海古籍出版社1986年版，第635页。

前来弹压，收复上述州县等事，关岭都是处在关键的节点上。唐末五代以降，更难以屡述。

关岭的位置是它的最重要的地理因素，在目前交通条件完全改变的情况下，保护这一浙东唐诗之路重要遗迹，朝着文旅融合方向，聚焦有利文旅的自然和人文要素，形成唐诗之路怀旧游、仿古游甚至传统武备训练基地，供拍摄影视作品实景地，如在关岭头复建山寨、哨卡、屯兵营等，将数码、信息技术等应用于仿真游艺，与台、越两州诗路文旅景区紧密连接成串，朝着错位发展，增强它的组合效应，应当是一个方案。

台州州城（台州府城）

台州府城

台州府城是我国江南保护得最好的历史文化名城。其城墙长度，南宋陈耆卿《嘉定赤城志》的记载，周长十八里。推溯历史上台州筑城的嚆矢，应当肇始于三国东吴设立临海郡的时候。三国吴太平三年（258，即高贵乡公甘露三年）析章安县置临海县，以会稽东部分置临海郡，治临海，以临海山为名，后来徙治章安①。让临海城墙出名的战役是在东晋元兴元年（402），临海郡太守辛景为抵御孙恩农军的攻掠，率军民在大固山上凿堑坚守，就是修筑防御工事，结果把此前横扫浙东的孙恩农军打得大败，孙恩走投无路，就赴海跳水自杀②。因此临海修筑城墙的历史只会早于东晋抵御孙恩时。只是后来郡治迁徙到章安，直到隋朝开皇十一年（591）将临海镇③治、县治重新迁回临海大固山麓，才重新开始筑城的历史。《嘉定赤城志》说："隋平陈，并临海镇于大固山，以千人护其城。"④到"唐朝武德四年（621）平李子通，以临海县置台州，取天台山而名"⑤。唐朝初期台州建立，州城修筑充分利用自然地形地貌，考虑山水条件，将州衙后面的大固山（龙顾山）与前面灵江边上的巾山作为自然的屏障和靠山，将灵江作为西边与南边的护城河。到北宋郡守钱暄到任，

①　［宋］陈耆卿撰，徐三见点校：《嘉定赤城志》卷一，上海古籍出版社 2013 年版，第 2 页。民国《台州府志》据《三国志·吴志·孙亮传》定于太平二年。

②　［唐］房玄龄等撰：《晋书》卷一○○《孙恩传》，《二十五史》第 2 册，上海古籍出版社、上海书店 1986 年版，第 308 页（总第 1552 页）。

③　镇本是军事单位，南朝时将临海郡撤并为临海县，此时为军政合一机构。

④　［宋］陈耆卿撰，徐三见点校：《嘉定赤城志》卷一九，上海古籍出版社 2013 年版，第 300—301 页。

⑤　［宋］陈耆卿撰，徐三见点校：《嘉定赤城志》卷一，上海古籍出版社 2013 年版，第 2 页。

将屡修屡圮的东城墙移到东湖以内，“徙而之西，缩进里余”[①]，又将东湖大加疏浚，建成一处稀有的水军练兵场，相当于台州水军的军港，与灵江连通，实际变东湖为台州城的东护城河。就这样将台州城墙东边的缺陷弥补得天衣无缝，固若金汤。台州城到宋朝已经奠定府城的规模和格局，以迄清末到民国，这一古城的基本形态大体保持下来。

这座府城墙最大的功能是防洪防敌二合一，就像吕祖谦《台州重修城记》中所说：“临海郡南东西三方岸江湖，秋水时至，北限大山，蹙不得骋，怒啮堤足，生聚凛凛，恃城以为命。”[②]即使在改朝换代、政权鼎革之后有几次全国毁城，以示无抵抗意，台州城墙也未拆除，就是“恃城以为命”的相依关系。宋朝台州城有七座城门，各冠以楼：南曰镇宁门，楼名神秀；曰兴善门，楼名超然；东曰崇和门，楼名惠风；西曰栝苍门，楼名集仙；东南曰靖越门，楼名靖越；西南曰丰泰门，楼名霞标；西北曰朝天门，楼名兴公。宋以后吸取历次洪灾教训，西门和西南门就被改为城墙。到民国时为修建汽车站，在东城墙崇和门南半里许开望华门；20 世纪 50 年代，为修建烈士墓和小高炉炼钢，拆除东城墙。城墙长期失修，其他三面城与城门未改，门楼全毁；改革开放后 80 年代将西城墙新开望江门，以打通城内巾山路东西通道，上建望江门楼；90 年代修复城墙，又在兴善门西侧开一大南门，以通车辆，这是两次较大的改动。

台州城的历史可以得出它的城墙修筑，从隋唐以来基本上没有中断，明朝倭患严重，戚继光来台抗倭时，进一步改善府城抗击军事进攻的防御功能，让这座战时防敌、平时防洪的府城更加坚固。清朝也屡加修缮。它在防敌防洪、水陆运输等方面都考虑周到，它的瓮城、马面城墙工程具有独到之处。1995 年临海市建设名城修复古城墙，从修复府城墙时所见的横断面看，是从泥土筑城到砖石筑城，到后来的条石和城砖包砌，这是它在浙东乃至全国城墙修筑上具有独特的地方。它在防洪功能上要远大于防敌，所以在城墙外立面的设计与建造上体现于“马面”的造型，一般的城墙上的马面呈外突方形，守军可以方便地三面作战，消灭登城攻城的敌人，但台州府城临江迎水的马面都建成弧形或斜形，这样的形状就是为了减轻洪水的冲击力，保护城墙的安全。事实证明，这种马面形制是一种有效的创新。

原记载城墙周十八里有奇，实测全长 6000 多米，现存城墙全长 5000 多米，高

---

① [宋]陈耆卿撰，徐三见点校：《嘉定赤城志》卷二，上海古籍出版社 2013 年版，第 10 页。

② [宋]林表民辑，徐三见点校：《赤城集》卷一，上海古籍出版社 2013 年版，第 3 页。

达 7 米左右。东起东湖北端的揽胜门，沿白云山到白云楼转向西，沿大固山脊到台州城隍庙、方国珍望天台、烟霞阁、梅园、望江门到兴善门（南门），经巾山南麓抵小固山东端临海大桥头为止。其中揽胜门共 198 级台阶，陡峻雄伟，登城需要勇气，人称"好汉坡"；城隍庙段可览城外雍正皇帝题字摩崖，望天台可回溯元末首举义旗的方国珍在此称王的历史壮举；烟霞阁段山势最为险峻，与灵江形成山水相映的绝壑深池之固；兴善门段是府城最重要的交通要冲，门内大街是府城主街道紫阳街、龙兴寺和台州第二诗山的巾山，门外是府城通往温州、福州的官驿中津浮桥和灵江运输的码头，货物人员都从这里出入。这里也是 2022 年中央广播电视总台央视跨年晚会的拍摄实景现场。走到南门，登上巾山，可见府城北依大固山，南有巾山和小固山，西南两面灵江绕流，滚滚滔滔，径向东海奔去，形胜天然，形成一座极其难得的坚固城池。正如明朝人文地理学家王士性在《广志绎》中所说的那样："（浙江省）十一郡城池唯吾台最为据险，西、南二面临大江，西北巉岩篸箾插天，虽鸟道亦无。止东南面平夷，又有大湖深濠，故不易攻。倭虽数至城下，无能为也。"[①]因为戚继光台州抗倭九战九捷，因为戚继光北上守边，北京段长城与台州府城结下紧密的亲缘，八达岭长城维修的工匠骨干就是戚继光修筑台州城墙的人员。罗哲文先生盛赞台州城是八达岭长城的师范和蓝本。经过三年修建，于 1998 年竣工，举行首届江南长城节活动。2001 年 6 月被国务院公布为全国重点文物保护单位，2012 年 11 月，台州府城与其他古城保存较好的城市一起组成中国明清城墙联盟，列入"中国世界文物遗产预备名单"。现在临海市政府正在进一步保护古城墙和古街区古建筑，申报国家 5A 级旅游景区顺利实现，正以浓郁的古城风貌、崭新的文旅姿态迎接国内外游客，客流量节节升高，跃居全国同类景区前茅。

今天的府城经过整修，经历千年的风雨和烽烟的洗礼，像一条巨龙，蜿蜒于崇山碧涛之间，保卫着这座饱经战火和洪灾的古城，显得更加巍峨壮观，令人肃敬。如果能够恢复其东面城墙，那么将成为中国古代城防的最佳博物馆。最后略改一下北宋诗人杨蟠和陈克的诗句，作为浙东唐诗之路的著名人文胜迹台州府城的剪影："天远楼台横北固，夜深灯火见台州。"[②]希望登览者能够在此"徘徊临北固，慷

---

① ［明］王士性著，周振鹤编校：《王士性地理书三种·广志绎》卷四《江南诸省》，上海古籍出版社 1993 年版，第 324 页。

② ［宋］杨蟠《陪润州裴如晦学士游金山回作》，［清］王棻撰：《台学统》卷五四《知州杨公济先生蟠》，上海古籍出版社 2016 年版，第 3377 页。

慨俯东流”[1]，获得更加愉快难忘的体验。至于府城中游观之胜，如巾山、东湖、紫阳街、龙兴寺、郑广文纪念馆、鼓楼、孔庙等详见各专条。

台州府城瓮城与灵江（徐三见摄）

桃渚古堡

桃渚古堡在临海东部桃渚镇芙蓉城里村，始建于明朝正统八年，是桃渚千户所所城。《民国临海县志》卷五载：“城高二丈一尺，周回二里七十步，明正统八年（1443）建。东南至前所四十里，北至健跳一百里，西至府城一百二十里。四面枕山，一面濒海。”[2]又称桃渚古城，是全国保存最完整的抗倭古城堡。大体呈方形，东西长376米，南北宽390米，周长1366米。有东南西三座城门，城墙高4—5米，坊巷保存明清格局，古屋悠久古朴，饱经沧桑。但这处抗倭城堡只是桃渚千户所第三次迁建的，此前于明朝洪武二十年（1387）就筑桃渚土城，置千户所防备倭寇。其地址在桃渚古堡东南方三十余里处的下旧城，此后迁移到中旧城，第三次就迁到今址。上述《临海县志》卷三《叙山》载：“旧城山，在鲤鱼山东，三面滨海，东临圣唐门

① ［宋］陈克诗句见［清］王棻撰：《台学统》卷五五《删定陈子高先生克》，上海古籍出版社2016年版，第3416页。

② 何奏簧纂，丁伋点校：《民国临海县志》卷五，中国文史出版社2006年版，第114页。

（原注：即青塘门），西接轻盈山，南襟海涂，北扼桃渚港，为海防要区。上有古城（原注：今故址犹存），相传明倭寇时，城移中旧城，后移桃渚寨云。”[①]浙东沿海是深受倭寇侵害的地方，戚继光抗倭时在台州沿海健跳、桃渚、新河等地打过几仗，取得大捷。桃渚古堡的城墙不算很高，但它的城门构造很有合理性，就是入门之后是一个瓮城，在瓮城转 90 度弯进入城门，这样即使城门大开，敌人也不知道城里虚实；即使进入瓮城，也未必能进入城里。这是这座古堡的奥妙所在。平时，东洋来华求法和经商的僧人、商人及其他落难的难民也多有在浙东沿海登陆的，对桃渚来说，最有代表性的是明朝弘治元年（1488）漂流到牛头洋登陆的朝鲜文官崔溥，上岸后被解到桃渚千户所问明身份，得到礼遇，全部随员一起安全回国。今桃渚城里还有纪念碑。唐朝从朝鲜来到中国九华山的金乔觉，后来修成正果，成为地藏王菩萨，他的登陆地点也在临海东部，疑在桃渚沿海登陆。此事有待深入研究。桃渚盛产蜜橘，芙蓉村一带是橘林遍野，品质超群，每年深秋橘熟时节，金红的蜜橘上市，桃渚古堡外的市场上堆得像小山似的，闪耀着难以抗拒的诱惑之光。橘商蜂拥而至，运橘的大车排满路边。唐诗中武元衡《送吴侍御司马赴台州》：“烟林繁橘柚，云海浩波潮。余有灵山梦，前君到石桥。”[②]虽然诗人未必到过临海橘乡，却是深合橘乡景色的诗句。桃渚的自然风景是火山喷发的地貌，前文已经述及；农业观光景色最有代表性的是“桃江十三渚”，深秋时节最美，难以言语形容。桃渚古城堡以其原汁原味的古朴风貌，得到许多影视导演的青睐，成为《海之门》《抗倭英雄戚继光》等许多部影视作品的拍摄实景地。因此可以开发沿海“学武备、品海鲜；采蜜橘、诵唐诗”为主题的文旅线路。

明州州城（宁波府城）

宁波府城

宁波府城周长十八里，有六座城门、两座水门。北面东面滨江，其他两面为濠。明州州治原以鄮县为治所，古鄮县在阿育王山之西、鄮山之东，唐穆宗长庆元年（821）明州刺史韩察将州治迁移到余姚江、奉化江和鄞江（今甬江）交汇的三江口，安营扎寨，筑下城墙，其形势是以奉化江为东城之池，余姚江为北城之池，其西面南面也有其他的山水围绕，也就是现在还存在未填封的护城河，选址时充分考虑利用

① 何奏簧纂，丁伋点校：《民国临海县志》卷五，中国文史出版社 2006 年版，第 49 页。

② ［唐］武元衡：《送吴侍御司马赴台州》，［清］彭定求等编：《全唐诗》卷三一六，上海古籍出版社 1986 年版，第 784 页。

自然山水条件，形成一处易守难攻的坚固城池。唐咸通(860—873)中扩建城墙，现存天宁寺塔即建于咸通四年(863)，是浙江现存唯一的唐塔。明州州城东临鄞江(奉化江)，它有一项重大的交通工程，就是在浙东率先建起一座跨越鄞江的浮桥，唐长庆三年(823)刺史应彪置，共十六只船，用长木板铺在船上，长五十五丈，阔一丈四尺，名为灵桥。浙东其他州郡也往往有过浮桥，但时间上似以明州为先。明州城此后规模有所扩大，到南宋城墙周长达到十八里，奠定明州城(后来庆元府城、宁波府城)的基础，基本地盘没有移动，到清朝以迄近代屡有修整。这就是现在宁波市老城区——海曙区的基本地盘。

宁波天宁寺塔(王奕丰摄)

宁波府城扼守三江，其地东接沧溟，海道辐辏，南接闽广，北通苏沪、长江、山东辽东及朝鲜半岛，商舶往来，物货聚集。海外诸国伺候风潮，商船纷至，中外商贸自然兴盛。早在唐朝设有市舶使，总管交易征税诸事[①]；北宋政和时就有三韩岁使船

① [宋]罗濬撰：《宝庆四明志》卷六"市舶"条下，《四库全书》第487册，台湾商务印书馆2008年版，第81页。

来明州登陆，知州需要应办有关手续[1]。东出定海，有蛟门虎蹲天设之险，是国家东南海上门户，兵家必争之地。与海上通商往来有关的机构，文化交流的遗迹等，经历千百年的沧桑，在三江口周边留下很多印迹，如宁波江东区的浙海常关遗址和庆安会馆，海曙区江厦公园中的来远亭遗址、道元禅师入宋纪念碑、海上茶路启航地，江北区的宁波老外滩、浙江海关旧址博物馆、英国领事馆旧址等，都是历史文化遗存中的遗珠。而让宁波府城留住历史形象的除了一座唐塔、一座鼓楼外，还有名动天下的文化瑰宝中国现存历史最悠久的私家藏书楼——明朝范钦的天一阁。清人阎若璩《潜邱札记》称范钦性喜藏书，购海内异本，浙东藏书家以范氏天一阁为第一。天一阁不仅名字含义“天一生水，地六成之”深得传统文化精髓，它的建筑和家规有利藏书的安全，成为藏书家取则的样板，还因为清朝乾隆皇帝编纂《四库全书》大量地抄写范家的藏书，《四库全书》编好后在京城和全国重要地方修建七座藏书楼，都以天一阁为蓝本，从而闻名天下。到当代，天一阁化私为公，宁波文旅宣传广告词“书藏古今，港通天下”就极好地体现天一阁在宁波这座古城所占据的地位。现在天一阁成为宁波的一张金名片，用它的藏书为宁波筑起一座南国书城，用它的藏书文化为浙东筑就一座文化之城，成为宁波文旅也是浙东诗路宁波段的极有魅力的亮点。

宁波天一阁（王天利摄）

① [宋]罗濬撰：《宝庆四明志》卷三“造船官”条下，《四库全书》第487册，台湾商务印书馆2008年版，第52—53页。

定海县城

定海县城即今舟山市区老城，周长七里，开有四座城门、两座水门。它虽在唐朝开元年间设置翁山县，但当时没有修筑城墙。到宋朝熙宁六年(1073)改名昌国县，开始修筑城墙，南宋初期建炎中城墙被毁。明初重视沿海防御，洪武十二年(1175)增修昌国城，设立昌国卫，但后来信国公汤和将昌国卫迁到大陆象山县之东，这里的城墙又被冷落。直到嘉靖三十三年(1554)，出于抗倭形势的需要，将城墙加筑高厚。清朝康熙二十六年(1687)设立定海县，原在甬江口的定海改名镇海，康熙二十八年(1689)在昌国城故址上重筑城墙，周长一千二百十六丈，城高二丈，城墙基址阔一丈五尺。还修起罗月城四，雉堞一千二百八十，高四尺，立东西南北四门，门上飞楼四，窝铺三十八。其南设水门一，城外为壕(池)。这样已经是相当完备的一座城池，以后续有修整。定海县城在明朝抗倭战争、清朝围剿"绿壳"(海盗)和鸦片战争当中都发挥了重要作用，是一座记录中国人民反抗外来侵略战争历史的古城。古城的民居多为一层，一般不过两层，街道多以石板铺路，现在有不少路段改成水泥路面，改造增添水电气供给排放功能。古城在改革开放后的建设中曾经有损毁，引起较大反响，现在舟山市区有很大的拓展，面貌焕然一新。但古城是历史的真实沉淀，也是文旅宝贵的资源，像中大街、城隍庙等，也是游客喜欢的很有味道的观光之处。游舟山除了去普陀山烧香拜佛外，好玩的去处之一便是徜徉海岛古城，追寻历史的时光。

温州州城(温州府城)

温州府城周长十八里，设有七座城门，南临河，北负江(瓯江)，东西为濠。前文永嘉县城条已及，此处不重复。

处州州城(处州府城)

处州府城墙高三丈有五，周长七百九十二丈，设六座城门，城楼六所，始建于隋文帝开皇九年(589)，唐朝迁建于今址，宋宣和年间重修，元至元二十七年(1290)重筑，因地制宜，依山就势，东北掘地为池，因土为城；南以溪为池，壅堤为城；西就山为城，并溪为池。嘉靖四十二年(1563)重修城墙，以石包砌，更加坚固。此后到清末，历代屡有修缮加固。1934 年丽水到缙云公路通车，丽阳门成为新交通枢纽，没几年抗日战争期间，浙江省党政机关避难到丽水，这里便成为全省的政治、军事中心，引来日本飞机轰炸，日军进攻处州，因此古城破坏在所难免。但最大的破坏来自 1978 年为扩建中山街，拆除丽阳门城门及堆埋大水门至小水门沿江边这一段城墙，残存丽阳门段城墙近 70 米，残高近 6 米，顶宽 8 米。残损破败，难以尽述。

现在处州府城墙残存段，于 2005 年 3 月被公布为浙江省文物保护单位，得到保护。残存的南明门至行春门、括苍门至万象山段保存较完整，石砌部分城墙残高约 5 米，最宽处约 5 米，也是有防敌、防洪双重功能。处州城处于万山之中，四围山色里，一目碧苍中。宋代诗人杨亿谈对处州的观感说："引领西目，群峰倚天；清溪南奔，深浅见底。"[①]堪称浙东名胜之区。现在欣逢重视传统文化，丽水市在城墙南明门至行春门间重建仿古文化街，作为处州小吃一条街，人气很旺，为古城增添人文元素；又重建了历史地标应星楼，高耸云霄，成为处州古城一处新的地标，与青山碧水交相辉映，与老地标厦河塔遥相呼应，成为古城新亮点。

丽水应星楼(李柳珊摄)

① ［清］嵇曾筠监修：《浙江通志》卷一，《四库全书》第 519 册，台湾商务印书馆 2008 年版，第 105 页。

衢州州城(衢州府城)

衢州府城

衢州府城周四千五十步,设有六座城门,东南北三面挖掘城濠,西面有衢江阻隔,衢江成了天然的护城河。宋宣和三年(1121)修筑的城墙是后世城墙的基础。元至正时增筑新城,清朝屡经修葺,民国时也曾经修缮加固。在历史的巨大变化中,衢州府城也发生了不可逆转的变化,大部分城墙墙体被拆,现在的衢州府城还侥幸地保留部分城墙;六座城门除北门之外的五座城门,还有三边的护城河。东门,名迎和门,又叫紫金门,门外是著名的青龙码头,是府城的大门,新上任的官员都从此门入城,门外为七里街,因门外有一送别亭名七里亭得名。今为市区与衢州机场的分界线。其余城门除大西门重新修缮外,各门城楼都已圮毁。残存城墙的长度约有2000米,残高3—5米,城外护城河基本保存,南湖、斗潭(北护城河)保存较好,东侧城河多被分割为养鱼塘,有待于疏浚。1989年公布为省级重点文物保护单位。2006年6月,衢州府城被国务院公布为第六批全国重点文物保护单位。衢州处于浙闽赣皖四省交界,区位重要,也是优势。前贤描述为“提饶信之肘腋,扼瓯闽之襟喉,控黟歙之项背”,“画山为屏,依岩作障,称要地焉”①。衢州府城是我国古代东南城市规划建设的又一成功范例,它在讲究天人合一,利用地形地貌,攻守利便诸方面具有独到之处,在研究府城一级的城池格局、规模、坊巷、市井诸方面的鲜活样本,具有一定的军事、历史、艺术、科学价值。

仙霞关

仙霞关在州南江山县(今江山市)南仙霞岭上,古代称为泉山。唐朝杜佑说:“泉岭山在衢州信安县西南二百里。汉朱买臣云:‘东越王居泉山,一人守险,千人不能上。’”②其山周围百里,都是高山深谷,登山台阶共三百六十级,经过二十四个弯,长度有二十里。唐乾符五年(878),黄巢农军攻破饶、信、歙等州,转而攻略浙东,凿山开路七百余里,直趋建州(治今福建建瓯)。就是由此岭过去的。到南宋绍兴中,史浩赴闽任职时经过此岭,方才招募人工以石铺路,从此路面逐渐变得宽阔平整。这是交通浙闽赣三省的古代关隘,很早就有巡司戍守,旧名东山巡司,初置于岭下,明朝成化年间移徙于岭上。又有小竿寨巡司,在县南小竿岭上。仙霞虽然

---

① [清]嵇曾筠监修:《浙江通志》卷一,《四库全书》第519册,台湾商务印书馆2008年版,第101页。

② [清]嵇曾筠监修:《浙江通志》卷三七,《四库全书》第519册,台湾商务印书馆2008年版,第101页。

衢州水亭门夜景(郑宪宏摄)

作为一个关,而它的东西有名的关有五个:一叫安民关,在仙霞东南三十五里,路通处州府遂昌县;一叫六石关,在仙霞西南三十五里,属江西永丰县,路通江山县及江西玉山县;一叫黄坞关,在仙霞西南五十里,一叫木城关,在仙霞西南六十里,属福建浦城县,路皆通永丰;一叫二渡关,在仙霞西南八十里,亦属浦城县,出关即永丰县界。皆江浙往来的近路,与仙霞一共有六关。六关中只有二渡关山溪环绕,路狭只容得下单骑,若从江西广信取道由此而东,主直接出枫岭之南,历盆亭司、分水关,共五十里,合于仙霞南出的道路。其地崎岖险窄,而安民、木城各关又都曲折偏僻深险,难于登攀,不是选择通过的地方。其外又有茅檐岭关,在六石关东南十余里,属江山县界,路通福建浦城。又有限门关,在二渡关南三十余里,属浦城县,路通福建崇安。又有岑阳关,在二渡关南三十里,属崇安县,路通江西永丰、上饶。其他的山路纵横交错,因地设卡,多叫某关,总之是以仙霞为首。

仙霞岭雄踞众山之上,高峰插天,旁临绝壑,山高路险,是浙闽赣三省交通咽喉。晚唐黄巢率领农军从此岭向南,是最大的一次过岭群体行动。只是写出"冲天香阵透长安,满城尽带黄金甲"[①]的诗人黄巢没有留下诗作,大概是形势逼人,没有心思作诗吧。宋人题咏诗文渐多,如南宋思想家吕祖谦有从婺州(金华)到福建之

① [唐]黄巢:《不第后赋菊》,[清]彭定求等编:《全唐诗》卷七三三,上海古籍出版社1986年版,第1836页。

行，一路记下行程起止，题作《入闽录》，他从淳熙二年(1175)三月二十一日出发，到二十七日经过仙霞岭磴道(石级)，“屈折数里，甚峻，左右皆童山(光头山)，榛茅极目”①。可称为当时过岭留下的真实写照。

婺州州城(金华府城)

婺州州城周长九里一百步，高一丈五尺，厚二丈八尺。设有七座城门，南临大溪(即乌伤溪和武义溪汇合为双溪，后称婺江)，三面环濠，始筑于何时不详，宋朝时修筑的城墙故址，是奠定州城的基础。元至正十二年(1352)重筑，清朝重修。金华府城介于山水之间，又加位置冲要，前贤称为“群山包络，双溪夹流。凡江湘闽广车徒之辐辏，食货之转输，胥由郡以达省会(杭州)”②，由此可见一斑了。就诗路文旅来说，金华府城是浙东唐诗之路的重要驿站，与唐朝诗人诗作密切相关的，如它的东门叫赤松(旧名梅花)，南门之一曰八咏(旧名玄畅)，就是李白《送王屋山人魏万还王屋》诗中“径出梅花桥，双溪纳归潮。落帆金华岸，赤松若可招。沈约八咏楼，城西孤岩峣”③相对应，可谓合若符契。由此还可推导出梅花桥就是东门之桥，它的特点是南门多，有四门，南门之一的八咏门应当就在八咏楼附近。这样就可将金华古城的文化街区大致确定于东门到南门这一代表金华文化特色的地方，它与现在金华婺州古城区从万佛塔到五百滩这一范围大体相合。

金华古城的拆毁与日寇侵华战争成因果，抗日战争全面爆发后，金华屡遭日机轰炸，1938年底，为防止城墙为日寇所用，也为便于疏散城里居民，府城被拆毁，这与绍兴府城及萧山、诸暨县城城墙的拆毁是一样的。金华府城残存宏济桥头、明月楼、白莲巷北、高坡巷等处城墙遗址，城内较大的古建筑仅有八咏楼、天宁寺、府城隍庙、明月楼、太平天国侍王府等，通远门这一段是1995年修复的。八咏公园、落帆亭、婺州公园、双溪阁等应该是古城保护修复修建的。现在重视传统文化资源的保护、发掘、研究利用，通过文化助力，推动文旅融合，实现旅游转型升级，金华的诗路文化资源便可发挥应有的作用。金华建城历史悠久，文化积淀丰厚，如原来金华府城中有一极目亭，又名双溪亭，南宋绍兴年间重建，可极目双溪之景，远眺覆釜仙源，因更名为极目亭。南宋淳熙年间扩建，有郡守周彦广及米芾、陆游、叶梦得、韩

---

① [宋]吕祖谦撰：《东莱集》卷一五，《四库全书》第1150册，台湾商务印书馆2008年版，第139页。

② [清]嵇曾筠监修：《浙江通志》卷一，《四库全书》第519册，台湾商务印书馆2008年版，第99—100页。

③ [唐]李白著，[清]王琦注：《李太白全集》卷一六，中华书局1977年版，第755页。

元吉、楼钥等人的手迹或作品，传有《极目亭诗集》。万佛塔、八咏楼古城区街坊的修复保护工程完工，不仅为婺州古城注入新的活力，还有这些古代文化遗迹的挖掘与利用，肯定为浙东唐诗之路和钱塘江唐诗之路研究建设提供很好的助力，为研学旅行、文旅融合和全域旅游提供很好的题材。今天的浙东唐诗之路文旅可以方便地诵读唐诗，跟着李白、魏万和其他唐朝诗人的足迹，观览山川，体验风俗，开悟精神，升华人生境界，品味古今不同时代的诗和远方。

参考文献

[清]阮元校刻:《十三经注疏》上册,北京:中华书局,1980年版。

[汉]司马迁撰:《史记》,《二十五史》,上海:上海古籍出版社、上海书店,1982年版。

[唐]魏徵等撰:《隋书》,《二十五史》,上海:上海古籍出版社、上海书店,1982年版。

[后晋]刘昫撰:《旧唐书》,《二十五史》,上海:上海古籍出版社、上海书店,1982年版。

[宋]欧阳修、宋祁撰:《新唐书》,《二十五史》,上海:上海古籍出版社、上海书店,1982年版。

[北魏]郦道元撰:《水经注》,扬州:江苏广陵古籍刻印社,1998年版。

[唐]李吉甫撰,贺次君点校:《元和郡县图志》,北京:中华书局,1985年版。

[宋]乐史撰:《太平寰宇记》,《四库全书》,台北:台湾商务印书馆,2008年版。

[宋]王存等撰:《元丰九域志》卷五,《四库全书》,台北:台湾商务印书馆,2008年版。

[宋]郑樵撰:《通志》卷七三,《四库全书》,台北:台湾商务印书馆,2008年版。

[宋]施宿等撰:《嘉泰会稽志》,清嘉庆戊辰重镌本,1926年影印。

[宋]张淏撰:《会稽续志》,《四库全书》,台北:台湾商务印书馆,2008年版。

[宋]祝穆撰:《方舆胜览》,《四库全书》,台北:台湾商务印书馆,2008年版。

[宋]陈耆卿撰,徐三见点校:《嘉定赤城志》,上海:上海古籍出版社2013年版。

[宋]罗濬撰:《宝庆四明志》,《四库全书》,台北:台湾商务印书馆,2008年版。

[宋]梅应发、刘锡撰:《四明续志》,《四库全书》,台北:台湾商务印书馆,2008年版。

[宋]高似孙撰:《剡录》,《四库全书》,台北:台湾商务印书馆,2008年版。

[明]李贤等撰:《明一统志》,《四库全书》,台北:台湾商务印书馆,2008年版。

《清一统志》,《四库全书》,台北:台湾商务印书馆,2008年版。

[清]嵇曾筠等纂修:《浙江通志》,《四库全书》,台北:台湾商务印书馆,2008年版。

[清]齐召南著,胡正武点校:《水道提纲》,北京:国家图书馆出版社,2017年版。

喻长霖等编纂,胡正武等点校:《台州府志》,上海:上海古籍出版社,2015年版。

[清]洪颐煊撰,徐三见点校:《台州札记》,《洪颐煊集》,上海:上海古籍出版社,2017年版。

[清]洪颐煊撰,胡正武点校:《汉志水道疏证》,《洪颐煊集》,上海:上海古籍出版社,2017年版。

[明]王士性著,周振鹤编校:《王士性地理书三种·广游志卷上·杂志上》,上海:上海古籍出版社,1993年版。

[明]徐宏祖著,褚绍唐,吴应寿整理:《徐霞客游记》,上海:上海古籍出版社,1980年版。

浙江省温岭市地方志办公室整理:《太平县古志三种》,北京:中华书局,1997年版。

[明]释传灯撰:《天台山方外志》,上海:上海古籍出版社,2018年版。

[清]黄宗羲辑:《四明山志》,《四明丛书》第14册,扬州:广陵书社,2006年版。

[清]齐召南纂,[清]阮元修订,许尚枢点校:《重订天台山方外志要》,北京:国家图书馆出版社,2018年版。

彭延庆等修辑,南开大学地方文献研究室、杭州市萧山区人民政府地方志办公室整理:《萧山县志稿》,天津:南开大学出版社,2010年版。

任桂全主编:《绍兴市志》,杭州:浙江人民出版社,1996年版。

嵊州市政协《剡溪志》编委会:《剡溪志》,北京:中国文史出版社,2021年版。

[明]李言恭、郝杰著,汪向荣、严大中校注:《日本考》,北京:中华书局,2000年版。

周绍良主编:《唐代墓志汇编》,上海:上海古籍出版社,1992年版。

[晋]葛洪:《神仙传》,胡守为校释,北京:中华书局,2010年版。

[刘宋]刘义庆著,[梁]刘孝标注,余嘉锡笺疏:《世说新语笺疏》,上海:上海古籍出版社,1993年版。

[宋]沈括:《梦溪笔谈》,南京:江苏古籍出版社,1999年版。

［宋］韩彦直撰，彭世奖校注：《橘录》，北京：中国农业出版社，2010 年版。

［元］陶宗仪：《辍耕录》，北京：中华书局，1959 年版。

逯钦立辑校：《先秦汉魏晋南北朝诗》，北京：中华书局，1983 年版。

［刘宋］谢灵运著，黄节注：《谢康乐诗注》，北京：中华书局，2008 年版。

［梁］萧统编，［唐］李善注：《文选》，北京：中华书局，1977 年版。

［梁］任昉撰：《述异记》，［明］程荣纂辑：《汉魏丛书》，长春：吉林大学出版社，1992 年版。

［清］彭定求等编：《全唐诗》，上海：上海古籍出版社，1986 年版。

［清］董诰等编：《全唐文》，上海：上海古籍出版社，1990 年版。

陈尚君辑校：《全唐诗补编》，北京：中华书局，1992 年版。

［唐］李白著，［清］王琦注：《李太白全集》，北京：中华书局，1977 年版。

［唐］孟浩然著，佟培基笺注：《孟浩然诗集笺注》，上海：上海古籍出版社，2000 年版。

［唐］徐灵府等撰，胡正武点校：《天台山记 天台胜迹录》，杭州：浙江大学出版社，2010 年版。

［宋］李昉等编：《文苑英华》，《四库全书》，上海：上海古籍出版社，1987 年版。

［宋］范仲淹著，薛正兴点校：《范仲淹集》，南京：凤凰出版社，2019 年版。

［宋］王安石著，［宋］李壁笺注，高克勤点校：《王荆文公诗笺注》，上海：上海古籍出版社，2010 年版。

［宋］苏轼著，［清］王文诰辑注，孔凡礼点校：《苏轼诗集》，北京：中华书局，1982 年版。

［宋］李清照著，王仲闻校注：《李清照集校注》，北京：人民文学出版社，1979 年版。

［宋］王十朋著，梅溪集重刊委员会编，王十朋纪念馆修订：《王十朋全集》，上海：上海古籍出版社，2012 年版。

［宋］陆游：《陆游集》，北京：中华书局，1976 年版。

［宋］文天祥著，刘文源校笺：《文天祥诗集校笺》，北京：中华书局，2017 年版。

［宋］喻良能撰：《香山集》，《四库全书》，上海：上海古籍出版社，1987 年版。

［宋］戴复古著，金芝山点校：《戴复古诗集》，杭州：浙江古籍出版社，2012 年版。

［宋］徐照、徐玑、翁卷、赵师秀撰，赵平点校：《永嘉四灵诗集》，杭州：浙江大学

出版社,2010 年版。

[宋]孔延之编,邹志方点校:《会稽掇英总集》,王建华主编《越文化研究文库》,北京:人民出版社,2006 年版。

[清]毛奇龄撰:《西河集》卷一二九,《四库全书》,台北:台湾商务印书馆,2008 年版。

蒋叔南:《天台山游记》《天台山重游记》,张乐之编:《天台山历代游记集》藤花新馆丛刊第七种,戊戌年秋编印。

[清]翟均廉撰,胡正武整理:《海塘录》,北京:九州出版社,2025 年版。

卢盛江主编:《唐诗之路研究(第二辑)》,北京:中华书局,2024 年版。

罗兹柏、张述林编著:《中国旅游地理》,天津:南开大学出版社,2000 年版。

邱高兴主编:《唐诗之路研究(第一辑)》,北京:中华书局,2020 年版。

[唐]徐坚等:《初学记》卷五,北京:中华书局,1962 年版。

[日]成寻著,王丽萍校注:《新校参天台五台山记》,上海:上海古籍出版社,2009 年版。

天台宗典刊行会编纂:《天台宗全书》,滋贺:延历寺,昭和十年(1935)。

佛书刊行会编纂:《日本佛教全书》第 24 册、第 125 册、第 126 册,东京:佛书刊行会,大正二年(1913)。

张天星辑注:《浙江天台山游记辑注》近代卷,杭州:浙江大学出版社,2022 年版。

后　记

“天台山最高，动蹑赤城霞。”（孟郊《送超上人归天台》）天台山是我的家山，它与浙东唐诗之路结下不解之缘，我与它自然有不解之缘，我与浙东唐诗之路之缘，也和我读书求学路过天台山和浙东唐诗之路紧密关联。我读大学的时代是一个黄金般的时代，又是一个梦幻般的时代，好多情景历历在目，又有好多情景慢慢模糊，唯有因读太白《梦游天姥吟》一诗，而让我对家乡的山水与唐诗结下不解之缘。从竺岳兵先生发起“剡溪——唐诗之路”倡议，公诸报纸（当时主要的媒介就是它了）开始，我就很有兴趣，迄今已经三十多年，陆续撰写了几十篇文章，探讨这条“浙东唐诗之路”的若干与自己兴趣相关的问题，陆续发表于有关学术期刊上，后来遴选其中大部分论文，编为《浙东唐诗之路论集》一书，在由台州学院承办的浙东唐诗之路国际学术会议上分发，得到一些学者的指教。

“夫越地称山水之乡，辕门当节钺之重。”（皇甫冉《送陆羽之越序》）从古到今，越地（相当于浙东）真是一个神奇的地方，它的自然与人文都有许多值得研究的价值，像这条浙东唐诗之路就有许多待解之谜，它产生在一个十分偏僻而且交通十分不便的地方，本身就是一个谜。现在即将交付的这一《浙东唐诗之路名物遗迹研究》，是试图解谜的一种努力，也是延续此前对浙东唐诗之路的情感与兴趣，接受下来的浙江省文化研究工程项目。开始时想得有点简单，但在撰写内容的过程中，就渐渐感到没有那么容易，最明显的有两大难：一是从地域上看，最熟悉的是台州及与天台山相邻的部分山水，越远越不熟悉，越不熟悉越难下笔。所以在研究过程中，多次自驾实地踏访浙东诸州诗路，寻访山水与人文遗迹，增加感性认识。只是发生意外事故，以至于未能走完全程，更未能作稍为深入细致一点的考察，留为憾事，无法弥补。二是从朝代上看，唐朝的诗人诗作熟悉点，唐前写到浙东诗路的诗人不多，也还算熟悉，但本书不只写唐朝，还要写唐朝前后，唐后的内容不少，则是不太熟悉乃至于不熟悉，所以无论山水还是人物及其作品，论来论去，有不少是心中没底，深感惶恐的。

随着结题时间一天比一天减少，心里的焦虑一天比一天增加，在这种兀坐斗室，有时为求得一个小问题而耗费数小时的磨损中，感觉时间过得太快，体质变得太差，牙齿痛得咬不动青菜，在食堂里被同事戏称为“无牙老倌”，睡觉不踏实，时间又短，真可谓坐卧不宁，寝食难安，曾经多次涌起这样的耗费心神，有种以生命与之博弈之感，其间心情之苦有难言者。苦是人生常味，对我而言不算什么，心到苦处方言真。因此在苦与淡的心境中，也品到人生的一点点新感悟。在一步步推进的时候也感觉较之前人有方便处，就是今天信息社会，与朋友同事求助快捷，遇到自己不明心中发虚的问题，就请教专家，屡蒙热情相助，令我难忘。在准备交稿时，将应我求助、令我获得教益者列名于下，以志热情高谊：台州学院崔凤军、李跃军、马斌、杨供法、汤蓉岚、李秀华、苏畅，浙江大学何善蒙，宁波大学张如安，温州大学陈瑞赞，台州徐三见、陈引奭、彭连生、黄大树、陈政明、奚富强、许尚枢、朱封鳌、徐永恩、许增国、汤天伟、许爱珍、吴茂云，绍兴徐跃龙、俞晓军、李招红、童剑超、徐景荣、吴旭东、郦勇、高利华、俞志慧、林东明、马峰燕，我杭州大学中文系的学长丽水学院吕立汉，同窗屠立霞、陶国胜、翁迪明、吕晓英、谢佳守、蓝葆夏、陈继贤、徐丽华、朱小倩、柳敏，浙江柑橘研究所徐建国，友生茅玉芬、吕振兴、张永红、卢建宇、干伯聪、杨志成、余军英、戴立明、周武军、任传郎、王英姿、厉维扬等，台州学院图书馆诸领导员工给予帮助和方便，谨在此一并致谢！

从研究时“雨送奔涛远”，到现在该是“风收骇浪平”的时候了。这里借用李绅《渡西陵十六韵》的诗句，既是回顾本书，亦何尝不是回顾自己人生走过的历程？这个稿子虽结合自己对浙东唐诗之路的已往基础有一些新见和感悟，然而肯定还有许多不足，还要专家通人指教批评，以便修正。

胡正武

2022年1月4日于临海菊筠斋